中国文学知识漫谈①

中国文学发展历史大纵览

箫枫◎主编

中国文学有着数千年的悠久历史，它以特殊的内容、形式和风格构成了自己的特色，它以优秀的历史、多样的形式、众多的作家、丰富的作品、鲜明的个性成为世界文学宝库中光彩夺目的瑰宝。

辽海出版社

责任编辑:陈晓玉　于文海　孙德军

图书在版编目(CIP)数据

中国文学知识漫谈/萧枫主编.—沈阳:辽海出版社,2008.6(2015.5 重印)

ISBN 978-7-80711-711-7

Ⅰ.①中…　Ⅱ.①萧…　Ⅲ.①中国文学—基本知识　Ⅳ.①I2

中国版本图书馆 CIP 数据核字(2011)第 140257 号

中国文学知识漫谈

中国文学发展历史大纵览

萧枫/主编

出　版:辽海出版社　　地　址:沈阳市和平区十一纬路 25 号

印　刷:北京一鑫印务有限责任公司　　字　数:700 千字

开　本:700mm×1000mm　1/16　　印　张:40

版　次:2011 年 9 月第 2 版　　印　次:2015 年 5 月第 2 次印刷

书　号:ISBN 978-7-80711-711-7　　定　价:149.00 元(全 5 册)

《中国文学知识漫谈》编委会

前　言

我们中国文学是以汉民族文学为主干部分的各民族文学的共同体，作为一个统一的多民族国家，各民族文学都有各自发生、繁衍、发展的历史，也有各自的价值与成就。少数民族文学与汉族文学互相补充，使中国文学表现出极大的丰富性和多层次性。

我们中国文学有着数千年的悠久历史，并以特殊的内容、形式和风格构成了自己的特色，具有自己的审美理想，有自己的起支配作用的思想文化传统和理论批判体系。它以优秀的历史、多样的形式、众多的作家、丰富的作品、独特的风格、鲜明的个性、诱人的魅力而成为世界文学宝库中光彩夺目的瑰宝。

诗歌是中国文学中产生最早的艺术形式之一，《诗经》是最早的一部诗歌总集。其中最早的诗篇产生于西周初年，最晚的产生于春秋中叶。紧接着又兴起了一种新的诗体，那就是楚辞，楚辞的光辉代表，就是伟大的诗人屈原。《诗经》中的《国风》和以《离骚》为代表的楚辞，是中国古代诗歌的两个典范。就创作方法而言，《国风》和《离骚》分别开创了中国文学现实主义和浪漫主义的诗歌传统。

在汉魏六朝出现了带有民间文学刚健清新风格的新诗体，即乐府，强烈的现实感，是乐府的重要标志。《陌上桑》、《孔雀东南飞》、《木兰诗》等，都是中国古代长篇叙事诗中的瑰宝。在乐府诗的发展过程中，五言、七言的句式日渐引人注目，到汉末出现了《古诗十九首》，五言诗这种诗体便基本成熟了。七言诗的产生要晚于五言诗，它的广泛流行，大约在晋宋之际，到了唐代，近体诗进

入鼎盛时期。在这个时期，古体诗和近体诗全面发展，出现了李白、杜甫、白居易等世界闻名的伟大诗人。

在中国传统文学观念中，与诗词并列为文学正宗的是散文 。中国文学史上第一部记叙文和议论文的集子是《尚书》，它是上古历史文件和部分追述古代事迹著作的汇编，初具了文学的特质。战国时代形成了百家争鸣的局面，散文得到了迅速发展，其中主要是历史散文和诸子散文。这时期散文、有感情激越 、论辩性强、辞藻华美、结构严谨、多用寓言、善使比喻等特点，散文的基本形式已经确定。汉代散文更讲究文采，对偶句增多，有辞赋化倾向。

骈文兴盛之后，散文式微，到唐代韩愈、柳宗元元大力提倡古文，反对过于矫饰、渐趋空洞的骈文，散文才恢复了它的生机与地位。唐宋古文，直承秦汉传统，尤以游记散文清新隽逸，生动活泼。后世纯文学散文一直沿着这条轨道前进。明清小品文是纯文学散文的一种重要样式，它吸收唐代散文的精髓，融入魏晋南北朝笔记文的谐趣和隽永，具有独特的艺术魅力。

在中国传统文学观念中，小说常被当作街谈巷议之言，戏曲被认为是不能登大雅之堂的作品。因此，小说和戏曲起步较晚，直至元、明、清才迅速发展起来，一些伟大的作家与作品相继出现。在戏曲方面，如元代关汉卿的《窦娥冤》、王实甫的《西厢记》、明代汤显祖的《牡丹亭》、清代孔尚任的《桃花扇》等，都是不朽之作。小说《三国演义》、《水浒传》、《西游记》、《聊斋志异》、《儒林外史》等，也均为文学珍品。《红楼梦》更是纪念碑式作品，它把中国文学推向了新的高峰，并足以和世界许多知名的小说媲美 。

为了让广大读者全面了解中国文学，我们特别编辑了《中国文学知识漫谈》，主要包括中国文学发展历史、民族与民间文学、香港与台湾文学、神话与传说、诗歌与文赋、散曲与曲词、小说与散文、寓言与小品、笔记与游记、楹联与碑铭等内容，具有很强的文学性、可读性和知识性，是我们广大读者了解中国文学作品、增长文学素质的良好读物，也是各级图书馆珍藏的最佳版本。

目录

第一章　中国古代文学史

第一节　文学史

第二节　诗歌史

第二章　中国当代文学史

第一节　当代小说

第一章　中国古代文学史

第一节　文学史

先秦文学

先秦文学形成于中国文化的发生、创造期，对先秦文学的研究，必须纳入到文化的综合动态的系统中来，将它置于最广阔的历史文化背景下来审视。例如，对史传文学、诸子哲理艺术散文的研究，即涉及到"史官文化"、"先秦理性精神"，以及民族精神、思维方式、审美心理等一系列文化问题；对《诗经》、楚辞的研究，亦涉及到南北文化、儒道源流及宗教、民俗等文化问题。而卓绝一世、彪炳百代的《庄》、《骚》的产生，也是一种文化现象，需要从纵深的历史、文化继承和时代精神氛围等与文化因素相关的方面，揭示其由于蓄势久远、积淀深沉从而以包罗万有、气象雄浑的面貌登上时代高峰的原由。可以说，先秦文学中的问题，几乎无一不涉及到广泛的文化问题。因而对先秦文学的研究，离开了文化视角就无从切入和深入。

如果把我国文学的发展

比喻为一条长河，那么这一时期的文学，正是处于发源阶段；如果把我国文学比作是一座高楼大厦，那么这一时期的文学正是它的基石。因此，了解和研究这一时期的文学，对于认识我国文学优良传统的形成，审美意识的历史起源，以及我国文学民族形式和民族风格的发生和发展，都具有特殊重要意义。

远古口头文学除原始歌谣外，还有神话传说。古代神话丰富多彩，只因年久散失，未能系统、完整地保存下来。现在所看到的一些零星的片断，大都出于后世的传闻。散见于《山海经》、《淮南子》等古籍中的神话较著名者如《精卫填海》、《夸父逐日》、《女娲补天》、《鲧禹治水》、《后羿射日》、《黄帝杀蚩尤》、《刑天与帝争神》和《羽民国》、《奇肱民》等，包括自然神话、创世神话、英雄神话和传奇神话诸类型。神话作为原始的社会意识形态，通过想象和幻想，以一种不自觉的艺术方式，形象地反映了远古人类的社会生活与精神世界，具有不朽的认识价值。神话还是人类永不复返的童年时代的艺术瑰宝。它以自身的壮丽奇伟和无穷魅力显示出高度的审美价值。神话又是我国浪漫主义文学的源头。它以炽热的激情、神奇的幻想，表现了原始人类企图认识和改造自然的愿望、追求美好生活的理想和对英雄主义、乐观主义的赞颂。

大约公元前21世纪时，传说夏禹的儿子夏后启建立了夏朝。有关夏朝的出土文物很少，古文献所载的有关夏代的历史多属传说性质，其诗歌、谣谚和散文可靠的也很少。夏朝是否有文字，以及文字情况如何还不得而知。但自从甲骨卜辞的发现，证明至迟在殷商社会中期（约前14世纪），我国已有了初步定型的文字，同时也有了用文字记载的历史文献。殷墟的甲骨卜辞，商代和周初的铜器铭文，《周易》中的卦、爻辞，《尚书》中的殷、周文告等，可以说是我国散文的萌芽。夏、商都是奴隶制社会，当时的文学对阶级社会的某些现实已经有所反映。据《尚书·汤誓》所引，有两句夏代歌谣："时日曷丧？予及汝偕亡！"相传为夏桀时人民大众的呼声，反映了夏朝人民对夏桀暴虐统治的不满和强烈的反抗情绪。成汤灭夏，建立商朝（前17世纪~前11世纪），这是我国古代奴隶制大发展的时期。

商起初是黄河下游的部族，大约在公元前十六世纪，即传说中商汤伐夏桀以后，成为中原诸邦国之长，到公元前十一世纪为周所取代。它是一个奴隶制国家。

商文化中引人注目的一点，是文字的使用。清末民初，在河南安阳小屯（商旧都所在地）发现了大批刻有文字、用于占卜的甲骨，证明汉字在商代已经基本定型，汉字最重要的特点——在每个单一符号中包含音、形、义三要素——也已经形成。甲骨文并非最原始的文字，在山东大汶口文化遗址的陶器上，就有了简单的文字符号，其年代要早一二千年。但那种文字符号还处在雏形阶段，并且不能表达连贯的意义（不能组句），所以至今难于识别。甲骨文虽然很简略，却是关于占卜结果的完整记录。使用文字是人类进入文明社会的主要标志。从文学角度来说，文字既为书画文学提供了基本条件，也在某些方面决定了文学的特点。譬如，中国文学重骈偶的现象，就是从汉字的特点中产生的。牧畜业异常发达，从甲骨卜辞中可以看到祭祀时大量用牲的现象。中叶后由牧畜进入农业生产。《尚书·盘庚》屡次提到农事；甲骨文中有“禾”、“黍”、“稻”、“麦”、“稷”、“粟”等字，证明殷代确有很多种类的农产品。由牧畜发展到农业生产是很自然的。游牧过程中，既易发现农作物，又能驯服牛马。文献中常有殷的先公服牛乘马的记载，不难设想，役使牧畜减轻人力，是发展农业生产的重要关键。

公元前11世纪，武王伐纣灭商，建立了强盛的奴隶制国家周，周王朝起初定都镐京（今西安市附近）史称西周。后因受到西戎族的压迫，至平王时迁都雒邑（在今洛阳市），史称东周。东周习惯上又分作两个阶段，现在一般从周元王元年（前475）以前，称“春秋”时代，以后称“战国”时代。周的国家性质，史学界说法不一。通行的意见，把春秋、战国之交作为中国奴隶社会和封建社会的分界。但有人认为西周已经进入封建社会，也有人认为直到魏晋（甚至更迟）中国才进入封建社会。

周朝人在上层建筑方面所进行的开创更是商朝人所无法企及。司马迁在《史记·高祖本纪》中说："夏之政忠，忠之敝，小人以野，故殷人承之以敬；敬之敝，小人以鬼，故周人承之以文。"孔子在《论语》中也说过："周监于二代，郁郁乎文哉！吾从周。"大概就是指此而言。西周初期的文献资料保留到今天的就很多了，诸如《诗经》中的一部分《周颂》和《大雅》，《尚书》中的《牧誓》、《大诰》、《无逸》等十多篇，以及《周易》中的许多爻辞等。长期以来人们总把周朝初年许多典章制度、文化措施的创立和周公联系起来，甚至说它们的许多篇章、许多条文都是周公制订的，于是周公遂成了我国古代文化领域里的第一个大圣人。这种对于周公个人的迷信与崇拜，大约起源于孔子。这里面有夸张演义，但也反映了相当程度的现实。

西周时代的文学，今天所能见到的就是《诗经》的"雅"、"颂"和《尚书》里的一些篇章，这些作品的作者，都是奴隶主阶级的人物；作品的内容也都是写的奴隶主，甚至大都是与奴隶主最高集团有关的事情。它们或者是歌颂某个祖先，或者是歌颂某个帝王，或者是某个有身分、有远见的大臣告诫某个年少的帝王等等。这些作品由于时代久远，所以文字都比较难读；但非常宝贵，因为它们是后代可以真正拿出来讲的我国最早的诗歌与散文。文学产生于劳动，这话不错；最古老的文学应该是口头传下来的歌谣与神话，这话也不错，但是记载那些远古歌谣和远古神话的著作出现得既晚，记载得又极简略，它们只能引发人的某种遐想，说明某种理论，而如果要把它们拿来当成一种作品读，那就不可能了。

西周后期统治集团的残暴腐朽和当时民族矛盾、阶级矛盾的尖锐情况可以从《诗经》"小雅"和《国语》的一些篇章中看到。西

周政权终于在公元前771年被它西邻的“犬戎”民族灭掉了；公元前770年，周平王将周王朝的国都由在今陕西西安市西南的镐京向东迁移到了今河南省的洛阳市，这就是历史上所说的东周王朝的开始。

公元前770年，周平王东迁洛邑，历史进入大动荡大分化的春秋战国时代，历史和文学都掀开了厚重辉煌的一页。那是一个动乱的时代、变革的时代，也是一个收获丰硕的时代。

这个时期以诗歌的成就最突出。从西周初年到春秋中叶的五百年间，是四言诗发展的黄金时代。周代的统治者为了制礼作乐和考察民情的需要，通过采诗和献诗的方式，搜集并整理了我国古代第一部诗歌总集《诗经》。《诗经》的内容十分丰富，特别是其中的民歌，题材广泛，诸如人民反对剥削压迫、不满战争徭役、揭露统治者的丑恶，还有婚姻恋爱以及生产劳动等多方面社会生活都有所反映。《诗经》的艺术成就也很高，如比兴的手法、整齐的章句、优美生动的语言、自然的韵律，都是前所未有的。它的进步思想和艺术成就，开创了我国古代文学的写实传统，给后世文学以极大的影响。就四言诗来说，《诗经》一出现便形成了一座高峰，几乎前不见古人，后不见来者。它既标志着四言诗的开创，也标志着四言诗的完成，以后无论民歌还是文人诗的四言，就其总体而言，都不曾超越过它。这时期的散文主要有文告体散文《周书》、编年体历史散文《春秋》、语录体散文《论语》，除了以上三部书外，还有铸在铜器上的西周铭文等。《尚书》是一部古代文告和讲演录的综合集子，包括《虞书》、《夏书》、《商书》、《周书》四部分。《虞书》和《夏书》，只能视为后人追记，《商书》中有部分属于当时文献，而《周书》则可全部视为西周至春秋时期文告的真实记录，语言与《盘庚》一样，佶屈聱牙。《春秋》是孔子依据鲁史编写的一部编年史大纲，它对春秋时期各国历史作了简要记载，是研究春秋历史的重要资料。《论语》是孔子言行以及孔子同其弟子们对话的记录。《春秋》和《论语》的记事记言，语言都简明平浅，不像《周书》那样古奥难懂。《诗经》、《尚书》、《易经》、《春秋》和汉儒纂辑的《礼记》被后代认定为儒家的经典著作，合称“五经”，在中国文化思想史上产生过巨大影响。

战国时代是一个大混战、大动乱的时代，也是一个思想文化迅猛发展，高度繁荣，英雄辈出，人才辈出的时代。这个时代最突出的问题之一是士阶层的兴起与其在社会各领域所发挥的作用之巨大。所谓“士”，原是指奴隶主阶级里的最下层的一部分人。但是到了春秋时期，随着奴隶制度的逐渐崩溃，这个阶层的力量越来越壮大了，有些原是奴隶主中、上层的人，后来可能由于破落而降为了“士”；也有些原是奴隶或庶民的人，后来可能由于某种原因而升为了“士”。到了春秋末期，这个阶层的人物就已经相当有影响、相当可观了，例如孔子及其门徒就是这个阶层人物的杰出代表。到了战国的时代，随着贵族垄断教育的被突破，随着私人教育的发展，这个阶层里掌握知识、掌握技能，从而使自己具备文武才能的人物也就越来越多了。其中有一类是属于思想家类型，这是沿着春秋末期孔子的那条道路发展下来的，如墨翟、老聃、孟轲、庄周、荀况、韩非等。这些人都有自己的理想，都有自己治理社会的方针，他们原来也是想与统治者合作，想有所作为，只是由于他们不被统治者所用，所以才只好自己关起门来著书立说的。他们这些著作的性质，司马谈早就在《论六家要旨》中说过：“夫阴阳、儒、墨、名、法、道德，此务为治者也。”用鲁迅的话说，就是为当时的统治者“开药方”。即使现时没人用，他们也是希望日后能够有人用。这些人一般说来都有自己坚定的信仰，他们到处奔走，推行自己的主张，但对于当权者却从不低头。他们宁可“以身徇道”，而决不改变自己的原则去迎合当权者的需要。所以这些思想家们大都是到处碰壁，在贫穷困顿中度过了自己的一生。

另一类相当活跃的“士”人是纵横家，所谓“纵横家”，其实

就是政治活动家。他们在当时的各个诸侯国之间，穿梭往来，到处兜售他们的政治主张。这伙人的精神面貌各不相同，有的忠于某国，持论一贯，如张仪、陈轸；也有的没有固定准则，他们所追求的就是有官做，政治主张可以随时变化，如苏秦、苏代等就是如此。除了这些以讲“合纵”、“连衡”闻名的纵横家外，当时还有很重要的一批政治家、军事家也是“士”人出身的，如吴起、乐毅、蔺相如等。

战国时代还有一批相当有影响的下层“士”人，他们没有什么社会地位，平时也从未引起过什么人的注意，但是到了关键时刻，却见义勇为，做出了相当有声有色的令人感奋的举动，如鲁仲连、侯嬴、毛遂、荆轲等等就是如此。

战国时期的“士”人，大都思想积极，勇于建功立业，希望把自己的文武才干贡献给社会。他们敢想敢说，从不隐瞒自己的观点。对于不同学派的主张，他们敢于争辩，甚至彼此可以互相“攻击”得狗血喷头，也没有什么关系。这就是历史上通常所说的“百家争鸣”，这对于思想文化的发展无疑是极其有利的。

这种“百家争鸣”的局面之所以能在那时出现，和当时那种比较宽松的政治局面密不可分。当时各国的统治者，和其他任何时期统治者的表现都不同，他们为了壮大自己，彼此都在互相竞争着延揽人才，竞争着礼贤下士。仅以当时“好客”闻名的统治者来说，就有燕国的燕昭王，齐国的孟尝君，赵国的平原君，魏国的信陵君，楚国的春申君，秦国的吕不韦等等。当时齐国的稷下曾是一个群贤荟萃，各家各派都在那里设帐讲学的地方。统治者虚心下问，“士”人们畅所欲言。听得投机就可以采纳、任用、实行；听着不合适，也无须怪罪，“士”人们可以卷铺盖上路，明天再到别的地方去讲。谁也不必怕谁，谁也不必勉强谁，“士为知己者用”这个带有双向选择性质的行为准则就是在那种政治条件下产生的。也正因为如此，当时有一部分“士”人的“傲气”十足，他们决不甘心做统治者的臣子、部下，而是扬言要做“帝王友”，甚至要做“帝王师”。他们居然可以当着某国帝王的面，说一个活帝王的人头抵不上死“士”人坟头上的一把草，这都是当时那种特定政治条件下的特定的产物。

战国百家争鸣局面的形成和发展，同时也带来文学上散文的勃兴和繁荣。一些著名的思想家、政治家、历史学家的言论，讲学的记录和论著，同时也就是重要的散文作品。由于这些作家们的政治主张、思想性格不同，因此他们散文作品的表现手法和语言风格也各异，这样，在文学艺术上也形成了互相争艳的局面。如《孟子》散文，连譬善辩，气势磅礴；《庄子》散文，汪洋浩荡，想象丰富，极富浪漫色彩。其他《荀子》、《韩非子》在文章结构和说理方面，也各具特色。历史散文，随着社会制度的巨大变革，在总结历史经验的迫切需要下，也长足发展起来。《春秋》还是极简单的历史事件编年纲目，《尚书》语言生涩，只是记言的文告，皆乏文采，而历史专著《左传》的出现，则表现出显著的进步。

在诗歌创作方面，战国后期出现了我国第一个伟大诗人屈原。战国后期，在南方广袤的楚国，以屈原为代表，以宋玉、唐勒、景差等为追随者，创造并兴起了一种与《诗经》不同的新诗体——“楚辞”。

《楚辞》的产生也和战国时代的散文一样，都有革新的意义。它是《诗经》以后的一次诗体大解放。它汲取民间文学特别是楚声歌曲的新形式，把《诗经》三百篇特别是“雅”、“颂”中的古板的四言方块诗改为参差不齐、长短不拘的骚体诗，建立一种诗歌的新体裁，标志着我国文学史上诗歌的新发展。

爱国诗人屈原和他所创造的新兴诗体楚辞的出现，使《诗经》以后沉寂了大约三百年的诗坛，又奇文郁起，大放异彩，在我国古代诗歌史上揭开了崭新的一页。在屈原以前，我国诗歌主要是民歌，是口头流传的集体创作，还没有出现把毕生精力和才能完全倾注于诗歌创作上的诗人。而屈原的出现，则改变了文坛上的这一现象，

使我国文学史上第一次出现了著名诗人的名字。

先秦文学取得了伟大的成就，对后世的影响是难以估量的。它是我国古代文学的第一座里程碑，像巍巍山岳，令后世无数作家仰止。它是中国传统文化的本源，是整个中国古代文学的“根”。

综上所述，先秦时代是我国古代文学产生发展、并取得辉煌成就的时代。它以四五千年前远古文化为开端，而结束于公元前221年秦统一以前。在这样一个离现在久远的年代，我国人民所创造的当时世界上所稀有的古代文明和灿烂文化，完全可以与古代欧洲的“古希腊文化”、“古罗马文化”相映媲美。这是中华民族的骄傲，也是全人类的瑰宝。

先秦文学处于我国古代文学发展的奠基阶段。其中的古代神话、诗歌和散文，都取得了很大成就，并对后代文学的发展产生了深远的影响。

总之，在中国文学的发展中，先秦文学既是文化蓄积丰富的“源头”，又是壁立千仞的“高峰”。

秦汉文学

秦汉文学是我国古代文学发展的第二个重要阶段。

秦文学是一片空白。遗留下来的秦文献，只是秦始皇巡狩封禅时，散在泰山、琅玡台等几处的刻石，内容均为一些歌功颂德之作。这些碑文一般是四言韵语，阿谀歌颂，对后世碑志文有影响。

完成于公元前239年（秦王政八年）、由吕不韦门客集体著作的《吕氏春秋》，有一定时代意义。它取材很广，包含春秋战国以来的各派思想，组成自己的完整的体系，是战国末年的统一形势在文化上的要求和反映。它和先秦其他子书一样，有不少片断借寓言故事来说理，明晰生动，富于文学意味。

秦代文学的代表作家是李斯。统一前他的《谏逐客书》，指出秦统治者“逐客以资敌国，损民以益仇，内自虚而外树怨于诸侯”之非计，不仅表现了政治家的远见，而且也真实地反映了战国晚期斗争剧烈、各国统治阶级争取人才的历史，是一篇富于文采、趋向骈偶化的政论散文。

此外，秦有《仙真人诗》和“杂赋”，今俱不传。

秦亡之后，楚汉相争，纵横之风复起。这样的局面，虽不可能再现战国的百家争鸣，对汉初的文学，却很有影响。公元前206年，刘邦重新统一中国。

汉初除秦挟书律，“大收篇籍，广开献书之路”，又除所谓“诽谤妖言之罪”，促进了学术文化的发展。在战国以来百家之学的影响下，汉初的哲学、社会思想，还是比较活跃自由的。由于安定社会、巩固封建王朝的需要，汉文帝、景帝、窦太后和相国曹参等俱好黄老，因而黄老思想成为汉初主要的统治思想。司马谈的《论文家要旨》，对儒、墨、名、法、阴阳五家都有所批判，而完全肯定了道家，这是在黄老思想影响下产生的著名论文。

汉初楚文化的蔓延，对于一代文学也有较大的影响。春秋战国时期，北方的中原文化与南方的楚国文化保持着相对独立的地位。楚人对自己的文化，怀有深挚的感情。从南冠君子钟仪的“乐操土风”，到屈原的“哀州土之平乐”、“悲江介之遗风”，再到楚南公所云“楚虽三户，亡秦必楚”，可见随着楚国的逐步沦亡，楚人的地域文化心理愈加强烈。有此历史文化背景，刘邦及其功臣起于楚地，在据有天下之后，对楚文化仍有着本能的依恋。《汉书·礼乐志》云：“凡乐乐其所生。乐其所生，礼不忘本。高祖乐楚声。”如此偏好，既有对乡土文化的热爱，对北方文化的傲视，也是尊崇汉家政权的政治需要。其时，不独楚服、楚舞、楚声为汉人所重，汉人抒情写意，也大抵借助楚歌，汉世文人抒写贤人失志，也往往借助屈原的形象。“汉之赋颂，影写楚世”，骚体赋上承楚辞余绪而兴起，并成为当时赋体文学的主流。

其著名作家有贾谊、晁错等。他们的政论文大抵富有感情，畅所欲言，有战国说辞和辞赋的影响。其中贾谊的某些文章如《过秦

论》、《陈政事疏》等更著名，文学性亦较强。辞赋主要继承骚体传统，也开始向新赋体转化。汉初骚体赋的作者，由于时代和生活的不同，多缺乏屈原那样先进的思想和强烈的感情，往往只是强为呻吟。但随着社会经济的恢复和繁荣，以及骄奢享乐风气的形成，也引起了封建文士社会生活和思想感情的变化。因而辞赋的思想内容也不免多少引起了变化，即由抒发个人的强烈感情变为铺张宣扬统治阶级的华贵和享乐生活，由严峻的讽刺责斥变为温和的讽谕劝戒。辞赋思想内容的变化，必然引起体裁、形式的逐渐变化。贾谊是汉初骚体赋的优秀作家。标志着新赋体正式形成的作品是枚乘的《七发》。

汉武帝时代，西汉封建王朝进入了全盛时期。和政治经济的发展相适应，思想文化也表现着变化和发展。武帝即位，即逐斥“申、商、韩非、苏秦、张仪之言”，实行罢黜百家，独尊儒术。

在儒家思想的支配下，武帝“招选天下文学材智之士，待以不次之位”，并由于董仲舒、公孙宏的建议，兴太学，立五经博士，置博士弟子员，因而儒学大兴，完成了思想的统一。从此结束了百家论争，思想定于一尊，严重地束缚着学术文化的发展。

董仲舒是《春秋》公羊学派的大师，是武帝时代最大的思想家。他以阴阳、灾异说明“天人相与之际”，即天道和人事的相互关系，认为天命对帝王有最后的决定权，“王者欲有所为，宜求其端于天。天道之大者在阴阳。阳为德，阴为刑，刑主杀而德主生”，“王者承天意以从事，故任德教而不任刑”。但“阳不得阴之助，亦不能独成岁”，则刑亦不可少。董仲舒的思想显然在儒家思想的外衣下，包含着阴阳家和法家的思想，统一了统治阶级内部的思想，确实代表着当时的统治思想。它不仅解释了汉王朝的所以统治，而且也教导了汉王朝怎样巩固统治。

在这一时期，因散体赋的崛起，赋体文学进入了鼎盛时期。散体赋是随南北文化合流，熔铸诗、骚、散文而成的一种新文体。作家受到压抑的文学激情在散体赋中得到很大程度的满足，散体赋因而成为当时最有文学意义的文学样式。

虽然汉赋被后世尊为一代文学之盛，但真正标志汉代文学最高成就的并不是汉赋，而是散文中的《史记》和诗歌中的汉乐府民间歌辞。

伟大的历史学家和文学家司马迁以其强烈的反抗精神和创造精神，写出了一部辉煌的著作《史记》。《史记》是一部纪传体的通史，它以“不虚美，不隐恶”的“实录”精神，记述了我国上自传说中的黄帝，下至汉武帝时代的三千年间的历史。司马迁自述他写《史记》的目的是“欲究天人之际，通古今之变，成一家之言。”

《史记》热烈地歌颂了一些出身中下层社会的人物；描述了许多卓有贡献的政治家、军事家、思想家、爱国者，赞扬了他们的光辉业绩。对历史上的一些黑暗势力，诸如暴君、酷吏、变节者，都作了无情地揭露和批判。尤其是他敢于揭露当代的开国之君和当世的帝王，表现了刚正不阿的品质和非凡的胆识。总之，不以涉高位者之嫌而隐善恶，不以成败论英雄，不以地位高低湮业绩，这正是《史记》一书的独到之处，也正是司马迁伟大的地方。《史记》不仅是一部伟大的史学著作，也是一部出色的传记文学作品。它开创了以写人物为中心的传记体，生动地描写了人物形象，使人们读这些人物传记时，就好像进入了一个历史人物画廊。它在文学上的价值并不下于它的史学价值。《史记》生动、简炼、气势流畅的语言，不仅是后世散文作品的典范，而且它在描写人物、组织情节等诸方面的技巧，也是后世小说家、戏曲家学习的榜样。

以武帝为首的汉王朝统治者，随着伟大帝国的日益隆盛，不仅需要哲学和历史来解释现实统治的合理，而且也需要祭祀天地鬼神，庆太平，告成功。这一需要与儒家的指导思想相结合，进一步制礼作乐就成为必不可少的文化措施。于是“乐府”有更大的发展。“至武帝定郊祀之礼，……乃立乐府，采诗夜诵，有赵、代、秦、楚

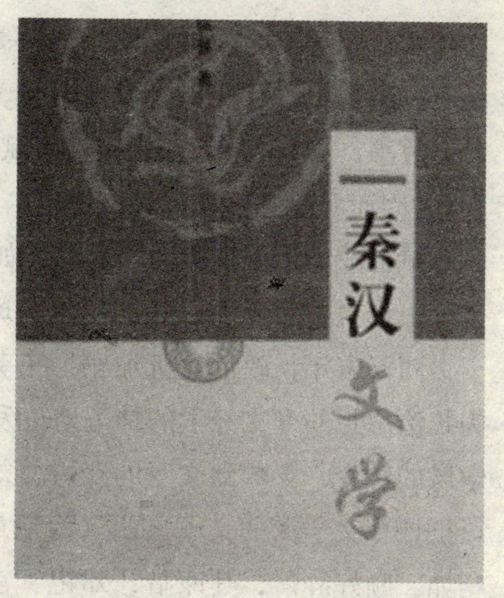

之讴。以李延年为协律都尉。多举司马相如等数十人，造为诗赋，略论律吕，以合八音之调，作十九章之歌”。所谓武帝立乐府，只是意味着他自觉地把乐府机关扩大，充实内容，规定具体任务，即采诗、制订乐曲和写作歌辞。“采诗”是为了“观风俗，知得失”，这就使那些“感于哀乐，缘事而发”的赵、代、秦、楚等等地方民歌，有了纪录、集中和提高的机会。可惜除《铙歌》十八曲外，西汉乐府民歌绝大部分都没有流传下来。由于文字讹误过多，《铙歌》一般很难读，其中少数言情和反映战场惨状的篇章，明白可诵，表现了一定的现实意义。乐府除搜集、歌唱民歌外，也创作诗篇以备歌唱，作诗者有宫廷文人“司马相如等数十人”，可见一时之盛。但今存《十九章之歌》，却很少文学价值。乐府作曲者则有“佞幸”和“外戚”的李延年。他能歌善舞，尤其善制“新声变曲”。他原是民间乐人，他的“新声变曲”的来源是西北外民族和民间的音乐。可见武帝时代的乐府，不仅规模宏大、内容充实，更重要的是，它充满了民间歌诗、民间声乐的气味。这是乐府的重大发展，有划时代的意义。

汉武帝以后，西汉封建王朝逐渐转入了衰微的时期，西汉后期的文学也呈现着停滞或衰落的状态。一般政论文（如奏疏），大都蒙着神秘的今文经学说教的外衣，迂腐板滞，绝少生气。宣帝时，桓宽根据昭帝始元六年盐铁会议的文献，剪裁、组织而成的《盐铁论》是惟一可贵的作品。它不仅反映了西汉中叶许多重大的政治经济问题，而且形式新颖，语言净洁流畅，通过对话论辩，也刻划了不切实际、迂腐可笑的儒生形象。刘向著书，引历史传说或寓言故事以说明一理的某些片段以及少数政论文或学术文有一定价值。宣帝效武帝故事，亦好辞赋，认为“辞赋大者与古诗同义，小者辩丽可喜”，因而辞赋又盛极一时，王褒、刘向等都是著名的作者。实际此时辞赋已成为帝王贵族的娱乐品，如倡优博弈之类，极少文学价值。今存王褒《洞箫赋》一篇，可见一斑。

西汉末年，政治危机加剧，王莽改朝换代，国家权柄易人。作为统治思想的今文经学的神圣地位发生了动摇，古文学派代之而兴。学风的转变，影响到文章的复古。刘歆《移书让太常博士》是第一篇批评今文学派的文章。西汉后期最大的辞赋家扬雄早年模拟司马相如，颇好辞赋，其谏猎、郊祀、宫观等赋，大抵未出司马相如赋的表现模式。汉赋之走上模拟的道路，就是从这一时期开始的。扬雄后期因仕途不遇，从政意识淡化，不仅对辞赋持偏激的否定态度，而且冀望成为立德而兼立言的圣人。他仿《论语》、《周易》而作《法言》、《太玄》，为文折衷儒道，不乏新颖的见解。汉末与魏晋文人之企慕玄远，所受扬雄影响明显。但因扬雄着意模仿圣人，对经学文风不免矫枉过正，文章失之于古奥，颇为后人所诟病。

西汉后期，乐府事业继续发展，哀帝时乐府人员增加到829人。丞相孔光、大司农何武审核的结果，认为“其四百四十一人，不应经法，或郑卫之声，皆可罢”，因此哀帝就裁减了乐府半数以上的民间乐人。但“豪富吏民，湛沔自若”，乐府民间声乐的影响是深远的。

今文经学特别是谶纬之学代表着东汉王朝的统治思想。由于统治者的提倡，东汉经学极盛。官、私学都很发达，太学生到东汉末增加到3万人，不少私学门徒常达千人，“编牒不下万人”。今文经学西汉末已开始谶纬化。东汉谶纬大行，光武因谶记中的天命的预言，崇信非常，曾“宣布图谶于天下”，并“多以决定嫌疑”。

东汉的文学，在今文经学和谶纬的迷雾笼罩之下，虽然不可避

免地要受到不良的影响，但也出现了新的现象，表现了一定的变化和发展。

由于西汉以来散文和辞赋的发展，东汉开始出现“文章”的概念，贾谊、司马迁、司马相如等散文家和辞赋家都被誉为文章家。同时不少文士“以文章显”，文章和学术著作主要是和经学的区分愈来愈显著。“论发胸臆，文成手中，非说经艺之人所能为也。”《后汉书》在《儒林传》之外，特立《文苑传》，更具体地反映了文章家和经学家的分化。既有今古文经学家的对立和分化，又有经学家和文章家的对立和分化。这是统治阶级内部复杂的矛盾在学术文化上的反映。随着文章家的出现，文章与生活的关系更密切，用途更广泛了，文学形式的运用和变化也愈来愈复杂了。文学思想仍以王充的观点最为明确和进步。他注意到文章和经学著作的区别，强调“造论著说之文”（诸子或政论散文），“发胸中之思，论世俗之事”的创造性和政治性；认为文章应起“劝善惩恶”的批评教育作用，“岂徒调墨弄笔，为美丽之观哉?”他从“疾虚妄”的思想出发，反对一切“华伪之文”。

在《史记》的影响下，东汉产生了不少历史著作，班固的《汉书》则是它们的杰出的代表。它沿《史记》的体例，“究西都之首末，穷刘氏之废兴”，反映西汉一朝的历史，是我国最早的断代史。它的某些人物传记，叙事细密准确，具有一定的文学价值。政论散文继承西汉的传统，以王符的《潜夫论》、崔实的《政论》、仲长统的《昌言》为最著名。它们反映了东汉中叶以后复杂的社会矛盾和激烈的政治斗争，有时代意义。但思想文采俱逊于西汉政论文。

儒重群体规范，道重个人自由。汉末文人之调和儒道，必然导致思想和行为偏离正统。反映于文学，使作家在注重外在事功的同时，又热衷于表现个人的生活与情志，抒情文学因得复苏。

《诗》、《骚》抒情精神的复苏，对辞赋的创作心态、创作方法与结构体制的转变起了重要作用。汉末赋之走向抒情化和小品化的实质，乃在于赋家的诗人化和赋的诗艺化、诗境化。张衡、蔡邕、赵壹等人的辞赋，或自明心性，自伤身世，抒发愤悱；或师法庄老，皈依自然；或表现汉人罕言的性爱，大都情景交融，词句清丽。而一些揭露和批评时政的赋作，已不再有“劝百讽一”的敦厚面目，而颇具“诗人的愤怒”。

这时的文章，因时势使然，大都发愤而作，兼有“清议”性质。又因两汉辞赋陶冶了作家文学修辞能力，东汉的文章，句式渐尚俳偶，词藻渐趋华丽，到汉末更富于文采和气势。汉末文人思想行为的偏离正统，文学的抒情化与渐尚华丽，实已预示着建安时代的思想解放和文学觉醒的即将到来。

魏晋南北朝文学

魏晋南北朝文学，上起建安，历三国、两晋、南北朝，终于由隋统一。如从东汉末献帝永汉元年（189）算起，至陈后主祯明三年（589）隋文帝灭陈止，中间正好四百年。

魏晋南北朝是一个充满争夺、篡乱不已的时代，政权更易频繁，多种政权并存，汉族与少数民族政权对峙并互相融合。

纵观魏晋南北朝四百年的历史，与两汉的大一统局面迥然不同。剧烈的社会动荡，长期的南北对峙，士族制度的确立，少数民族入主中原，以及由此而产生的极为复杂的民族矛盾、阶级矛盾和统治集团内部的矛盾，无疑会对这一时期的文学发展产生直接的影响。

魏晋南北朝文学可以分为两期：第一期是魏和西晋；第二期是东晋和南北朝。

魏和西晋又可分为三段：建安文学、正始文学、太康文学。

建安是汉献帝的年号（196~220），但在文学史著作中习惯把建安文学当作魏晋南北朝文学的开端。建安文学成就辉煌。

汉代自武帝以后，独尊儒术，罢黜百家，儒家思想一直占据着独尊的统治地位。至东汉末年，汉灵帝不喜儒学，文人靠读经书作官的道路被堵塞；加之社会动乱，争夺兼并，儒家的忠孝节义也不

再被世人重视，所以随着汉代政治上大一统局面的结束，儒家思想大一统的局面也随之消失。建安时期，为适应新的社会现实的需要，法家、兵家、刑名纵横之学都有了不同程度的发展。曹操尚刑名，讲通脱，公开讲“不仁不孝”没关系，有才即可录用。

总之，那时人们说话比较随便，思想比较活跃，呈现出一种自由解放的趋势。但建安文人，都非常关心现实，积极入世，表现了统一天下的理想和抱负，同时又感于时局动荡，人民苦难，人生短暂，功业难成而带有一种消极悲凉的色彩。

建安时期成就最大的是诗歌。先秦两汉时期，诗歌已经有了很大的发展，《诗经》、《楚辞》、汉代乐府民歌、古诗十九首，标志着诗歌发展的光辉历程，展示了诗歌发展的成就和水平，使之成为这一时期最主要的文学形式之一。建安诗歌基本上继承了《诗经》、汉乐府的现实主义精神和《楚辞》、古诗十九首的抒情传统，同时接受汉末抒情小赋的影响，在新的历史条件下，形成了自己的崭新风貌。建安诗歌以魏国为主，三曹、七子和女诗人蔡琰是其代表作家，并代表了这一时期诗歌的最高水平。这些作家多有理想壮志，关心社会现实，又都亲身经历了汉末的社会动乱，广泛地接触了社会现实，他们以进取、务实的姿态，在追求建功立业的同时，从事诗歌创作，用诗歌来抒情言志。他们的诗歌，一方面反映了社会的动乱和民生之多艰，反映了广阔的社会生活画面和时代的本质；另一方面，真实地表现了自己拯济天下的豪情壮志及在为事业而奋斗中的人生感慨，具有鲜明的时代特征。正如刘勰所说：“观其时文，雅好慷慨，良由世积乱离，风衰俗怨，并志深而笔长，故梗概而多气也。”建安诗歌是中国诗歌史上掀起的第一次文人创作高潮，由于作家心胸和眼界都较为开阔，都能不受拘束地进行创作，独具个性，所以它在思想内容和表现形式上都将文人五言诗的发展推向了一个全新的阶段。

建安时期，文士地位有了提高，文学的意义也得到更高的评价，加之汉末以来，品评人物的风气盛行，由人而及文，促进了文学批评风气的出现，表现了文学的自觉精神。曹丕提出的“文以气为主”，代表了建安文学抒情、个性化的共同倾向。所有这些也都标志着这一时期文学发展中的重大变化。

正始是魏齐王曹芳的年号（240~248）。在文学史上用正始文学泛指魏末年的文学。这时正是魏晋易代之际，司马氏掌握了大权，残暴地屠杀异己，形成恐怖的政治局面。在这种政治局面下，清议逐渐转为清谈，崇尚虚无、消极避世的道家思想有了迅速的发展。到了正始年间，何晏、王弼以老庄思想解释儒家经典，并注老子，兴起了玄学，道家思想更为风行。这对当时的士风、作家的世界观与创作都有深刻的影响。

继建安文学之后的正始文学是上述现实的产物。正始时代的代表作家是阮籍和嵇康。他们处于司马氏与曹氏争夺政权的斗争中，看到司马氏利用“名教”进行黑暗残暴的统治，便大力提倡老庄思想，以老庄的“自然”与“名教”相对抗。他们的创作也与建安文学有了很大的不同。一般说来，反映人民疾苦和追求“建功立业”的内容被揭露政治的黑暗恐怖和“忧生之嗟”所代替。积极的进取精神被否定现实，韬晦遗世的消极反抗思想所代替。作品中带有更多老庄思想的色彩。不过，对黑暗现实的不满与反抗仍是作品的主要倾向，所以在基本精神上还是继承了“建安风骨”的。然其总体风貌已与建安诗歌大不相同。嵇康之清峻，阮籍之遥深，虽都有自己独特的抒情方式，但“诗杂仙心”，歌颂出世，表现出明显的老庄思想色彩，以及孤愤忧伤的基调、曲折隐晦的表现方式，都使正始诗歌别具面目。由于特定的社会历史环境和作家在诗歌艺术方面的不断探求，文人五言诗已彻底摆脱了汉乐府民歌的影响，丰富了五言诗的表现技巧，对文人五言诗的发展作出了重要贡献。

司马氏与曹魏争夺政权的斗争以司马氏的胜利而告结束。265年，司马炎代魏，建立了西晋王朝，不久，统一了全国。晋武帝太

康（280~289）前后，西晋文坛呈现繁荣的局面，钟嵘《诗品序》说："太康中，三张、二陆、两潘、一左勃尔复兴，踵武前王，风流未沫，亦文章之中兴也。"张载、张协、张亢、陆机、陆云、潘岳、潘尼、左思，各有其成就。但总的看来，西晋文人既无建安诗人的慷慨进取，也无正始作者的忧愤交集，他们对西晋王室采取美化、润色的态度，于是文学的颂扬、应酬之风再起。西晋初年的傅玄、张华，已表现出内容贫乏、刻意求工的诗歌创作倾向。到了太康年间，以潘岳和陆机为代表的一批诗人祖尚浮虚，向往声色，以丽情密藻为美，以雕饰形似为工，大量制作拟古诗，表现出明显的形式主义和唯美主义倾向。刘勰所谓"晋民群才，稍入轻绮"，"采缛于正始，力柔于建安。或析文以为妙，或流靡以自妍"，"体情之制日疏，逐文之篇愈盛"，正准确地概括了这一时期诗歌的主要倾向。这一时期，虽有左思继承建安风骨，抨击现实，作不平之鸣，但终究孤掌难鸣，无力改变诗坛的主流。西晋末年，清谈玄理之风大盛，逐渐浸染到诗坛，"因谈余气，流成文体"，产生了玄言诗。

玄言诗的产生和当时的现实紧密相联。晋室南渡，偏安江左，禅学与玄学的合流，更加强了玄学对文学的渗透，玄言诗逐渐统治了东晋诗坛。以孙绰、许询为代表的玄言诗派，空谈玄理，言不及义。这种理过于辞，淡乎寡味，"平典似道德论"的玄言诗统治诗坛竟达百年之久，直到东晋末年陶渊明、谢灵运出现，才给东晋诗坛注入了新的活力，带来了新的变化，陶渊明以其田园诗，谢灵运以其山水诗各为中国诗坛开出一片新土，显示了中国古代诗歌从题材到风格的重大突破，为诗歌的发展与繁荣，作出了不可磨灭的贡献。

在南朝文学中，南朝民歌特别值得珍视。它主要是产生于建业和荆州一带的《吴歌》、《西曲》。它们以短小的形式，清新活泼的风格，歌唱人们对美好爱情生活的追求和对封建礼教的反抗。南朝民歌独取情歌入乐，并表现出"都市之歌"的浓厚气息，这既反映了统治者的艺术情趣，也可看出长江流域商业发达对诗歌的影响。

北朝民歌是北朝诗歌中成就最高的一部分。它直承汉代乐府民歌的传统，既有牧歌、恋歌，亦有战歌，广泛地反映了北方的社会现实和北方人民的生活命运、精神气质，形成豪放刚健的风格。南北朝民歌内容有别，风格各异，但它们共同构成了《诗经》、汉乐府之后民歌创作的又一次高潮，取得了可喜的成果，对中国诗歌的发展作出了重要的贡献。

南朝的君主和诸侯王大半爱好文学，不少都以提倡文学、招揽文士著称，有的本身还是作家，于是“天下向风，人自藻饰”，写诗的风气十分浓厚。据《诗品》说，那时的士子“才能胜衣”，便“甘心而驰骛”。因此，文学作品大量增加。但南朝文学在帝王和贵族的掌握与引导下，只能继续向形式主义的道路发展。梁元帝说：“至于文者，惟须绮縠纷披，宫徵靡曼，唇吻遒会，情灵摇荡。”形式主义要求是很明显的。

南朝文人诗歌从宋初开始由玄言转向山水。玄言诗本来就与山水有密切关系。玄言诗人常常通过山水体会玄理，而登临山水也很早就成为士族阶级优闲享乐生活的一部分。东晋末年殷仲文、谢混的诗里，山水成分已逐渐增多。到了宋谢灵运，由于政，治上的失意，“肆意游遨”，所至“辄为歌咏，以致其意”，山水成为主要的描写对象，遂完成了玄言诗到山水诗的转变。山水诗仍是贵族生活的产物，但它打破了玄言诗的腐滥，反映了自然美，并多少提高了诗歌的表现技巧，仍有历史的进步意义。宋代出身寒微的鲍照继承和发扬了汉乐府的传统精神，成为当时代表进步倾向的优秀诗人。他的作品猛烈地抨击了门阀制度，并表现了士族文学所少见的爱国思想和较广泛的社会内容。他的七言和杂言乐府改进了七言诗的形式，扩大了七言诗的影响，对七言诗的发展有重要贡献。

齐梁时代是我国诗体重大改革的时期。我国诗歌自建安以后渐重词藻、对偶、用事，以及声音的谐和。到了这时，声韵学得到长足的发展，周颐发现了汉语的四声，沈约将四声的知识运用到诗歌

的声律上，提出“八病”之说，和其他诗人共同创造了“永明体”，为律诗的形成奠定了基础，开创了我国“近体诗”发展的时代。梁陈两代，帝王和世族的生活更加腐朽，精神也更为空虚。他们自然不再满足于山水的清音，而要寻求强烈的声色刺激。于是产生了宫体诗。它主要是以艳丽的词句表现宫廷生活，其中也有一些类似文字游戏的咏物诗。宫体之名始于梁简文帝萧纲。在陈后主的宫廷中，也有一批宫体诗人梁简文帝萧纲、庾肩吾、庾信、徐摛、徐摛都是当时著名的宫体诗人。这些具有病态文化人格的作家，在诗歌形式上刻意求工，内容上则以反映宫廷享乐生活为主，诗风浮靡绮艳，形式主义达到了登峰造极的程度。

西晋亡后，北方进入了五胡十六国时期。入居中原的匈奴、鲜卑、羯、氐、羌五族的统治者不断互相攻杀兼并，混战了一百多年，使中原经济和文化再次遭到惨重的破坏。五胡十六国时期，几乎没有作家，到了北朝时期才出现了少数诗人，如北魏、北齐时期的温子升、邢邵、魏收，但他们的诗只不过是南朝梁陈诗歌的仿制品。梁末，诗人庾信由南入北，才给北朝诗坛打开新的局面。庾信原为梁代宫体诗人，经历了梁末的战乱，到了北方后，常常感到国破家亡的痛苦。这使他能从宫体诗的樊篱中挣脱出来，在后期的创作中，反映了一定的社会政治内容。

北朝文学最有成就的部分是民歌。它酷似汉乐府，相当广泛地反映了北方的社会现实和北方人民悲惨的命运，突出地表现了北方民族的精神面貌，并具有豪放刚健的独特风格。其中的《木兰诗》更是一首杰出的女英雄赞歌。

魏晋南北朝是中国散文又一次发生重大变化的时代。从广义说，“散文”包括了散文、骈文和辞赋。

建安时期是中国散文发展的一个重要历史阶段，也是一个开风气之先的时期。曹操为文不尚华词，多实事求是，无所顾忌。其文章在内容和形式两方面都能突破前代陈规，形成清峻、通脱的文风，成为“改造文章的祖师”，对当时及后世散文产生了重要影响。曹丕、曹植的散文众体兼备，风格自具。曹丕之文，通脱自然之风近于曹操，而其文章之华丽则沿袭了东汉文风。曹植文章意气极盛，文采焕发，文质兼胜。孔融文章以议论为主，辞采典雅富赡，放言无忌。建安后期，文章讲究用事，重视辞藻，表现了由质而文的发展趋势。

西晋时期，骈文兴起，散文成就不高。西晋初年张华之笔札，信手挥洒，文风自然洒脱。东晋的王羲之、陶渊明成就较高。王羲之之文清新疏朗，风神摇曳，风格真挚而自然。陶渊明之文不尚偶俪，不近繁缛，语言清腴，风格淳真而淡泊。

南北朝时期，骈文鼎盛，散文中衰。刘宋时期的鲍照是一位骈体文名家，他写了不少骈体应用文，也写了一些骈体写景之作，其文章以整饬的骈句为主，而时杂散句，兼有散文之长。齐、梁时期，时主儒雅，笃好文章，骈文的发展达于极盛。齐代的孔稚珪、竟陵王萧子良，均为骈文作家。齐初文坛的核心人物王俭，其文辞采富丽，骈四俪六，且以数典为工，开齐、梁骈文以博富为长之风，表现了南朝骈文的本色。“永明体”的创建者王融、沈约以及任昉等人，均为骈文高手，他们将声律理论移植于骈文创作，使文章音律谐美，大大提高了文章的骈化程度。

梁朝骈文又有发展。昭明太子萧统的《文选》，对骈文的发展无疑起了推波助澜的作用。而梁简文帝萧纲、梁元帝萧绎均为骈文的重要作家，特别是他们重辞采，重音律，重抒情，对提高文章的骈化水平起到了重要作用。庾肩吾文章传世不多，但颇能代表当时骈文“弥尚丽靡”的风尚，其文骈四俪六，对偶工整，通篇隶事，雕琢字句，标志着骈体文已发展到完全成熟的地步。此外，像陶弘景、吴均、丘迟、江淹、何逊等，都有骈文名作问世。齐、梁时期，骈体文统治了整个文坛，包括许多实用文体，无不骈化。但同时，骈体文内容空虚，形式绮艳，格调卑弱，贵族化和程式化的倾向十分

严重。陈朝沿袭齐梁遗风，依旧是骈文主宰文坛。徐陵是南朝最后一位骈文大家，其《玉台新咏序》极尽工巧靡丽之能事。

北朝骈文远逊于南朝。北魏中期的袁翻、常景向南人学习骈文，尚处于学步阶段；北魏后期的温子升、邢邵、魏收等人的骈文标志着北朝文向南朝文的靠拢，但仍多模仿南人，缺乏特色。直至西魏末年，庾信、王褒等人由南朝北宋，骈文始盛。庾信是南北朝时期最有成就的骈文大家，他能纯熟地驾驭骈四俪六的语言格式，使骈文发展到了无施不可的地步。

骈体文是一种特别讲究艺术性和形式美的文体。用艳丽工巧的形式掩饰贫乏的内容，这是骈文最大的特点，也是其最突出的弱点。骈体文在南北朝时期的畸形繁荣，助长了形式主义文风的泛滥，对后世文学产生了不良的影响，同时也使自己走人了死胡同。

然就在齐、梁骈文鼎盛之时，又有人起而批评骈文。在南朝而反南朝文风者，前有范缜，后有裴子野，他们反对骈俪，不尚淫靡之词，代表了文章由文而质的转变趋势。北朝散文虽受南朝影响，然自有特色。颜之推倡导古今文体合流，其代表作《颜氏家训》质朴无华，别具一格；郦道元的《水经注》骈散相间，以散为主，对后世山水散文的发展影响巨大；杨湾之的《洛阳伽蓝记》，工于描绘，文笔流畅，以散体为主，但表现了较重的骈俪习气。此外，魏晋南北朝时期的史家之文（如陈寿的《三国志》、范晔的《后汉书》），小说家之文（如干宝的《搜神记》、刘义庆的《世说新语》），以及一些传统的散文名篇，也从不同侧面体现了散文发展的成就。

汉赋作为汉代文学的主要形式，在艺术上取得了一定成就。在中国文学史上有一定地位，但汉代大赋也表现了不容忽视的弊病与局限。三国两晋时期，出现了不少辞赋作家和优秀作品，并且汉大赋逐渐被抒情小赋所取代，赋的骈化趋势也日渐明显。

建安时期的辞赋多为抒情小赋，题材亦渐趋日常化。曹植、王粲，都是这一时期重要的辞赋作家。王粲的《登楼赋》，曹植的

《洛神赋》是这一时期抒情赋的代表作，在抒情赋的发展史上占有重要的地位。

西晋太康年间，赋作颇多，以小赋为主。但多数作品因袭前人，缺乏个性；雕琢太甚，较少情趣，总体成就不高，唯潘岳陆机、木华等人的部分赋作较有特色。

东晋辞赋又趋清新明快，最有成就的是陶渊明，其《归去来兮辞》、《闲情赋》等，平淡自然，一如其诗，风格之独特为历来赋作所少见。总观三国、两晋辞赋，咏物抒情小赋占据主导地位，赋中整饬的偶句大增，辞藻渐趋华丽，骈化趋势明显，对南北朝骈体赋的产生有着直接的影响。

南北朝时期，辞赋转盛，名家名作颇多，而辞赋亦逐渐完成了其骈体化的过程。南朝赋仍以咏物抒情小赋为主。宋谢惠连的《雪赋》、谢庄的《月赋》，铺排而不堆砌，风格清新明丽，是南朝咏物赋的代表作。鲍照是宋最杰出的辞赋家，其《芜城赋》最为人传诵，是南朝抒情小赋的代表作。齐赋作不多，较有影响的作家是谢朓。他的抒情小赋，由于声律理论的运用，在对偶精工和声律协调方面都更加留意，加速了抒情小赋的骈化进程。

梁是南朝辞赋的全盛时期。宫体诗人以同样的题材和风格来写辞赋，闲情艳语，华靡流荡，萧纳、萧绎为其代表。江淹是梁最有成就的辞赋作家，《别赋》、《恨赋》最负盛名。其辞采精美，声韵和谐，用典繁密，笔墨纵横，将南朝的抒情骈体赋推向了成熟的阶段。陈赋作不多，唯徐陵的《鸳鸯赋》稍有名气。北朝辞赋虽代有所作，然名家名作极少。

在诗文辞赋发展的同时，小说的发展也引人注目。秦汉以来，方士活跃，神仙不死之说盛行，汉末又巫风大畅，加之道教、佛教的广泛传播，巫师、僧侣“张皇鬼神，称道灵异”，而整个魏晋南北朝的社会动荡，又使得老百姓极易接受封建迷信思想。在这样的社会背景下，不少记录鬼怪灵异的小说应运而生。就作者的主观意图

讲，多在宣传宗教迷信，但其中也确有一部分作品体现了人民群众的理想与愿望。在这类志怪小说中，干宝的《搜神记》成就最高。

魏晋南北朝时期，由于玄学兴起，清谈玄理之风极盛，而有钱有闲的士族文人、官僚又喜品评人物，于是以记录现实人物言行为对象的轶事小说，也开始跻身于文学之林。这些小说广泛地反映了这一时期士族阶级的生活、思想和心态，是人们了解和认识士族阶级的好材料。在这类志人小说中，刘义庆的《世说新语》堪称出类拔萃。

魏晋南北朝是中国小说的幼年时期，虽在艺术上有自己的特色和成就，但也仅仅是初具规模，无论在内容上，还是在表现技巧上，都还有待于进一步的发展和完善。作为一种新兴的文体，六朝小说标志着中国小说发展的一个崭新阶段，为后世小说的发展提供了宝贵的经验。

文学理论的发展取得前所未有的成就，是这一时期文学意识自觉的重要标志，也是这一时期文学繁荣发达的一个重要原因。魏晋南北朝时期，人们逐渐摆脱了传统的束缚，把注意力更多地投向了社会现实和个人的精神世界，把写人作为文学的真正主题，促进了文学理论的迅速发展。魏晋时期，已不断有文学批评和文学理论著作问世。曹丕的《典论·论文》，不仅提出了文章是“经国之大业，不朽之盛事”的主张，充分肯定了文学的社会地位和作用，而且对各种文体加以分类，并对各种文体的特性加以概括；并且还运用文气说对不同作家风格的形成作出了解释。这一切都表明了文学观念的更加明晰和文学在独立发展道路上的大步前进。这一时期，文学界发生的文、笔之辨，更是一场关于文学与非文学界限的争论，大大促进了人们对于文学本身的深入研究。又由于南朝文学贵族化、形式化的倾向严重，也引起部分进步文人的尖锐批评和深入思考。在这样的背景下，刘勰和钟嵘分别写出了《文心雕龙》和《诗品》这两部文学理论巨著。《文心雕龙》对文体、创作和文学批评等方面，进行了全面系统的阐述，建立了自己的文学思想体系。《诗品》不仅品评了汉魏以来众多诗人的成就与风格，而且系统地论述了诗歌的起源和发展。这两部著作，不仅有反对形式主义文风的鲜明倾向，而且把文学研究推向了深入发展的新阶段，对后世文学批评和文学理论的发展产生了极其深远的影响。此外，萧统的《文选序》，梁元帝的《金楼子·立言》，颜之推的《颜氏家训》，徐陵的《玉台新咏序》等，也都从不同的方面发表了对文学的看法。

综观魏晋南北朝文学的发展，可以说是丰富多彩，成就卓著。这是一个文学自觉的时代，解放的时代，也是一个探索的时代，转变的时代。它开拓了文学的新领域，创造了文学的新形式，丰富了文学的表现技法，提高了文学创作的文字技巧，发展了文学批评和文学理论，使这一时期的文学创作文体多样化、题材多样化、风格多样化，出现了中国文学史上文学创作自由的第一个春天。

隋唐五代文学

源远流长的中国古代文学，到隋唐五代时期，发展到了一个全面繁荣的新阶段，整个文坛出现了自战国以来所未有的百花齐放、万紫千红的局面。其中诗歌的发展，更达到了高度成熟的黄金时代。唐代不到三百年的时间中，遗留下来的诗歌就将近五万首，比自西周到南北朝一千六、七百年中遗留下的诗篇数目多出两三倍以上。独具风格的著名诗人约有五六十个，也大大超过战国到南北朝著名诗人的总和。而李白、杜甫的成就，更达到诗歌创作的高峰。在散文方面，由于古文运动的胜利，创造出许多传记、游记、寓言、杂说等新型短篇散文。在小说方面，也出现了许多打破六朝志怪小说格局、独具机杼、富于文采与意想的传奇作品。除了这些前代所已

有的文体在这个时期获得推陈出新的辉煌成就而外，变文一类通俗讲唱文体在民间的广泛流传；词的从民间到文人，从萌芽到成熟；更为后代文学的新发展开拓了道路。

这个前所未有的文学全面繁荣局面的形成，一方面固然是文学本身不断发展变革的结果，但更为根本的还是决定于文学发展的社会基础和历史条件。

隋朝的统一，历时不过三十年，却在政治、经济、文化诸方面为唐朝的全面繁荣奠定了基础。其对唐代文学影响甚大者，有以下几点：

首先，隋朝开始废除魏晋以来的九品中正制，实行科举制："炀帝始建进士科，又制百官不得计考增级，其功德、行能有昭然者，乃擢之。"（《通典》卷一四选举二）这是对封建门阀等第制度的改革，对有唐一代政治经济文化的发展，影响不容低估。

其次，由于南北统一，运河开凿，交通便利，隋朝搜集汇总了南北朝的官私秘藏珍典，分类编目，《隋书·经籍志》所著录者蔚为空前。炀帝潜邸置学士分类修书，为后世类书所祖，为唐文化教育的发展准备了条件。

再次，由于统一，颜之推、薛道衡和陆法言等人有可能综合古今语音的异同，斟酌南北方言之长短，汲取前人韵书的成就，撰著《切韵》，统一书面音韵，为唐代律诗绝句的音调声律制定了准绳。

最后，尽管由于历时短暂，隋朝文学只能承袭当时占统治地位的南朝淫艳绮靡的文风，但由于统一，为南北文风的融合创造了条件，出现了文风改革的一些征兆。

隋朝前后只统治三十多年，作家大半是南北朝旧人，受南朝文风影响极深，加上隋炀帝大力提倡梁陈宫体，因此浮艳淫靡文风仍然泛滥文坛。但是，由于隋初国势增强，对外战争取得一定胜利，隋文帝又曾提倡改革文风，隋初的一些诗歌，尤其是边塞诗歌中也曾出现了一些比较清新刚健的作品。这又表明隋代文风开始向唐代过渡的特点。预示着文风的改革势在必行。开创一代新风，定型律体的任务，历史地落在唐代文人的肩上。

唐朝（618～907）是我国封建社会的鼎盛时期，也是古典文学全面繁荣的时期。唐诗代表着我国古典诗歌的最高成就：大家名家星罗，佳作海汇，众体皆备，流派竞繁。唐代的古文运动为古典散文找到了一种精炼畅达、富于表现力的载体——古文，并形成继先秦两汉之后散文创作的又一高峰。词是诗歌和音乐两相结合而在唐朝产生的新诗体。唐传奇是脱胎于六朝志怪的真正成型的文言小说，是我国古代小说发展史中的里程碑。仅见于唐代的变文，则是我国说唱文学的源头之一。

唐代极盛时期势力所及的范围，东北至朝鲜半岛，西北至葱岭以西的中亚，北至蒙古，南至印度支那，是当时世界上最强大的封建帝国。

国家空前规模的统一，对文学繁荣也提供了有利的条件。过去由于南北对立，文化发展殊途，在学术上是“南人约简，得其英华；北学深芜，穷其枝叶”。在文学上是“江左宫商发越，贵于清绮；河朔词义贞刚，重乎气质”。但自隋代统一，双方就开始互相吸收。唐初文人更明确地提出南北文学应“各去所短，合其所长”（《隋书·文学传叙》）的要求。这种愿望终于在统一局面下实现了。盛唐的诗歌，中唐的古文，正体现出南北文化汇流的汪洋浩瀚的局面。同时国家的统一，水陆交通的发达，也使作家生活视野扩大了。唐代作家如李、杜、高、岑、元、白、韩、柳等都走过很多地方，都有许多出身地位、思想性格不同的朋友，这是六朝文人，乃至许多两汉文人所不及的。尤其值得注意的，是唐代国内各民族关系比过去更为融洽，中外文化的交流，也比过去更为活跃。中国传统的音乐、舞蹈、绘画、雕塑乃至日常生活的饮食、服饰，都受到其他民族文化的影响而有重要的发展。唐代在中国各民族音乐的基础上吸收外来音乐，建立了燕乐、清乐、西凉、高昌等十部乐曲。舞蹈方面，

剑器舞、胡旋舞等也来自西域。绘画方面也吸收外国色彩、晕染的技巧，出现了敦煌许多壮丽的壁画，也出现了阎立本、吴道子、李思训、王维等绘画大师。各种艺术的发展，大大地促进了文学的发展。王维的山水诗，号称“诗中有画”，显然受到山水画的积极影响。音乐的发展，不仅有助于诗歌的入乐传唱，还直接促成了词的诞生。更值得注意的是吸收其他民族文化的精华，使唐人精神生活大大地丰富了。

唐代文学的繁荣，也是文学本身不断发展的结果。从先秦到汉魏六朝，文学经历了长远的历史发展过程，诗歌、散文、小说等方面都积累了丰富的遗产。现实主义和浪漫主义的光辉传统的建立和发展，不同思想倾向的表现，不同题材领域的开拓，不同文体特征的探索，以及声律的运用，语言风格的创造，手法技巧的革新，都为唐代文学的发展提供了值得借鉴的财富，同时，也留下了不少深刻的教训。这些都是唐代文学繁荣的必要条件。

此外，唐代文学拥有空前广大的作者群。即以诗歌为例，“唐诗人上自天子，下逮庶人，百司庶府，三教九流，靡所不备”（胡应麟《诗薮·外编》卷三）。比如唐太宗、唐玄宗的诗就曾受到某些文人的称赞，《全唐诗》中收录了很多和尚、道士、尼姑、宫人、歌妓，以及无名氏的作品，而其中的主体，则由新兴的庶族地主出身的文人，取代了六朝的豪门士族。

唐王朝的统治者，为了更好地维护他们的统治，对于儒、释、道三教，都加以利用。这种政策在唐初已得到确立，以后也没有改变。

唐代文人的思想信仰各有所宗，却大都带有出入儒释道三教的特点。外服儒风，内宗梵行、道行，成为风尚。综观有唐一代，历朝皇帝虽出于政治需要或个人好恶，曾右佛左道（如武则天）或右道左佛（如唐武宗），但大体上仍是三教并举的。德宗首开殿上讲论三教之例，加速了唐代三教合流的趋势。

唐代文人和唐代文学还受侠义之风和纵横家思想的濡染，这是其区别于西汉以后历朝历代文人的显著特点。纵横家喜谈王霸之术，属意功名，多用游说干谒诸侯君王；豪侠义士慷慨行义，扶危济困。两者在唐朝结合，成为唐代尤其是初盛唐士风的一大特点。究其原因，隋末天下大乱，群雄纷争，作为乱世之学的纵横术，遂得行其道。唐一统天下后，西北游牧民族尚武粗犷的习气和燕赵多慷慨之士的风俗浸染，城市经济的发展，思想禁忌的松弛，博取功名的社会思潮的高涨和中唐以后藩镇蓄养刺客成风等诸多原因，都促使了两者的合流复炽。这样的思想行为诉诸诗文，便有大量歌颂慷慨赴难、扶危济困、仗义行侠行为和吟咏重然诺、轻生死品质的题材出现，便有慷慨多气的风格形成。盛唐边塞诗派的崛起，晚唐传奇中豪侠题材的骤增，都与之相关。

这一切，使得儒学教条对人们的束缚大大削弱，人们的思想得到了某种程度的解放，其创造力能够得到较好发挥，因而也就为文学的发展，提供了良好的条件。

此外，唐代文人的文艺修养普遍较高。唐朝的君王能诗善画、雅好书法、精通乐律者颇多。他们参与创作，并对文人创作辑集品评，倡导奖掖。他们重视文治，发展教育，在全国普设各级学校，教授经、律、书、算、诗等课程，并以此开科取士。唐朝鼓励中外文化交流和融合，与西域、印度、日本等东亚、南亚各国的交流规模和频繁程度都大大超过盛极一时的西汉。在发扬民族文化优良传统的基础上，广泛汲取外来文化的精华，使唐朝的音乐、舞蹈、书法、绘画、建筑、雕塑等艺术门类出现了百花齐放的全面繁荣景象。正是在这样的文化艺术氛围中，唐代文人的文艺修养，得到极大的提高。

唐朝的一些文人诗文并擅，书画、音乐兼长，善于在不同的文学艺术门类之间互相渗透借鉴，形成文学艺术相辅相成的局面，出现了大量题画评诗、鉴赏书法、描绘音乐的佳作。张旭的狂草、曹

霸的画马、公孙大娘的剑器舞，都曾给杜甫的诗歌创作以灵感和启发，因而他的诗歌题画、论书，深中肯綮，屡见新意。王维兼工诗书乐画，他的山水田园诗在绘景状物、意境创造、构图著色方面，每多借鉴于绘画，从而创造出“诗中有画”的境界。李颀的《听董大弹胡笳弄》、李贺的《李凭箜篌引》、白居易的《琵琶行》、韩愈的《听颖师弹琴》等，都是描绘器乐演奏的名篇，表现出作者精湛的音乐鉴赏力。而这正是诗乐相配的曲子词产生的必要条件。据《宣和书谱》记载，唐代诗人中，贺知章、李白、张籍、白居易、许浑、杜牧、司空图、吴融、韩偓等都工于书法。这又使唐代诗歌与书画的题材和审美情趣，在一定程度上呈现出同步变化的趋势：初唐多宫廷和宗教的题材，尚精工典丽；盛唐多社会自然的题材，追求雄壮浑厚的风格；中晚唐诗画，从题材到审美情趣，都有世俗化、通俗化的趋势。

唐朝文人文学艺术素养的精深，还表现在他们善于继承、勇于创新，有兼容包举的魄力和胆识，又善于“别裁伪体”，能够“转益多师”（杜甫《戏为六绝句》）。他们对诸如《诗经》的现实主义精神、楚骚的浪漫主义风格、诸子的哲理思辨、汉魏风骨、齐梁声律、史汉的传记叙事、六朝的志怪志人、辞赋的铺张扬厉、汉魏乐府的质朴白描、南朝民歌的清丽婉约、六朝骈文的精工俪对，均能广采博取。不仅如此，他们还善于从生动活泼的民间文学中汲取丰富的营养，而这正是六朝宫廷文人所欠缺的。

唐代文人的创作从题材内容到艺术构思风格都从浑金璞玉般的民间创作中得到启迪和借鉴。唐代的现实主义诗人从民歌、民谣中了解百姓疾苦，倾听黎民心声。聂夷中的“二月卖新丝，五月粜新谷。医得眼前疮，剜却心头肉”（《伤田家》），内容和构思都有取于高宗永淳年间的歌谣：“新禾不入箱，新麦不登场。迨及八九月，狗吠空垣墙。”（《新唐书·五行志》）

综上所述，社会政治、经济的原因，造就了一批特有的文学创作群体，加以文学自身的发展规律，使唐朝成为我国历史上文学发展的极盛时期。

唐代文学是在南北朝文学的基础上发展起来的。南北相比，南朝文学长期以来居于统治地位，它在艺术上精美华艳，而内容上却较贫乏空虚；北朝文学，尤其是北朝民歌，内容比较充实，风格刚劲粗犷，艺术上则比较朴拙质直。魏徵对此曾作过比较，并指出若能“各去所短，合其两长，则文质彬彬，尽善尽美矣”（《隋书·文学传序》）。唐代文人正是在此基础上创造出“文质彬彬，尽善尽美”的唐代文学的。

唐代是一个诗的时代，中国古代文学史上，唐诗与先秦散文、汉赋、六朝骈文、宋词、元曲、明清小说并称，无疑是因为它代表了唐代文学的最高成就。清人编纂的《全唐诗》及后人辑录的《全唐诗逸》、《全唐诗外编》共收录了近五万二千首诗，有姓名的作者达二千三百多人。其数量之众、作者面之广、风格流派之多、体裁样式之全及影响之大，均堪称空前，并出现了李白、杜甫、白居易这样享有世界声誉的伟大诗人和一批众星拱月的名家。因而，它也代表了中国古典诗歌的最高成就。

从诗歌题材看，唐诗几乎深入到了唐人生活的每一个领域，举凡朝政得失、国家兴衰、将相忠奸、战事胜负、宫廷歌舞宴乐、民间渔樵耕织、官吏的诛求贪婪、民生的哀怨疾苦、中外的通商聘问、边塞的祭神牧猎、山河景观、田园风光、琴技棋艺、书法画境，各种素材无不入题。从济苍生、安社稷的雄心，致君尧舜、立功边陲的壮志，到隐居山林的闲趣、思恋情人的哀怨；从饯别送行、羁旅思亲的离愁别恨，到累举不第、落魄淹蹇的牢骚怨恨，各种感怀均得抒发。诗歌几乎成了唐人生活中密不可分的一部分，而唐人则把诗歌的各种功能发挥得淋漓尽致。

从诗歌内容的种类看，唐诗出现了题画、评文诗如杜甫的《画鹰》、《戏为六绝句》，记游诗如韩愈的《山石》、白居易的《游王顺

山悟真寺》，史诗如杜甫的《咏怀五百字》、李商隐的《行次西郊作一百韵》，哲理诗如张若虚的《春江花月夜》、王之涣的《登鹳雀楼》，寓言诗如柳宗元的《笼鹰词》、曹邺的《官仓鼠》，赋体诗如杜甫的《北征》、韩愈的《南山诗》，其他如白居易的《长恨歌》、元稹的《连昌宫词》宛如传奇，王维的《老将行》、白居易的《新丰折臂翁》好似人物传记，这些都是唐人对诗歌内容的拓展和创新。

从诗歌的风格流派看，鲜明独特的风格是创作成熟的标志，仅就盛唐而言，"李翰林之飘逸，杜工部之沉郁，孟襄阳之清雅，王右丞之精致，储光羲之真率，王昌龄之爽俊，高适、岑参之悲壮，李颀、常建之超凡，此盛唐之盛也"（高棅《唐诗品汇》总序）。在相同的时代背景和社会审美心理的作用下，一部分性格、遭际、素养大致相近的诗人唱和切磋，形成风格相似的流派。唐朝诗坛先后出现过风格华丽壮美的四杰和精工纤巧的十才子，闲雅淡远的山水诗派，慷慨豪壮的边塞诗派，平易通俗的元白诗派，奇警崛峭的韩孟诗派，精深婉丽的温李诗派等众多的风格流派，形成斗妍争奇的繁荣局面。

就诗歌的体裁而言，中国古典诗歌的各种体裁至唐代"则三、四、五言，六、七、杂言，乐府歌行，近体、绝句，靡不备矣"（《诗薮·外编》）。五、七言古体，兴于汉魏，唐人有所发展：或古、律结合，使音节婉转优美，韵致生动流畅；或诗、文结合，破偶为奇，使风格古朴奇崛。

唐人的五古，陈子昂、高适、王昌龄、李颀等追踪汉魏，风格高古遒劲；张九龄、孟浩然、王维、韦应物、柳宗元等效迹陶潜，风格清淡，韵味醇厚。杜甫尤其堂庑大开，记事、述行，抒怀、议论，无施不可。

唐人歌行，风格多样。四杰、张若虚、刘希夷的七古，铺张排比，有类汉赋；流丽婉转，脱胎宫体。李杜二公，才大气雄，各领风骚。李白、岑参的歌行感情激荡，笔法奇幻，风格飘逸豪宕；杜甫、韩愈的歌行，感情沉郁，笔力遒劲，风格奇崛拗峭。元白歌行，随物赋形，通俗平易，律句律调，声情凄婉。

唐人乐府，多不合乐，属古体。李白的乐府借旧题写己怀、述时事，别出机杼；杜甫、白居易发展了汉乐府“感于哀乐，缘事而发”的传统，创为“即事名篇、无复依傍”（元稹《乐府古题序》）的新题乐府，后发展为新乐府运动；李贺则多以新题写古事，借以刺时抒怀，奇谲幽艳，自成一家。

律体是唐人的创新。他们在六朝永明体和骈文讲究声韵、崇尚骈偶的基础上，将律诗声调和谐、句法关联、平仄相对、词义对仗等要求程式化，予以定型，形成五律、七律、排律、律绝等体裁。初唐上官仪总结出六对、八对说，丰富了对仗的手法。四杰的律体，风格婉丽，未尽合律，至杜审言、沈佺期、宋之问，五、七言律诗基本定型。盛唐诸家，各创意境，竞擅胜场，至杜甫则“浑涵汪茫，千汇万状”。中唐以后，气格虽降，门户纷开：十才子精工，韦柳淡远，元白平易，贾姚冷僻，杜牧俊爽，刘禹锡苍劲，李商隐沉博绵丽，各自标榜。

唐人绝句有古绝、律绝之分，大都能谱乐歌唱，即唐代的乐府。盛唐绝句，兴象玲珑，情景浑成，李白、王维、王昌龄称胜；中唐绝句，委婉工细，韵味隽永，李益、刘长卿、刘禹锡擅长；中晚唐之际的绝句，笔意曲折，议论精警；杜牧、李商隐互相颉颃。

盛唐哺育了我国古代文学史上两位伟大的诗人李白和杜甫。他们的诗歌从不同的侧面和角度，以不同的风格反映了这个繁荣和危机并存、昌明与苦难同在的时代。李白的诗歌以澎湃雄放的气势、奇特瑰丽的想象、清新自然的语言、飘逸不群的风格，抒写拯物济世的怀抱，表现蔑视权贵、反抗礼教、争取个性自由的精神，揭露社会政治的黑暗，成为反映盛唐时代精神和风貌的一面镜子。而杜甫的诗歌则是安史之乱前后的一部诗史。他忧国伤时，谴责战乱，哀恤民瘼，善于把时代的灾难、民生的涂炭和个人的不幸结合起来，

用典型事例加以表现，因而他的诗感情深沉、蕴涵深广、笔法深曲、语言遒劲，形成“沉郁顿挫”的风格。又由于他善于涵古茹今，转益多师，所以能“尽得古今之体势，而兼人人之所专”（元稹《杜君墓系铭序》)，成为一位既集前人之大成、又开后人无数法门的诗人。

唐代散文主要有骈文、“古文”两大类，两者互相消长，又互相交融，而古文则代表唐代散文的主要成就。

骈文在唐朝作为官方诏制书判的应用文字，士子仕进的必修科目，一直被沿用，“虽韩（愈）、李（翱）锐志复古，而不能革举世骈体之风”（曾国藩《湖南文征序》)。与六朝相比，唐朝骈文有所变化，一是务实切用，改变了六朝骈文末流“连篇累牍，不出月露之形，积案盈箱，唯是风云之状（李谔《上隋高祖革文华书》）的弊病，如魏徵、陆贽等人讥陈时病、谏诤朝政的章奏疏议；一是在对偶用典、声律词藻上，不像六朝骈文那样逞才尚华，而能在明白晓畅（陆贽）、气宏辞丽（四杰）、精致华赡（李商隐）上自成特色。唐代骈文总的发展趋势是散化，乃汲取古文的某些长处所致。

唐初骈体大家首推四杰，他们的代表作如王勃的《滕王阁序》，气势宏大流利，属对工整而不板滞，辞采华美而少雕琢，用典绵密而精当切实。至盛唐的“燕（张说）许（苏颋大手笔”，所作骈文崇雅黜浮，有雍容雄浑的气势，少用典，或用常典，不务词句华丽，已有运散入骈的趋势。中唐陆贽的骈体奏议，“虽多出于一时匡救规切之语，而于古今来政治得失之故，无不深切著明”，言事周密详尽，析理精警深刻，用笔委曲动情，极少用典征事，力扫浮华之习，几乎不觉俳偶之迹，是对骈体的解放，被奉为“万世龟鉴”（《四库全书总目》卷一五〇）。中晚唐之际，骈文乘古文渐衰之机复炽。令狐楚与李商隐、温庭筠、段成式（后三人齐名，皆于从兄弟中排行十六，号“三十六体”）均擅长骈文，而李商隐则为唐代骈文大家。他的骈文集六朝徐、庾与唐代陆贽之长，有各种风格，而以属对精切、用典繁缛、色彩秾丽、婉约雅饰为主。对后世骈文亦有影响。

唐朝的赋，“总魏晋宋齐梁周陈隋八朝之众轨，启宋元明三代之支流”（王芑孙《读赋卮言》）。与汉魏六朝赋相比，唐赋的内容更切近现实，如李华的《吊古战场文》、萧颖士的《登宜城故城赋》、柳宗元的《骂尸虫文》、杜牧的《阿房宫赋》等一批感事伤时、针砭时弊的名作相继出现，说明赋的讽谏作用有所加强，赋的形式也更趋多样化。在六朝骈赋的基础上，受科举考试诗赋和律诗成就的影响，产生了律赋这一新赋体。尽管有限韵、开头破题、通体排比等诸多限制，唐人还是能够用以状物、述事、抒情、议论，出现了《嫦娥奔月赋》（蒋防）、《明皇回驾经马嵬赋》（黄滔）、《效鸡鸣度关赋》（宋言）等一批精工妍丽的佳制。俗赋则是在唐代俗讲变文影响下产生的一种民间用白话口语说唱的新赋体，如《韩朋赋》、《燕子赋》等。其揭露之深刻、描写之生动活泼都有民间文学的特色，对后世的说唱文艺影响深远。唐代的文赋受古文运动的影响，在语言平易和散文化方面已不同于汉代的文赋而自具特色。

唐代古文，与骈文相对而言，是一种奇句单行、不讲声律对偶的散文。它既继承了先秦两汉散文内容充实、行文自由、朴实流畅等特点，又提炼于当时的口语，因而其表现力远较骈文丰富灵活。唐代古文是在与骈文的斗争中兴起发展的，但两者又相互影响，韩柳的散文常常寓骈于散，使句式整饬而富于变化，如《进学解》、《捕蛇者说》等是。

唐代散文的发展大致可分四个时期：

第一时期（618～741），是古文运动的发轫期。武德、贞观年间，是骈文的一统天下，高祖、太宗出于施政的需要，提倡公文疏奏，实录切用。在一些史书和魏徵、傅奕、马周等人的奏疏谏议中，已出现以散间骈的征兆。

高宗武后之世，四杰的骈文指责朝政，褒贬时事，抒发志向和牢骚，内容充实，气势宏大，有汉赋余响；词藻华丽，仍六朝积习。

适应武周改制称帝的需要，一些阿世取容的御用文人（如李峤、宋之问之流）所作的文章，从内容到形式，近于南朝文学侍从之词，而陈子昂的直言极谏，则显得不合时宜。他为人任侠使气，又精习纵横，所作论议疏奏，陈王霸之术，揭时政之弊，谠言直论，凌厉风发，行文也多用散体，因此，尽管他的"道"与后世古文家所倡言者内涵不同，文风也有别，而且他的表序颂祭，仍有俳偶陈习，但后世还是尊之为古文运动的先导者。

第二时期（742～805），是古文运动高潮的酝酿期，涌现了一批散文改革的倡导者。前有李华、萧颖士、元结，后有独孤及、梁肃和柳冕。他们在理论上主张明道宗经，强调文章救世劝俗的社会作用，不满于骈文的浮靡华艳，推崇陈子昂的斫雕返朴。他们的主张是安史之乱以后欲以儒道重振王纲朝政的社会思想在文学上的反映。但他们的儒道不纯：元结不师孔氏，李华、梁肃兼信儒佛；理论片面：忽视文章的美感和辞章文采对表达内容的功用；又成就有限：未脱骈俪旧习，少有传世名作。其中成就最高者当首推元结。他的散文忧时愤世，风格危苦激切，在山水游记、寓言杂文上有所创新。有"上接陈拾遗，下开韩退之"（全祖望《元次山阳华三体石铭跋》）的重要过渡作用，但也有艰涩古奥、文采韵味不足的缺点。

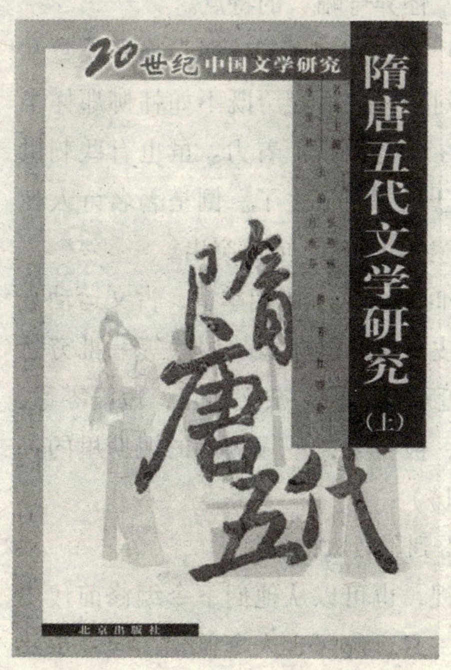

第三时期（805～859），是古文运动盛极而衰的时期。其中永贞至长庆（805～824）年间是古文运动的极盛时期。一批文人抱着行道济世、重振唐运的志向，积极参与永贞改革、元和中兴。古文运动高潮的形成，正适应了当时的政治需要。一时人才辈出，既有韩、柳作领袖，又有李翱、李观、李汉、皇湜浞、刘禹锡、吕温、白居易等人为羽翼，他们互相切磋推挹，造成声势。对古文运动的指导思想、创作宗旨，韩、柳都有较明确、系统的论述，提出“文以明道”的主张，阐发了文道相辅而行的关系，克服了前辈重道轻文的偏颇。韩愈的不平则鸣说和柳宗元的“辅时及物”说，提倡创作面向人生，干预现实，抒情言志，不仅“明道”而已，大大丰富了古文的创作内容。他们对古文的艺术形式也作了具体论述，力主“陈言务去”、“气盛言宜”、“文从字顺”、“意尽便止”，还对作家的道德、文艺素养和创作态度有所要求，这对于规范古文创作，提高艺术水平起了重要作用，他们的古文创作成就斐然，在散文的各种体裁如序、铭、记、说、寓言等，几乎都有突破和创新，并形成各自鲜明的风格。韩文雄深奇崛，柳文精深峻洁，被奉为后世散文的楷模。李翱、皇甫湜分别发展了韩愈“文从字顺”和“怪异奇崛”的特点。

宝历至大中年间（825～859）古文运动渐趋衰落，作者人数和成就均不如前。代表人物孙樵、刘蜕，生活经历既不如韩柳那样丰富，才力心志更相去甚远，只能在怪奇峭僻上着力。虽也有些刺世疾邪的佳作，但与皇甫浞相比，已是等而下之了。倒是著名诗人杜牧的散文，论列大事，指陈利病，剀切排涘，成就突出。

第四时期（860～907），这一时期进入了唐朝季世，古文运动衰微，小品文却异军突起，出现了皮日休、陆龟蒙、罗隐等一批穷愁之士。他们的小品文远绍元结，近承韩、柳。杂文寓言，短篇零章，愤世疾俗，幽默讽刺，深切犀利，被誉为“一塌糊涂的泥塘里的光彩和锋芒”（鲁迅《小品文的危机》）。

此外，便是史传文学在唐代得到了较大的发展。

唐初最高统治者对文化的重视，也可以从他们下令编修前代史书的事实里看出来。武德四年十一月，起居舍人令狐德涠向高祖建

议撰写梁、陈、北齐、周、隋五代正史。五年十二月，高祖下了修史的诏令。但“绵历数载，竟不就而罢”（《唐会要》卷六十三）。贞观三年，太宗特地把原属秘书省著作局的史馆移于禁内，以修五代史。贞观十年初，《梁书》、《陈书》、《北齐书》、《周书》、《隋书》同时撰成。稍后，李延寿在其父李大师《南北史》遗稿的基础上，开始对宋、南齐、梁、陈、魏、北齐、周、隋等书加以删节补充，编纂《南史》、《北史》。显庆四年，这两部史书获政府认可，高宗还亲为作序（此序已佚）。贞观二十年，太宗“令修史所撰《晋书》”（《唐会要》卷六十三），预修者有房玄龄、褚遂良等二十一据人（新唐书·艺文志》）。至二十二年书成。

上述八部史书，基本上都是太宗在位时编写的。唐初所修正史达八部之多，占了二十四史的三分之一，这个数字本身就足以使人瞩目。尤其值得注意的是，这八史不单是一般的史学著作，更不是质木无文的史料缀辑，而是都具有一定程度的文学性，在文学史上应有其相应的地位。

唐初修前代八史，无异乎动员众多的史家和文士来从事散文的写作。而且这种写作也是作者尚质实、薄淫丽的文学观的具体实践。因此，这些史传散文家，无论在理论上还是在实践上，都或多或少地对当时的文学革新运动作出了自己的贡献。

八史叙事文字多用散体，或骈散兼施，皆力求具体、生动，避免粗陈梗概和板滞；史论文字则多用骈体，或以散文为主，都注重修辞和文采。但唐初史传散文的文学性还不止此。更重要的是，各史都善于利用纪传体的形式刻划历史人物，以至于显示出某种程度的“小说”特色，其中最具“小说”特色者为《晋书》、《南史》、《北史》。在前人的评论中，它们就是被看作“小说”的。朱熹认为，李延寿《南》、《北》史，除司马公《通鉴》所取，其余只是一部好看的小说”。王世贞称《晋书》为“稗官小说”。唐初史传不特继承了《史记》的传统史笔，而且无疑对唐人小说产生过相当影响。

赵翼说：“（唐修）各正史在有唐一代并未行世，盖卷帙繁多，唐时尚未有镂板之法，自非有大力者不能备之。惟《南》、《北》史卷帙稍简，抄写易成，故天下多有其书。”（《廿二史札记》卷九）唐人杜佑《通典》又谈到当时习举业的生徒必修《晋书》、《隋书》等史。唐修正史，至少是《南奶》、《北史》和《晋书》，在当代已经流行。而此三书最具“小说”趣味，传奇作者仿效它们，当是没有疑问的。各史叙事文字以散体为主（《梁》、《陈》二书甚至纯用散体），实为古文运动的先声。韩、柳“古文”自由灵活，富于表现力，特别适于叙述多变事相和曲折情节，颇为元和、长庆以后的传奇作者取法。这是史传散文对小说的间接影响。史传散文本身的散体形式对传奇的直接影响也不能排除，因此，可以认为，唐初史传散文不仅上承史迁笔法，而且下启传奇写作，为唐人“吮笔为小说”产生了一定的影响。

唐代传奇的出现，是我国小说发展史上的里程碑。唐人开始有意识地创作小说，无论取材于现实还是历史，都着重表现人事，不同于旨在证明神怪不诬的六朝志怪。艺术上追求“著文章之美，传要妙之情”（沈既济《任氏传》），运用想象和虚构，曲折情节，塑造人物形象。一些优秀的传奇如《霍小玉传》、《柳毅传》、《李娃传》、《莺莺传》等，对后世的白话、文言小说及戏剧都产生了深远的影响。

词是隋唐之际新兴的一种合乐歌唱的诗体。所配燕乐，杂“胡夷、里巷之曲”，而以北朝隋唐间大量传入的西域音乐为主。它起源于民间，二十世纪初出土的敦煌曲子词，多数出自民间艺人和下层文士之手，作于天宝年间者为数不少。它们题材广泛，形式多样，表现手法灵活多变。中唐以后，文人仿作渐多，题材手法，均有模拟痕迹。在晚唐和偏安的西蜀，社会风气衰败奢靡，士大夫苟安于声色犬马、弦歌醉舞之中，产生了以温庭筠、韦庄为代表的花间词派。它们的题材，不出花前月下、闺怨绮思，树立了“词为艳科”

的藩篱。风格上尽管各有所异，但大致以刻红剪翠、香软浓艳为共同点。稍后的南唐词，产生的土壤与花间词略同，为南唐君臣娱宾遣兴之作。表现手法上长于主观抒情，风格较为疏淡。《花间集》中的韦庄和南唐冯延巳为其中的过渡人物。南唐词的真正变化产生于南唐亡国之后，李后主从一国之君沦为阶下之囚，“终日以泪洗面”，词的内容，变为表现亡国之痛、故国之思，极沉痛深挚。在表现手法上，也以白描口语见长。至此，词从宫廷佐酒助乐的工具，变为抒情达意的文学形式，词的境界为之扩大，为宋词的繁荣开辟了道路。

唐昭宣帝天祐四年（907）三月，垂亡的唐朝君臣迫于压力，演出一场禅让的闹剧。四月，原是唐臣的朱温，在汴州（今河南开封）即帝位，国号梁，年号开平，昭宣帝降位为济阴王，李唐王朝正式宣告覆亡。早在朱梁开国之前，在南方已有杨氏的吴国、钱氏的吴越国、刘氏的南汉国。朱梁开国后，又封马殷为楚王，王审知为闽王。同年九月，蜀王王建也在成都称帝，建立了蜀国。中国历史从此进入分裂割据的五代十国时期。

这一时期中国的政治状况有一个显著特点，那就是占据北方中原地带的五个王朝，政权更迭异常迅速。五十三年时间，换了五朝十三帝。最长的后梁十六年，最短的后汉，连头带尾不到四年。

从唐末开始就在文士、知识分子中日益扩散开来的离心倾向，此时更加浓重。许多人为躲避中原战乱，或遁迹于山林，或迁居南方小国。人材的大量流失，造成了五代中原地区文化，特别是文学创作衰落不振的局面。

在这五十多年中，中原没有能够产生杰出的文学家。后唐庄宗李存勖颇具文采，且重视伶官、艺人，但所存作品极少。另一位比较著名的作家，是一生历仕五朝、有“曲子相公”之称的和凝。他官运亨通而又多产，曾有集百卷。从现存于《花间集》中的二十首词看，作风以香艳秾丽为主。据说他在后晋天福五年入相以后，曾设法销毁此类作品。这或许是他的作品大量散佚的一个原因，同时也就使今人难以全面地了解他。除此以外，能够入史的中原文学家就不多了。

与中原的情况相反，五代时期先后有九个小国偏安于南方（十国之中，仅北汉在北方，首都太原）。这些小国虽然据守一隅、形势逼仄，但统治者为巩固其政权，都能一定程度地采取保境安民、与民休息政策，有的国家且能保持二三十年和平环境，故而社会相对比较安定。农业、手工业、商业与对外贸易在以往就比较优越的基础上，继续有所发展。大量南逃的农民，为这些小国补充了劳动人手，那些避乱而来的士人则带来了文化、艺术，加强了南方诸小国的文学创作力量。

十国中文学最盛的自然要数西蜀和南唐。

西蜀包括王建建立的前蜀和孟知祥建立的后蜀。王建之子王衍、孟知祥之子孟昶，虽都是荒淫昏聩的亡国之君，但在文学上均有一定造诣。西蜀山川险固，易守难攻，数十年间相对和平安定，这不但使统治者得以享尽声色犬马之乐，而且也养育出一批具有高度文学修养、在曲子词创作领域中成绩显著的作家。后蜀广政三年(940)，赵崇祚编辑晚唐以来词的选集《花间集》，共收录十八位词人的作品五百阕，绝大部分（十三人）是蜀产或仕于蜀的作家。他们的作品绝大多数是绮罗香泽之词，但有少数词人风格颇有变化。韦庄词有较多个人抒情意味，风格清丽疏雅，有一定意义。

南唐在十国中最为富强。陆游《南唐书·元宗本纪》说它“比同时割据诸国地大力强，人材众多，月据长江之险，隐然大邦。尤其难得的是几代皇帝都重视文化建设，建学校，兴科举，以致“俊杰通儒，不远千里而家至户到”。当时南唐的著名文人有韩熙载、李建勋、冯延巳、沈彬等。中主李璟、后主李煜，作为皇帝极是庸懦无能，但作为文学家却艺能全面，才气横溢。他们的词内容仍然很狭窄，感情也不够健康，但较少浓艳的脂粉气。李煜在亡国以后写

的一些词，能直抒胸臆，写个人国破家亡的感受，扩大了词的表现范围，艺术上也有独特的成就，对词的发展有一定的贡献。

五代十国诗人较有成就者，多为晚唐遗老，如韩偓、韦庄、罗隐、贯休等。其余作者虽也有佳联隽句，而类不出晚唐窠臼，效白居易、贾岛、姚合者多，如黄滔有白诗的平易流畅而遗其讽谕，李中得贾岛的苦涩而峭拔不及。

五代散文更为寥落，竟无名家名篇行世。只有些稗史谈丛，如孙光宪的《北梦琐言》、王仁裕的《开元天宝遗事》等。

真正反映五代十国《花间集》诗人和南唐词人创作思想的是欧阳炯的《花间集序》及刘昫的《旧唐书·文苑传序》。刘昫认为“世代有文质，风俗有醇醨，学识有浅深，才性有工拙”，“是古非今，未为通论”。反对一味的“宪章《谟》《诰》，祖述《诗》《骚》”，推崇沈约“俾律吕和谐，宫商辑洽”，功不在曹子建、谢灵运之下，肯定了南朝文学的贡献。对唐朝许多重要作家的评价，他也常从审美角度着眼。如对元稹，称其“工为诗，善状咏风态物色。当时言诗者称元、白焉”（《旧唐书·元稹传》），他赞赏柳宗元、刘禹锡曰：“其功丽渊博属辞比事，诚一代之宏才。”（《旧唐书·柳宗元传》）这正是五代十国文学思想的主流。

宋辽金文学

公元960年，后周殿前都点检赵匡胤在陈桥驿（今开封东北四十里）组织兵变，代周自立，建立了北宋王朝。此后将近二十年间，宋太祖赵匡胤和太宗赵光义又先后用武力和外交的手段吞并了南方的几个独立王国和建都在太原的北汉。这时，除了北方的辽国与西北的夏国之外，五代十国那种乱哄哄你方唱罢我登场的迭更变乱和各自占土封王互不臣服的小块割据局面总算大体结束，一个大一统的新王朝总算基本建立，这就是赵宋王朝。宋王朝从建立到宋帝昺二年（1279）元世祖灭宋统一中国，其间宋朝共统治三百余年。宋朝虽然结束了五代十国的割据局面，但是并没有完全统一全国。宋代三百年间，同时存在着几个民族政权并立的局面，先后存在的政权有：辽（907～1125）、西夏（1032～1227）、金（1115～1234）、大理，（938～1254）以及高昌（回鹘）、蒙古等。历史上称宋高宗南渡（1127）以前为北宋，都城在汴梁（今河南开封市）；南渡以后为南宋，都城在临安（今浙扛杭州市）。从唐朝末年以后，中国的封建社会便转向后期。宋代是封建社会经济、文化高度发展和民族矛盾尖锐的时期。

宋代政治的特点是轻武人，重文人。高度重视文治，高度重用文人，这是为巩固政权服务的。宋太祖曾云，文人“纵皆贪浊”，其危害“亦未及武臣十之一也”，为此宋王朝采取了扩大科举取士的范围及职能，提高文人的政治、生活待遇等办法。取士的名额较唐扩大了数十倍，且“布衣草泽，皆得充举”，为平民入仕铺平道路，入仕后的俸禄也远远高出唐人。从此科举考试几乎成了通向权力与财富的惟一途径。

在宋代的名臣和著名文人中，像欧阳修、梅尧臣、苏氏父子、黄庭坚等等，都是出身于寒微的家庭。而像唐代还存在的诸如一个家族中数十人中进士乃至居高官的情况，在宋代根本就找不到。可以说，在宋代已经不存在一个多少能够与君权相抗衡的特殊社会阶层。

与此相关的是宋代科举制度的完备。唐代的科举并不完全是（甚至并不主要是）依据考试成绩定取舍的，家庭的背景，个人的声誉，同权势人物的关系，都直接影响着科举中的成败。而宋代科举由于实行了弥封制度，不管考官的眼光是慧是愚，除考试之外的人为因素毕竟要少得多了。同时，宋代的科举还有些值得注意的地方：一是规模扩大，每科所取的人数常超过唐代十倍，朝廷并因此大量增设官职，科举比前代更有效地成为国家笼络知识阶层的手段；二是作为君权具有绝对权威的显示，进士及第最后都要通过皇帝亲自主持的“殿试”考选，及第者不得对主考官自称门生；三是仕途出

身集中于科举一路。太祖、太宗时，还有不经科举直接从下层官吏提拔官员的情况，但已经不像唐代那样突出，至真宗以后，这种情况就难以找见了。唐初实行科举，李世民曾得意地说："天下英雄入吾彀中矣!"其实帝王的这一种梦想，要到宋代才真正实现。

宋代科举制的完备，为"寒士"参与政治生活提供了现实的可能，但这同时也强化了文人士大夫对于国家政权的依赖性。唐代文人可以投幕府、考进士、凭门第、走干谒、递行卷以求仕进，也可以隐山林、游江湖、入释道以求高名，而宋代文人可以选择的自我价值实现之路却狭窄得多，几乎只有经科举考试获得官位，并由此获得社会承认和优越的物质生活。因此，像唐代文人那样广泛的社会活动，多姿多彩、五花八门的生存方式在宋代渐渐消失了。用最明显的例子来说，宋代著名文学家的生活经历，比起唐代李白、杜甫、高适、岑参等人，都要简单得多。

宋初科举承唐五代余风，偏重诗赋，到仁宗以后，就更重策论。宋郊在庆历四年（1044）上奏："先策论则文词者留心于政治矣。"就说明这样的考试内容可以选拔有政治头脑的人才。文人执掌政权是宋代政治的特色，这和当时科举制度密切相关。同时科举考试的偏重策论，更直接影响了当时的文风。苏轼《拟进士廷试策表》说："昔祖宗朝崇尚词律，则诗赋之士曲尽其巧；自嘉祐以来，以古文为贵，则策论盛行于世，而诗赋几至乎熄。"宋文长于议论，就是诗歌也表现议论化、散文化的特点，又同这种考试内容密切相关。

北宋王朝在培养和选拔文士方面继承了前代学校、科举的制度，在京师设有国子学、太学，培养一般官僚的候补人才，此外还有律学、算学、书学、画学、医学等培养专门人才的学校。到宋仁宗时更明令全国州县都建立学校，设置学官教授，并有一连串考试提升的办法。由于官办学校还不能满足士子学习文化的要求，民间私立的书院逐渐增多。当时最有名的庐山白鹿洞书院、衡州石鼓书院、南京应天府书院、潭州岳麓书院，被称为四大书院。白鹿洞书院在宋太宗时学生达到数千人，应天府书院在宋真宗时修建了一百五十间校舍，它们的规模比官办学校还要大。

由于印刷术的进步，书籍的大量印行，著作容易流通，也容易集中，这就大大扩大了学者文人的眼界，也提高了他们著书立说的兴趣。当时从中央的三馆、秘阁，以及州学、县学、民间书院，都藏有上千上万卷的书籍。私家藏书如宋敏求、叶梦得、晁公武等都达数万卷，而且喜欢借给人看。宋代学者所掌握的历史文化知识一般比前代学者丰富，私家著述远远超过前代，而且有不少是几十卷、上百卷的大部头著作。这不仅决定于印刷事业的发达，同时是当时封建文化全面高涨的表现。

宋代是一个君权高度强化的专制社会，文人出路狭窄，与国家政权的关系极为密切，宋代文人大都也就只能在忠于君主、报效国家的位置上确定自我的角色。从历史上看，自中唐以来，就有相当多的人认为国家的兴亡，中国文化传统的命脉，都系于儒学所要求的伦理纲常的盛衰；而道德的重建与道统的延续，关键在一个"内转"，也就是说，儒家那套伦理纲常、行为规范仅仅形之于外在的礼教仪节已经不够了，应当把它作为一种内在心灵中对道德的自觉。这种认识在宋代特殊的环境中得到发展和实践。宋代理学，无论是周敦颐、张载、二程、朱熹还是陆九渊，大体都是走的这一路向。他们重新建立的儒家意识形态是一个庞大的体系，从外在方面说，是将宇宙的起源、结构及其天然合理性与道德秩序、伦理纲常、社会结构对应起来形成一个解释体系（像《太极图》的解说、《易》的阐释、《历》的编纂都属于这一类）；从内在方面说，是将"天理"与人心互相对应，凸显人心对秩序、规范的自觉，从而为儒家道德伦常找到宇宙论与心性论的依据，把外在伦理规范对人的行为、思想的整顿约束变为内在心性自觉的谐调和修养，这样就完成了儒学的"内转"。虽然理学在宋代并未成为官方学说，有时甚至因为特殊的原因受到政府的抑制，但它的强大的势头，清楚地表现了宋代

士大夫的思想趋向，并造成广泛的影响。在“内转”思想氛围中，文人自觉地收敛了放荡狂傲、任情任性的习性，变得老练深沉、正经规矩，至多也就是像苏东坡那样，借几分滑稽、几分旷达，来逃脱来自社会也来自自身的压抑。

宋代商业经济的发展、社会内部矛盾的加剧，都是破坏封建秩序的重要因素。大力提倡儒学，正是加强封建思想控制的必要手段。然而正像一切具有悠久传统的思想体系一样，儒学也在不同的时代根据不同的政治需要，被作着不同的解释。宋仁宗时期配合范仲淹的政治革新而兴起的古文运动，与神宗时王安石的变法，都以儒学相标榜。而反对革新和变法的势力，也到儒家思想中寻找理论依据。于是在儒家复古旗帜下出现的思想的分化和学派的纷争，便成为宋代学术思想的一个鲜明特征。宋代儒家学派虽多，但大体上不外是强调“修身、齐家、治国、平天下”，或以“治国”、“平天下”为主，或以“修身”养性为主，范仲淹、欧阳修、王安石等属于前者；后者则以二程、张载为代表，形成为宋代的理学派别，并随之分化为南宋的朱陆之争。

儒家与道家乃中国主要的本土思想，先秦时代虽分道扬镳，而汉初则崇尚黄老，武帝复独尊儒术，前后起伏，若断若续；及至东汉佛教东渐，本土思想乃不得不在演进中趋向合流。何晏有《论语集解》，王弼兼注《周易》、《老子》，魏晋时代思想的争鸣，实际上并无学说上的创新，而是通过解释经典与反对礼教，从而弥合了儒道之间的差异。阮籍行之于前，陶渊明成之于后，此后本土思想中也就不复更有儒道之间的明显界限，虽形式上仍有朝野之别，而价值观上则难分彼此。若苏东坡便正是宋代继陶渊明之后的代表人物。

宋朝儒学得到大力提倡，主要是在宋仁宗时期。仁宗自幼训习儒经，所用宰相，全是进士出身的老成儒者。范仲淹上书改革政治，以全面解释儒家圣人之道为思想依据。庆历新政实施期间，始创太学，在各州县设立学校讲授儒学，使儒者讲学之风大盛。为配合这场政治革新而兴起的古文运动，正是继承中唐韩愈发起的以“文以载道”相号召的古文运动，这一运动的主要领导人欧阳修主张通经学古的目的乃在切于世、致于用，反对“务高言而鲜事实”、“思混沌于古初”的“广诞无用之说”，要求学者关心时事，忧念天下，以反映民瘼和刺世疾邪作为文学的主要职能。与欧阳修观点接近的穆修、尹洙、苏舜钦等都很少有空洞谈道的专论。欧阳修所提拔的曾巩、三苏等，也都是一批“博于古而宜于今”的古文家。王安石更是主张“文以适用为本”，反对“辞弗顾于理，理弗顾于事”的“近世之文”。

当然即使在同一“致用”的旗帜下，也会有“文治”、“武备”各重一端之别。儒家一般虽多重文治，但在外族侵凌、半壁河山的背景下，主战派的出现也是不难理解的，如苏洵的《六国论》，颇具有战国时代纵横家雄辩的豪情，便正是这方面的代表之作。

宋代，随着禅宗的盛行，出现了士大夫禅化，禅士大夫化的合流倾向，谈禅已成为士大夫普遍而时髦的风气，苏轼、王安石、黄庭坚，以及江西诗派、江湖诗人中的很多人都雅好此道。他们谈禅已不是附庸风雅，而是将其变成一种生活和情感的体验，形成人生观的一部分。

随着老庄淡泊无为思想的复归和禅宗任运随缘思想的流行，宋人对人生采取了更超脱、更达观、更冷静的态度。他们对世态炎凉及人情冷暖一般都看得很透、很淡，特别是在官场失意时多能以乐观、爽朗、超脱的态度对待。

但宋人的超脱与达观有时又变得太重功利，这就在宋人的生活态度中形成另一个特点——享乐之风盛行。宋太祖曾以享乐为条件，杯酒释兵权，解除了重臣的兵权，从此享乐之风盛行。士大夫中一方面造成歌舞宴享之风盛行，生活奢侈无度，另一方面也促使文化素养普遍提高，促成各项学问、艺术与技艺、玩好同时兴盛，培养了单纯从诗艺和学术角度把玩文学的风气。在人生思想方面，理学

的主体理性自觉意识和佛老尤其是禅宗的人生哲学，反映了这一时期士大夫知识分子在服从封建国家的同时寻求个性发展的意愿，深化了他们的人生思考。因此，宋代文学一方面出现了大量流连诗酒、酬酢唱和、逢场作戏之作，形

成了琢字炼句、炫耀学问、追求韵味的创作风气，文学题材扩大到了前人未曾涉及的生活琐事或侧面，如役使童仆、年节风俗、翁媪口角、亵事杂物等，另一方面也以更多的篇幅品味人生，欣赏自然，表现解脱羁绊、恢复真实自我的意愿，乃至直接谈禅论道，诙诡消谑人生。宋代文学既充分表现了士大夫世俗、庸俗的一面，表现了他们的丰富情感需要乃至势利、腐化的恶劣本性，也展示了他们难以排遣的人生烦恼和精神痛苦，表达了他们对美好人性和自由生活的向往。宋代文学的这种世俗化、个人化的特点，一方面渗透到士大夫文学的各体形式中，诗、文在言志载道的宏篇大制、高头讲章外出现了“犹画工小笔”（欧阳修《试笔》）的精裁巧作、短札小品，咏物题画诗、机趣诗、题跋、笔记、散体赋等十分流行；另一方面则与新兴的市民文学形式相呼应，文人创作也在接受市民文学趣味的影响。

唐末五代的割据混乱的局面，到北宋而归于统一。为了获得统治势力的巩固，赵宋王朝加强了集权制度，把军权、财政权、司法权都收归中央独揽。这就防止了地方势力的兴起，不致于会有唐代那种节度使和朝廷对抗的情形，而使国内局势比较安静。同时，为了恢复和发展经济，赵宋王朝也作了努力，采用一些有助于农业生产的措施，废除许多苛捐杂税；这样，五代时诗人所写的因兵乱而

“田园荒尽”的景象，渐渐变为繁荣，有如宋初诗人所歌咏的：“稻穗登场谷满车，家家鸡犬更桑麻”（滕白《观稻》）。随着农业生产的发达，工商业也有空前的发展，把无数中小商人和手工业者吸收到工业或商业重地的大城市里面来，形成了广大的市民阶层。这种繁荣情况虽然因金人大举入侵而受了打击，但是“靖康之变”以后，偏安于南方的南宋依然是一个经济发达的“小天下”。宋代的文化正是建筑在这个基础上面的。

宋代封建经济得到全面发展。地主阶级内部庶族地主的势力扩展，农民阶级的地位也有了一些变化。封建租佃制代替了过去人身依附关系比较强的庄园农奴制。这个转变推动了社会生产的新发展，农业劳动生产率有了显著的提高。北宋建立后的百年间，即出现经济繁盛的局面。南宋与金对峙时期，南宋国土减少近半，但江、淮、湖、广等农业发展地区都在南宋境内，经济发展仍处全国领先地位。多种经营、经济作物和商业性农业的发展，推动了手工业和城市商品经济的发展。北方金世宗时，经济也得到恢复。从北宋开始，商业较前代有了更大的发展。北宋首都汴梁，逐渐突破了唐代坊市的界限和宵禁，随处都有商铺酒楼，官府虽曾几次想恢复原来的坊市制度，但都没有成功，反而日益扩大贸易的地区，并出现繁盛的夜市。洛阳、扬州、成都等地，也出现类似的情况。市集交易在各地的居民经济生活中，在政府的财政收入上，都已占有相当的地位。集市区内出现专门的游艺场所勾栏瓦肆，商业性演出活动促进了城市市民文艺的发展。城市的繁荣和市民层的发展使宋代文化发生了明显的变化。

宋代文学以诗、文、词最为发达，话本次之，戏曲等其他形式又次之。就诗、文、词三者来说，绝对水平都很高，如果作横向比较，很难说孰优孰劣；但如果和前后代作竖向比较，则词的成就相对更高一些。

宋代文学可分为六期，即北宋初期、北宋中期、北宋末期，南

宋初期、南宋中期、南宋末期。其中北宋中期与南宋中期成就最高，好像处于两个波峰；而北宋初期与南宋初期都对前一期文学进行了总结和革新，并为两个高峰期的到来作好了充分的准备；相比之下北宋末期与南宋末期沿袭大于创新，总体上成就较差。

宋文创作包括散文、骈文、辞赋、笔记文等。北宋是散文创作的黄金时期。宋初柳开等人曾提倡古文，但其后在杨亿等人率导下，“时文”风行一时。诗文革新的主要任务是以古文取代时文，欧阳修以丰厚的创作实绩为宋代散文发展打开了道路，奠定了宋文切实有用、平易流畅的基本风格。在他奖掖提拔下；曾巩、王安石和苏洵、苏轼、苏辙父子等散文大家脱颖而出，迎来了散文创作史上的一段辉煌时期。这一时期的散文既与政事时务和思想论争密切相关，同时也呈现出多样的风格，古朴的曾文、犀利的王文和姿态万方的苏文交相辉映。南宋的散文写作与当时的民族斗争、政治斗争紧密相联，胡铨、陈亮、叶适等人均以抨击时政、言辞激烈的策论文字著称，但在总体上，“文日趋于弱，日趋于巧小”（《朱子语类》卷一〇九）。宋末文天祥、谢翱等人在记序文字中表达爱国之情，文风悲壮凄怆。此外，理学家的文章一般不讲究文采，并对文学家之文持排斥态度，但他们的讲学之文言简理赅，论辩明晰。受禅宗文字影响，理学家的语录体著作也流行开来，这类记录对话口语而成的著作，直率无忌，生动泼辣，无意于文，但却提供了一种崭新的文体，对改进文字风格有长远的影响。

唐代散文讲究炼字琢句，有新奇以至险怪的字眼和句法，点缀着精心选择的富于色泽的词藻。有时连说理的文章也写得古奥艰涩，例如韩愈的《本政》、柳宗元的《说车》。韩愈认为“文无难易，唯其是尔”（《答刘正夫书》）。宋代散文家只提倡他的“易”的一面——“句易道，义易晓”（王禹宲《小畜集》卷一八《再答张扶书》），放弃了他的“难”的一面，略过了他所谓“沉浸醴郁”，而偏重他所谓“文从字顺”。这符合于而且也附和了道学家对散文的要求：尽去“虚饰”，“词达而已”（周敦颐《通书》第二八章）。所以宋代散文跟唐代散文比起来，就像平原旷野跟高山深谷的比较。这点差异宋人已有觉察，例如有人注意到：苏轼骂韩愈所推奉的扬雄“以艰深文浅陋”，还瞧不起萧统《文选》，因此自己写的散文也“长于议论而欠弘丽”（张戒《岁寒堂诗话》卷上）。欠弘丽而长于议论，可以移为宋代散文的概评。宋代散文明白晓畅、平易近人，是表达意思的比较轻便的工具。元、明和清中叶以前的散文基本上承袭了宋代散文的风格；号称“唐宋八家”，实际上也是欧、苏、曾、王比韩、柳被后人更广泛地效法，譬如茅坤、归有光和桐城派的“古文”或公安派、竟陵派的小品文，都是主要地得力于宋代散文的。

宋代政府公文、慰问书启及许多正式文件仍通用骈文。散文作家一般都兼写骈文，也有一些专以骈文名家的作者。宋初徐铉、杨亿、刘筠等人的骈文，多守唐人规摹，典丽稳重。欧阳修等人在骈文中开始融以古文笔法，不重藻饰。南宋初汪藻、孙觌、洪适等人的骈文多用长句，打破四六格式，一时成为风气。南宋后期的李刘、方岳等人专门代人起草公文，并以此授业，所作“惟以流丽稳贴为宗”，更加缺少生气。笔记、题跋是宋人特别擅长的文字形式，题跋就某件文物或遗文旧事发表观感和批评赏鉴意见，集随笔而成的笔记著作包括史料、考据、掌故风俗、学术观点等内容。这两类文字均不尚空谈，以切实有据、可传可信、一语中鹄、片言解颐为旨归，不少作品还生动体现了作者的精神风貌。这类著作的繁荣反映了宋代文化的昌明，学术思想的活跃，也是文体解放的成果之一。

宋代的诗歌直接继承了唐代诗歌传统。开国之初，诗人中有很多是前朝的旧臣。他们的文化素质较高，所作诗歌留有唐代余风。如徐铉、徐锴兄弟和李昉等都是从五代入宋的文臣，他们的诗歌创作受白居易的影响较深，其作品在宋初有一定的影响。继之，王禹宲登上诗坛，他虽学白居易，但更崇尚杜甫，学习杜甫的诗歌风范，

在《示子诗》中说："本与乐天为后进，敢期子美是前身。"他的诗歌在宋初很有影响。宋太宗和宋真宗时代，有几位隐逸诗人：林逋、魏野、潘阆和九位诗僧，他们写诗追随中唐诗人贾岛、姚合，创作刻意求工，内容多反映闲适清静的隐逸生活。他们之中，林逋的成就最大，人品诗品均为人所称道。与之同时，还有跻身于仕途上的几位诗人：杨亿、刘筠、钱惟演等提倡学习晚唐诗人李商隐。他们在受命编纂大型类书《册府元龟》时，互相写诗唱和，后经杨亿把他们唱和的诗歌编为《西昆酬唱集》，收有十七位诗人的二百五十首诗，西昆体遂由此得名。西昆体诗歌，讲究绮艳华丽，雍容典雅，多用典故，但内容流于空洞，使得一些有识之士对之不满。这时，首先起来提倡诗歌革新的有梅尧臣、苏舜钦等人，他们不满西昆体诗人追求晚唐华艳柔弱的诗风，主张诗歌创作应继承风雅传统，反映现实。梅尧臣在一首赠答诗中说："因事有所激，因物兴以通"；苏舜钦在一首感怀诗中说："奋舌说利害，以救民膏肓"，充分表现了他们的创作态度。清代叶燮在《原诗》中指出："开宋诗一代之风气者，如梅尧臣、苏舜钦二人。"

自从苏舜钦、梅尧臣提倡诗体革新，诗坛上不断地出现了优秀的作家。其中苏轼和陆游更是杰出的大家，先后媲美，而且都富于浪漫主义的色彩，跟宋代一般诗人不同。宋代诗人是非常着重对传统的继承的。北宋前期的诗人主要向白居易、韩愈学习，北宋后期和南宋前期的诗人主要向杜甫学习，南宋后期的诗人主要向贾岛、姚合学习；此外，苏轼、黄庭坚也是许多人学习的对象。杜甫、韩愈、白居易的作品里早已不同程度地表现出"以议论为诗"、"言理"的倾向；在宋诗里，这个倾向发展得更厉害，变成散文化的"以文为诗"。同时，由于不适当地强调杜甫的风格的一个方面，发生了"以用事为博"、"以才学为诗"的习气。诗人搜求和挪借古典成语来表达自己的情意，或者竟可以铺排古典成语来掩饰自己的缺乏情意。因此，宋代文学里有一个显明的对照：宋代散文随着道学影响的增加而愈趋浅易平淡，而苏轼、黄庭坚以后的宋代诗歌却随着江西派势力的扩大而愈趋于博奥和雕饰。这个差歧，在苏轼的作品里就透露了迹象，以致有人夸大地说："读子瞻文见才矣，然似不读书者；读子瞻诗见学矣，然似绝无才者"。

北宋覆亡的惨剧重新激起诗人关怀现实的热忱，出现了一批记录时代苦难的作品，爱国抗敌成为南宋诗歌最重要的主题。南宋中期出现了陆游、杨万里、范成大等优秀诗人，他们摆脱了江西诗派的束缚，从现实生活和大自然中撷取诗材，表达救国壮志，描写民生疾苦和田园生活，形成了宋诗的又一繁荣时期。

南宋后期，国势日衰。江西诗派已失去优势，继起的诗歌流派，有"四灵派"和"江湖派"，都各自表现出独特的风采。南宋末年，战争频繁，边患不已，爱国激情已成为时代的主流。南宋灭亡前后，涌现出了一批政治家、军事家，他们能文能武，他们写诗著文只有一个目的，发出抗敌的号角，抒发爱国的激情。他们用血泪写成的诗篇，显示了中华民族永不屈服的性格，表现了他们勇于献身的精神，在文学历史上谱写了光辉的篇章。这些爱国诗人中以文天祥、谢翱、汪元量、谢枋得、郑思肖为代表，都留下了光照千古的名篇。

从思想内容上看，宋诗所反映的社会生活面比历代诗歌、包括唐诗都要宽广。其具体表现有：

一是直接以诗歌议政。很多宋诗都是针对某一政治事件而发的，堪称是政治诗、时事诗，所以伴随着政治斗争高潮的出现，也常常出现诗歌创作的高潮。如庆历新政期间石介有《庆历圣德诗》、蔡襄有《四贤一不肖诗》、范仲淹、梅尧臣、欧阳修、苏舜钦有很多唱和诗。熙宁变法时期，王安石和苏轼更是以诗歌为武器，直接表达政见。又如绍兴间围绕胡铨上书乞斩秦桧而谪新州事件，王庭珪便有诗云："囊封初上九重天，是日清都虎豹闲。百辟动容观奏牍，几人回首愧朝班。名高北斗星辰上，身堕南州瘴海间。不待他年公议出，汉庭行召贾生还。"（《送胡邦衡赴新州贬所》）

二是广泛而深入地描写民生。不但写一般的农民，而且写到纤夫、渔民、城市贫民、手工业者、小商贩、艺人等。对一些本质性的问题，如土地兼并、屯积居奇等都有更深刻的揭露，如李泰伯《哀老妇》写到嫁母以避徭役租税，深刻揭露了社会的病态，实为历代所无："子岂不欲养？母岂不怀居？徭役及下户，财尽无所输。异籍幸可免，嫁母乃良图。"

三是一贯地表现爱国思想。这是宋诗最富有时代特色的内容。特别是南宋，这类作品已成为诗歌的主调。

四是广泛地描写经济生活、民风民俗等社会生活画面，如盐酒专卖、漕运、矿业、农具、医药、风俗、占卜、卖艺等。如仅就"水轮"这种新式农具，北宋就有梅尧臣、王令、苏轼等加以歌咏。

五是品评艺术，凡较著名的作家，几乎都有评诗、评书、评画、评乐之作，如黄庭坚《题郑防画夹五首》之一写绘画之美："惠崇烟雨归雁，坐我潇湘洞庭。欲唤扁舟归去，故人言是丹青。"

宋诗在思想内容上也有缺欠，如缺少爱情诗、边塞诗，而太多咏物诗、酬唱诗。

词产生于唐，而大盛于宋，作品如云，名家辈出，派别繁昌，风格各异，被后人尊奉为能和"楚之骚、汉之赋、六朝之骈语、唐之诗、元之曲"并驾的"一代之文学"。

宋代社会秩序的安定和大都市的繁荣都为宋初士大夫供给了享乐生活的条件，而词正是适宜于描述这种生活的歌唱文体. 是五代以来一向用来摹写风流绮艳的情事的。李煜亡国后所写的作品"眼界始大，感慨遂深"（王国维《人间词语》）。由于宋初士大夫的生活与南朝不同，词风酝酿着新变化。宋仁宗时，词的创作步入盛期，市井间竞逐新声，词的发展经历了又一次重要的乐曲变动。短调小令逐渐有了定型；长调慢曲占有主要地位；令、引、近、慢，兼有众体，词调大备。柳永采用教坊新腔和都邑新声，"变旧声作新声"，创作大量慢词，是词的发展。晏殊、欧阳修，主要承南唐余绪，多做小令，然而也表露出某些新变化，写恋情，写欢宴游乐，也写得情思婉转，风格清丽。苏轼扩大了词的题材，开拓了词的境界，而且把变革与刷新词调，也作为转变词风的一个重要方面，成为豪放词派的代表。周邦彦精通音律，创制慢曲，去俗多雅而又音节谐美，是格律派的代表。李清照主张词要铺叙、典重、故实，则“别是一家”。她的词当行本色，工于写情，被称为婉约派之宗。辛弃疾把苏轼开拓的词的境界再扩大，以文为词。苏辛词派的确立，进一步奠定了宋词在文学史上的地位。姜夔又用江西诗派瘦硬峭拔的风格写词，并打开“自度曲”的新路，又把慢词表现技法推进一步。唐五代词，在艺术上已很成熟，宋词不仅在内容方面有所开拓，艺术上也有发展，使词的创作达到最高峰。

宋词发达的原因是多方面的。从历史上讲，唐五代文坛以诗歌最为发达，而词远逊于诗，这就给宋人留下了广阔的余地。而且词改进了诗的句式过于严格以至死板、节奏过于整齐以至单调的不足，用各种长短句来表达深长、细腻、丰富的情感，因而“要眇宜修，能言诗之所不能言。”从题材上讲，词在初起时多被当作言情的诗体加以应用，这逐渐成为一种传统。而且城市经济的发展也促进了词的繁荣。

宋词的繁荣和成就有多方面的表现。其一，是在全社会的普及，上至皇帝填词谱曲，下到“凡有井水处，即能歌柳词。”其二是新创词调大量出现，多达千余种，且形式非常多，令、慢、近、犯、歌头、摊破、增减、偷声，无不齐备。而随着长调慢曲的增加与普及，词的表现容量亦随之加大，为词体的解放与革新打下了必要的基础。其三是较之唐五代，词的思想内容也有了根本性突破，填写技巧也有了很大提高。特别是像苏轼、辛弃疾这样的大作家更是“无意不可入、无事不可言”，彻底突破了狭义的言情范围。为了与长调相适应，宋词还特别讲究技巧方法，把诗、文、论、赋中的种种手法都移植到词中。以至出现了以诗为词、以论为词等现象。其四是流派

的众多。以作者创作而论有“柳永体”、“东坡体”、“易安体”、“稼轩体”、“白石体”等；以总体风格而论有婉约、豪放、旷达、骚雅等。

宋词成就虽大，但较诗内容又差一些。宋诗受了道学的影响，“言理而不言情”，结果使抒写爱情和描写色情变成了词的专业。一方面，这是继承了唐、五代词言情的传统。同时另有一个理由：古人不但把文学分别体裁，而且把文体分别等级，词是“诗余”，是“小道”，比诗和散文来得“体卑”。

在宋人的心目中，词从民间文学里兴起的时间还不很长，只能算文体中的暴发户，不像诗是历史悠久的门阀士族，因此也不必像诗那样讲究身分。有些情事似乎在诗里很难出口，有失尊严，但不妨在词里描述。假如宋代作家在散文里表现的态度是拘谨的，那么在诗里就比较自在，而在词里则简直放任和放肆了。当然，谈情说爱有时是“寄托”或“寓言”，因为宋词惯用“香草美人”的比兴手法，借情侣的“燕酣之乐、别离之愁”来暗指国家大事或个人身世，以致作者的影射的方法鼓励了读者的穿凿的习气。不过，这种象征的爱情仍然在宋诗里很少出现。

宋人的创作实践充分表示他们认为词比诗“稍近乎情”，更宜于“簸弄风月”。这样，产生了一个现象：唐代像温庭筠或韦庄的词的意境总和他们的一部分诗的意境相同或互相印证，而宋代同一作家的诗和词常常取材于绝然不同的生活，表达了绝然不同的心灵，仿佛出于两个人或一个具有两重人格的人的手笔。例如欧阳修的“浮艳之词”弄得后人怀疑是“仇人无名子所为”，而能作《煮海歌》的柳永在词里只以风流浪子的姿态和读者相见。

苏轼以后，宋词在内容上逐渐丰富，反映了许多唐、五代词所没有写过的东西，好些事物变成诗和词的公共题材，但是言情——不论是写实的还是寓意的——依然让词来专利。在形式上，词受了苏、黄以来诗歌的熏染，也讲究格律，修饰字句，运用古典成语，从周邦彦的雅炼发达至于吴文英的艰深。不过，宋词和民间文学始终没有完全脱气，典雅雕琢的风尚并未完全代替运用通俗口语的倾向。例如欧阳修的词是浅易的，但是他也写了比他的一般词更通俗，更接近口语的东西；黄庭坚的词跟他的诗一样，都是“尚故实”的，但是他也用俗语、俚语写了些风格相反的词。这两种词风在许多宋人的作品里同时而不同程度地存在。

由于宋代封建文化的高涨，妇女知书能文的渐多，词的传统风格又有利于抒写“闺情”，因此宋代还出现了一些女词人。生在南渡前后的李清照，既在词里描写她深闺孤独无依的生活，同时还抒发她南渡以后国破家亡的痛苦心情，在两宋词家中取得了杰出的成就。

随着大城市的发达和市民阶层的壮大，出现了表达市民生活和适应市民趣味的文艺。宋代的民间戏曲没有作品流传，我们只能从一些记载里推测它的情形；但是元代戏剧以它为基础这一点是无可怀疑的。宋代民间产生的小说是以口语写成的“话本”或“平话”。口语在宋代作品里所占的比例是空前的。

宋代民间艺人的话本比较活跃。它用平常的口语，搀合着浅近的、比较大众化的文言；这种语言经得起五六百年时间的考验，到现在还可以痛快顺溜地阅读。白话小说这个新体裁不但廓张了文学所反映的范围，描画出散文和诗、词未涉及的生活面，而且把它们原有的题材，例如民生疾苦、爱情、神怪等，也能抉剔得更入微，刻划得更逼真，使我们更亲切地看到社会的面貌，觉到时代的脉搏。或者可以说，题材的扩大和内容的深化需要一个新的形式来适应，一个比诗、词、“古文”灵活、富有弹性的体裁。话本的内容有些是跟宋代文言小说像洪迈《夷坚志》里的故事相类近的；只要把两者一比，立刻会发现话本的描叙很活泼、很细腻，而文言小说显得拘束、粗略。文学作品里的对话问题在话本里也接近于解决。宋代话本对后来戏曲的说白起了很大的影响。

两宋时期的话本小说、说唱诸宫调和戏曲，继承唐代通俗文学

的发展，取得了更重要的成就。由于这些作品的对象是占市民阶层中最大多数的手工业工人和小商人，这些作品的作者也大都生活在市民阶层之中，熟悉许多小市民的生活和思想面貌，这就在他们的作品中较多地反映市民阶层的生活和他们反对封建压迫的斗争。决定于作品内容的要求，作品的故事情节愈见曲折，对人物声音笑貌的描绘更其细致，语言也愈来愈接近口语。这是从《碾玉观音》、《错斩崔宁》等话本小说，以及《宣和遗事》里有关晁盖、吴加亮等英雄人物的描绘里可以清楚地看到的。

当时中国国内除北宋外，还有由契丹族在东北地区建立的辽，由党项族在甘肃、宁夏地区建立的西夏。辽、夏在和宋人的长期交往中逐渐接受了汉族的封建文化，在国内建立学校，培养人才。夏人虽有自己的文字，在与宋人交往时却用汉文。

辽、金虽然是少数民族所建立的政权，但受汉文化的影响很深；金在中原建立稳定的统治以后，甚至以中华文化的“正统”自居。所以，用汉文写作诗歌散文，在辽金是相当普遍的现象。尤其是汉族文人，他们在这方面的素养并不比南宋文人差。虽然在历史上被称为名家的不多，但至少像金末诗人元好问，是足以与南宋诸大家相提并论的。“高原水出山河改，战地风来草木腥”（《壬辰十二月车驾东狩后即事》），“薛王出降民不降，屋瓦乱飞如箭镞”（《过晋阳故城书事》），元好问的这些作品，不但深切反映了国家民族的灾难，还写出了人民和妥协投降派截然不同的坚决斗争精神。

由于辽金文人受儒学的制约毕竟不像宋朝文人那么严重，因此，他们的文学观念以及创作也较少拘禁。当宋朝文人的创作转向重理智而轻感情的方向时，辽金文人的作品仍较多地表现出率真任情的特色，这种特色一直延伸到元代。金代的市民文学也很发达，与整个中国文学的发展流程保持着同样的步调，有些方面甚至占据着领先的地位。如董解元的《西厢记诸宫调》，就代表了当时说唱文学的高峰。特别在戏剧方面，沿袭宋杂剧的金院本更接近成型。陶宗仪

《辍耕录》记录金院本戏目近七百种，虽然也没有剧本留存，但从名称来看，它所涉及的生活范围已相当广泛，其中有不少内容为元杂剧所继承。元杂剧的直接来源是金院本，元初几位重要的剧作家如关汉卿、王实甫、白朴等，也都是由金人元的。由此看来，辽金文学在中国文学史上的地位不可忽视。

元代文学

按照历史朝代的纪年，元代一般指从 1271 年建国号大元至 1368 年元朝灭亡这 97 年；但以杂剧、散曲的突出成就为主要标志的元代文学，实际上在 1271 年以前就已经形成。关汉卿等一大批戏剧家，都是所谓“金之遗民”，在金亡以后，1271 年以前，都已在杂剧、散曲的创作中显示了辉煌的成就。所以，元代文学的上限，至晚亦应定为金亡的 1234 年。这虽然与南宋文学有四十余年的交叉重叠，但元代文学有 130 多年的历史，则是客观存在的事实。

元代文学的发展，大致以仁宗延祐年间（1314～1320）为界，可分为前后两期。前期的文学主潮是杂剧和散曲两种新兴的文学艺术样式，在文坛上最为活跃的是那些“沉抑下僚”、沦落民间的文人才子，因此文学创作表现出一种清新而遒劲的格调。后期文学，杂剧、散曲和诗、文、词等传统文学样式互相争胜，在文坛上最活跃的已是那些步入仕途的文人士大夫了，因此在诗、文、词等传统文学样式发生新变的同时，散曲的诗词化和杂剧的文人化也成为突出的文学倾向，同时南戏也出现了一批佳作。总起来看，元代文学以杂剧、散曲、南戏的成就最高，后人盛称“唐诗”、“宋词”、“元曲”，是有一定道理的。

元代文学的时代特征最直接地同元代文人的精神面貌有关，而元代文人的精神面貌又是由他们的生活环境和生活经历所决定和制约的。一方面，忽必烈实行以汉法治汉民，继承了唐宋以来封建统治的经验，辅之以蒙古族的务实作风，社会经济得到了恢复和发展，政治统治是巩固的，民族融合是空前的，统治者是有信心的。另一

方面，金、宋兴亡的历史变革，社会生活的动荡，严酷的民族压迫和阶级压迫，使人民的反抗情绪和文人的内心愤懑也形成强大的思想潮流。这种社会思潮在一些文人身上表现为一种强烈的压抑状态：表面上嘻笑怒骂，或嘲风弄月，或醉情山林，而内心中却积蓄着无限的愤懑和不满。这种思潮在不同的作家身上有不同的特点，但却形成元代文学共同特征，在杂剧、散曲、南戏、诗、文、词等各种文学样式中都有充分的表现。

元代文学的艺术风格在总体上以自然本色为主流，人们评北曲（包括散曲和杂剧）“文而不晦，俗而不俚”（周德清《中原音韵》），评南戏“句句是本色语”（徐渭《南词叙录》），评元代诗文“崇本质而去浮华”（余阙《柳待制文集序》），评元词“伉爽清疏，自成格调”（况周颐《蕙风词话》卷三），都说的是这一特点。元代文学显现出的自然朴素美，成为元、明、清时期文学的一股重要的审美思潮。

除了总体特征以外，元代各种文学样式也各具特色。

杂剧元杂剧是在十三世纪前半叶，即蒙古灭金（1234）前后，以宋杂剧和金院本为基础，融合宋、金以来的音乐、说唱、舞蹈等艺术样式而形成的戏曲艺术，并在唐、宋以来词曲和讲唱文学的基础上，产生了韵文和散文相结合的、结构完整的文学剧本。由于元杂剧是以中国北方流行的曲调演唱的，因此也称北曲或北杂剧。杂剧先在中国北方流行，到十三世纪八十年代，即元灭南宋（1279）以后，又逐渐流

行到中国南方。元代是北曲杂剧的黄金时代，元人罗宗信为《中原音韵》作序，说到当时已出现把“大元乐府”和唐诗、宋词“共称”的说法。这里所谓“大元乐府”兼指散曲和剧曲，而后人还有专把元杂剧和唐诗、宋词相提并论的。元杂剧的产生、完备和盛行，不仅为我国古典戏曲的表演艺术奠定了基础，而且还在实际上争得了与传统的文学样式——诗、词、文、赋——相颉颃的地位，在很大程度上代表着元代文学的最高成就。

元杂剧可分为爱情婚姻剧、历史剧、社会剧、公案剧、神仙道化剧等五类。在现存的杂剧剧目中，爱情婚姻剧约占五分之一，以四大爱情剧——《西厢记》、《拜月亭》、《墙头马上》、《倩女离魂》最为著名，其突出特点在于塑造了一批光彩耀人的妇女形象，寄托了作者对爱情理想和社会理想的追求。历史剧的数量最大，佳作颇多，一般都继承了宋代讲史“大抵多虚少实”、“大抵真假参半”（《都城纪胜》）的传统，和历代咏史诗借历史来抒发作家感情的艺术方式，重点不是再现历史的真实面貌，而是表现作家的现实感受和主观情感。社会剧往往在不同程度上描写了现实社会中带有普遍性的社会现象，揭露各种社会弊端，并寄希望于封建道德的复兴和发扬。公案剧或写清官惩治豪强，为百姓申冤昭雪，或写清官处罚恶人，为良善伸张正义，表现出惩恶扬善的鲜明倾向。元杂剧中的水浒戏，大致也可以算作公案剧的一个分支。神仙道化剧大都以对仙道境界的肯定和对人世红尘的否定，构成其主要内容，同时交织着出世、愤世和恋世的复杂情感，表现出元代文人的精神苦闷和心灵幻想。

南戏产生于宋代，入元以后继续流行，在民间相当活跃。但就总体上看，南戏在元代的成就不如杂剧，未能像杂剧那样产生大量著名的作家、作品，并在文学领域中造成巨大的声势。它的影响主要还局限于民间，在民间丰沃的土壤上滋生蔓长，为明代戏曲的再度繁荣积蓄着艺术力量。

南戏中大量的作品以爱情婚姻故事为主要内容，此外还有社会剧、公案剧、历史剧和神仙道化剧。南戏的题材或取自现实生活，或来自民间传说，或根据前代作品，但大都在不同程度上反映了当时的社会现实，揭露了封建统治的罪恶，表达了人民的思想感情、道德观念和理想愿望。但在南戏作品中也普遍存在着封建说教和因果报应思想，这是其糟粕。

散曲　元散曲的流行早于杂剧，其格式和体制对杂剧产生了直接的影响。散曲在金、元之交就被文人士大夫所采用，称为“新乐府”。由于宫廷朝会大合乐时采用散曲，并且由翰苑人物撰词，皇帝嘉赏，散曲地位逐渐提高，这一点与词的发生、发展情况相类似。从题材内容来看，散曲主要有风情和隐逸两类，此外还有一些揭露现实和写景、咏史、抒怀之作，总起来看内容是比较狭窄的。这是因为，散曲主要是由妓女、艺人酒席宴上所唱和文人学士遣怀释闷所作的。这个现象和词的创作也很相似。

散曲在艺术上取得了很高的成就，它以泼辣的作风、活泼的形式、质朴的语言和灵动的气势，在元代文坛上异军突起，在一定程度上超过了传统诗词，成为元代最富于生命力的诗歌样式，大大丰富了我国的古典韵文。

诗词　在元诗的发展过程中，经历了对宋、金诗风的反思和批判，经历了南北复古诗风的汇合，宗唐复古（即古体宗汉魏两晋、近体宗唐）的诗风由兴起到旺盛，成为一代诗坛的潮流，因此元末人有“举世宗唐”之说（瞿佑《鼓吹续音·自题诗》）。当然，元人论诗并不专宗盛唐，因此元人学唐的结果，使元诗也像唐诗那样万木千花，争艳斗丽。明代前后七子倡导复古，提出所谓“诗必盛唐”，这显然是对元诗的批判性继承。而清代诗坛宗唐、宗宋之风迭起，也可以视为对元诗成败经验的一种反思。

元代前期的北方词人，大多受元好问影响，直接继承金代词坛的传统，宗奉苏、辛，但往往缺乏苏、辛词的豪放意境，比较著名的词人有刘因，白朴、刘敏中等。前期南方词人，则承袭南宋后期词风，“远祧清真，近师白石”，大抵宗周、姜，以张炎、周密为首倡，此后还有仇远、袁易、陆行直、赵孟頫等人。延祐以后，豪放和婉约两种词风逐渐相互渗透，词作中又出现了“散曲化”的现象，著名词人有张翥、虞集、萨都剌等。但总起来看，词在元代是趋向衰落的。

元代散文的发展，前期主要有宗唐（实际是宗韩愈）和宗宋（实际是宗欧阳修）的不同倾向，后来逐渐演变，趋向于唐宋并尊。朱右编选韩愈、柳宗元、欧阳修、曾巩、王安石、苏洵、苏轼、苏辙的文章为《八先生文集》（今无传），即可看作两种倾向调和的结果。后世唐宋八大家之称，即源于此。而宋代散文创作和批评中谈理派和论文派的分歧，在元代散文领域中虽然也有所表现，但却明显地趋于调和。元代文人更多地维护韩愈以来的古文家的传统，提出了理学、古文合一的主张，所谓“以欧、苏之发越，造伊、洛之精微”（刘将孙《赵青山先生墓表》）。这就使元代散文偏于经世致用，而乏抒发情性；偏于纪事明道，而乏绘句摛章。元代散文的成就不及唐宋，但它所提出的创作主张以及所表现的创作倾向，却对明代的前后七子和“唐宋派”产生了很大的影响。

小说盛行于宋代的说话，在元代也继续流行，特别是讲史更趋风行，现存话本也多为元代刊刻或修润，所以一般文学史家都概称为“宋元话本”。从流传的话本看，大多文词朴拙，情节简略，还称不上是优秀的文学作品。有人认为著名的长篇章回小说《三国演义》是元代作品，还有人认为百回本《水浒传》产生于元代，但这都还有争论。

明代文学

我们大致地把从明初到成化末年（1368～1487）的一百多年界定为明代文学的前期。可以看到，这是文学史上一段相当漫长的衰微冷落的时期。元代末年所形成的自由活跃的文学风气，在明初以

残酷的政治手段所保障的严厉的思想统治下戛然而止。洪武七年被腰斩的高启，唱出了由元入明的文人们内心中的无穷悲凉。而同样是由元入明的宋濂，则因积极参与新潮文化规制的设计而成为“开国文臣之首”（《明史》本传）。他一方面对杨维桢保留着若干好评，似对元末的文学不无留恋，但更主要的，是继承程朱理学的“文道合一”说，重新建立了由明王朝的政治权力所支持的、代表官方态度的道统文学观。当时诗歌方面最有影响的是以杨士奇、杨荣、杨溥为代表的粉饰现实、歌功颂德的台阁体和以李东阳为代表的自称宗法杜甫而追求声调格律的茶陵诗派。戏剧方面，是以朱权、朱有燉为代表的皇家戏曲创作，此外还有以邱浚、邵灿为代表的伦理剧创作。无论是诗文还是戏曲，都致力于歌舞升平，宣扬封建伦理道德，缺乏真情实感和创造性。这时期较有特色的是文言小说创作，以瞿佑的《剪灯新话》与李昌祺的《剪灯余话》为代表，他们不论是写艳情还是述鬼怪，大都叙述委婉生动，但因内容不合乎封建礼教而遭到明初统治者的贬斥甚至是禁止。南戏则逐渐形成“以时文为南曲”的逆流。在小说创作领域内几乎是一片空白。

明中叶开始，文学创作开始发生变化，特别是嘉靖、万历以后，随着政治、经济和哲学思潮的发展和变化，文学创作出现了一个崭新的局面。这是明代文学从前期的衰落状态中恢复生机、逐渐走向高潮的时期。这种转变，一方面与文网的逐渐松弛有关（永乐朝被杀的方孝孺的遗著，在此期间刊行；在这以前，收藏方孝孺文集就要被处死），而更重要的是前面所说的社会经济形态的变化以及与之相应的思想意识形态的变化所致。但这一时期传统势力仍然是很强大的存在，因而文学的进展显得相当艰难。

中期文学的复苏，首先表现于两个文学集团：“吴中四才子”和“前七子”。由祝允明、唐寅为首的吴中四才子，其成员政治地位都不高，影响范围较小，是一个地域性的文学集团。他们的诗文创作无论是思想内容还是艺术特色都能冲破传统的束缚，形成自己的特色，他们的创作成为晚明文学解放的先驱是很值得重视的。以李梦阳、何景明为首的前七子，大多科第得志，政治地位较高，活动的中心又是在京师，因而其影响遍布于全国。尤其是李梦阳，他在明代文学中的扭转风气之功，为后来的文人所一致称赏。

明代中期文学的另一个重要特征，是俗文学的兴盛和雅、俗传统的混融。

这一时期，顺应着市民阶层文艺需求的增长，出版印刷业出现空前的繁荣。《水浒传》和《三国演义》等小说在嘉靖时期开始广泛地刊刻流传，戏曲作家也陆续增多。就主要从事诗文的作家而言，也普遍重视通俗文学，并从中得到启发。李梦阳倡论“真诗在民间”，已表达了对文人文学传统的失望和另寻出路的意向；唐寅在科举失败以后的诗歌创作，在很大程度上摆脱了典雅规范而力求“俗趣”。在陈继儒的《藏说小萃序》中，可以看到吴中文士文徵明、沈周、都穆、祝允明等人喜爱收藏、传写“稗官小说”的生动记载。徐渭的晚年，更是把主要精力转移到戏曲的创作、评析、传授上来。另外应该注意的是，小说《西游记》也是完成于明代中期。明代中后期，由于社会财富的急剧增长，由于“富民”的大量出现，权势与财富大致相对应的社会结构已遭到严重破坏。权力阶层当然不甘心于此，他们凭借权力占取超常财富的欲望不断膨胀。这样，由他们所承担的国家政治机能自然受到破坏，使得国家机器因腐败而失去它的有效性。所以，明王朝所面临的，是一种政治制度与社会发展不相适应的根本性危机。尽管万历初年由张居正所主持的改革，在整顿财政、赋税和吏治方面起了一定效用，在短期内挽救了王朝的崩溃之势，却既无法从根本上解决问题，也难以在张氏去世后维持下去。最终，由于政治腐败和大饥荒所激起的农民起义，加上关外满洲军事集团的压力，摧垮了明王朝的统治。

王阳明心学的发展及其影响日益扩大，从左派王学的泰州学派，一直到李贽，都在不同程度地张扬个性，突破了封建礼教的束缚，

促进了个性解放和文学解放，李贽倡导的“童心说”直接影响了公安派的“性灵说”，成为文学解放的号角。

以袁宏道、袁宗道、袁中道为首的公安派提倡“独抒性灵，不拘格套”，反对文学的复古，主张创新，并以他们的创作实绩扫清了复古派在文坛上的影响，成为晚明诗文革新运动中的一支劲旅。其后的竟陵派在学习公安派的同时，试图以出深来补救公安派的肤浅之弊。到了明末，以陈子龙、夏完淳为代表的一批爱国作家虽然也倡导复古，但他们优患时事，并亲身参加到抗清斗争中去，他们的诗文创作具有强烈的现实意义与慷慨雄健的风格，自有其独特的成就。值得一提的是晚明的小品文创作，这种小品文实际上是一种短小精悍、形式自由活泼的散文，或写山水，或为序跋，或抒一己的情感等等，不拘一格，抒发性灵，取得了令人瞩目的成就，出现了像袁宏道、汤显祖、王思任、陈继儒、张岱、刘侗等一批小品文名家。

相比而言，最能代表明代后期文学最高成就的还是戏曲与小说。在戏曲创作方面，《宝剑记》、《鸣凤记》、《浣纱记》改变了明初戏曲创作中宣扬封建道德、鼓吹神仙道化的风气，代之以直接或间接地反映当时尖锐的政治斗争的作品。优秀杂剧作家徐渭，通过《四声猿》等作品，表现了蔑视传统的封建礼教，提倡男女平等、妇女解放的思潮，具有浓厚的反传统色彩。

明传奇出现了以沈璟为代表的吴江派和以汤显祖为代表的临川派。吴江派创作成就虽然不高，但对明中叶后流传最广、影响最大的唱腔之一昆腔音律的整理有较大的贡献。汤显祖更是受王学左派影响的优秀剧作家，他的代表作《牡丹亭》热情歌颂了反对封建礼教，追求爱情幸福的要求，响起了个性解放的时代最强音。

在小说创作方面，以《西游记》和《金瓶梅》为代表的神魔小说和人情小说成为长篇小说的主潮，是明中叶以后成就最高的作品。

吴承恩的《西游记》叙述的是唐僧师徒西天取经的故事，塑造了神话英雄孙悟空的形象，虽写神魔而颇具人情，想象丰富奇异，成为神魔小说的代表。它出现之后，神魔小说的创作一度兴盛起来，较著名的有《封神演义》、《西洋记》、《四游记》等。

第二类是世情小说，这类小说以《金瓶梅》为代表，它通过对西门庆形象的塑造，真实地反映出当时的社会现实，具有浓重的市井气息，其对人物性格的深层开掘，对人情世态的细致描摹，在中国小说史上都具有开拓性。

第三类是历史演义和英雄传奇小说，这一类小说继承了《三国演义》与《水浒传》的传统，描述历史，歌颂英雄人物，并加进作者的理想。写历史的小说上自春秋战国，下至明代，几乎都有演义，如《列国志传》、《西汉演义》、《隋史遗文》等。写英雄人物传奇故事的有《英烈传》（又名《云合奇踪》）、《杨家府演义》、《北宋志传》等。明代后期短篇小说创作的兴盛主要体现于拟话本的繁荣，这类小说主要模拟宋话本的形式进行创作，既有对宋元话本的改编，也有新的创作，代表作品有冯梦龙的《喻世明言》、《警世通言》、《醒世恒言》，合称“三言”；凌濛初的《初刻拍案惊奇》和《二刻拍案惊奇》，合称“二拍”。这类拟话本小说具有鲜明的时代特征，所反映的内容主要是市民阶层的生活。其他的拟话本小说还有《西湖二集》、《清夜钟》、《石点头》等。

这一时代人们对于文学的基本观念、基本主张，是贯通于“雅”文学和“俗”文学两方面的。这里李贽同样起了极重要的作用。他在鄙薄六经、《论语》、《孟子》等儒家经典的同时，却大力推崇《西厢记》、《水浒传》等通俗文学，认为是一种“至文”，而且以极大热情评点《水浒传》等作品，借以宣扬自己的文学思想和人生观念。这给予当代文人以很大的影响。后来冯梦龙整理小说和流行歌谣，也具有相同的意识。

清代文学

对于清代文学，结合政治与社会变化的情况，我们将之大致地

划分为三个时期：自清人入关至雍正末年（1644～1735）为前期，这大致指顺治、康熙、雍正年间；自乾隆初年至道光十九年（1736～1839）为中期，这大致指乾隆、嘉庆及道光二十年以前；自道光二十年鸦片战争至宣统三年辛亥革命（1840～1911）为后期，或叫晚期。

清代政权的性质、特点及政治措施的总倾向对有清一代的文化产生了广泛的影响。在清初，一些积极从事反清武装斗争的遗民从汉族国家正统观念出发，诤诤宣誓："可禅，可继，可革，而不可使异族间之"（王夫之《黄书·原极》)。他们有的突破了狭隘民族意识，提出了兴亡理论："天下治乱，不在一姓之兴亡，而在万民之忧乐"（黄宗羲《原臣》)。乃至对封建专制主义的皇权政治提出批判："汉唐以来，人君视天下如其庄肆然，视百姓如其佃贾然，不过利之所从出耳"，"自秦并天下以后，以自私自利之心，行自私自利之政"（吕留良《吕用晦文集》)。体现在文学作品中则于抗清复明的主旋律中昂扬着以天下为己任的浩然正气。而一些变节出仕新朝的文人，他们的作品中却往往或怀着大节有亏的负罪意识，或带有觍然的屈辱感，低徊缠绵，与遗民文学中的愤激慷慨格调迥然不同。一些由明入清但与政权联系不紧密或出生在清初的知识分子，易代之际的创伤给他们心灵上也留下阴影，一旦现实中的事件激活他们潜意识中的民族观念，也便在文学作品中以不同形式宣泄出来。总之，民族意识，故国之思，是摆在清初知识分子面前的课题，并且在文学作品中以不同形式、不同角度、不同层面表现着。

这一时期早期的诗文作家，强烈地表现出汉民族的民族情绪。黄宗羲、顾炎武、王夫之是这一时期最杰出的思想家和学者，也是最具代表性的遗民诗文作家。他们的作品，以深厚的功力表现了强烈的民族思想和不同程度的民主思想。屈节仕清的钱谦益和吴伟业，在明末即以高瞻的才华学识领袖文坛，对转变晚明的诗文风气起了一定作用。著名散文作家魏禧、侯方域、汪琬以及骈文作家陈维崧也为开启有清一代文风做出了努力。

在明末清初诗坛上，钱谦益是影响最大的诗人。他的诗歌主张是在重“性情”的同时也重“学问”，具有向宋诗回复的意味。但清前期成就最高的诗人，应推吴伟业和王士禛。他们诗歌创作的取向，可以说是公安、七子两派的融合，这实际是晚明时袁中道等人就有的一种想法，只是到他们的创作中才有较好的成绩。然而，吴伟业、王士禛以及施闰章、宋琬、查慎行等人的作品，一方面注重真实情感的抒发，关怀个人在社会中的命运，具有较强的自我意识，但却不像公安派那样表现得尖锐而浅露；他们都讲究诗歌的艺术性，讲究声调韵律的美感，却又不像七子派那样生硬模拟而造成抒情的阻隔。比较晚明尤其是公安派的诗，吴、王的作品思想的锋芒、情感的冲击力是有所削弱的，但艺术的魅力则有所加强。词坛上则出现了以朱彝尊为代表的浙西词派和以陈维崧为首的阳羡派，以及独标一格，神似李煜的纳兰性德词作，步入了词的中兴时期。

到了乾隆时代，沈德潜倡导以“温柔敦厚”为准则的“格调说”，翁方纲倡导重学问、重义理的“肌理说”，而与之相反的主张，则是袁枚所倡导的“性灵说”。袁枚的思想很多地方接受了晚明思潮的影响，有些直接来自于李贽。如他对理学家的矫情与做作十分厌恶，对这些人以“道统”自居常加以讽刺挖苦。袁枚的诗歌主张大体就是公安派理论的重兴，其核心也是强调真性情的自然流露，重视轻灵活泼的趣味。另外，赵翼、黄景仁也是当时很有个性的诗人，在重视诗中有“我”、重视诗歌艺术的独创性方面，他们与袁枚是一致的。到了嘉庆、道光时期，终于出现了杰出思想家兼优秀诗人龚自珍。他倡言“众人之宰，非道非极，自名曰我”（《壬癸之际胎观第一》），表现出强烈的自我意识，他的诗歌以一种高傲和尖锐的个性精神抗击社会的沉闷与压抑。

词在元明一度衰落，到了清代出现复兴的势头。从清前期到中期，以词名世的文人很多，影响较大的，有陈维崧，纳兰性德，以

及“浙西词派”的盟主朱彝尊、厉鹗，和“常州词派”的盟主张惠言、周济等。除陈维崧外，他们的词一般格局不大，但常有很精美细致的抒情文笔。

清初散文，一方面存在晚明小品的遗风，不仅张岱的许多小品文实际是作于清初，金圣叹、廖燕、李渔等也有类似的创造，但文坛的主导方向，是在理论上恢复唐宋古文的传统，而在创作上愈加偏狭。其中的代表人物，是侯方域、魏禧、汪琬。但这三人影响有限，直到以程朱理学为内核的桐城派出现，才算真正建立了清代正统“古文”的阵营。桐城派的代表人物，是康熙朝的方苞、刘大櫆和乾隆朝的姚鼐。桐城派古文是对明末离经叛道和文体解放的散文的反拨，是比唐宋古文更强调为封建政治服务和更为程式化的文体。它的影响一直延续到民国。

桐城派一开始就遭到不少人的反对，乾嘉时期著名的学者大都与之异调。如钱大昕攻击所谓“古文义法”不过是世俗浅薄之论，章学诚专门作《古文十弊》，强调为文须求实、自然。袁枚、郑板桥的一些短文、尺牍均率意而为，多少恢复了晚明小品的韵致，至龚自珍之文，更是奇诡警拔，有新异的时代色彩、显著的个人风格。

清代同时又是骈文受到重视的时代，乾隆、嘉庆时期，骈文尤盛，形成与桐城派古文相抗衡的局面。提倡骈文的人，既有袁枚这样的才士，也有许多著名学者，如阮元、洪亮吉、汪中、孔广森、孙星衍等。他们倡导骈文，不仅是为了重视它作为美文的价值，实际也是有意排斥桐城派迂腐固执的思想见解。如著名的骈文家汪中，就有很鲜明的反封建礼教意识。但骈文作为一种古雅而拘谨的文体，毕竟缺乏锐气和活力，它总体上还是一部分文人表现其高深文化修养和优雅情趣的形式。

戏曲和小说在晚明曾极为繁盛，这种势头延续到清前期。生活于明末清初的金圣叹在这方面虽没有创作的成就，但他对戏曲小说的推广有很大影响。他所定的所谓“六才子书”，把《西厢记》、

《水浒传》与《庄子》、《离骚》、《史记》及杜诗相提并论，引伸了李梦阳、李贽等人的文学观。他的评点议论，如强调描写人物性格的重要、重视故事结构等，常有精彩之见，在文学批评史上也有一定的地位。

清初的戏曲小说，在明代的基础上继续得以发展，艺术精神有所变化，并取得相当的成绩。戏剧方面，明末清初的作家中，李渔的剧作同其小说一样是偏重娱乐性的，在重视戏剧结构和舞台演出效果方面，他继承和发展了吴炳戏剧的特点；他在《闲情偶寄》中所提出的戏剧理论，也比前人更为清楚和系统地总结了戏剧艺术的特点和要求。但他的作品很少反映深刻的社会矛盾与热烈的人生追求。明末清初，苏州地区一批戏剧作家形成地域性流派，他们有组织地进行带有集体创作性质的剧作活动。他们的剧作，紧密联系社会实际，紧密联系舞台实际，受到欢迎。其代表作家是李玉，他的《一棒雪》歌颂忠仆，表彰奴隶道德；他与其他人合作的《清忠谱》，歌颂忠臣，思想陈腐，是反映明末市民同宦官斗争的历史剧。反映市民的政治斗争，这是过去戏曲史上从未有过的。康熙时期，洪昇的《长生殿》、孔尚任的《桃花扇》，继承了明末传奇的优秀传统，通过写历史故事，抒写了国家兴亡之感，曲折地反映了当时人民的民族情感。这两位作者也都因其创作触犯忌讳受到贬谪。《长生殿》、《桃花扇》不仅是这一时期最杰出的剧作，也是清朝最杰出的戏剧作品。《桃花扇》作为一部通过儿女之情反映朝代兴亡的历史剧，其杰出之处在于表现了剧烈的历史变化给人们带来的失落感与悲凉情绪，但作者对晚明历史的解释，其实还是正统的和官方化的。总之，清前期的两大名剧与清中期的两部杰出的长篇小说，不属于同等水平。而整个清代戏剧就剧本创作即文学方面而言，到清中期已严重衰退，这和小说的情况不同。

小说方面，蒲松龄的文言小说集《聊斋志异》，以谈狐说鬼的方式，揭露了封建吏治和科举制度的不公正，表达了人民对美好爱情

和生活的追求。这是文言小说在继宋、元、明三代沉寂之后，出现的最杰出的作品。在白话小说方面，小说的理论获得空前丰收。金圣叹对《水浒传》、毛宗岗对《三国演义》、张竹坡对《金瓶梅》的评点，使我国的小说美学开始形成自己的体系。长篇章回小说此时虽然没有出现杰出之作，但英雄传奇小说涌现出《水浒后传》、《说岳全传》这样的好作品。人情小说出现了《醒世姻缘传》以及一大批才子佳人小说，它们共同为清中叶《红楼梦》、《儒林外史》的出现蕴积了基础。

短篇小说方面，从晚明到清前期有一些明显的变化。晚明异常活跃的白话短篇小说到清初就开始衰退，同时文言短篇小说更受一般文人的重视。白话与文言短篇小说之间不只是语体上的差异，白话小说那种鲜活的气氛与文言小说的雅致笔调，在对读者的情感的作用上是有区别的，后者较为“隔”，也较为平静。但文言小说对前一时期的白话小说不是没有继承关系，以最著名的《聊斋志异》来看，作者所描绘的许多主动追求爱情幸福的女性形象，同“三言”、“二拍”中的女性有很多相似之处，但由于作者赋予她们以狐仙花精之类非人世的身份，这些形象因而与尖锐的现实矛盾构成一定距离，成为诗意的、幻想性的存在。而《聊斋志异》中凡是具有现实社会身份的女性，大抵贤惠温良而合于传统道德。以上两种特点，正是晚明文学精神在退化中又曲折地得到延续的表现。到了清中期，以纪昀的《阅微草堂笔记》为代表，反对《聊斋志

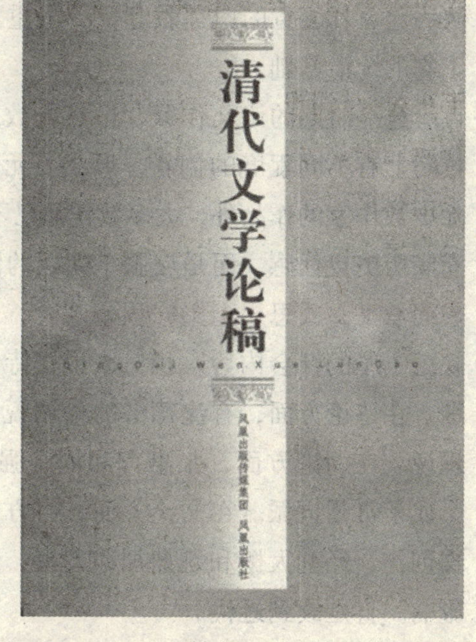

异》中的虚构情节与细致的描绘，而以平实的笔记体为中国小说的正宗，这又更向古雅的传统靠近了一步。

清代中叶是清朝的鼎盛时期。这个时期社会经济由恢复进入繁荣和发展。经过康熙、雍正两朝的休养生息，清朝人口大大增加了，耕地面积不断扩大，农业产品日益丰富。明末以来出现的资本主义生产方式的萌芽，这时突破清初的限制和打击工商业的政策而急遽发展起来。这一时期，在文化上也是有清以来的鼎盛时期。从官方来说，乾隆三十八年开设了“四库全书馆”，征求天下遗书，编辑四库全书。四库全书的编辑，尽管从统治者的愿望来说是借此消灭反清文献，转移人们现实斗争的视线；但客观上，这种图书整理工作对于中国古代文献的整理和保存，对于文化的发展也有一定贡献。从民间来说，这一时期考据学发达，并形成了后来的乾嘉学派，他们在整理和考订中国古典文献方面都有不少成就。乾隆后期，由于政治上的腐败，各种社会矛盾进一步激化，清朝由盛而衰迅速走向败落。特别是乾隆末年和嘉庆初年爆发的历时九年，遍及川、楚、陕、豫、甘五省的白莲教起义，沉重地打击了清王朝的统治，动摇了它的统治基础。

这一时期的诗文作家，虽然人数众多，门派林立，各自在艺术技巧上有不同程度的创新，形成了元明以来所从未有过的盛况，但除少数作家的作品外，大多数作品已不像清初那样系心民族的灾难，充满历史责任感，而是屈服于朝廷的钳制压力，迷惑于“盛世”的表面承平，或思想上墨守程朱观念，或曲意以点缀升平，作品一般缺乏丰厚的社会内容。相对来说，诗论词论和文论取得了更大的成绩。在诗论方面，有沈德潜的格调说、袁枚的性灵说、翁方纲的肌理说。在词论方面，张惠言和周济强调词的比兴意义和社会作用，形成了常州词派。在文论方面，由方苞所奠基的桐城派文论及其古文创作，经刘大櫆和姚鼐加以发展，形成了桐城派的文论体系，其影响一直延续到近代。

这个时期的戏剧明显表现出一种新的趋向，除杨潮观、蒋士铨等人的作品略有可观外，剧坛已基本沉寂下来。代之而起的是比较有生命力的各种地方戏曲。而讲唱文学如评书、鼓词、弹词、民间小调也以旺盛的生命力在城市和农村活跃着。

清代长篇小说拥有广泛的读者，始终很兴旺。明末清初出现的大量才子佳人小说，也是晚明小说一个方面的延续，但这里面没有什么杰出之作，只是些套路化的娱乐性读物。一些历史传奇小说，如《水浒后传》、《说岳全传》等，则较多受到正统意识的影响。到了清代中期，沿着《金瓶梅词话》的写实传统，终于出现了中国小说史上两部伟大的作品——《儒林外史》和《红楼梦》，这是清代文学了不起的收获。《儒林外史》对于封建科举制度进行了尖锐的批判，对于封建社会的知识分子的灵魂进行了深刻的剖析，它的“戚而能谐，婉而多讽”的艺术手法，使它成为我国古典讽刺小说里程碑式的作品。《红楼梦》则通过贾宝玉和林黛玉的爱情悲剧和贾府由盛而衰的故事情节，深刻揭示了封建统治阶级和封建社会必然没落的历史命运。在艺术上，这两部小说对人性复杂性的理解之深刻、描摹之细致，达到了前所未有的高度。

继《红楼梦》之后，《镜花缘》略有可观，它在妇女问题上有一些进步见解，体现出民主思想。此时的文言短篇小说有纪昀的《阅微草堂笔记》、袁枚的《新齐谐》，但成就不及前期的《聊斋志异》。

清代中叶以后，清代文学急遽滑坡，直到鸦片战争爆发，文学才发生新的变化，由龚自珍的诗文打破“万马齐喑”的局面而开一代风气。

但最值得注意的是，从清前期到中期，中国文学中所蕴藏的变革力量正在重新恢复生气，倘以龚自珍为代表，可以说它已经达到了新的高度和强度。

从鸦片战争到辛亥革命约七十年间，中国社会处于激烈的动荡之中。这一历史阶段，是封闭的中国社会被迫向世界开放、正面接触以西方为代表的现代资本主义文明的时期。对中国的知识界来说，这种文明既是新鲜的和先进的，又是同殖民主义侵略及民族耻辱感相伴随的。

在政治经济方面，无论是林则徐、魏源等先驱者，还是道光皇帝，他们所关注的是先进的西方技术，他们认为只须“师夷之长技”，招“西洋工匠”和“西洋柁师”，选精工巧匠而习之，便可以达到强国的目的。

但是随着民族危机的深化和西方文化的不断传入，人们逐渐感觉到，西方文化和中国文化是不同质的东西，这种“中学为体，西学为用”之论，力图在保存中国旧有文化传统的基础上吸收西方文化，它所不同于“道器论”的，是眼界要宽广得多，如张之洞在著名的《劝学篇》中，就主张“西政之可以起吾疾者取之”。但这一派人士在维护“纲常名教”上，仍是不肯动摇的。甲午战争以后，这种变法论愈加高涨。

戊戌百日维新失败后，人们对清王朝完全失去信任，这个政权本身也摇摇欲坠。而这时期由严复翻译的《天演论》所表述的进化论观点，在中国知识界引起了石破天惊般的巨大反响，此外，西方的民权、民主等思想理论也不断被更多的人所接受，因此倡言“革命”的理论日益风行。

鸦片战争以后，中国的经济状况和社会生活方式也发生了巨大的变化。西方工业国家的产品凭借军事强权的支持和自身的竞争力，从沿海深入内地，无情地撕裂着中国自给自足的传统经济的网络，而受到这种刺激，中国的官办工商业和民间工商业也日渐兴旺，城市出现畸形的繁荣。

清代后期文学就艺术成就而言并不高，比较前期和中期反而显得逊色。

鸦片战争前后，诗坛上占据正统地位的是嘉庆以来逐步兴起的

宋诗派，这一派的早期人物主要有程思泽和祁洞藻等，而以稍后的曾国藩影响最大，他主张作诗首先要涵养志气人格，同时要讲求学问，注重修辞和音调。这代表了尚有自信维护清王朝的存在并以此为己任的政治人物的文学趣味。自同治以降，宋诗派演变为“同光体”，代表人物有陈衍、郑孝胥、沈曾植、陈三立等。“同光体”过去被简单地看作一个保守旧传统的诗派，但实际上它也有很值得注意的地方。以成就最为突出的陈三立而言，他的不少诗写得突兀卓立，尤其在表现个人为社会环境所压迫的感受上，具有中国古典诗歌前所未见的敏锐性。另外，属于革命阵营的诗人苏曼殊，把西洋诗歌的自由与浪漫精神写入传统的形式中，也具有相似的意义。

但传统诗歌形式尽管在表现诗人的人生感受方面仍有一定活力，而它与日益变化的社会生活不相适应，却也是很明显的了。因此出现了以黄遵宪为代表的具有变革意义的“新派诗”。他的诗歌反映了中日战争以及其后的许多重大历史事件。他主张“我手写我口，古岂能拘牵”（《杂感》），所作大量引进新名词，反映新的文化知识，描绘中国以外的风土人情，大大改变了中国古典诗歌的面貌，令人耳目一新。

在黄遵宪开始创作“新派诗”不久，梁启超提出了“诗界革命”的口号。这种“革命”的理想是以古人之风格来表现新的生活内容与人生精神——包括对西洋文化精神的吸纳。它在实践上并未获得真正意义上的成功，但毕竟代表了比黄遵宪“新派诗”更进一步的变革要求。

清代后期动荡危急的时事，激起许多仁人志士忧时愤世的心情，从林则徐到章炳麟、秋瑾，留下了大量的纪实和抒愤的诗篇，这类诗作艺术上各有高下，但在保存时代心声上，都有它们不可磨灭的价值。章炳麟、秋瑾和“南社”的一些诗人努力用他们的诗文为民族、民主革命服务。

清后期的词与诗相比，较为远离于时代的波澜，虽也有伤时感事之作，但大抵隐于闪烁的意象之下。在词坛上占主流地位的，是沿袭清中期张惠言、周济一路的常州派词人，也有个别词人不囿于这一派。他们对于词的写作和理论研究，以及词籍的整理颇用功力。但由于缺乏新异的创造，词在这一时期虽不寂寞，却少有生气。

散文方面，曾国藩凭借其击败太平天国所获得的地位，重振桐城派的“声威”，其幕府中又搜罗了众多知名文士，一时造成很大影响（在作为桐城派之分支的意义上他们也被称为“湘乡派”）。

在散文领域代表着革新倾向的是梁启超，他发表于报刊的许多文章，虽是为政治宣传而作且仍是文言体式，但写得流利明畅，富有情感，具有很强的煽动力，与向来的古文大不相同。这种新文体也是文言散文向白话散文过渡的桥梁。

清后期的戏曲演出，包括京剧和各种地方戏都很繁盛，但大都沿袭或改编旧有剧目，或改编旧小说，新的剧本创作自中期以来即告衰退，缺乏重振之力。清末出现过一些宣传反清革命的传奇、杂剧，但文学价值也不高。值得注意的是清末时在留日学生中第一次出现了由“春柳社”组织的话剧演出，虽然表演的是《茶花女》、《黑奴吁天录》等外国文学故事，但这一新的剧种为“五四”以后新的戏剧文学的兴起提供了条件。

小说是清后期最为兴盛的文学样式，其数量呈现急速的增长，这在客观方面是因为印刷技术有了提高，因为报刊杂志这种全新的大众传媒的勃兴，主观方面则是因为这一时代人们对小说的看法有了很大改变，小说的价值被提得很高。

在晚清小说论中，影响最大也最具代表性的是梁启超所鼓吹的“小说界革命”说。梁氏在这方面深受日本明治维新以后新派人士喜以小说宣传政治观念的影响，他的《论小说与群治之关系》一文，竭力强调小说在推进政治变革和提高社会道德方面的作用，将它夸大为挽救中国的灵丹妙药。这种理论的显著缺陷，是容易使小说过

于偏重宣传效用，呈现说教色彩，而艺术上却变得浮夸粗糙。当然，对于中国士大夫的文化传统中鄙薄小说的习惯，这种理论客观上也起到了冲击作用。

但中国小说创作领域里，在相当长的时间内却闻不到一点新鲜的气息。据《中国通俗小说总目提要》的著录，从道光二十年（1840）至光绪二十六年（1900）的六十年间，作品依然是传统型的。如人情小说《儿女英雄传》《绣球缘》，神怪小说《升仙传》《鬼神传》，历史小说《群英杰》《铁冠图》，公案小说《小五义》《彭公案》之类，与古代的小说没有本质的区别。以前评价较高的以《官场现形记》为代表的谴责小说，在揭露社会黑暗方面确实很尖锐，但这里面所谓的“揭露”有太多的虚夸，缺乏对人物的真实理解和同情，辞气浮露，却成为它的致命伤。值得重视的小说应数以妓女生活为中心兼及社会各色人物的《海上花列传》，它以自然平实的文笔，描绘了在畸形的社会和畸形的生活处境中人性的变异状态，善于从人物不动声色的言谈举止中反映其微妙的心理，在若干方面具有现代小说的特色。只是它的情调过于灰暗，作为长篇小说来看，它的情节也过于琐细。惟此之故，有的文学史家甚至把这一时期的小说说成是“趋向衰落以至倒退的状态”。由此可见，在这一为史学家划定的“近代史”范围内产生出来的小说，确实并不具备“近代”的“精神”。

清代后期也出现了许多文学批评和研究性质的著作。小说理论方面，虽然受政治因素的影响比较大，但也接受了西方文学思想的某些成分。与此同时，王国维撰写了《宋元戏曲考》（后改名《宋元戏曲史》），第一次对中国戏曲的发展过程作了系统性的研究，他对戏曲的艺术价值的认识和对一些作家作品的评价，与西方戏剧理论也有明显的关联。他的《人间词话》和《红楼梦评论》，更为深入地运用了西方美学思想来分析中国文学，具有开创的意义。

第二节 诗歌史

先秦诗歌

与词、曲相比，中国的诗歌历史最悠久，成就最辉煌。它兴起得早，且经久不衰，青春长在。

诗歌的历史可以追溯到语言产生后不久。《淮南子·道应训》说："今夫举大木者，前呼'邪许'，后亦应之，此举重劝力之歌也。"可见在原始劳动中的劳动号子就是最原始的诗歌，鲁迅将其戏称为"杭育杭育派"（《门外文谈》）。《吕氏春秋·古乐》又说："昔葛天氏之乐，三人操牛尾，投足以歌八阕。"可见原始的诗与歌密不可分，都与音乐舞蹈密切相关。但由于缺乏文字记载，这些原始诗歌大多已湮灭不传。一些古籍记载的所谓神农、黄帝、尧、舜时代的歌谣，多数经后人润色，甚至是伪托之作，但也有个别作品保留了远古时期的原始味道，如《吴越春秋》卷九所载的《弹弓》曰："断竹，续竹，飞土，逐涹（古"肉"字）。以简单的节奏表现了从砍伐竹子、制造弹弓，到射出弹丸、击中猎物的狩猎过程。

两汉魏晋南北朝诗歌

这一时期被鲁迅称为文学的"自觉时期"。其在诗歌方面的主要成就是五言诗由成型到繁荣，七言诗由滥觞到初步发展，杂言的歌行体及五七言四句的小诗也趋于成熟。新兴的声律学逐渐应用到诗歌创作中，为唐以后的近体律诗的发展奠定了基础。包括诗歌批评在内的文学批评也空前发达繁荣，除曹丕的《典论·论文》、

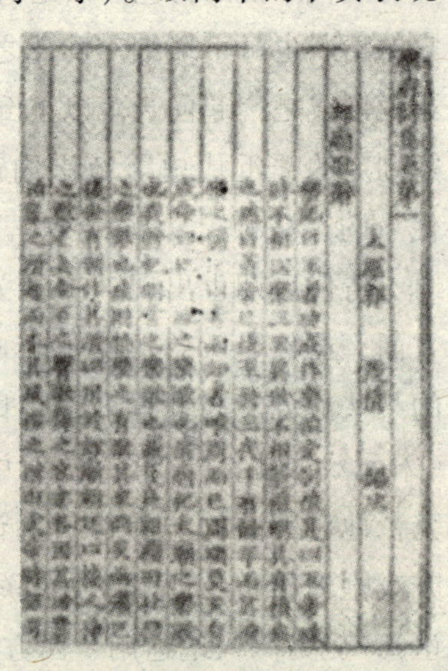

《乐府诗集》书影

陆机的《文赋》，已接触到诗歌批评外，刘勰的《文心雕龙》有许多章节都是专门论诗的，钟嵘的《诗品》更是系统的论诗专著。

两汉时，诗歌的成就不高，文人诗的成就更差。相对而言民间的“乐府诗”水平较高。

“乐府”本是汉代所设的音乐机关名，它是汉初统治者为润色鸿业、制礼作乐的需要而设置的，它的任务除将文人歌功颂德的诗制成曲谱演奏外，还要采集各地的民歌。“于是有赵代之讴，秦楚之风，皆感于哀乐，缘事而发，亦可以观风俗，知薄厚云。”（《汉书·艺文志》）到了魏晋六朝，人们习惯于把这些汉代乐府机关所采集的原称为“歌诗”的诗歌称为“乐府诗”，于是“乐府”由音乐机构名一变而为诗体名。

据《汉书·艺文志》载，仅西汉乐府民歌就有138首之多，可惜流传甚少。现存乐府民歌大多是东汉作品，共有三四十首，其中富于文学价值的是那些采自民间的作品。

汉乐府“感于哀乐，缘事而发”的创作原则实际上和《诗经》“饥者歌其食，劳者歌其事”的原则一脉相承，因而必然继承《诗经》现实主义的创作传统，具有很高的思想意义。

有些诗揭露了当时严重对立的阶级状况，揭露了战争和劳役给人民带来的深重苦难。有的甚至直接写出了贫苦百姓被逼无奈而不得不铤而走险、犯上作乱的情景：“盎中无斗米储，还视架上无悬衣。拔剑东门去，……白发时下难久居！”（《东门行》）

有些诗写传统的爱情婚姻。如《上邪》一连气用五种不可能发生的事来发誓，说只有到那时“乃敢与君绝！”热烈地歌颂了对爱情的忠贞。《孔雀东南飞》深刻地控诉了封建婚姻制度对倾心相爱的青年男女的无情迫害。这篇1700多字的乐府诗是古代汉民族最长、最优秀的叙事诗。它述说了“庐江府小吏焦仲卿妻刘氏为仲卿母所遣，自誓不嫁，其家逼之，乃投水而死，仲卿闻之，亦自缢于庭树”的悲剧故事。与此相反，《陌上桑》却充满喜剧色彩，写美丽机智的罗敷如何拒绝了“使君”的无耻追求。

乐府诗中最具有特色的是那些表现家庭、社会问题的作品。如《妇病行》写母亲临死前千叮咛万嘱咐地将“两三孤子”托付给丈夫，但这个丈夫——或许是后父，最终竟抛弃了孩子，又如《孤儿行》写兄嫂独霸家财，把幼弟视为奴隶，任意折磨役使，也深刻地揭示了家庭的悲剧。

汉乐府多“采撫闾阎，非由润色”，所以“质而不俚，浅而能深，近而能远”（胡应麟《诗薮》卷一），成为它天然的本色。汉乐府或为杂言，或为五言，标志着诗歌形式得到了更充分的发展，为后代杂言歌行及五言诗的繁荣奠定了基础。而汉乐府最显著、最基本的艺术特色是它的叙事性。它刻画出许多性格鲜明、情节完整的形象和事件，标志着叙事诗进入了更成熟的阶段。如《孔雀东南飞》用多种多样的手法生动地塑造了刘兰芝、焦仲卿、焦母、刘母、刘兄等一系列生动形象，描叙了休妻、离别、拒婚、再嫁、殉情等一系列生动情节，不愧为现实主义的叙事杰作。如果考虑到汉（族）文学叙事诗的不足，汉（代）以后叙事诗停滞不前的实际情况，那么汉乐府的这一艺术成就就显得弥足珍贵了。

汉代的文人诗成就不高。尤其是西汉时期只有项羽、刘邦等人几篇急就短章《垓下歌》、《大风歌》等较为生动感人。到了东汉，文人受西汉以来五言民歌影响，逐渐重视对五言诗的写作。班固的一首咏缇萦救父的五言诗《咏史》，虽然“质木无文”，却是有史可查的第一首文人五言诗。以后张衡、辛延年等人相继而起，或自作，或拟乐府之作，五言诗逐渐发展起来。它比起“文繁而意少”的四言诗，多出一个单独的音节和词汇，因而能“居文词之要，是众作之有滋味者也”（钟嵘《诗品》）。

到东汉末年，出现了一批作者姓名已不可考的五言诗，后人便把它们泛称为“古诗”。历史上曾有人把这些作品系于西汉时期枚乘、李陵和苏武等人的名下，这是没有充分根据的。在这批古诗中

有19首以《古诗十九首》的名义被选入《文选》，它们代表了汉代文人五言诗的最高成就。

魏晋时期最值得称道者一是建安诗人，一是正始诗人，一是太康诗人，一是大诗人陶渊明。

汉魏易代之际，军阀混战，民不聊生，于是在汉献帝建安年间（196～220）产生了一批以“三曹”（曹操、曹丕、曹植）为核心，“七子”（孔融、王粲、陈琳、刘桢、徐干、阮瑀、应玚）为羽翼的“建安诗人”，他们关切现实，慷慨有志，继承了汉乐府“感于哀乐，缘事而发”的精神，写下了一大批具有高度现实性和饱满感情的作品，其风格被后人誉为“建安风骨”。建安风骨的特点及产生背景正如《文心雕龙·时序》所评：“观其时文，雅好慷慨，良由世积乱离，风衰俗怨，并志深而笔长，故梗概而多气也。”如曹操（155～220：的《蒿里行》写讨伐袁绍之战，《苦寒行》写东征高干，都写出了事件的绍过，战争的残酷，人民的苦难，被后人誉为“汉末实录，真诗史也”（钟惺《古诗归》）。而曹操的《短歌行》、《角虽寿》，曹植的《赠白马王彪》、《杂诗》等，又都抒发了作者真切复杂的思想感情，不愧为优秀的言志抒情之作。特别是曹植（192～232）的《赠白马王彪》，剖析了在皇室内部残酷斗争中的悲愤心情，更是一篇写实与抒情相结合的佳作。曹植特别擅长五言，他在曹操“清峻”、“通侻”的基础上更注重“骋词”和“华靡”，因而使五言诗更趋于繁荣。而曹丕（187～226）的《燕歌行》则是有史可查的第一首完整的文人七言诗。

魏晋易代之际，司马氏与曹氏之间展开了殊死的血腥倾轧，特别是司马氏借“名教”杀人，剪除异己，政治异常黑暗。应运而生的是以阮籍、嵇康为代表的“竹林七贤”，后人称他们为“正始（魏齐王年号，241～249）诗人”，他们“越名教而任自然”（嵇康《释私论》），“非汤武而薄周孔”（嵇康《与山巨源绝交书》），以老庄思想反对现实政治。他们也关心现实，但黑暗的政治迫使他们由奋发进取转而变为或愤世嫉俗，或消极避世；他们也饱含感情，但朝不保夕的处境迫使他们由慷慨激昂转而变为或隐晦曲折，或任达旷放。阮籍（210～263）的82首《咏怀》诗可视为正始诗人的代表作，这些诗“或以自安，或以自悼，或标物外之旨，或寄疾邪之思”（王夫之《古诗选评》卷四），都写得“厥旨渊放，归趣难求”（《诗品》），而且这种组诗的形式又开创了五古抒情组诗的体例。

西晋“太康（晋武帝年号，280～289）诗人”以“三张”（张华、张载、张协，一说无张华，而有张亢）、“二陆”（陆机、陆云）、“两潘”（潘岳、潘尼）、“一左”（左思）最为著称。他们的共同倾向是更注重文章的华美和写作的技巧，而在思想内容方面有所减弱。正像《文心雕龙·明诗》所说：“晋世群才，稍入轻绮，张潘左陆，比肩诗衢，采缛于正始，力柔于建安，或析文以为妙，或流靡以自妍，此其大略也。”但出身清寒的左思有一些抨击当时门阀制度的作品，写得十分深刻生动。

东晋时，随玄学而兴起的玄言诗逐渐盛行。这种诗“理过其辞，淡乎寡味，……皆平典似道德论”（《诗品》），毫无可取之处。因而陶渊明在此时的出现更显得光彩异常。陶渊明（365～427）为人以讲究气节，不为五斗米而向乡里小儿折腰著称，深受后人的爱戴。他的诗以描写田园著称。这些诗充满了对污浊社会的憎恶和对纯洁田园生活的热爱，如在《归田园居》中说：“少无适俗韵，性本爱丘山，误落尘网中，一去三十年……久在樊笼里，复得返自然。”但他并非是浑身的静穆，他也有些“猛志固常在”的“金刚怒目式”的作品，说明他并未完全忘怀世事。陶渊明的诗在艺术风格上给人最突出的印象是平淡自然。他用朴素的语言，白描的手法，真率自然地描写田园风光和田园生活，好像一切都是“不待安排，胸中自然流出”（朱熹语）一样。但他的诗虽平淡，却不浅薄，相反非常醇厚有味，能在平淡中见真淳，在自然中求深刻，在古朴中出意境，因而能产生像苏轼所评价的“质而实绮，癯而实腴”的“奇趣”。

如其名作《饮酒》之五曰："结庐在人境，而无车马喧。问君何能尔？心远地自偏。采菊东篱下，悠然见南山。山气日夕佳，飞鸟相与还。此中有真意，欲辨已忘言。"意在言外，深得含蓄隽永之美。

南北朝诗最可称道者是山水诗的兴起。在此之前，诗中对山水的描写只处于起陪衬作用的宾位，而此时有些诗人却把山水作为审美的对象纳入自己的诗歌创作之中，正像《文心雕龙·明诗》所指出的那样："宋初文咏，体有因革。庄老告退，而山水方滋。"最著名的诗人有谢灵运（385～433）及谢朓（464～499），世称"大小谢"。大谢善于移步换形，经营画境，偶尔也能写出"池塘生春草，园柳变鸣禽"（《登池上楼》）这样得之自然的神来之笔。谢朓的山水诗"清机自引，天怀独流，壮景为幽，吐情能尽"（《采菽堂诗选》），较大谢又进一步。如其名句"余霞散成绮，澄江静如练。喧鸟覆春洲，杂英满芳甸"（《晚登三山》）；"天际识归舟，云中辨江树"（《之宣城》），不管是在捕捉山水情趣方面，还是在情景相生方面都达到了很高的水平。

南朝诗的另一特点是更注重形式与技巧。注重"隶事"、"藻绘"，以用典繁富、词藻华丽为美，随着声韵学的逐渐兴起，更讲究诗歌的音韵之美，于是到齐梁的沈约时终于提出"四声八病"（八病指：平头、上尾、蜂腰、鹤膝、大韵、小韵、旁纽、正纽）之说，要求"一简之内，音韵尽殊；两句之中，轻重悉异"（《宋书·谢灵运传》），时称"永明（齐武帝年号）体"。再加之这时统治阶级异常腐化，他们专用这种华美的形式写其纵情声色的生活，这就出现了所谓的"宫体诗"。梁简文帝、陈后主、徐摛、徐陵父子、庾肩吾、庾信父子都是这一诗派的代表人物。

但南朝诗人终有能发扬"左思风力"者，这就是鲍照（？～466）。他继左思之后，对士族制度再度抨击，其《拟行路难》十八首中的某些作品抒发了他所说的"才之多少，不如势之多少远矣"的感慨，悲愤地呼号道："对案不能食，拔剑击柱长叹息，丈夫生世能几时，安能蹀躞垂羽翼!”“心非木石岂无感，吞声踯躅不敢言!”他还写了许多边塞诗，对诗歌题材的开拓作出了重要贡献。在诗体方面，他又是七言歌行的创造者。他善于学习汉魏乐府，能于杂言中条理出以七言为主的规律，又变曹丕《燕歌行》的句句押韵为隔句押韵，或有规律的换韵，使七言体走向成熟。

南北朝的民歌也很发达，南朝民歌可分为“吴歌”与“西曲”两类。前者出自以建业为中心的江南地区，后者出自长江中游一带。南朝民歌几乎以歌咏爱情为惟一题材，风格婉丽柔靡，多用复沓、叠字、谐音双关等修辞手法。如其代表作《西洲曲》云：“采莲南塘秋，莲花过人头，低头弄莲子，莲子青如水，置莲怀袖中，莲心彻底红。”不但句句不离“莲”字，而且巧妙地以“莲”谐“怜”，表达相思之情。北朝民歌与南朝民歌迥然不同。社会的动乱、战争的残酷，家庭的离析都在民歌中有充分的反映，而风格的豪迈奔放又充分体现了北方民族孔武强悍的精神。其代表作如《木兰诗》、《敕勒歌》，已成为家喻户晓、妇孺皆知的传世名作。与北方民歌相比，北方的文人诗成就较差。只是到庾信等人由南入北后才出现了一些较好的作品。

唐　诗

唐代是中国古代诗歌史上最繁荣最辉煌的时期。据《全唐诗》及其有关补遗所载，现存诗有52000余首，作家2300多人。数量之多，作者之众，内容之广，风格流派之繁，体裁样式之全，均堪称空前。

从题材内容看，唐诗几乎深入到唐人生活的每个领域，大至国家兴衰，政治得失，社会动乱，战争胜负，民生疾苦，诸如盛唐时的对外用兵，盛唐至中唐转折时的安史之乱，以及人民在其间受到的征戍与诛求之苦，中晚唐的三大痼疾——宦官专权、藩镇割据、党争倾轧，无不写入诗中，号称“史诗”的作品，不计其数。小至琴技棋艺，书理画趣，虫鱼鸟兽，亦莫不入诗。至于那些描写自然

田园，歌咏日常生活，抒发离情别绪，赞美建功立业，向往渔樵山林等传统题材，更多如雨后春笋。而且形式各异，有纪游体、寓言体、赋体、传记体、传奇体等等。特别值得注意的是唐诗在反映现实的广阔性和深刻性方面大大超过了前代。它们从许多方面接触到当时社会的重大问题，如对统治者的穷奢极欲、横征暴敛、穷兵黩武、腐败无能、拒谏饰非、斥贤用奸，都进行了大胆的揭露和谴责，有的甚至把矛头指向最高统治者，以至后人无不感慨道唯唐人方敢如此。同时他们对农夫织妇所受到的种种压迫与剥削充满了深切的同情，描写下层人民的生活已成为诗歌创作的一大内容。它们还提出了妇女问题、商人问题及其他社会问题。凡此种种都是前代诗人没有或很少写到的。

从风格流派看，更是百花齐放。仅就盛唐而言，“李翰林之飘逸，杜工部之沉郁，孟襄阳之清雅，王右丞之精致，储光羲之真率，王昌龄之声俊，高适、岑参之悲壮，李颀、常建之超凡，此盛唐之盛也”（高棅《唐诗品汇总序》）。其中，孟襄阳（浩然）、王右丞（维）等人，高适、岑参等人还被后人奉为田园诗派和边塞诗派的代表作家。在盛唐之前，还出现过以华丽壮美著称的“初唐四杰”体和以精工纤巧著称的沈宋体；在盛唐之后，还出现过以清丽精雅著称的十才子体，以平易通俗著称的元白诗派（亦称长庆体），以奇警峭劲著称的韩孟诗派，以精深婉丽著称的温李诗派等。

具体而论，唐诗派别虽多；但总体而论，唐诗却有一个共同的特点；即能把充实的内容与饱满的感情，高度的写作技巧与纯熟的表现方式完美地结合起来。而这几个因素本是诗歌的基本因素，唐诗不但能兼而有之，且能将其炉火纯青地融为一体，故而能登上诗歌的顶峰。唐之前的诗并非没有充实的内容和饱满的感情，但苦于表现方法、艺术技巧尚不能像唐人那样随心所欲，作起诗来难免有些板滞拙涩，缺乏活泼流动的韵味与风情；唐之后的诗并非没有高度的写作技巧与纯熟的表现方式，但很多内容和感情早已被唐人表现得淋漓尽致，很难再有所创新，故而作起诗来难免或多从形式及人工安排上用力，或摆脱不掉因袭的成分，使诗歌在某种程度上丧失了应有的情韵。但唐诗则不同，历史的机遇使它处于一种最佳的处境。它一方面能保有充实内容和饱满感情，一方面又能在写作技巧上充分发挥自己的聪明才智，因而唐人几乎开口便能写出好诗，如“少小离家老大回，乡音无改鬓毛衰。儿童相见不相识，笑问客从何处来?”（贺知章《回乡偶书》），“葡萄美酒夜光杯，欲饮琵琶马上催。醉卧沙场君莫笑，古来征战几人回?”（王翰《凉州词》），“松下问童子，言师采药去。只在此山中，云深不知处。”（贾岛《寻隐者不遇》），感情真切，情趣盎然，仿佛一切皆从胸中流出，并非在有意为诗，但写出来的却是一派有如天籁的真情神韵，这正是它前无古人，后无来者的不可及处。

昌黎先生集　韩愈著

柳先生外集　柳宗元著

就体裁形式看，中国古典诗歌的各种体裁，包括“三、四、五言，六、七杂言，乐府、歌行、近体、绝句，靡弗备矣。”（《诗薮》外编卷三）唐人发展了汉魏以来的五七言古体诗，既保有其古朴淳美的固有本色，又增加其生动流走的新貌，特别是能吸收唐以来近体诗的优点，使其声情更加婉转优美，摇曳多姿。七言歌行体在六朝时尚属初起阶段，至唐亦蔚为大国。即使是从南北朝起即已失去其音乐性的乐府诗，在唐代也有长足的发展和进步。李白尚喜借旧题写时事；至杜甫则发展为“即事名篇，无复依傍”（元稹《乐府古题序》），专写新题乐府，从本质上继承了汉乐府“感于哀乐，缘事而发”的写实传统；至白居易，更团结元稹、张籍、王建等人发起了新乐府运动，使乐府诗发展到一个新阶段。

唐人在诗歌体裁上的最大创新还在于律诗。这是中国古典诗歌中最富有民族特色的诗体。所谓律诗即要求按一定的格律程式来写诗。唐人吸取了六朝永明体诗四声八病说和骈文骈赋崇尚骈偶对仗的合理内核，将其进一步规则化，产生了新体的律诗。这些规律主要包括：音调要合乎平仄声的规律。即在一句之中，要以两字为节平仄声相间，尤其要使偶数字平仄相间；在一联两句之内，要平仄相对，如五言的出句为“平平平仄仄”的话（七言只需在前边加上与五言一二两字相异的仄仄即可），那么对句即需作“仄仄仄平平”（七言则作平平仄仄仄平平）；而在两联之间，即下一联的出句与上一联的对句之间要平仄相粘，如五言的上一联对句为仄仄仄平平的话，那么下一联的出句则要作仄仄平平仄，其余以此类推，反复终篇。字词句法要合乎对仗要求。律诗多以八句四联为篇，四联又可分别称首联、颔联、颈联、尾联，其中第二、三两联应是严格的对仗句式，一四两联则可对可不对。与此相关，由六朝四句小诗发展而来的五七言绝句体也逐渐律化，称为律绝，而其声律及对仗的规律可符合律诗中的前两联、后两联、中两联，或首尾两联中的任何一种。由于律诗和律绝有鲜明和谐的节奏及抑扬有序的声调，所以读起来愈发朗朗上口，充满音乐美。

唐诗的特点又随着时代的不同而有所发展变化，人们已公认明人高棅对唐诗“初、盛、中、晚”的四期划分说。

初唐是唐诗的因袭变革期。一方面出于润色鸿业的需要，在皇帝的提倡和参与下，一些宫廷诗人，如太宗时的虞世南，高宗时的上官仪，武后时的沈佺期、宋之，都创作了大量的宫体诗，继承并延续了齐梁以来的华靡浮艳诗风。他们对五七言律诗的定型作出过历史的贡献。另一方面，一些中下层文人纷纷崛起，向宫廷文人的一统天下发起冲击，其代表人物是唐初“四杰”：王勃、杨炯、卢照邻、骆宾王及陈子昂。他们自觉地批判六朝文风，有意识地拓展诗歌内容，开创新的风格。四杰批判“上官体”为“骨气都尽，刚健不闻”，并倡导“革其弊”（杨炯《王勃集序》）。陈子昂批评当时的文风为“采丽竞繁，而兴寄都绝”，并倡导“汉魏风骨”（《修竹篇序》）。陈子昂（661～702）的《感遇诗》三十八首、《蓟丘览古》七首、《登幽州台歌》等，反映现实、抨击时弊，风格雄浑高古，寄托遥深，确有汉魏风骨，对廓清六朝余风起到巨大的冲击作用，为盛唐诗歌的繁荣开辟了道路。

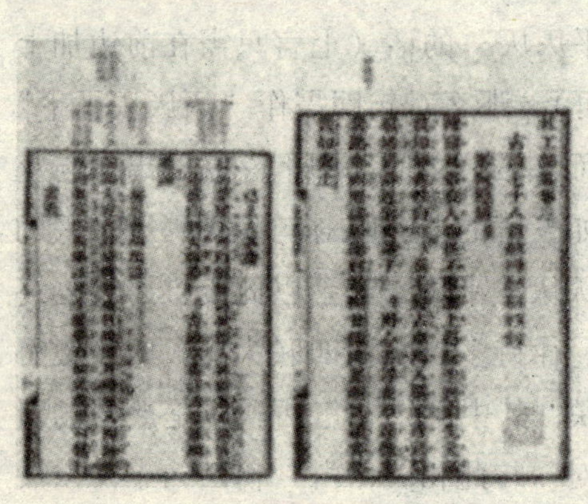
杜工部集　杜甫著

盛唐是唐诗的繁荣昌盛期。经过近百年的探索和准备，盛唐诗坛出现了百花齐放，美不胜收的繁盛局面。从内容上讲，此时的诗歌已得到了最充分的解放，唐诗所表现的种种内容，都在此时得到最集中的反映。从体裁上讲，这时的律诗已走向成熟，蔚为大国，七言歌行和绝句得到了最充分的发展，达到了诗歌史上的最高水平。从风格上讲，现实主义和浪漫主义两大流派在此时都得到了最充分的发展，而其代表人物杜甫、李白可谓登上了中国古典诗歌的两座高峰。其他如壮浪奔放的边塞诗派、优美清新的田园诗派亦达到了极高的水平。

中唐是唐诗的繁衍期。此时的风格流派比盛唐更多：刘长卿、韦应物的山水诗，李益、卢纶的边塞诗，都在一定程度上继承了盛

唐诗风；韩愈、孟郊有意发展杜诗雄奇的一面，形成了以横放杰出、排洑瘦硬为特点的韩孟诗派；李贺更融合楚辞、乐府和李白的浪漫色彩，独树诡丽瑰奇之一帜；刘禹锡、柳宗元或发思古之幽情，或借山水以抒幽愤，亦有独到的浑成清峻的特色。值得注意的是他们之中有些人在语言上刻意推敲，如韩愈、孟郊，有些人在意境上着意刻画，如李贺、柳宗元，有些人尤喜以议论或散文入诗，如韩愈，这都不但进一步丰富了“唐音”，而且也在一定程度上开启了“宋调”。

中唐诗歌影响最大的流派，要推以白居易为首的，有李绅、元稹、张籍、王建等人广泛参加的新乐府运动。

白居易像

晚唐是唐诗逐渐衰落期。最初尚有李商隐、杜牧两位著名诗人，时称“小李杜”。他们的长篇五古《行次西郊作一百韵》、《感怀诗》，题材重大，颇能继承老杜的同类作品。李商隐的七律和杜牧的七绝成就更高。李商隐在七律已被前人多方开掘，几乎难以为继的情况下，异军突起，独树一帜。他对语言、对仗、声律和典故，无不精心的锤炼安排，形成了一种富艳精工和深于情韵的风格，成为唐诗灿烂的晚霞。尤其是几首表现爱情的《无题诗》，如云“春蚕到死丝方尽，蜡炬成灰泪始干”；“身无彩凤双飞翼，心有灵犀一点通”，感情极为缠绵，意象极为朦胧，给人一种别开生面的美感。杜牧的七绝以清新俊逸，流走明快，语浅意深见长，在王昌龄、李白等绝句大师之后犹能自成一家。

李商隐、杜牧之后，不曾再出现有重大影响的诗人。这时作家虽多，但多是中唐以来各大家的学步者，例如方干，李频之于贾岛、姚合，吴融、韩偓之于李商隐、温庭筠，只有皮日休、聂夷中、陆龟蒙、罗隐、杜荀鹤诸人稍有特色。他们的某些作品能继承新乐府运动“惟歌生民病”的现实主义传统和平易流畅的风格，如杜荀鹤的《再经胡城县》曰：“去年曾经此县城，县民无口不冤声。今来县宰加朱绂，便是生灵血染成”，但气魄才力以至影响都远不及前人了。

宋 诗

在繁荣的以至难乎为继的唐诗之后，宋诗的成就确实稍逊于唐诗。但文学史上有人将宋诗一笔抹杀，说它不但不如唐诗，而且不如元诗，甚至“一代无诗”（于夫之《烜斋诗话》），则又贬斥过分了。应该说，宋诗还是有很高成就的，而且有它独自的面貌，后人习惯上称之为“宋调”。

从思想内容上看，宋诗比历代诗歌都要广阔。这主要表现在以下几方面。

一是直接以诗议政的作品更多了。宋代诗歌创作的高潮往往是随政治斗争高潮的出现而出现。如北宋时围绕新旧党争，南宋时围绕和战之争都出现了很多政治诗、时事诗。二是描写民生更广泛深入了。宋诗不但写一般的农夫织妇，还扩展到纤夫、渔民、城市平民、手工业者、小商贩、艺人等，而且对统治阶级的种种压迫剥削手段给人民带来的苦难表现得更深入了。三是爱国诗出现空前的繁荣。鉴于宋代不断受到外侮，这类作品自然日益增多，至南宋已成为诗歌创作的主调。四是更广

坡仙集　苏轼著

泛地描绘出经济生产，民风民俗等社会生活画面，许多新的经济、社会、文化现象，诸如盐酒专卖、漕运、矿业、新式农具、医疗技术、年节风俗、占卜、说书等，都被诗人们摄入笔端。五是品评艺术的作品大量产生。宋人的文化修养要远高于前人，因而产生了很多优秀的评论诗、书、画、乐的诗歌，诗歌成了文艺评论的重要工具。

宋诗在思想内容上也有不少缺欠，如缺少热情洋溢的爱情诗、抒情诗、边塞诗等。

宋诗在艺术风格及表现手法方面也有某些新倾向。

首先是议论化。唐之杜甫、韩愈已有此苗头，至宋，随着诗歌功能、表现力的不断扩大，社会矛盾的不断加剧，再加之宋代诗人多与政治家和官僚兼为一体，故尔“开口揽时事，论议争煌煌”（欧阳修《镇阳读书》）——以诗为武器，议论时弊，干预政治，已成为历史的必然。而宋代盛行的禅宗和理学更进一步加重了这一风气。自北宋中叶王安石、苏轼后，大部分诗人都喜谈禅，因而以禅论诗，以禅入诗，在诗中发挥禅理成为当时的普遍习尚。宋代的理学扼杀文学的美学价值，扼杀人的正常情感，对于诗歌的发展起到了巨大的摧残作用，至于将理学的陈词滥调搬入诗歌创作之中，更产生了很多充满头巾气的陈腐议论，正像刘克庄在《竹溪诗序》中所评，这类诗“要皆经义策论之有韵者尔，非诗也。”但也不能否认其中有一些有理趣而无理障的好诗，如朱熹《观书有感》云：“半亩方塘一鉴开，天光云影共徘徊。问渠那得清如许？为有源头活水来”，就是一首“寓物说理而不腐之

范成大像

作”（陈衍《宋诗精华录》）。所以对宋人喜以议论入诗应该全面、辩证地加以分析。

其次是才学化。这主要表现在喜于诗中广征博引、多用故实上。这种倾向从唐之韩愈已见端倪，至宋更为普遍。从北宋初的西昆派到北宋中的苏轼，再到两宋之交的黄庭坚和江西诗派都有很明显的表现。其中运用适当者能加深诗歌的表现力，运用过滥者则似“獭祭鱼”，被后人讥为“除却书本子，则便无诗”（王夫之《烜斋诗话》）。

再次是散文化。赵翼在《瓯北诗话》中曾说：“以文为诗，自昌黎始，至东坡益大放厥词，别开生面，成一代之大观。”其时，从梅尧臣、欧阳修等人始，已有此倾向。总的说来它破坏了诗歌的固有特征，不足称道。

另外，宋诗在语言风格上多保有平淡自然的风格。虽然有些人只出于为政治服务的功利观点而强调平淡自然，如北宋初中期的王禹偁、欧阳修等人，他们为强调“传道而明心”，特别提倡诗应“易道易晓”；有些人能上升到审美的高度，而强调平淡自然。如王安石说：“看似寻常最奇崛，成如容易却艰辛”（《题张司业诗》）；苏轼说：“渐老渐熟，乃造平淡，其实不是平淡乃绚烂之至也”（《与侄儿书》）；陆游说：“工夫深处却平夷”（《追忆曾文清公》）。这样尽管他们之间的艺术风格各不相同，但在语言风格上都崇尚自然平淡，这和唐代很多诗人，特别是唐中后期的诗人过于追求华丽秾艳，或奇奥深涩有所不同。

宋诗还特别注意诗之“小结裹”，即具体的写作手法和表现技巧。唐诗在大领域内都已捷足先登，臻于完备，宋诗就只好在唐诗已开拓的道路上或向深处，或向远处，或向侧处作进一步的细致开发。前人评“诗至宋而益加细密，盖刻抉入里，实非唐人所能囿也”（翁方纲《石洲诗话》卷四）；“宋诗人……能不袭用唐人旧调，……大抵残意深一层说，直意曲一层说，正意反一层说、侧一层

说。”（陈衍《石遗室诗话》卷十六），都道出了宋诗的这一特点。

宋诗的繁荣和宋代诗歌理论的发展分不开，这一发展主要体现在大量“诗话”的产生。诗话或记录轶闻，或品评得失，或考证史实，或阐述理论，三言两语，各成片段，是一种非常富有民族特色的文艺批评形式。它固然有某些过于拘泥“诗法”的倾向，但如果因此而说：“唐人精于诗，而诗话则少；宋人离于唐，而涛诗乃多”（《围炉诗话》），却未免诬之过甚。应该说诗歌理论的繁荣对探讨诗歌的美学特征还是益大于弊的。

宋诗在不同阶段还有其不同的特点。北宋初期主要有“白体”、“晚唐体”、“西昆体”三派，其共同特点是沿袭唐风，尚未形成宋诗的独特面貌，因此可称为沿袭期。“白体”主要效法白居易的浅切诗风，但结果往往“流易有余而深警不足”（《四库全书总目提要·骑省集》）。成就较高的诗人是王禹宲（954～1001）他自称“本与乐天为后进，敢期子美是前身”（《前赋村居杂兴诗二首》），因而其诗具有较强的现实主义色彩。“晚唐体”以“九僧”为代表，宗法晚唐的贾岛、姚合，以意境清幽为尚，但往往流于破碎小巧。“西昆体”效法李商隐，讲究辞采、崇尚故实，其代表作家是杨亿、刘筠、钱惟演。西昆派遭到范仲淹、石介等人的强烈反对，范、石等人虽不以诗名，但也写了一些风格与西昆迥异的作品，为宋调的滥觞作出了一些贡献。

南宋后期，随着爱国意志的消沉，诗歌创作进入衰落期，著称于诗坛的是一批“江湖诗人”及其作品。他们之中除刘克庄、刘辰翁、戴复古或作品较多，或气魄较大外，多数都破碎不足以名家，作品数量既少，气象也很局促，像“四灵”这样的作家又重新拈起了晚唐的旗号，以贾岛、姚合为宗，取法不高，成就更低。所幸的是“国家不幸诗家幸”，南宋亡国之变又造就了文天祥、汪元量等一批爱国诗人。他们的作品既有强烈的抒情性，又有高度的纪实性，在继承杜甫的“诗史”传统和南宋中期爱国传统方面都作出了不可磨灭的贡献，并为宋诗作了一个光辉的总结。像文天祥的千古名篇《正气歌》，千古名句“人生自古谁无死，留取丹心照汗青”（《过零丁洋》），早已化为民族之魂，成为整个中华民族宝贵的精神财富了。

元　诗

宋以后诗歌呈衰落趋势，主要问题是缺乏创新意识，不论在内容题材上、艺术风格上还是体裁形式上都未能脱出前人的窠臼，有很多作家索性就以仿古为宗旨，连宋人那点标新立异的精神都失去了。但这几代的作品数量相当惊人，仅《明诗纪事》著录的诗人就有4000余人，几乎是《全唐诗》的一倍，因而优秀的作家作品仍不断涌现。

金代国祚不长，战乱频仍，文化本不很发达，诗歌成就亦不高。只是末期的元好问尚有一些能反映时代的好作品，风格也较为悲壮。

元初诗人多为宋金遗民，大多亲历过改朝换代的社会变革，因而某些作家如刘因、赵孟頫等的一些诗作能较深刻地反映社会矛盾和民族意识，中期以后，社会趋于相对稳定，科举取士的恢复又使知识分子有了进身的机会，特别是宋代的道学在此时发挥了“替金元治心”（鲁迅语）的作用，许多诗人都兼理学家，他们继承了宋儒重道轻文、扶世教化、止乎礼义的诗旨，诗风逐渐转向雅正。虞集、杨载、范椁、揭炫斯于此时号称“元诗四大家”。后期的重要诗人有王冕、杨维桢等，他们的作品对元末尖锐的社会矛盾又有较多的接触，风格亦较为多样。特别值得注意的是，元代诗人中有很多少数民族的诗人，诸如耶律楚材、揭炫斯、萨都炫、贯云石、马祖常、烒贤、余阙等，他们的成就足与汉族诗人相颉颃。元人戴良在《丁鹤年诗集序》中曾评道：“论者以马公之诗似商隐，贯公、萨公之诗似长吉（李贺），而余公之诗则与阴铿、何逊（南朝末年诗人）齐驱而并驾。他如高公彦敬、烌公子山、达公兼善、雅公正卿、聂公古柏，斡公克庄、鲁公至道、三公延圭辈，亦皆清新俊拔，成一家之言。”如萨都剌《上京即事》曰：“牛羊散漫落日下，野草生香乳酪甜。卷地朔风沙似雪，家家行帐下毡帘”，与著名的北朝民歌《敕勒川》一样，都非汉人所能描摹。他们和汉族诗人一起为共同繁荣中华文化而作出了巨大贡献。

元代诗歌在不同时期虽有不同特点，但在艺术风格上却有一个共同倾向，这就是宗唐尚古而鄙薄宋诗的议论直露。

明　诗

明代诗歌的成就亦不高，但其复古与反复古的斗争却相当激烈。

明初诗文的代表作家是宋濂、刘基、高启，他们都经历过元末的社会动乱，写出了一些较有现实意义的作品。但不久，由于理学、八股科举以及空前残酷的文字狱严重桎梏了文人的思想，诗歌创作陷入了毫无生气的局面，出现了以“三杨”（杨士奇、杨荣、杨溥）为代表的“台阁体”诗派，专以歌功颂德、粉饰太平为能事，统治诗坛达一百年之久。

大规模自觉地与台阁体相对抗的是“前后七子”发起的复古运动。“前七子”以李梦阳（1472～1527）、何景明（1483～1521）为代表。他们的代表口号是“文必秦汉，诗必盛唐”，这对扫除“啴缓冗沓，千篇一律”的台阁诗风起到了巨大的冲击作用。但他们提倡的复古和陈子昂、韩愈、欧阳修等人提倡的以复古为革新的主张不同，是纯粹的为复古而复古，因而他们抛弃了唐宋以来文学发展的既成传统，割断历史，走上了盲目的厚古薄今道路。其作品一味以抄袭模拟为能事，正像后来反对他们的归有光所形容的那样：“颇好剪纸染采之花，遂不知复有树上天生花也。”李梦阳本人在晚年也忏悔道：“余之诗非真也，王子所谓文人学子韵言耳，出之情寡而工之词多者也”（《诗集自序》）。“后七子”以李攀龙（1514～1570）、王世贞（1528～1590）为代表，他们再次发起复古运动，重蹈前七子的覆辙。如李攀龙不但要“诗必盛唐”，而且说“诗自天宝而下，俱无足观”。他的诗亦以模拟剽窃为能事，如《古乐府》，篇篇模拟，句句模拟，恰如写字的“临摹帖”。王世贞不但要“诗必盛唐”，而且说“大历以后书勿读”，是典型的一代不如一代论者。他的诗，自《诗经》以下至李杜，无不模拟，令人生厌。此时，倒是那些不依附于前后七子的诗人，如唐寅、文徵明、王守仁、杨慎等，反能卓然自立。如唐寅《焚香默坐歌》纯用白话体“说尽假道学”（袁宏道语）：“请坐且听吾语汝：‘凡人有生必有死，死见先生面不惭，才是堂堂好男子！’”毫不袭古而英光自射。

大规模自觉地起来反对复古运动的是“唐宋派”、“公安派”与“竟陵派”。唐宋派的代表人物是王慎中、唐顺之、茅坤、归有光等，他们的主要精力虽在散文，但“自为其言”、“直写胸臆”等主张亦适用于诗。以袁宗道、袁宏道、袁中道袁氏三兄弟为代表的公安派，和稍前于此的李贽、汤显祖等在清算复古主义文学中，作出了重大贡献。李贽提倡“童心说”，汤显祖提倡“情有者理必无，理有者情必无”（《寄达观》），袁宏道更提出“性灵说”。这些主张势必促使他们打破拟古主义的陈腐格局而提倡抒发真情实感，也促使他们的创作“大都独抒性灵，不拘格套，非从自己胸臆流出，不肯下笔。”（袁宏道《小修诗叙》）“竟陵派”以锺惺、谭元春为代表，他们也提倡性灵，但更注重“引古人之精神以接后人之心目”，又把诗歌创作带回幽深孤峭的狭路。总的说来，这几派的创作成就虽不甚高，但是冲破了复古主义笼罩当时诗坛的陈腐空气。

在明末阶级矛盾、民族矛盾特别尖锐的时代，一些无意为诗者留下了一批优秀作品。其中陈子龙、夏完淳、张煌言等人的爱国诗作，有如南宋末年文天祥等人的作品，再次奏响爱国的激昂之声。如年仅17岁就壮烈牺牲的少年抗清英雄夏完淳（1631～1647）的《别云间》曰：“三年羁旅客，今日又南冠。无限河山泪，谁言天地宽？已知泉路近，欲别故乡难。毅魄归来日，灵旗空际看。”其气魄远非一般明人所能比拟。

第二章　中国当代文学史

第一节　当代小说

赵树理及“山药蛋”派的小说

赵树理（1906－1970），山西沁水人。早年即对民间文艺产生强烈兴趣。40年代创作出具有浓郁地方色彩和乡土气息的《小二黑结婚》、《李有才板话》、《李家庄的变迁》等作品，成为当时文艺界贯彻落实《在延安文艺座谈会上的讲话》所确立的倡导文艺“为工农兵服务”的典型。建国后创作有长篇《三里湾》、《灵泉洞》（上），短篇《登记》、《“锻炼锻炼”》、《套不住的手》等。“文革”中被残酷迫害致死。赵树理的小说借鉴了中国传统白话小说的“说白念诵”和“宣讲口气”，主张按照生活的“本来面貌”写，注重从描写对象的“文化思想”传统中发掘那些有生命力的素质，所塑造的人物并不是时代所积极倡导颂扬的光芒四射的新时代的英雄，而是一些小人物的朴素、日常的方方面面。特别擅长刻画农村中一些具有小毛小病的“中间人物”和“落后人物”。赵树理也是延安作家中比较早地自觉关注党和政府的农村政策与农民思想实际、生活状况之间的差异甚至冲突的作家。这种关注与他富有个性和生活气息的语言风格一道，突显出了赵树理小说文本的时代思想意义与艺术价值。

“山药蛋派”是以赵树理为代表，部分艺术风格、审美追求相互接近的山西作家所构成的一个以写农村题材小说为主的文学流派。

除赵树理外，主要成员还有马烽、西戎、束为、孙谦、胡正等。其代表性的小说作品有《我的第一个上级》（马烽）、《三年早知道》（马烽）、《宋老大进城》（西戎）、《老长工》（束为）、《奇异的离婚故事》（孙谦）、《七月的庙会》（胡正）等。

“山药蛋派”的文学理论起源于四十年代赵树理组织的通俗文化研究会以及集体撰写的《“通俗化”引论》。它所提出的“文化大众化”和“新启蒙”的思想主张，成为这些作家自觉的艺术实践的旨归。“山药蛋派”的写作在五六十年代形成具有全国影响的流派风格。其主要特色是围绕正在发生变革的农村生活和变革中所出现的新人物（既有先进人物，也有中间人物和后进人物）、新思想、新问题来展开的。注意在农村政策和现实缝隙之间，寻找人物和主题的叙述可能；小说大多具有大众化、日常生活化和地方特色；语言注重口语化，貌似朴拙而又略带诙谐；刻画了不少性格鲜明的新时代的农民形象。

杜鹏程的《保卫延安》

杜鹏程（1921—1991），陕西韩城人。从小家境贫寒。抗战爆发后开始参加抗日救亡工作。后到延安，先后在八路军随营学校、鲁迅师范学校和延安大学学习，并从事过基层干部、随军记者、报社主编等工作。全国解放后，杜鹏程以自己做战地记者时所积累的素材为背景，创作了描写解放战争时期延安保卫战这一具有重大革命意义的历史长篇《保卫延安》，塑造了革命军队中一系列指战员的光辉形象，特别是在塑造战争的最高指挥者方面，小说第一次正面描写了彭德怀，为后来的文学作品尝试描写老一辈无产阶级革命家提供了值得借鉴的经验。

50年代以后，杜鹏程还创作了《在和平的日子》、《延安人》、《夜走灵官峡》等作品。60年代之后，杜鹏程受到残酷迫害，作品也遭到查禁批判。“文革”后，出版了中短篇小说集《光辉的里程》，《保卫延安》也于1979年重新出版。

小说《保卫延安》是第一部正面描写解放战争的革命战争题材小说。作品以饱满的革命激情，艺术地再现了解放战争时期，人民解放军在党的领导下，以大无畏的革命英雄主义在西北战场所开展的延安保卫战，具有一种“迫人的鼓舞力量”。作品热情地歌颂了党、人民军队和军队的指挥者，塑造了周大勇等人民子弟兵的英雄形象，从一个角度历史地阐明了党所领导的人民战争之所以取得胜利的根本原因，“它描写出了一幅真正动人的人民革命战争的图画，成功地写出了人民如何战胜敌人的生动的历史中的一页”。

小说出版后，曾经为《保卫延安》的修改出版给予过密切关注支持的冯雪峰专门撰写了一篇评论《论〈保卫延安〉》。这篇评论指出，“以这部作品已达到的根本的史诗精神而论，我个人认为它已经具有古典文学中英雄史诗的精神；但在艺术的技巧或表现的手法上当然还未能达到古典杰作的水平”。

孙犁的《铁木前传》、《风云初记》

孙犁（1913—2002)，河北安平县人。初高中时期就开始写作，并有作品在《大公报》发表。抗战全面爆发后在家乡参加抗日文化宣传工作。这一时期发表了一些文艺理论和批评文章。40年代中期从晋察冀边区到延安，并在《解放日报》上发表了《荷花淀》、《芦花荡》等短篇小说，初步确立了孙犁小说清新涵泳的艺术风格，艺术技巧也日趋成熟。直至去世，孙犁的写作生涯长达75年。其间著有长篇小说《风云初记》，小说、散文集《白洋淀纪事》，中篇小说《铁木前传》、《村歌》，文学评论集《文学短论》等，另有《孙犁文集》正续编八册和《晚华集》、《秀露集》、《澹定集》、《尺泽集》、《远道集》、《老荒集》、《陋巷集》、《无为集》、《如云集》、《曲终集》十种散文集传世。去世前为中国作家协会名誉副主席，中国文联荣誉委员，天津市作家协会名誉主席（原主席)，天津市文联名誉主席。孙犁是解放区文艺的代表性作家之一。他的早期作品描绘了抗日战争、解放战争的一幅幅壮丽、清新的文学画图。解放后，孙犁文学创作继续取得长足进展，成为公认的小说、散文大家，被认为是文学流派“荷花淀派”的创立者。在改革开放的新时期，孙犁文学创作迎来了又一高峰，他的散文作品以思想的深湛、文体的创新、艺术风格的鲜明、语言和表现手段的炉火纯青，在文学界产生了广泛影响。

《铁木前传》以农业合作化运动为时代背景，描述了两个老人（铁匠傅老刚和木匠黎老东）和两个青年（九儿和六儿）在解放前后不同的时代背景下的交好与交恶。小说以人际关系的前后变化为线索，以孙犁一贯关注的乡土人性在不同背景下的发展为主题，在正面肯定农村合作化运动的同时，注意人物的真情实感的挖掘，流露出作家对北方农村人情美、人性美的向往和赞美。小说人物形象朴实鲜明，笔调明丽流畅，是这一时期反映农业合作化运动的优秀文学作品。

《风云初记》是一部描写抗日战争题材的长篇小说。小说以孙犁熟悉的冀中平原五龙堂为背景，通过抗日战争第一年发生在这个地区的故事的描写，集中地反映了抗日战争初期的风云变幻，以及战争背景下、进程中各种人物心理世界的变化和革命力量的成长，赞颂了人民发自内心的解放精神，塑造了高四海、芒种、吴春儿、蒋俗儿等具有鲜明个性的人物形象。

孙犁的小说善于在浓郁的地方风情的背景上展示人性；将时代风云与北方农民革命的自觉性和解放精神有机地融合在一起；人物鲜活清新；不以情节曲折见长，却以极俭省的笔墨，抒发浓郁的诗情画意。

罗广斌、杨益言的《红岩》

罗广斌（1924－1967），四川成都人。40 年代到云南求学并参加革命。1948 年加入中国共产党，同年九月被捕，囚禁于重庆“中美合作所”渣滓洞、白公馆集中营，在狱中与其他狱友一

道坚持斗争。重庆解放前夕越狱成功。解放后主要从事共青团工作。1950年根据自己在狱中亲身经历，写成报告文学《圣洁的血花》（与杨益言合著），1958年又创作了革命回忆录《在烈火中永生》（与杨益言合著）。1961年与杨益言合作创作了长篇小说《红岩》。

杨益言（1925－　），江苏武进县人。40年代在同济大学读书，后因在上海参加学生运动被学校开除。1948年8月被捕，囚禁于重庆“中美合作所”渣滓洞，重庆解放前夕越狱成功。解放后在重庆市委工作。

长篇小说《红岩》是这一时期革命历史题材小说中的代表，特别是它艺术地塑造了许云峰、江姐、成岗、齐晓轩等一大批革命知识分子的光辉形象。这些形象，不仅丰富了当代小说人物的长廊，而且长久地激励着一代又一代的后来者。它所高扬的革命者的理想主义、牺牲精神和高风亮节，成为一个时代道德理想的重要组成部分。小说通过中美合作所集中营中被囚禁的共产党人和进步人士不怕牺牲的可歌可泣的坚决斗争，不仅反映了当时国民党统治区错综复杂、尖锐激烈的阶级斗争，而且也反映了整个解放战争不断走向胜利的形势。

小说虽然是以真实的个人经历为背景，但在艺术上并未刻意追求惊险离奇的故事情节，而是始终围绕人物形象的塑造，注意发掘人物的内心世界、心理感受、行为动机和内在的思想感情，成功地展示了烈士们崇高的精神世界。

杨沫的《青春之歌》

杨沫（1914—1995），祖籍湖南湘阴，生于北京。因为家庭原因而较早走上社会，先后做过小学教师、家庭教师和书店店员，并曾在北京大学旁听。1936年参加中国共产党并从事妇女、宣传等工作和《晋察冀日报》编辑、文艺增刊主编等。解放后曾任中国作协主席团成员、北京作协副主席、北京市文联主席。

杨沫30年代开始文学创作，解放前以短篇小说、报告通讯和散文为主。1958年发表长篇小说《青春之歌》，后来还创作了长篇三部曲《东方欲晓》、《芳菲之歌》、《英华之歌》，并出版了中短篇小说集《苇塘纪事》、《红红的山丹花》、《杨沫小说选》；散文集《杨沫散文选》、《大河与浪花》、《自白——我的日记》等。

《青春之歌》是杨沫最重要的作品。它所反映的是从“九一八”到“一二·九”这一历史时期党所领导的北方学生运动。小说通过卢嘉川、江华、林红等英勇不屈的共产党员的形象，告诉人们曾经有多少革命先烈为了他们的理想、革命事业和今天的幸福生活献出了自己年轻的生命。其中最为引人注目的是，小说中所出现的知识分子形象，较之过去的作品有了很大的发展。小说通过林道静这个人物的人生选择和成长经历，指出了当时的小资产阶级知识分子“只有在党的领导之下，把个人命运和人民大众的命运联结为一，这才是真正的出路”。这与现代文学中作为“民主个人主义者”的知识分子形象，如“恋爱至上”的子君和“教育救国”的倪焕之等迥然不同，这也是《青春之歌》特殊的意义和价值所在。

小说将人物置身于时代洪流当中，能够将宏大的时代叙事与人物形象的塑造结合起来，结构气魄宏伟，情节也比较生动，人物心理活动的刻画也比较真实细腻。但在作者所致力揭示的“知识分子的精神史”方面，小说并非没有不足。首先，小说仅以小知识分子为主要探讨和表现的对象；其次，小说的“探讨”意味似乎也并不浓厚。还有人认为小说“后半部结构比较松散，语言不够丰富多彩，人物的对话缺乏个性”等。

中国文学知识漫谈②

中国诗歌与文赋经典品读

中国文学有着数千年的悠久历史，它以特殊的内容、形式和风格构成了自己的特色，它以优秀的历史、多样的形式、众多的作家、丰富的作品、鲜明的个性成为世界文学宝库中光彩夺目的瑰宝。

箫枫◎主编

辽海出版社

责任编辑:陈晓玉　于文海　孙德军

图书在版编目(CIP)数据

中国文学知识漫谈/萧枫主编.—沈阳:辽海出版社,2008.6(2015.5 重印)

ISBN 978-7-80711-711-7

Ⅰ.①中…　Ⅱ.①萧…　Ⅲ.①中国文学—基本知识　Ⅳ.①I2

中国版本图书馆 CIP 数据核字(2011)第 140257 号

中国文学知识漫谈

中国诗歌与文赋经典品读

萧枫/主编

出　版:辽海出版社　　地　址:沈阳市和平区十一纬路 25 号

印　刷:北京一鑫印务有限责任公司　　字　数:700 千字

开　本:700mm×1000mm　1/16　　印　张:40

版　次:2011 年 9 月第 2 版　　印　次:2015 年 5 月第 2 次印刷

书　号:ISBN 978-7-80711-711-7　　定　价:149.00 元(全 5 册)

《中国文学知识漫谈》编委会

前 言

我们中国文学是以汉民族文学为主干部分的各民族文学的共同体，作为一个统一的多民族国家，各民族文学都有各自发生、繁衍、发展的历史，也有各自的价值与成就。少数民族文学与汉族文学互相补充，使中国文学表现出极大的丰富性和多层次性。

我们中国文学有着数千年的悠久历史，并以特殊的内容、形式和风格构成了自己的特色，具有自己的审美理想，有自己的起支配作用的思想文化传统和理论批判体系。它以优秀的历史、多样的形式、众多的作家、丰富的作品、独特的风格、鲜明的个性、诱人的魅力而成为世界文学宝库中光彩夺目的瑰宝。

诗歌是中国文学中产生最早的艺术形式之一，《诗经》是最早的一部诗歌总集。其中最早的诗篇产生于西周初年，最晚的产生于春秋中叶。紧接着又兴起了一种新的诗体，那就是楚辞，楚辞的光辉代表，就是伟大的诗人屈原。《诗经》中的《国风》和以《离骚》为代表的楚辞，是中国古代诗歌的两个典范。就创作方法而言，《国风》和《离骚》分别开创了中国文学现实主义和浪漫主义的诗歌传统。

在汉魏六朝出现了带有民间文学刚健清新风格的新诗体，即乐府，强烈的现实感，是乐府的重要标志。《陌上桑》、《孔雀东南飞》、《木兰诗》等，都是中国古代长篇叙事诗中的瑰宝。在乐府诗的发展过程中，五言、七言的句式日渐引人注目，到汉末出现了《古诗十九首》，五言诗这种诗体便基本成熟了。七言诗的产生要晚于五言诗，它的广泛流行，大约在晋宋之际，到了唐代，近体诗进

入鼎盛时期。在这个时期，古体诗和近体诗全面发展，出现了李白、杜甫、白居易等世界闻名的伟大诗人。

在中国传统文学观念中，与诗词并列为文学正宗的是散文 。中国文学史上第一部记叙文和议论文的集子是《尚书》，它是上古历史文件和部分追述古代事迹著作的汇编，初具了文学的特质。战国时代形成了百家争鸣的局面，散文得到了迅速发展，其中主要是历史散文和诸子散文。这时期散文、有感情激越 、论辩性强、辞藻华美、结构严谨、多用寓言、善使比喻等特点，散文的基本形式已经确定。汉代散文更讲究文采，对偶句增多，有辞赋化倾向。

骈文兴盛之后，散文式微，到唐代韩愈、柳宗元元大力提倡古文，反对过于矫饰、渐趋空洞的骈文，散文才恢复了它的生机与地位。唐宋古文，直承秦汉传统，尤以游记散文清新隽逸，生动活泼。后世纯文学散文一直沿着这条轨道前进。明清小品文是纯文学散文的一种重要样式，它吸收唐代散文的精髓，融入魏晋南北朝笔记文的谐趣和隽永，具有独特的艺术魅力。

在中国传统文学观念中，小说常被当作街谈巷议之言，戏曲被认为是不能登大雅之堂的作品。因此，小说和戏曲起步较晚，直至元、明、清才迅速发展起来，一些伟大的作家与作品相继出现。在戏曲方面，如元代关汉卿的《窦娥冤》、王实甫的《西厢记》、明代汤显祖的《牡丹亭》、清代孔尚任的《桃花扇》等，都是不朽之作。小说《三国演义》、《水浒传》、《西游记》、《聊斋志异》、《儒林外史》等，也均为文学珍品。《红楼梦》更是纪念碑式作品，它把中国文学推向了新的高峰，并足以和世界许多知名的小说媲美 。

为了让广大读者全面了解中国文学，我们特别编辑了《中国文学知识漫谈》，主要包括中国文学发展历史、民族与民间文学、香港与台湾文学、神话与传说、诗歌与文赋、散曲与曲词、小说与散文、寓言与小品、笔记与游记、楹联与碑铭等内容，具有很强的文学性、可读性和知识性，是我们广大读者了解中国文学作品、增长文学素质的良好读物，也是各级图书馆珍藏的最佳版本。

目　录

第一章　历代诗歌

第一节　诗歌历史

第二节　历代名诗

第二章　历代名赋

第一节　先秦与秦汉名赋

第一章 历代诗歌

第一节 诗歌历史

先秦诗

与词、曲相比，中国的诗歌历史最悠久，成就最辉煌。它兴起得早，且经久不衰，青春长在。

诗歌的历史可以追溯到语言产生后不久。《淮南子·道应训》说："今夫举大木者，前呼'邪许'，后亦应之，此举重劝力之歌也。"可见在原始劳动中的劳动号子就是最原始的诗歌，鲁迅将其戏称为"杭育杭育派"（《门外文谈》）。《吕氏春秋·古乐》又说："昔葛天氏之乐，三人操牛尾，投足以歌八阕。"可见原始的诗与歌密不可分，都与音乐舞蹈密切相关。但由于缺乏文字记载，这些原始诗歌大多已湮灭不传。一些古籍记载的所谓神农、黄帝、尧、舜时代的歌谣，多数经后人润色，甚至是伪托之作，但也有个别作品保留了远古时期的原始味道，如《吴越春秋》卷九所载的《弹弓》曰："断竹，续竹，飞土，逐宍（古"肉"字）。"以简单的节奏表现了从砍伐竹子、制造弹弓，到射出弹丸、击中猎物的狩猎过程。

两汉魏晋南北朝诗

这一时期被鲁迅称为文学的"自觉时期"。其在诗歌方面的主要成就是五言诗由成型到繁荣，七言诗由滥觞到初步发展，杂言的歌行体及五七言四句的小诗也趋于成熟。新兴的声律学逐渐应用到诗歌创作中，为唐以后的近体律诗的发展奠定了基础。包括诗歌批评在内的文学批评也空前发达繁荣，除曹丕的《典论·论文》、陆机的《文赋》，已接触到诗歌批评外，刘勰的《文心雕龙》有许多章节都是专门论诗的，钟嵘的《诗品》更是系统的论诗专著。

两汉时，诗歌的成就不高，文人诗的成就更差。相对而言民间的“乐府诗”水平较高。

“乐府”本是汉代所设的音乐机关名，它是汉初统治者为润色鸿业、制礼作乐的需要而设置的，它的任务除将文人歌功颂德的诗制成曲谱演奏外，还要采集各地的民歌。“于是有赵代之讴秦楚之风，皆感于哀乐，缘事而发，亦可以观风俗，知薄厚云。”（《汉书·艺文志》）到了魏晋六朝，人们习惯于把这些汉代乐府机关所采集的原称为“歌诗”的诗歌称为“乐府诗”，于是“乐府”由音乐机构名一变而为诗体名。

据《汉书·艺文志》载，仅西汉乐府民歌就有138首之多，可惜流传甚少。现存乐府民歌大多是东汉作品，共有三四十首，其中富于文学价值的是那些采自民间的作品。

汉乐府“感于哀乐，缘事而发”的创作原则实际上和《诗经》“饥者歌其食，劳者歌其事”的原则一脉相承，因而必然继承《诗经》现实主义的创作传统，具有很高的思想意义。

有些诗揭露了当时严重对立的阶级状况，揭露了战争和劳役给人民带来的深重苦难。有的甚至直接写出了贫苦百姓被逼无奈而不得不铤而走险、犯上作乱的情景：“盎中无斗米储，还视架上无悬

衣。拔剑东门去，……白发时下难久居！”（《东门行》）

有些诗写传统的爱情婚姻。如《上邪》一连气用五种不可能发生的事来发誓，说只有到那时“乃敢与君绝！”热烈地歌颂了对爱情的忠贞。《孔雀东南飞》深刻地控诉了封建婚姻制度对倾心相爱的青年男女的无情迫害。这篇1700多字的乐府诗是古代汉民族最长、最优秀的叙事诗。它述说了“庐江府小吏焦仲卿妻刘氏为仲卿母所遣，自誓不嫁，其家逼之，乃投水而死，仲卿闻之，亦自缢于庭树”的悲剧故事。与此相反，《陌上桑》却充满喜剧色彩，写美丽机智的罗敷如何拒绝了“使君”的无耻追求。

乐府诗中最具有特色的是那些表现家庭、社会问题的作品。如《妇病行》写母亲临死前千叮咛万嘱咐地将“两三孤子”托付给丈夫，但这个丈夫——或许是后父，最终竟抛弃了孩子，又如《孤儿行》写兄嫂独霸家财，把幼弟视为奴隶，任意折磨役使，也深刻地揭示了家庭的悲剧。

汉乐府多“采摭闾阎，非由润色”，所以“质而不俚，浅而能深，近而能远”（胡应麟《诗薮》卷一），成为它天然的本色。汉乐府或为杂言，或为五言，标志着诗歌形式得到了更充分的发展，为后代杂言歌行及五言诗的繁荣奠定了基础。而汉乐府最显著、最基本的艺术特色是它的叙事性。它刻画出许多性格鲜明、情节完整的形象和事件，标志着叙事诗进入了更成熟的阶段。如《孔雀东南飞》用多种多样的手法生动地塑造了刘兰芝、焦仲卿、焦母、刘母、刘兄等一系列生动形象，描叙了休妻、离别、拒婚、再嫁、殉情等一系列生动情节，不愧为现实主义的叙事杰作。如果考虑到汉（族）文学叙事诗的不足，汉（代）以后叙事诗停滞不前的实际情况，那么汉乐府的这一艺术成就就显得弥足珍贵了。

汉代的文人诗成就不高。尤其是西汉时期只有项羽、刘邦等人几篇急就短章《垓下歌》、《大风歌》等较为生动感人。到了东汉，文人受西汉以来五言民歌影响，逐渐重视对五言诗的写作。班固的一首咏缇萦救父的五言诗《咏史》，虽然“质木无文”，却是有史可查的第一首文人五言诗。以后张衡、辛延年等人相继而起，或自作，或拟乐府之作，五言诗逐渐发展起来。它比起“文繁而意少”的四言诗，多出一个单独的音节和词汇，因而能“居文词之要，是众作之有滋味者也”（钟嵘《诗品》）。

到东汉末年，出现了一批作者姓名已不可考的五言诗，后人便把它们泛称为“古诗”。历史上曾有人把这些作品系于西汉时期枚乘、李陵和苏武等人的名下，这是没有充分根据的。在这批古诗中有19首以《古诗十九首》的名义被选人《文选》，它们代表了汉代文人五言诗的最高成就。

魏晋时期最值得称道者一是建安诗人，一是正始诗人，一是太康诗人，一是大诗人陶渊明。

汉魏易代之际，军阀混战，民不聊生，于是在汉献帝建安年间（196～220）产生了一批以“三曹”（曹操、曹丕、曹植）为核心，“七子”（孔融、王粲、陈琳、刘桢、徐斡、阮沫、应场）为羽翼的“建安诗人”，他们关切现实，慷慨有志，继承了汉乐府“感于哀乐，缘事而发”的精神，写下了一大批具有高度现实性和饱满感情的作品，其风格被后人誉为“建安风骨”。建安风骨的特点及产生背景正如《文心雕龙·时序》所评：“观其时文，雅好慷慨，良由世积乱离，风衰俗怨，并志深而笔长，故梗概而多气也。”如曹操（155～220）的《蒿里行》写讨伐袁绍之战，《苦寒行》写东征高干，都写出了事件的经过，战争的残酷，人民的苦难，被后人誉为“汉末实录，真诗史也”（钟惺《古诗归》）。而曹操的《短歌行》、《龟虽寿》，曹植的《赠白马王彪》、《杂诗》等，又都抒发了作者真切复杂的思想感情，不愧为优秀的言志抒情之作。特别是曹植（192～232）的《赠白马王彪》，剖析了在皇室内部残酷斗争中的悲愤心情，更是一篇写实与抒情相结合的佳作。曹植特别擅长五言，他在曹操“清峻”、“通悦”的基础上更注重“骋词”和“华靡”，因而

使五言诗更趋于繁荣。而曹丕（187～226）的《燕歌行》则是有史可查的第一首完整的文人七言诗。

魏晋易代之际，司马氏与曹氏之间展开了殊死的血腥倾轧，特别是司马氏借“名教”杀人，剪除异己，政治异常黑暗。应运而生的是以阮籍、嵇康为代表的“竹林七贤”，后人称他们为“正始（魏齐王年号，241～249）诗人”，他们“越名教而任自然”（嵇康《释私论》），“非汤武而薄周孔”（嵇康《与山巨源绝交书》），以老庄思想反对现实政治。他们也关心现实，但黑暗的政治迫使他们由奋发进取转而变为或愤世嫉俗，或消极避世；他们也饱含感情，但朝不保夕的处境迫使他们由慷慨激昂转而变为或隐晦曲折，或任达旷放。阮籍（210～263）的82首《咏怀》诗可视为正始诗人的代表作，这些诗“或以自安，或以自悼，或标物外之旨，或寄疾邪之思”（王夫之《古诗选评》卷四），都写得“厥旨渊放，归趣难求”（《诗品》），而且这种组诗的形式又开创了五古抒情组诗的体例。

西晋“太康（晋武帝年号，280～289）诗人”以“三张”（张华、张载、张协，一说无张华，而有张亢）、“二陆”（陆机、陆云）、“两潘”（潘岳、潘尼）、“一左”（左思）最为著称。他们的共同倾向是更注重文章的华美和写作的技巧，而在思想内容方面有所减弱。正像《文心雕龙·明诗》所说：“晋世群才，稍人轻绮，张潘左陆，比肩诗衢，采缛于正始，力柔于建安，或析文以为妙，或流靡以自妍，此其大略也。”但出身清寒的左思有一些抨击当时门阀制度的作品，写得十分深刻生动。

东晋时，随玄学而兴起的玄言诗逐渐盛行。这种诗“理过其辞，淡乎寡味，……皆平典似道德论”（《诗品》），毫无可取之处。因而陶渊明在此时的出现更显得光彩异常。陶渊明（365～427）为人以讲究气节，不为五斗米而向乡里小儿折腰著称，深受后人的爱戴。他的诗以描写田园著称。这些诗充满了对污浊社会的憎恶和对纯洁田园生活的热爱，如在《归田园居》中说：“少无适俗韵，性本爱丘山，误落尘网中，一去三十年……久在樊笼里，复得返自然。”但他并非是浑身的静穆，他也有些“猛志固常在”的“金刚怒目式”的作品，说明他并未完全忘怀世事。陶渊明的诗在艺术风格上给人最突出的印象是平淡自然。他用朴素的语言，白描的手法，真率自然地描写田园风光和田园生活，好像一切都是“不待安排，胸中自然流出”（朱熹语）一样。但他的诗虽平淡，却不浅薄，相反非常醇厚有味，能在平淡中见真淳，在自然中求深刻，在古朴中出意境，因而能产生像苏轼所评价的“质而实绮，癯而实腴”的“奇趣”。如其名作《饮酒》之五曰：“结庐在人境，而无车马喧。问君何能尔？心远地自偏。采菊东篱下，悠然见南山。山气日夕佳，飞鸟相与还。此中有真意，欲辨已忘言。”意在言外，深得含蓄隽永之美。

南北朝诗最可称道者是山水诗的兴起。在此之前，诗中对山水的描写只处于起陪衬作用的宾位，而此时有些诗人却把山水作为审美的对象纳入自己的诗歌创作之中，正像《文心雕龙·明诗》所指出的那样：“宋初文咏，体有因革。庄老告退，而山水方滋。”最著名的诗人有谢灵运（385～433）及谢朓（464～499），世称“大小谢”。大谢善于移步换形，经营画境，偶尔也能写出“池塘生春草，园柳变鸣禽”（《登池上楼》）这样得之自然的神来之笔。谢朓的山水诗“清机自引，天怀独流，壮景为幽，吐情能尽”（《采菽堂诗选》），较大谢又进一步。如其名句“余霞散成绮，澄江静如练。喧鸟覆春洲，杂英满芳甸”（《晚登三山》）；“天际识归舟，云中辨江树”（《之宣城》），不管是在捕捉山水情趣方面，还是在情景相生方面都达到了很高的水平。

南朝诗的另一特点是更注重形式与技巧。注重“隶事”、“藻绘”，以用典繁富、词藻华丽为美，随着声韵学的逐渐兴起，更讲究诗歌的音韵之美，于是到齐梁的沈约时终于提出“四声八病”（八病指：平头、上尾、蜂腰、鹤膝、大韵、小韵、旁纽、正纽）之说，要求“一简之内，音韵尽殊；两句之中，轻重悉异”（《宋书·谢灵

运传》)，时称“永明（齐武帝年号）体”。再加之这时统治阶级异常腐化，他们专用这种华美的形式写其纵情声色的生活，这就出现了所谓的“宫体诗”。梁简文帝、陈后主、徐摛、徐陵父子、庾肩吾、庾信父子都是这一诗派的代表人物。

但南朝诗人终有能发扬“左思风力”者,这就是鲍照(？~466)。他继左思之后，对士族制度再度抨击，其《拟行路难》十八首中的某些作品抒发了他所说的“才之多少，不如势之多少远矣”的感慨，悲愤地呼号道：“对案不能食，拔剑击柱长叹息，丈夫生世能几时，安能蹀躞垂羽翼!”“心非木石岂无感，吞声踯躅不敢言!”他还写了许多边塞诗，对诗歌题材的开拓作出了重要贡献。在诗体方面，他又是七言歌行的创造者。他善于学习汉魏乐府，能于杂言中条理出以七言为主的规律，又变曹丕《燕歌行》的句句押韵为隔句押韵，或有规律的换韵，使七言体走向成熟。

南北朝的民歌也很发达，南朝民歌可分为“吴歌”与“西曲”两类。前者出自以建业为中心的江南地区，后者出自长江中游一带。南朝民歌几乎以歌咏爱情为惟一题材，风格婉丽柔靡，多用复沓、叠字、谐音双关等修辞手法。如其代表作《西洲曲》云：“采莲南塘秋，莲花过人头，低头弄莲子，莲子青如水，置莲怀袖中，莲心彻底红。”不但句句不离“莲”字，而且巧妙地以“莲”谐“怜”，表达相思之情。北朝民歌与南朝民歌迥然不同。社会的动乱、战争的残酷，家庭的离析都在民歌中有充分的反映，而风格的豪迈奔放又充分体现了北方民族孔武强悍的精神。其代表作如《木兰诗》、《敕勒歌》，已成为家喻户晓、妇孺皆知的传世名作。与北方民歌相比，北方的文人诗成就较差。只是到庾信等人由南入北后才出现了一些较好的作品。

唐 诗

唐代是中国古代诗歌史上最繁荣最辉煌的时期。据《全唐诗》及其有关补遗所载，现存诗有52000余首，作家2300多人。数量之多，作者之众，内容之广，风格流派之繁，体裁样式之全，均堪称空前。

从题材内容看，唐诗几乎深入到唐人生活的每个领域，大至国家兴衰，政治得失，社会动乱，战争胜负，民生疾苦，诸如盛唐时的对外用兵，盛唐至中唐转折时的安史之乱，以及人民在其间受到的征戍与诛求之苦，中晚唐的三大痼疾——宦官专权、藩镇割据、党争倾轧，无不写入诗中，号称“史诗”的作品，不计其数。小至琴技棋艺，书理画趣，虫鱼鸟兽，亦莫不入诗。至于那些描写自然田园，歌咏日常生活，抒发离情别绪，赞美建功立业，向往渔樵山林等传统题材，更多如雨后春笋。而且形式各异，有纪游体、寓言体、赋体、传记体、传奇体等等。特别值得注意的是唐诗在反映现实的广阔性和深刻性方面大大超过了前代。它们从许多方面接触到当时社会的重大问题，如对统治者的穷奢极欲、横征暴敛、穷兵黩武、腐败无能、拒谏饰非、斥贤用奸，都进行了大胆的揭露和谴责，有的甚至把矛头指向最高统治者，以至后人无不感慨道唯唐人方敢如此。同时他们对农夫织妇所受到的种种压迫与剥削充满了深切的同情，描写下层人民的生活已成为诗歌创作的一大内容。它们还提出了妇女问题、商人问题及其他社会问题。凡此种种都是前代诗人没有或很少写到的。

从风格流派看，更是百花齐放。仅就盛唐而言，“李翰林之飘逸，杜工部之沉郁，孟襄阳之清雅，王右丞之精致，储光羲之真率，王昌龄之声俊，高适、岑参之悲壮，李颀、常建之超凡，此盛唐之盛也”（高棅《唐诗品汇总序》）。其中，孟襄阳（浩然）、王右丞（维）等人，高适、岑参等人还被后人奉为田园诗派和边塞诗派的代表作家。在盛唐之前，还出现过以华丽壮美著称的“初唐四杰”体和以精工纤巧著称的沈宋体；在盛唐之后，还出现过以清丽精雅著称的十才子体，以平易通俗著称的元白诗派（亦称长庆体），以奇警峭劲著称的韩孟诗派，以精深婉丽著称的温李诗派等。

具体而论，唐诗派别虽多；但总体而论，唐诗却有一个共同的特点；即能把充实的内容与饱满的感情，高度的写作技巧与纯熟的表现方式完美地结合起来。而这几个因素本是诗歌的基本因素，唐诗不但能兼而有之，且能将其炉火纯青地融为一体，故而能登上诗歌的顶峰。唐之前的诗并非没有充实的内容和饱满的感情，但苦于表现方法、艺术技巧尚不能像唐人那样随心所欲，作起诗来难免有些板滞拙涩，缺乏活泼流动的韵味与风情；唐之后的诗并非没有高度的写作技巧与纯熟的表现方式，但很多内容和感情早已被唐人表现得淋漓尽致，很难再有所创新，故而作起诗来难免或多从形式及人工安排上用力，或摆脱不掉因袭的成分，使诗歌在某种程度上丧失了应有的情韵。但唐诗则不同，历史的机遇使它处于一种最佳的处境。它一方面能保有充实内容和饱满感情，一方面又能在写作技巧上充分发挥自己的聪明才智，因而唐人几乎开口便能写出好诗，如“少小离家老大回，乡音无改鬓毛衰。儿童相见不相识，笑问客从何处来?”（贺知章《回乡偶书》），“葡萄美酒夜光杯，欲饮琵琶马上催。醉卧沙场君莫笑，古来征战几人回?”（王翰《凉州词》），“松下问童子，言师采药去。只在此山中，云深不知处。”（贾岛《寻隐者不遇》），感情真切，情趣盎然，仿佛一切皆从胸中流出，并非在有意为诗，但写出来的却是一派有如天籁的真情神韵，这正是它前无古人，后无来者的不可及处。

就体裁形式看，中国古典诗歌的各种体裁，包括“三、四、五言，六、七杂言，乐府、歌行、近体、绝句，靡弗备矣。”（《诗薮》外编卷三）唐人发展了汉魏以来的五七言古体诗，既保有其古朴淳美的固有本色，又增加其生动流走的新貌，特别是能吸收唐以来近体诗的优点，使其声情更加婉转优美，摇曳多姿。七言歌行体在六朝时尚属初起阶段，至唐亦蔚为大国。即使是从南北朝起即已失去其音乐性的乐府诗，在唐代也有长足的发展和进步。李白尚喜借旧题写时事；至杜甫则发展为“即事名篇，无复依傍”（元稹《乐府古题序》)，专写新题乐府，从本质上继承了汉乐府“感于哀乐，缘事而发”的写实传统；至白居易，更团结元稹、张籍、王建等人发起了新乐府运动，使乐府诗发展到一个新阶段。

唐人在诗歌体裁上的最大创新还在于律诗。这是中国古典诗歌中最富有民族特色的诗体。所谓律诗即要求按一定的格律程式来写诗。唐人吸取了六朝永明体诗四声八病说和骈文骈赋崇尚骈偶对仗的合理内核，将其进一步规则化，产生了新体的律诗。这些规律主要包括：音调要合乎平仄声的规律。即在一句之中，要以两字为节平仄声相间，尤其要使偶数字平仄相间；在一联两句之内，要平仄相对，如五言的出句为“平平平仄仄”的话（七言只需在前边加上与五言一二两字相异的仄仄即可)，那么对句即需作“仄仄仄平平”(七言则作平平仄仄仄平平)；而在两联之间，即下一联的出句与上一联的对句之间要平仄相粘，如五言的上一联对句为仄仄仄平平的话，那么下一联的出句则要作仄仄平平仄，其余以此类推，反复终篇。字词句法要合乎对仗要求。律诗多以八句四联为篇，四联又可分别称首联、颔联、颈联、尾联，其中第二、三两联应是严格的对仗句式，一四两联则可对可不对。与此相关，由六朝四句小诗发展而来的五七言绝句体也逐渐律化，称为律绝，而其声律及对仗的规律可符合律诗中的前两联、后两联、中两联，或首尾两联中的任何一种。由于律诗和律绝有鲜明和谐的节奏及抑扬有序的声调，所以读起来愈发朗朗上口，充满音乐美。

唐诗的特点又随着时代的不同而有所发展变化，人们已公认明人高棅对唐诗“初、盛、中、晚”的四期划分说。

初唐是唐诗的因袭变革期。一方面出于润色鸿业的需要，在皇帝的提倡和参与下，一些宫廷诗人，如太宗时的虞世南，高宗时的上官仪，武后时的沈俭期、宋之问，都创作了大量的宫体诗，继承并延续了齐梁以来的华靡浮艳诗风。他们对五七言律诗的定型作出过历史的贡献。另一方面，一些中下层文人纷纷崛起，向宫廷文人

的一统天下发起冲击，其代表人物是唐初“四杰”：王勃、杨炯、卢照邻、骆宾王及陈子昂。他们自觉地批判六朝文风，有意识地拓展诗歌内容，开创新的风格。四杰批判“上官体”为“骨气都尽，刚健不闻”，并倡导“革其弊”（杨炯《王勃集序》）。陈子昂批评当时的文风为“采丽竞繁，而兴寄都绝”，并倡导“汉魏风骨”（《修竹篇序》）。陈子昂（661～702）的《感遇诗》三十八首、《蓟丘览古》七首、《登幽州台歌》等，反映现实、抨击时弊，风格雄浑高古，寄托遥深，确有汉魏风骨，对廓清六朝余风起到巨大的冲击作用，为盛唐诗歌的繁荣开辟了道路。

盛唐是唐诗的繁荣昌盛期。经过近百年的探索和准备，盛唐诗坛出现了百花齐放，美不胜收的繁盛局面。从内容上讲，此时的诗歌已得到了最充分的解放，唐诗所表现的种种内容，都在此时得到最集中的反映。从体裁上讲，这时的律诗已走向成熟，蔚为大国，七言歌行和绝句得到了最充分的发展，达到了诗歌史上的最高水平。从风格上讲，现实主义和浪漫主义两大流派在此时都得到了最充分的发展，而其代表人物杜甫、李白可谓登上了中国古典诗歌的两座高峰。其他如壮浪奔放的边塞诗派、优美清新的田园诗派亦达到了极高的水平。

中唐是唐诗的繁衍期。此时的风格流派比盛唐更多：刘长卿、韦应物的山水诗，李益、卢纶的边塞诗，都在一定程度上继承了盛唐诗风；韩愈、孟郊有意发展杜诗雄奇的一面，形成了以横放杰出、排沟瘦硬为特点的韩孟诗派；李贺更融合楚辞、乐府和李白的浪漫色彩，独树诡丽瑰奇之一帜；刘禹锡、柳宗元或发思古之幽情，或借山水以抒幽愤，亦有独到的浑成清峻的特色。值得注意的是他们之中有些人在语言上刻意推敲，如韩愈、孟郊，有些人在意境上着意刻画，如李贺、柳宗元，有些人尤喜以议论或散文入诗，如韩愈，这都不但进一步丰富了“唐音”，而且也在一定程度上开启了“宋调”。

中唐诗歌影响最大的流派，要推以白居易为首的，有李绅、元稹、张籍、王建等人广泛参加的新乐府运动。

晚唐是唐诗逐渐衰落期。最初尚有李商隐、杜牧两位著名诗人，时称“小李杜”。他们的长篇五古《行次西郊作一百韵》、《感怀诗》，题材重大，颇能继承老杜的同类作品。李商隐的七律和杜牧的七绝成就更高。李商隐在七律已被前人多方开掘，几乎难以为继的情况下，异军突起，独树一帜。他对语言、对仗、声律和典故，无不精心的锤炼安排，形成了一种富艳精工和深于情韵的风格，成为唐诗灿烂的晚霞。尤其是几首表现爱情的《无题诗》，如云“春蚕到死丝方尽，蜡炬成灰泪始干”；“身无彩凤双飞翼，心有灵犀一点通”，感情极为缠绵，意象极为朦胧，给人一种别开生面的美感。杜牧的七绝以清新俊逸，流走明快，语浅意深见长，在王昌龄、李白等绝句大师之后犹能自成一家。

李商隐、杜牧之后，不曾再出现有重大影响的诗人。这时作家虽多，但多是中唐以来各大家的学步者，例如方干、李频之于贾岛、姚合，吴融、韩偓之于李商隐、温庭筠，只有皮日休、聂夷中、陆龟蒙、罗隐、杜荀鹤诸人稍有特色。他们的某些作品能继承新乐府运动“惟歌生民病”的现实主义传统和平易流畅的风格，如杜荀鹤的《再经胡城县》曰：“去年曾经此县城，县民无口不冤声。今来县宰加朱绂，便是生灵血染成”，但气魄才力以至影响都远不及前人了。

宋　诗

在繁荣的以至难乎为继的唐诗之后，宋诗的成就确实稍逊于唐诗。但文学史上有人将宋诗一笔抹杀，说它不但不如唐诗，而且不如元诗，甚至“一代无诗”（王夫之《薹斋诗话》），则又贬斥过分了。应该说，宋诗还是有很高成就的，而且有它独自的面貌，后人习惯上称之为“宋调”。

从思想内容上看，宋诗比历代诗歌都要广阔。这主要表现在以

下几方面。

一是直接以诗议政的作品更多了。宋代诗歌创作的高潮往往是随政治斗争高潮的出现而出现。如北宋时围绕新旧党争，南宋时围绕和战之争都出现了很多政治诗、时事诗。二是描写民生更广泛深入了。宋诗不但写一般的农夫织妇，还扩展到纤夫、渔民、城市平民、手工业者、小商贩、艺人等，而且对统治阶级的种种压迫剥削手段给人民带来的苦难表现得更深入了。三是爱国诗出现空前的繁荣。鉴于宋代不断受到外侮，这类作品自然日益增多，至南宋已成为诗歌创作的主调。四是更广泛地描绘出经济生产，民风民俗等社会生活画面，许多新的经济、社会、文化现象，诸如盐酒专卖、漕运、矿业、新式农具、医疗技术、年节风俗、占卜、说书等，都被诗人们摄入笔端。五是品评艺术的作品大量产生。宋人的文化修养要远高于前人，因而产生了很多优秀的评论诗、书、画、乐的诗歌，诗歌成了文艺评论的重要工具。

宋诗在思想内容上也有不少缺欠，如缺少热情洋溢的爱情诗、抒情诗、边塞诗等。

宋诗在艺术风格及表现手法方面也有某些新倾向。

首先是议论化。唐之杜甫、韩愈已有此苗头，至宋，随着诗歌功能、表现力的不断扩大，社会矛盾的不断加剧，再加之宋代诗人多与政治家和官僚兼为一体，故尔“开口揽时事，论议争煌煌”（欧阳修《镇阳读书》）——以诗为武器，议论时弊，干预政治，已成为历史的必然。而宋代盛行的禅宗和理学更进一步加重了这一风气。自北宋中叶王安石、苏轼后，大部分诗人都喜谈禅，因而以禅论诗，以禅入诗，在诗中发挥禅理成为当时的普遍习尚。宋代的理学扼杀文学的美学价值，扼杀人的正常情感，对于诗歌的发展起到了巨大的摧残作用，至于将理学的陈词滥调搬入诗歌创作之中，更产生了很多充满头巾气的陈腐议论，正像刘克庄在《竹溪诗序》中所评，这类诗“要皆经义策论之有韵者尔，非诗也。”但也不能否认其中有一些有理趣而无理障的好诗，如朱熹《观书有感》云：“半亩方塘一鉴开，天光云影共徘徊。问渠那得清如许？为有源头活水来”，就是一首“寓物说理而不腐之作”（陈衍《宋诗精华录》）。所以对宋人喜以议论入诗应该全面、辩证地加以分析。

其次是才学化。这主要表现在喜于诗中广征博引、多用故实上。这种倾向从唐之韩愈已见端倪，至宋更为普遍。从北宋初的西昆派到北宋中的苏轼，再到两宋之交的黄庭坚和江西诗派都有很明显的表现。其中运用适当者能加深诗歌的表现力，运用过滥者则似“獭祭鱼”，被后人讥为“除却书本子，则便无诗”（王夫之《薑斋诗话》）。

再次是散文化。赵翼在《瓯北诗话》中曾说：“以文为诗，自昌黎始，至东坡益大放厥词，别开生面，成一代之大观。”其时，从梅尧臣、欧阳修等人始，已有此倾向。总的说来它破坏了诗歌的固有特征，不足称道。

另外，宋诗在语言风格上多保有平淡自然的风格。虽然有些人只出于为政治服务的功利观点而强调平淡自然，如北宋初中期的王禹偁、欧阳修等人，他们为强调“传道而明心”，特别提倡诗应“易道易晓”；有些人能上升到审美的高度，而强调平淡自然。如王安石说：“看似寻常最奇崛，成如容易却艰辛”（《题张司业诗》）；苏轼说：“渐老渐熟，乃造平淡，其实不是平淡乃绚烂之至也”（《与侄儿书》）；陆游说：“工夫深处却平夷”（《追忆曾文清公》）。这样尽管他们之间的艺术风格各不相同，但在语言风格上都崇尚自

然平淡，这和唐代很多诗人，特别是唐中后期的诗人过于追求华丽秾艳，或奇奥深涩有所不同。

宋诗还特别注意诗之“小结裹”，即具体的写作手法和表现技巧。唐诗在大领域内都已捷足先登，臻于完备，宋诗就只好在唐诗已开拓的道路上或向深处，或向远处，或向侧处作进一步的细致开发。前人评“诗至宋而益加细密，盖刻抉入里，实非唐人所能囿也”（翁方纲《石洲诗话》卷四）；“宋诗人……能不袭用唐人旧调，……大抵残意深一层说，直意曲一层说，正意反一层说、侧一层说。”都道出了宋诗的这一特点。

宋诗的繁荣和宋代诗歌理论的发展分不开，这一发展主要体现在大量“诗话”的产生。诗话或记录轶闻，或品评得失，或考证史实，或阐述理论，三言两语，各成片段，是一种非常富有民族特色的文艺批评形式。它固然有某些过于拘泥“诗法”的倾向，但如果因此而说：“唐人精于诗，而诗话则少；宋人离于唐，而诗话乃多”（《围炉诗话》），却未免诬之过甚。应该说诗歌理论的繁荣对探讨诗歌的美学特征还是益大于弊的。

宋诗在不同阶段还有其不同的特点。

北宋初期主要有“白体”、“晚唐体”、“西昆体”三派，其共同特点是沿袭唐风，尚未形成宋诗的独特面貌，因此可称为沿袭期。“白体”主要效法白居易的浅切诗风，但结果往往“流易有余而深警不足”（《四库全书总目提要骑省集》）。成就较高的诗人是王禹偁（954～1001）他自称“本与乐天为后进，敢期子美是前身”（《前赋村居杂兴诗二首》），因而其诗具有较强的现实主义色彩。“晚唐体”以“九僧”为代表，宗法晚唐的贾岛、姚合，以意境清幽为尚，但往往流于破碎小巧。“西昆体”效法李商隐，讲究辞采、崇尚故实，其代表作家是杨亿、刘筠、钱惟演。西昆派遭到范仲淹、石介等人的强烈反对，范、石等人虽不以诗名，但也写了一些风格与西昆迥异的作品，为宋调的滥觞作出了一些贡献。

南宋后期，随着爱国意志的消沉，诗歌创作进入衰落期，著称于诗坛的是一批“江湖诗人”及其作品。他们之中除刘克庄、刘辰翁、戴复古或作品较多，或气魄较大外，多数都破碎不足以名家，作品数量既少，气象也很局促，像“四灵”这样的作家又重新拈起了晚唐的旗号，以贾岛、姚合为宗，取法不高，成就更低。所幸的是“国家不幸诗家幸”，南宋亡国之变又造就了文天祥、汪元量等一批爱国诗人。他们的作品既有强烈的抒情性，又有高度的纪实性，在继承杜甫的“诗史”传统和南宋中期爱国传统方面都作出了不可磨灭的贡献，并为宋诗作了一个光辉的总结。像文天祥的千古名篇《正气歌》，千古名句“人生自古谁无死，留取丹心照汗青”（《过零丁洋》），早已化为民族之魂，成为整个中华民族宝贵的精神财富了。

元诗

宋以后诗歌呈衰落趋势，主要问题是缺乏创新意识，不论在内容题材上、艺术风格上还是体裁形式上都未能脱出前人的窠臼，有很多作家索性就以仿古为宗旨，连宋人那点标新立异的精神都失去了。但这几代的作品数量相当惊人，仅《明诗纪事》著录的诗人就有4000余人，几乎是《全唐诗》的一倍，因而优秀的作家作品仍不断涌现。

金代国祚不长，战乱频仍，文化本不很发达，诗歌成就亦不高。只是末期的元好问尚有一些能反映时代的好作品，风格也较为悲壮。

元初诗人多为宋金遗民，大多亲历过改朝换代的社会变革，因而某些作家如刘因、赵孟頫等的一些诗作能较深刻地反映社会矛盾和民族意识，中期以后，社会趋于相对稳定，科举取士的恢复又使知识分子有了进身的机会，特别是宋代的道学在此时发挥了“替金元治心”（鲁迅语）的作用，许多诗人都兼理学家，他们继承了宋儒重道轻文、扶世教化、止乎礼义的诗旨，诗风逐渐转向雅正。虞集、杨载、范梈、揭傒斯于此时号称“元诗四大家”。后期的重要诗

人有王冕、杨维桢等，他们的作品对元末尖锐的社会矛盾又有较多的接触，风格亦较为多样。特别值得注意的是，元代诗人中有很多少数民族的诗人，诸如耶律楚材、揭傒斯、萨都剌、贯云石、马祖常、鲔贤、余阙等，他们的成就足与汉族诗人相颉颃。元人戴良在《丁鹤年诗集序》中曾评道："论者以马公之诗似商隐，贯公、萨公之诗似长吉（李贺），而余公之诗则与阴铿、何逊（南朝末年诗人）齐驱而并驾。他如高公彦敬、斎公子山、达公兼善、雅公正卿、聂公古柏，斡公克庄、鲁公至道、三公延圭辈，亦皆清新俊拔，成一家之言。"如萨都剌《上京即事》曰："牛羊散漫落日下，野草生香乳酪甜。卷地朔风沙似雪，家家行帐下毡帘"，与著名的北朝民歌《敕勒川》一样，都非汉人所能描摹。他们和汉族诗人一起为共同繁荣中华文化而作出了巨大贡献。

元代诗歌在不同时期虽有不同特点，但在艺术风格上却有一个共同倾向，这就是宗唐尚古而鄙薄宋诗的议论直露。

明　诗

明代诗歌的成就亦不高，但其复古与反复古的斗争却相当激烈。

明初诗文的代表作家是宋濂、刘基、高启，他们都经历过元末的社会动乱，写出了一些较有现实意义的作品。但不久，由于理学、八股科举以及空前残酷的文字狱严重桎梏了文人的思想，诗歌创作陷入了毫无生气的局面，出现了以"三杨"（杨士奇、杨荣、杨溥）为代表的"台阁体"诗派，专以歌功颂德、粉饰太平为能事，统治诗坛达一百年之久。

大规模自觉地与台阁体相对抗的是"前后七子"发起的复古运动。"前七子"以李梦阳（1472～1527）、何景明（1483～1521）为代表。他们的代表口号是"文必秦汉，诗必盛唐"，这对扫除"啴缓冗沓，千篇一律"的台阁诗风起到了巨大的冲击作用。但他们提倡的复古和陈子昂、韩愈、欧阳修等人提倡的以复古为革新的主张不同，是纯粹的为复古而复古，因而他们抛弃了唐宋以来文学发展的既成传统，割断历史，走上了盲目的厚古薄今道路。其作品一味以抄袭模拟为能事，正像后来反对他们的归有光所形容的那样："颇好剪纸染采之花，遂不知复有树上天生花也。"李梦阳本人在晚年也忏悔道："余之诗非真也，王子所谓文人学子韵言耳，出之情寡而工之词多者也"（《诗集自序》）。"后七子"以李攀龙（1514～1570）、王世贞（1528～1590）为代表，他们再次发起复古运动，重蹈前七子的覆辙。如李攀龙不但要"诗必盛唐"，而且说"诗自天宝而下，俱无足观"。他的诗亦以模拟剽窃为能事，如《古乐府》，篇篇模拟，句句模拟，恰如写字的"临摹帖"。王世贞不但要"诗必盛唐"，而且说"大历以后书勿读"，是典型的一代不如一代论者。他的诗，自《诗经》以下至李杜，无不模拟，令人生厌。此时，倒是那些不依附于前后七子的诗人，如唐寅、文徵明、王守仁、杨慎等，反能卓然自立。如唐寅《焚香默坐歌》纯用白话体"说尽假道学"（袁宏道语）："请坐且听吾语汝：'凡人有生必有死，死见先生面不惭，才是堂堂好男子！'"毫不袭古而英光自射。

大规模自觉地起来反对复古运动的是"唐宋派"、"公安派"与"竟陵派"。唐宋派的代表人物是王慎中、唐顺之、茅坤、归有光等，他们的主要精力虽在散文，但"自为其言"、"直写胸臆"等主张亦适用于诗。以袁宗道、袁宏道、袁中道袁氏三兄弟为代表的公安派，和稍前于此的李贽、汤显祖等在清算复古主义文学中，作出了重大贡献。李贽提倡"童心说"，汤显祖提倡"情有者理必无，理有者情必无"（《寄达观》），袁宏道更提出"性灵说"。这些主张势必促使他们打破拟古主义的陈腐格局而提倡抒发真情实感，也促使他们的创作"大都独抒性灵，不拘格套，非从自己胸臆流出，不肯下笔。"（袁宏道《小修诗叙》）"竟陵派"以锺惺、谭元春为代表，他们也提倡性灵，但更注重"引古人之精神以接后人之心目"，又把诗歌创作带回幽深孤峭的狭路。总的说来，这几派的创作成就虽不甚高，但是冲破了复古主义笼罩当时诗坛的陈腐空气。

在明末阶级矛盾、民族矛盾特别尖锐的时代，一些无意为诗者留下了一批优秀作品。其中陈子龙、夏完淳、张煌言等人的爱国诗作，有如南宋末年文天祥等人的作品，再次奏响爱国的激昂之声。如年仅17岁就壮烈牺牲的少年抗清英雄夏完淳（1631～1647）的《别云间》曰："三年羁旅客，今日又南冠。无限河山泪，谁言天地宽？已知泉路近，欲别故乡难。毅魄归来日，灵旗空际看。"其气魄远非一般明人所能比拟。

清诗

清诗较明诗相对繁荣，作家作品的数量都要数倍于明，且到后期出现了一些很有意义的发展变化。清诗主要经历了三个时期。

一是明清易代之际。这时的诗人都经历过惨痛的社会巨变，因而其作品常能反映出剧烈的民族斗争，以及由此给人民带来的巨大灾难。但他们的政治态度又不尽相同，有些人以明末遗民自居，表现的是不忘故国的思想感情，其代表作家是顾炎武、黄宗羲、王夫之以及归庄、屈大均等。他们的诗或直咏其事、直抒其情，或借古咏今、托物寄志，表达了伤时之感、爱国之心、亡国之哀、复明之愿。如归庄的《悲昆山》以纪实手法写征服者之残暴："城陴一旦驰铁骑，街衢十日流膏血。……一二遗黎命如丝，又为伪官迫慑头半秃"，堪称史诗。另一些人则当了贰臣，如钱谦益、吴伟业。钱谦益（1582～1664）在明末即主盟文坛，降清后常在诗中发一些幽隐的哀叹，说明内心亦是很矛盾的。吴伟业（1609～1671）的诗从客观上也多方面表现了明清之际的现实，有一定的史料价值，艺术水平也较高。著名的《圆圆曲》记录了吴三桂为了夺回爱妾不惜引清兵入关的传说："恸哭六军俱缟素，冲冠一怒为红颜"，颇为世所传诵。

二是初、中叶时期。这时诗坛以另一种形式表现出它的繁荣，这就是派别竞起，诗论争立。

清初，王士禛（1634～1711）首倡"神韵说"，以反褫艳而倡澄淡为宗。但他在力图纠正专学盛唐的肤廓、晚唐的缛丽和宋人的议论、学问偏向的同时，又过分强调“色相俱空，无迹可求”，“不着一字，尽得风流”，故而往往流为空虚疏淡，进而脱离现实。这也标志了清初诗风从重现实到重形式的转变。清中先有沈德潜（1633～1669）标榜“格调说”。他认为诗歌创作应当“一归于温柔敦厚”与“中正和平”，这实际上适应了统治阶级需要的“台阁体”的老调。稍后厉鹗（1692～1752）编著了《宋诗纪事》，标榜宋诗，把诗歌史上唐宋诗之争推向一个新高潮。之后又有袁枚（1716～1797）倡导“性灵说”，特别强调表现自我之“性情”。他说：“诗人者，不失其赤子之心者也”，“作诗不可以无我”（《随园诗话》）。这固然在理学和八股桎梏人心的时代有其积极意义，但无形中又滑入了另一种倾向之中。再后有翁方纲（1733～1818）提出的“肌理说”，强调作诗要讲义理学问，代表了乾嘉以来考据学派的倾向。这期间不立宗派的诗人有郑燮（号板桥，1693～1765）和赵翼（1724～1814）。郑板桥写了很多同情人民疾苦、憎恨贪官污吏的作品，并对神韵派、格调派的某些空疏之论表示不满。赵翼特别强调发展的观点，他的《论诗》诗“李杜诗篇万口传，至今已觉不新鲜；江山代有才人出，各领风骚数百年”，闪耀着催人进取求新的思想光芒。

三是资产阶级改良与资产阶级革命时期。1840年鸦片战争后，清代进入晚期，中国社会进入近代，并沦为半封建半殖民地社会。此时的诗歌创作主要体现出如何适应社会变革需要这一特点。

首开风气的人物是龚自珍。龚自珍（1792～1841）是近代最早呼唤改革的先进思想家。他的诗以其先进的思想，纵横议论，抒发感慨，有力地打破了清中叶以来诗坛上脱离现实的倾向，诗风也以瑰丽奇肆著称，足能矫拔颓风。如他热情呼唤新思潮的到来：“九州生气恃风雷，万马齐岠究可哀。我劝天公重抖擞，不拘一格降人材”（《己亥杂诗》），这些“伤时之语，骂座之言”不能不动摇人们对旧

制度的怀疑，震撼一代进步知识分子的心灵，为后来的思想界、文学界注入新生命。

随着资产阶级改良思潮的发展，“诗界革命”亦成为其中的一个有机部分。发起者是黄遵宪和梁启超等人。黄遵宪（1848～1905）是最早从理论和创作实践上给“诗界革命”开辟道路的人。黄遵宪在理论上提倡“我手写我口”（《杂感》），“诗之外有事，诗之中有人”（《诗集自序》）；同时又提倡利用古人优秀的传统，加以变化求新，从而创造一种“古人未辟”的新体诗。他的创作也确实达到了“以旧风格含新意境”，“融铸新理想以入旧风格”的境界。如《今别离》将轮船、火车、电报、照相等新鲜事物写入诗中；《冯将军歌》等写中法、中日战争；《哀旅顺》等写丧权辱国；《出军歌》等大力鼓舞抗敌救亡士气，不愧为一代“史诗”和“新派诗”。梁启超以其崇高的声望大力提倡“诗界革命”，其诗作敢于打破传统形式，自由抒写，对促成新体白话诗的产生有一定积极影响。之后，虽有“同光体”诗人陈三立、陈衍大力表张宋诗，王闿运大力表张汉魏六朝诗，力图在新诗派发展时，用旧形式作最后的一搏，但无奈大势已去，影响甚微了。

在资产阶级革命时期又出现了杰出的女诗人秋瑾和以柳亚子等人为代表的“南社”。秋瑾早期所作的《杞人忧》就发出了“漆室空怀忧国恨，难将巾帼易兜鍪”这样压倒男儿的豪言；后来又写下《宝剑歌》、《宝刀歌》等一系列高呼革命的诗篇：“莫嫌尺铁非英物，救国奇功赖尔收”，直接以诗歌作为宣传革命的武器。“南社”成立于1909年，在第一次“雅集”的17人中，有14人是同盟会会员。所谓“南社”，取其“操南音不忘本”之典，亦即表示反清革命。南社作家虽多用传统的旧体，但表现的却是进步的革命思想，对推动资产阶级革命起到了巨大的鼓动作用。

第二节　历代名诗

关　雎

关关雎鸠，在河之洲。
窈窕淑女，君子好逑。
参差荇菜，左右流之。
窈窕淑女，寤寐求之。
求之不得，寤寐思服。
悠哉悠哉，辗转反侧。
参差荇菜，左右采之。
窈窕淑女，琴瑟友之。
参差荇菜，左右芼之。
窈窕淑女，钟鼓乐之。

编成于春秋时代的《诗经》共三百零五篇，为我国最早的诗歌总集，收录了自西周初（前11世纪）至春秋中期（约前7世纪）的作品。其书原称为《诗》或《诗三百》，西汉起称《诗经》，分风、雅、颂三大类。

本篇为十五国风之首。《关雎》是一首民间情歌，写一个男子在河边遇上一个采摘荇菜的姑娘，姑娘的美貌、娴静和勤劳引起了他强烈的爱慕之情以致日夜思念，梦中亦不可忘怀，甚至希望有朝一日能亲近她、娶到她。作品中作者将男子心态的变化与情绪的波动表现得淋漓尽致，情感真切而不猥亵，表现了人们对人类美好爱情的向往。

蒹 葭

蒹葭苍苍，白露为霜。
所谓伊人，在水一方。
溯洄从之，道阻且长；
溯游从之，宛在水中央。
蒹葭萋萋，白露未晞。
所谓伊人，在水之湄。
溯洄从之，道阻且跻；
溯游从之，宛在水中坻。
蒹葭采采，白露未已。
所谓伊人，在水之涘。
溯洄从之，道阻且右；
溯游从之，宛在水中沚。

本篇选自《诗经·秦风》。这是一首情歌，写对意中人的强烈追求。

秋水淼淼，芦苇苍苍，着意渲染一种渺远虚惘的意境。在这样的一个秋日里，诗人来到河边，追寻心中恩慕之人。伊人风致嫣然却是咫尺天涯，相思之苦、倾慕之情在碧波浩渺间弥漫开来，水色迷离，只滤下一声纤尘不染的轻声叹息。作者把情和景融合在一起，又通过反复寻觅而不可得的情节，把主人公的一腔深情抒发得淋漓尽致。

桃 夭

桃之夭夭，灼灼其华。
之子于归，宜其室家。
桃之夭夭，有蕡其实。
之子于归，宜其家室。
桃之夭夭，其叶蓁蓁。
之子于归，宜其家人。

本篇选自《诗经·周南》。

这是一首周南地方在女子出嫁时唱的祝歌。

诗中多祝福，尤其对婚后的生活进行了全面的祝福。全诗音律和谐，歌词相比下显得并不重要，符合姑娘新嫁时的吉庆场合。

黍 离

彼黍离离，彼稷之苗。
行迈靡靡，中心摇摇。
知我者谓我心忧，不知我者谓我何求。
悠悠苍天，此何人哉?
彼黍离离，彼稷之穗。
行迈靡靡，中心如醉。
知我者谓我心忧，不知我者谓我何求。
悠悠苍天，此何人哉?
彼黍离离，彼稷之实。
行迈靡靡，中心如噎。
知我者谓我心忧，不知我者谓我何求。
悠悠苍天，此何人哉?

本诗选自《诗经·王风》，写的是一个周王室后裔面对旧都废墟的哀思。昔日气势恢宏的王宫，转眼之间已是苔痕遍地；曾经拥有的辉煌，犹如明日黄花；鼎盛的人群，而今已如鸟兽散去。我怅然

徘徊在曾经万般辉煌的遗迹而前，仰声问苍天，为何造成今天这种局面？茫茫苍天，空无声息，我只有独自黯然伤神，任那亡国之痛一泄千里。

硕　鼠

硕鼠硕鼠，无食我黍。
三岁贯女，莫我肯顾。
逝将去女，适彼乐土。
乐土乐土，爰得我所？
硕鼠硕鼠，无食我麦。
三岁贯女，莫我肯德。
逝将去女，适彼乐园。
乐园乐园，爰得我直？
硕鼠硕鼠，无食我苗。
三岁贯女，莫我肯劳。
逝将去女，适彼乐郊。
乐郊乐郊，谁之永号！

本篇选自《诗经》。这是一首描写农民反抗统治者残酷剥削的诗。本诗描写的农民发出对统治阶级残酷剥削的愤怒和控拆，并以“硕鼠”比喻他们，十分形象而贴切地揭露了他们贪得无厌的丑恶本质，鲜明地展示了剥削者冷酷无情的丑恶面目。诗人反复咏叹的没有人为饥寒而悲号的乐土，虽然只是空想，却强烈地表达了人民对美好生活的追求。

国　殇

操吴戈兮被犀甲，车错毂兮短兵接。旌蔽日兮敌若云，矢交坠兮士争先。凌余阵兮躐余行，左骖殪兮右刃伤。霾两轮兮絷四马，援玉枹兮击鸣鼓。天时怼兮威灵怒，严杀尽兮弃原野。出不入兮往不反，平原忽兮路超远。带长剑兮挟秦弓，首身离兮心不惩。诚既勇兮又以武，终刚强兮不可凌。身既死兮神以灵，子魂魄兮为鬼雄。

作者屈原（前340？~前278？），名平，字原；又自云名正则，字灵均。战国楚人，我国最早的大诗人。楚怀王时做过左徒、三闾大夫，主张明法度，任贤才，联齐抗秦。遭谗去职，被流放到汉水以北。顷襄王时曾被召回，旋又被放逐。当时楚国政治腐败，国力渐衰，前278年，首都郢又被秦攻破。屈原哀伤祖国危亡，又无力实现自己的政治主张，约于该年夏历五月五日投汨罗江而死。现存作品有《离骚》、《九歌》、《天问》、《九章》等，均见于《楚辞》。

这首诗描写了一个血腥而残酷的战争场面，战马、长戟、战车和双眼血红的兵士，构成一幅肃杀的战争画面，而永垂千载的是战士高贵的灵魂。

湘　君

君不行兮夷犹，蹇谁留兮中洲？
美要眇兮宜修，沛吾乘兮桂舟。
令沅湘兮无波，使江水兮安流。
望夫君兮未来，吹参差兮谁思。
驾飞龙兮北征，邅吾道兮洞庭。
薜荔柏兮蕙绸，荪桡兮兰旌。
望涔阳兮极浦，横大江兮扬灵。
扬灵兮未极，女婵媛兮为余太息。
横流涕兮潺湲，隐思君兮陫恻。
桂櫂兮兰枻，斫冰兮积雪。
采薜荔兮水中，搴芙蓉兮木末。
心不同兮媒劳，恩不甚兮轻绝。
石濑兮浅浅，飞龙兮翩翩。
交不忠兮怨长，期不信兮告余以不闲。

朝驰骛兮江皋，夕弭节兮北渚。
鸟次兮屋上，水周兮堂下。
捐余玦兮江中，遗余佩兮醴浦。
采芳洲兮杜若，将以遗兮下女。
时不可兮再得，聊逍遥兮容与。

屈原诗作。

诗歌写的是湘夫人在等待湘君的故事。湘水男神为帝舜，湘水女神为娥皇、女英二妃，《湘夫人》和《湘君》两篇写的均是他们的爱情故事。神灵在屈原的手中人格化了，他们有自己的性格，有自己的悲欢，也有自己的爱情故事。湘夫人不顾巫人的劝阻，毅然在湘江之畔等待湘君的到来，然而结果却总是失望。诗人在这无尽的忧伤、无边的思慕、无望的爱情中找到了某种寄托，得到一种排遣。

山鬼

若有人兮山之阿，被薜荔兮带女罗。
既含睇兮又宜笑，子慕予兮善窈窕。
乘赤豹兮从文狸，辛夷车兮结桂旗。
被石兰兮带杜衡，折芳馨兮遗所思。
余处幽篁兮终不见天，路险难兮独后来。
表独立兮山之上，云容容兮而在下。
杳冥冥兮羌昼晦，东风飘兮神灵雨。
留灵修兮憺忘归，岁既晏兮孰华予。
采三秀兮於山间，石磊磊兮葛蔓蔓。
怨公子兮怅忘归，君思我兮不得闲。
山中人兮芳杜若，饮石泉兮荫松柏。
君思我兮然疑作，雷填填兮雨冥冥。
猨啾啾兮又夜鸣。风飒飒兮木萧萧，思公子兮徒离忧。

屈原诗作。

香草成了诗人示爱的信物，也是诗人自身高洁品质的象征。本诗描写了主人公的绯恻、悲伤的心理，同时也表达了主人公高洁品质不被别人认可的悲愤之情！

长歌行

青青园中葵，朝露待日晞。
阳春布德泽，万物生光辉。
常恐秋节至，焜黄华叶衰。
百川东到海，何时复西归。
少壮不努力，老大徒伤悲。

乐府民歌。

本诗的主旨是警告我们每个人要珍惜时间。因为时间是永恒的，可对于每个人来说，时间却又是非常有限的，只有把握住了生命里的每一分每一秒，人生才是完整的、精彩的。

上　邪

上邪！
我欲与君相知，长命无绝衰。
山无陵，江水为竭。
冬雷震震，夏雨雪。
天地合，乃敢与君绝！

乐府民歌。

这是一首情歌。诗中描绘了女主人公为实现自己的爱情理想，用火一般的热情和实际行动，大胆地冲破封建礼教束缚的新女性形象。表现了他对爱情的忠贞不谕。

陌上桑

日出东南隅，照我秦氏楼。
秦氏有好女，自名为罗敷。
罗敷善蚕桑，采桑城南隅。
青丝为笼系，桂枝为笼钩。
头上倭堕髻，耳中明月珠。
缃绮为下裙，紫绮为上襦。
行者见罗敷，下担捋髭须。
少年见罗敷，脱帽着帩头。
耕者忘其犁，锄者忘其锄。
来归相怨怒，但坐观罗敷。
使君从南来，五马立踟蹰。
使君遣吏往，问是谁家姝。
秦氏有好女，自名为罗敷，
罗敷年几何？
二十尚不足，十五颇有余。
使君谢罗敷，宁可共载不？
罗敷前置辞，使君一何愚！
使君自有妇，罗敷自有夫。
东方千余骑，夫婿居上头。
何用识夫婿，白马从骊驹，
青丝系马尾，黄金络马头，
腰中鹿卢剑，可直千万余。
十五府小吏，二十朝大夫，
三十侍中郎，四十专城居。
为人洁白皙，鬑鬑颇有须。
盈盈公府步，冉冉府中趋。
坐中数千人，皆言夫婿殊。

乐府民歌。

本诗作者以第一人称描写了超凡脱俗之美的罗敷，以及她通过自己容颜及言行拒绝使君示爱的过程，表现了罗敷不畏强权，机智勇敢的性格特征！

大风歌

大风起兮云飞扬。

威加海内兮归故乡。

安得猛士兮守四方！

作者刘邦（前256～前195），字季，沛县（今属江苏）人。初为泗水亭长。秦二世元年（前209）陈胜起义，刘邦举兵响应，称沛公，与项羽分兵破秦。公元前202年即皇帝位，建立西汉王朝，在位十二年。

这是一首描写成功者衣锦还乡的凯歌，全诗直抒胸臆，雄豪自放，充满着一种王霸之气。

垓下歌

力拔山兮气盖世。时不利兮骓不逝。

骓不逝兮可奈何！虞兮虞兮奈若何！

作者项羽（前232～前202），下相（今江苏省宿迁县西）人，秦末农民起义军首领之一。灭秦之后，自立为西楚霸王。在与汉王刘邦长达五年的战争中，最后被围于垓下（今安徽灵壁东南），项羽自刎。

英雄无奈，慷慨而歌，纵使失利，亦是豪气冲天，此等气魄，何人能及！面对死亡，坦然而歌者，真正豪迈也。然透过豪迈，一股脉脉的温情也从字里行间渗透出来，表现了项羽这位有情有义的真英雄。

古诗十九首（其一）

行行重行行，与君生别离。
相去万余里，各在天一涯。
道路阻且长，会面安可知？
胡马依北风，越鸟巢南枝。
相去日已远，衣带日已缓。
浮云蔽白日，游子不顾反。
思君令人老，岁月忽已晚。
弃捐勿复道，努力加餐饭。

《古诗十九首》为五言组诗，最先被南梁萧统收集挑选编入《文选》。其诗不出于一时，也不出于一人之手。

本篇诗文表现了主人公相互离别时的悱恻缠绵，表达了有情人不得不天各一方，纵有万般情愫，也难相厮守。思妇空闺相守，却难得游子返家一顾，浓浓的思恋之情背后泛出一份怨怼之情！

佳人歌

北方有佳人，绝世而独立。
一顾倾人城，再顾倾人国。
宁不知倾城与倾国，佳人难再得。

作者李延年（？～前90），中山（今河北定县）人，出身倡家。每日为汉武帝作新歌，编曲。在汉武帝的东府中李延年为协律都尉。其妹为汉武帝宠幸，即李夫人。后李夫人早卒，李延年失宠终被杀。

本文写女子之美。是李延年为其妹所作。为能使妹妹入宫而在汉武帝面前唱“北方有佳人……”以引起汉武帝的注意。

该作品中运用了概括而抽象的虚写。不写手、肤、领、齿美在何处，而是写其美的影响，美的程度：“一顾倾人城，再顾倾人国”，全国全城人尽为之动。究竟美貌如何，给读者一个自由的想像空间，想她有多美就有多美。

短歌行

对酒当歌，人生几何？
譬如朝露，去日苦多。
慨当以慷，忧思难忘。
何以解忧？唯有杜康。
青青子衿，悠悠我心。
但为君故，沉吟至今。
呦呦鹿鸣，食野之苹。
我有嘉宾，鼓瑟吹笙。
明明如月，何时可掇？
忧从中来，不可断绝。
越陌度阡，枉用相存。
契阔谈宴，心念旧恩。
月明星稀，乌鹊南飞。
绕树三匝，何枝可依？
山不厌高，水不厌深。
周公吐哺，天下归心。

作者曹操（155～220），字孟德，沛国谯郡（今安徽亳县）人。汉末为丞相，封魏王。曹丕称帝，追尊为武帝。诗现存二十余首，均为以旧调旧题写新内容的乐府歌辞，或反映社会动乱，或抒写个人抱负，气魄雄伟，情感深沉，情调苍凉悲壮。

本诗抒发了光阴易逝而功业未成的苦闷，虽然诗的开头悲凉之情甚为浓厚，但就全诗来看，基调是健康的，情绪是激昂的。作者企望将自己余下的生命投入到自己的鸿图大志中去，以期用建功立业来慰藉自己的灵魂。

观沧海

东临碣石，以观沧海。
水何澹澹，山岛竦峙。
树木丛生，百草丰茂。
秋风萧瑟，洪波涌起。
日月之行，若出其中；
星汉灿烂，若出其里。
幸甚至哉，歌以咏志。

曹操诗作。

秋风肃杀，海浪翻腾，一个人立在竭石山上，东望大海的莫测变幻，让人油然而生一种君临天下的感觉，这也正是诗中所极力营造出来的气氛，波澜壮阔的大海，正是诗人开阔的胸襟和用之不尽的智慧。碣石、大海以及天地之间的一人，凛然有股凌人之气扑面而来。

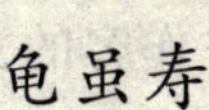

龟虽寿

神龟虽寿，犹有竟时。
腾蛇乘雾，终为土灰。
老骥伏枥，志在千里。
烈士暮年，壮心不已。
盈缩之期，不但在天。
养怡之福，可得永年。
幸甚至哉，歌以咏志。

曹操诗作。

寥寥数语，解开了自古以来盘踞在人们心灵中的不死情结。这个世界上不存在永恒的生命体，每一个生命都会有自己的生存消亡过程，人，也难逃这一自然规律。既然生命如此短暂，那就应利用自己有限的生命，做一些有意义的事情，永恒便存在其中了。

燕歌行

秋风萧瑟天气凉，草木摇落露为霜，
群燕辞归雁南翔。念君客游思断肠，
慊慊思归恋故乡，何为淹留寄他方？
贱妾茕茕守空房，忧来思君不敢忘，
不觉泪下沾衣裳。援琴鸣弦发清商，
短歌微吟不能长。明月皎皎照我床，
星汉西流夜未央。牵牛织女遥相望，
尔独何辜限河梁。

作者曹丕（187～226），字子桓，曹操次子。220年，曹操死后嗣位为丞阳、魏王，不久即代汉称帝，国号魏，谥文帝。其诗形式多样，语言晓畅自然。后人辑有《魏文帝集》。

本篇是我国现存第一首最完整的七言诗，对七言诗的形成和发展有重要影响。本诗写一妇女怀念在远方作客的丈夫。首六句以候鸟归飞故土反映旅人滞留异乡，欲归不得；次五句写相思忧伤，而寄情于琴弦仍难以排解；末四句写忧思难寐，以对牛郎、织女遭遇的愤慨不平寄寓不能与丈夫聚会的悲苦之情。本诗最突出的特点是抒情委婉细致，音节和谐流畅。

七步诗

煮豆燃豆萁，漉豉以为汁；
萁在釜下燃，豆在釜中泣。
本是同根生，相煎何太急？

作者曹植（192～232），字子建，曹操第三子，丕同母弟。封陈王，谥曰思，故世称陈思王。一生以曹丕称帝为界，分为前后两期。

前期受曹操宠爱，尝随征伐，诗文多写其安逸生活和建功立业的报负；后期备受曹丕父子迫害，郁郁而终，诗文多表现其愤抑不平之情及要求个人自由解脱的心境。

本诗作者把豆和豆萁拟化成人，通过精简、干练的寥寥数语，强烈地谴责了为了自身的利益，不惜手足相残的人们。

咏 怀

夜中不能寐，起坐弹鸣琴。
薄帷鉴明月，清风吹我襟。
孤鸿号外野，翔鸟鸣北林。
徘徊将何见？忧思独伤心。

作者阮籍（210～263），字嗣宗，陈留尉氏（今河南尉氏县）人。他生活在魏晋易代之际，因不满司马氏提倡的虚伪的名教，常借谈玄纵酒进行消极反抗。他是魏末代表作家，诗文皆擅，代表作是《咏怀诗》八十二首和《大人先生传》，有《阮步兵集》。

这首诗是作者全部的《咏怀诗》的序曲。从文字上看，明白晓畅，一目了然，但内容又显得隐晦曲折，深意难求。其主旨表现了魏晋易代之际社会动荡形势下的诗人孤独忧伤的心情！

咏 史

郁郁涧底松，离离山上苗。
以彼径寸茎，荫此百尺条。
世胄蹑高位，英俊沉下僚。
地势使之然，由来非一朝。
金张借旧业，七叶珥汉貂。
冯公岂不伟，白首不见招。

作者左思（约250～305），字太冲，临淄（今山东淄博市）人。西晋著名文学家。他的优秀作品有《咏史诗》、《招隐诗》、《三都赋》、《娇女诗》。有辑本《左太冲集》。

借物咏怀，借景言志。文人的进取血液始终在他们的血管中激荡着，然而世事并非像他们想像中的那样单纯与自然，薄分素餐者尽管为千夫所指，但仍时时存在，而正是因为他们的存在，才导致了整个社会的压抑氛围。希望的破灭和理想的失败，使其他进取文人们只能用手中的这杆笔来渲泄自己心中的不平，也只能如此而已。

登池上楼

潜虬媚幽姿，飞鸿响远音。
薄霄愧云浮，棲川怍渊沉。
进德智所拙，退耕力不任。
徇禄及穷海，卧痾对空林。
衾枕昧节候，褰开暂窥临。
倾耳聆波澜，举目眺岖嵚。
初景革绪风，新阳改故阴。
池塘生春草，园柳变鸣禽。
祁祁伤豳歌，萋萋感楚吟。
索居易永久，离群难处心。
操持岂独古，无闷徵在今。

谢灵运诗作。

残酷的政治斗争使本可平步青云的诗人倍受打击，在偏僻的海边小镇上为了俸禄忙忙碌碌，久病初愈之后，登楼远眺，顿时为大自然的清新美丽所折服。徐风微波，池塘春草，园柳鸣禽，一切都是那样地具有生命的气息。面对美景，作者又感怀自身，不由得发出人类脆弱善感、苍白无力的感叹。

杂诗（其一）

人生无根蒂，飘如陌上尘。
分散逐风转，此已非常身。
落地为兄弟，何必骨肉亲。
得欢当作乐，斗酒聚比邻。
盛年不重来，一日难再晨。
及时当勉励，岁月不待人。

作者陶渊明（365～427），字元亮，一说名潜，字渊明，寻阳柴桑（今江西九江市）人。早年曾仕为江州祭酒、彭泽令等，中年因厌恶官场的污浊，遂绝意出仕，退隐农村，卒后友人私谥“靖节”。其诗文都取得较高成就，开创了我国诗史上的田园诗派。有《陶渊明集》。

人生无常，生命的依托飘无定所，欢乐稍纵即逝……面对此情此景，作者及时地抓住身边的朋友，对酒当歌，选择了一种让自己更快乐更惬意的生活方式，以此来表现他看破红尘、超凡脱俗的精神！

归园田居（其一）

少无适俗韵，性本爱丘山。
误落尘网中，一去三十年。
羁鸟恋旧林，池鱼思故渊。
开荒南野际，守拙归园田。
方宅十余亩，草屋八九间。
榆柳荫后檐，桃李罗堂前。
暧暧远人村，依依墟里烟。
狗吠深巷中，鸡鸣桑树巅。
户庭无尘杂，虚室有余闲。
久在樊笼里，复得返自然。

陶渊明诗作。

本诗大约作于作者辞去彭泽令的次年（406）。当时，社会政治已十分黑暗污浊，社会矛盾十分尖锐。此诗表达了陶渊明不与统治者合作的决心和归田后的愉快的心情与乡居的乐趣。

饮 酒

结庐在人境，
而无车马喧。
问君何能尔？
心远地自偏。
采菊东篱下，
悠然见南山。
山气日夕佳，
飞鸟相与还。
此中有真意，
欲辩已忘言。

《饮酒》是陶渊明作品中极有代表性的名篇，其中“结庐在人境”又是最为传诵的佳句。此诗创造了一种悠然自得，回归自然，与自然融而为一，并“饮醉已忘言”的优美至远意境，使魏晋去学中关于“得意无言”和以“自然”与“真”为上的审美意识得到完美的诗意体现。可以说，以此诗为首的陶诗对此后中国文学的发展产生了极其深远的影响。

木兰辞

唧唧复唧唧，木兰当户织。
不闻机杼声，唯闻女叹息。
问女何所思？问女何所忆？

女亦无所思，女亦无所忆。
昨夜见军帖，可汗大点兵。
军书十二卷，卷卷有爷名。
阿爷无大儿，木兰无长兄。
愿为市鞍马，从此替爷征。
东市买骏马，西市买鞍鞯，
南市买辔头，北市买长鞭。
旦辞爷娘去，暮宿黄河边。
不闻爷娘唤女声，
但闻黄河流水鸣溅溅。
旦辞黄河去，暮至黑山头。
不闻爷娘唤女声，
但闻燕山胡骑鸣啾啾。
万里赴戎机，关山度若飞。
朔气传金柝，寒光照铁衣。
将军百战死，壮士十年归。
归来见天子，天子坐明堂。
策勋十二转，赏赐百千强。
可汗问所欲，
“木兰不用尚书郎，
愿驰千里足，送儿还故乡。”
爷娘闻女来，出郭相扶将。
阿姊闻妹来，当户理红妆。
小弟闻姊来，磨刀霍霍向猪羊。
开我东阁门，坐我西阁床。
脱我旧时袍，着我旧时裳，
当窗理云鬓，对镜帖花黄。
出门看火伴，火伴皆惊惶。

“同行十二年，
不知木兰是女郎。”
雄兔脚扑朔，雌兔眼迷离。
双兔傍地走，
安能辨我是雄雌？

南北朝民歌。

这首诗栩栩如生地刻画出一位巾帼英雄的形象。虽然是一个娇弱的女子，却在国家有难时，披挂上阵，且不让须眉，建立了赫赫战功。这在当时的社会里，一女子能有这样的勇气和报负，实为后人啧啧称赞，她的事迹同这首诗歌一起为后人千古传颂。

送杜少府之任蜀州

城阙辅三秦，风烟望五津。
与君离别意，同是宦游人。
海内存知己，天涯若比邻。
无为在歧路，儿女共沾巾。

作者王勃（650～676），字子安，绛州龙门（今山西河津）人“初唐四杰”之一。王勃在唐高宗麟德元年（664）应举及第，授朝散郎，后任虢州参军。因罪而被革职，其父也因此受到牵连，被贬交趾做县令。高宗上元三年（676）秋八月，王勃在探望父亲途中落入海中，受惊而死，死时仅二十八岁。

此首为赠别名作，是王勃与将要去蜀州赴任的杜少府分别时的作品，与其他此类诗作风格迥异。全诗格调高昂，笔力雄健，一洗悲酸之态，不愧为送别诗中的佳篇。其中的“海内存知己，天涯若比邻。”也成为千古的绝句。明胡应麟评价此篇说：“终篇不著景物，而兴象婉然，气骨苍然，实启盛中妙境。”

登幽州台歌

前不见古人，后不见来者。

念天地之悠悠，独怆然而涕下。

作者陈子昂（661～702），字伯玉，梓州射洪（今四川射洪附近人）。出身富家。年十八未知书，后悔悟，入乡学，刻苦读书，尤善诗文。他是唐代诗歌革新的先驱者，对唐诗发展颇有影响。

这是一首千古佳作。全诗既不押韵，诗句也不整齐，读来却是错落铿锵，韵味悠扬。

武则天万岁通天元年（696），陈子昂曾随军讨伐契丹，并出谋划策，但都未被采纳，还被贬为军曹。悲愤之余的他登上幽州台，含泪写下七首诗。本诗便为其中一首。

作品深刻地表现了诗人怀才不遇、寂寞无聊的情绪。语言奔放苍劲，感染力极强。

本篇的艺术表现也很出色。上两句写时间之绵长；第三句登台眺望，写空间之辽阔；第四句是对寂寞悲哀情绪的描绘。读这首诗，会深刻地感受到一种悲壮苍凉的气氛，眼前似乎出现了一幅远古时空混沌的图景，一位胸怀大志却因报国无门而感到悲伤孤独的诗人兀立在图景中间。

这首诗虽然很短小，但内涵丰富，语言凝练，感情浓烈，其势可与楚霸王的《垓下歌》相媲美。

咏　史

昔有平陵男，姓朱名阿游。

直发上冲冠，壮气横三秋。

愿得斩马剑，先断佞臣头。

天子玉槛折，将军丹血流。

捐生不肯拜，视死其若休。

归来教乡里，童蒙远相求。
弟子数百人，散在十二州。
三公不敢吏，五鹿何能酬？
名与日月悬，义与天壤俦。
何必疲执戟，区区在封侯。
伟哉旷达士，知命固不忧。

作者卢照邻（637～690?），字升之，号幽忧子，幽州范阳（今北京大兴附近）人。十余岁即博学能文。有《幽忧子集》存诗近三百五十首。

这是一首咏史诗，诗人通过咏史抒发自己才志不得施展的郁闷愤恨。初唐还是贵族政治，出身中下层的知识分子很难在仕途上脱颖而出，这就使得很多有才华、有抱负而又出身低微的文人有了受压抑的痛苦。诗人通过对古人的景仰、赞美，是在描写一种自己理想的从政人格，也是对自己仕途不得志的宽慰。

望月怀远

海上生明月，天涯共此时。
情人怨遥夜，竟夕起相思。
灭烛怜光满，披衣觉露滋。
不堪盈手赠，还寝梦佳期。

作者张九龄（673～740），一名博物，字子寿，韶州曲江（今广东韶关市）人。唐中宗景龙初年（707）进士。他是唐玄宗开元年间的名相，以直言敢谏著称。唐玄宗开元二十四年（736）被李林甫排挤，贬为荆州大都督府长史。此后所写的《感遇》组诗十二首，延续了阮籍《咏怀》和陈子昂《感遇》诗的特色，对进一步扭转初唐诗风起了重要作用。

有情人天涯相隔，两地却可以共赏一轮明月，因彻夜思念你而

不能入睡，于是披衣来到庭院。月光是那么明亮，撩起我的思绪，我拿什么赠给你呢？只有满手的月光！还是睡罢，也许梦中能与你相聚。

在古诗中明月成为寄托诗人相思情怀的最好意象。起句“海上生明月”是千古佳句，它看起来平淡无奇，却自然具有一种高华浑融的气象。全诗寓情于景，道出悠悠的不尽情思，体现了诗人创作的浑成自然的风格。

感遇

江南有丹橘，
经冬犹绿林。
岂伊地气暖，
自有岁寒心。
可以荐嘉客，
奈何阻重深。
运命唯所遇，
循环不可寻。
徒言树桃李，
此木岂无阴？

张九龄诗作。

这是一首颂丹橘的咏物诗，直承屈原《橘颂》之意。丹橘生长于江南，诗人也是南方人，其中托物自喻之意十分明显。作者描绘了丹橘经得住严寒考验的最大特征，即在严酷的条件下生长，有果实可以荐客，有树阴可以休息。诗人借丹橘写自己的坚贞品格，以及遭谗言陷害被迫离开朝廷的现实处境。

题大庾岭北驿

阳月南飞雁，传闻至此回。
我行殊未已，何日复归来？
江静潮初落，林昏瘴不开。
明朝望乡处，应见陇头梅。

作者宋之问（650？～712）字延清，汾州（今山西汾阳）人，虢州（今河南灵宝）人。武后时官尚方监丞，后因谄赐死。与沈佺期并称“沈宋”，二人对唐诗的主要贡献在于将渐成定格的律诗形式肯定下来，使之趋成熟。原来集已佚，后人辑有《宋之问集》二卷。

宋之问流放途中经大庾岭，在驿馆题写这首五律。这无休止的行程，使诗人离家乡越来越远，离朝廷越来越远，诗人的心情也就越来越凄苦悲凉。而此时，诗人的眼前又出现了此情景：江潮初落，江面平静，黄昏树林，瘴气缭绕。江水不能载诗人回乡，瘴气提醒诗人的流落。诗人触景生情，寓于诗中，写下了这首千古流传的佳作。

春江花月夜

春江潮水连海平，海上明月共潮生。
滟滟随波千万里，何处春江无月明。
江流宛转绕芳甸，月照花林皆似霰。
空里流霜不觉飞，汀上白沙看不见。
江天一色无纤尘，皎皎空中孤月轮。

江畔何人初见月？江月何年初照人？
人生代代无穷已，江月年年只相似。
不知江月待何人，但见长江送流水。
白云一片去悠悠，青枫浦上不胜愁。
谁家今夜扁舟子，何处相思明月楼。
可怜楼上月徘回，应照离人妆镜台。
玉户帘中卷不去，捣衣砧上拂还来。
此时相望不相闻，愿逐月华流照君。
鸿雁长飞光不度，鱼龙潜跃水成文。
昨夜闲潭梦落花，可怜春半不还家。
江水流春去欲尽，江潭落月复西斜。
斜月沉沉藏海雾，碣石潇湘无限路。
不知乘月几人归，落月摇情满江树。

作者张若虚，生卒年不详，扬州人，曾官兖州兵曹。唐中宗神龙年间与贺知章、张旭等号称“吴中四士”。存诗二首。

春江、花、月夜，诗人将这些充满诗情画意的意象完美地组合在一起，构成一幅无限优美的场景，语言清丽纯净，环境幽美恬静，虽然是宫体诗的题材，却没有丝毫的敷衍做作。所以，闻一多先生称这首诗是“宫体诗的自赎”，是“诗中之诗，顶峰上的顶峰”。诗人在春江花月夜的美好背景中，融入了人离别的思念，探索人生的哲理和宇宙的奥秘，表达了诗人对时间久远、空间无限、个体渺小的无奈。但作者并不颓废与绝望，其基调“哀而不伤”，整首诗融诗情画意、哲理为一体，汇成了一种情、景、理水乳交融的优美意境！

咏 柳

碧玉妆成一树高，万条垂下绿丝绦。
不知细叶谁裁出？二月春风似剪刀。

作者贺知章（659～744），字季真、会稽（今浙江绍兴）人，自号“四明狂客”。他为人风流倜傥、狂放不羁，与李白等七人合称“饮中八仙”。武则天证圣元年（695）进士。唐玄宗开元十三年（725）为礼部侍郎兼集贤院学士，又充太子宾客，后累官至秘书监。天宝三年（744），因不满李林甫专权，上疏请求度为道士，返回家乡。其诗清新通俗，现存绝句六首。《全唐诗》录存其诗一卷。

这首诗通过写柳条翠绿多姿，描绘了初春时节万象更新的情景，其中，后二句以自问自答的设问方式，歌唱了二月春风。春风为大地披上了绿色的新装，生机盎然的美好景象。这首七绝细腻真切，形象鲜明。其中乌细长如眉的柳叶也是由春风裁剪而成，可见其比喻构思都极其新颖巧妙。

回乡偶书

少小离家老大回，乡音无改鬓毛衰。

儿童相见不相识，笑问客从何处来？

贺知章诗作。

贺知章年轻时离开了家乡越州兴（今浙江萧山），八十六岁时回到了家乡，这首诗即是作者告老还乡后所作。耄耋之年的诗人此次回到家乡时，已离家五十多年。世事沧桑，人生易逝，诗人心中感慨万千。

诗人选取了两个十分平常又非常有典型意义的情形或场景来表达久别思乡的情绪。其一是容颜衰老而乡音依旧。其二，是一个富于戏剧性的儿童笑问的场景。全诗至此戛然而止，有问无答，这弦外之音却如空谷传响，久久不绝。

这首诗的感情真切、自然，语言朴实无华，毫不雕琢，不知不觉中便将读者引入了诗的意境。

黄鹤楼

昔人已乘黄鹤去，此地空余黄鹤楼。
黄鹤一去不复返，白云千载空悠悠。
晴川历历汉阳树，芳草萋萋鹦鹉洲。
日暮乡关何处是？烟波江上使人愁。

作者崔颢（704？~754），汴州（今河南开封市）人。唐玄宗开元十一年（723）进士。天宝年间曾官尚书司勋员外郎。作品以描写妇女生活与边塞风光为主，《全唐诗》录存其诗一卷。

黄鹤楼是江汉名胜古迹，得名于其所在地武昌黄鹤山。全诗从怀古转入写景，接着又引出乡愁，气象宏阔，情思绵绵，以自然奇妙，出神入化之笔将对仙境的追羡与对故乡的怀念熔于一炉，构成繁富瑰丽的意境。该诗在艺术上，就律诗的起、承、转、合来看，这种以断实续的连接，也最有特色。

芙蓉楼送辛渐

寒雨连江夜入吴，平明送客楚山孤。
洛阳亲友如相问，一片冰心在玉壶。

作者王昌龄（698~756），字少伯，京兆长安（今陕西省西安市）人。一说太原人，唐玄宗开元十五年（727）进士，授汜水尉，不久迁校书郎。后贬为江宁丞，晚年贬龙标尉，“安史之乱”起，为亳州刺史闾丘晓杀害。王昌龄是唐代著名的边塞诗人，尤其擅长七言绝句，可与李白并驾。

这首诗是作者被贬为江宁（今南京）丞时所做，原题共两首。秋意在夜雨中更显萧瑟，离别的黯淡气氛更浓。这样，“平明送客楚山孤”的开阔意境就被浩大的气魄烘托了出来。

首句写景叙事，渲染气氛。迷蒙的烟雨笼罩着吴地江天，宛如织成了一张无边无际的愁网。“寒雨连江”，“楚山”孤单，渲染出一片凄苦悲凉的送别气氛。“一片冰心在玉壶”，是说自己的心地纯洁明净，一尘不染，决不会因为遭到贬斥而改变志节。诗人从清澈无瑕、澄空见底的玉壶中捧出一颗晶亮纯洁的冰心以告慰友人，这就比任何相思的言辞都更能表达他对洛阳亲友的深情。

凉州词

黄河远上白云间，一片孤城万仞山。

羌笛何须怨杨柳？春风不度玉门关。

作者王之涣（688～742），字秀凌。原晋阳（今山西省太原市）人。后迁居绛郡（今山西省新绛县）。做过县主簿、县尉等小官。因遭人诬陷，曾一度弃官漫游，足迹遍及黄河南北。他是盛唐时期著名的边塞诗人。可惜其诗大多亡佚，《全唐诗》仅录存其诗六首。

诗的首句抓住了自下向上、由近及远眺望黄河的特殊感受，描绘出“黄河远上白云间”的宏伟气象。第二句“孤城”意象先行引入，为下两句进一步刻画征夫的心理作好准备。第三句忽而一转，引入羌笛之声，勾起征夫的离愁。其中“何须怨”的宽解之语委婉道出，更加深沉蕴藉，耐人寻味。末句“春风不度玉门关”也就水到渠成，写边地苦寒，含着无限乡思离愁。正因如此，《凉州词》虽情调悲凉却又不失其壮美。

登鹳雀楼

白日依山尽，

黄河入海流。

欲穷千里目，

更上一层楼。

王之涣诗作。

诗的前两句以极其朴素浅显的语言，形象而又概括地把诗人所看到的万里河山，凝缩于短短十个字中，就把上下、远近、东西的

景物，全都融进诗人的笔下，使画面显得特别壮阔、辽远。“欲穷千里目，更上一层楼”这样两句即景生情的话，把诗篇推向更高的境界。这两句诗既出人意料，又含意深远，耐人寻味，表现了诗人积极进取的精神，高瞻远瞩的胸襟，也道出了要站得高才能看得远的哲理。

就全诗而言，这首诗把道理与景物、情感融合得天衣无缝。虽在说理，但把理寓于情景之中，完全合乎“景入理势”的要求，是根据诗歌特点，运用形象思维揭示生活哲理的典范。

春　晓

春眠不觉晓，处处闻啼鸟。
夜来风雨声，花落知多少？

作者孟浩然（689～740），襄州襄阳（今湖北襄樊市）人。孟浩然早年于家乡鹿门山隐居读书，四十岁入京求仕，却落第而归。后被罢相后任荆州长史的张九龄召为幕僚，不久病疽而死。孟浩然是唐代第一个山水诗人，善于用五言诗描绘山水和田园景色。其诗淡雅自然，常用白描笔法绘出一幅幅天然图画。

这首小诗仅仅二十个字，初读似觉平淡无奇，再读便觉诗中另有一番天地。春眠是舒适的，酣恬沉睡的诗人不知拂晓已到，是处处啼鸟声惊醒了诗人。春天清晨的勃勃生机透过“啼鸟声”显露出来。醒来后，诗人立即想起昨夜的风雨，于是便关心有多少花瓣被催落。这首作品表现了诗人在春天的早晨刚刚醒来时刹那间的感受，抒发了一种淡淡的懒散、闲适、爱春、惜春的情绪。

古　意

男儿事长征，少小幽燕客。
赌胜马蹄下，由来轻七尺。
杀人莫敢前，须如猬毛磔。

黄云陇底白雪飞，未得报恩不能归。

辽东小妇年十五，惯弹琵琶解歌舞。

今为羌笛出塞声，使我三军泪如雨。

作者李颀（690～751），东川（今四川三台县）人，寄居颍阳（今河南许昌附近）。他的边塞诗和描写音乐的诗，激昂慷慨，富于艺术感染力。

这首诗歌颂一位从军侠义男儿。他出身幽燕侠客的故乡，以万里长征、从军报国作为自己的事业。他骑术出众，以此赌胜，重义轻生。一怒之下，须髯皆张，相貌威严魁梧。“黄云”以下，笔调一转，写这位豪侠之士的思乡柔情。然因未得立功报国而不愿归去，通过这样进一层的烘托，把一个有血有肉、有情有义的侠士形象刻画得淋漓尽致。

相　思

红豆生南国，春来发几枝？

愿君多采撷，此物最相思。

作者王维（701～761），字摩诘，蒲州（今山西省永济县）人。21岁中进士，做过右拾遗、尚书右丞等，也称王右丞。王维四十岁后隐居蓝田辋川，参禅信佛，过着半官半隐的田园生活。他多才多艺，在诗歌、绘画、音乐、书法等方面都有较高造诣。有《王右丞集》。

这是一首很著名的小诗，在唐代就广为流传。玄宗时宫廷著名乐手李龟年安史之乱后汉落江南，经常演唱此曲，听者为之动容。这首小诗借咏红豆以寄相思，含蓄蕴藉，令人回味无穷。

这首《相思》是当时梨园弟子最爱唱的歌词之一。据说天宝之乱后，著名歌者李龟年流落江南，经常为人演唱它，听者无不动容。

红豆的产地在“南国”，而朋友所在之地也在“南国”。首句以

"红豆生南国"起兴，暗合后文的相思之情。下面是一个问句："春来发几枝?"轻轻一问，承接前句极其自然。诗中红豆是赤诚友爱的一种象征。第三句紧接着希望对方"多采撷"。通过采撷红豆以寄托怀念的情绪，言在此而意在彼，实际是希望远方的友人珍惜珍贵的友谊，其语恳切动人。以这种方式透露情怀，婉转动人，语意高妙。

最后一句点题，"相思"与首句"红豆"呼应，既切其名，又合相思之情，有双关之妙。"此物最相思"就好像是说：只有这红豆最惹人喜爱，最叫人难以忘怀。这是对为什么"愿君多采撷"的补充解释。而从这最后一句中，读者可以感受到更多的东西。诗人不能忘怀的便不言自明。一个"最"字，意味极深长，更增加了双关语的含蓄蕴藉。

诗中洋溢着青春的气息，少年的热情，句句不离红豆，把相思之情表达得入木三分。王维善于提炼这种朴素而典型的语言来表达深厚的感情。所以此诗语浅情深，成为当时的流行名歌也就不足为奇了。

桃源行

渔舟逐水爱山春，两岸桃花夹古津。
坐看红树不知远，行尽青溪忽值人。
山口潜行始隈隩，山开旷望旋平陆。
遥看一处攒云树，近入千家散花竹。
樵客初传汉姓名，居人未改秦衣服。
居人共住武陵源，还从物外起田园。
月明松下房栊静，日出云中鸡犬喧。
惊闻俗客争来集，竞引还家问都邑。
平明闾巷扫花开，薄暮渔樵乘水入。
初因避地去人间，及至成仙遂不还。
峡里谁知有人事，世中遥望空云山。
不疑灵境难闻见，尘心未尽思乡县。

出洞无论隔山水，辞家终拟长游衍。
自谓经过旧不迷，安知峰壑今来变。
当时只记入山深，青溪几度到云林。
春来遍是桃花水，不辨仙源何处寻。

本诗是王维19岁时写的一首七言乐府诗，其题材取自陶渊明的散文《桃花源记》。

诗一开始，就描绘了一幅“渔舟逐水”的生动画面。读者的想像慢慢地跟着诗人的描述向前推近，终于来到了桃源。

全诗的主要部分即为中间的十二句。开始两句点明“物外起田园”。接着，便一连展现了桃源中多幅景物画面和生活画面，极具情趣。夜景全是静物，晨景全取动态，充满诗情画意。渔人的闯入也令桃源中人感到意外。“惊”、“争”、“集”等一连串动词，活灵活现地刻画出人们的神色动态和心理，表现出桃源中人热情、淳朴的性格和对故土的关心。接下来诗人紧扣住桃花源景色的特色，进一步描写桃源的环境和生活的美妙，并追述了桃源的来历。

最后一层，诗的节奏变快。作者紧紧把握住人物的心理活动，一口气写下渔人离开桃源、怀念桃源、再寻桃源以及峰壑变幻、遍寻不得、怅惘无限等许多内容。意境迷茫，韵味飘忽，令人回味无穷。

诗中展现的是多幅画面，造成诗的意境，调动读者的想像力，去玩味、想像画面以外的东西，并从中获得一种美的感受。这便是诗之所以为诗的原因。

送元二使安西

渭城朝雨浥轻尘，客舍青青柳色新。
劝君更尽一杯酒，西出阳关无故人。

这是一首送别友人赴西北边疆的诗。这个友人姓元，排行第二，

其人的生平不详。此诗是王维在渭城为他送行所作。送别友人，恋恋不舍，伤感之中又必须劝慰行者，王维这首诗表现得含蓄深长。

这首诗所描写的是一种最有普遍性的离别，历来评价很高。唐汝洵说：“唐人饯别之诗以亿计，独阳关擅名。”后被编入乐府，成为传唱最久的歌曲。

别董大

千里黄云白日曛，北风吹雁雪纷纷。
莫愁前路无知己，天下谁人不识君！

作者高适（706～765），字达夫，沧州渤海是（今河北省景县）人。早年仕途失意，过了多年漫游生活。后任节度使和州刺史等职，官终散骑常侍。高适是盛唐时期著名的边塞诗人，他的诗，语言质朴精炼，气势雄健高昂，感情真挚爽朗。有《高常诗集》。

这是一首送别诗，原作二首，本篇为第一首。诗一开始就描绘了北风呼啸、大雪纷飞的严冬景色，点出了送别时的氛围。这既反映了诗人和董大的深厚情谊，也表现了诗人开朗、达观的情怀，接着勉励不要忧虑前路孤寂，要知道天下知己很多。这种劝慰切合了董大作为音乐家的身份。在这酷寒阴冷的日子送别友人，更有一份对友人旅途平安的牵挂。

白雪歌送武判官归京

北风卷地白草折，胡天八月即飞雪。
忽如一夜春风来，千树万树梨花开。
散入珠帘湿罗幕，狐裘不暖锦衾薄。
将军角弓不得控，都护铁衣冷难著。
瀚海阑干百丈冰，愁云惨淡万里凝。
中军置酒饮归客，胡琴琵琶与羌笛。
纷纷暮雪下辕门，风掣红旗冻不翻。

轮台东门送君去，去时雪满天山路。

山回路转不见君，雪上空留马行处。

作者岑参（715～769），荆州江陵（今湖北江陵人）。岑参官至嘉州刺史。存诗三百八十余诗。他的诗想像丰富，气势磅礴，悲壮奇峭，语言明快，音调铿锵，充满了豪情壮语和慷慨激昂的战斗精神，给人以极大的鼓舞。有《岑嘉州诗集》。

天宝十三年（754），岑参再度出塞，充任安西北庭节度使封常清的判官。诗人借着给他的前任武判官送行之机，写下此诗。

这首诗写北方飞雪，用南国的春风和梨花作喻，梨花盛开时花团锦簇的景象恰能传达出大雪纷飞的态势。这一奇想把萧索酷寒顿时转化为绚丽烂漫，给全诗定下豪迈乐观的情调。写风中红旗，用凝固字眼来形容，色彩鲜丽的画面中突出奇寒的感觉。这些描写有意避实返虚，通过想像和虚构，把平凡的生活景象一变为富有美感的艺术形象。殷璠《河岳英灵集》评岑参诗“语奇体俊，意亦造

奇”。从实际景物中求奇，善于运用大胆的夸张、想像，突出事物的奇异之处，符合艺术的真实。这首诗最能表现岑参边塞诗“好奇”的特征。

静夜思

床前明月光，疑是地上霜。
举头望明月，低头思故乡。

李白（701～762），字太白，号青莲居士。祖籍陇西成纪（今甘肃省秦安县东），生于碎叶（今吉尔吉斯斯坦共和国境内托克马克，唐属安西都护府）。五岁时随父迁居绵州彰明（今四川江油县）青莲乡。25岁出蜀，漫游全国各地。天宝初年，因道士吴筠及贺知章推荐，被召为翰林供奉，但不久又赐金放还。“安史之乱”起，他因附和永王璘，被牵连，随被贬官并流放于夜郎，途中遇大赦得还。晚年漂泊东南一带，依附族叔当涂县令李阳冰，公元762年病死于当涂。

李白是唐代大诗人，他的诗，不仅反映了现实生活，而且富有浪漫主义色彩。他的绝句诗，现存一百六十余首，是他作品中很有特色的一个部分，雄奇壮丽，流畅自然，感情真率，琅琅上口。有《李太白集》。

月白霜清，是清秋的夜景，用霜色形容月光，也是古代诗歌中常见的意象。但它们都是作为一种修辞手段出现在诗中的。而这首诗中的“疑是地上霜”则是叙述，是诗人在特定的环境中所产生的一刹那的错觉。秋月是明亮而清冷的，对于作客他乡的人来说，最容易触动秋怀旅思。凝望月亮，也不免使人想到家里的妻儿父母，想到故乡的一切。想着想着，诗人渐渐低下了头，完全沉浸在思乡的情绪中。

蜀道难

噫吁嚱，危乎高哉！
蜀道之难，难于上青天！
蚕丛及鱼凫，开国何茫然。
尔来四万八千岁，不与秦塞通人烟。
西当太白有鸟道，可以横绝峨嵋巅。
地崩山摧壮士死，然后天梯石栈相钩连。
上有六龙回日之高标，下有冲波逆折之回川。
黄鹤之飞尚不得过，猿猱欲度愁攀援。
青泥何盘盘，百步九折萦岩峦。
扪参历井仰胁息，以手抚膺坐长叹。
问君西游何时还？畏途巉岩不可攀。
但见悲鸟号枯木，雄飞雌从绕林间。
又闻子规啼夜，月愁空山。
蜀道之难，难于上青天，使人听此凋朱颜！
连峰去天不盈尺，枯松倒挂倚绝壁。
飞湍瀑流争喧豗，砯崖转石万壑雷。
其险也若此，嗟尔远道之人，胡为乎来哉！
剑阁峥嵘而崔嵬，一夫当关，万夫莫开。
所守或匪亲，化为狼与豺。
朝避猛虎，夕避长蛇，磨牙吮血，杀人如麻。
锦城虽云乐，不如早还家。
蜀道之难，难于上青天，侧身西望长咨嗟！

《蜀道难》是乐府曲调名。这首诗是李白用旧题写作的新词。这首诗大约写于唐玄宗天宝初年李白第一次到长安之时，是他积极浪漫主义的杰作，也是最能体现他诗歌雄奇奔放风格的名篇。此诗通过描写蜀道的高峻奇险，一方面赞颂祖国山河的壮丽；另一方面，

诗人敏锐地预感到国家动乱即将爆发，担心会发生军阀割据的现象，因此，劝友人不要贪图锦城之乐，宜早日离家返蜀。

全诗分为三个层次，大体按照由古至今、自秦入蜀的线索，抓住各处山水特点来描写，以展示蜀道之难。

秋浦歌

白发三千丈，缘愁似个长。

不知明镜里，何处得秋霜？

本诗用夸张浪漫的手法，抒发了自己怀才不遇得不到重用的苦衷。李白的夸张惊心动魄。“白发三千丈”是不可能的，诗人解释了一下：“缘愁似个长”，就将不可能转变为可能。人内心的愁苦是无法衡量的，对人对事的愁苦程度也是不一样的。诗人化无形为有形，让人充分体验到他内心愁苦的深重。“不知明镜里，何处得秋霜”是补充，原来无端的感慨是因为览镜而生。诗人当然知道“得秋霜”的真实原因，只不过不想点破，以免无法遏制。

梦游天姥吟留别

海客谈瀛洲，烟涛微茫信难求。

越人语天姥，云霞明灭或可睹。

天姥连天向天横，势拔五岳掩赤城。

天台四万八千丈，对此欲倒东南倾。

我欲因之梦吴越，一夜飞度镜湖月。

湖月照我影，送我至剡溪。

谢公宿处今尚在，渌水荡漾清猿啼。

脚著谢公屐，身登青云梯。

半壁见海日，空中闻天鸡。

千岩万转路不定，迷花倚石忽已暝。

熊咆龙吟殷岩泉，栗深林兮惊层巅。

云青青兮欲雨，水澹澹兮生烟。
列缺霹雳，丘峦崩摧。
洞天石扉，訇然中开。
青冥浩荡不见底，日月照耀金银台。
霓为衣兮风为马，云之君兮纷纷而来下。
虎鼓瑟兮鸾回车，仙之人兮列如麻。
忽魂悸以魄动，恍惊起而长嗟。
惟觉时之枕席，失向来之烟霞。
世间行乐亦如此，古来万事东流水。
别君去兮何时还，且放白鹿青崖间，
须行即骑访名山。
安能摧眉折腰事权贵，使我不得开心颜！

这是一首记梦诗，也是一首游仙诗，是李白的代表作之一。天宝三年，李白被赐金放还，离开长安，游历各地，回到东鲁故居，不久他再一次离开家，南游吴越。这首诗便是告别东鲁的朋友时所作，故诗题又名《别东鲁诸公》。

这首诗融记梦、游仙、山水为一体，充分显露了李白自由奔放、不受现实规范的精神品格。在这种游山水、游仙境的极度欢快中，诗人恍然惊醒，跌落到现实世界。有了这样一番梦中神奇经历的诗人，就更不愿意与世俗同流合污了，人生失意涌上心头时，就决意“且放白鹿青崖间，须行即骑访名山”了，其中，除了对名山仙境的向往之外，更是对现实的蔑视，对权贵的抗争。

古　风

秦王扫六合，虎视何雄哉！
挥剑决浮云，诸侯尽西来。
明断白天启，大略驾群才。
收兵铸金人，函谷正东开。

铭功会稽岭，骋望琅琊台。
刑徒七十万，起土骊山隈。
尚采不死药，茫然使心哀。
连弩射海鱼，长鲸正崔嵬。
额鼻象五岳，扬波喷云雷。
鬐鬣蔽青天，何由睹蓬莱。
除市载秦女，楼船几时回？
胆见三泉下，金棺葬寒灰。

李白这首诗的主旨是借秦始皇之求仙不成，以劝讽唐玄宗之迷信神仙。作品的气势动荡汗合，艺术效果惊心动魄，堪称独一无二。全诗约可分为两段，前段为宾，后段为主。主要采取欲抑先扬、忽翕忽张的手法，最后盖棺定论。

前段从篇首至“骋望琅琊台”，颂扬秦始皇的雄才大略和统一业绩。

头四句极力渲染秦始皇灭六国定天下的威风。一个“扫”字便展现了秦王的赫赫声名；再用“虎视”形容他雄姿勃勃，更觉咄咄逼人；紧接着写他统一天下犹如破竹。“浮云”象征当时天下阴暗混乱的局面，而一个“决”字显出秦王的果断，有快刀斩乱麻之感，所以天下诸侯臣服于秦。字字掷地有声，句句语气饱满，赞扬之意早已溢于言表。诗篇到“明断”句时，一扬再扬，为后段的转折蓄势。“收兵”二句写秦始皇一统天下后采取的巩固政权的两大措施，也是气势非凡。

后段十二句，根据历史事实进行形象的艺术描写，讽刺了秦王骄奢淫逸及妄想长生的荒唐行为。

先写其骊山修墓奢靡之事，再揭发其海上求仙的可笑之举。这四句对于前段，笔锋突转，一如骏马离坡。描写秦始皇既希冀不死又建高陵，揭示出他自私、矛盾、利令智昏的内心世界。可是诗人并没有在此草草收篇，在写秦始皇求仙梦最终破灭之前，又掀起一个高潮。据说，始皇为了求仙不受阻，曾派人运载连续发射的强弩沿海射鱼，并射死一条鲸。诗人运用想像与高度夸张的手法，把猎鲸场面写得有声有色，惊险奇幻，光怪陆离。他之所以这样写，既是为了给诗篇增添一种奇幻惊险的神秘色彩，也是制造希望的假象，为篇终致命的一跌作好准备。征服了长鲸，总该求到不死药了吧？哪里知道，始皇在此后不久便病死于巡行途中。

最后两句是反跌之笔，使九霄云上的秦王跌到地底，惊心动魄。一代英主竟为一方士所骗，让其大讨便宜。历史的嘲弄的确无情！

这首诗将史实与夸张、想像有机结合，叙事、议论、抒情相结合，欲抑先扬，既有批判现实的精神，又有奔放、浪漫的激情，确为李白《古风》中的力作。

将进酒

君不见黄河之水天上来，奔流到海不复回。
君不见高堂明镜悲白发，朝如青丝暮成雪。
人生得意须尽欢，莫使金樽空对月。
天生我材必有用，千金散尽还复来。
烹羊宰牛且为乐，会须一饮三百杯。
岑夫子，丹丘生，将进酒，杯莫停。
与君歌一曲，请君为我倾耳听。
钟鼓馔玉不足贵，但愿长醉不复醒。
古来圣贤皆寂寞，惟有饮者留其名。
陈王昔时宴平乐，斗酒十千恣欢谑。
主人何为言少钱？径须沽取对君酌。
五花马，千金裘。
呼儿将出换美酒，与尔同销万古愁。

李白诗作。

此诗约作于长安放还之后，诗人与友人登高宴饮，兴酣作此篇。

诗之开篇就是以两组排比长句，如挟天风海雨，气势汹涌地向读者迎面扑来。紧接着的排比，从空间之夸张进入时间的想像，一波未平，一波又起。悲叹人生短促，不直接自伤老大，一种搔首顾影、徒呼奈何的情态宛然可见。以下诗情渐趋狂放，行乐不可无酒，自然切入饮酒、咏酒之主题。李白自视为天上谪仙，对天上月宫多向往之情。诗人的“须尽欢”与“必有用”之纵情及强烈的自信，隐含有放逐出长安的牢骚，以及自我安慰、振作，流露出一种怀才不遇而又渴望用世的积极意向。至此，狂放之情趋于高潮，诗的旋律加快，诗人眼花耳热之醉态跃然纸上，千载之下使人如闻高声之劝酒：“岑夫子，丹丘生，将进酒，杯莫停。”短句的忽然插入使诗歌节奏突变，诗歌已经还原为生活。“与君歌一曲”为饮酒歌中之劝酒歌。对权贵的蔑视，“但愿长醉”的牢骚，已由狂放转向愤慨，这是李白借酒浇愁的原因。在这种深广忧愤情绪的促动下，酒兴越喝越浓，越喝越狂，主客混淆，醉态毕现。结句落实到“万古愁”之悲，回应开篇，使全诗的格调浑融整一。

早发白帝城

朝辞白帝彩云间，千里江陵一日还。
两岸猿声啼不住，轻舟已过万重山。

李白诗作。

这首诗作于公元759年春，作者被流放夜郎，取道四川赴贬地。行至白帝城，适逢朝廷宣布天下大赦，立即东下江陵，并作了此诗，以抒写自己那时畅快喜悦的心情。

整首诗给人一种空足飞动、锋棱挺拔之感，然而不能仅仅欣赏它的豪爽气势，全诗还洋溢着诗人经过艰难岁月之后突然迸发的一种激情，所以迅疾雄峻中又带有欢悦豪情。

两岸的猿声，本来给人凄怨悲苦的感受，此时已让作者的喜悦之情冲淡了。最后一句作者用极度夸张的手法写行舟的速度，突出了自己急欲还乡再见亲人的迫切心情。

黄鹤楼送孟浩然之广陵

故人西辞黄鹤楼，烟花三月下扬州。
孤帆远影碧空尽，惟见长江天际流。

本诗写于唐玄宗开元十八年春，当时李白正游历于襄阳、汉口一带。孟浩然刚于前一年应试落第而归，于这年春孟浩然东游吴越，李白于汉口为之送行。在长江旁边黄鹤楼之前，诗人送别友人。友人乘舟已经逐渐远去，诗人依然恋恋不舍，伫立在江边，目送着孤帆消失在天际的尽头。这一伫立凝望，是诗人对友人的无限牵挂，是深厚友情的流露。

这首送别诗有它自己特殊的情味，它不是少年断肠的离别，也不是深情体贴的离别，而是一种诗意的离别。它所以如此，是因为这是两位风流潇洒的诗人的离别。这次离别跟一个繁华的时代、繁华的季节，繁华的地区相联系，在愉快的分手中还带着诗人的向往，使得这次离别有着无比的诗意。

月下独酌

花间一壶酒，独酌无相亲。
举杯邀明月，对影成三人。
月既不解饮，影徒随我身。
暂伴月将影，行乐须及春。
我歌月徘徊，我舞影零乱。
醒时同交欢，醉后各分散。
永结无情游，相期邈云汉。

花下独自饮酒，诗人李白充分品尝了人生的孤独。诗人不说现实中到处碰壁，不说世无知音，而是在月夜花间，举杯邀月，对着明月、对着自己的身影，起舞畅饮，一切皆在不言之中。然明月与

身影毕竟是无知之物，“我歌月徘徊，我舞影零乱”，它们最终也无法使诗人摆脱孤独，反而更加孤独了。

望 岳

岱宗夫如何？齐鲁青未了。
造化钟神秀，阴阳割昏晓。
荡胸生层云，决眦入归鸟。
会当凌绝顶，一览众山小。

杜甫（712～770），字子美，原籍襄阳（今湖北省襄阳县），生于巩（今河南省巩县）。天宝五年（746），杜甫西入长安，两次应试，均未中第，困居长安十年。安史之乱起，杜甫举家北逃，避难鄜州羌村。后寄寓四川成都西郊草堂。在此期间，曾一度任剑南节度使严武署中参谋、检校工部员外郎。也曾在绵州、梓州、射洪、汉州等地，过了两年多流亡生活。大历三年（768）初，杜甫携家出三峡，在湘、鄂一带过着漂泊无定的生活，最后死在自长沙去岳阳途中的船上。杜甫一生，经历了唐代社会从繁荣趋向衰落的时期，备尝生活和战乱之苦，对社会现实有比较深刻的认识，故能写出不少很有价值的诗篇。他的诗，艺术成就很高，对后世影响甚大，后人尊其为“诗圣”。其绝句作品，多为入蜀后所作，清新自然，晓畅凝炼。有《杜少陵集》。

这是诗人早年漫游时期的作品，诗歌显示了杜甫开阔的胸襟和青年时期蓬勃的朝气。岱宗横跨齐鲁，郁郁苍苍，诗人初登泰山，赞叹之情由衷流露，以自问自答的方式道出了自己的惊叹与仰慕之情。大自然赋予泰山神奇的风貌，高大巍峨，山阳、山阴昏晓分明，一个“割”字使场景显得生动，山中云气蒸腾，涤荡了诗人的心胸；诗人极目远方，眺望着黄昏的归鸟。这一切并不能令诗人满足，如果要将“众山”尽收眼底，就必须“凌绝顶”。“会当凌绝顶，一览众山小”，是壮志凌云的青年诗人的胸怀，揭示了一种普遍的生活真理。

春　望

国破山河在，城春草木深。
感时花溅泪，恨别鸟惊心。
烽火连三月，家书抵万金。
白头搔更短，浑欲不胜簪。

杜甫诗作。

这首诗写于唐肃宗至德二年（757）三月。在至德元年（756）六月，唐朝都城长安为安史叛军攻破，唐肃宗在灵武即位。七月，杜甫得知这一消息后，便去投奔肃宗。但途中不幸被叛军所获，带到长安。

诗人沦陷在长安，又是一个新的春天来到。由于山河破碎、家国沦亡，往日繁华喧闹的京城野草树木丛生，眼前一片荒凉孤寂。诗人触景生情，亡国的愁苦之恨再度涌上心头。诗人用“花溅泪”、“鸟惊心”描述自己的亡国之恨。无知的花、鸟尚且如此，诗人的痛苦不言而喻。遭逢乱世，更加思念家人，家书又无由抵达。思念过于强烈，搔头动作过于频繁，白发为之稀疏。这种强烈的思亲情绪，与亡国的现实背景结合在一起，特别打动人心。

这首诗的感情沉着含蓄，真挚自然；内容由景及人，十分丰富但又绝不芜杂；诗的格律严谨却不呆板，因而此诗千百年来一直脍炙人口。

石壕吏

暮投石壕村，有吏夜捉人。老翁逾墙走，老妇出看门。
吏呼一何怒，妇啼一何苦。听妇前致词，三男邺城戍。
一男附书至，二男新战死。存者且偷生，死者长已矣。
室中更无人，惟有乳下孙。有孙母未去，出入无完裙。
老妪力虽衰，请从吏夜归。急应河阳役，犹得备晨炊。
夜久语声绝，如闻泣幽咽。天明登前途，独与老翁别。

杜甫诗作。

“安史之乱”过程中，诗人有著名的“三吏”、“三别”，写战争给百姓带来的深重灾难，《石壕吏》是其中很有代表性的一首。诗人采用纯客观的记录方式，将自己傍晚投宿石壕村的见闻如实叙述出来。战争驱使大量的年轻男性劳力奔赴战场，战死沙场。诗人所投宿的这一家，居然三个儿子都在前线，其中二位已经阵亡。县吏犹来捉丁不已，最终竟驱赶老妪应役。家中只剩下妇孺老幼。生产的凋敝、农村的贫困，也将是必然的事实，诗人对县吏滥捕丁役虽有所不满，但又无可奈何。

佳　人

绝代有佳人，幽居在空谷。
自云良家子，零落依草木。
关中昔丧乱，兄弟遭杀戮。
官高何足论，不得收骨肉。
世情恶衰歇，万事随转烛。
夫婿轻薄儿，新人美如玉。
合昏尚知时，鸳鸯不独宿。
但见新人笑，那闻旧人哭。
在山泉水清，出山泉水浊。

侍婢卖珠回，牵萝补茅屋。
摘花不插发，采柏动盈掬。
天寒翠袖薄，日暮倚修竹。

杜甫诗作。

这首诗中所咏叹的佳人有其喻托象征意义。她遇关中丧败战乱，骨肉被杀。自家夫婿又喜新厌旧，将她无情抛弃，所以，她被迫与空谷、清泉、松柏、修竹为伍。诗人一再求仕，却一再被朝廷所弃置。到“安史之乱”平定，他人皆升官晋级，诗人却被逼辞官。其经历、出处、操守，与这位佳人极其相似，既是自恃清高，不与世俗同流合污；也是被世俗抛弃的结果。

蜀　相

丞相祠堂何处寻，锦官城外柏森森。
映阶碧草自春色，隔叶黄鹂空好音。
三顾频烦天下计，两朝开济老臣心。
出师未捷身先死，长使英雄泪满襟。

此诗作于上元元年（760）春。杜甫在成都游武侯祠时写了这首七律。诗人在成都定居后，多次拜祭诸葛亮，对诸葛亮的品格、功业、成就深表仰慕，也为诸葛亮事业的最终未成而深至惋惜之情。诗歌开篇渲染了一种庄严肃穆的环境，松柏森森，为诗人指点“丞相祠堂”的路径，这与诗人前去拜祭的心情相吻合。“映阶碧草自春色，隔叶黄鹂空好音”一联，写诸葛亮的身后寂寞，也是世无俊杰的曲隐表述。后四句对诸葛亮功业的咏叹中，渗透了个人失落的感伤。刘备为请诸葛亮出山，三顾茅庐，君主对人才重视到这等地步，足令后代文人志士羡慕不已。诸葛亮因此鞠躬尽瘁，辅佐两朝，死而后已。这样的明君、贤臣际遇，是后代有志效忠朝廷的才智之士们的楷模。诗人向往古人之时，也就是在为自身的不遇而苦恨。难

得君臣如此投合，诸葛亮居然还是抱憾而终，诗人不禁为其泪流满襟。

闻官军收河南河北

剑外忽传收蓟北，初闻涕泪满衣裳。
却看妻子愁何在，漫卷诗书喜欲狂。
白日放歌须纵酒，青春作伴好还乡。
即从巴峡穿巫峡，便下襄阳向洛阳。

这是杜甫“生平第一首快诗”（浦起龙《读杜心解》）。唐代宗宝应元年（762），唐军收复了洛阳、郑、汴等州。第二年，史思明的儿子史朝义兵败自杀，其部将纷纷投降。此时正漂泊于梓州（今四川三台）一带的杜甫听到这个消息，以饱含激情的笔墨写下了这首脍炙人口的诗作。

诗人一反含蓄敛抑、沉郁顿挫的作风，痛快淋漓，一泻千里。这是诗人听说“安史之乱”全面平定、国家再得安宁之际大喜过望心情的真实流露。喜讯传来，涕泪纵横。“漫卷”的动作显得既有为乡回收拾行装的目的，又是这样漫不经心，这完全是狂喜之余下意识的行动。结尾用四个地名形成工整对偶，同时显示在诗人的想像中，回家的路程是如此的轻快，如闪电般迅疾。

登　高

风急天高猿啸哀，渚清沙白鸟飞回。
无边落木萧萧下，不尽长江滚滚来。
万里悲秋常作客，百年多病独登台。
艰难苦恨繁霜鬓，潦倒新停浊酒杯。

此诗是杜甫大历二年（767）秋在夔州时所写。全诗通过登高所见之景，表达了诗人长年飘泊、老病孤愁的复杂感情，慷慨激昂，动人心弦。“安史之乱”平定以后，国家并没有像杜甫所期望的那样恢复和平宁静，地方藩镇势力的跋扈，吐蕃外敌的入侵，使得大唐帝国多灾多难。春日登楼眺望远方，诗人的心情格外压抑沉闷。自然界已经春回大地，国家的春天诗人还是看不见。所见的只是“万方多难”，尤其是“西山寇盗”的猖獗，诗人不能不为国家的前程而担忧，他在愤恨吐蕃入侵之时，再次对诸葛亮深表仰慕之情。这种仰慕里也包含着对现实的期待，渴望能出现一位文功武略似诸葛亮的贤臣，辅佐大唐帝国。回想诸葛亮的功业未竟，又不禁扼腕痛惜。这种痛惜里所蕴涵的还是现实的殷忧，诸葛亮的悲剧下场似乎预示着现实的艰难。

八阵图

功盖三分国，名成八阵图。
江流石不转，遗恨失吞吴。

诸葛亮是杜甫平生最敬仰的人，本诗用洗炼的语言赞颂诸葛亮的盖世功名，并对刘备一意孤行出兵伐吴，以至失败，国运日衰，使诸葛亮壮志难酬深表惋惜。

这首诗咏怀古迹。八阵图的遗迹中，遗留着诸葛亮的功绩，也流传着诸葛亮功业未竟的遗恨。为古人惋惜，同时也是在抒写自己无所成就的抑郁情怀。诗人不是为某次战役而惋惜，而是痛惜诸葛亮的才华、壮志的最后成空。

江南逢李龟年

岐王宅里寻常见，崔九堂前几度闻。
正是江南好风景，落花时节又逢君。

这首诗是唐代宗大历五年（770），即杜甫逝世的当年在潭州（今湖南长沙）所作。前两句追忆当年在长安王公豪贵之家听李龟年演唱的繁华往事，为以下所发感慨作铺垫，后二句包含着对社会和个人身世的无尽感慨。

遭逢世乱之后，重新遇见当年长安故人，便有恍如隔世的感觉。李龟年的音乐，代表了一个时代的繁荣昌盛，眼前人还在，音乐依旧，只是没有了当年的环境与心情。江南的再度重逢，就充满了沧桑之感。蘅塘退士《唐诗三百首》评此诗云："世运之治乱，年华之盛衰，彼此之凄凉流落，俱在其中。少陵七绝，此为压卷。"

茅屋为秋风所破歌

八月秋高风怒号，卷我屋上三重茅。
茅飞渡江洒江郊，高者挂罥长林梢，下者飘转沉塘坳。
南村群童欺我老无力，忍能对面为盗贼。
公然抱茅入竹去，唇焦舌燥呼不得，归来倚杖自叹息。
俄顷风定云墨色，秋天漠漠向昏黑。
布衾多年冷似铁，娇儿恶卧踏里裂。
床头屋漏无干处，雨脚如麻未断绝。
自经丧乱少睡眠，长夜沾湿何由彻？
安得广厦千万间，大庇天下寒士俱欢颜，风雨不动安如山！
呜呼！何时眼前突兀见此屋，吾庐独破受冻死亦足！

唐肃宗上元二年（761）春，杜甫在亲友的资助下，在成都浣花溪边盖起了一座茅屋，总算有了一个栖身之所。不料这个茅草屋在第二年秋天就被大风吹掀了屋顶，大雨又接踵而至。诗人长夜难眠，感慨万千，于是写下了这首脍炙人口的诗篇。诗中描写了诗人困苦的生活，表现的却是忧国忧民，推己及人，甚至舍己为人的高尚情操。

全诗共分四节。前五句为第一节，诗人从秋风的怒号，写到南村群童的调皮，目的都是为了突出自己的现实窘境。因此，诗人接着就是对自己的贫窘生活的具体描述：多年布被，干冷似铁，骄儿无知，踹踏开裂，茅屋四壁漏雨，雨点如麻直落屋中。对自己生活困窘的描写，又是为了烘托更加贫寒困苦的下层百姓。于是，诗人立即将目光转向广大民众，唱出“安得广厦千万间，大庇天下寒士俱欢颜，风雨不动安如山”这样的千古绝句，而且只要百姓安乐，自己甘愿受冻，这样博大的胸襟，令人钦佩。

春夜喜雨

好雨知时节，当春乃发生。
随风潜入夜，润物细无声。
野径云俱黑，江船火独明。
晓看红湿处，花重锦官城。

俗话说：“春雨贵如油”，到了杜甫的笔下化为诗的语言，就是“好雨知时节，当春乃发生”，中间四句写春雨悄然而至的情景，和春雨夜野外的景色。“随风潜入夜，润物细无声”，还揭示了一定的生活哲理，成为教育者的至理名言。当清晨走来，发现春雨润湿大地万物，花开得是那样的鲜艳，诗人的喜悦之情便洋溢于言表。

凉州词

葡萄美酒夜光杯，欲饮琵琶马上催。
醉卧沙场君莫笑，古来征战几人回。

作者王翰，生卒年不详，字子羽，并州晋阳（今山西太原）人。睿宗景云元年（710）进士。曾任驾部员外郎、仙州别驾，贬道州司马，其诗风壮丽酣畅，《全唐诗》录存十四首。

王翰的这首绝句一气呵成，写得畅快淋漓，与王之涣的《凉州词》同负盛名。沙场是敌我拼战的地方，是残酷的，生死未卜的，诗人明确地意识到了这一点，因而不免略带悲凉情绪。但他却进一步超越了悲伤，要用“醉卧”来从容面对这血腥的战争，这又是何等的豪迈！这种豪迈之情来源于将士们誓死保卫国家、忠贞报国的盛唐时代特有的时代精神。

游子吟

慈母手中线，游子身上衣。

临行密密缝，意恐迟迟归。

谁言寸草心，报得三春晖。

作者孟郊（715～814），字东野，湖州武康（今浙江德清县）人。幼年丧父。青年时隐居于河南嵩山。元和九年（814）64岁得暴疾去世。他写过一些反映民生疾苦的诗，更多的作品是在抒发自己的牢骚不平。其诗用语追求瘦硬，诗风属于韩愈的险怪一派。又以苦吟与贾岛齐名，被称为“郊寒岛瘦”。存诗四百多首。

这首诗作于诗人居官溧阳时。作品亲切而真诚地吟颂了伟大的母爱与儿子对母亲的依恋，从而引起了无数读者的共鸣，千百年来一直广为传诵。

对于孟郊这个常年颠沛流离、居无定所的游子来说，母爱给他最深的印象，便是母子分离的痛苦时刻。开头两句由人及物，突出了两件最普通的东西，写出了母子相依为命的骨肉之情。接下来两句写慈母的动作和意志。游子离家前的一刻，老母一针一线，针针线线都如此细密，是由于怕儿子迟迟难归，所以得把衣衫缝得结实一点。可慈母的心里当然盼儿子早些平安归来。在日常生活中最细微的地方，慈母的一片深笃之情自然而然地流露了出来，亲切感人。

这里有的不是言语和眼泪，只是一个普通常见的场景。而正是这真挚的爱，拨动了每个读者的心弦，催人泪下，唤起全天下儿女们深挚的忆念。最后两句是前四句的升华，通俗形象的比兴以及悬绝的对比，寄托了赤子炽烈的情意。

塞下曲

林暗草惊风，将军夜引弓。平明寻白羽，没在石棱中。

月黑雁飞高，单于夜遁逃。欲将轻骑逐，大雪满弓刀。

作者卢纶，生卒年不详，字允言。河中蒲（今山西省永济县）人。为“大历十才子”之一。曾在河中任元帅府判官，官至检校户部郎中。诗多送别酬答之作，也有反映边疆军旅生活的作品。原有集，已散佚，明人辑有《卢纶集》。《全唐诗》录其诗五卷，存诗三百三十多首。

全诗气势豪壮，语言精炼，音节铿锵。“林暗草惊风”一首写将军夜猎，误射石头，以表现将军的勇武与臂力惊人。诗人将李广之事稍加改写，增加了夜晚射猎、平明寻找的时间差，为这一插曲平添几分戏剧色彩。“月黑雁飞高”一首写敌军的连夜溃逃，将军不畏大雪，轻骑追赶。这些场景的构思，充满着英雄主义的气概。

江　雪

千山鸟飞绝，万径人踪灭。
孤舟蓑笠翁，独钓寒江雪。

作者柳宗元（773～819），字子厚，河东解（今山西省永济县）人，世称柳河东。唐德宗贞元九年（793）进士，授校书郎，调蓝田尉，升监察御史里行。因参加王叔文集团，被贬为永州司马。与韩愈皆倡导古文运动，同被列入“唐宋八大家”，并称“韩柳”。他是唐代杰出的思想家和文学家，在诗歌和散文创作文面，有很高的造诣。有《柳河东集》。

这首诗是作者被贬到永州时写的。他通过对山水雪景的描写，借咏隐居山水间的渔翁，来寄托自己政治上的失意和情感上的孤傲。这首诗创造出一种空旷孤寂的意境，在描绘山水的同时，转入内心世界的探索，披露郁结的悲愤，或抒发思乡之愁苦，在孤寂的意境中渗透着凄苦与孤傲，意境高远。诗人故意设置如此一个万籁俱寂、凄寒冷落的场面，“孤舟蓑笠翁”傲世独立、不畏风雪的风神骨韵，被极其鲜明地突出出来。称这首诗为“绝唱”，应不是过誉。

西塞山怀古

王濬楼船下益州，金陵王气黯然收。
千寻铁锁沉江底，一片降幡出石头。
人世几回伤往事，山形依旧枕江流。
今逢四海为家日，故垒萧萧芦荻秋。

作者刘禹锡（772～842），字梦得，籍贯河南洛阳，出生于嘉兴。贞元六年（790）前后游学长安，在士林中获得很高声誉。会昌二年病卒，享年七十一。刘禹锡是唐代文学家、哲学家，其诗与白居易齐名，世称“刘白”，现存诗八百余首，题材多样，意境优美，韵律自然，富于音乐美。有《刘梦得文集》。

本诗写于作者刘禹锡由夔州刺史调任和州刺史时。

诗人借西晋灭吴的历史，表达了他“兴废由人事，山川空地形”的进步历史观，警告了那些拥兵自重的藩镇割据势力，抒发了诗人希望国家统一、天下安定的政治理想。诗的开篇极力渲染王濬出兵的赫赫声势，大军势如破竹的进程，所到之处，摧枯拉朽。东吴组织不起来有效的抵抗，哪怕是江中的铁索也无法阻挡魏军进攻的步伐。金陵王气的黯然与一片降幡的高挂，彻底宣告了割据分裂的失败。人世沧桑，山形依旧，古垒萧萧，历史的教训值得汲取。“今逢四海为家日”，诗人是希望地方势力认清形势，不要做出违背历史潮流的事情来。

乌衣巷

朱雀桥边野草花，乌衣巷口夕阳斜。
旧时王谢堂前燕，飞入寻常百姓家。

《乌衣巷》曾博得白居易的赞赏，是刘禹锡最得意的怀古名篇之一。本诗集中描绘了乌衣巷的现状，对它的过去，仅巧妙地加以暗示，诗人的感情更是含而不露，语言浅显，却使人回味无穷。诗人不直接描写乌衣巷当年的盛况或眼前的萧条，只是以住宅主人的变迁来表现历史的盛衰。住宅主人身份的改变，又是通过喜欢回归旧巢的燕子来表现，曲折层深。施补华《岘说诗》评后二句说："若作燕子他去，便呆。盖燕子仍入此堂，王谢零落，已化作寻常百姓矣。如此则感慨无穷，用笔极曲。"

南　园

男儿何不带吴钩，收取关山五十州？
请君暂上凌烟阁，若个书生万户侯？

作者李贺（790～816），字长吉，河南福昌（今河南宜阳县）人。唐皇室远支，家世早已没落，生活困顿。曾官奉礼郎。因避家讳，不能应进士科考试。早年即有诗名，见知于韩愈、皇甫松，死时年仅27岁。他是中唐时期的重要诗人。他的诗充满了积极浪漫主义精神，善于熔铸词采，驰骋想像，运用神话传说，匠心独运，构思奇特，使作品别具风格。有《昌谷集》。

诗人所写的《南园》诗一组共十三首，这里选录其一。诗歌由两个问句构成，直抒胸臆，慷慨激昂。第一个问句引出内心远大志向，诗人亟盼为国平定外患战乱。第二个问句道出受压抑的苦闷，表现了怀才不遇的愤激情怀。凌烟阁上，没有一个是书生，诗人作为一介书生，在愤慨中对前程就有点悲观了。

长恨歌

汉皇重色思倾国，御宇多年求不得。
杨家有女初长成，养在深闺人未识。
天生丽质难自弃，一朝选在君王侧。
回眸一笑百媚生，六宫粉黛无颜色。
春寒赐浴华清池，温泉水滑洗凝脂。
侍儿扶起娇无力，始是新承恩泽时。
云鬓花颜金步摇，芙蓉帐暖度春宵。

春宵苦短日高起，从此君王不早朝。
承欢侍宴无闲暇，春从春游夜专夜。
后宫佳丽三千人，三千宠爱在一身。
金屋妆成娇侍夜，玉楼宴罢醉和春。
姊妹弟兄皆列士，可怜光彩生门户。
遂令天下父母心，不重生男重生女。
骊宫高处入青云，仙乐风飘处处闻。
缓歌慢舞凝丝竹，尽日君王看不足。
渔阳鼙鼓动地来，惊破霓裳羽衣曲。
九重城阙烟尘生，千乘万骑西南行。
翠华摇摇行复止，西出都门百余里。
六军不发无奈何，宛转蛾眉马前死。
花钿委地无人收，翠翘金雀玉搔头。
君王掩面救不得，回看血泪相和流。
黄埃散漫风萧索，云栈萦纡登剑阁。
峨嵋山下少人行，旌旗无光日色薄。
蜀江水碧蜀山青，圣主朝朝暮暮情。
行宫见月伤心色，夜雨闻铃肠断声。
天旋地转回龙驭，到此踌躇不能去。
马嵬坡下泥土中，不见玉颜空死处。
君臣相顾尽沾衣，东望都门信马归。
归来池苑皆依旧，太液芙蓉未央柳。
芙蓉如面柳如眉，对此如何不泪垂。
春风桃李花开日，秋雨梧桐叶落时。
西宫南内多秋草，落叶满阶红不扫。
梨园弟子白发新，椒房阿监青娥老。
夕殿萤飞思悄然，孤灯挑尽未成眠。
迟迟钟鼓初长夜，耿耿星河欲曙天。

鸳鸯瓦冷霜华重，翡翠衾寒谁与共。
悠悠生死别经年，魂魄不曾来入梦。
临邛道士鸿都客，能以精诚致魂魄。
为感君王辗转思，遂教方士殷勤觅。
排空驭气奔如电，升天入地求之遍。
上穷碧落下黄泉，两处茫茫皆不见。
忽闻海上有仙山，山在虚无缥缈间。
楼阁玲珑五云起，其中绰约多仙子。
中有一人字太真，雪肤花貌参差是。
金阙西厢叩玉扃，转教小玉报双成。
闻道汉家天子使，九华帐里梦魂惊。
揽衣推枕起徘徊，珠箔银屏迤逦开。
云髻半偏新睡觉，花冠不整下堂来。
风吹仙袂飘飖举，犹似霓裳羽衣舞。
玉容寂寞泪阑干，梨花一枝春带雨。
含情凝睇谢君王，一别音容两渺茫。
昭阳殿里恩爱绝，蓬莱宫中日月长。
回头下望人寰处，不见长安见尘雾。
惟将旧物表深情，钿合金钗寄将去。
钗留一股合一扇，钗擘黄金合分钿。
但教心似金钿坚，天上人间会相见。
临别殷勤重寄词，词中有誓两心知。
七月七日长生殿，夜半无人私语时。
在天愿作比翼鸟，在地愿为连理枝。
天长地久有时尽，此恨绵绵无绝期。

作者白居易（772～846），字乐天，号香山居士。原籍太原，后迁居下圭（今陕西省渭南市），生于河南新郑。唐德宗贞元十六年

（800）中进士。晚年以刑部尚书致仕，又以太子宾客分司东都，任太子少傅，进封冯翊县侯。他是当时新乐府运动的积极倡导者。白居易是唐代伟大的现实主义诗人，同时也是一位较出色的词人。他的诗艺术形象鲜明，语言深入浅出，平易自然。他的一些抒情写景的绝句诗，明净优美，很有特色。有《白氏长庆集》。

《长恨歌》是白居易诗作中脍炙人口的名篇，写于元和元年（806），当时诗人正任周至县尉。这首诗是他和友人陈鸿、王质夫三人同游仙游寺，有感于唐玄宗、杨贵妃的爱情故事而创作的。杨贵妃本是唐玄宗的儿媳妇，但唐玄宗见她生得国色天香，又擅歌舞，于是便纳为自己的妃子。从此，唐玄宗整日与杨贵妃吃喝享乐，不理朝政，任用杨贵妃的哥哥杨国忠为宰相。公元 755 年安禄山发动叛乱，唐玄宗携杨贵妃西逃。在逃至马嵬坡时，唐朝将士一致要求处死导致此次变乱的罪魁祸首杨国忠、杨贵妃。唐玄宗被逼无奈，下令缢死了杨贵妃。诗人取材于这段历史，但并不拘泥于此，而是借助一点历史的影子，根据当时人们的传说，街坊的歌唱，幻化出一个宛转动人的爱情故事。

琵琶行

浔阳江头夜送客，枫叶荻花秋瑟瑟。
主人下马客在船，举酒欲饮无管弦。
醉不成欢惨将别，别时茫茫江浸月。
忽闻水上琵琶声，主人忘归客不发。

寻声暗问弹者谁，琵琶声停欲语迟。
移船相近邀相见，添酒回灯重开宴。
千呼万唤始出来，犹抱琵琶半遮面。
转轴拨弦三两声，未成曲调先有情。
弦弦掩抑声声思，似诉平生不得志。
低眉信手续续弹，说尽心中无限事。
轻拢慢捻抹复挑，初为《霓裳》后《六幺》。
大弦嘈嘈如急雨，小弦切切如私语。
嘈嘈切切错杂弹，大珠小珠落玉盘。
间关莺语花底滑，幽咽泉流冰下难。
水泉冷涩弦凝绝，凝绝不通声渐歇。
别有幽愁暗恨生，此时无声胜有声。
银瓶乍破水浆迸，铁骑突出刀枪鸣。
曲终收拨当心画，四弦一声如裂帛。
东船西舫悄无言，惟见江心秋月白。
沉吟放拨插弦中，整顿衣裳起敛容。
自言本是京城女，家在虾蟆陵下住。
十三学得琵琶成，名属教坊第一部。
曲罢曾教善才伏，妆成每被秋娘妒。
五陵年少争缠头，一曲红绡不知数。
钿头云篦击节碎，血色罗裙翻酒污。
今年欢笑复明年，秋月春风等闲度。
弟走从军阿姨死，暮去朝来颜色故。
门前冷落车马稀，老大嫁作商人妇。
商人重利轻别离，前月浮梁买茶去。
去来江口守空船，绕船月明江水寒。
夜深忽梦少年事，梦啼妆泪红阑干。
我闻琵琶已叹息，又闻此语重唧唧。

同是天涯沦落人，相逢何必曾相识！
我从去年辞帝京，谪居卧病浔阳城。
浔阳地僻无音乐，终岁不闻丝竹声。
住近湓江地低湿，黄芦苦竹绕宅生。
其间旦暮闻何物，杜鹃啼血猿哀鸣。
春江花朝秋月夜，往往取酒还独倾。
岂无山歌与村笛，呕哑嘲哳难为听。
今夜闻君琵琶语，如听仙乐耳暂明。
莫辞更坐弹一曲，为君翻作琵琶行。
感我此言良久立，却坐促弦弦转急。
凄凄不似向前声，满座重闻皆掩泣。
座中泣下谁最多？江州司马青衫湿。

白居易诗作。

这部作品作于唐宪宗元和十一年秋天。当时作者因得罪权贵，被贬为江州司马。这件事对白居易影响非常大，是他思想变化的转折点。作品借叙述琵琶女的凄凉身世和高超技艺，抒发了诗人政治上受打击、遭贬斥的抑郁悲凄之情。

这首诗具有颇高的艺术性。首先，把歌咏者和被歌咏者的思想感情融在一起，两者命运相同，息息相关。其次，诗中写景物、写音乐，都运用了非常高超的手段，而且和写身世、抒悲慨紧密结合，气氛一致，使作品从头到尾都沉浸在一种悲凉幽怨的气氛里。其三，长诗的语言生动形象，概括力很强，而且转折跳跃，简洁灵活，所以脍炙人口，极易背诵。

琵琶女这个形象塑造得非常真实生动，而且具有典型性。通过这个形象，诗作深刻地展示了封建社会中被侮辱、被伤害的艺人、乐伎们的悲惨命运。在琵琶女的命运激起的情感波涛中，作者坦露了自我形象。本是同病相怜，“我”的诉说，反过来又拨动了琵琶女的心弦，凄苦感人的琵琶声又激动了作者的感情，以至热泪直流，湿透青衫。

赋得古原草送别

离离原上草，一岁一枯荣。
野火烧不尽，春风吹又生。
远芳侵古道，晴翠接荒城。
又送王孙去，萋萋满别情。

白居易诗作。

这是诗人16岁时所写的一首送别诗，显示出诗人早年的非凡才华。诗人的敏锐、特异的禀赋，也是每一位一流作家必须具备的条件。据张固《幽闲鼓吹》记载：白居易初到长安，拜见前辈诗人顾况，顾况拿他的姓名开玩笑说："米价方贵，居亦弗易。"读此诗后立即改口，说："道得个语，居即易矣。"白居易因此成名。诗歌以漫天遍野生长的"原上草"，烘托离人的绵绵相思情意。前四句写芳草的顽强生命力，富有哲理意蕴，成为千古传诵的名句。而离人的别愁，也像这生生不息的野草一样，追随友人一直到天涯。

钱塘湖春行

孤山寺北贾亭西，水面初平云脚低。
几处早莺争暖树，谁家新燕啄春泥。
乱花渐欲迷人眼，浅草才能没马蹄。
最爱湖东行不足，绿杨阴里白沙堤。

白居易诗作。

这首诗描写西湖的早春景色，处处扣住"初春"做文章。这里，春水才涨平湖岸，早莺在暖树上歇息，享受和煦的阳光；新燕在辛勤劳作，修补旧巢。渐渐开放的杂乱的花卉，让人眼花缭乱；冒绿的小草，短浅刚刚能淹没马蹄。到处洋溢着早春的生机，春意盎然的日子指日可待。诗人陶醉于此，就有赏玩不够的感觉了。

菊　花

秋丛绕舍似陶家，遍绕篱边日渐斜。
不是花中偏爱菊，此花开尽更无花。

元稹诗作。

这首赏菊诗，表现的是诗人的隐逸情怀。秋日菊花盛开，屋舍旁、篱笆外，处处环绕。这让诗人联想起东晋隐士陶渊明，因此也牵引出诗人对隐逸生活的向往。后二句补充说明爱菊的理由。菊花在秋日的萧条时节开放，给大地带来了生机。秋日转寒，菊花开后，大自然将一片荒凉，这就令人倍加珍惜了。

题李凝幽居

闲居少邻并，草径入荒园。
鸟宿池边树，僧敲月下门。
过桥分野色，移石动云根。
暂去还来此，幽期不负言。

作者贾岛，字阆仙，范阳（今北京附近）人。他的诗风清奇僻苦，以写荒寂之景见长，而且讲究锤字炼句，被称为“苦吟诗人”。他的“推敲”不仅着眼于锤字炼句，在谋篇布局方面也同样煞费苦心。

诗人有过出家的经历，还俗后又事事不得意，内心郁闷蓄积到一定程度，就转向山水景物，寻求慰藉。这首诗是题友人的隐居处所，流露的是诗人自己的情趣向往。幽居周围的景色，荒僻静谧，这是贾岛喜欢的格调。诗人转向隐逸之际，摆脱不了内心的悲苦。而这些山水在悲苦心境的投射中，变得寂寞、衰飒、冷清。“鸟宿池边树，僧敲月下门”是诗中名句，据说贾岛考虑是用“敲”字还是“推”字，过于出神，误闯了京兆尹韩愈的仪仗队，韩愈以为“僧敲月下门”更佳，两人从此结下友谊。

第二章　历代名赋

第一节　先秦与秦汉名赋

赋　篇

【作者简介】

荀况（前313？—前238？）又称荀卿、孙卿，战国末期赵国人。50岁时游学于齐，曾三为祭酒。后入楚，任兰陵令。晚年被废，家居兰陵。著有《荀子》一书，今存32篇。其中的《赋篇》是最早以“赋”名篇的作品。包括《礼》、《知》、《云》、《蚕》、《箴》5篇小赋。

【原文】

礼

爰有大物①，非丝非帛，文理成章②；非日非月，为天下明。生者以寿③，死者以葬；城郭以固④，三军以强。粹而王⑤，驳而伯⑥，无一焉而亡⑦。愚臣不识，敢请之王⑧？

王曰：“此夫文而不采者与⑨？简然易知而致有理者与⑩？君子所敬而小人所不者与⑪？性不得则若禽兽⑫，性得之则甚雅似者与⑬？匹夫隆之则为圣人⑭，诸侯隆之则一四海者与⑮？致明而约⑯，甚顺而体⑰，请归之礼。”

【注释】

①爰：发语词。大物：指礼。　②章：丝织品的经纬文理。

③寿：长寿。 ④郭：外城。 ⑤粹：专一。此句言守礼纯粹专一而可以为王。 ⑥驳：杂，不专一。此句言守礼即使驳杂不专一也可以为侯伯。 ⑦无一：一点也不遵行。 ⑧敢：敬词。请：请教。 ⑨文而不采：有纹理而没有色彩。文，通“纹”。采，通“彩”。 ⑩简：简明。致：同“至”，极。 ⑪不：同“否”。 ⑫性：本性。此句言人的本性不能获得他就会像禽兽一样。 ⑬雅：正。似：近似，接近。 ⑭匹夫：一般的人。隆：尊崇。 ⑮一四海：统一四海。一，统一。四海，指天下。 ⑯致明而约：极明确而简约。 ⑰甚顺而体：很顺乎自然而能身体力行。

知

皇天隆物[1]，以示下民[2]。或厚或薄，常不齐均[3]。桀纣以乱[4]，汤武以贤[5]。湣湣淑淑[6]，皇皇穆穆[7]。周流四海，曾不崇日[8]。君子以修[9]，跖以穿室[10]。大参乎天[11]，精微而无形。行义以正，事业以成。可以禁暴足穷[12]，百姓待之而后宁泰[13]。臣愚不识，愿问其名。

曰：“此夫安宽平而危险隘者邪[14]？修洁之为亲[15]，而杂污之为狄者邪[16]？甚深藏而外胜敌者邪？法禹舜而能弇迹者邪[17]？行为动静，待之而后适者邪[18]？血气之精也，志意之荣也[19]。百姓待之而后宁也，天下待之而后平也。明达纯粹而无疵[20]，夫是之谓君子之知。”

【注释】

①皇天：上天。皇，大。隆：使生长。 ②以示下民：施加给下民。 ③常不齐均：常常不能等同均匀。 ④桀纣以乱：夏桀纣王恃此以昏乱。 ⑤汤武以贤：商汤、周武因此而贤能。 ⑥湣：同“惛惛”，昏乱的样子。淑淑：美好的样子。 ⑦皇皇：即“惶惶”，心神不宁的样子。穆穆：美好和畅的样子。以上两句皆言智慧的不同作用。 ⑧曾：竟。崇：终。此句言智慧流行天下，一天也不停顿。 ⑨修：修身。 ⑩跖：盗跖。古代传说中的大盗。穿室：穿墙入室。 ⑪参：比，并。 ⑫禁暴足穷：禁止强暴，使贫穷富足。 ⑬待：依靠。宁泰：当做“泰宁”，即安宁、康泰。 ⑭安宽

平：知宽平之为安。危险隘：知险隘之为危。 ⑮修洁之为亲：亲近修洁的人。 ⑯杂污之为狄：疏远杂污的人。杂污，品行驳杂、污秽。狄，通“逖”，疏远。 ⑰法：效法。禹、舜：皆为传说中的古帝王。弇承袭。 ⑱待：依靠。适：恰当。 ⑲精：精华。荣：花朵。 ⑳疵：小毛病。

云

有物于此，居则周静致下[①]，动则綦高以钜[②]。圆者中规[③]，方者中矩[④]。大参天地，德厚尧禹[⑤]。精微乎毫毛。而大盈乎大宇[⑥]。忽兮其极之远也，攭兮其相逐而反也[⑦]，卬卬兮天下之咸蹇也[⑧]。德厚而不捐[⑨]，五采备而成文[⑩]。往来惛憊[⑪]，通于大神[⑫]；出入甚极[⑬]，莫知其门[⑭]。天下失之则灭，得之则存。弟子不敏[⑮]，此之愿陈[⑯]。君子设辞，请测意之[⑰]。

曰：“此夫大而不塞者与[⑱]？充盈大宇而不窕[⑲]，入郄穴而不偪者与[⑳]？行远疾速而不可托讯者与[㉑]？往来惛憊而不可为固塞者与[㉒]？暴至杀伤而不亿忌者与[㉓]？功被天下而不私置者与[㉔]？托地而游宇[㉕]，友风而子雨[㉖]。冬日作寒，夏日作暑。广大精神，请归之云。”

【注释】

①周静致下：弥漫在地面。周：周密。致：处于。 ②綦：极。钜：大。此二句言云变化时的形状。 ③规：画圆的工具。④矩：画方的工具。 ⑤德厚尧禹：恩德厚于尧禹。因为云可以致雨，并育化万物，故云。 ⑥盈：满。大宇：宇宙空间。 ⑦攭：分散。反：通“返”，还。 ⑧卬卬：向上而高的样子。咸：皆。蹇：艰难。云高去而不下雨。故天下皆艰难也。 ⑨捐：捐弃。此句言云对万物无所捐弃，并皆泽被之。 ⑩文：文彩。 ⑪惛憊：幽暗，晦暝。 ⑫通于大神：言其变化莫测也。 ⑬极：通“亟”，疾迅。 ⑭门：门径。以上两句言云往来迅疾，无人知道它出入的门径。 ⑮敏：聪敏。 ⑯陈：陈说。 ⑰意：猜度。 ⑱塞：堵塞。此句言云块虽大而不堵塞。 ⑲不窕：没有空隙。窕：有间隙。

⑳郄：缝隙。偪：狭窄。㉑此句言云为虚物，行虽远且迅速，但不可以托寄书信。讯：书信。㉒固塞：坚固的要塞。㉓暴至杀伤：指雷霆震怒，风狂雨骤，而杀伤万物。亿忌：怀疑、顾忌。亿读作“意”，疑。㉔此句言天下共享其功而云不偏颇。不私置：无所偏颇，一视同仁。㉕托地而游宇：托身在大地而浮游于天宇。㉖友风而子雨：以风为友，以雨为子。云从风而来，故曰“友风”；雨从云间下，故曰“子雨”。

蚕

有物于此，裸裸兮其状[1]，屡化如神[2]。功被天下，为万世文[3]。礼乐以成，贵贱以分[4]。养老长幼，待之而后存。名号不美，与暴为邻[5]。功立而身废，事成而家败[6]。弃其耆老[7]，收其后世[8]。人属所利[9]，飞鸟所害。臣愚而不识，请占之五泰[10]。五泰占之，曰：

“此夫身女好而头马首者与[11]？屡化而不寿者与[12]？善壮而拙老者与[13]？有父母而无牝牡者与[14]？冬伏而夏游[15]，食桑而吐丝，前乱而后治[16]。夏生而恶暑[17]，喜湿而恶雨[18]。蛹以为母，蛾以为父。三俯三起[19]，事乃大已[20]。夫是之谓蚕理。”

【注释】

①裸裸：没有毛羽的样子。②屡化：多次变化，指蚕在成长过程中要多次地脱皮。③文：纹饰。此指蚕丝可以织成衣物，作为人身上的纹饰。④以上两句：言蚕丝可被用来织成不同的服饰，并以之区别人的等级贵贱，促成礼乐教化的实施。⑤“蚕”、“残”声近，“残”、“暴”义近，故云“名号不美，与暴为邻”。⑥以上两句：茧成而蚕被杀，故曰身废；丝抽完则茧亦尽，故曰家败。⑦耆老：指蚕蛾。⑧后世：指蚕卵。⑨属：关心，专注。利：好处。⑩五泰：神巫的名字。⑪女好：柔弱美好。⑫不寿：不长寿。⑬善壮而拙老：壮龄得到善养，而年老则不被人关心。壮：指蚕虫。老：指蚕蛾。⑭此句言：蚕虽有父母，然当其为蚕虫时却无雌雄之别。⑮冬伏：蚕冬天则伏藏在卵中。夏游：

蚕在夏天则孵化而出。⑯前乱后治：谓茧乱而丝治。治：有条理。⑰夏生：生长于夏天。恶：不喜欢。⑱“喜湿”句：言蚕种必用水洗，而蚕生之后必须干燥。⑲俯：卧而不食，指蚕眠。蚕在生长过程中共眠三次。⑳事乃大已：指蚕化成茧。已，毕。

箴

有物于此，生于山阜[①]，处于室堂。无知无巧[②]，善治衣裳。不盗不窃，穿窬而行[③]。日夜合离[④]，以成文章[⑤]。以能合从，又善连衡[⑥]。下覆百姓[⑦]，上饰帝王。功业甚博，不见贤良[⑧]。时用则存，不用则亡。臣愚不识，敢请之王。

王曰：“此夫始生钜其成功之小者邪[⑨]？长其尾而锐其剽者邪[⑩]？头铦达而尾赵缭者邪[⑪]？一往一来，结尾以为事[⑫]。无羽无翼，反覆甚极[⑬]。尾生而事起，尾邅而事已[⑭]。簪以为父[⑮]，管以为母[⑯]，既以缝表[⑰]，又以连里[⑱]。夫是之谓箴理[⑲]。”

【注释】

①阜：土山。此句因铁出山中，故云。②知：同“智”。③穿窬：穿洞。窬，同“窦”，穴洞。指针在缝衣服时要穿过布料而行。④合：缝合。离：指离散的布片。⑤文章：服饰上的花纹。⑥以上两句：合从，合纵，“从”通“纵”。连衡，连横，“衡”通“横”。合纵、连横是战国时诸侯之间所采取的两种或联合、或斗争的外交策略，比喻针能把布帛或纵或横地缝合在一起。⑦覆：覆盖，遮蔽。⑧见：同“现”，显示。⑨始生钜：指制针的钢铁。成功小：指制成的针。钜：通“巨”，大。⑩长其尾：指针的尾端连着长线。剽：针尖。⑪铦达：锋利，尖锐。赵缭：长的样子。赵：“掉”的借字。掉缭，长貌。⑫结尾：在线的末端打个结。为事：做事，开始工作。⑬极：通“亟”，疾迅。⑭尾生：指穿线于针。尾邅：指把线回绕着打个结。邅：回，转。事已：工作完成。⑮簪形似针而大，故曰“簪以为父”。簪，发簪。⑯管：用以装针的筒管。⑰表：衣之外表。⑱里：衣之内里。

⑲箴：同“针”。

【赏析】

荀子是最早以赋名篇的作家。而流传至今的荀子赋便只有上面5篇。其赋以四言韵语为主，并杂有散文形式，用隐语暗示一种抽象的或具体的事物，篇末点明题旨，从中可以看出初期赋的风貌。

荀子是孔子之后儒家学派的重要代表人物之一，又长期生活于北方，故其赋表现出较多的《诗经》和诸子散文的影响，态度严肃而冷峻，文风简朴而质实。与宋玉赋的典雅、华美而富文采不同。然荀赋对具体事物的极力铺张刻画，以及主客问答、韵散间出的特点，多为此后的赋家所继承。至于后世的咏物赋及说理赋，也可以说是由荀了的《赋篇》开其先河。

吊屈原赋

【作者简介】

贾谊（前201—前169），西汉洛阳人，18岁即“以能诵诗属书闻于郡中”。文帝初，由洛阳太守吴公举荐，被招为博士，不久升任太中大夫。谊于朝政多所建议，卒遭谗见疏，出为长沙王太傅。后曾见招还京，终不得用，复出为梁王太傅。翠王堕马薨，因自伤哭泣。年33而亡。

【原文】

恭承嘉惠兮①，俟罪长沙②。侧闻屈原兮③，自沉汨罗。造托湘流兮④，敬吊先生；遭世罔极兮⑤，乃殒厥身⑥。

呜呼哀哉！逢时不祥⑦。鸾凤伏窜兮⑧，鸱枭翱翔⑨。阘茸尊显兮⑩，谗谀得志；贤圣逆曳兮⑪，方正倒植⑫。世谓随夷为溷兮⑬，谓跖蹻为廉⑭；莫邪为钝兮⑮，铅刀为铦⑯。吁嗟默默⑰，生之无故兮⑱！斡弃周鼎⑲，宝康瓠兮⑳；腾驾罢牛㉑，骖蹇驴兮㉒；骥垂两耳，服盐车兮㉓；章甫荐履，渐不可久兮㉔。嗟苦先生，独离此咎兮㉕！

讯曰㉖：已矣㉗！国其莫我知兮，独壹郁其谁语㉘！凤漂漂其高逝兮㉙，固自引而远去。袭九渊之神龙兮㉚，沕深潜以自珍㉛。偭蟂獭以隐处兮[32]，夫岂从虾与蛭螾[33]？所贵圣人之神德兮，远浊世而自藏[34]。使骐骥可得系而羁兮，[35]，岂云异夫犬羊？般纷纷其离此尤兮[36]，亦夫子之故也[37]。历九州而相其君兮[38]，何必怀此都也[39]？凤凰翔于千仞兮[40]，览德辉而下之[41]。见细德之险征兮[42]，遥曾击而去之[43]。彼寻常之污渎兮，岂能容夫吞舟之巨鱼[44]？横江湖之鳣鲸兮，固将制于蝼蚁[45]。

【注释】

①嘉惠：美好的恩惠，指受诏出任长沙王太傅。 ②俟罪：指做官，谦卑的措词。西汉长沙国在今湖南省东部，时谊为长沙王吴差太傅。 ③侧闻：从旁听说，谦词。 ④造：到。托湘流：指投祭文于湘水中进行吊念。 ⑤罔极：没有标准。 ⑥殒：殁。厥：其。 ⑦不祥：不好。 ⑧鸾凤：都是传说中凤凰一类的鸟，古人以其为祥鸟。伏窜：隐藏。 ⑨鸱枭：猫头鹰一类的鸟，古人以其为不祥之鸟。 ⑩阘茸：下贱，指下贱的人。 ⑪逆曳：被倒着拉。言贤圣不得顺正道而行。 ⑫倒植：言方正之人不能处于合适的位置。 ⑬随：卞随，商代贤人，汤欲以天下让他，不受。夷：伯夷，因反对武王代纣，不食周粟而死。二人都是古代传说中的高士。溷：混浊，不洁。 ⑭跖：又叫盗跖，春秋鲁国人。蹻：庄蹻，战国时楚国人。相传二人都是有名的大盗。 ⑮莫邪：古代有名的宝剑，相传名匠干将和妻子莫邪合铸两剑，故分别以两人的名字命名。 ⑯铦：锋利。 ⑰默默：不得意的样子。 ⑱生：先生的简称，指屈原。无故：言无端遇祸。 ⑲斡：转，弃也。周鼎：周之传国鼎，为宝器。 ⑳宝康瓠：以康瓠为宝，康瓠，《尔雅·释器》云："康瓠谓之瓶"。瓶，瓦壶。康，空也。《诗经·小雅·宾之初筵》"酌彼康爵，在奏尔时"，笺云："康，空也"。 ㉑罢：通"疲"。 ㉒古代的车一般由四匹马拉，靠近车辕的两匹叫服，离车辕较远的两匹叫骖。此言使蹇驴驾车。蹇，跛足。 ㉓典出《战国策·楚策》："夫骥之齿至矣，服盐车而上太行，中阪迁延，负辕不能上。"骥：

千里马。垂两耳：吃力貌。服：驾。 ㉔章甫：殷冠名。《三礼图考》引“旧图”云：“夏曰母追，殷曰章甫，周曰委貌”。荐：垫。渐：汗水浸湿。以上喻上下颠倒，贤不得其所用。 ㉕离：同“罹”，遭受。咎：灾祸。 ㉖讯曰：“辞赋的结束语，或为“谇曰”，《楚辞》皆为“乱曰”。 ㉗已矣：算了吧。 ㉘壹郁：同“抑郁”。 ㉙漂漂：同“飘飘”，高飞貌。 ㉚袭：仿效。 ㉛沕：潜藏貌。《庄子·列御寇》：“夫千金之珠，必在九重之渊，而骊龙颔下。” ㉜偭：背。蟂：水虫，状如蛇，生四足，食鱼。獭：水獭。言欲远离蟂獭而自善。 ㉝虾：蛤蟆。蛭：水蛭。蚓：蚯蚓。 ㉞自藏：保全自己。 ㉟使：假如。以下两句言骐骥若受羁绊，则和犬羊没有两样。 ㊱般：通“盘”，盘桓，指屈原不肯离开楚国。纷纷：众多貌。离：通“罹”。 ㊲夫子：指屈原。贾谊以为，屈原之所以遭祸，乃因他不愿意离开楚国之故。 ㊳相：观察，这里指选择。 ㊴怀：留恋。此句言屈原应该离开楚国，择君而处。 ㊵仞：七尺。或以为八尺。 ㊶德辉：人君的品德所放射出的光辉。 ㊷细德：品德低下的人。险征：险恶的征兆。 ㊸遥曾击：飞得很高很远。曾，高。击，两翅拍击身体，指飞。 ㊹典出《庄子·庚桑楚》：“夫寻常之沟，巨鱼无所还其体。”古代八尺为寻，二寻为常。污渎，死水沟。 ㊺典见《庚桑楚》：“吞舟之鱼，砀而失水，则蝼蚁能苦之。”鳣，一种大鱼。蝼蚁，蝼蛄和蚂蚁。

【赏析】

此赋为贾谊出任长沙王太傅时所作，故开篇即言作赋之因。接着作者对是非混乱、“方正倒置”的“罔极”之世深为愤慨，写出了他对屈原不幸遭遇的不平与同情。最后的“讯曰”更进一步表达了自己的哀悼之情，继第二节的抒怀之后，又掀起一个新的高潮，增强了全文一唱三叹的韵致味，很适合于祭吊文的性质。此赋多用“兮”字句，表明它仍受着战国以来骚体赋传统影响，是汉初骚体赋的代表作之一。

长门赋

【作者简介】

司马相如（？—前118），字长卿，蜀郡成都人。景帝时曾为武骑常侍，因病免。后游梁，为梁孝王宾客，与邹阳、枚乘等人交游，作《子虚赋》，深受武帝赏识，并因蜀郡同乡狗监杨得意引举，拜为郎。晚年因病免，卒于家。

【原文】

夫何一佳人兮[1]，步逍遥以自虞[2]。魂逾佚而不反兮[3]，形枯槁而独居[4]。言我朝往而暮来兮，饮食乐而忘人[5]。心慊移而不省故兮[6]，交得意而相亲[7]。

伊予志之慢愚兮[8]，怀贞悫之欢心[9]。愿赐问而自进兮[10]，得尚君之玉音[11]。奉虚言而望诚兮[12]，期城南之离宫[13]。修薄具而自设兮[14]，君曾不肯乎幸临[15]。廓独潜而专精兮[16]，天漂漂而疾风[17]。登兰台而遥望兮[18]，神怳怳而外淫[19]。浮云郁而四塞兮[20]，天窈窈而昼阴[21]。雷殷殷而响起兮[22]，声象君之车音。飘风回而起闺兮[23]，举帷幄之襜襜[24]。桂树交而相纷兮[25]，芳酷烈之訚訚[26]。孔雀集而相存兮[27]，玄猨啸而长吟[28]。翡翠协翼而来萃兮[29]，鸾凤翔而北南。

心凭噫而不舒兮[30]，邪气壮而攻中[31]。下兰台而周览兮[32]，步从容于深宫。正殿块以造天兮[33]，郁并起而穹崇[34]。间徙倚于东厢兮[35]，观夫靡靡而无穷[36]。挤玉户以撼金铺兮[37]，声噌吰而似钟音[38]。

刻木兰以为榱兮[39]，饰文杏以为梁[40]。罗丰茸之游树兮[41]，离楼梧而相撑[42]，施瑰木之欂栌兮，委参差以糠梁[44]。时仿佛以物类兮[45]，象积石之将将[46]。五色炫以相曜兮[47]。烂耀耀而成光[48]。致错石之瓴甓兮[49]，象玳瑁之文章[50]。张罗绮之幔帷兮[51]，垂楚组之连纲[52]。

抚柱楣以从容兮[53]，览曲台之央央[54]。白鹤噭以哀号兮[55]，孤雌踌于枯杨[56]。日黄昏而望绝兮[57]，怅独托于空堂[58]。悬明月以自照兮[59]，徂清夜于洞房[60]。援雅琴以变调兮[61]，奏愁思之不可长[62]。案流征以却转兮[63]，声幼眇而复扬[64]。贯历览其中操兮[65]，意慷慨而自

印[66]。左右悲而垂泪兮[67]，涕流离而从横[68]。舒息悒而增欷兮[69]，蹝履起而彷徨[70]。揄长袂以自翳兮[71]，数昔日之諐殃[72]。无面目之可显兮[73]，遂颓思而就床[74]。抟芬若以为枕兮[75]，席荃兰而茝香[76]。

忽寝寐而梦想兮[77]，魄若君之在旁[78]。惕寤觉而无见兮[79]，魂迋迋若有亡[80]。众鸡鸣而愁予兮[81]，起视月之精光[82]。观众星之行列兮。毕昴出于东方[83]。望中庭之蔼蔼兮[84]，若季秋之降霜[85]。夜曼曼其若岁兮[86]，怀郁郁其不可再更[87]。澹偃蹇而待曙兮[88]，荒亭亭而复明[89]。妾人窃自悲兮[90]，究年岁而不敢忘[91]。

【注释】

①夫：发语词。何：多么，赞美之词。佳人：美人，指陈皇后。《长门赋序》云："孝武皇帝陈皇后时得幸，颇妒。别在长门宫，愁闷悲思。闻蜀郡成都司马相如天下工为文，奉黄金百斤为相如、文君取酒，因于解悲愁之辞。而相如为文以悟主上，陈皇后复得亲幸。" ②步：步态。逍遥：从容貌。虞：同"娱"，快乐。 ③魂：指精神。逾佚：飞散。此句言其精神怅然若失。 ④形：形容，相貌。枯槁：憔悴貌。 ⑤上两句乃佳人内心独白。言帝既已许"我"以"朝往而暮来"，然而一有饮食之乐就将人忘记了。忘人，有埋怨的口吻。人，佳人自指。 ⑥慊：绝。省：念。故：即故人，亦佳人自指。 ⑦得意：如意之人。相亲：相爱。以上两句：言帝心绝移，得新欢而忘旧故。 ⑧伊：发语词。予：我，佳人自指。 慢愚：迟钝。以下为佳人陈词。 ⑨怀：怀有。贞悫：忠诚：悫，诚实。 ⑩愿：希望。赐问：谦词，即问候。进：接近。此句言希望君

王问候自己，并因而自进。 ⑪尚：听受。 玉音：《诗经·小雅·白驹》："毋金玉尔音。"喻言词珍贵。 ⑫奉：受。虚言：空话。望诚：望其为诚。诚，真。言己受君之虚诺而期望其为真也。 ⑬期：等待。城南之离宫：指长门宫，陈皇后居之。 ⑭修：治，备办。薄具：淡薄的饮食。 ⑮曾：竟。幸临：光临，君主驾临曰幸。⑯廓：空寂。独潜、专精：皆为独处苦思。潜，深入，言沉思。精，专一，谓相思之深。 ⑰漂漂：迅急貌。 ⑱兰台：台名。 ⑲怳怳：失魂落魄貌。淫：放纵。 ⑳郁：聚集。四塞：覆盖四面八方。㉑窈窈：深远貌。 ㉒殷殷：雷声震响。《诗经·召南·殷其雷》："殷其雷，在南山之阳。" ㉓回：回旋。闺：内室的小门。 《公羊传·宣公六年》："有人荷畚自闺而出者。" ㉔帷幄：帐幕。襜襜：飘动貌。 ㉕交：交错。纷：杂乱。 ㉖芳：香气。酷烈：浓烈。訚訚：香气浓厚貌。 ㉗相存：相互慰问。 ㉘玄猨：黑猿。㉙翡翠：鸟名。协翼：敛翅。萃：集。 ㉚凭噫：气满貌。噫，急剧地呼气。 ㉛攻中：即攻心。以上两句言：由于心中窒胀不舒，邪气亦乘虚而入。 ㉜周览：四处观看。上段"登兰台而遥望"既已无所获，故此处唯能"下兰台而周览"，聊以解闷而已。 ㉝块：独立貌。造天：至天。 ㉞郁：密集貌。穹崇：高大。穹，高。㉟间：一会儿，言下兰台后片刻。徙倚：彷徨。 ㊱靡靡：细琐美好貌，此言景物。 ㊲挤：推。玉户：即门，美其名也。撼：摇。铺：铺首，即钉在门上的门环底座，此指门环。下即转而写推门所见之景。 ㊳噌吰：钟鼓之声。 ㊴木兰：木名。榱：屋椽。 ㊵文杏：木名。以上两句言所用木材之华贵。 ㊶罗：排列。丰茸：繁饰貌。游树：屋上之浮柱。 ㊷离楼：攒聚众木貌。梧：支架。《后汉书·徐登传》："炳乃故升茅屋，梧鼎而爨。" ㊸施：设。瑰木：瑰奇之木。欂栌：柱顶之托木。 ㊹委：置。槺梁：空梁。此言委槺梁于欂栌也。 ㊺仿佛：模糊不清貌。物类：以物类之。类，比拟。 ㊻积召：积石山，古人认为黄河发源于此。《尚书·禹贡》

云："导河积石。"将将：高大貌。以上两句言：时时不能确知用什么去比拟之，大概它是在仿效积石山的高大吧。 ㊼炫：光明。曜：照。 ㊽烂：灿烂。耀：明亮貌。光：光芒。 ㊾致：细密。瓴甓：砖。 ㊿玳瑁：龟壳的一种，有花纹。文章：花纹。以上两句言：密集众石使代砖以铺地，并拼成玳瑁之纹案。 51张：挂。罗绮：绘彩的丝绸。幔帷：帐幔。 52楚组：楚地所产之组。组，有花纹的丝带。梦以产组绶有名，故云。连纲：总丝带，此为系帷幔之用。 53楣：门楣。 54曲台：《三辅皇图》云：'未央东有曲台殿。" 央央：广阔貌。 55嗷：高声。《礼记·曲礼上》："毋嗷应"。 56孤雌：失偶之雌鹤。跱：停歇。 57望绝：念绝。 58怅：若失貌。托：寄身。此言盼待至日暮而君犹未到，则绝望而寄孤身于空堂之中。 59悬明月：明月高悬。 60徂：消逝。洞房：深邃的内室。以上两句言：明月高悬，独照着自己，空房之中，良夜就此消逝了。 61援：引。刘歆《七略》云："雅琴，琴之言禁也，雅之言正也，君子守正以自禁也。"变调：乃相对于"雅正"而言，指下句愁思之哀音。 62奏：弹奏。不可长：不可长久。此句言：弹琴以自求宽慰，不可长久地使人心安。 63案：停止。流徵：流利的徵音。徵，五音之一。却转：转为哀音。 64幼眇：细微。扬：升高。 65贯：贯串。历览：依曲调次第而察观。中操：内心情操。 66意：感情。卬：激动。 67左右：指左右两眼。 68涕：眼泪。流离：淋离。从横：即纵横。 69舒：发。息；叹息。悒：忧郁。欷：悲叹声。 70蹝履：拖着鞋子。 71揄：扬起。长袂：长袖。 自翳：自遮其面。翳，蔽。 72数：数算。諐殃：祸失。諐，同"愆"，过失。 73无面目之可显：犹言理不出头绪。 74颓思：放弃心事。 75抟：集中。芬若：香草名。 76席荃兰：以荃兰为席。荃、兰，与茝同为香草之名。 77寝寐：睡着。 78魄：梦魂。此言梦中宛若有君在身旁。 79惕：惊。寤、觉：皆为睡醒的意思。此句言从梦中惊醒以后，却什么都没看见，自己仍然是孤身一人。

⑧迋迋：忧惧貌。若有亡：若有所失。 ⑧众鸡鸣：指天将明。愁予：使我忧愁。 ⑧精光：明亮的光。 ⑧毕昴：二十八宿中的两颗星。《淮南子·天文训》云：西方曰颢天，其星胃昴毕。”地球自转十二月为一周，正月其星在西方，至五六月间则出于东方。故其时当为五六月。 ⑧藹藹：黯淡貌。 ⑧“若季秋”句：言虽值盛夏，然月色凄凉，有如季秋所降之霜。 ⑧曼曼：漫长。若岁：言长夜如岁。岁，年。 ⑧郁郁：忧郁貌。更：经历，此为忍受。 ⑧澹：平静。偃蹇：独立。待曙：等待天明。 ⑧荒：李善《文选注》云：“欲明貌。”亭亭：光明貌。 ⑨妾人：即妾，自指之词。 ⑨究年岁：即穷年岁。以上两句：言已不过徒自悲叹而已，即使穷年累岁亦未尝敢忘其君也。

【赏析】

此赋与《哀秦二世赋》同为骚体。它细致地刻画了陈皇后失宠以后孤独、寂寞的苦闷心情。全文写得哀婉缠绵，读来令人倍感凄凉。如果说司马相如的其他赋素以气势取胜的话，那么此作则代表了他细腻传神的另外一种风格。同时，作品中通过对陈皇后的刻画，也概括地反映了后宫失宠女子的普遍不幸，所以《长门赋》又开了后世文学创作中“宫怨”题材的先河。

北征赋

【作者简介】

班彪（3—54），字叔皮，扶风安陵（今陕西省咸阳市东）人。年20余时，西汉更始帝刘玄被杀，长安大乱，彪避乱天水郡（今甘肃通渭西北），归隗嚣，后转为河西大将军窦融从事，劝融归依光武帝刘秀。东汉初，光武闻其才名，遂召见之，举为茂才，拜徐令，以病免。后复为望都长，卒于任。

【原文】

余遭世之颠覆兮[①]，罹填塞之阨灾[②]。旧室灭以丘墟兮[③]，曾不得乎少留[④]。遂奋袂以北征兮[⑤]，超绝迹而远游[⑥]。

朝发轫于长都兮[7]，夕宿瓠谷之玄宫[8]。历云门而反顾[9]，望通天之崇崇[10]。乘陵岗以登降[11]，息郇邠之邑乡[12]。慕公刘之遗德[13]，及行苇之不伤[14]。彼何生之优渥[15]，我独罹此百殃[16]。故时会之变化兮[17]，非天命之靡常[18]。

登赤须之长坂[19]，入义渠之旧城[20]。忿戎王之淫狡[21]，秽宣后之失贞[22]。嘉秦昭之讨贼[23]，赫斯怒以北征[24]。纷吾去此旧都兮[25]，騑迟迟以历兹[26]。遂舒节以远逝兮[27]，指安定以为期[28]。涉长路之绵绵兮[29]，远纡回以樛流[30]。过泥阳而太息兮[31]，悲祖庙之不修[32]。释余马于彭阳兮[33]，且弭节而自思[34]。日晻晻其将暮兮[35]，睹牛羊之下来[36]。寤旷怨之伤情兮[37]，哀诗人之叹时[38]。

越安定以容与兮[39]，遵长城之漫漫[40]。剧蒙公之疲民兮[41]，为强秦乎筑怨[42]。舍高亥之切忧兮[43]，事蛮狄之辽患[44]。不耀德以绥远[45]，顾厚固而缮藩[46]。首身分而不寤兮[47]，犹数功而辞訾[48]。何夫子之妄说兮[49]，孰云地脉而生残[50]。登障隧而遥望兮[51]，聊须臾以婆娑[52]。闵獯鬻之猾夏兮[53]，吊尉邛于朝那[54]。从圣文之克让兮[55]，不劳师而币加[56]。惠父兄于南越兮[57]，黜帝号于尉佗[58]。降几杖于藩国兮[59]，折吴濞之逆邪[60]。惟太宗之荡荡兮[61]，岂曩秦之所图[62]。

脐高平而周览[63]，望山谷之嵯峨[64]。野萧条以莽荡[65]，回千里而无家[66]。风猋发以漂遥兮[67]，谷水灌以扬波[68]。飞云雾之杳杳[69]，涉积雪之皑皑。雁邕邕以群翔兮，鹍鸡鸣以哜哜[70]。游子悲其故乡[71]，心怆悢以伤怀[72]。抚长剑而慨息[73]，泣涟落而霑衣[74]。揽余涕以于邑兮[75]，哀生民之多故[76]。夫何阴曀之不阳兮[77]，嗟久失其平度[78]。谅时运之所为兮[79]，永伊郁其谁愬[80]。

乱曰：夫子固穷[81]，游艺文兮[82]。乐以忘忧[83]，唯圣贤兮[84]。达人从事[85]，有仪则兮[86]。行止屈申[87]，与时息兮[88]。君子履信[89]，无不居兮[90]。虽之蛮貊[91]，何忧惧兮。

【注释】

①遭：遭逢。颠覆：倾跌，谓时局动荡。　②罹：遭。填塞：

道路堵塞不通，喻政治混乱。阨：同“厄”，危困。 ③旧室：指长安大乱以前原有的房屋。灭：毁坏。丘墟：废墟。 ④曾：竟，简直。少：稍。 ⑤奋袂：举袖，奋发貌。北征：北行。 ⑥超：越。绝迹：荒无人迹之处。远游：远行。 ⑦发轫：驱车出发。轫，停车时用以阻止车轮滚动的木头。长都：长安（即今陕西省西安市），为西汉都城。 ⑧瓠谷、玄宫：皆地名，在今西安市附近。 ⑨历：经过。云门：云阳县城门。汉云阳县在今陕西省淳化县西北。反顾：回头看，不舍貌。 ⑩通天：通天台，在甘泉宫内。崇崇：高峻貌。 ⑪乘：登。陵：大土山。登降：谓其行时上时下。 ⑫息：叹息。郇邠：郇通“栒”，邠通“豳”。栒邑县之豳乡，地在今陕西省旬邑县西南。 ⑬公刘：周民族远祖，曾率周人迁居于豳。遗德：遗留的美德。 ⑭行苇之不伤：谓对草木也加以爱护，不许伤害。行苇：道旁的芦苇。《诗经·大雅·行苇》：“敦彼行苇，牛羊勿践。”后人以为此诗为公刘所作。 ⑮彼：它，指行苇。优渥：优厚。此句言：为什么芦苇一出生就会受到优厚的爱护。 ⑯独：偏偏。百殃：种种灾祸。 ⑰故：本来。时会：时机，时势。 ⑱靡常：无常。 ⑲赤须：坂名，在北地郡（今甘肃省庆阳地区北部和宁夏回族自治区东部一带）。坂：山坡。 ⑳义渠：古西戎国名，汉为义渠道，属北地郡，在今甘肃省宁县境内。 ㉑忿：愤恨。戎王之淫狡：战国时，义渠戎王与秦昭襄王母宣太后私通，生二子，昭襄王杀之，遂举兵灭其国，秦于是占有了陇西、北地、上郡之地。 ㉒秽：淫秽。宣后：宣太后，楚人，姓芈氏。 ㉓嘉：称赞。秦昭：秦昭襄王，名则。 ㉔赫：盛怒貌。《诗经·大雅·皇矣》：“王赫斯怒。” ㉕纷：心绪烦乱貌。去：离开。旧都：指义渠之旧城。 ㉖騑：古代凡车有四马，中间两匹叫服，旁边两匹叫騑，亦叫骖。迟迟：缓行貌。历兹：至此。 ㉗舒节：犹言驰车。节，车行之节度。 ㉘指：指向。安定：汉安定郡，在今甘肃平凉地区及宁夏回族自治区南部一带。期：限，此谓目的地。 ㉙绵绵：连绵不绝。 ㉚纡回：曲

折。樛流：曲折貌。㉛泥阳：汉泥阳县，在今甘肃宁县。太息：叹息。㉜悲：悲伤。祖庙：班彪祖班壹于秦始皇末年，曾避地于楼烦（古部落名，秦末活动于陕北、陇东一带），故泥阳有班氏庙。不修：没人修理。㉝释：解下。彭阳：汉县名，属北地郡，在今甘肃镇原县。㉞且：暂且。弭节：停鞭。弭，停。节，鞭。自思：独自思索。㉟晻晻：暗淡貌。㊱睹：看。牛羊之下来：语出《诗经·王风·君子于役》："日之夕矣，牛羊下来。"㊲寤：通"悟"。旷怨：旷夫怨女。伤情：哀伤之情。㊳哀：悲哀。诗人：指《君子于役》的作者。叹时：伤叹时势。以上两句：《君子于役》所表现的是对在外行役的君子的思念，故属旷怨之情；而诗人写这首诗则是为了伤时叹势。㊴越：经过。容与：逍遥。㊵遵：循着。漫漫：通"曼曼"，长远貌。㊶剧：甚。蒙公：即蒙恬，为秦将，曾筑长城以却匈奴，役民甚众。㊷筑怨：蒙恬筑长城，民疲而怨，故云。㊸舍：舍弃。高：赵高。亥：胡亥，秦二世名。切忧：近忧。㊹事：从事，此谓防御。蛮狄：指周边的少数民族，在南曰蛮，在北曰狄，此谓北方的匈奴。辽：远。患：忧虑。㊺耀德：显德。绥：安抚。远：远方。㊻顾：反而。厚固：坚厚牢固。缮：修。藩：篱笆，此指城防。㊼身首分：言死。寤：通"悟"，醒悟。㊽犹：仍然。数：数说。功：功劳。辞：拒绝。諐：同"愆"，罪过。㊾何：多么。夫子：指蒙恬。妄说：胡说。㊿地脉而生残：秦始皇死时，赵高阴谋立胡亥，乃遣使赐蒙恬互。恬喟然叹息曰："我何罪于天，无过而死乎?"思之良久，徐曰："恬罪固当死矣，起临洮，属之辽东，城堑万余里，此其中不能毋绝地脉哉，此乃恬之罪也。"遂吞药自杀（事见《史记·蒙恬列传》）。

(51)鄣：城堡。隧：通"燧"，烽火台。(52)须臾：片刻。婆娑：盘旋，徘徊。(53)闵：伤悼。獯鬻：即匈奴，在商周之际称獯鬻。猾：扰乱。夏：华夏。(54)吊：吊念。邛：姓孙，或云姓段，西汉文帝时为北地郡都尉。朝那：汉县名，属安定郡，在今甘肃省平凉市西北。《史记·孝文本纪》载："十四年（前165）冬，匈奴谋入边为寇，攻朝那塞，杀北地郡都尉卬。" ⑤⑤从：行。圣文：指汉文帝。克：能。让：忍让。 ⑤⑥不劳师：不劳师动众去征伐。师：军队。币加：增加币帛、言行安抚之策也。 ⑤⑦惠：施惠。南越：即今两广一带。 ⑤⑧黜：免。尉佗：西汉时为南越王。《史记·孝文本纪》："南越王尉佗自立为武帝。然上（指文帝）召贵尉佗兄弟，以德报之，佗遂去帝称臣。" 佗，同"他"。 ⑤⑨降：下赐。几：几案，用以凭靠身体或搁置物体。藩国：诸侯王之封地，此指吴王刘濞的封国。杖：扶杖。几杖皆老年人坐行时所凭依的用具。 ⑥⑩折：挫折。吴濞：汉高帝兄刘仲之子，高帝立为吴王，文帝时，刘濞托病不朝，失藩臣之礼，帝乃赐其几杖，准予年老不朝。逆邪：叛逆。邪，不正。 ⑥①太宗：文帝庙号。荡荡：宽广貌。《尚书·洪范》："王道荡荡。" 此谓文帝之德开明宽广。 ⑥②曩：往昔。图：谋，此谓设想。 ⑥③脐：升。高平：汉县，属安定郡，在今宁夏固原一带。周览：四望。 ⑥④嵯峨：高峻貌。 ⑥⑤萧条：荒凉貌。莽荡：空阔貌。 ⑥⑥回：远。 ⑥⑦猋：疾风。漂遥：风驰貌。 ⑥⑧灌：灌注，涌流。 ⑥⑨飞：腾飞。杳杳：幽暗貌。 ⑦⑩哜哜：通"喈喈"，鸟和鸣声。 ⑦①游子：作者自指。悲：怀念。 ⑦②怆恨：忧伤貌。 ⑦③抚：按。慨息：叹息。 ⑦④涟落：泪流貌。霜：沾湿。 ⑦⑤揽：拭擦。于邑：气急促貌，指抽噎。 ⑦⑥哀：悲哀。故：事故，此谓灾难。 ⑦⑦阴曀：天阴沉，喻天下丧乱。曀，阴沉，昏暗。阳：晴朗，喻天下太平。 ⑦⑧嗟：慨叹。平度：正常法度。 ⑦⑨谅：诚，实在。时运：时势。 ⑧⑩伊郁：抑郁，愤懑。愬：同"诉"，诉说。 ⑧①夫子：指孔子。固穷：安守穷困。孔子曰："君子固穷，小人穷斯滥矣。"（《论语·卫灵公》）。 ⑧②游艺文：《论语·述而》孔子曰，"志于道，据于德，依于仁，游于艺"。艺，指礼、乐、射、御、书、数等六艺。 ⑧③乐以忘忧：语出《论语·述而》。 ⑧④唯圣贤兮：言唯圣贤能为之。 ⑧⑤达人：通达的人。 ⑧⑥仪则：准则。 ⑧⑦申：同

“伸”。 ⑱与时息：即与时消息。时：时势。 ⑲履信：实行忠信。 ⑳无不居：谓没有不可居住的地方。 ㉑貊：古代东北方部族。《论语·卫灵公》：“子张问行。子曰：‘言忠信，行笃敬，虽蛮貊之邦行矣。’”此以“之蛮貊”喻己之远行西凉也。

【赏析】

此赋是班彪为避长安之乱而西去天水郡时所作。它的结构略仿刘歆的《遂初赋》，也是以作者的行程为线索，并就沿途所经之地的史事抒发感慨。但此篇借古喻今的成分相对要少一些，而且文辞也比较典雅含蓄，在艺术上略胜《遂初赋》一筹。赋中有些片段写战乱中原野的萧条和游子的悲苦心情，也颇为真切感人，收到了情景交融的艺术效果。

竹扇赋

【作者简介】

班固（32—92），字孟坚，班彪子。九岁能“属文诵诗赋”。班彪死，固承父业，撰《汉书》，以私修国史罪被捕下狱。因其弟班超上书明帝，始得免，授为兰台令史。章帝时，朝廷集群儒于白虎观议论五经，固奉命作《白虎通德论》。和帝时，为大将军窦宪中护军，随其出征匈奴。后窦宪败，因受牵连，死于狱中。

【原文】

青青之竹形兆直[①]，妙华长竿纷实翼[②]。杳篠丛生于水泽[③]，疾风时纷纷萧飒[④]。削为扇翣成器美[⑤]，托御君王供时有[⑥]。度量异好有圆方[⑦]，来风避暑致清凉[⑧]。安体定神达消息[⑨]，百王传之赖功力[⑩]。寿考康宁累万亿[⑪]。

【注释】

①兆：初生。 ②妙华：美丽。纷：繁多貌。翼：披拂。 ③杳篠：幽深貌。 ④疾风：大风。纷纷：吹乱貌。萧飒：风吹竹叶声。 ⑤翣：扇子。器：用具。 ⑥托御：进献。托，交托。供时有：供其因时而有。 ⑦异好：特别好。圆方：规矩。 ⑧来风：

扇来风。致：获得。 ⑨达：达到。消息：将息。 ⑩百王：百代之帝王。赖：依赖。功力：指竹扇“来风避暑”、“安体定神”之功效。 ⑪寿考：高龄。康宁：安宁。累：累至。万亿：万亿之年。

【赏析】

《竹扇赋》是一篇咏物小赋。虽然它的文字比较简单，而且艺术上的成就也不高，但由于作品所采用的这种七言诗体的形式在前代尚未出现过，所以是一种创格，在文学史上很值得注意。

归田赋

【作者简介】

张衡（78—139），字平子，南阳西鄂（今河南南阳西北）人，东汉卓越的科学家和著名文学家。曾任太史令、河间相等职。长于辞赋，作品有《二京赋》、《思玄赋》和《归田赋》等。有《张河间集》。

【原文】

游都邑以永久[①]，无明略以佐时[②]。徒临川以羡鱼[③]，俟河清乎未期[④]。感蔡子之慷慨，从唐生以决疑[⑤]。谅天道之微昧[⑥]，追渔父以同嬉[⑦]。超埃尘以遐逝[⑧]，与世事乎长辞[⑨]。

于是仲春令月[⑩]，时和气清；原隰郁茂[⑪]，百草滋荣[⑫]。王雎鼓翼[⑬]，仓庚哀鸣[⑭]；交颈颉颃[⑮]，关关嘤嘤[⑯]。于焉逍遥[⑰]，聊以娱情。

尔乃龙吟方泽，虎啸山丘[⑱]。仰飞纤缴，俯钓长流[⑲]。触矢而毙，贪饵吞钩[⑳]。落云间之逸禽，悬渊沉之鲨鰡[㉑]。

于时曜灵俄景[㉒]，继以望舒[㉓]。极般游之至乐[㉔]，虽日夕而忘劬[㉕]。感老氏之遗诫[㉖]，将回驾乎蓬庐[㉗]。弹五弦之妙指[㉘]，詠周、孔之图书[㉙]。挥翰墨以奋藻[㉚]，陈三皇之轨模[㉛]。苟纵心于物外[㉜]，安知荣辱之所如[㉝]！

【注释】

①游：游宦。都邑：指东汉都城洛阳。永久：时间长久。 ②

明略：明智的谋略。佐时：辅佐时君。 ③“徒临”句：《淮南子·说林训》：“临流而羡鱼，不如归家织网。”此谓空怀佐时之愿而无所实施。 ④俟：等待。河清：古人认为黄河变清是政治清明的标志，而黄河千年才清一次。《左传·襄公八年》云：“俟河之清，人寿几何！”此言等待政治清明，不知将到何时。 ⑤“感蔡子”两句。蔡子即蔡泽，唐生即唐举，皆战国时人。《史记·范雎蔡泽列传》载蔡泽尝“游学干诸侯小大甚众，不遇”，遂请唐举看相，后终于发迹，代范雎为秦相。慷慨：悲叹。决疑：指请人看相事。两句言自己怀有蔡泽之志，而对前途命运亦有所疑惑。 ⑥谅：实在。微昧：神秘难测。 ⑦渔夫：《楚辞·渔父》记屈原放逐江湘之间，曾与隐身自乐的渔父相互对答。嬉：乐。此连上句言天道幽隐难测，自己将与渔父同乐。有出世归隐之意。 ⑧埃尘：指浊世。遐逝：远去。 ⑨长辞：永别。言决心归隐。 ⑩令月：好的月份。令：好。 ⑪原隰：高平曰原，低平曰隰。 ⑫滋荣：润泽茂盛。 ⑬王雎：即雎鸠，水鸟。 ⑭仓庚：黄鹂。 ⑮颉颃：鸟时上时下飞翔。 ⑯关关嘤嘤：皆鸟和鸣声。关关指王雎，嘤嘤指仓庚。 ⑰于焉：于是乎。逍遥：自在。 ⑱尔乃：于是。方泽：大泽。此两句设想自己在山泽间从容吟啸，有类龙虎。 ⑲纤缴：系在箭尾的一种细丝绳，这里指箭。钓长流：即钓于长河。两句言仰射飞鸟，俯钓河鱼。 ⑳“触矢”两句：上句指鸟因触箭而毙命，下句指鱼因贪饵而吞钩。落：射落。逸禽：高鸟。 ㉑悬：钓起。鲨、鰡：都是鱼名。这一段设想归田后的渔猎之乐。 ㉒曜灵：指太阳。俄：斜。景：同影，日影。 ㉓望舒：神话中的月御，这里指月亮。这句说日入继之以月出。 ㉔般：游玩。《荀子·仲尼》：“闺门之内，般乐奢汏。” ㉕劬：劳苦。 ㉖老氏之遗诫：《老子》第十二章云：“驰骋畋猎，令人心发狂。” ㉗回：返。驾：车驾。蓬庐：茅屋。 ㉘五弦：指五弦琴，相传为舜所作。指：同旨，意趣。 ㉙周、孔：指周公、孔子。以上两句言自己追慕虞舜、周、孔，故弹

其琴而咏其书。㉚翰：笔。奋藻：奋发词藻。此句言挥笔写作。㉛陈：述。三皇：诸说不一，一般谓伏羲、神农、黄帝。轨模：法则。㉜苟：且。㉝如：往，归。以上两句说，且放任自己的心神于物外，哪里还去想荣辱得失的结果呢？

【赏析】

此赋为张衡晚年谪官南阳时所作。其时宦官当权，朝政腐败，政治黑暗。赋中抒写了作者对黑暗现实的不满和对田园隐逸生活的向往与企慕，反映了张衡抱负难伸然又不愿同流合污的思想矛盾。这篇抒情小赋，语言平浅清新，一改以往大赋铺采摛文、壮丽喷涌的风格，而呈现出亲切、自然、流畅的面貌。《归田》之赋，不但开汉末抒情小赋之先河，对后世的田园诗人如陶渊明等也影响很大。

中国文学知识漫谈③

中国散曲与曲词精读讲堂

中国文学有着数千年的悠久历史，它以特殊的内容、形式和风格构成了自己的特色，它以优秀的历史、多样的形式、众多的作家、丰富的作品、鲜明的个性成为世界文学宝库中光彩夺目的瑰宝。

箫枫◎主编

辽海出版社

责任编辑:陈晓玉　于文海　孙德军

图书在版编目(CIP)数据

中国文学知识漫谈/萧枫主编.—沈阳:辽海出版社,2008.6(2015.5重印)

ISBN 978-7-80711-711-7

Ⅰ.①中…　Ⅱ.①萧…　Ⅲ.①中国文学—基本知识　Ⅳ.①I2

中国版本图书馆CIP数据核字(2011)第140257号

中国文学知识漫谈

中国散曲与曲词精读讲堂

萧枫/主编

出　版:辽海出版社　　地　址:沈阳市和平区十一纬路25号

印　刷:北京一鑫印务有限责任公司　　字　数:700千字

开　本:700mm×1000mm　1/16　　印　张:40

版　次:2011年9月第2版　　印　次:2015年5月第2次印刷

书　号:ISBN 978-7-80711-711-7　　定　价:149.00元(全5册)

《中国文学知识漫谈》编

前　言

我们中国文学是以汉民族文学为主干部分的各民族文学的共同体，作为一个统一的多民族国家，各民族文学都有各自发生、繁衍、发展的历史，也有各自的价值与成就。少数民族文学与汉族文学互相补充，使中国文学表现出极大的丰富性和多层次性。

我们中国文学有着数千年的悠久历史，并以特殊的内容、形式和风格构成了自己的特色，具有自己的审美理想，有自己的起支配作用的思想文化传统和理论批判体系。它以优秀的历史、多样的形式、众多的作家、丰富的作品、独特的风格、鲜明的个性、诱人的魅力而成为世界文学宝库中光彩夺目的瑰宝。

诗歌是中国文学中产生最早的艺术形式之一，《诗经》是最早的一部诗歌总集。其中最早的诗篇产生于西周初年，最晚的产生于春秋中叶。紧接着又兴起了一种新的诗体，那就是楚辞，楚辞的光辉代表，就是伟大的诗人屈原。《诗经》中的《国风》和以《离骚》为代表的楚辞，是中国古代诗歌的两个典范。就创作方法而言，《国风》和《离骚》分别开创了中国文学现实主义和浪漫主义的诗歌传统。

在汉魏六朝出现了带有民间文学刚健清新风格的新诗体，即乐府，强烈的现实感，是乐府的重要标志。《陌上桑》、《孔雀东南飞》、《木兰诗》等，都是中国古代长篇叙事诗中的瑰宝。在乐府诗的发展过程中，五言、七言的句式日渐引人注目，到汉末出现了《古诗十九首》，五言诗这种诗体便基本成熟了。七言诗的产生要晚于五言诗，它的广泛流行，大约在晋宋之际，到了唐代，近体诗进

入鼎盛时期。在这个时期，古体诗和近体诗全面发展，出现了李白、杜甫、白居易等世界闻名的伟大诗人。

在中国传统文学观念中，与诗词并列为文学正宗的是散文 。中国文学史上第一部记叙文和议论文的集子是《尚书》，它是上古历史文件和部分追述古代事迹著作的汇编，初具了文学的特质。战国时代形成了百家争鸣的局面，散文得到了迅速发展，其中主要是历史散文和诸子散文。这时期散文、有感情激越 、论辩性强、辞藻华美、结构严谨、多用寓言、善使比喻等特点，散文的基本形式已经确定。汉代散文更讲究文采，对偶句增多，有辞赋化倾向。

骈文兴盛之后，散文式微，到唐代韩愈、柳宗元元大力提倡古文，反对过于矫饰、渐趋空洞的骈文，散文才恢复了它的生机与地位。唐宋古文，直承秦汉传统，尤以游记散文清新隽逸，生动活泼。后世纯文学散文一直沿着这条轨道前进。明清小品文是纯文学散文的一种重要样式，它吸收唐代散文的精髓，融入魏晋南北朝笔记文的谐趣和隽永，具有独特的艺术魅力。

在中国传统文学观念中，小说常被当作街谈巷议之言，戏曲被认为是不能登大雅之堂的作品。因此，小说和戏曲起步较晚，直至元、明、清才迅速发展起来，一些伟大的作家与作品相继出现。在戏曲方面，如元代关汉卿的《窦娥冤》、王实甫的《西厢记》、明代汤显祖的《牡丹亭》、清代孔尚任的《桃花扇》等，都是不朽之作。小说《三国演义》、《水浒传》、《西游记》、《聊斋志异》、《儒林外史》等，也均为文学珍品。《红楼梦》更是纪念碑式作品，它把中国文学推向了新的高峰，并足以和世界许多知名的小说媲美 。

为了让广大读者全面了解中国文学，我们特别编辑了《中国文学知识漫谈》，主要包括中国文学发展历史、民族与民间文学、香港与台湾文学、神话与传说、诗歌与文赋、散曲与曲词、小说与散文、寓言与小品、笔记与游记、楹联与碑铭等内容，具有很强的文学性、可读性和知识性，是我们广大读者了解中国文学作品、增长文学素质的良好读物，也是各级图书馆珍藏的最佳版本。

目　录

第一章　中国名曲

第一节　小　令

第三节 套 数

第一章 中国名曲

第一节 小 令

［越调·小桃红］

碧湖湖上柳阴阴

【作者简介】

杨果（1195～1269），字正卿，号西庵，祁州蒲阴（今河北固安）人。杨果青年时期以授徒为生。金哀宗正大元年（1224）中进士。历任偃师、蒲城、陕县县令，以干练廉洁著称。金亡十余年，杨奂召为河南课税所经历。蒙古蒙哥可汗二年（1252）入河南经略使史天泽幕为参议。元世祖忽必烈中统元年（1260），任元北京（副宰相）。至元六年（1269）出为怀孟路总管，大修学庙。以老致任，旋卒，谥文献。有《西庵集》。散曲存世小令16首，套数5套。

【原文】

碧湖湖上柳阴阴，人影澄波浸。常记年时对花饮。到如今，西风吹断回文锦。羡他一对，鸳鸯飞去，残梦蓼花深。

【译文】

美丽的湖哟，碧绿的水，湖岸有浓浓的柳阴；游人的身影哟，浸在澄澈的波光里。怎能忘却在花前，与他对饮的美好时光。可惜，这一切已远离我而去。我寄赠的织锦回文，到如今，也不见有回音；

爱情哟，如同一片树叶，在西风中消失。看蓼花深处，从甜蜜的梦中醒来的鸳鸯，双双从我眼前飞过，怎能不叫人羡慕而又心碎！

【赏析】

这是一首情曲，抒情主人公是一位爱情失意的女子。作者以反衬的笔法，揭示和烘托那女子内心的失落和痛苦。在她眼中的湖水还是那样碧绿，柳阴还是如此浓郁，可是与心上人花前对饮的时光已一去不复返了。尤其是当她看见蓼花深处成双的鸳鸯比翼齐飞的美好景象，更加深她的伤感。但曲子所表达的哀伤，只是淡淡的，不过是笼罩在美好景物之上的忧郁。

[南吕·干荷叶]

干荷叶水上浮

【作者简介】

刘秉忠（1216—1274）字仲晦，初名侃，拜官后更名秉忠。邢台人。出身官宦世家。17 岁任邢台节度使令史，不久弃职为僧，法号子聪。经海云禅师推荐，成为忽必烈的顾问。至元元年（1264），拜光禄大夫，位太保，参预中书省事。是元朝的开国功臣。今存小令 12 首。另有《刘秉忠诗文集》、《藏春乐府》传世。

【原文】

干荷叶，水上浮。渐渐浮将去。跟将你去，随将去。问你当家中有媳妇？问着不言语。

【译文】

干荷叶哟，在水上飘呀飘；越飘越远。汉子哟，我跟着你，你

到那儿，我随着到那儿。我问你：家里有媳妇不？问着你，为啥一声不吱！

【赏析】

这是一首情曲，体现出元代初期文人散曲作者向民间歌曲学习的痕迹，具有本色天然的意趣。抒情主人公是位对爱情执著追求的女子，她热情、坦率、风趣，有几分山野女性的气质。小令以“干荷叶，水上浮”起兴，给人以一种苍凉而飘渺的感觉，似乎在暗示女子求偶的不幸结局。

［仙吕·醉中天］

咏大蝴蝶

【作者简介】

王和卿，生卒年月不详，大名（今属河北省）人，与关汉卿同时而先卒。滑稽佻达，传播四方，常讥谑关汉卿，关汉卿虽极意还答，终不能取胜。两人是很要好的朋友。从现存的作品看，王善于诙谐讽刺，大多由于内容庸俗，成就不高，但也有好作品。元人陶宗仪《南村辍耕录》说：“中统初，燕市有一蝴蝶，其大异常，王（和卿）赋《醉中天》小令云云，由是其名益著。”王和卿没有杂剧传世，今仅存小令21首和套曲《大石调·蓦山溪》1篇。

【原文】

挣破庄周梦，两翅架东风。三百座名园，一采一个空。难道风流种，唬杀寻芳蜜蜂。轻轻的飞动，卖花人扇过桥东。

【译文】

好大一个蝴蝶，你挣破庄周先生的梦，你从梦里飞出，两个硕大的翅膀驾御着东风。你好大的胃口，三百座名园的花，全被你采空了。难道说，你是天生的风流种？那些寻找花蜜的蜂儿，全不是你的对手，被你唬得四处逃散。你轻轻地飞啊，将那卖花人都扇过桥东了。

【赏析】

这是一首谐曲，格调风趣，体现出早期散曲自娱娱人的娱乐特征。据陶宗仪《辍耕录》记载：王和卿滑稽佻达，传播四方，中统初，燕市（今北京）有一蝴蝶，其大异常，王赋《醉中天》小令。看来，这支曲子是王和卿即兴式的滑稽调侃之作，未必有微言大义在其中。曲子用夸张笔法，描绘蝴蝶其大无比，不仅小蜜蜂不是它的采花对手，即便是卖花的人也被它扇过桥东。歌唱如此一只大蝴蝶，无疑将引发听众的笑声，使之获得审美的愉悦。不过，小令以“挣破庄周梦”开头，揭示大蝴蝶的来历，则给人以恍惚迷离的感觉，多少流露出作者追求适意人生和及时行乐的情怀。

［双调·潘妃曲］

带月披星担惊怕

【作者简介】

商挺（1209—1288），字孟卿，号左山老人。曹州济阴（今山东荷泽）。叔父商道。商氏一家与元好问为世交。元初屡官参知政事、枢密副使。为安西王相，因事入狱。获释，朝廷欲复其枢密副使之职，称疾辞官，卒年八十，后追谥文定。散曲有名，《太和正音谱》列其名于词林英杰之中。作品多写恋情，亦写风景。今存小令19首。

【原文】

带月披星担惊怕，久立纱窗下。等候他。蓦听得门外地皮儿踏，则道是冤家，原来风动荼蘼架。

【译文】

月亮看着我，星星看着我，更怕爹妈发现我，我怎能不担惊受怕。我久久地站在纱窗下，等侯我的那个——他。突然间听见有轻轻的脚步声，心头禁不住一阵惊喜，以为来了我的那个冤家，咳，原来是风儿吹动那个荼蘼架！

【赏析】

这是一首情曲，巧妙地描绘出了恋爱中的女子急切等候心上人的意态，有浓郁的民歌风味，反映出前期散曲家模拟民间歌曲，崇尚自然本色的审美取向。作者准确地把握人物的心理活动，利用错觉来表现那女子由激动喜悦到怨恨晦气的微妙情绪的变化。虽然没有正面勾勒人物的面貌，但她的神情已跃然纸上。

[双调·沉醉东风]

渔得鱼心满愿足

【作者简介】

胡祗遹，字绍开，号紫山，磁州武安（今属河北）人。幼年丧父，身处逆境但仍攻读不辍。元世祖忽必烈至元初，授应奉翰林文字兼太常博士，转左右司员外郎。时阿合马弄权，群小得势，吏冗政苛，引起胡祗遹不满，因上书论政说："省官莫如省吏，省吏莫如省事。"触怒权奸，出为太原路治中。旋任荆湖北道宣慰副使。迁为济宁路总管、山东东西道提刑按察使、江南浙西道提刑按察使。后以病归乡，卒年67岁，谥文靖。有《紫山大全集》。胡祗遹以廉政、气节、文章名世，工于书法、诗、文、词，曲之造诣不凡，今存小令11首。

【原文】

渔得鱼心满愿足，樵得樵眼开眉舒。一个罢了钓竿，一个收了斤斧，林泉下偶然相遇，是两个不识字渔樵士大夫。他两个笑加加的谈今论古。

【译文】

渔夫打着鱼，心满意足了，樵夫打着柴，眉开眼笑了。一个放下钓竿，一个收起斧子，林子边泉水旁，他们偶然相遇了。这是两位不识字的钓鱼打柴的士大夫，他们俩无拘无束，笑哈哈地谈今论古。

【赏析】

此曲描写樵夫和渔夫闲适自得的生活情景，流露出作者潜在的归隐心志。小曲着力展示樵夫和渔夫无拘无束的心态和逍遥自在的景况，他们没有追求名利的奢望，也没有官场上尔虞我诈的忧虑，偶然相遇便能倾心相谈，不设心防，其乐融融。这无疑是令人羡慕的人际关系。作者着力美化劳动者生活的优游，意在表达其向往山林的愿望，是身在朝廷而心存江湖的心态之艺术体现。

[双调·沉醉东风]

闲　居

【作者简介】

卢挚（1243？—1315?），字处道，一字莘老，号疏斋，又号嵩翁，涿州（在今河北）人，迁居颍川（今河南许昌一带）。仁宗三代，历官江东道提刑按察副使、陕西提刑按察使、河南府路总管、集贤学士、岭北道肃政廉访使、翰林学士承旨等。文集名《疏斋集》、《疏斋后集》（已佚），今人辑有《卢疏斋集辑存》。卢挚在元初文坛与刘因、姚燧齐名，并与白朴、马致远、刘时中、珠帘秀等有唱酬之谊。在他的诗、文、词、散曲作品中，后者尤为出色，题材较广，风格典雅清丽，今存小令100余首。

【原文】

雨过分畦种瓜，旱时引水浇麻。共几个田舍翁，说几句庄稼话。瓦盆边浊酒生涯。醉里乾坤大，任他高柳清风睡煞。

【译文】

雨过后，在畦子里栽上瓜秧，天旱了，就引水浇麻。跟几个老农夫，唠几句种庄稼的话。用粗糙的瓦盆，喝自家酿的浊酒，自由自在的生涯。醉了的感觉真好，天地在心中，无比宽广；在高高的柳树下，任清风吹拂，睡得特别香，睡得分外酣。

【赏析】

这是一首赞美归隐生活的小令。竭力描写农家生活的闲适和快活，尤其是强调人际关系的和谐。作者一直位居高官并没有归隐过，显然此曲是他对轻松自由的生命境界的向往，是想象之词。由于统治集团内部的争斗倾轧，正直的士大夫在精神上往往疲惫不堪，因之从庄周的哲学和陶渊明的处世之道中寻求支撑点，于是便有了赞美田园、赞美归隐的冲动，通过艺术宣泄求得心理上的平衡和满足。在卢挚的心目中，乡村生活是平和自足的，农民是无忧无虑的，这无疑是一种美化。

[正宫·白鹤子]

鸟啼花影里

【作者简介】

关汉卿，号已斋叟，以字行，名不详。大都（今北京）人，或云祁州（今河北安国县）人。生卒年未详，大约生于金末，卒于元成宗大德后期（1300 年前后）。他一生主要活动在大都，晚年到过杭州，写有散曲［南吕·一枝花］（《杭州景》）。元钟嗣成《录鬼簿》说他曾做过太医院尹，并详细录下了他大量的杂剧剧目。关汉卿在元不愿仕进，毕生致力于蓬勃兴起的杂剧事业。与元初王和卿、杨显之、梁退之、费君祥等元曲作家来往密切。关汉卿在戏曲界极孚众望，是“玉京书会，燕赵才人”的公认领袖，被赞为“驱梨园领袖，总编修师首，捻杂剧班头”。

关汉卿是元杂剧的奠基人之一，为元曲四大家之首。他一生创作甚丰，著有杂剧六十多种，今存十八种，大都揭露封建社会黑暗，表现人民苦难遭遇，以及青年男女对封建礼教的反抗精神。他在散曲上的成就略逊于杂剧，但也内容丰富，佳作颇多。与杂剧相比，他的散曲主要是抒情写景，小巧精致，自然当行。它们风格多样，有的隽永清丽，纯出天然；有的豪放泼辣，尽情快性。作者造语也颇大胆，方言俗语信手拈来，却浅而不俗，真切自然，活泼生动。

元贯云石序《阳春白雪》称："关汉卿、庚吉甫，造语妖娇，却如小女临杯，使人不忍对殢。"（《中国俗文学史》）。《全元散曲》存其小令57首，套数13首，残套2首。

【原文】

鸟啼花影里，人立粉墙头。春意两丝牵，秋水双波溜。

【译文】

鸟儿在花丛中婉转啼唱，美妙的声音从阳光下的花影里传来。美丽的女儿家站在粉墙里，英俊的小伙子站在粉墙外。两颗怀春的心啊，被两条看不见的丝线牵在一起；两对秋水般的眼睛啊，像两条摸不着的爱河在对流。

【赏析】

这是一曲青春与爱情的颂歌，描绘在美丽的春天萌发的纯洁的爱情。作者捕捉到一对少男少女分隔墙里墙外相互深情注视、情意绵绵的一瞬，以精妙的语言造成迷人的意象，给读者以丰富的想象空间，玲珑剔透，诗意葱茏，有唐人绝句的风韵。

[中吕·阳春曲]

知　几

【作者简介】

白朴（1226—1306后），字仁甫，一字太素，号兰谷先生。祖籍隩州（今山西省河曲县），金亡后迁居真定（今河北省正定县）。其父白华曾仕金为枢密院判官，与元好问有通家之谊。金哀宗天兴元年（1232），元军陷开封，白朴时年7岁，与家人失散，遂随元好问北渡黄河，寓居聊城（今属山东）。在这段时期里，他受到元好问的教育和培养，为其一生的文学创作打下了良好的基础。元朝建立后，白朴不仕，晚年移居金陵（今南京），过着寄情山水、诗酒自娱的生活。

白朴是元代著名的戏曲家之一。他工于杂剧，与关汉卿、马致

远、郑光祖合称“元曲四大家”。一生共写过16个杂剧，现存《梧桐雨》等3种。散曲现存小令30多首和4篇套曲，风格朴实而俊秀。

【原文】

张良辞汉全身计，范蠡归湖远害机。乐山乐水总相宜。君细推，今古几人知？

【译文】

张良不愧为有远见的人，他功成自退，不再过问朝政，那是保全自身的计策啊！范蠡更是有过人的远见，他回到烟波浩渺的太湖，那是为了远离越王勾践的暗害和杀机啊！尽情地游山吧，尽情地玩水吧，都一样地相宜。您仔细想想，自古至今有几位明白这个道理？

【赏析】

这是一支咏史曲，反映出白朴对仕途风波险恶和最高统治者难以侍奉的清醒认识，体现出他乐山乐水，超然物外的处世态度。小令选取二位最具典型的历史人物张良和范蠡的事迹，作为作者处世之道的样板，说明像张良、范蠡那样功成而退方能保全自身，从另一侧面则说明王朝的最高统治者出于极端自私的目的，是不能与功臣同欢乐，是难以容纳智力超群者的。正是基于对历史的冷峻判断，作者赞扬乐山乐水放浪自然远离权力中心的人生道路。可以说小令的题旨恰是白朴人生哲学的艺术概括。

[中吕·阳春曲]

题情·从来好事天生俭

【作者简介】

作者白朴（略）

【原文】

从来好事天生俭，自古瓜儿苦后甜。妳娘催逼紧拘钳，甚是严。越间阻越情忺。

【译文】

老天赐给人间的好事，从来都是那样吝啬；瓜藤儿结瓜，先苦后甜，这是自古到今的理儿。奶娘总是把我紧紧地管束，生怕我迈出大门儿。越是阻隔我和他见面哟，我越是和他情投意合，缠缠绵绵。

【赏析】

此曲表达了贵族人家女子追求爱情的心声。开头二句以比兴手法，暗示好事多磨；中间二句写出贵族少女所处的受严格管束的环境；末一句，抒发相爱中的女子热烈追求自主婚姻的决心，显示出不畏礼教、争取幸福的乐观情怀。小令模拟小女子的口吻，情调热切欢快，让人感觉到那女子有几分调皮、敢于与奶娘斗法的风趣。

［越调·天净沙］

秋　思

【作者简介】

作者马致远（略）

【原文】

枯藤老树昏鸦，小桥流水人家，古道西风瘦马。夕阳西下，断肠人在天涯。

【译文】

枯藤缠绕着老树，树上栖息着归巢的乌鸦；不远处有小桥流水，水边有温馨的人家；可是在古老的官道上，有人正顶着西风，骑着瘦马。夕阳西下，残照笼罩原野，漂泊在外的游子啊，愁肠欲断，沦落天涯。

【赏析】

《秋思》是马致远散曲，甚至是全元散曲中传播最广的优秀篇章。这是一支漂泊者的思乡曲，又是一幅秋日郊野游子黄昏思归图。作者如同一位卓越的画家，选取最具秋天特征和最足以引发游子乡愁的景物，作为抒情主人公活动的背景，使整个画面都弥漫着秋意和乡愁，从而突出浪迹天涯归乡无期、功名无着、疲惫不堪的游子形象，从画面色彩和人物情绪两个方面给读者的心灵以强烈的冲击，从而留下难以磨灭的印象。

特别值得称道的是小令语言的高度艺术概括力，头三句纯用名词构成，由九个名词三组“鼎足对”组成冷暖相间而以冷调子为主的三个场景，将黄昏时刻秋天原野的萧索、小桥流水人家的温馨，烘托出游子行程的艰辛，极其准确精炼，达到了不可多一字，不可少一字，不可易一字的程度。第四句“夕阳西下”，以大写意笔法，将血红色的残照余晖泼在苍茫的秋野上，形成悲凉的意蕴。在此基础上爆一声“断肠人在天涯”，将满怀愁绪身心交瘁的抒情主人公形象兀然突现在画面之前，令人哀然、怆然，欷歔不已。作者以感伤的调子所吟唱的思乡曲，到此戛然而止，才不过短短五句二十七个字。何等精粹，真乃千古绝唱。元人称赞其为“秋思之祖”（周德清《中原音韵》），诚非虚言也。

[双调·寿阳曲]

山市晴岚

【作者简介】

作者马致远（略）

【原文】

花村外，草店西，晚霞明雨收天霁。四周山一竿残照里，锦屏风又添铺翠。

【译文】

来到花村外，走过草店西，雨过天晴，晚霞多娇美。夕阳给群山涂满金色，群山舍不得让太阳隐没，锦屏风般美丽的山坡啊，又铺上一层迷人的青翠。

【赏析】

这是一幅山村雨霁图。小令着力描绘雨过天晴之后，夕阳余晖笼罩群山的美丽景致，给读者以纯美宁静的艺术享受。

［双调·清江引］

竞功名

【作者简介】

贯云石（1286—1324），元代散曲作家。畏吾（今维吾尔族）人，本名小云石海涯，号酸斋，又号芦花道人。出身显贵，早年曾袭父职任两淮万户达鲁花赤（掌印官，实权人物），后让爵于弟。仁宗时，拜翰林侍读学士、中奉大夫、知制诰同修国史等职。不久辞官，隐居于杭州一带，并从名士姚燧学。他虽曾混迹官场，但淡泊功名，敏思好学，能诗文，善书法，尤以散曲名重一时。曲作多写闲适生活和儿女之情，曲风豪放清逸。曾为《阳春白雪》、《小山乐府》（前者为散曲选集，后者为张可久专集）作序，在当时产生相当影响。今人任讷将其所作小令与徐再思（号甜斋）作品合辑为《酸甜乐府》。英年早逝（39岁卒）；今存小令79首，套数8套。是中国文学史上少数民族出身作家中的佼佼者。

【原文】

竞功名有如车下坡，惊险谁参破？昨日玉堂臣，今日遭残祸。争如我避风波走在安乐窝。

【译文】

竞争高官厚禄的人啊，就像坐上车滚坡直下，这中间的惊险有谁参透识破？昨天还是翰林院里尊贵的大臣，今天便遭到杀身之祸。怎如我躲开这官场风波，悠哉游哉走在安乐窝。

【赏析】

此曲道出了贯云石放弃高官厚禄归隐山林的一个重要原因，这就是

“竞功名有如车下坡”，“昨日玉堂臣，今日遭残祸”。体现了贯云石对元王朝政治的清醒而冷峻的认识。以皇帝为绝对权威的封建专制体制，必然造成贵族大僚为核心的统治集团内部绵延不断、甚至是你死我活的争斗，这种内争的惨剧和闹剧，史不绝书。元朝中期最高统治集团的争斗尤为频繁和激烈，如至大四年（1310）元武宗死后，皇太子（即位后为元仁宗）下令撤消尚书省，杀用事大臣脱虎脱、三宝奴等；不久，元仁宗罢免权相铁木迭儿，欲治其专擅贪虐之罪，但由于太后庇护，铁木迭儿未被追究，反而复职，乘机大肆报复，诬杀集贤学士呆儿只、平章政事拜住等一批高官；元英宗至治三年，追夺已死的铁木迭儿官爵，铁木迭儿同党铁夫等竟然在上都暗杀了英宗皇帝，等等。这是最著名的内争，至于臣僚之间的勾心斗角相互倾轧，更是司空见惯。贯云石面对这一切，不能无动于衷，他厌恶官场的黑暗和残酷，但他无能为力，他只能以高蹈世外、归隐山林的选择，来对抗这污浊的政治，在田园山水中寻求一片宁静和自由的空间。《竞功名》一曲再清晰不过地表白了他这种选择。这是无可奈何的选择，也是明智的选择。

［正宫·小梁州］

秋

【作者简介】

作者贯云石（略）

【原文】

芙蓉映水菊花黄，满目秋光。枯荷叶底鹭鸶藏。金风荡，飘动桂枝香。［么］雷峰塔畔登高望，见钱塘一派长江。湖水清，江潮漾。天边斜月，新雁两三行。

【译文】

澄清的湖面有荷花的倒影，湖边有金黄的菊花绽放。迷人的西湖，迷人的钱塘，满目秋光。枯萎的荷叶下面藏着对对白鹭，它们可是在编织爱情的故事。秋风阵阵，飘来桂花的清香。我站在雷峰塔畔眺望，啊，那茫茫一派，是浩浩钱塘江。眼底是静静的西湖水，闪着银光，不远处的钱塘江潮，波浪追逐着波浪。天边已升起一弯新月，从北国飞来的新雁啊，两行三行。

【赏析】

贯氏［正宫·小梁州］包括春、夏、秋、冬四支曲子，分别歌颂杭州西湖四季的不同景色，《秋》曲集中描绘西湖和杭州城的秋光秋色，宛然是一幅以西湖为中心杭城秋色图。前五句有如现代影视的近镜头，近距离地观察西湖之美，从视角、触角、嗅角的不同侧面感知西湖秋光的斑斓色彩和诱人的气息。后六句，作者站在雷峰塔边，放眼杭城，浩浩的钱塘江，壮观的钱塘潮，秀丽的西湖水，天边的斜月，北来的新雁，种种景物，尽收眼底，构成气势飞动、视野开阔的壮丽境界。如果说前五句着力赞颂的是西湖的秀美，后六句则突出歌唱这千年古城的壮美。作者刻意将壮美与柔美组合在一起，让读者全方位地感受西湖和杭州的金秋丰富而迷人的景象，像一位高超的画家，兼有工笔刻画和泼墨写意的非凡技法和气度。

［双调·水仙子］

咏江南

【作者简介】

张养浩（1269—1329），字希孟，号云庄。济南人。初为东平学正，后游京师，献书于平章不忽木，遂被举荐入御史台，拜监察御史。曾上万言书论及时弊，因言词切直，为当权者所忌，被罢官。为了避祸，他不得不改换姓名逃走。后复官，为翰林直学士，延祐间为礼部尚书。英宗时，他官居参议，又因犯颜直谏而几乎被祸。后归隐家乡达十年之久，曾多次拒绝朝廷征召。天历二年（1329），关中大旱，他被重新起用为陕西行台中丞，前往赈灾。到任后全力赈济灾民，积劳成瘁，卒于任所。死封滨国公，谥“文忠”。其著作有《三事忠告》、《牧民忠告》、《归田类稿》等。散曲集有《云庄休

居自适小乐府》。存世小令有162首，套数2首。

【原文】

一江烟水照晴岚，两岸人家接画檐。芰荷丛一段秋光淡。看沙鸥舞再三，卷香风十里珠帘。画船儿天边至，酒旗儿风外飐。爱杀江南！

【译文】

阳光与薄雾笼罩在山峦，倒影在迷茫的江水里；看不尽的两岸人家，画檐接着画檐。一簇簇荷花出水，摇曳出秋光淡淡。看那翩翩飞舞的沙鸥，看那一张张飘逸香风的珠帘。美丽的游船从天边驶来，酒旗儿在风中招展。啊，这是我魂牵梦绕的江南！

【赏析】

《咏江南》的写作时间及写作背景，难以确考。此曲描述作者乘船抵达江南时的新鲜而美好的感觉，展现出一幅江南水乡的秋光图。作者的观察点是游动的船，随着观察点的移动，依次展示映入眼帘的自然景观和人文风物，如青山在江水中的朦胧倒影，两岸美丽的民居，江面上飞翔的沙鸥，远处驶来的游船，风中招展的酒幌子等等。色彩鲜亮明丽，节奏轻快和谐，洋溢着作者热爱美好事物的喜悦情绪。最后以“爱杀江南”作结，则将这种热烈情绪直接表达出来，如同在这幅江南水乡秋光图上出现了作者快活无边的身影。总之，此曲颇具传统诗歌情景交融、诗中有画的艺术特征。

[双调·落梅引]

野水明于月

【作者简介】

作者张养浩（略）

【原文】

野水明于月，沙鸥闲似云。喜村深地偏人静。带烟霞半山斜照影，都变做满川诗兴。

【译文】

澄澈的山溪，溪水比月色透明；栖息溪边的沙鸥，悠闲似天边的一片云。啊，我喜欢这里的村落，分外幽静。晚霞透过山间的淡烟，溪水中有山的美丽倒影。啊，如诗如画的山谷，激发起我几多灵感。

【赏析】

此曲展示一处僻静山谷的幽美境界，与作者悠然自得心无俗念的心境融合无间。这里一切都是那样透明、清澈、闲静、明丽，这野水、沙鸥、烟霞本身就是诗，作者置身于诗境中，静静地享用大自然之美，因之，他禁不住从心底涌出诗来。这是山野之美的写真，又是作者体验自然美的心灵之声。

［双调·得胜令］

四月一日喜雨

【作者简介】

作者张养浩（略）

【原文】

万象欲焦枯，一雨足沾濡。天地回生意，风云起壮图。农夫，舞破蓑衣绿；和余，欢喜的无是处。

【译文】

天地间有生命的东西都焦枯了，这场及时雨啊，浸润天地万物，让大家活过来了。天地重新带来了生机，风云激起人们生活的热望。农夫们，穿着绿蓑衣在雨中手舞足蹈；和着我的节拍，纵情表达他们内心的喜悦。

【赏析】

《四月一日喜雨》抒发作者在久旱逢甘雨与农民同乐时欢快热烈的情感，这是一种无法抑止发自内心的欢乐，充分体现出张养浩的民本思想和高尚人格。尚难推定此曲的写作时间，如果是写于天历二年

（1329）在关中抗旱赈灾期间，这种与农民休戚与共的情绪则更容易理解了。关中此次旱灾极为严重，人民流离失所，饿殍遍野。作者抵达陕西行台任所之后，“登官四月，未尝家居，止宿公署，夜则祷于天，昼则出赈饥民，终日无少怠”（《元史》张养浩本传）。如此勤政爱民的官吏，面对浸润生灵的喜雨，面对欢天喜地的灾民，他的诗便自然从心底涌起，具有震撼人心的力量。开篇四句为二个对仗句，写出及时雨的效果和农民重新从心头燃起的希望。后四句，作者与农夫同欢乐的景况，得到形象生动的展示；将无数农民穿着蓑衣和着作者唱诗的节拍在雨中劲舞的动人场面，呈现在读者眼前，显示出作者与农夫之间情感的交流。

［正宫·塞鸿秋］

雨余梨雪开香玉

【作者简介】

郑光祖，字德辉，平阳襄陵（今山西省襄陵县）人。以儒补杭州路吏。为人方直，不妄与人交，故诸公多鄙之。日久，才看出他的人品淳厚。他病死杭州，火葬于西湖灵芝寺。郑氏是元代最著名的杂剧作家之一，与关汉卿、白朴、马致远齐名，并称“元曲四大家”。所著杂剧 17 种，今存《伊尹扶汤》、《王粲登楼》、《周公摄政》、《翰林风月》、《倩女离魂》、《三战吕布》、《无盐破环》等 7 种。散曲存世有小令 6 首，套数 2 首。

【原文】

雨余梨雪开香玉，风和柳线摇新绿。日融桃锦堆红树，烟迷苔色铺青褥。王维旧画图，杜甫新诗句。怎相逢不饮空归去？

【译文】

春雨过后梨花绽放似雪，飘散淡淡的幽香。柔柔的风摇曳翠绿的柳丝，暖暖的太阳照耀红艳艳的桃花。天公织就的红锦啊，堆满一树又一树；迷迷濛濛的春草地啊，天公铺就的青褥。春天啊，我找不到更美的语言来形容你，你就是王维留下的绝妙图画，杜甫新写下的动人诗句。如此良辰美景，朋友相逢，怎能不饮酒，就分手归去！

【赏析】

这是一曲春之歌，是一幅原野春日图。作者以铺叙笔法展现初春原野的迷人景象，雪白的梨花在雨后绽放，柔嫩的新柳枝在春风中摇曳，红霞般的桃花分外耀眼，远处的青草地一望无际。作者深知再美的语言也写不尽春光的美好。于是，他写了四句，便戛然而止，用“王维旧画图，杜甫新诗句”来概括和结束他对春天的赞美。无疑这是非常明智的艺术选择。最末一句：“怎相逢不饮空归去?”将抒情主人公的形象推到读者前面，让人感受到作者热爱大自然、尽情地享用大自然所赐的乐观情怀。整个曲子洋溢着热烈欢快的情绪，读者不禁陶醉其中。

［南吕·四块玉］

闺　情

【作者简介】

曾瑞，字瑞卿，大兴（今北京大兴县）人。“喜江浙人才之多，羡钱塘景物之盛”，因而定居杭州。《录鬼簿》将其归入“方今已亡名公才人余相知者”之列，活跃于14世纪初叶。钟嗣成称赞他“神采卓异”，“洒然如神仙中人”。因“志不屈物，故不愿仕”。著有杂剧《才子佳人误元宵》，散曲今有小令95首，套数17篇，数量颇丰。

【原文】

孤雁悲，寒蛩泣。恰待团圆梦惊回，凄凉物感愁心碎。翠黛颦，珠泪滴，衫袖湿。

【译文】

离群的孤雁在悲鸣，秋末的蟋蟀在啼泣，刚要团圆的好梦啊，被惊回。孤雁、寒蛩，悲泣声声令我心碎。禁不住双眉紧皱，热泪纷纷，打湿衫袖。

【赏析】

这是一支悲凉的闺中人相思曲。它着力刻画思妇梦醒之后的感伤情态，逼真，深婉而动人。作者没有展示思妇的梦境，只说她刚刚进入团圆梦境就被孤雁的悲鸣和寒蛩的啼泣惊醒了。因之，这位女性的悲苦不仅仅是与夫君长期的分离，而且连团圆梦也难以做成，其心境的悲凉程度可想而知。“孤雁悲，寒蛩泣”这两种物象构成一种凄清的氛围，有力地烘托了思妇的孤单和凄苦。最后三个短句，将思妇梦醒之后的形貌清晰地展现出来，让读者看到了一位泪光莹莹、形容憔悴的女子形象。如此细腻的心态和形貌的刻画，只不过用了七句，不足三十个字。这不能不叹服作者锤炼语言和概括生活现象的能力。

［南吕·玉交枝］

闲　适

【作者简介】

乔吉（约1280—1345）　又名吉甫，字梦符，号笙鹤翁，又号惺惺道人。太原人，后迁居杭州。钟嗣成《录鬼簿》称他“美容仪，能词章。以威严自饬，人敬畏之。居杭州太乙宫前。有题西湖《梧叶儿》百篇，名公为之序。江湖间四十年，欲刊所作，竟无成事者。”著有杂剧11种，现存3种。散曲现存小令209首，套数11篇。近人任讷辑为《乔梦符散曲》。元后期杰出的杂剧家、散曲家。朱权《太和正音谱》称赞乔吉散曲的风格如“神鳌鼓浪”。

【原文】

山间林下，有草舍蓬窗幽雅。苍松翠竹堪图画，近烟三四家。飘飘好梦随落花，纷纷世味如嚼蜡。一任他苍头皓发，莫徒劳心猿意马。自种瓜，自采茶，炉内炼丹砂。看一卷道德经，讲一会渔樵话。闲上槿树篱，醉卧在葫芦架。尽清闲自在煞。

【译文】

山林里有幽雅的蓬窗草舍，淡烟轻笼着三四户人家，苍松翠竹掩映，恰似一幅水墨画。落花飘入我的好梦，味同嚼蜡的纷扰俗事远离着咱。任凭他黑发变白发，功名富贵啊，休使我心猿意马。我自种瓜，自采茶，炉里炼着丹砂。看一卷《老子》书，聊一回渔夫樵夫的话。关上那木槿树枝编就的篱笆，醉卧在葫芦架下，何等清闲自在，无牵无挂。

【赏析】

此曲描述了具有道家特征和诗化了的隐逸者的生活境界。抒情主人公生活在远离尘世的山林里，过着简朴却幽雅的生活，没有世俗的纷扰，有自食其力的快乐，大有陶渊明的遗风。尤其值得注意的是，道家经典《老子》是他闲暇中的必读之物，道家思想是他的精神支柱；此外，他又炼着丹砂，像一位道教徒。不过，他并不刻意追求长生，他“一任苍头皓发”，只是以与渔夫们樵夫们闲谈来消磨时光，只是高卧葫芦架下，做着悠然的梦。显然，乔吉笔下的隐者生涯是他的一种理想，将实际的隐者生活大大地诗化了。

[中吕·朝天子]

渔父词·江声撼枕

【作者简介】

作者乔吉（略）

【原文】

江声撼枕，一川残月，满目遥岑。白云流水无人禁，胜似山林。钓晚霞寒波濯锦，看秋潮夜海熔金。村醪窨，何人共饮？鸥鹭是知心。

【译文】

我船行在大江中，涛声撼动我的梦。但见一江月色，满目远山朦胧。白云流水，任凭我尽情受用。水上的快乐，更超过山林。在晚霞中垂钓，寒波闪闪如漂流织锦。近观秋潮涌起，远望大海落日，如黄金销熔。啊，我在村中酿就的酒，已藏在窖里，有何人与我共

饮？疏狂逸客啊，只有江上飞翔的鸥鹭是知心。

【赏析】

《江声撼枕》描写归隐者于傍晚时分船行江上时对两岸风景的独特感受，在领略大自然之美的同时，流露出孤傲而又落寞的意绪。作者将写景与抒怀交错展开：前三句写景中央着抒情主人公的几分疏懒意态，他懒懒地躺在船上，江涛撼着他的枕，江水中映照着早早升起的月亮，山峰迎面而来；接着三、四句，抒怀中有景致，俯仰流水白云，极为惬意；五、六句，将晚霞照水的景况写得极为美丽而壮观，“江水寒波濯锦”和“秋潮夜海熔金”，一近一远，相互映衬；最后三句，洒脱中显出几分孤独，虽然自己与鸥鹭一般无拘无束，却无人理会。由此表明，隐者虽耽于秋光、秋水之美，但并未能真正得到精神上的解脱和自由。

［中吕·喜春来］

秋　望

【作者简介】

作者乔吉（略）

【原文】

千山落叶岩岩瘦，百尺危阑寸寸愁。有人独倚晚妆楼。楼外柳，眉暗不禁秋。

【译文】

群山树叶凋零，露出嶙峋的山岩，百尺楼上高栏，寸寸凝结离愁。晚妆罢，闺中人独立凭栏，几多时候。楼外柳叶细如眉，渐渐枯萎去，双眉紧蹙的人儿哟，怎经得住这肃杀的秋！

【赏析】

《秋望》是一幅秋日思妇图。开篇以群山萧索、巉岩突兀为起兴，烘托独倚危栏望断秋水的闺中人的孤独和感伤。以“岩岩瘦”来突出“寸寸愁”，虽然没有直接刻画那思妇的面容，但读者已经能感觉到她的憔悴。特别是末两句：“楼外柳，眉暗不禁秋。”运用双关和暗示的技法，进一步点染了抒情主人公凄苦的神态。柳是后凋之物，楼外柳是女子眼中所见，这令人联想到《长恨歌》里“芙蓉如面柳如眉”的巧喻，如今柳叶渐萎，而女子柳眉紧蹙，物与人之间构成平行关系，物的凋零与人的悲苦相互映衬，将那女子盼望夫君早归而不得所引起的情绪变化，与秋气渐浓寒神凄骨的氛围吻合无痕。当然，如同许多元散曲作家惯用的做法，乔吉在此曲也巧妙地融会了唐宋词中的意象，如“有人独倚晚妆楼”，显然受到了温庭筠“梳洗罢独倚望江楼”，以及柳永“想佳人、妆楼颙望，误几回、天际识归舟”的启发，所以《秋望》虽意蕴颇丰，但继承仍多于创新。

［南吕·四块玉］

看野花

【作者简介】

刘时中，元代中后期著名散曲家，生平及籍贯不详，或认为他是江西人，元文宗天历年间（1328—1330）尚健在，是《上高监司》这首著名套曲的作者。今存散曲小令75首，套数4篇。

【原文】

看野花，携村酒，烦恼如何到心头。红缨白马难消受。二顷田，两只牛，饱时候。

【译文】

观赏着野花，随身携带家酿的浊酒，有什么烦恼到得了我心里头。骑红缨马，摆官僚架势，这个福分，我无法消受。只求混个肚子饱，有二顷田，二条牛。

【赏析】

此曲表达作者的隐逸思想：远离权势名利，只求闲适自放。曲中所表达的人生目标质朴单纯，不过是看野花赏村酒的快乐，不过是二只牛、二顷田的光景，但其中已包含着平安和无争，这恰是老庄情怀。语言明白如话，与其所包容的思想一样，淡泊而自然。

［南吕·金字经］

落花风飞去

【作者简介】

吴弘道，字仁卿，一说名仁卿，字弘道，号克斋，金台蒲阴（今河北省安国市）人。生卒年不详，大体上活动于元成宗大德（1297—1307）和元武宗至大（1308—1311）年间。曾任江西省检校掾史之职，官至府判，致仕后曾寓居于杭州。他创作有《手卷记》、《子房货剑》、《火烧正阳门》、《楚大夫屈原投江》、《醉游阿房宫》等5种杂剧，散曲集有《金缕新声》、《曲海丛珠》等，上述杂剧和散曲集均已散佚不存。吴弘道还编有《中州启札》四卷，汇集了中州诸老的一些往来书札。《全元散曲》辑存有小令34首，套数4套。

【原文】

落花风飞去，故枝依旧鲜。月缺终须有再圆。圆，月圆人未圆。朱颜变，几时得重少年。

【译文】

落花在风中飘零，故枝依然那样鲜嫩。月亮缺了终会有再圆的时候，可是，月圆了，相爱的人儿却未能团圆。青春已从我脸上悄悄离去，何时能再回到少年的时光？

【赏析】

此曲抒发人生易老、青春不再的苦恼和独处无偶的离情别绪。以“落花”起兴，引发出淡淡的惆怅；接着惋叹月缺再圆而人未圆，伤感的思绪随之浓化；末了，以“朱颜变，几时得重少年”作结，人生苦短、时不我待的无奈，更显深沉。

[商调·梧叶儿]

花前约

【作者简介】

作者吴弘道（略）

【原文】

花前约，月下期，欢笑忽分离。相思害，憔悴死。诉与谁？只有天知地知。

【译文】

花前月下与你约会，那欢笑的情景还历历在目，忽然间你离我而去。两地相思，折磨得我形容憔悴。我心中的苦和怨向谁诉说，只有天知地知！

【赏析】

这是一首以女性口吻唱出的相思曲。抒写由花前月下的甜蜜约会突然落入两地分离的苦苦相思，情感大起大落，直抒胸臆，无所掩饰，有浓郁的民歌风味。小曲突出强调相思之苦无法向第三者诉说的难处，逼真地表现出女性心理。

[中吕·山坡羊]

长安怀古

【作者简介】

赵善庆，字文宝，一作赵孟庆，字文贤。生卒年不详。饶州乐平（今江西乐平县）人。善卜术，曾任阴阳学正。元代杂剧作家，著有《教女兵》、《七德舞》、《满庭芳》、《村学堂》、《负亲沉子》等杂剧8种，但均已失传。其散曲今存小令29首。

【原文】

骊山横岫，渭河环秀。山河百二还如旧。狐兔悲，草木秋，秦

宫隋苑徒遗臭，唐阙汉陵何处有？山，空自愁；河，空自流。

【译文】

骊山的峰峦横出东南方的天空，渭水宛如美丽的衣带绕城北而流过，以黄河华山为屏障的关中平原，依然如故，可是秦汉隋唐的宫殿园林何处去寻找？只见那散发着腐朽气息的废墟上，狐兔出没，草木萧索，万物悲秋。山啊，默默地忧愁；河啊，徒然地奔流。

【赏析】

《长安怀古》是吊古伤今之作，有浓重的历史沧桑感。作者以犀利目光扫视古都长安的历史和现状：虽然关中山河依旧，但秦汉隋唐的帝王们作威作福纵情享乐的宫殿楼台园林亭阁已无处可寻，只见废墟上荒草萧索，狐兔出没无半点活气。“秦宫隋苑徒遗臭，唐阙汉陵何处有。”对帝王功业的冷嘲和轻蔑，从作者心底油然而生。与山河相比，再伟大的帝王都显得渺小。“山，空自愁；河，空自流。”作者的声声叹息，表明帝王的神圣感已从他心中突然消失，流露出几分苍凉和虚无。

[双调·落梅风]

江楼晚眺

【作者简介】

作者赵善庆（略）

【原文】

枫叶枯，柳瘦丝。夕阳闲画阑十二。望晴空莹然如片纸，一行雁一行愁字。

【译文】

枫叶枯萎了，叶子凋零的柳丝瘦得可怜。懒懒的夕阳将余晖洒落游子客居的楼头。靠着这高楼的栏杆，我眺望晴空，那光洁得如同白纸的秋空啊，一行大雁飞过，那行雁字写满我无尽的乡愁。

【赏析】

《江楼晚眺》是秋思之作，但纯然通过秋天景物的描绘来表达和烘托作者的乡愁。作者的观察点是在楼上，时间是夕阳西下，因之从近处地面的树木直至高远的晴空，都显得苍凉。“枫叶枯，柳瘦丝”，这无疑是写秋景的寻常物料；但“望晴空莹然如片纸，一行雁一行愁字”，则显出作者想像与构思的别致。这令人联想到抒情主人公与家人音信无通，看到大雁便增添几许乡愁和对家人的思念。因之，读完后二句，独立楼头眺望远方的游子形象，便立时鲜明地浮现在眼前。语言凝炼，意境浑圆，虽属小曲，颇类小词。

[黄钟·人月圆]

雪中游虎丘

【作者简介】

张可久（约1270—1354?）名久可，可久为其字（元曲家常以字行），号小山，庆元（浙江宁波）人。小山一生坎坷，终生为吏，其间也曾退隐田园，却因生计所迫，悬车之年尚为小吏，强颜事人。他是元代后期散曲大家，与乔吉齐名，有“曲中李杜”之称。与贯云石最为相知，也曾与卢挚、马致远、刘致、任昱等人唱和。他一生创作颇多，散曲作品今存860多首，数量为元代散曲作家之冠，另有诗、词作品传世。他的散曲美词藻，工对偶，善用典实，讲究格律，形成了清丽典雅的风格，对后世散曲创作很有影响。散曲集在元代已陆续结集，今有《北曲联乐府》、《小山乐府》（天一阁归藏）、《张小山小令》（明李开先编）等书传世。

【原文】

梅花浑似真真面，留我倚阑干。雪晴天气，松腰玉瘦，泉眼冰寒。兴亡遗恨，一丘黄土，千古青山。老僧同醉，残碑休打，宝剑羞看。

【译文】

梅花啊，你简直是画中的美女南岳地仙，你的美丽留住我，久久地倚着栏干。雪晴了，空气温润而清爽，松树腰干上的雪渐渐消

融，泉眼却依然被冰雪封冻。千古兴亡，留下多少遗恨，看那一堆黄土下面，曾是不可一世的吴王阖闾，而青山依旧，千古长存。老和尚与我一样喝醉了，何必去拍打字迹模糊的残碑，何必去看深埋着吴王宝剑的剑池。

【赏析】

《雪中游虎丘》是记游曲，又是咏怀曲。虎丘作为古迹，游客无疑要去凭吊阖闾坟，去观览剑池；可是虎丘最吸引张可久的则是雪后绽放的梅花，是虎丘雪晴的迷人的景致，是大自然之美。所以前五句，纯然是一幅虎丘雪晴图。作者的喜悦流注于雪后清冽的天气的点染，梅花、松树、寒泉等形象的勾勒之中。吴王墓、剑池等凝聚历史遗恨的陈迹，并未能引起诗人特殊的兴致；相反，他以相当冷漠的目光扫视这一切。所以，后六句的吊古咏怀，实际上是对吴王功业的否定，也是对功名富贵的否定。“一丘黄土”与“千古青山”之间，暂短与永恒，渺小与庄重，是如此分明。这就是张可久的历史观。经过这样的比照，令人感到此曲的主旨在于淡泊人生和热爱自然。

［双调·水仙子］

吴山秋夜

【作者简介】

作者张可久（略）

【原文】

山头老树起秋声，沙嘴残潮荡月明。倚阑不尽登临兴。骨毛寒环佩轻，桂香飘两袖风生。携手乘鸾去，吹箫作凤鸣。回首江城。

【译文】

山顶苍劲的古树在秋风中长啸短吟，残潮拍打着沙滩，荡不去滟滟的月色；我登高凭栏，看不够这钱塘秋夜。雁儿从头上飞过带着北国的风寒，如美丽的仙女摇动轻巧的佩环；桂花的清香落满我的衣袖，我禁不住要随着雁儿，携着美人，乘鸾鸟飞升。我要做一回萧史吹箫，吹奏出凤凰的歌声。回首处，是一湖灯火的杭州城。

【注释】

［吴山］又名胥山，俗名城隍山，位于杭州西湖的东南，杭州风景胜地之一。［沙嘴］沙滩。［骨毛寒］指北方飞来的大雁。［环佩］古人衣带上的佩玉。［鸾］凤凰之类的神鸟。［吹箫作凤鸣］用《列仙传》萧史、弄玉相恋，双双乘凤凰飞天的典故。［江城］杭州城。

【赏析】

《吴山秋夜》抒写作者由眺望钱塘秋夜的美景而引发对美好爱情境界的向往，联想丰富，思绪跳跃，情感深婉。头二句是作者通过听觉和视觉对吴山及钱塘秋夜的感知；四、五句由夜空雁儿飞过的印象，联系到自身的存在；六、七句展示一种飘飘欲仙的感觉，想象自己正携着心上人骑着凤凰与雁儿一道飞升，吹奏着仙乐，如同萧史弄玉；结束句，“回首江城”，扑朔迷离，似乎不忍离去，依恋着这人间天堂。总而言之，此曲意象朦胧，凄迷恍惚，是作者对吴山秋夜的实感与一系列幻觉和心像的组合。

［越调·寨儿令］

西湖秋夜

【作者简介】

作者张可久（略）

【原文】

九里松，二高峰，破白云一声烟寺钟。花外嘶骢，柳下吟篷，

笑语散西东。举头夜色濛濛，赏心归兴匆匆。青山衔好月，丹桂吐香风。中，人在广寒宫。

【译文】

西湖秋夜，迷濛而美丽，静谧而喧腾；九里松苍翠夹道，寂然无语；南高峰北高峰，巍巍然耸入夜空；寺院的钟声惊破白云，悠悠然传遍江城。鲜花丛外骏马嘶鸣，诗人们吟诵在凉棚，欢声笑语散落湖西湖东。举头看夜色，朦朦胧胧，游人们带着几分惬意，回家的脚步匆匆。青山吻着明月，桂花吐着香风。美妙的西湖秋夜啊，我陶醉在这人间的广寒宫。

【赏析】

《西湖秋夜》向读者展示了西湖秋夜美妙的景色，恰似一幅散点透视的西湖秋夜图。作者似乎站在极高处，鸟瞰以西湖为中心的杭州城，首先映入眼帘的是巨大的景物，郁乎苍苍的九里松，直插夜空的二高峰，然后是花丛、柳荫、嘶骢、吟客；他不只用眼睛，而且用耳朵、鼻子和心灵去感知这迷人的夜色，庙院的晚钟声穿透云天散落大地，游人的欢声笑语和马的嘶鸣此起彼伏，沁人肺腑的丹桂清香弥漫在夜气中……。在这幅秋夜图中，既显示了大自然的美，又点染出杭州人丰富的夜生活，勾勒出他们享受人生的侧影，使得这迷人的夜色有了充实的人文内容。因之，我们阅读此曲，在感受大自然之美的同时，又体味到杭州的繁华和曲作者对西湖的深爱之情。

[双调·殿前欢]

客　中

【作者简介】

作者张可久（略）

【原文】

望长安，前程渺渺鬓斑斑。南来北往随征雁，行路艰难：青泥小剑关，红叶湓江岸，白草连云栈。功名半纸，风雪千山。

【译文】

遥望长安城这帝王之都，前程如此渺茫，我双鬓却已染霜。随着大雁我南来北往，经历多少艰辛，越过青泥岭这样曲折的山路，穿过剑阁这样险峻的雄关，横渡溢江这样湍急的河水，攀行在高耸天外的连云栈。我赢得了什么？是写在纸上的功名——无人赏识的文章半篇，哎，身后是风雪弥漫的群山。

【赏析】

张可久终生屈居小吏，未入仕流，这肯定与他没有参加科考或未能通过科考有关。他也许曾经到元朝大都求过官或准备参加科举考试，《客中》一曲透露出他求官未遂或科举失利的痛苦心境。虽然小令句句写读书人赴长安的艰辛路程，实际上都是象征他和他的同时代人到大都求官的艰难历程。曲中列举小剑关、溢江岸、连云栈等旅途中的险境，既是指自然环境的险恶，又是人际环境险恶的写照。在民族歧视和政治混浊面前，汉族儒生的入仕前途极不平坦，自然界的小剑关、连云栈尚可攀越，人世间设置的种种障碍却往往不可超越。因之，作者面对诸多险阻，极为迷茫，不禁发出绝望的叹息："功名半纸，风雪千山。"这是时代的叹息，是一大批有志之士才不得伸而发出的无望的抗议。此曲一气呵成，格调深沉而悲愤，具有艺术感染力。

［越调·天净沙］

江　上

【作者简介】

作者张可久（略）

【原文】

嗈嗈落雁平沙，依依孤鹜残霞，隔水疏林几家。小舟如画，渔歌唱入芦花。

【译文】

群雁飞落平坦的沙滩，雁儿嗈嗈和鸣；孤零零的水鸭向天边飞

去，追逐一片晚霞；河那边有稀疏的树林，掩映着几户人家。小船摇荡在水中，宛如一幅水墨画；渔翁唱着歌儿，悠悠荡入岸边芦花。

【赏析】

此曲描绘优美和谐的江边风景，宛如一幅水墨丹青。作者极讲究画面对称性的布局：沙滩落满雁群，晴空孤鹜追逐着落霞，江中船儿摇荡，岸边疏林掩映人家；在宁静的景象中，有嗈嗈的雁儿和鸣，有渔歌飞入芦花，静中有自然之音与人的声音的交响，从而使得这幅平和的江村图生气勃然。

[越调·天净沙]

月　夜

【作者简介】

作者张可久（略）

【原文】

倚阑月到天心，隔墙风动花阴，一刻良宵万金。宝筝闲枕，可

怜少个知音。

【译文】

她孤零零靠着栏干望月，一直月到天心，墙那边夜风吹动花枝，地上有斑驳的花影，花阴下可有张君瑞私约莺莺？啊，美妙的良宵，一刻值万金。她闷闷回到闺中，只见宝筝闲枕，可惜少一个知音。

【赏析】

《月夜》刻画深闺女子望月的神态，展示其思春的心绪，强烈地表达她对爱情的渴望。短短五句，却描述了她的心理过程：她先是呆呆地望月，一直望到月移天心，表明她的孤单，暗示月圆人未圆的缺憾；接着写她发现隔墙花阴下有迷人的景致，令她发出“一刻良宵万金”的慨叹，对有幸私约月下的人儿钦慕不已；然后，转入闺中，只见无人与共的枕头和无人欣赏的宝筝闲置在那里，不禁悲从中来，呼一声“可怜少个知音”，将她心底对爱情的渴求和盘托出，点破题旨。此曲与元曲中许多以闺怨为题材的作品一样，体现了人性的觉醒。

［正宫·醉太平］

席上有赠

【作者简介】

作者张可久（略）

【原文】

风流地仙，体态天然。画图谁敢斗婵娟？相逢酒边。当楼皓月姮娥面，倚阑翠袖琵琶怨，满林红叶鹧鸪天。惜花人未眠。

【译文】

你是人世间风韵标致的女仙，美丽的风姿，实属天然。无与伦比的娇美，只有在图画里才能看到，没想到在酒席上相见。像是月宫里的嫦娥出现在楼头，像是昭君手拨琵琶诉说幽怨，依着栏杆。你美妙的琴声将我带到深秋的原野，鹧鸪啼唱，红叶满山。曲终人散，惜花的人啊，一夜未眠。

【赏析】

《席上有赠》很可能是作者在宴席上的即兴之作，赠给某位歌女的。通过赞美那位歌女的天生丽质和她美妙的琴音，流露出作者对她的爱慕之情。作者用来描述歌女美丽和琴艺的比喻并无新颖处，他的技巧在于将具有比喻作用的意象的组合，构成可供读者联想的境界，节奏跳跃而又顺畅。

[中吕·迎仙客]

秋　夜

【作者简介】

作者张可久（略）

【原文】

雨乍晴，月笼明。秋香院落砧杵鸣。二三更，千万声。捣碎离情，不管愁人听。

【译文】

雨霁天晴，月光笼罩大地，弥漫秋草秋花气息的院落响彻捣衣声。妇人们直捣到二更、三更，杵敲石砧，千声万声。声声捣碎女人心，捣碎了离情，不管相思的人儿愿不愿听。

【赏析】

这似是一幅秋夜捣衣图。笼罩着月色弥漫着秋香的院落，妇人们把对远行不归的男人的思念和幽恨，都灌注在捣衣声中。捣衣是制作冬衣的一个步骤。诚如姚燧在《寄征衣》中所咏叹的，思妇们是否给良人寄寒衣甚为踌躇，此曲的抒情主人公也是带着离愁别恨来捣衣，心情是复杂的。张可久的高明处在于：他虽然没有正面刻画抒情主人公的形象，但是他通过砧杵的声音，却巧妙地揭示了思妇的忧伤；将砧杵声与幽静的月夜以及袭人的秋香，组合成浑圆的图画，捣衣人的形象便自然地浮现出来。语言极为简净、明丽，富有表现力。

［正宫·小梁州］

春　怀

【作者简介】

任昱，生卒年不详，大概与张小山、曹明善同时。字则明，四明（今属浙江省宁波市）人，少年时狎游平康，写过不少散曲作品，在歌妓之间传唱。晚年发愤读书，尤工作七言诗。其散曲，晚年以哀婉沉郁见长。《全元散曲》存其小令59首，套数1篇。

【原文】

落花无数满汀洲，转眼春休。绿阴枝上杜鹃愁。空拖逗，白了少年头。［么］朝朝寒食笙歌奏，百年间有限风流。玳瑁筵，葡萄酒。殷勤红袖，莫惜捧金瓯。

【译文】

江中的小岛、江岸的平地，覆盖着落花。转眼间，春天过去了。绿树已成阴，枝头杜鹃啼唱着惜春的愁思。虚度多少好时光，白发已布满少年头。每年的寒食节都欣赏美妙的音乐。人生百年，风流岁月多么有限。在豪华的酒宴上，殷勤的歌女为你捧上葡萄酒，请不要推辞，须痛快醉饮。

【赏析】

《春怀》感叹春光易逝，人生易老，须及时行乐的浪子情怀。作者运用铺陈的笔法，一连三句展示暮春景色，接着将抒怀及叙事相结合，豪迈洒脱中显出几分颓唐。

[南吕·金字经]

重到湖上

【作者简介】

作者任昱（略）

【原文】

碧水寺边寺，绿杨楼外楼，闲看青山云去留。鸥，飘飘随钓舟。今非旧，对花一醉休。

【译文】

碧绿的西湖哟，湖边的寺院连着寺院，绿杨掩映的楼阁连着楼阁，我站在楼头望青山，看白云来去悠悠。鸥鸟随着钓鱼船飞翔，似乎故意显示它的快乐自由。西湖依旧美哟，我已白少年头。举酒对花饮，怎能不一醉方休！

【赏析】

《重到湖上》是作者重游杭州西湖时的感怀之作。面对美丽的西湖，作者依然保持闲适旷达的姿态，虽年华老去，但及时行乐的情感潜流仍无法抑制而倾泻纸面。小曲语言和谐流利，朗朗上口。开篇套用南宋人"山外青山楼外楼"的结构，读者不禁与美丽的西湖联系起来，湖光山色似乎立刻映入眼帘，别有一种韵味在其中，令人倍感亲切。

[南吕·金字经]

梅　边

【作者简介】

吴镇（1280—1354）字仲圭，号梅花道人。嘉兴（今浙江省嘉兴市）人。元代画苑四大家之一。散曲创作仅存小令一首。

【原文】

雪冷松边路，月寒湖上村。缥缈梨花入梦云。巡，小檐芳树春。江梅信，翠禽啼向人。

【译文】

松林边积雪的小路，闪着冷光；月色下的湖上村，笼罩着寒意。远处树枝挂雪，隐约梨花绽放，天地如在梦中。我月下徘徊，有幽香袭来，看屋檐外已有芳树报春。美丽的小鸟向人啼唱，传达江梅初开的喜讯。

【赏析】

《梅边》出自大画家之手，体现出写实与跳跃式想象相结合的思维特点。作者没有将梅花置于画面的中心位置，而是着意渲染梅花冒雪冲寒绽放的环境，以及在幽冷的氛围中透出的无限生机。作者的思维有三次跳跃式的转换：在雪冷月寒之夜，他突然觉得自已身入梨花绽放的温柔梦乡；接着，他徘徊月下，忽地发现檐外已有春色；最后，又感觉到有翠禽报道江梅已开的信息。须知，在寒冷冬夜是不可能有翠禽啼鸣的，这显然是按照画家的构图要求，将温和的白天才能出现的景象移植在画面上的。他这样做的目的，无非是要点出题旨，显示梅花不畏严寒的品格而已。所以，此曲所描绘的不是一个浑圆的意境，而是作者对几个印象的组合，以表达其在严寒之夜展望春天来临的心境。

[双调·蟾宫曲]

姑苏台

【作者简介】

作者徐再思（略）

【原文】

荒台谁唤姑苏，兵渡西兴，祸起东吴。切齿仇冤，捧心钩饵，尝胆权谋。三千尺侵云粪土，十万家泣血膏腴。日月居诸，台殿丘

墟。何似灵岩，山色如初。

【译文】

这荒芜的亭台，是谁命名它为姑苏？是它的主人吴王夫差。正是他起兵西渡钱塘江，挑起战火连年的吴越冲突。越国君臣切齿痛恨仇敌，勾践卧薪尝胆，范蠡设下计谋，送上美人西施作钩饵，终将吴国倾覆。高耸入云的姑苏台，瞬间化为粪土，十万家民夫的血泪浸入泥中成了膏腴。岁月如流水，冲刷着历史，再不见巍峨辉煌的台殿，眼前是一片丘墟。吴王奢侈淫乐的姑苏台，怎能比得上那峻峭的灵岩，山色依然如初，一派葱绿。

【赏析】

《姑苏台》是一首怀古之作。作者目睹姑苏台的废址，追想春秋时期吴越兴亡的历史，强烈谴责荒淫暴虐好战的吴王夫差，嘲笑这位骄横一时的君王身死国灭的可悲下场，同时深切同情在暴君统治下白白流汗流血的人民。“三千尺侵云粪土，十万家泣血膏腴。”高度概括了暴君的奢侈无度和百姓为之付出的巨大牺牲。由此可以看出，作者怀古的出发点和立足点是平民百姓，而不仅仅是惋叹王朝的兴亡。当然，作者也以历史的长远的目光来观察帝王的功业，认为帝王的基业不过短暂的一瞬，它们终究要成为灰土，被时间的长河冲刷得不见踪迹，在轻蔑中又蕴含着警告。“日月居诸，台殿丘墟。何似灵岩，山色如初。”读罢令人肃然。言外之意，那些穷奢极欲的君主，还是少一点消耗民脂民膏吧，大自然长存，你们不过是匆匆过客。

[仙吕·一半儿]

春　情

【作者简介】

作者徐再思（略）

【原文】

眉传雨恨母先疑，眼送云情人早知，口散风声谁唤起？这别离，一半儿因咱一半儿你。

【译文】

我与你眉目传情，母亲早早起了疑心，我与你眼送秋波，旁人不是不知，可是哪一位散播出这么多风言风语？闹得咱俩生生被拆散，苦苦相别离，一半儿是因为我自已，一半儿是你沉不住气！

【赏析】

《春情》以女子口吻唱出青年男女自由恋爱的愿望以及这种愿望未能实现的烦恼。明白如话，率直坦诚，最末一句既是怨词又是打趣，大类民歌的情调。这表明元后期的一部分散曲创作，依然继承着前期散曲本色天然的传统，像徐再思这样有“词化倾向”的曲家也是这样。

［双调·清江引］

长门柳（二首）

【作者简介】

曹德，字明善，生卒年不详。《录鬼簿》将其人编“方今才人相知者”之列，是张可久的同时期散曲作者。曾任衢州路（今属浙江者）吏（一说任山东宪吏）。太师伯颜擅权枉杀剡王彻彻都、高昌王帖不儿不花，曹德时在大都，作《长门柳》二首讽之，大书于五门之上。伯颜怒，下令缉捕，避于吴中僧舍得脱。事见《辍耕录》。《续录鬼簿》挽词也称他“神京独赋《长门柳》，士林中逞俊流，万人内占了鳌头”。今存散曲小令18首。

【原文】

长门柳丝千万结，风起花如雪。离别复离别，攀折更攀折。苦无多旧时枝叶也。

长门柳丝千万缕，总是伤心树。行人折嫩条，燕子衔轻絮。都不由凤城春做主。

【译文】

长门宫外的柳丝有千万个蕾，春风吹来柳花飞如雪。送别的人

一伙接着一伙，枝条被折了又折，担心不用多久，旧枝叶再没有了。

长门宫外的柳丝有千万缕，每棵柳树，都是伤心树。送别的行人，折断它的柔枝；燕子筑巢，衔走它的轻絮。啊，皇城的春天做不了主。

【赏析】

这是二首有明确讽刺目标的歌曲，谴责权相伯颜擅杀无辜，惋叹遇害者的不幸，实际上是对元朝政治黑暗的揭露。但曲子纯用比兴手法，极为含蓄婉转，谴责与哀伤之情均寄托于长门柳遭攀折这一意象。这既反映出作者强烈的正义感，又体现了他的斗争技巧。曲子本身虽含而不露，然而作者竟将其大书于五门之上，让老百姓从中读出底细和滋味，在伯颜气焰熏天之日，这样做却是冒着杀头危险的。曲子格调婉曲，但柔中有刚，如绵里藏针。如“长门”事，凡有点文化素养的人，都能知道其中所包含的冤屈和不幸；如“攀折更攀折”，影折伯颜残害宗室，当时大都读者大概可以心照不宣；至如“都不由凤城春作主”，将伯颜权势掩主独断专行的劣迹，寄寓其中，表面不露痕迹，但在那种特殊的政治气氛里，明眼人也不难读出它的真意。总而言之，此曲如此直接而巧妙地干预当朝政治，在元散曲作品中是极罕见的。

[仙吕·解三酲]

奴本是明珠擎掌

【作者简介】

真氏，名字、生平均不详，建宁人，歌伎。据《辍耕录》卷二十二“玉堂嫁妓”条记：姚燧为翰林学士承旨日，玉堂设宴，歌伎中有一人秀丽闲雅，微操闽音。姚燧问其来历，泣而诉曰：“妾乃建宁人氏，真西山之后也。父官朔方时，禄薄不足以给，侵贷公帑，无偿，遂卖入娼家。”姚燧后认她为女，替她赎身并择配嫁人。

【原文】

奴本是明珠擎掌，怎生的流落平康？对人前乔做作娇模样，背地里泪千行。三春南国怜飘荡，一事东风没主张。添悲怆。那里有珍珠十斛，来赎云娘。

【译文】

小女子我本是父母的掌上明珠，没想到流落风尘为歌妓？在客人面前假装着千娇百媚，背地里流下多少伤心泪。在南国的春天里，我像柳絮扬花般飘荡，任凭东风吹我，我无力自作主张，默默地添悲伤。孤苦无依的人啊，那有金银财宝来赎身，赎我这当代崔云娘。

【赏析】

此曲抒发作者沦落风尘充当歌妓的无限悲苦以及要求跳出火坑脱离苦海的强烈愿望。虽然是真氏个人经历的写真，却相当典型地概括了风尘女子的命运。头二句表明，真氏本是良家女子，也有过父母的钟爱，她是被逼迫卖身为娼的。三、四句真切写出了歌妓的两面人生，戴着千娇百媚的假面去侍奉客人，为主子挣钱，拿掉假面便是千行眼泪。五、六句，叙述她身世飘零，身不由主的苦况。最后三句，呼出她迫切希望从良的心声，实际上控诉了封建专制社会对女性的摧残。因为真氏是她父亲作为抵押品卖给官府的，为娼妓绝不是她本人的意愿，因之侵夺她的人身自由、占有她的肉体的，正是官僚机构和那些官老爷。不妨说，此曲是娼妓制度的控诉书，具有较高的认识价值。

[仙吕·一半儿]

拟美人八咏·春梦

【作者简介】

查德卿，生平籍贯失考。今存散曲小令 22 首。

【原文】

梨花云绕锦香亭，胡蝶春融软玉屏。花外鸟啼三四声。梦初惊，一半儿昏迷一半儿醒。

【译文】

梨花绽放如云，笼罩着锦香亭，蝴蝶飞舞，玉屏风里春意融融，

簇拥着美人儿的梦。花丛里传来鸟啼三四声，美人儿被惊醒，一半儿醒来，一半儿还留在梦境。

【赏析】

此曲描写美人儿的春梦和梦醒后的娇态。作者将她的梦境写得像春天一般五彩缤纷，春花、蝴蝶、亭阁簇拥着她的美梦，也衬托着她的美丽。她似乎依恋着梦境，不忍心离去，当她醒来时依然像睡美人。此曲反映了作者对于女性美的一种朦胧意念。

[双调·殿前欢]

懒云窝

【作者简介】

卫立中，生平事迹失考。今存散曲小令 2 首。

【原文】

懒云窝，懒云窝里客来多，客来时伴我闲些个，酒灶茶锅。且停杯听我歌。醒时节披衣坐，醉后也和衣卧，兴来时玉箫绿绮，问什么天籁云和。

【译文】

亲亲切切的“懒云窝”，陪我闲坐的客人，一拨又拨，灶上热着酒，新茶煮在锅。朋友放下杯中酒，听我放声高歌，醉了我和衣卧，醒来时我披衣坐，兴致来了，我吹萧把琴拨，更有那天籁之音，将琴瑟胜过。

【赏析】

卫立中仅存的二支小令《双调·殿前欢》是对阿里西瑛《双调·殿前欢·懒云窝》的唱和之作或拟作。卫氏此曲《懒云窝》特别强调隐居生活的质朴闲适高雅和自由。“窝”主人有朋友过访，不只茶酒款待，而且能吹箫鼓琴并大放歌喉，以娱乐客人，表现出丰富的情趣。它的倾向不仅是避世，而且是乐天。表明作者要善待人生，在朴素的环境中寻求快乐，在快乐中得到闲适和自由，并非一味地鼓吹醉生梦死。

[双调·水仙子]

怨别离·凤凰台上月儿昏

【作者简介】

王爱山，字敬甫，长安（今陕西省西安市）人。生平事迹失考。

【原文】

凤凰台上月儿昏，忽地风生一片云。淅零零夜雨更初尽，打梨花深闭门。冷清清没个温存。他去了无消息，枉教人空断魂。瘦脸啼痕。

【译文】

凤凰台上空的月儿昏然失去光明，那是忽然生起一阵风飘来一片云。初更将尽，下起淅淅沥沥的雨，雨打着梨花，我紧紧地关上闺门。好冷清的夜雨啊，好孤单的时辰，有何人给我温存？心上人啊，一去无音信，白白让我有那么多思念他的梦。我瘦削的脸庞，满是泪痕。

【赏析】

这是一支深沉、忧伤而又优美的闺怨曲。作者采用写实与象征相结合的手法，描写闺中女子所遭受到的感情波折，以及她孤单的处境。头四句侧重写景，云遮住了凤凰台上的月色，雨扑打着刚刚绽放的梨花，春夜的院落寂然无声。这既是写实性的环境描写，为女子的失意和孤独设置氛围，同时又是象征和暗示她的爱情婚姻遇到风波。后四句，直接抒发闺中人的幽怨，对一去无消息的心上人，一半是怨恨一半是相思，“瘦脸啼痕”，点染出她的形貌和心灵所蒙受的创伤。前后二部分吻合无痕，构成一幅境界浑圆的雨夜闺怨图，月黑风高雨纷纷的背景有力地烘托出泪眼模糊的闺中人形象。

[中吕·阳春曲]

赠茶肆·茶烟一缕

【作者简介】

李德载，生平事迹失考。今存《赠茶肆》小令10首。

【原文】

茶烟一缕轻轻飏，搅动兰膏四座香，烹煎妙手赛维扬。非是谎，下马试来尝。

【译文】

小茶馆煮茶的缕缕烟气轻轻飘荡，茶客们早已闻到兰膏般的清香，此处的烹茶妙手，技艺赛过扬州。这可不是吹牛。请下马落座，亲自尝一尝。

【赏析】

这支曲子是作者赠给小茶店的，极具广告的特征。它渲染茶香之诱人，又称赞小店烹煎技术之高超，甚至超过扬州这样的大城市茶楼，并鼓动行人下马亲自品尝。这是有关十三四世纪茶俗的生动史料，值得珍视。与今天的冲茶、泡茶不同，那时讲究的是煎茶烹茶，关汉卿戏剧《绯衣梦》里也提到过汴州茶馆的烹煎技艺。

[中吕·迎仙客]

暮　春

【作者简介】

李致远，生平事迹失考。今存散曲小令26首，套数2篇。

【原文】

吹落红，楝花风，深院垂杨轻雾中。小窗闲，停绣工。帘幕重重，不锁相思梦。

【译文】

楝树花开时，东风吹落无数桃红，深深院落里垂杨如烟，轻雾迷濛。小窗内悄无人声，闺中人已停下绣针，院落深深，帘幕重重，锁不住女儿家的相思梦。

【赏析】

《暮春》以含蓄笔调描写深闺女子的寂寞和锁不住的相思。头三句展示暮春季节的物候特征和深宅大院朦胧幽深的景象；接着像现代影视镜头那样，逐渐推近闺中人所居之地，用“小窗闲，停绣工”概括女子生活的孤单寂寞和枯燥，令人感到生活在此处的人，简直像是囚禁；末两句“帘幕重重，不锁相思梦。”揭示闺中人的精神状态，点明题旨。闺中女子对于爱的追求、对于心上人的思念，是重重帘幕无法阻挡，深深院落无法囚禁的。此曲构思精巧，婉约深情，颇为耐读。

［中吕·红绣鞋］

春闺情

【作者简介】

作者李致远（略）

【原文】

红日嫩风摇翠柳，绿窗深烟暖香篝。怪来朝雨妒风流。二分春色去，一半杏花休。归期何太久。

【译文】

迎着朝阳，翠柳在柔柔的晨风中摇荡，柳丝如烟，掩映着佳人的绿纱窗，熏笼点燃的沉香，袅袅地飘出深院闺房。忽地飞来一阵朝雨，似是妒嫉万物的风流，扑打着花，摧折着柳。二分春色随雨去，一半杏花随雨休，又是春将归去的时候。春天啊，与你重逢的日子，可别拖得太久太久。

【赏析】

《春闺情》描写深闺女子的惜春意绪。头二句展现暮春三月的景象和闺中人的悠闲。“怪来朝雨妒风流”，是一个转折，表明雨的突然来到，加速春天的归去。“二分春色去，一半杏花休。”衰败狼藉的场景，蕴含着闺中人深深的惜春情怀。“归期何太久”，是对春天发出的期待，希望她明年要早早降临人间。闺中人的淡淡哀伤，实际上是对青春易逝

的无奈和叹息。

[双调·水仙子]

东村饮罢又西村

【作者简介】

张鸣善，又作明善，名择，号顽老子，祖籍平阳（今山西省临汾市），安家湖南，流寓扬州，曾为宣慰司令史。《录鬼簿》将其入编“方今才人相知者”之列，系元后期散曲作者。《录鬼簿续编》称其“有《英华集》行于世，苏昌龄、杨廉夫拱手服其才”。著有杂剧三种，已佚，《英华集》也无存。今存散曲 13 首，套数 2 篇。《元诗选》癸集收录诗若干首。

【原文】

东村饮罢又西村，熬尽田家老瓦盆。醉归来山寺里钟声尽。趁西风驴背稳，一任教颠倒纶巾。稚子多应困，山妻必定盹，多管是唤不开柴门。

【译文】

在东村刚饮过酒，又到西村端起钟，一直饮干了农家的老瓦盆。我悠悠忽忽往家走，山寺的钟声早已敲尽。我顶着西风骑上驴背，倒也安稳，任凭那驴儿颠倒我的青丝头巾。小儿子多半是睡着了，老妻想必正打盹，我大概是叫不开柴门了。

【赏析】

这首充满诙谐情趣的小曲，描写隐士山居生涯的悠闲自得，他和谐的人际关系、温馨的家庭，以及山野的宁静，都令他满足。曲子以深夜醉归者的口吻叙述，半是自嘲，半是得意，真切自然，在归隐题材的散曲中像一股清新的风，给人以新鲜感。

[双调·寿阳曲]

思旧（三首）

【作者简介】

邦哲，生平事迹无考。仅存小令 3 首，

【原文】

初相见，意思浓，两下爱衾枕和同。销金帐春色溶溶，云雨期真叠叠重重。

谁知道，天不容，两三年间抛鸾拆凤。苦多情朝思夜梦，害相思沉沉病重。

尔在东，我在西，阳台梦隔断山溪。孤雁唳夜半月凄凄，再相逢此生莫期。

【译文】

一见钟情的人哟，爱意浓浓，销金帐里哟，春色溶溶。同被共枕情思绵绵哟，云期叠叠，雨会重重。

没料到，老天嫉妒，两三年间，恩爱的人儿被拆散。女儿家朝思暮想夜夜梦，相思成病，昏昏沉沉。

我在西，你在东，山溪隔断阳台梦。孤雁惊啼夜半，凄凉月色朦胧，何年何日，此生再相逢。

【赏析】

这三首小令是内容相衔接的一组曲子，抒写一对恋人从初见相恋情意绵绵到被拆散分手而苦苦相思的情感变迁。以女性口吻诉说，缠绵而又坦率，从浓烈的欢爱到天各一方的别离，情感落差极大，既表达了爱情的甜蜜，又抒发别离的忧伤，有鲜明的民间歌曲的特点。

［正宫·叨叨令］

叹　世

【作者简介】

杨朝英（约 1285—约 1355），号淡斋，青城（今山东省高唐县）

人。是著名的散曲集《乐府新编阳春白雪》和《朝野新声太平乐府》的编者，功德无量。自撰散曲，今存小令 27 首。

【原文】

昨日苍鹰黄犬齐飞放，今日单鞭羸马江南丧。他待学欺君罔上曹丞相，不如俺葛巾漉酒陶元亮。倒大来快活也末哥，倒大来快活也末哥，渔翁把盏樵夫唱。

【译文】

昨天他苍鹰黄犬一齐放，趾高气扬在猎场；今天他孤零零骑匹瘦马，在江南把命丧。他一心学欺君罔上的曹丞相，怎如我学习归隐田园的陶元亮。真是快活极了，真是快活极了，老渔夫举起了酒杯，打柴的老头儿慢慢地唱。

【赏析】

此曲嘲笑位居高官弄权枉法者的可悲下场，同时赞赏学习陶渊明走归隐自放的人生道路，宣泄了作者的愤世和避世情绪。对比手法的运用，使得爱憎的感情显得更为鲜明。一气呵成，韵脚响亮，有痛快淋漓的感觉。

［商调·梧叶儿］

客中闻雨

【作者简介】

作者杨朝英（略）

【原文】

檐头溜，窗外声，直响到天明。滴得人心醉，聒得人梦怎成。夜雨好无情，不道我愁人怕听。

【译文】

屋檐下窗户外，淅沥淅沥的雨声，响到天明。雨啊，你滴碎游子的心，絮叨得我做不成梦。无情的夜雨啊，难道你不明白愁人怕听这声音。

【赏析】

《客中闻雨》抒发作者客游在外的愁思。小令以雨声起兴，句句谴责夜雨的无情，烘托出游子无尽的客愁。作者没有直接点出愁的内容，但从“聒得人梦怎成”，已暗示他思乡念亲的心绪。

[中吕·山坡羊]

道　情

【作者简介】

宋方壶，名子正，华亭（今上海市松江县）人。元顺帝至正（1341—1367）年间，在华亭莺湖修筑别墅，四面有窗，室内洞然，饮酒对弈，游乐其中，以海上仙山比拟，室名“方壶”，因以为号。今存散曲小令13首，套数5篇。

【原文】

青山相待，白云相爱，梦不到紫罗袍共黄金带。一茅斋，野花开，管什么谁家兴废谁成败，陋巷箪瓢亦乐哉。贫，气不改；达，志不改。

【译文】

近望青山，青山与我朋友相待；抬头看云，白云与我会心相爱。紫罗袍黄金带，进不了我梦里来。有一间茅草屋，有一篱野花开，管什么王朝兴废，谁家成败。一箪食一瓢饮，在陋巷里住着，有多自在。贫贱呵，浩然正气不能改；显达呵，大济苍生志向不能改。

【赏析】

《道情》道出了作者安贫乐道的心志。表白要与青山、白云为友，安于素朴贫寒的生涯，远离达官显贵，甚至连做梦都梦不到做大官的事。可见作者对元末政治现状的厌恶，在淡泊宁静中显出激愤。但作者的内心深处并非完全没有功名之念，因为最后一句：“达，志不改”。便透露出他心底的秘密。假如压根儿弃绝红尘，还有什么“达”可言，还有何“达，志不改”的宏愿？足见在作者的潜意识里依然存在着“入世”的念头，希望一旦显达起来，实现大济苍生的志向。所以《道

情》在宣扬隐居之乐的同时，作者并未泯灭积极入世之心。不过他的“达”是为了实现“志”，这“志”大概就是李白当年宣示过的“达则兼济天下”了。他的“达”与仅仅为了获得“紫罗袍共黄金带”，恐怕是不尽相同的。但作者筑室莺湖，署以“方壶”，可知宋氏归隐的日子过得相当高雅舒适，曲中所谓“陋巷箪瓢亦乐哉”，不过是安贫乐道情志的象征，他决未穷到这个地步。

［中吕·朝天子］

秋夜客怀

【作者简介】

周德清（约1280—1351年后）字挺斋，江西高安人。宋代词人周邦彦的后人。工乐府，善音律。有感于世人作散曲而用韵不规范，遂著《中原音韵》“以为正语之本，变雅之端”。散曲创作今存小令31首，套数3篇。《录鬼簿续编》有小传，称赞“德清之韵，不但中原、乃天下之正音也；德清之词，不惟江南，实天下之独步也”。

【原文】

月光，桂香，趁着风飘荡。砧声催动一天霜，过雁声嘹亮。叫起离情，敲残愁况。梦家山身异乡。夜凉，枕凉，不许愁人强。

【译文】

月光洒满桂花树，桂香在夜风中飘荡，砧杵声声催落一天秋霜。南飞的大雁呀呀飞过，怎能叫我不思乡，砧杵声捣碎我的梦，不知家山在何方。夜清凉，枕清凉，铁石心肠也忧伤。

【赏析】

《秋夜客怀》抒发作者客游在外的思乡思亲的情怀。以月光、桂香、砧声、雁声起兴，并构成思乡思亲的环境，令读者置身于凄清的秋夜中，不禁与之一道勾起离情别绪；因之，从“叫起离情，敲残愁况”开始转入抒怀，埋怨雁声杵声，暗示他的乡梦被惊醒，从温馨的梦境回落到凉清的现实中来，乡愁归思更加难以遏止，有力地突出了题旨。

[中吕·满庭芳]

看岳王传

【作者简介】

作者周德清（略）

【原文】

披文握武，建中兴庙宇，载清史图书。功成却被权臣妒，正落奸谋。闪杀人望旌节中原士夫，误杀人弃丘陵南渡銮舆。钱塘路，愁风怨雨，长是洒西湖。

【译文】

你是文武双全的英雄，为大宋王朝的中兴，立下不朽的功勋，你的名字永载历史的典籍。可是，你恢复中原的大业即将告成之时，却遭到当权奸贼的嫉妒，善良忠贞的你啊，终于落入权奸的大阴谋。盼望南宋旌旗、切望国家统一的中原人士，遭到致命的一击，当他们听到你遇害的消息。抛弃祖宗的陵墓，南逃杭州的帝王贵族，竟重用奸贼，残害忠良，贻误统一的大业。通往你墓地的幽径，笼着忧愁的风、怨恨的雨，年年月月洒落在西湖。

【赏析】

《读岳王传》是一篇咏史之作，它热情赞扬南宋民族英雄岳飞的丰功伟绩，强烈抨击南宋高宗赵构和权奸秦桧残害忠良苟且偷安的罪行，鲜明地表现出作者的历史正义感和压抑在胸的民族情绪，是元朝末年人民反抗斗争日趋激烈、民族矛盾日趋激化的社会心理的反映。小令的语言具有很强的概括力：头三句准确地肯定岳飞的功绩；接着二句点明岳飞悲惨结局的原因；六、七句具有排偶性质，指出岳飞遇害所造成的巨大损失，并把批判锋芒直指宋高宗；最后三句，运用比兴，表达作者对英雄的崇敬和无尽哀思，告诉人们西湖烟雨茫茫，是天公为悼念英雄挥洒的泪水。如此倾向鲜明、情感强烈地赞扬岳飞、谴责卖国贼，在元散曲中并不多见。当然，曲中所说岳飞“功成却被权臣妒”，将岳飞遇害

归结成“权臣妒”的结果，显然有失全面。不过，在如此短小的篇幅里，也未必要求作者的认识达到完全正确的程度。

［正宫·塞鸿秋］

爱他时似爱初生月

【作者简介】

无名氏，是对佚名作者的总称。元散曲中有相当数量的作品没有署名，这许多当是民间的口头创作，经某位艺人或文人收集写定，而收集者和写定者并不愿意署名。有些作品可能原本是某人的独立创作，但在流传过程中遗失了作者名字。从总体上看，无名氏作品有浓厚的民间歌曲的色彩，更具散曲的天然质朴的本色特征。

【原文】

爱他时似爱初生月，喜他时似喜看梅梢月，想他时道几首西江月，盼他时似盼辰钩月。当初意儿别，今日相抛撇，要相逢似水底捞明月。

【译文】

我爱他像爱初生的月芽儿，我喜欢他像喜欢挂在梅梢上的月儿，想他的时候哟，就唱几首《西江月》；盼他的时候哟，就像盼辰钩月，耽心天狗吞了月。当初相爱相恋，对我是多么热切，今天他竟将我抛撇；要相逢啊，真像水底捞月。

【赏析】

此曲是爱情失意女子的怨词。通篇运用比喻，表现抒情主人公从与人相爱的甜蜜到被抛撇的怨恨。前四句，句句有“月”，形容她坠入爱河时对心上人爱恋的深切、盼望相会的急切。最后一句，将被男士抛撇无缘重逢形容为“水底捞月”，失望乃至绝望的情绪，被表现得淋漓尽致。

［正宫·塞鸿秋］

分分付付约定偷期话

【作者简介】

作者无名氏（略）

【原文】

分分付付约定偷期话，冥冥悄悄款把门儿呀，潜潜等等立在花阴下，战战兢兢把不住心儿怕。转过海棠轩，映着荼蘼

架。果然道色胆天来大。

【译文】

我一遍又一遍叮嘱他，记住幽会的地点和日期；那一刻到来时，我悄悄地轻轻开了门，生怕出一点声息。神不知鬼不觉，我躲在花阴里，我的心啊突突地，禁不住颤抖着身体。我见他转过海棠掩着的长廊，站在荼蘼架底，啊，爱的渴望如火一般燃起，不怕天和地！

【赏析】

此曲以女子口吻描述如何逃避家人的耳目赴幽会的情景，抒发了在封建礼教束缚下青年男女追求爱情的强烈愿望。小令采用铺叙的笔法，展示闺中女子如何与心上人约定会期、如何小心翼翼打开门（通往后花园的门）、如何躲在花阴下等候；如何担惊受怕地心神不定；如何发现心上人出现在预定的地点、如何地兴奋和渴望。这些行动和心理，极其逼真细腻。从小令所设置的幽会环境可以认定，女主人公是位千金小姐，她不顾严格的礼教限制，勇敢地与恋人相会，是一位崔莺莺（甚至比崔莺莺更加前卫）式的女子。小令以“果然道色胆天来大”作结，这是曲作者对当事人的调侃和揶揄，其实又是客观地揭示了人性必定战胜封建礼教的定律。此曲前四个排比句形容词的运用，十分得体，逼肖人物的动作神态；另外“门儿呀”，“呀”字用得绝妙，写出女子深怕门斗发出声响、却偏偏发出声响的尴尬。总之，这是一首色彩绚丽的情曲，大约出自民间歌手。

[正宫·塞鸿秋]

村夫饮

【作者简介】

作者无名氏（略）

【原文】

宾也醉主也醉仆也醉，唱一会舞一会笑一会，管什么三十岁五十岁八十岁，你也跪他也跪恁也跪。无甚繁弦急管催，吃到红轮日西坠，打的那盘也碎碟也碎碗也碎。

【译文】

宾客醉了，主人醉人，仆人也醉人，放声地唱，尽情地舞，放怀地笑，不管年老与年少，不管辈分大与小，通通跪在地上，无拘无束地嬉闹。没有笛子吹，没有喇叭叫，没有琵琶奏，一直吃到太阳滑下山，那时把盘来敲、碟来敲、碗来敲，敲得稀巴粉碎，那才真叫好！

【赏析】

《村夫饮》是一支具有北方少数民族生活色彩的宴会进行曲，以粗犷的笔触描绘出农村狂欢节般纵酒放歌尽情嬉闹的热烈场面。在这里无主客之分，甚至主仆的界线也被打破，老少的隔阂也不存在了。这时刻人们显然将各种礼数抛到脑后，或者说中原地区所严格恪守的礼仪在这里压根儿没有被尊崇，人们还保存着古朴的习俗，人们寻求快乐的本性可以得到充分的袒露。这是能歌善舞的一群，是豪放爽朗的一族，他们热情奔放达到高潮时的宣泄方式也极为独特，吃到红日西坠之时，他们将所有盘、碟、碗打得粉碎。此曲泼辣恣肆的风格，在元散曲中当首屈一指。

[正宫·醉太平]

堂堂大元

【作者简介】

作者无名氏（略）

【原文】

堂堂大元，奸佞专权，开河变钞祸根源，惹红巾万千。官法滥刑法重黎民怨，人吃人钞买钞何曾见，贼做官官做贼混愚贤。哀哉可怜！

【译文】

堂堂大元朝，由一伙奸诈谄媚之徒操纵大权，他们借治理黄河和发行新钞的机会，大肆搜括民财，也种下了天下大乱的祸根，愤怒的百姓揭竿而起，造反的红巾军成千成万。官家订下的法律多如牛毛，镇压百姓的手段十分凶残，人民的怨恨堆积如山。这是什么世道？人吃人，钞买钞，强盗成了大官，大官就是强盗。什么是愚、什么是贤，什么是恶、什么是善？一切都是非颠倒、黑白不辨。老百姓啊，真可怜，真可怜！

【赏析】

收录此曲的《辍耕录》作者写道："《醉太平》一阕，不知谁所造，自京师以至江南，人人能道之。"可见它是在元朝末年传播广泛的一支民歌。它是发自人民大众心底的吼声，强烈地控诉元朝末年统治集团的腐败无能，和统治手段的残酷，深刻揭露经济秩序的混乱和官吏的贪婪，一针见血地揭示了官逼民反的道理。这实质上是人民大众对元王朝必然速亡的宣判书，是元末人民大起义的宣言书，具有极高的历史认识价值。这说明在社会矛盾一触即发之时，散曲发挥了舆论武器的作用，在人们听腻了相思、幽怨、避世等老调子之后，突然响起这震天的歌声，的确令人振聋发聩，耳目为之一新。

[正宫·醉太平]

叹子弟

【作者简介】

作者无名氏（略）

【原文】

寻葫芦锯瓢，拾砖瓦攒窑，暖堂院翻做乞儿学，做一个莲花落训道。戴一顶十花九裂遮尘帽，穿一领千补百衲藏形袄，系一条七断八续勒身绦。这的是子弟们下梢。

【译文】

找一个葫芦锯成瓢，拾些砖瓦块砌一间破窑，从前暖烘烘的堂院变成小乞丐的“学校”，昔日的公子哥儿成了教莲花落的训导。他戴一顶十处开花九处开裂的遮尘帽，他穿一件千补百衲遮掩身子的破袄，他将一条七断八续的带子来系腰。这就是寻花问柳的浪荡公子的下场头！

【赏析】

《叹子弟》描述寻花问柳的公子哥们一旦银钱散尽的可悲下场，半是叹息，半是嘲讽，同时又是对世人的告诫。作者逼真地描绘出这类“子弟”的结局，他们嫖尽最后一分钱，连个讨饭碗都没有，只好现寻个葫芦锯成瓢；他们戴的是破帽、穿的是破袄、系的是破烂腰带，宛然是一副乞丐打扮，而实际上也已沦为乞丐。元杂剧和南戏中多有这类“子弟”的形象（如秦简夫《东堂老劝破家子弟》)，《叹子弟》这支曲子与戏曲一样，立意在于劝谕年轻人不要放荡堕落，否则免不了要成为教莲花落的“训导”。

[仙吕·寄生草]

情　叙

【作者简介】

作者无名氏（略）

【原文】

恰才个读书罢，窗儿外谁唤咱？原来是娇娃独立花阴下，露苍苔湿透凌波袜，靠前来叙说昨宵话。我与你金杯打就凤凰钗，你与我银丝掂做香罗帕。

【译文】

刚刚读完一卷书，不知是谁在窗外，轻声地叫咱？啊，原来是美丽的她，站在花阴下。露水苍苔打湿了她的凌波袜，靠前来甜甜叙说昨晚咱俩的悄悄话：我送你用金杯子为料打就的凤凰钗，你啊，

送给我银丝绣成的香罗帕。

【赏析】

此曲以男士口吻叙说与意中人幽会的情景。男士是位书生，那女子是位大胆的淑女，她主动来到书生窗前与他说话，回忆昨宵甜蜜的幽会。情调缠绵而率直，细腻而欢快。

［中吕·朝天子］

志　感

【作者简介】

作者无名氏（略）

【原文】

不读书有权，不识字有钱，不晓事倒有人夸荐。老天只恁忒心偏，贤和愚五分辨。折挫英雄，消磨良善。越聪明越运蹇，志高如鲁连，德过如闵骞，依本分只落的人轻贱。

【译文】

不读书的做高官掌大权，不识字的做富翁有大钱，不明白事理的倒有人夸奖推荐。老天啊，你为何这般偏心眼，分不清愚和贤！英雄遭到压抑，善良人的心志被消磨殆尽。越聪明的人越是倒运，哪怕你才能志气像鲁仲连这样高，哪怕你品德超过孔子的学生闵子

骞，哎，守本分的只落得个被人轻贱。

【赏析】

《志感》二首，这里选其一。这是一首愤世曲，深刻揭露元代社会愚昧之徒占有权力拥有钱财、贤良之士备受压制身处贫贱的罪恶现实，表达了人民大众、尤其是读书人对藐视文化、善恶不辨的统治者的愤恨，蕴含着民众要求改变这种昏黑世道的强烈愿望。

第二节　带过曲

[中吕·快活三过朝天子]

赏　春

【作者简介】

胡祗遹，字绍开，号紫山，磁州武安（今属河北）人。幼年丧父，身处逆境但仍攻读不辍。元世祖忽必烈至元初，授应奉翰林文字兼太常博士，转左右司员外郎。时阿合马弄权，群小得势，吏冗政苛，引起胡祗遹不满，因上书论政说："省官莫如省吏，省吏莫如省事。"触怒权奸，出为太原路治中。旋任荆湖北道宣慰副使。迁为济宁路总管、山东东西道提刑按察使、江南浙西道提刑按察使。后以病归乡，卒年67岁，谥文靖。有《紫山大全集》。胡祗遹以廉政、气节、文章名世，工于书法、诗、文、词，曲之造诣不凡，今存小令11首。

【原文】

梨花白雪飘，杏艳紫霞消。柳丝舞困小蛮腰，显得东风恶。野桥，路迢，一弄儿春光闹。夜来微雨洒芳郊，绿遍江南草。蹇驴山翁，轻衫乌帽。醉模糊归去好，杖藜头酒挑。花梢上月高，任拍手儿童笑。

【译文】

一夜梨花绽放，如白雪飘落枝头；一朝杏花吐艳，如霞光万道。

轻轻摆动的柳丝啊，像小蛮姑娘舞弯了腰；那习习东风，未免显得太轻佻。　走过小桥是长长的大路，到处是春光烂漫，春意闹。昨夜微微春雨洒遍江南，今晨大地绿遍芳草。山翁我身穿薄衫，头戴乌帽，骑上毛驴儿，走向沽酒的小道。我藜杖上把酒葫芦儿挑，我醉朦胧往家里走。呀，月亮已升上花枝梢，且看儿童们拍手朝我笑。

【赏析】

《赏春》是由“快活三”和“朝天子”这二支曲子串起来组成的歌曲，抒写作者尽情地享受春光的乐趣，和对闲适和谐的田园生活的赞美。全曲有两个部分构成：前九句（含［快活三］全曲和［朝天子］前五句）纯然描写江南春色，呈现出杏花春雨江南的迷人景致，洋溢着作者对江南春光的喜悦与惊讶的心情；后六句描写作者乘着春光沽酒自饮陶然而醉，踏月归家的情景，刻画了作者逍遥自得无忧无虑的“山翁”形象。表明他不但醉于酒，而且是醉于江南田园春色。这是一种隐者高士的心态。胡祗遹未曾有过归隐田园的经历，这只是他的一种向往而已。

［双调·雁儿落过得胜令］

韩侯一将坛

【作者简介】

庾天锡，字吉甫。大都人。元前期杂剧散曲作家，生卒年不详。官中书省掾、中山府尹。著有杂剧 15 种，均佚。今存散曲小令 7 首，套数 4 篇。贯云石《阳春白雪序》称赞其“造语妖娇”，并将其与关汉卿并论。贾仲明《凌波仙》挽词，称赞他“语言脱洒”、“翰墨清新”、“腾今换古”、“噀玉喷珠”。在元代影响甚大。

【原文】

韩侯一将坛，诸葛三分汉。功名纸半张，富贵十年限。

行路古来难，古道近长安。紧把心猿系，牢把意马拴。尘寰，倒大无忧患。狼山，白云相伴闲。

【译文】

韩信享受筑坛拜将的荣誉，诸葛亮建立鼎足三分的功绩。可是天大的功名，也不过半张纸；富贵荣华，也不过是十年期限。 古道通往宏伟的长安城，人生的道路却十分艰难，自古皆然。把你的心猿意马紧紧地系住、拴牢，红尘万丈，你也不会有忧患。姑且隐居在狼山之下，与白云相伴，多么自在，多么悠闲！

【赏析】

此曲宣泄虚无思想和愤世情绪，规劝世人不必追求功名富贵，应走归隐保身之路。作者开篇举出二位著名的历史人物为例：一位是韩信，是所谓“狡兔死、走狗烹”的典型，他为刘邦立国创下巨大的功勋，竟然死于刘邦吕后之手；一位是诸葛亮，为形成天下鼎足三分之势、建立蜀汉王朝，鞠躬尽瘁，可是日后刘禅居然投降了曹魏集团。这在庾天锡看来，诸葛亮和韩信一样，毕生心血付之东流，毫无意义。庾天锡追怀历史英雄人物如过眼烟云，目睹他所生活的年代里残酷的政治斗争，官僚之间的相互倾轧，因之他断言：“功名纸半张，富贵十年限。”这二句是全曲的关键。由此出发他告诫人们要拴牢心猿意马、远离滚滚红尘，而归隐山林、悠游岁月方是人生的最佳选择。这是元朝读书人乃至士大夫阶层的普遍心态。与同类作品一样，此曲对于我们研究元代的社会心态、尤其是士人的心态，有认识价值。

[中吕·山坡羊过青哥儿]

过分水关

【作者简介】

曾瑞，字瑞卿，大兴（今北京大兴县）人。“喜江浙人才之多，羡钱塘景物之盛”，因而定居杭州。《录鬼簿》将其归入“方今已亡名公才人余相知者”之列，活跃于14世纪初叶。钟嗣成称赞他“神采卓异”，“洒然如神仙中人”。因“志不屈物，故不愿仕”。著有杂剧《才子佳人误元宵》，散曲今有小令95首，套数17篇，数量颇丰。

【原文】

山如佛髻，人登鳌背。穿云石磴盘松桧。一关围，万山齐。龙蟠虎踞东南地，岭头两分银汉水。高，天外倚。低，云涧底。　行人驱驰不易，更那堪暮秋天气。拂面西风透客衣。山雨霏微，草虫啾唧。身上淋漓，脚底沾泥。痛恨杀伤情鹧鸪啼，行不得。

【译文】

险峻的山峦如佛陀头上的发髻，人在山上行，宛如站在海龟的背脊。石磴穿入彩云，松桧直刺天际；岭上雄关威严似将军，号令群山，群山肃然而立。蜿蜒起伏的山，像龙一般盘在神州东南地，陡峭兀立的峰，像虎一般踞在南北分水岭。高山啊，昂首天外；深谷啊，深不见底。只见云漫漫，风凄凄。　行路之人，多艰辛，更何况令人伤感的暮秋天气。拂面的西风凉透我的薄衣，山雨霏霏，草虫唧唧，身上雨水淋漓，脚底沾满稀泥。更有那鹧鸪啼叫着：去不得也，哥哥。怎能让我不神伤，怎能让我不心悲！

【赏析】

此曲叙写作者过某分水关的感受，极为真切生动，非有切身体验，决难写出。曾瑞原本是大兴（今北京市大兴县）人，有感于江南风物之美，跋涉到江浙，定居于杭州。这番经历当是此曲创作的生活基础。小令首先描述人在山峦最高处的感觉，接连运用比喻形容山势之险峻；转入下半曲，着力叙写旅途艰辛。“拂面西风透客衣”和“身上淋漓，脚底沾泥”的细节，极为逼真而感人；而“山雨霏微，草虫啾唧”，尤其是鹧鸪啼叫“行不得”等山间环境气氛的渲染，更强化了行程中的伤感情绪。这是一首优秀的带过曲，无论情感的真挚、状物的逼真，还是语言的质朴和优美，置于全元散曲的上上品，也毫无愧色。

[双调·楚天遥过清江引]

花开人正欢

【作者简介】

作者薛昂夫（略）

【原文】

花开人正欢，花落春如醉。春醉有时醒，人老难欢会。一江春水流，万点杨花坠。谁道是杨花，点点离人泪。

回首有情风万里，渺渺天无际。愁共海潮来，潮去愁难退。更那堪晚来风又急。

【译文】

花开之时，人像春天一般欢欣，花凋零之时，春天沉醉了。醉了的春天，明年还会清醒，人衰老了，再不能有青春的活力。看一江春水向东流，看万点杨花坠入泥。谁说那是扬花，那是点点离人的眼泪。 回首昔日的情爱，像风消失在万里之外，消失得无影无踪，在浩渺的天际。我的忧愁啊，与海潮同时涌来，潮退了，我的愁却难退。傍晚时分，风越吹越急，这更让我难以消受。

【赏析】

此曲抒发作者惜春思绪的同时，表达对人生易老、青春不再的感伤情怀，格调婉约而深沉。作者首先将春天离去明年还要再来，与人青春一去不复返作对比，在惜春的同时，更表现出对青春和人生的珍惜。在下半段，隐约追忆一段逝去的美好情事，那爱情随作者年华老去而消失得无影无踪，将伤情事与惜青春紧紧连结在一起；末了通过化抽象为具象的艺术手段，抒发难以消退的忧愁，并将抒情主人公迎着西风远望海潮怅然而立的形象，推到读者面前，给人留下深刻的印象。此曲巧用前人词意，为己所用，融化在作者的整体构思中，受作者情感驱使，并不觉得生硬，反而圆润流畅，如春雪消溶、海潮急至，有自然的韵味。

［中吕·快活三过朝天子四边静］

春

【作者简介】

马谦斋，生平事迹不详，大约是张可久的同时期人。今存散曲小令

17首（其中含带过曲4首）。

【原文】

海棠娇恰睡足，牡丹香正开初。只愁春色在须臾，休教燕子衔春去。　辇毂，景物。芳草碧重城路，五花娇马七香车，帘挂锦珂鸣玉。箫鼓声中，园林佳处，翠鬟歌红袖舞。近黄公酒垆，诵坡仙乐府，直吃到月转垂杨树。　明时难遇，百岁光阴过隙驹。休教辜负。春来春去，榆钱乱舞，难买春光住。

【译文】

海棠刚从酣睡中醒来，分外娇艳；牡丹正在绽放，香气清幽。我只忧愁春光过分短促，燕子啊，你千万别将春天衔走。

帝都的景物何等繁华富丽，碧绿的芳草铺满外城的大路，五花马拉着七香车，车厢张挂着帘子，马笼头的玉饰叮当悦耳。鼓声阵阵，箫管悠悠，美丽的园林深处，歌女们在轻歌曼舞。文人雅士到酒店聚会，吟诵东坡先生的诗词，直吃到月亮斜照垂杨树。　圣明的年代难以遇上，百岁光阴如白马过隙，转眼逝去，休要把春光和人生辜负。春天来了，又要归去，随风乱舞的榆钱，也无法买下春光，留住她的脚步。

【赏析】

此曲由三支曲子串连而成，长达百余字。它运用铺叙笔法描绘元大都春天繁华富丽的景象，展示贵族、士人以及歌女的享乐生活，慨叹盛世难逢、春光易逝，当及时行乐。作者通过具有特征事物的勾勒，来反映不同阶层的赏春活动。如以“五花娇马七香车，帘挂锦珂鸣玉。”表示王公贵族们在游春。“箫鼓声中，园林佳处，翠鬟歌红袖舞。”同时是贵族生活的写照。“近黄公酒垆，诵坡仙乐府，直吃到月转垂杨树。”则是文人雅士赏春活动的场面。总之，此曲多侧面地描绘大都春天的美好，像一幅大都春日行乐图。透过这幅图画，我们可略略窥见元朝统一全国之初，作为政治经济文化中心的大都城，在相对安定的政治局面下，暂得繁荣安乐的一个侧影。

[南吕·骂玉郎过感皇恩采茶歌]

闺　情

【作者简介】

孙周卿，古邠（今陕西省彬县）人，生卒年、字号、生平均不详。今存散曲小令23首，套数2篇。

【原文】

秋千院宇春将暮，红滴泪绿溶朱。朝云隔断阳台路。去凤孤，来燕疏，流莺妒。　懒步阶除，倦立亭隅。草烟铺，梨花舞，柳风扶。花惊我癯，我爱花腴。玉奁梳，金翠羽，宝香珠。　绣罗襦，锦笺书，当时封泪到曾无？屈指归期空自数，倚阑无语慢踌躇。

【译文】

暮春三月的秋千庭院，花儿为春将归去而流泪，浓绿的枝叶掩映着几朵残红，爱神被隔断赴幽期密约的路径。凤已去，凰独孤，衔泥筑巢的燕子，稀稀疏疏。飞来飞去的黄莺儿，唱个不停，像是散布流言蜚语。　我懒懒地走下台阶，站在小亭一角，无情无绪。芳草萋萋，铺成一张绿毡；梨花飘舞，柳枝儿有东风轻轻搀扶。花朵儿为我的清瘦吃惊，我爱花朵儿娇艳丰腴。且回我的妆楼，对着妆台巧妆梳，头插金翠羽，项戴宝香珠。可是，我为谁装扮、为谁梳？知他流浪天涯在何处？

我亲手绣的短衣，亲手写的书信，我含着泪水封在匣子里，你收到否？为何音信皆无？屈指算着归期，一次又一次，我靠着栏杆心潮难平，默然无语。

【赏析】

《闺情》由三支曲子串连而成，长达90字。以华艳繁缛的词句描述深深院落中贵妇人的万般愁绪，对夫君远行不归且音信杳然极为恼恨。作者以比兴和铺叙相结合，将暮春的感伤氛围同妇人的慵懒寂寥的心境相映衬，细腻地展示春将归而人未归在妇人心中引起的哀怨。一切景物均为闺中人物而设，种种慨叹皆出自贵妇人口吻，并且将自我心理展示与行为细节描写同时展开，从而将抒情主人公从庭院到妆楼的活动及其心理过程清晰地呈现在读者面前。

[中吕·醉高歌过摊破喜春来]

旅　中

【作者简介】

顾德润，生卒年不详。《录鬼簿》将其入编“方今才人相知者”之列，是元代后期散曲作者，钟嗣成、张可久的同时期人。字君泽，道号九山（或说九仙）。淞江（今属上海市）人。以杭州路吏，迁平江。自刊《乐府》、《诗隐》二集，售于市肆。今仅存散曲小令 8 首，套数 2 篇。

【原文】

长江远映青山，回首难穷望眼。扁舟来往蒹葭岸，人憔悴云林又晚。　篱边黄菊经霜暗，囊底青蚨逐日悭。破清思晚砧鸣，断愁肠檐马韵，惊客梦晓钟寒。归去难。修一缄，回两字寄平安。

【译文】

长江倒影着两岸的青山，回望我走过的路途，望不到边。小舟穿行江中，江岸有丛丛芦苇，我容颜憔悴，又是落日黄昏。　看岸上人家的篱边黄菊，已经不住冷霜摧残，看我囊里的盘缠，已一天少如一天。那一声声砧杵，捣碎我的沉思；那屋檐铁马叮当，更搅得我愁肠欲断；那寺庙的晓钟啊，把我的归梦惊散。归乡的路，有多难！还是写封书信，报报我的平安吧。

【赏析】

《旅中》抒发行旅之人的归思。将行进在船中的游子置于晚秋的气候环境中，通过岸边景物的描绘，或以颜色、或以音响刺激游子本已疲惫的心灵，如“篱边黄菊经霜暗”，如“晚砧鸣”、“檐马韵”、“晓钟寒”，烘托出游子日甚一日的乡愁。更令抒情主人公不安的，是“囊中

青蚨逐日悭”，贫寒更是乡愁的根本，这真乃一语道破。语言平易，感情真挚，切合寒士远行时的心态。

［越调·黄蔷薇过庆元贞］

燕　燕

【作者简介】

高克礼，生卒年不详。《录鬼簿》将其入编“方今才人相知者”之列，为元后期散曲作者。字敬德，号秋泉，曾任县尹。小曲乐府，极为工巧。今仅存散曲小令4首。

【原文】

燕燕别无甚孝顺，哥哥行在意殷勤。玉纳子藤箱儿问肯，便待要锦帐罗纬就亲。　吓得我惊急列蓦出卧房门，他措支剌扯住我皂腰裙，我软兀剌好话儿倒温存。一来怕夫人，情性哏；二来怕误妾百年身。

【译文】

丫环燕燕没有别的什么孝顺你，哥哥这边我仔细照顾吧了。我刚说完，他就拿出玉纳子、藤箱子做“问肯”，便立即要我和他在锦帐里成亲。　吓得我急忙地迈出他的卧房门，他死死地扯住我的黑腰裙，我软绵绵地对他说好话：一来怕夫人，她性情狠；二来怕耽误燕燕一辈子。

【赏析】

此曲以丫环燕燕的口吻叙说如何摆脱男主人纠缠，维护自身的过程，有强烈的动作性，与戏曲中的角色语言极相似。燕燕，在元杂剧中多是丫环的名字，关汉卿《诈妮子调风月》杂剧所刻画的燕燕，就是位泼辣、勇于维护人格尊严的婢女。高克礼此曲的创作可能受到过关氏杂剧的影响。此曲语言质朴自然，北方方言的使用，如“惊急列”、“措支剌”、“软兀剌”、“哏”等，显示了地方色彩和散曲的本色特征。

[双调·雁儿落过得胜令]

落　花

【作者简介】

作者杨朝英（略）

【原文】

惜残红惜嫩红，如晓梦如春梦。寂寞了金谷园，冷落了桃源洞。错怨五更风，蜂蝶去无踪。一径胭脂重，千机锦绣空。西东，魂返丹山凤。娇容，马嵬坡尘土中。

【译文】

枯萎的花儿要凋落，鲜嫩的花儿也将飘零，春花短促的生命，如同春梦般消逝。你纷纷坠地，金谷园变得如此寂寞；你飘然入土，桃花源瞬间冷落萧索。　你休怪五更风吹散了迷恋你的蝶蜂，是你铺满一径的胭脂，如同千张织锦一扫空。你从西飘到东，你的灵魂，已如凤凰返回丹山；你的娇容，已像杨贵妃陨落在马嵬坡的尘土中。

【赏析】

《落花》抒发作者惜春的思绪。这本是散曲的寻常题材，但作者赋予落花以人的-般灵性，并运用多种比喻形容落花飘散时的情景，从而使这种自然现象有浓浓的人情味。由于作者思绪的飘忽，曲中的意象一个接着一个出现，似给人各不相关的感觉，其实那是作者诸多印象的组接，而且是跳跃式的组接，但仍可以寻到作者情感的脉络。比如“错怨五更风，蜂蝶去无踪”，是谁错怨五更风？是蜂蝶吗？读了“一径胭脂重，千机锦绣空”这二句，我们便可理解，错怨五更风的是落花。不是五更风驱走了迷花的蜂蝶。而是花儿本身纷纷坠落、枝头成空，无法吸引蜂蝶，所以在作者看来，落花无须怨恨五更风。作者将落花与美人的陨落（杨贵妃的化为尘土），与凤凰返回丹山相比拟，花的凋零就显得分外悲壮，给人的视角冲击就来得特别强烈，作者的惜春意绪就表现得更为浓郁。总而言之，《落花》是构思别致的作品，经得起反复玩索。

[双调·水仙子过折桂令]

秋　景

【作者简介】

作者无名氏（略）

【原文】

一川红叶火龙鳞，满地黄花锦兽睛。蓦听得山寺钟声动，骑驿马的不暂停。连云栈山路难行。头直上淅零淅零雨，半空里赤溜束刺风，风吹得败叶儿飘零。

风吹得败叶飘零，则见老树苍烟，远水寒汀。怎得个妙手丹青，却与我画作帏屏。正撞着客侣中三秋暮景，天涯千里途程。衰草长亭，流水孤村。问什么枕剩衾余，烟冷灯昏。

【译文】

一川红叶像火龙的鳞甲一样耀眼，满地菊花像五色斑斓的虎豹的眼睛。忽然听到山间寺庙的晚钟敲响，我这个骑驿马的不敢暂停。高入云霄的栈道啊，实在难行，头顶上是淅沥淅沥的秋雨，半空中是呼拉呼拉的秋风，风啊吹得那残枝败叶飘零。只见那苍老的古树，笼罩着暮霭，流向远方的河水，河中清冷的沙洲，都在迷濛的暮色中。多么希望身边有位出色的画家，为我描下这美丽的景色作屏风。在漂泊的途中遇上这深秋的景色，与亲人相隔有千里路程，暂且栖息在这荒凉的驿亭。眼前是一弯流水，孤零零的小村。我躺在床上多么孤独，面对幽冷的夜色、昏暗的孤灯。

【赏析】

《秋景》描述一位公务在身的小官吏驰驱在山道时，对深秋景色的感受以及他的思乡思亲的情怀。作者善于运用比喻和铺叙的笔法，描述一川红叶、满地黄花、秋风秋雨、老树苍烟、远水寒汀的景色，营造出行役者艰辛的奔波环境。与其他“秋思”题材的散曲作品不同，此曲的抒情主人公在抒发驰驱之苦的同时，又深深地被秋景吸引，欣赏秋景之美。但他这种雅兴毕竟有限，当他在驿亭里面对寒夜孤灯，他便立即陷入无边的乡愁之中。作者注意揭示行役者复杂的心态，是此曲的成功处。

第三节　套　数

[般涉调·耍孩儿]

庄家不识勾栏

【作者简介】

杜仁杰（约1201—约1284）原名之元，字善夫，更名仁杰，字仲梁，号止轩。济南长清（今山东省长清县）人。金朝遗民，入元隐居不仕。才宏学博，气锐笔健。有诗集《善夫先生集》一卷。散曲创作今存小令1首，套数3篇。其中《庄家不识勾栏》影响最为深远，充分体现杜仁杰“善谑”的个性。

【原文】

风调雨顺民安乐，都不似俺庄家快活。桑蚕五谷十分收，官司无甚差科。当村许下还心愿，来到城中买些纸火。正打街头过，见吊个花碌碌纸榜，不似那答儿闹穰穰人多。

［六煞］见一个人手撑着椽做的门，高声的叫“请请”，道：“迟来的满了无处停坐”，说道：“前截儿院本《调风月》，背后么末敷演《刘

耍和》。”高声叫：“赶散易得，难得的妆哈。”

［五煞］要了二百钱放过咱，入得门上个木坡，见层层叠叠团圞坐。抬头觑是个钟楼模样，往下觑却是人旋窝。见几个妇女向台儿上坐，又不是迎神赛社，不住的擂鼓筛锣。

［四煞］一个女孩儿转了几遭，不多时引出一伙。中间里一个央人货，裹着枚皂头巾顶门上插一管笔，满脸石灰更着些黑道儿抹。知他待是如何过？浑身上下，则穿领花布直裰。

［三煞］念了会诗共词，说了会赋与歌，无差错。唇天口地无高下，巧语花言记许多。临绝末，道了低头撮脚，爨罢将么拨。

［二煞］一个妆做张太公，他改做小二哥，行行行说向城中过。见个年少的妇女向帘儿下立，那老子用意铺谋待取做老婆。教小二哥相说合，但要的豆谷米麦，问甚布绢纱罗。

［一煞］教太公往前挪不敢往后挪，抬左脚不敢抬右脚，翻来覆去由他一个。太公心下实焦躁，把一个皮棒槌则一下打做两半个。我则道脑袋天灵破，则道兴词告状，划地大笑呵呵。

［尾］则被一泡尿，爆的我没奈何。刚捱刚忍更待看些儿个，枉被这驴颓笑杀我。

【译文】

今年风调雨顺老百姓安居乐业，但都不如俺庄稼人快活。桑蚕五谷大丰收，政府又没下派特殊的公差和苛捐杂税。我曾当着乡亲们许下愿，如今要还，特地到城里买些香烛冥纸答谢上苍。正打街上经过，发现有一处人头攒动闹闹嚷嚷的，原来那里挂着一串花花绿绿的纸幌子。

我向前凑过去，有一位手撑着椽子做的门，高声叫道：“请请！”又说：“来晚了人满了就没有地方坐了。”“前半截演的是院本《调风月》，后面由么末这个角儿演《刘耍和》。”又提高嗓门道：“热闹的小段子容易遇上，让大家都喝彩的大戏难赶上。”

那位向我要了二百钱，放我进去了。入门是个木板坡，啊，里面已重重叠叠地坐着一圈的人。我抬头细看是个钟楼模样的台子，往下瞧是人的旋窝。看见几个妇女到台上坐，又不是迎神赛社，干吗拼命地打鼓敲锣。

一个女孩子在台上转了几圈，不一会引出一伙。中间是位招人乐的家伙，头裹一块黑头巾，额门上插一管笔，满脸抹着石灰又画了些黑道儿。不知道他要些什么，浑身上下，罩着一件花布长衫，一直盖到脚。

他念了一会儿诗词，说了一会歌赋，没出什么差错。接着他大吹其牛，花言巧语胡说了一大套。临结束时，向大家行了个大礼，把头弯到脚。这叫“爨”的小段唱完，下面准备演什么“么”（正杂剧），各种乐器弹拨开了。

有一位扮成张太公，刚才那位活宝改演小二哥。那张太公摇摇晃晃地在城里走，见一位年轻的女子在门帘边站着。张太公就有了花花心，要想法儿娶那女子做老婆。他让小二哥去说合，问问那女子要多少谷子麦子、布匹绸缎做聘礼。

小二哥让张太公往前挪，他不敢往后挪，抬左脚不敢抬右脚，翻来覆去调理他。张太公心里很烦躁，拿起一个皮棒槌就朝小二哥头上打下去，那皮棒槌破成两半儿。我就说这不把小二哥的天灵盖打碎了，岂不是要闹出人命官司，可是那小二哥却哈哈地乐，不知为什么？

我被一泡尿憋得太难受，可又舍不得走开，我只有好忍着再看一会儿，白白地被这个颓驴笑死了我！

【赏析】

《庄家不识勾栏》描述一位农民进城偶然间花钱到勾栏观看杂剧表演的感受，细腻的展示这位少见多怪的农民对勾栏的布局设置、男女演员的表演，特别是喜剧性表演的独特印象，是一篇极为生动逼真的元代城市勾栏戏剧演出活动的史料。自始至终洋溢着诙谐调笑的气氛，给读者以丰富而轻松的喜剧美感。这主要得力于作者选择了一个独特的角度，这就是“庄家”的眼睛，因为这位“庄家”不认识勾栏，所以他对勾栏中的一切才显得分外新奇。用新奇的目光观察戏台上充满笑料的

演出，“庄家”的感受自然格外新鲜、兴味无穷，表现出农民特有的纯朴和天真。尤其上演到张太公与小二哥相互调笑的情节，“庄家”以为张太公那一棒槌拍在小二哥头上，非得脑浆迸裂，闹出人命官司不可，他没有料到那小二哥一点事都没有反而哈哈大笑，这让他闻所未闻，因之惊讶之极，虽然尿憋得难受也舍不得放过台上的精彩表演，取得了极好的艺术效果，一方面真实地反映了元杂剧的喜剧性演出大受欢迎的情况。这同时也逼真刻画了“庄家”憨厚、质朴的天性，读者似乎看到了他那咧嘴大笑不能自已的神态。

[南吕·一枝花]

杭州景

【作者简介】

作者关汉卿（略）

【原文】

普天下锦绣乡，寰海内风流地。大元朝新附国，亡宋家旧华夷。水秀山奇，一到处堪游戏。这答儿忒富贵。满城中绣幕风帘，一哄地人烟凑集。

［梁州］百十里街衢整齐，万余家楼阁参差，并无半答儿闲田地。松轩竹径，药圃花蹊，茶园稻陌，竹坞梅溪。一陀儿一句诗题，一步儿一扇屏帏。西盐场便似一带琼瑶，吴山色千叠翡翠。兀良，望钱塘江万顷玻璃。更有清溪，绿水，画船儿来往闲游戏。浙江亭紧相对，相对着险岭高峰长怪石，堪羡堪题。

［尾］家家掩映渠流水，楼阁峥嵘山翠微，遥望西湖暮山势。看了这壁，觑了那壁，纵有丹青下不得笔。

【译文】

这是普天下最美丽的城市，全中国最风流的地方。新归附大元朝的南宋都城，原本在大中华各民族共同的疆域之内。山那样奇特、水那样清秀，到处都值游玩观赏，到处都非常富庶。满城人家都挂着刺绣的门帘窗帘，楼阁的厅堂也挂着华丽的围幕；到处都热闹异常，人烟稠密。

百十里长街整整齐齐，万余家楼阁错落参差，没有半点儿空闲的田地。松阴遮掩着小阁，翠竹夹着小径，种药草的园圃，栽满花的小路，还有茶园稻田，以及绿竹环绕的船坞和梅花夹岸的小溪。每一处都是一句新鲜的诗，每走一步都像一扇画屏。西盐场像是铺满亮晶晶的美玉，吴山的山色如同重重叠叠的翡翠。啊，远眺那钱塘江波光粼粼如万顷玻璃。更有那清清溪水湛绿澄澈，描画的游船在那里来来去去。浙江亭与群山相对，相对着那险峻山峰上的怪石。这杭州城啊，真令人羡慕，值得歌唱。

家家门前有淙淙流水，高高的美丽楼阁耸立在青翠的山色里，那迷人的西湖恰恰在苍苍山色的环抱中。我看了这边，又看了那边，即使我手头有绘画的颜料和画笔，也无法下笔将这杭州美景描绘。

【赏析】

《杭州景》抒写作者在元朝统一全国之后游览杭州城的美好感受，热情地歌颂杭州的美丽、富饶和人民安居乐业，显示出作者对祖国河山的热爱和对祖国统一安宁的欢欣鼓舞的心情。作者身为北国大都人氏，对有人间天堂美称的江南名城杭州，怀有极大的兴趣，他以旅游者的目光观察杭州城的街道楼阁、花径药圃、茶园稻陌，每到一处都啧啧称奇，对钱塘江秀水、吴山秀色，乃至西盐场、浙江亭等等景致均赞不绝口，至于迷人的西湖只提到半句，表明对它的赞赏更不在话下。总之，无论是杭城的自然风光，还是人文风物，都在关汉卿赞美之列。这表明这位大戏剧家热爱生活、热爱自然的乐观胸襟，又表明他对国家统一后的形势持充分肯定的态度。

［南吕·一枝花］

不伏老（节选）

【作者简介】

作者关汉卿（略）

【原文】

［尾］我是个蒸不烂煮不熟捶不扁炒不爆响当当一粒铜豌豆，恁子弟每谁教你钻入他锄不断斫不下解不开顿不脱慢腾腾千层锦套头。我玩的是梁园月，饮的是东京酒，赏的是洛阳花，攀的是章台柳。我也会围棋会蹴踘会打围会插科，会歌舞会吹弹会咽作会吟诗会双陆。你便是落了我牙歪了我嘴瘸了我腿折了我手，天赐与我这几般儿歹症候，尚兀自不肯休。则除是阎王亲自唤，神鬼自来勾，三魂归地府，七魄丧冥幽，天啊，那其间才不向烟花路儿上走。

【译文】

我是个响当当的一粒铜豌豆，蒸不烂、煮不熟、捶不扁、炒不爆；那子弟们谁教你钻入她温柔的锦带结的千层套头，让你锄不断、斫不下、解不开、抖不脱。我玩在梁园明月下，喝的是东京汴梁城的美酒，欣赏的是洛阳牡丹花，交的是勾栏瓦舍的名角儿。我也会下围棋、会踢球、会打猎、会插诨打科、会歌舞、会吹箫弹筝、会唱曲、会吟诗、会玩双陆棋艺。你就是敲掉我的牙、打歪我的嘴、打瘸我的腿、打折我的手，老天赐给我这几样坏脾气，还是不能罢休。则除是阎王亲自来叫我，神鬼亲自来勾我，三魂七魄回到阴曹地府，那时候我才断了与勾栏瓦舍姊妹们的交往，不向烟花儿路上走。

【赏析】

《不伏老》由四支曲子组成，极其鲜明地反映出关汉卿离经叛道的精神，以热情奔涌一泻无余的气势表白与勾栏瓦舍的歌妓相结合以献身于杂剧事业的决心，并且显示出他多才多艺风流倜傥的个性。作者大量使用市井语言，以铜豌豆自喻，将自己描绘成“眠花卧柳”的老手，是“普天下郎君领袖，盖世界浪子班头”。但是我们千万不能把关汉卿看成是老嫖客，虽然不能说他不可能沾染浪子习气，但关汉卿不过是愤言之而已，他不过是以挑战者的姿态与封建士大夫的传统人生道路拉开距离，表明自己为着杂剧事业不顾世俗的轻蔑，心甘情愿与那些被侮辱被损害的女子走在一起而已。从元朝人夏庭芝所著《青楼集》可以得知，那些被视为人格低贱的歌妓为推动元杂剧的繁荣发挥过巨大的作用，没有她们在勾栏瓦舍的演出，没有她们与书令才人的合作，元杂剧的成熟与发展便无从谈起。所以，关汉卿在《尾》曲结束处疾呼除非“三魂归地府，七魄丧冥幽”，“那其间才不向烟花路儿上走”。实质上是关汉卿对他所选择的人生道路的高度自信和肯定，即毫不动摇地与歌妓合作以奉献杂剧事业。关汉卿一生创作六十余种杂剧，有许多剧本是以歌妓为主人公的，他对歌妓们为追求人格的尊严，为向往过一种合乎人性的生活所作的种种努力，极表赞许和同情，对于欺侮压迫歌妓的邪恶势力极为憎恶和愤恨。对于这样一位有着强烈正义感的艺术家，我们不宜对他在《不伏老》所作的自白，作表象的解释。

[仙吕·点绛唇]

金凤钗分

【作者简介】

作者白朴（略）

【原文】

金凤钗分，玉京人去，秋潇洒，晚来闲暇，针线收拾罢。

[么] 独倚危楼，十二珠帘挂。风萧飒，雨晴云乍，极目山如画。

[混江龙] 断人肠处，天边残照水边霞。枯荷宿鹭，远树栖鸦。败叶纷纷拥砌石，修竹珊珊扫窗纱。黄昏近，愁生砧杵，怨入琵琶。

[穿窗月] 忆疏狂阻隔天涯，怎知人埋怨他。吟鞭醉袅青骢马，莫吃秦楼酒，谢家茶。不思量执手临岐话。

[寄生草] 凭阑久，归绣帏，下危楼强把金莲撒。深沉院宇朱扉屋，立苍苔冷透凌波袜。数归期空画短琼簪，揾啼痕频湿香罗帕。

[元和令] 自从绝雁书，几度结龟卦。翠眉长是锁离愁，玉容憔悴煞。自元宵等待过重阳，甚犹然不到家。

［上马娇煞］欢会少，烦恼多，心乱如麻。偶然行至东篱下，自嗟自呀，冷清清和月对黄花。

【译文】

金凤钗一剖为二，他离开了大都，离开了我。爽朗的秋日，晚来闲暇，我收拾起针线，独自靠着高楼的栏干。萧飒秋风吹动珠帘，雨收天晴，远眺青山如美丽的画图。

天边点缀夕阳余晖，水中映照落霞。枯萎的荷叶下有白鹭栖宿，远处的树林里有归巢的乌鸦。纷纷落叶堆满台阶，高高的翠竹在风中摇动，珊珊有声，竹叶轻轻拂动窗纱。黄昏来临，捣衣的砧杵声令人生愁，琵琶拨出无限幽怨。

忆起昔日他那狂放的性情，哪料到他如今已远隔天涯，怎知道有人在埋怨他。此刻，也许他正摇动鞭子催赶青骢马。“你啊，可别忘记分别时我对你的告诫和嘱咐，既不要到歌馆酒楼，也不要吃那些名门大族人家的酒和茶。”

我在栏杆久立，无情无绪转回闺房，下楼时我加快脚步，站在长满苍苔的台阶，秋露浸透我的罗袜，沉沉的院落朱门紧闭。我数着他的归期，徒然用短簪画着记号，止不住的泪水揾湿手帕。

自从音书断绝后，我几次占卜打卦。我双眉常常紧锁，离愁令我玉容憔悴。从元宵等到重阳，他依然没有回家。

我烦恼无边，心乱如麻。在冷清清的月夜里，我偶然走到东边的篱笆，面对着菊花，我只有独自叹息。

【赏析】

这篇套曲叙写大都一位贵族女子对远行夫君的刻骨相思，以女子自述口吻诉说她的忧虑和挂念，其中最令她挂心的是怕夫君“吃秦楼酒”、“谢家茶”，即移情于别的女子。这种耽心与王实甫《西厢记》中崔莺莺送别张生时所表达的心思是完全一致的。白朴此曲与许多相思闺怨题材的作品一样，女性在爱情婚姻关系中处于非常软弱的地位。男性作者总是揣摩女子独处时如何如何地愁眉不展、独立楼头，一次又一次等待迟迟未归的心上人，几成一个套路。这恐怕并非男性作者的虚拟，当有相当普遍的生活依据。白朴此曲同样设置深秋的环境氛围来烘托抒情主人公的心境，只是他更注重运用华美的语汇，以之与贵族女子的典雅气质相吻合。白朴从第一支曲子到结尾，始终扣紧这位大都女子的高贵身份来展示她的行动和所处的环境，从而使得他笔下的人物有别于秦楼楚馆中的小女子。

[正宫·菩萨蛮]

客中寄情

【作者简介】

侯克中，字正卿，号艮斋先生，真定（今河北省正定县）人。《录鬼簿》将其人编“前辈已死名公才人”之列，系元前期杂剧散曲作者，著有杂剧《关盼盼春风燕子楼》，散曲今仅存套数2篇，另有《艮斋诗集》存世。

【原文】

镜中两鬓皤然矣，心头一点愁而已。清瘦仗谁医，羁情只自知。

[月照庭] 半纸功名，断送关山，云渺渺，草萋萋；小楼风，重门月，应盼人归。归心急，去路迷。

[喜春来] 家书端可驱邪祟，乡梦真堪疗客饥。眼前百事与心违，不投机，除赖酒支持。

[高过金盏儿] 举金杯，倒金杯，金杯未倒心先醉，酒醒时候更凄凄。情似织，招揽下相思无尽期，告他谁。

[牡丹春] 忽听楼头更漏催，别凤又孤栖。暂朦胧枕上重欢会，梦惊回，又是一别离。

[醉高歌] 客窗夜永岑寂，有多少孤眠况味。欲修锦字凭谁寄，报与些凄凉事实。

[尾声] 披衣强拈纸与笔，奈心绪烦多书万一。欲向芳卿行诉些憔悴，笔尖头陶写哀情，纸面上敷陈怨气。待写个平安字样，都是俺虚脾拍塞。一封愁信息，向银台畔读不去也伤悲。蜡炬行明知人情意，也垂

下数行红泪。

【译文】

照照镜子，发现我的两鬓白了，心里不禁涌起忧愁。靠谁医治我这清瘦，羁旅思亲之情只有我自己知道。

为着半纸功名，我把青春断送在遥远的道路上，只见云烟茫茫、芳草萋萋，过了一道山又穿一处关塞。此刻，她也许正在小楼望月，盼我早日归。我啊，难道我不想早早回家，可是我的心却似迷失了方向，不知故乡在何处。

人家说家书可以驱除邪祟，归乡的梦聊可安慰游子的乡愁。眼前事事不顺心，心烦意乱，除非靠酒暂时支持。

举起金杯，未饮心先醉，酒醒之后我更孤凄。思乡、思亲之情相互交织，无法解开，相思更是没有尽期，我的愁苦向谁诉说呢。

忽然听到楼头的梆子声声，更深夜尽的时候，更觉孤单。朦胧中我与她欢会，梦却被惊醒，又是一次别离。

长夜漫漫，旅途中有多少次这般孤眠独宿、归梦被惊破的滋味，想修封家书诉说这些凄凉，可是有谁给捎去呢。

我披衣起床勉强拿起纸笔，无奈心思重重千言万语不知从何写起。我向卿卿诉说我容颜憔悴，诉说我无尽的悲哀，诉说我一腔怨气。假如我写几行平安的话语，那便是拿假话来敷衍她。我这封信啊，她若在银烛台边读到时该多么伤心，那蜡烛通人性的话，也会流下几行红泪。

【赏析】

《客中寄情》细腻地展示作者为追求功名奔波道上而思乡思亲的无尽愁绪。作者反复地诉说借酒浇愁愁更愁的苦况，诉说在旅店里孤眠独宿归梦难圆的滋味，诉说披衣夜坐拈笔修书却无从写起的茫然，推想妻子果真读到自己写出真情的书信该是何等悲伤，如此一层深似一层地剖露心迹，着实让人动情。其中［尾声］最为精彩，充分写出了游子矛盾复杂的心理：报喜还是报忧，真报忧，闺中人又当如何？尤其在最末两句推想妻子在阅读书信时，红烛也悄然垂泪，极为生动真切，比直接写妻子落泪，更具情韵。

［中吕·粉蝶儿］

牛诉冤

【作者简介】

姚守中，洛阳人，元初著名文人姚燧的侄子。生卒年不详。曾任平江路吏。《录鬼簿》将其入编“前辈已死名公才人”之列，为元前期戏曲作者。著有杂剧三种，均佚。套数仅存《牛诉冤》一篇。

【原文】

性鲁心愚，住烟村饱谙农务。丑则丑堪画堪图。杏花村，桃林野，春风几度。疏林外红日西晡，载吹笛牧童归去。

［醉春风］绿野喜春耕，一犁江上雨，力田扶耙受驱驰，因为主甘分受苦。苦，苦，经了些横雨斜风，酷寒盛暑，暮烟晓雾。

［红绣鞋］牧放在芳草岸白萍古渡，嬉游于绿杨堤红蓼平湖。画工描我在远山图。助田单英勇阵，驾老子蓦山居。古今人吟未足。

［石榴花］朝耕暮垦费工夫，辛苦为谁乎？一朝染患倒在官衢。见一个宰辅，借问农夫，气喘因何故。听说罢感叹长吁。那官人劝课还朝去，题着咱名字奏鸾舆。

［斗鹌鹑］他道我润国于民，受千辛万苦。每日向堰口拖船，渡头拽车。一勇性天生胆气粗，从来不怕虎。为伍的是伴哥王留，受用的是村歌社鼓。

［上小楼］感谢中书部，符行移诸处。所在官司，禁治严明，遍下乡都。里正行，社长行，叮咛省谕，宰耕牛

的捕获申路。

［幺篇］食我者肌肤未肥，卖我者家私不富。若是老弱残疾，卒中身亡，不堪耕锄。告本官，送本部，从公发付。闪得我丑尸不着坟墓。

［满庭芳］衔冤负屈，春工办足，却待闲居，圈门前见两个人来觑，多应是将我窥图。一个曾受戒南庄上的忻都，一个是累经断北 滬王屠。好叫我心惊虑。若是将咱卖与，一命在须臾。

［十二月］心中畏惧，意下踌躇，莫不待将我衅钟，不忍其觳觫。那思想耕牛为主，他则是嗜利而图。被这厮添钱买我离桑枢，不睹是牵咱过前途。一声频叹气长吁，两眼牺惶泪如珠。凶徒、凶徒，贪财性狠毒，绑我在将军柱。

［耍孩儿］只见他手持刀器将咱觑，唬得我战扑速魂归地府。登时间满地血模糊，碎分张骨肉皮肤。尖刀儿割下薄刀儿切，官秤称来私秤上估。应捕人在旁边觑。张弹压先括了膊项。李弓兵强要了胸脯。

［二］却不道闻其声不忍食其肉，划地加料物宽锅中烂煮。煮得美甘甘香喷喷软如酥，把从前的主顾招呼。他则道三分为本十分利，那里问一失人身万劫无。有一等贪餔啜的乔人物，就本店随机儿索唤，买归家取意儿庖厨。

［三］或是包馒头待上宾，或是裹馄饨请伴侣。向磁罐中软火儿葱椒焐，胜如黄犬能医冷，赛过胡羊善补虚。添儿盏椒花露，你装的肚皮饱旺，我的性命何辜。

［四］我本是时苗留下犊。田单用过牯，勤耕苦战功无补。他比那图财害命情尤重，我比那展草垂缰义有余。我是一个值钱底物，有我时田园开辟，无我时仓廪空虚。

［五］泥牛能报春，石牛能致雨。耕牛运土遭诛戮。从今后草坡边野鹿无朋友，麦垄上山羊失了伴侣。那的是我伤情处，再不见柳梢残月，再不见古木昏乌。

［六］筋儿铺了弓，皮儿鞔做鼓。骨头儿卖与钗环铺。黑角儿做

就乌犀带，花蹄儿开成玳瑁梳。无一件抛残物，好材儿卖与了靴匠，碎皮儿回与田夫。

[尾声] 我元阳寿未终，死得真个屈苦。告你个阎罗王正直无私曲，诉不尽平生受过苦。

【译文】

老牛我性情鲁莽愚拙，住在烟柳迷濛的乡村里，只懂得帮农夫做活。我丑是丑，但画家们都喜欢画我。我年年耕作在杏花村，桃林野，每日夕阳西下，我就驮着吹笛牧童回家。

我在绿色原野上耕作，顶着风雨犁耙地，为着主人受尽辛苦。苦啊，苦啊，经受过多少逆风斜雨、盛夏酷寒、早雾晚烟的折磨。

我也有高兴的日子，主人将我牧放在芳草岸白萍古渡口，我尽情玩耍在绿杨河堤和红蓼湖边。画家把我描绘在远山图里。我想咱老祖宗也有过光荣的历史，春秋时曾驾车拉着老聃穿过山峦回家，战国时帮田单英勇上阵驱除强敌。自古到今诗人们不断地吟咏我先辈的功绩。

我朝朝暮暮耕田开荒费尽力气，辛苦为了谁？一旦我染上病倒在官道上，看见一位大官，他问我的主人，我为何气喘？听了我主人的话，那位老爷长长叹息，劝农回朝之后，把我的名字写进奏书报告给皇上。

他说我为着滋润国家和人民，受尽辛苦。每天到塘堰排水口拖船，在渡口拽车。天生有胆气粗壮，从来不怕老虎。成日里与村上王留作伴，村上敲锣打鼓赛春社秋社时，也有我参加。

感谢中书省，将文书发布到各处。各级政府机关，下至里正、社长这级人物，都明白有禁令不许宰杀耕牛，有违令的要抓起来送到“路”一级的大衙门治罪，官员们反复宣传嘱咐。

吃我的人胖不了，卖我的人家不能富。假如我是老弱残疾，突然病亡，不能再耕地，那要报告主管官吏，从公发付，免得到那时啊，抛闪得我尸首不知在何处。

我受尽委屈、忍着冤枉，春耕的活计刚做完，正要歇几天，就见圈门外有两个人来盯盯瞧我，多半是要打我的主意。一位是受过惩戒的南庄的忻都，一位是多次被官府判过刑的北疃王屠。好叫我心惊忧虑；若是将我卖给他们，我的小命转眼便没了。

心里畏惧，七上八落，莫不是要将我拉去杀了取血衅钟，大人先生们，齐宣王还不忍心看见我们被杀前恐惧发抖呢。我寻思我是一条耕牛啊，没料到我的主人却惟利是图。那个家伙添钱将我买到手，将我牵出圈门，我不敢看从前走过的老路。我声声叹息，两眼流泪。我心里骂道："歹徒，歹徒，你贪心钱财你心狠毒。"这家伙将我绑在将军柱，就要将我杀戮。

只见他手拿着凶器瞧着我，吓得我浑身发抖魂归地府。顿时满地血肉模糊，将我骨、肉、皮通通分割开。用尖刀割下，用薄刀儿切，官秤称过，再用私秤称。负责抓捕坏人的捕手在旁边瞅着，姓张的"弹压"先割去我前胛和脖子，姓李的"弓兵"强要去我的胸脯。

难道你没听说，听见我们惨叫就不忍心吃我们的肉，怎么你们忍心加上佐料将我放在大锅里煮？煮得香喷喷软乎乎的，把我从前的主顾招呼来享用。他只说三分本钱十分利，那里想到过他杀死耕牛便失去人性，要落入万劫不复的地步。有那种贪嘴的坏蛋，就在肉铺随意割下我的肉，回家随意下厨房来烹制。

或是做肉包子招待贵客，或是包馄饨请朋友，或是在瓦罐里放上葱椒温水炖，说是胜过黄狗能治寒病，胜过胡羊能补虚症。又添上些椒花佐料，你们把肚皮撑满了，我老牛有何罪，落到这个地步。

我本来是优良品种留下的犊，我老祖宗是田单火牛阵上用过的牯牛，我勤劳耕作辛苦参战的功劳全被抹杀。他这个屠夫比图财害伞的情节还要严重，老牛我比展草救火的忠犬、比垂缰救主的老马，还有情义。我是值钱的东西，有我能拓荒开田，没我仓库就要空虚。

泥牛还能报春，石牛还能祈雨，而我一匹耕牛却遭到杀戮！从今而后草坡边野鹿失去了朋友，麦垄上山羊失去伴侣。最叫我伤心的，是再见不到柳梢上的残月，再见不到老树上栖息的乌鸦了。

我的筋被人弄去装饰弓，我的皮被人弄去鞔做鼓。我的骨头还被卖到首饰店，黑角儿被加工成乌犀带，花蹄儿被加工成玳瑁一般美的梳子。没有一件被扔掉，大块皮子卖给了靴匠，碎皮子送给我那种田的主人。

我寿数未尽，死得太冤屈。我要告到阎王那里去，他是个正直无私的官，我要向他诉说一生的辛苦。

【赏析】

《牛诉冤》是一长篇套数，多达 16 支曲子，以一头耕牛的口吻诉说牛对农民、对国家、对社会作出了巨大贡献，却遭到屠杀以致被人食肉寝皮的悲惨下场。作者的创作意图在于宣传保护耕牛，谴责滥杀耕牛的行径。但作品的客观意义却超出这一层面，令人对像牛那样有卓著功勋却蒙受天大冤屈的人产生同情。作者本人在叙述过程中往往灌注进自己的情感，不禁使人联想到历史上忠臣受戮的命运和好人不得好报的种种不幸。但整个作品的基调却是诙谐的，在诙谐调笑中掺和几分沉重。作者赋于牛以人的灵性，不但活着的时候表现快活逍遥和耕作辛苦的感叹，而且被杀戮之时和被分食之后，它依然在诉说。这似是牛的灵魂在与人谈话，他愤恨地谴责他的主人以及屠夫、看客、食客如何地贪财，贪吃，如何地忘恩负义，如何地见钱眼开，如何不放过可以在牛身上发财的机会，痛快淋漓，入木三分。这大概是元散曲中刻画得最丰满的牛形象。作者本意在劝告人们保护作为重要农业生产工具的耕牛，有宣传教化的意味；但他又像在写一篇寓言，让人从牛的命运品出点别样的味道来。明代马中锡的寓言小说《中山狼传》那匹老牛的自诉，也许受到过《牛诉冤》的启发和影响。

[南吕·一枝花]

咏喜雨

【作者简介】

作者张养浩（略）

【原文】

用尽我为民为国心，祈下些值玉值金雨。数年空盼望，一旦遂沾濡。唤省焦枯，喜万象春如故。恨流民尚在途，留不住都弃业抛家，当不得也离乡背土。

［梁州］恨不的把野草翻腾做菽粟，澄河沙都变化做金珠，直使千门万户家豪富，我也不枉了受天禄。眼觑着灾伤教我没是处，只落的雪满头颅。

［尾声］青天多谢相扶助，赤子从今罢叹吁。只愿的三日霖霪不停住，便下当街上似五湖，都淹了九衢，犹自洗不尽从前受过的苦。

【译文】

用尽我为国为民的心，祈祷上苍降下这些像金子像美玉一般珍贵的雨。白白盼望几年，今天大地终于得到雨的滋润。雨唤醒了焦枯的庄稼，万物恢复了生机，如同春天来临一般令人喜悦。可令人不安和遗憾的，还有百姓流亡在道上，他们被旱灾逼迫抛家弃业，离乡背井。

恨不得将野草都变成豆苗和谷苗，恨不得让河中的沙子都变成黄金珠玉，使得千家万户都成为豪富，那样我也不白受朝廷的俸禄。眼看旱灾叫我无计可施，只落得我满头白发。

多谢青天扶助，老百姓再不用唉声叹气。只愿老天透透下三天，就算街道变成湖，淹了四通八达的大路，也洗不尽从前受过的苦。

【赏析】

《咏喜雨》是张养浩于元明宗天历二年（1329）赴陕西赈灾期间所作，用质朴的语言表达他对久旱逢甘雨的悦喜，充分表达他对人民疾苦的关心。他对甘霖所作的种种比喻，都源于这场雨给饱受旱灾之苦、濒于绝境的老百姓带来了活的希望。作者虽然满怀喜悦，但他喜中有忧，为道路上尚有流离失所、抛家弃业的灾民而痛心。这一喜一忧的情绪变化，反映出作者心里装着老百姓，为百姓之喜而喜，为百姓之忧而忧。张养浩还幻想满地青草变成豆苗、谷苗，满河的沙子变成黄金珠玉，愿老百姓都成为豪富，这种质朴而天真的心理，更进一步体现出他深厚的民本意识和仁爱思想。总之《咏喜雨》让我们看到了作者崇高的人格和精神境界。

[般涉调·哨遍]

高祖还乡

【作者简介】

睢景臣（约 1275—约 1320），一作舜臣，字景贤，扬州（今属江苏）人。《录鬼簿》将其入编“方今已亡名公才人，余相知者”之列，是钟嗣成的朋友。大德七年（1303）从扬州来杭州。心性聪明，酷嗜音律。著有杂剧三种，均佚。今存散曲套数 3 篇。其中《高祖还乡》影响很大。

【原文】

社长排门告示，但有的差使无推故。这差使不寻俗。一壁厢纳草也根，一边又要差夫，索应付。又言是车驾，都说是銮舆，今日还乡故。王乡老执定瓦台盘，赵忙郎抱着酒葫芦。新刷来的头巾，恰糨来的绸衫，畅好是妆么大户：

[耍孩儿] 瞎王留引定火乔男女，胡踢蹬吹笛擂鼓。见一彪人马到庄门，匹头里几面旗舒：一面旗白胡阑套住个迎霜兔，一面旗红曲连打着个毕月乌，一面旗鸡学舞，一面旗狗生双翅，一面旗蛇缠葫芦。

[五煞] 红漆了叉，银铮了斧。甜瓜苦瓜黄金镀。明晃晃马镫枪尖上挑，白雪雪鹅毛扇上铺。这几个乔人物，拿着些不曾见的器仗，穿着些大作怪衣服。

[四煞] 辕条上都是马，套顶上不见驴。黄罗伞柄天生曲。车前八个天曹判，车后若干递送夫。更几个多娇女，一般穿着，一样妆梳。

[三煞] 那大汉下的车，众人施礼数。那大汉觑得人如无物。众乡老展脚舒腰拜，那大汉挪身着手扶。猛可里抬头觑，觑多时认得，险气破我胸脯！

[二煞] 你须身姓刘，你妻须姓吕。把你两家儿根脚从头数。你本

身做亭长耽几盏酒，你丈人教村学读几卷书。曾在俺庄东住。也曾与我喂牛切草，拽耙扶锄。

［一煞］春采了桑，冬借了俺粟。零支了米麦无重数。换田契强秤了麻三秤，还酒债偷量了豆几斛。有甚胡突处？明标着册历，见放着文书。

［尾声］少我的钱，差发内旋拨还；欠我的粟，税粮中私准除。只道刘三，谁肯把你揪捽住，白甚么改了姓，更了名，唤做汉高祖！

【译文】

社长挨门挨户通知："这一回凡是派下来的公差不许推托。"这个公差可不比寻常。一边要交纳草料，一边又要派差夫，都得应付。又说是什么"车驾"，都说是什么"銮舆"，今天要回老家。王乡老拿着一个泥瓦做的台盘，赵忙郎抱着个酒葫芦。新洗过的头巾，刚浆过的绸衫，挺像假冒的大财主。

瞎王留领着一伙不三不四的男男女女，胡乱地蹦跶使劲地打鼓吹笛。忽然看见一大队人马到了庄门，迎面呼呼拉拉几面旗子：一面旗白环套着个白兔，一面旗红圈里有个三脚乌鸦，一面旗上有鸡学跳舞，一面旗画着长翅膀的狗，一面旗描着蛇缠葫芦。

那伙子人举着红漆刷的禾叉子，提着镀银的大斧子，还举着镀金的甜瓜苦瓜。还有用枪尖挑着明晃晃的马镫，那大扇子用雪白的鹅毛铺成。这几个古怪的家伙，拿着这些俺们没看过的器仗，穿着稀里古怪的衣服。

套车的都是高头大马，套顶上不见驴儿。那黄罗伞的柄是天生弯曲的。车前有八个像凶神恶煞的天宫判官，车后有许多送茶递水的脚夫。还有几个娇里娇气的女子，穿着一样的衣服，打扮成一个模样。

那个大个子下了车，大伙儿急忙给他行礼。那大个子目中无人，瞧也不瞧大伙儿一眼。各位老乡连连给他行大礼下跪磕头。那大个子这才挪动一下身躯扶一扶前头的老乡。这一刻，我猛然抬头仔细瞧，瞧了一会我把他认出来了，差一点气破我胸脯。

你应当是姓刘，你老婆应是姓吕。把你们两家从根到梢数一数：你本身做亭长，喜欢喝几杯酒，你老丈人教村学会念几卷书。你曾在俺村上住着，也给我家喂过牛铡过草，扶过锄拽过耙。

春天采了俺家的桑叶，冬天借了俺家的小米。零支的米麦，那就更算不过来了。换田契时，你强秤了三秤麻；还酒债时，你偷量了豆子好几斛。这有什么糊涂之处，明明白白标在账本上，现在还保存着证据。

少我的钱，立即在公差里头给我拨回来；欠我的粮食，私下里从粮税中扣除。我说你这个刘三，谁能把你揪住不放，你干什么改了姓、更了名，叫什么汉高祖！

【赏析】

钟嗣成《录鬼簿》称："维扬诸公，俱作《高祖还乡》套数，惟公［哨遍］制作新奇，皆出其下。"此套数的确是"制作新奇"的佼佼者。它的创新之处首先表现为将历史上刘邦还乡大受老乡欢迎的正剧，重新处理为极其滑稽的、被民众厌恶的闹剧，神圣不可侵犯的皇帝威严扫地以尽，剥下了皇帝的假面，还了刘邦流氓无赖的面目，大大地宣泄了民众对封建社会最高统治者的愤恨。其次是，采用代言体的形式，通过一位乡巴佬的眼光、口吻来观察和叙述，皇家仪仗队的庄重堂皇显得极其可笑，充满诙谐调笑的喜剧情趣。第三是，通篇语言本色、通俗、流畅，一扫散曲中渐渐沾染的使事用典的习气，使散曲创作复归民间文艺的本来风格。第四是，在技法上，烘托、铺垫的手段，运用得极为成功。先用［哨遍］一曲交代刘邦还乡之前，老百姓如何承受沉重的负担，村里头面人物如何张罗，接着用［耍孩儿］［五煞］［四煞］三支曲子渲染车驾来到之前的气氛，村民们如何迎候的滑稽场面，仪仗队、护卫队种种可怪可笑的器仗、人物和举止；经过这一番大折腾，迟迟不见面的皇帝才走下车来，寥寥数笔勾勒其倨傲冷漠的神态，然后才大肆

数落他不光彩的历史和可耻的种种行径。如果没有刘邦出场前的大力烘托、铺垫、渲染，便不能取得讽刺喜剧性质的最佳效果。总而言之，这个套数无论在思想上还是在艺术上，都是一种突破和超越，是元散曲创作新成就的标志。因为，在遁世、玩世、闺情等等老题目面前，《高祖还乡》不仅令当世人耳目为之一新，有闻所未闻的感觉，而且可以说光芒四射，历久弥新，具有不朽的价值。

［南吕·梁州第七］

射　雁

【作者简介】

作者乔吉（略）

【原文】

鱼尾红残霞隐隐，鸭头绿秋水涓涓。芙蓉灿烂摇波面。见沉浮鸥伴，来往鱼船。平沙衰草，古木苍烟。江乡景堪爱堪怜！有丹青巧笔难传。揉蓝靛绿水溪头，铺腻粉白蘋岸边，抹胭脂红叶林前。将笠檐儿慢卷，迎头仰面，偷睛儿觑见碧天外雁行现，写破祥云一片笺，头直上慢慢盘旋。

［一枝花］忙拈鹊画弓，急取雕翎箭。端直了燕尾钹，搭上虎筋弦。秋月弓圆，箭发如飞电。觑高低无侧偏，正中宾鸿，落在蒹葭不见。

［尾］转过紫荆坡白草冢黄芦堰，惊起些红脚鸭金头鹅锦背鸳，诚得这鸂鶒

儿连忙向败荷里串。血模糊翅扇，扑剌剌可怜，十二枝梢翎向地皮上剪。

【译文】

天边隐隐约约的残霞像鲂鱼尾那样红，秋水像鸭头绿那样澄澈，艳美的荷花在水面上轻轻晃动。只见结伴的鸥鸟在嬉戏，鱼船往来如织，平坦的沙滩，枯萎的草地，苍老的树林，淡淡的晨雾，江乡

的风景多么可爱！即便画家的巧笔也难以描绘。那溪水像揉进了蓝靛一样湛绿，白蘋花开的岸边像铺了一层白粉，枫树林红得像反抹上了胭脂。这时有一位射雁的高手，将笠帽檐儿慢慢地卷起，他迎面仰头盯住了碧蓝天空里的一行大雁。那雁儿无忧无虑地在祥云上写字，一会排成"一"，一会儿排成"人"，一会儿直上云霄，一会儿低低盘旋。

那射手拈起画鹊的弓，急忙拿来雁翎箭，端正燕尾铍，搭上虎筋弦，弓被拉得中秋月那样圆，刹那间箭飞出去像一道闪电。不高不低不偏，正射中一只大雁。那中箭的雁儿跌落在芦苇丛中，不见踪影。

那射手急急转过紫荆坡、白草冢、黄芦堰，惊起了红脚鸭、金头鹅、锦背鸳，吓得那些紫鸳鸯连忙往枯萎的荷叶中间窜。射手终于发现了那只扇动血淋漓翅膀、在地上扑腾的大雁。它那十二支翎梢正向泥土里钻。

【赏析】

此曲是雁的悲歌，是金秋射雁图。首先描绘金秋的美好景象，秋水澄澈，秋空碧蓝，白蘋、红叶相映成辉。以此为背景展现大雁在自由自在地飞翔。这善良的灵性一点也没有料到它们会遭到人类的突然袭击。"写破祥云一片笺，头直上慢慢盘旋。"极其平和，极富诗意。正在此刻，射手的弓箭正向其中一只瞄准，刹那间把它射了下来，坠落芦苇丛中。射雁的人一点儿也没感觉到他在残害生灵，他急不可耐地、风风火火地去寻那只受伤的雁。作者没有描写射雁者的得意神态，但他着力描写那雁儿血肉模糊拼命挣扎的情形，则表明他对这生灵的深深同情和对射雁者无言的谴责。作者运用铺叙笔展示秋天，展示秋雁的死亡过程，展示射雁者的动作，将美与丑、生机与死亡鲜明地对照起来，激发人们对大自然、对生命的热爱，对残害生命行径的愤恨。作者善于准确生动地运用词语，去揭示射雁者的老练、迅速的弓法，如"忙拈"、"急取"、"端直"、"搭上"等动词性词组的巧用，均恰到好处。

［越调·斗鹌鹑］

冬　景

【作者简介】

苏彦文，生平不详。《录鬼簿》将其入编“已死才人不相知者”之列，称其“有《地冷天寒》越调，及诸乐府”。今仅存这篇套曲，即［越调·斗鹌鹑·冬景］

【原文】

地冷天寒，阴风乱刮。岁久冬深，严霜遍撒。夜永更长，寒浸卧榻。梦不成，愁转加。杳杳冥冥，潇潇洒洒。

［紫花儿序］早是我衣服破碎，铺盖单薄，冻的我手脚酸麻。冷弯做一块，听鼓打三挝。天那，几时捱的鸡儿叫更儿尽点儿煞。晓钟打罢，已到天明，刬地波查。

［秃厮儿］这天晴不得一时半霎，寒凛冽走石飞沙。阴云黯淡闭日华，布四野，满长空，天涯。

［圣药王］脚又滑，手又麻，乱纷纷瑞雪舞梨花。情绪杂，囊箧乏，若老天全不可怜咱，冻钦钦怎行踏。

［紫花儿序］这雪袁安难卧，蒙正回窑，买臣还家。退之不爱，浩然休夸，真佳。江上渔翁罢了钓槎，便休题晚来堪画。休强呵映雪读书，且免了这扫雪烹茶。

［尾声］最怕的是檐前头倒把冰锥挂，喜端午愁逢腊八。巧手匠雪狮儿一千般成，我盼的是泥牛儿四九里打。

【译文】

地冷天寒，北风呼啸，深冬

季气，到处结霜。漫漫长夜里，寒气浸透我的被窝。做不成梦，我更加忧愁。天地昏暗，阴风凄凄，令人颤栗。

本来我衣服破烂，铺盖单薄，冻得我手脚酸麻，身上弯成弓一样。听三更鼓打过，天啊，几时才能熬到天亮。报晓的钟敲响，终于盼到天明了，可是，在这寒冷的白天又怎么忍受。

天晴不一会儿，立即寒风凛冽飞沙走石。阴云遮住了太阳，原野天空阴阴沉沉。

脚下打滑，手冻得麻木，乱纷纷的大雪像梨花般飘落。我心想，这雪虽说好看，可是我行囊里没有御寒的衣服，又缺钱，老天不可怜，冻得我浑身发抖，怎么上路。

这么大的雪啊，袁安在床上躺不住，吕蒙正赶不上斋饭走在回寒窑的道上，韩愈的马被阻在蓝关，寸步难行。如此可恨的雪啊，孟浩然也不会有心情赞赏，江上钓鱼的老翁撤了钓竿，谁还有心思描绘什么图画。那些映雪读书的人不敢逞强，什么扫雪烹茶的雅事，通通免了。

最可怕的是屋檐上挂着的冰溜子，像锥一般，令人心寒。我啊盼望暖气融融的端午节，最愁阴气充塞的腊八天。那些能工巧匠可以雕出千姿百态的雪狮子，我却盼望四九天里鞭打泥牛，迎接春天的来到。

【赏析】

这是一组寒士厌雪盼春的歌曲。作者一反文人雅士赞赏雪景的老套子，从切身体验出发，抒写寒冬和雪给穷人带来的痛苦，极为逼真深切。在描写冬雪降临之前，作者细致刻画在严寒冬夜里，衣服破碎、铺盖单薄的穷人，如何手脚麻木，如何在冰凉的榻上辗转反侧，“冷弯做一块”苦苦盼天明。接着，又着力烘托大雪前四野阴霾、飞沙走石的恐怖天象。然后，才写到纷纷大雨，联想到历史上许多落难的寒士蒙受大雪之苦，因之，表示白雪并不那么富有诗情画意，从而盼望春天早早降临人间。此曲风格质朴。虽然也用了些典故，但并不生僻。心理活动刻

画与动作描写相结合，环境氛围的渲染以烘托人物的心理，也都做得比较出色，有较强的艺术感染力。

［正宫·端正好］

上高监司

【作者简介】

作者刘时中（略）

【原文】

众生灵遭磨障，正值着时岁饥荒。谢恩光拯济皆无恙，编做本词儿唱。

［滚绣球］去年时正插秧，天反常。那里取若时雨降，旱魃生四野灾伤。谷不登，麦不长，因此万民失望。一日日物价高涨，十分料钞加三倒，一斗粗粮折四量，煞是凄凉。

［倘秀才］殷实户欺心不良，停塌户满天不当，吞象心肠歹伎俩。谷中添秕屑，米内插粗糠。怎指望他儿孙久长。

［滚绣球］甑生尘老弱饥，米如珠少壮荒。有金银那里每典当，尽枵腹高卧斜阳。剥榆树餐，挑野菜尝，吃黄不老胜如熊掌，蕨根粉以代糇粮。鹅肠苦菜连根煮，荻笋芦莴带叶咂。则留下杞柳株樟。

［倘秀才］或是捶麻柘稠调豆浆，或是煮麦麸稀和细糠。他每早合掌擎拳谢上苍。一个个黄如经纸，一个个瘦似豺狼。填街卧巷。

［滚绣球］偷宰了些阔角牛，盗斫了些大叶桑，遭时疫无棺活葬。贱卖了些家业田庄，嫡亲儿共女，等闲参与商。痛分离是何情况？乳哺儿没人要撇入长江。那里取厨中剩饭杯中酒，看了些河里孩儿岸上娘，不由我不哽咽悲伤。

［倘秀才］私牙子船湾外港，行过河中宵月朗。则发迹了些无徒米麦行。牙钱如倍解，卖面处两般装。昏钞早先除了四两。

［滚绣球］江乡相，有义仓。积年系税户掌。借贷数补答得十分停当，都侵用过将官府行唐。那近日劝粜到江乡，按户口给月粮。

富户都用钱买放，无实惠尽是虚桩。充饥画饼诚堪笑，印信凭由却是谎。快活了些社长知房。

［伴读书］磨灭尽诸豪壮，断送了些闲浮浪。抱子携男扶筇杖，尫羸伛偻如虾样，一丝好气沿途创，阁泪汪汪。

［货郎］见饿莩成行街上，乞出拦门斗抢。便财主每也怀金鹄立待其亡。感谢这监司主张，似汲黯开仓。披星戴月热中肠，济与粜亲临发放。见孤孀疾病无皈向，差医煮粥分厢巷，更把赃输钱分例米多般儿区处的最优长。众饥民共仰。似枯木逢春，萌芽再长。

［叨叨令］有钱的贩米谷置田庄添生放，无钱的少过活分骨肉无承望。有钱的纳宠妾买人口偏兴旺，无钱的受饥馁填沟壑遭灾障。小民好苦也么哥，小民好苦也么哥，便秋收鬻妻卖子家私丧。

［三煞］这相公爱民忧国无偏党，发政施仁有激昂。恤老怜贫，视民如子，起死回生，扶弱摧强。万万人感恩知德，刻骨铭心，恨不得展草垂缰。覆盆之下，同受太阳光。

［二煞］天生社稷真卿相，才称朝廷作栋梁。这相公主见宏深，秉心仁恕，治政公平，莅事慈祥。可与萧曹比并，伊傅齐肩，周召班行。紫泥宣诏，花衬马蹄忙。

［一煞］愿得早居玉笋朝班上，伫看金瓯姓字香。入阙朝京，攀龙附凤，和鼎调羹，论道兴邦。受用取貂蝉济楚，衮绣峥嵘，珂佩丁当。普天下万民乐业，都知是前任绣衣郎。

［尾声］相门出相前人奖，官上加官后代昌。活被生灵恩不忘，粒我烝民德怎偿。父老儿童细较量，樵叟渔夫曹论讲。共说东湖柳岸旁，那里清幽更舒畅，靠着云卿苏圃场，与徐孺子流芳挹清况。盖一座祠堂人供养，立一统碑碣字数行，将德政因由都载上，使万万代官民见时节想。

【译文】

老百姓遭魔鬼设下的灾难了，竟遇到这么大的饥荒。为感谢高监司拯救百姓脱离死亡边缘的恩典，我编了这段唱词来歌颂他。

去年刚插秧，天气就反常了。怎么等也等不到及时雨，旱魃横行，田野大旱。稻子没有收成，麦子也不能生长，老百姓都咳声叹气。物价一天天上涨，用纸钞买东西要加收三成的钞，买一斗粗粮要扣去四升，真凄凉啊。

那些有粮食的财主丧尽天良，那些投机倒把囤积居奇的粮商瞒天过海，大发灾难财，他们有毒蛇吞象的歹心，使尽了坑害灾民的手段。稻谷里面掺着秕子和杂物，米里面兑上粗糠。这帮坏蛋怎能指望儿孙兴旺？

蒸饭的甑落满尘土，老弱饥饿，米如珍珠一样珍贵，少壮劳力也无法填饱肚子。即使家中有金银，也无处典当。许多都饿着肚子，僵卧在夕阳之下。人们剥榆树皮吃，挖野菜尝，能吃上黄檗比吃熊掌还香甜。蕨根粉代替干粮。鹅肠草苦菜连根一起煮，荻草的根芦苇的芽连叶子一起大口地吞食，就只剩下杞柳和樟树没有人吃了。

有的人捣碎了麻子柘果调和豆浆，有的人煮麦麸子再添上细糠。他们合掌把拳祈祷苍天，一个个面黄得像写佛经的纸，一个个瘦得像饿狼，满街满巷都是这样的人。

铤而走险的，偷宰别人的水牛，盗砍大叶桑树。那些遭瘟疫死了的人没有棺木，只好白身埋入土中。有的人家贱卖了家业田产，亲骨漂流四方，就像参星和商星一样，永远无法再相见。那种骨肉分离的惨状真不忍心看，哺乳的婴儿，没有人肯收养，母亲将其活活抛入长江。那里能弄到一点残羹剩饭来救他们呢，眼看着河中挣扎的孩子、岸上哭得死去活来的娘，我禁不住悲伤哽咽。

走私的粮贩子把船停在码头外面，等到深更半夜才开始交易，那些没有德行的粮店发了大财。经纪人从中加倍收取手续费，粮店就把这份钱转嫁到买粮的人身上，想法克扣饥民，稍有污损的钱钞要打四折才能使用。

乡间本来设有义仓，以备荒救灾。但长期被财主们把持，他们将出入账目打理得滴水不漏，丝毫无破绽。所以大胆侵吞粮食，也能蒙骗政府。近日上级来“劝粜”，从义仓放粮，说百姓按户口供应月粮。富裕户有钱买，穷人只有干瞪眼，一点实惠得不到。所谓“劝粜”，尽是谎话。画饼充饥，实在太可笑。把持义仓的头头们，他们的印章凭证全是伪造的，社长和他们的亲信快活得很，中饱私囊。

那些强壮的人都饿得将死，那些出门在外的浪子更是断送了生命，勉强活着的人拄着竹棍扶着儿童，曲背弯腰像虾一般，剩有一口气，逃荒在路上，个个眼泪汪汪。

饿得快死的人成行地在街上行乞，甚至拦门抢吃的东西。即便小财主也奄奄一息，怀里揣着金钱无处买粮，站在街上等死。感谢高监司做出决策，像西汉清官汲黯那样开仓赈灾。他披星戴月热心肠，亲临发放救济粮和卖粮的现场。发现那孤儿寡妇患病的无人照顾，他就派医生煮粥在街巷里发放。尤其是将没收来的赃款和百姓的分例口粮，处理得公平恰当。饥民们都十分爱戴他，景仰他。饥民们就像枯木逢春。旱死的苗儿再长一般。

在这场旱灾中，有钱人借机贩运粮食赚了大钱，于是置买田产、用来放债；无钱的人骨肉分离没有生的希望。有钱的借机纳爱妾买奴婢，家业兴旺；无钱的受饥挨饿死在沟壑，遭尽磨难。小民们真苦啊，小民们真苦啊。即便秋天有收成，老婆孩子也卖给人家了，家产也卖光了，还有啥奔头呢。

这位相公爱民忧国，办事公道，处理政务实行仁义，一身正气。他关心老人怜惜贫苦，把百姓看作自己的子女；他起死回生，扶持弱者，打击逞凶作恶的暴徒。成千上万的人感念他的恩德，刻骨铭心，恨不得来生做牛做马报答他。感谢他让覆盆之下的人，重新受到太阳的照耀。

老天赐与国家这样优秀的卿相人材，他称得是朝廷的栋梁。这位相公见解深刻，以仁恕待人，公平行政，待人慈祥，可以与汉初名臣萧何、曹参相比，与商朝伊尹傅说齐肩，与周朝周公召公同班。

不久皇帝便会下诏书，提拔他到朝廷任职，那时定马蹄忙碌，奔驰在道路上。

祝愿他早早站在英才济济的大臣行列，他的英名定会传遍神州大地。到京城里，成为帝王的辅佐，身处相位，发表兴国定邦的主张。他头戴整齐美观的貂蝉帽，身穿华贵的朝服，佩带叮当作响的玉饰，极其威风。那时普天下的百姓得以安居乐业，都知道他是从前派到江西赈灾的官员。

宰相人家又出了宰相，人人嘉奖；官职上加新官职，后代昌盛。被他救活的人不会忘恩，但使百姓吃上饭的大德怎能报答得了。父老儿童都在议论，樵夫渔翁们都在讲谈。都说在东湖的柳岸旁边，那里风景清幽，靠着宋朝隐士苏云卿的菜园，让他像东汉高士徐孺子那样地享受此处风光，盖一座祠堂把他的名字供奉，立一块碑石题上字，将他的德政都记在上面，让世世代代的官吏和百姓都怀念他。

【赏析】

《上高监司》是元散曲中的鸿篇巨制，它真实细致地描写元文宗初年江西道旱灾所造成的惨状以及社会混乱的种种现象，是一卷元代社会生活的图画，具有重大的历史认识价值和审美价值。套曲的内容可概括为以下几个方面：一、它展示了旱灾造成百姓流离失所、饿死、病死，或者卖儿卖女，甚至无法养活子女，母亲将哺乳婴儿抛入长江等种种惨剧。二、它揭露了经济秩序严重混乱和贫富之间极端悬殊的社会问题，如货币大贬值，不法商贩乘机大发横财，掺杂使假，坑害灾民；大财主、社长及亲信把持义仓贪赃枉法却得不到查处等等。三、表彰关心百姓疾苦亲临救灾现场的高监司，反映民众对清官廉吏的热切期待。看来作者耳闻目睹了这场灾难，他对百姓的痛苦极为同情，饥民们饥饿的面孔和目光写来如在眼前；对种种借旱灾发不义之财的行径，他义愤填膺，予以强烈的抨击和揭露；对高监司则给予热情歌颂。这表明刘时中有深厚的民本思想。正因为这样，他突破散曲以抒发个人情感为主的艺术格局，将这种自娱娱人的艺术形式变为反映时政、表达下层民众喜怒哀乐的艺术手段。这在元散曲题材上是一个突破，在散曲史上也是一项贡献。

［仙吕·点绛唇］

中秋月

【作者简介】

朱庭玉，生平不详。今存散曲小令3首，套数26篇。

【原文】

可爱中秋，雨余天净。西风送，晚云归洞，凉露沾衣重。

［混江龙］庾楼高望，桂华初上海涯东，秋光宇宙，夜色帘栊。谁使银蟾吞暮霞，放教玉兔步晴空。人多在，管弦声里，诗酒乡中。

［六么遍］烂银盘涌，冰轮动。辗玻璃万顷，无辙无踪。今宵最好，来夜怎同。留恋孀娥相陪奉。天公，莫教清影转梧桐。

［后庭花］直须胜赏，想人生如转蓬。此夕休虚废，幽欢不易逢。快吟胸，虹吞鲸吸，长川流不供。

［赚煞］听江楼，笛三弄，一曲悠然未终。裂石凌空声嚠喨，似波心夜吼苍龙。唱道醉里诗成，谁为击金陵半夜钟。我今欲从嫦娥归去，

盼青鸾飞上广寒宫。

【译文】

可爱的中秋之夜，雨过天晴，西风吹过，晚云无踪影，露水沾衣，秋衣似乎略显沉重。

我登上庾信楼，眺望远处，月亮升起在东方。天地一片月白，月色透过窗棂。是谁让月亮吞掉了晚霞，放出玉兔在晴空游戏。此刻，人们沉醉在音乐和诗酒之中。

圆月如银盘喷涌，如冰轮转动在碧蓝的夜空。像辗碎万顷玻璃，竟找不到车辙的踪迹。今宵美妙，来晚不能与它相比。人们依恋着白衣嫦娥，祈求上苍不要让梧桐影子遮住月宫。

如此良宵，应当尽情玩赏。人生如风中飘荡的蓬草花。千万休要荒废此刻光阴。如此皓洁的月夜，人生难得几回逢。赶快吟诵诗章，放开量地饮酒，像虹一般吸、鲸一般吞，酒啊，像河水一样源源提供。

听江楼上有人吹响了横笛，一会儿嘹亮高亢似穿裂岩石直上晴空，一会儿低沉呜咽像苍龙怒吼在波心。人们高叫醉中诗成，此时金陵城已响彻午夜的钟声。我想随嫦娥一道飞去，盼着青鸾驮着我飞上月宫。

【赏析】

《中秋月》抒写作者登上庾楼观赏中秋月色的美好感受。作者运用极富色彩的比喻，形容中秋月的圆和亮，形容天空的澄澈；同时叙述在此良宵，如何地纵情饮酒赋诗，及时行乐，并且用美妙的笛声点缀月色，使得月夜更具诗意；最后表示要随嫦娥飞去，进入幻想中的月宫。整个曲子语言华美，充满浪漫的情调，可惜缺乏深刻的思想内涵，仅停留在对自然景物表象描绘这个层面上。

[般涉调·哨遍]

莲　船

【作者简介】

沙正卿　生平不详。仅存套曲 2 篇。

【原文】

炽日人皆可畏，火云削出奇峰样。梅雨凌晨乍晴时，堪游水国江乡。挈艳妆，轻摇彩棹，缓拨兰舟，稳载清波漾。正是蕖花开也，荷张翠盖，莲竖红幢。系兰舟聊复舣沙汀，停彩棹须臾歇横塘。低奏笙篁，浅酌芳醪，姿情共赏。

［么］媚景芳年，莫教两事成虚妄。赏玩兴无穷，只疑身在潇湘。向晚来，残霞散绮，落日沉金，迤逦银蟾上。莫放酒空金榼，玉山低偃，又且何妨。朱唇齐唱采莲歌，惊起双双宿鸳鸯，难道是断我愁肠。

［随煞］归去也，夜未央。棹行时拨散浮萍浪，船过处冲开菡萏香。

【译文】

骄阳炙人，空中火云如奇峰突兀，人们都希望寻处阴凉。早晨梅雨刚停，便升起这轮骄阳。此刻，水乡泽国，最值玩赏。我携着美丽的姑娘，轻轻摇动画桨，兰舟缓缓移动，荡漾在无风无浪的湖上。正是荷花盛开，荷叶张开翠伞，莲花竖起红色的旗帜。我们暂且将船停靠在水中沙洲，歇息在横塘。低低吹奏竹笛，浅浅地斟上美酒，尽情享受这美好时光。

趁着这美好的光景和年华，不要让赏心乐事成为一句空话。我们沉醉在快乐中，兴味无穷，似乎身在潇湘画图中。傍晚来临，残霞如美丽锦缎，落日如黄金在销熔。不一会功夫，月亮升起来了。不要让酒杯空着，直喝得东倒西斜，这又何妨。女孩子启动红唇，齐唱采莲歌，惊起双双夜宿的鸳鸯。看到这情景，刺痛我的心，令我惆怅。

我们乘兴归去，夜尚未深沉。桨拨动浮萍，船过处冲起一阵荷花清香。

【赏析】

《莲船》描述年轻的公子美女在盛夏白昼荡舟荷花湖，尽情玩赏自然美景、享用美酒和音乐，直至夜半方归的情致。与《秋千》一样，此曲也采用铺叙笔法，展示梅雨放晴骄阳似火，荷花盛开的夏日风光，以及游人悠然自得无忧无虑的情怀。语言华美、流畅，显示出作者文采斐然，情趣高雅。

中国文学知识漫谈④

中国小说与散文精品赏析

中国文学有着数千年的悠久历史，它以特殊的内容、形式和风格构成了自己的特色，它以优秀的历史、多样的形式、众多的作家、丰富的作品、鲜明的个性成为世界文学宝库中光彩夺目的瑰宝。

箫枫◎主编

辽海出版社

责任编辑:陈晓玉　于文海　孙德军

图书在版编目(CIP)数据

中国文学知识漫谈/萧枫主编. —沈阳:辽海出版社,2008.6(2015.5 重印)

ISBN 978-7-80711-711-7

Ⅰ.①中…　Ⅱ.①萧…　Ⅲ.①中国文学—基本知识　Ⅳ.①I2

中国版本图书馆 CIP 数据核字(2011)第 140257 号

中国文学知识漫谈

中国小说与散文精品赏析

萧枫/主编

出　版:辽海出版社　　地　址:沈阳市和平区十一纬路 25 号

印　刷:北京一鑫印务有限责任公司　　字　数:700 千字

开　本:700mm×1000mm　1/16　　印　张:40

版　次:2011 年 9 月第 2 版　　印　次:2015 年 5 月第 2 次印刷

书　号:ISBN 978-7-80711-711-7　　定　价:149.00 元(全 5 册)

《中国文学知识漫谈》编委会

前　言

我们中国文学是以汉民族文学为主干部分的各民族文学的共同体，作为一个统一的多民族国家，各民族文学都有各自发生、繁衍、发展的历史，也有各自的价值与成就。少数民族文学与汉族文学互相补充，使中国文学表现出极大的丰富性和多层次性。

我们中国文学有着数千年的悠久历史，并以特殊的内容、形式和风格构成了自己的特色，具有自己的审美理想，有自己的起支配作用的思想文化传统和理论批判体系。它以优秀的历史、多样的形式、众多的作家、丰富的作品、独特的风格、鲜明的个性、诱人的魅力而成为世界文学宝库中光彩夺目的瑰宝。

诗歌是中国文学中产生最早的艺术形式之一，《诗经》是最早的一部诗歌总集。其中最早的诗篇产生于西周初年，最晚的产生于春秋中叶。紧接着又兴起了一种新的诗体，那就是楚辞，楚辞的光辉代表，就是伟大的诗人屈原。《诗经》中的《国风》和以《离骚》为代表的楚辞，是中国古代诗歌的两个典范。就创作方法而言，《国风》和《离骚》分别开创了中国文学现实主义和浪漫主义的诗歌传统。

在汉魏六朝出现了带有民间文学刚健清新风格的新诗体，即乐府，强烈的现实感，是乐府的重要标志。《陌上桑》、《孔雀东南飞》、《木兰诗》等，都是中国古代长篇叙事诗中的瑰宝。在乐府诗的发展过程中，五言、七言的句式日渐引人注目，到汉末出现了《古诗十九首》，五言诗这种诗体便基本成熟了。七言诗的产生要晚于五言诗，它的广泛流行，大约在晋宋之际，到了唐代，近体诗进

入鼎盛时期。在这个时期，古体诗和近体诗全面发展，出现了李白、杜甫、白居易等世界闻名的伟大诗人。

在中国传统文学观念中，与诗词并列为文学正宗的是散文 。中国文学史上第一部记叙文和议论文的集子是《尚书》，它是上古历史文件和部分追述古代事迹著作的汇编，初具了文学的特质。战国时代形成了百家争鸣的局面，散文得到了迅速发展，其中主要是历史散文和诸子散文。这时期散文、有感情激越 、论辩性强、辞藻华美、结构严谨、多用寓言、善使比喻等特点，散文的基本形式已经确定。汉代散文更讲究文采，对偶句增多，有辞赋化倾向。

骈文兴盛之后，散文式微，到唐代韩愈、柳宗元元大力提倡古文，反对过于矫饰、渐趋空洞的骈文，散文才恢复了它的生机与地位。唐宋古文，直承秦汉传统，尤以游记散文清新隽逸，生动活泼。后世纯文学散文一直沿着这条轨道前进。明清小品文是纯文学散文的一种重要样式，它吸收唐代散文的精髓，融入魏晋南北朝笔记文的谐趣和隽永，具有独特的艺术魅力。

在中国传统文学观念中，小说常被当作街谈巷议之言，戏曲被认为是不能登大雅之堂的作品。因此，小说和戏曲起步较晚，直至元、明、清才迅速发展起来，一些伟大的作家与作品相继出现。在戏曲方面，如元代关汉卿的《窦娥冤》、王实甫的《西厢记》、明代汤显祖的《牡丹亭》、清代孔尚任的《桃花扇》 等，都是不朽之作。小说《三国演义》、《水浒传》、《西游记》、《聊斋志异》、《儒林外史》 等，也均为文学珍品。《红楼梦》 更是纪念碑式作品，它把中国文学推向了新的高峰，并足以和世界许多知名的小说媲美 。

为了让广大读者全面了解中国文学，我们特别编辑了《中国文学知识漫谈》，主要包括中国文学发展历史、民族与民间文学、香港与台湾文学、神话与传说、诗歌与文赋、散曲与曲词、小说与散文、寓言与小品、笔记与游记、楹联与碑铭等内容，具有很强的文学性、可读性和知识性，是我们广大读者了解中国文学作品、增长文学素质的良好读物，也是各级图书馆珍藏的最佳版本。

目　录

第一章　古典小说

第一节　小说历史

第二节 短篇小说

第三节 长篇小说

第一章 古典小说

第一节 小说历史

元代小说

元代小说是承袭六朝以来两种体制，即唐代传奇的文言小说和宋代话本的通俗小说的传统而发展起来的。但主要成就在话本小说方面。

从说话艺术发展而来的话本小说，分为短篇小说话本和长篇讲史话本两类。元代小说大多经明人修改，现存很少。陆显之编有《好儿赵正》，金仁杰编有《东窗事犯》。这些小说很难确定朝代，一般称为“宋元话本”。

保存至今的元代至正年间新安虞氏刊印的《全相平话五种》十五卷，显示了元代在古典小说的形成和发展过程中的特殊地位。这五种平话是：《武王伐纣书》、《乐毅图齐七国春秋后集》、《秦并六国平话》、《全汉书续集》和《三国志平话》。这五种平话所叙史事，多系真假掺杂、虚实并行，但为后来的长篇小说的发展积累了艺术经验。

明代小说

这一时期小说创作十分丰富，数量众多，留传下来的有五六十部之多，可大致分为四类：讲史小说、神魔小说、世情小说和公案小说。

聊斋故事图传

讲史小说有两种倾向，或成为通俗演义形式，或向英雄传奇小说发展。著名的作品有：余邵鱼的《列国志传》，甄伟的《西汉通俗演义》等。神魔小说最先出现的是吴承恩创作的《西游记》，成就最大，其次是《封神演义》，在中国小说发展史上占有一席之地。世情小说中最著名的是《金瓶梅》，成就很高。到崇祯年间，描写世情的小说大抵都是才子佳人故事，如《吴江雪》、《王友玑》等。

话本在此时引起人们重视，文人模拟话本进行创作，后人称“拟话本”。最著名的是冯梦龙编著的《喻世明言》、《警世通言》、《醒世恒言》。继“三言”之后，凌濛初所作的《初刻拍案惊奇》、《二刻拍案惊奇》也很有名。拟话本中有大量的商人、手工业者作为正面主人公出现，市井生活刻画精绝，女子在追求爱情方面显得大胆和自由。

清代小说

清代是中国古典小说盛极而衰并向近代小说、现代小说转变的时期。其中以《红楼梦》为最高代表。

清初的长篇章回小说，如陈忱的《水浒后传》、钱彩的《说岳全传》以及蒲松龄的《聊斋志异》最为著名。到雍正、乾隆年间，长篇小说大放异彩，出现吴敬梓的《儒林外史》和曹雪芹的《红楼梦》两部巨著。短篇文言的笔记小说，有纪昀的《阅微草堂笔记》、袁枚的《新齐谐》等。

《红楼梦》是一部以爱情婚姻为主要题材的言情小说，但其艺术性及思想性上的成就堪称古典章回小说之最。作者曹雪芹，名霑，

雪芹是他的号。曹雪芹的一生经历了家族由盛而衰的历程，而家境的急剧变化成为他写作的源头。小说共120回，后40回据说是由高鹗增补。

乾隆以后，章回小说较为著名的是李汝珍的《镜花缘》。

章回小说

章回实际上是一种故事的分段结构形式，它既取法于古代典籍的分章格式，又直接导源于说话（说书）艺术分次（回）讲完的需要。从古代典籍来看，分章行文很常见。列为十三经之一的《孝经》，就是依《开宗明义章第一》、《天子章第二》、《诸侯章第三》的章次展开的；诸子书如《墨子》也采取这种分章格式；小说意味甚浓的《晏子春秋》的分章题目如《庄公矜勇力不顾行义晏子谏第一》、《景公饮酒酣愿诸大夫无为礼晏子谏第二》等，更与后世的小说章回接近。

章回形式的产生，根本的原因还在于说话艺术的特点。所谓说话，是宋元以来随着城市商品经济发展而勃兴的一种包括诸多门类、以讲述故事为主的民间说唱伎艺。宋元时期的说话艺人演说时，善于敷演“说收拾寻常有百万套，谈话头动辄是数千回”，一些长篇讲史故事更非一天一场所能了结。每讲演一段，为了收受钱财听资并吸引人们听下去，就在紧要关头宣称“欲知后事如何，且听下回分解”。每回讲演的时间大体相同，故事的长短也基本相等。这一由宋元说话艺人为实际需要而创造的结构形式，既为听众所习惯，又便于情节安排，也就为后世创作小说的文人所承袭。

由此可见，章回小说萌芽于宋元说话艺术。一些流传至今的话本（即说话人所据以说唱的底本）虽无章回小说之名，而有章回小说之实。如《碾玉观音》分上下两回，《西山一窟鬼》可“变做十数回”，《张生彩鸾灯传》中也有“且听下回分解”的字样。至于长篇作品，内容繁富，规模较大，分卷分目，更为常见。元朝至治（1321～1323）年间刊刻的“全相平话”五种之一的《乐毅图齐七国春秋》即分为三卷，又各立小题目，依次叙述。作为《西游记》前身的《大唐三藏取经诗话》则有《行程遇猴行者处第二》（第一章原缺）、《八大梵天王宫第三》、《入香山寺第四》等 17 个章目。这部作品被王国维认为是后世章回小说之祖。

章回小说的正式形成是在明代。《三国演义》、《水浒传》是最早的章回小说。明代嘉靖本《三国志通俗演义》分 240 则，每则的篇幅大致相等，各用整齐的七言单句作题。回目虽没有完全创立，但章回体制已大体确立。后来，标明李贽评吴观明刻本的此书即改 240 则为 120 回。万历十七年（1589）天都外臣序刻的《水浒传》也取消卷数，直接标目为“回”，又加上了对偶的双句回目。明中叶时产生的《西游记》、《金瓶梅》等都是分回标目，只是有的回目上下句对仗不工。

但是，也不能根据回目是奇偶句的区别，就断定小说创作时期的前后。《封神演义》成书年代在《西游记》之后，用的却是单句的回目。明末清初，采用工整偶句的回目才逐渐成为固定的形式。自此以后，直至近代，中国的长篇、中篇小说，普遍采用章回体制。清代的《红楼梦》是最完美的章回小说。

实际上，不仅中长篇小说，许多短篇白话小说也具有章回小说的特点。不但早期短篇话本的分段讲述是章回之所从出，而且它的“入话——正话——煞尾”的封闭式结构也为章回小说所袭用。所以，有时短篇话本可以看作压缩了的长篇小说，而长篇小说又不妨认作扩充了的短篇话本，《水浒传》就曾经作为一些短篇话本流传。还有一些长篇小说是由短篇故事组成的。同时，明中叶章回小说成熟以后，短篇小说的整理者如冯梦龙、凌闬初等，都按照章回小说的形式编辑小说集，如《警世通言》中的小说虽各自成篇，却又上下两篇互相对偶，《俞伯牙摔琴谢知音》对《庄子休鼓盆成大道》、《钝秀才一朝交泰》对《老门生三世报恩》等，只要需要，编者是不难将它们连缀成《儒林外史》那详情节联系不甚紧密的长篇小说

的。如果进一步考虑，这些短、中、长篇小说在内容与表现手法上多有相通之处。故所谓章回小说，可以理解为包括短篇话本、拟话本在内的全部古代白话小说。

历史演义

在章回小说中，历史演义类小说特别发达。这类小说通常是以史实和传说相结合的形式，叙写某一特定历史时期的重大社会政治矛盾与风云人物，其开山之作当首推《三国演义》。这部小说120回，约75万字，描写了东汉灵帝建宁二年（169）至晋武帝太康元年（280）110余年的历史故事，尤其集中于魏、蜀、吴三国的斗争。作者罗贯中，是元末明初时的一位多产作家，生平事迹多不可考。

《三国演义》写定于元末明初，但在此之前经历过长期的演变。远在魏晋时期，人们已开始传说三国人物的一些奇闻逸事。到了唐代，三国故事已变成了说话艺术的重要素材，李商隐的《骄儿诗》就记述了其子模仿说话艺人形容张飞和邓艾的神情、语态。北宋以后，说“三国”更为盛行，出现了专说“三分”（即三国）的行家。其“拥刘反曹”的倾向已极其鲜明和富于感染力。到了元代至治（1321～1323）年间，产生了一部《三国志平话》，很可能就是说话艺人的一个底本。它长达8万字，分成上、中、下三卷，然而还只是个提纲。可见三国故事，此时已洋洋洒洒地说起来了。此书已具有《三国演义》的轮廓，只是较为粗陋罢了。另外，在宋、金、元三代，三国故事还被大量搬上舞台，今天所知元杂剧“三国戏”的剧目就有近60种，内容丰富，几乎涉及所有三国故事的重大情节和人物。这些民间传说、讲史话本和戏曲，构成了《三国演义》成书的雄厚基础。当然，作者还广泛借鉴了有关的历史著作，其中最重要的是西晋史学家陈寿的《三国志》及裴松之的注。

作为历史小说的《三国演义》是文学创作，而不是历史记录。因此，书中的故事与人物并不能完全等同于历史上的真人真事。作品把刘蜀集团置于全书的中心，以刘蜀与曹魏两大集团的矛盾斗争作为情节发展的主线；热情表彰了刘备“上报国家、下安黎庶”的政治理想，颂扬了他宽仁爱民、敬贤礼士的政治品质；而对曹操“宁教我负天下人，休教天下人负我”的极端利己主义和残酷暴虐、狡诈专横的恶德劣行，则予以深刻的揭露和鞭挞。这种历史继承下来的“拥刘反曹”倾向，不仅寄托着宋元时代处于深重的民族压迫之下的汉族人民对历史上的汉族政权的依恋，而且表现了整个封建社会中人民拥护“明君”、反对“暴君”的思想感情，具有鲜明的进步色彩。

曹刘斗争最后以魏胜蜀败为结局，三国分裂而复归于晋，这是众所周知的事实。作为历史小说，《三国演义》自然也不能违背这一基本框架。不过，艺术家的任务不只是模仿现实，还需要认识现实。这部小说的价值，并不在于如实地反映出事件的本来进程和既定结局，而在于揭示了历史运动的内在必然性和人物无法逃避的命运与归宿。从这一角度来看，《三国演义》是一出震撼人心的悲剧。其实质则是理想与现实的冲突，也就是说，刘蜀集团所追求和信守的某些传统道德和理性原则，如宽仁爱民、忠诚信义等等，并不符合那个群雄角逐的社会条件。他们总是幻想以常理来对抗现存秩序，只能给蜀汉事业一再带来挫折。相反，曹操之所以能够削平群雄，统一北方，鼎足天下，且又强于刘、孙，通过他的儿孙实现并吞蜀汉的夙愿，主要原因就在于他是权诈的集中代表。正是这不可遏止的邪恶，粉碎了善

元至治（1321－1323）
新刊《全相三国志平语》

良的人们企图恢复传统道德的梦想。

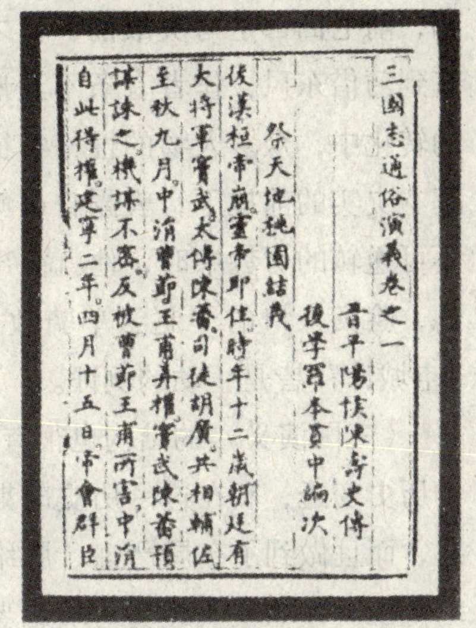

三國志通俗演義卷之一
晉平陽侯陳壽史傳
後學羅本貫中編次
祭天地桃園結義
後漢桓帝崩靈帝即位時年十二歲朝廷有
大將軍竇武太傅陳蕃司徒胡廣共相輔佐
至秋九月中涓曹節王甫弄權竇武陳蕃預
謀誅之機謀不密反被曹節王甫所害中涓
自此得權建寧二年四月十五日帝會群臣

明嘉靖元年（1522）刻本

《三国志通俗演义》

历史是人创造的。《三国演义》为人们提供了一幅色彩斑斓的历史人物群像。除了三国的领袖人物，它还塑造了一大批英雄形象。其中，诸葛亮的形象最为突出。在中国人的心目中，诸葛亮是智慧的代名词，这在很大程度上就是小说浓墨重彩加以渲染的结果。他自刘备“三顾茅庐”出山后，以卓越的政治家的眼光，为蜀汉制定了联吴抗曹的战略。他高瞻远瞩，深谋远虑，妙计无穷，善于随机应变，在内政、外交、军事上都大显身手。同时，他心胸博大，忠贞不贰，为报答刘备的知遇之恩，鞠躬尽瘁，死而后已，堪称古代社会“良相”的典型。关羽、张飞也是家喻户晓的艺术形象。小说对他们与刘备名为君臣、情同骨肉、生死不渝的义气，极力予以赞美，尤其是关羽，更被塑造成威武不能屈、富贵不能淫的“义”的化身，以致民间将其视为与“文圣人”孔子并驾齐驱的“武圣人”。清代关帝庙已遍设城乡。此外，作品对大义凛然、舍生忘死的赵云及忠于蜀汉集团的庞统、黄忠、王平、廖化、姜维等英雄，也作了热情的颂扬。同时，对忠于曹魏、孙吴集团的许多文臣武将，也给予了充分的描写和不同程度的肯定。

在艺术上，《三国演义》也取得了卓越的成就。它涉及的战争，大大小小，数以百计，却千变万化，各具特色，充分表现了战争的复杂性和多样性。在描写战争的过程中，作者善于抓住重点，突出人物，把军事斗争与政治、外交斗争结合起来，写出战争胜负的原因和各方将帅的性格、气度和谋智。如小说写赤壁之战共用八回篇幅，前七回都是写决战前各方之间的斗智，从舌战群儒、智激周瑜直到巧借东风，作者有条不紊地叙述各方的部署，在双方攻守之势的转化中，众多人物的性格特征都得到有力的揭示。作者还在尊重基本史实的前提下，表露自己鲜明的倾向。所以，当刘蜀集团处于不可逆转的劣势中时，他就突出其大败中的小胜和挫折中显示的美德，脍炙人口的“赵云单骑救主”、“张飞大闹长坂坡”和诸葛亮“空城计”皆是生动的例证。

《三国演义》的结构也很有特色。它把三国时期前后100年左右的历史变迁，和在这一历史时期活动的几百个人物有机地组织在一起，而且做到了布局严谨、脉络清晰、主次得体、曲折变化。对于一部没有什么现成经验可资借鉴的早期长篇小说，这实在是一个了不起的成就。

《三国演义》是用半文半白的语言写成的。文不甚深，言不甚俗，雅俗共赏，历来为人称道。除了具体运用时的精炼、准确、生动、形象外，这种语言还造成了特殊的历史氛围，与题材和人物身份都相吻合。

《三国演义》对后世的影响极大，仅就文学发展而言，它结束了长篇小说创作只是说话艺人底本的时代。由于它成功地再现了一段历史，为同类小说的创作开辟了一条广阔的道路。从明代开始，就出现了许多历史演义。不仅传说罗贯中自己还著有《隋唐志传》和《残唐五代史演义》等小说，其他有名的作品有：余邵鱼的《列国志传》，甄伟的《西汉通俗演义》，谢诏的《东汉通俗演义》，杨尔曾的《东西晋演义》，袁韫玉的《隋史遗文》，熊大木的《南北两宋志传》、《大宋中兴通俗演义》，褚人获的《隋唐演义》等，直到近代，历史演义仍层出不穷，几乎涵盖了整个中国历史。不过，这些作品除少数有较好的民间传说基础，经文人加工整理后得到进一步提高，流传颇广外，其他多系文人采撷史料，连缀成篇，情节纷杂无绪，叙述平板呆滞，类似通俗历史读物，文学价值不高。

英雄传奇

章回小说中有一类作品突出描写了各种英雄好汉，形成了一个独特的系列，与历史演义小说中的英雄相比，他们的虚构成分更多一点。《水浒传》是其中最杰出的代表。它的主要内容是描写北宋末年，宋江等所领导的民众反抗斗争发生、发展直至失败的过程。《水浒传》版本甚多，120 回本的《水浒全传》约 100 万字。

与《三国演义》一样，《水浒传》在成书之前，也经历了长期的演变。宋元时期，宋江等人的事迹就已在民间广泛流传，一些说话艺人也开始讲说他们的故事。《醉翁谈录》记有小说篇目《青面兽》、《花和尚》、《武行者》，这当是说的杨志、鲁智深、武松的故事；此外，《石头孙立》一篇可能也是水浒故事。这是有关《水浒传》话本的最早记载。现在看到的最早写水浒故事的作品，是《大宋宣和遗事》。它所记水浒故事，从杨志卖刀杀人起，经智取生辰纲、宋江杀惜、九天玄女授天书，直到受招安平方腊止，顺序和《水浒传》基本一致。这时的水浒故事已由许多分散独立的单篇，发展为系统连贯的整体。金元时期的戏剧家还创作了很多水浒戏，水浒故事有了进一步的发展，但内容细节上与《宣和遗事》颇有异同。而把这些简单、零散的人物和故事汇集到一起，写成规模宏大、内容丰富的长篇小说《水浒传》，则是元末明初文学家施耐庵的功劳（也有罗贯中著和施、罗合著等说法）。有关施耐庵的生平、思想，缺乏详实的材料予以说明。

《水浒传》是第一部以民众的反抗斗争为题材的长篇小说。它以艺术的形式真实地反映了封建社会的腐败、黑暗，暴露了统治阶级的罪恶，深刻揭示了官逼民反的社会现实。全书以洪太尉误放魔君为序曲，但这只是为了呼应上天星宿之说，给小说笼罩上一层神秘主义的色彩，而实际上，作品却是以高俅发迹为真实内容开篇的，表明了“乱自上作”的思想。由于宋徽宗荒淫无道、腐败无能，一向被人厌弃的破落户子弟高俅靠踢球被提拔到殿帅府太尉，此人与蔡京、童贯等权奸把持中央行政大权，又将其亲朋党羽安插全国，形成了一个可怕的关系网。这些人和地方上的土豪劣绅、贪官污吏、流氓无赖狼狈为奸，残害忠良，欺压百姓，逼使无数英雄，纷纷落草，用朴刀杆棒来洗雪他们的仇和怨。鲁智深、林冲、宋江、柴进、武松、解珍、解宝、杨志、孙立等数十人，就是因为深受官府和邪恶势力的挤压，或不满社会现实的黑暗，通过不同的反抗道路，汇聚水泊梁山。随着起义军规模的扩大、力量的加强，他们打破祝家庄、曾头市，攻下唐州、青州、大名府，两败童贯，三挫高俅，使统治者为之震惊。但由于义军领袖宋江无意反抗朝廷，终于使梁山英雄走上了被招安的道路。在古代，民众的反抗斗争被诬为“盗”，梁山英雄的行为原也在“盗”之列。但这种“盗”又不同于当时人们通常理解的“盗”，用《水浒传》的话说，就是“盗可盗，非常盗”。其所以如此，是因为作者在民众的反抗斗争中，贯穿和交织了忠奸斗争。具体地说，作者让忠奸斗争采取了民众反抗斗争的方式进行，同时，又把民众反抗斗争纳入了忠奸的轨道。这就是《水浒传》矛盾冲突的特点和全部内容的要旨。

招安之后，宋江等自愿征辽，保卫边土，以示效忠于宋室。这也反映了宋元以来汉族人民的民族爱国思想。然而，他们有功不受赏，反遭猜忌、陷害。以后又去平田虎、剿王庆、擒方腊，经过无数次血战，他们虽为宋室立下汗马功劳，却伤亡殆尽。幸存者也或隐遁、或被害、或自杀，小说的结局充满了悲剧气氛，使作品“自古权奸害善良，不容忠义立家邦”的思想得到了进一步的揭示。

尽管如此，《水浒传》讴歌的英雄主义仍然是作品最激动人心的地方，作者往往集中几回重点刻画一个或几个主要英雄人物，如所谓“武十回”、“宋十回”、“林八回”、“鲁七回”等。通过这些列传式的描写，展示了英雄人物被逼上梁山的不同生活道路和性格特征。浪迹江湖的鲁智深是作者描绘的一个正直、勇敢、急公好义的英雄，“杀人须见血，救人须救彻”，概括了他性格的基本特征。他从一个

颇有地位的军官到削发为僧，再到落草为寇，纯粹是由于慷慨任侠、仗义勇为而难以存身的结果。林冲则是“官逼民反”最突出的典型。他原有优裕的生活和较高的社会地位，但他的隐忍退让、委曲求全并没有带给他安宁。在无端的陷害面前，他终于忍无可忍，愤怒和复仇之火，像火山一样爆发出来，显示出与众不同的英雄本色。武松也是作者极力歌颂的一个天神般的英雄，他一再声称：我从来只要打天下这等不明道德的人！我若路见不平，真乃拔刀相助，我便死也不怕。”这种英雄性格经作者反复强调，雕刻般地凸现在读者面前，李逵虽然没有武松、鲁智深、林冲那样集中的描写，但自第三十八回登场起，就一直活跃在作品中。鲁、林、武等固然也形象逼真，呼之欲出，一旦上山，他们的性格就被淹没在人群之中，不如李逵，终《水浒》之篇，都没有减弱其艺术的魅力。他的性格就像一阵扫荡一切恶势力的“黑旋风”。他把天下大事看得非常简单，以为只要有了两把板斧，就可以杀尽天下不平之人。他主张“杀去东京，夺了鸟位”，是梁山英雄中反抗性最强的一个。

值得赞赏的是，《水浒传》在描写这些英雄人物时，避免了千篇一律、众人一面的弊病，写出了他们不同的个性及其发展变化。明末清初小说批评家金圣叹就称赞“《水浒传》只是写人粗鲁处，便有许多写法，如：鲁达粗鲁是性急，史进粗鲁是少年任气，李逵粗鲁是蛮，武松粗鲁是豪杰不受羁勒，阮小七粗鲁是悲愤无说处，焦挺粗鲁是气质不好”（《读第五才子书法》）。作者之所以能做到这一点，是因为他善于把人物置身于真实的历史环境中，扣紧人物的身份、经历和遭遇来刻画人物的性格。如林冲由岳庙隐忍求和、野猪林的守法、风雪山神庙的悲恨到草料场报仇，至火并王伦，越来越坚决，十分符合人物思想性格发展的逻辑。这种思想性格的发展变化，在杨志、武松等人身上又各不相同。同时，作者还大量运用合理的想象和艺术的夸张，通过传奇性情节使英雄人物达到理想化的境界，如鲁智深的拳打镇关西、醉打山门、倒拔垂杨柳、大闹野猪林；林冲的风雪山神庙；武松的景阳冈打虎、醉打蒋门神、大闹飞云浦、血溅鸳鸯楼；李逵的大闹江州、力杀四虎、独劈罗真人、大闹忠义堂等等，都是充满神奇色彩、令人过目不忘的描写。

《水浒传》插图“四路劫法场”

《水浒传》的语言是以口语为基础，经过加工提炼而创造的文学语言。其特点是准确、形象、生动、丰富。无论是作者的叙述语言，还是作品人物的语言，都惟妙惟肖，有浓厚的生活气息。人物语言的性格化，达到了很高的水平。通过人物语言，人们可以看出其出身、地位以及所受文化教养而形成的思想习惯、性格特征。

《水浒传》的成功再次证明了民间创作和文人创作相结合是中国古代小说发展的动力。在它的影响下，陆续出现了一大批英雄传奇。作为《水浒传》余绪的陈忱的《水浒后传》就是比较优秀的作品，它热情歌颂了梁山英雄的抗争精神，寄托了深沉的爱国思想，在艺术上也有某些独到之处。《说唐》、《杨家府演义》、《说岳全传》、《万花楼杨包狄演义》等，也都是脍炙人口的英雄传奇，它们大多情节曲折，塑造一个个非凡的英雄人物，其中像秦琼、程咬金、杨家将、孟良、焦赞、岳飞、牛皋等，都是深受人民群众喜爱的艺术形象。

神魔小说

中国古代神话流传至今的虽然比较零散，但也有自己的特点，它从形象构成、叙事方式、文化精神等多方面影响了小说的形式与发展，最直接的表现则是中国古代小说中，非现实形象构成始终是

基本的艺术手法之一。早在魏晋时期就已形成了“志人小说”和“志怪小说”二水分流的局面，至明代章回小说，又出现了“神魔小说”与“世情小说”双峰并峙的格局。所谓神魔小说，就是以各种神仙道佛、妖魔鬼怪为描写对象的小说。除了上古神话，后世的宗教神话对它也有广泛的影响。不过，优秀的神魔小说只是以神话为形式，在非现实的幻想中寄寓着对社会人生的认识。其中最杰出的代表是《西游记》。这部小说描写唐僧率领猴精孙悟空、猪怪猪八戒及沙和尚去西天取经，展开了一系列绚丽多彩的降妖伏魔故事，内涵丰厚，趣味横生。

唐僧取经在历史上确有其事。唐太宗贞观年间，僧人玄奘为了穷究佛法，孤身一人，穿越戈壁雪山，跋涉万里，前往天竺（古印度）求经问法，历时十几年，带回600多部佛教经典。由于玄奘的经历富于传奇色彩，加上他的门徒的夸张，取经故事遂在民间开始流传，并逐渐脱离史实而有了越来越多的神异内容。有趣的是，玄奘本人由英雄退化为懦夫，取而代之成为取经故事主角的是一个神猴。南宋时已有“取经烦猴行者”的说法，《大唐三藏取经诗话》更描写了猴行者降妖伏怪的情节。在元代，出现了一部《西游记平话》，据残存片断可以推测，它已初具今本《西游记》的轮廓。此外，《西游记杂剧》对于丰富取经题材也有贡献。正是在这些传说、话本和戏曲的基础上，明中叶出现了一部艺术高超、思想深刻的长达100回的《西游记》。据近人考证，它的作者是当时江苏的文人吴承恩，但也有持怀疑态度的。

《西游记》的结构可分成三大块。第一回至第七回叙述孙悟空的出身故事，描写他大闹天宫而被压在五行山下。第八回至第十二回叙述取经缘起，为下文作铺垫。第十三回至第一百回是全书的重点，叙述唐僧师徒历经八十一难去西天取经的过程。作者充分发挥想象，为读者展现了一个完整的、瑰丽的神话世界。人物，多半是腾云驾雾的神佛、妖魔；环境，多半是虚无缥缈的天庭、地府、龙宫。不过，这些幻想并不是脱离现实社会的。恰恰相反，它在许多方面都是现实社会的翻版和延伸。因此，那些神魔不仅具有神性、魔性和动物性（他们经常是动物的幻化），更具有人性。

与同时代的小说相比，《西游记》更自觉地以人物为故事情节的中心。作者以幻想的形式描绘了一个具有悠久历史的民族在漫长而曲折的过程中所显示出的精神风貌。取经队伍是作者经过精心提炼而建立的一个富有代表性的群体。孙悟空的机智勇敢、诙谐幽默象征着中华民族的英雄主义和乐观主义；唐僧的坚定虔诚、软弱无能则体现了封建社会知识分子志行修谨、面对瞬息万变的现实却缺乏应对能力；猪八戒的贪图安逸、眼光如豆又反映出小生产者的保守心理；至于沙和尚的勤恳依顺，也折射着中国人民朴实、善良的品性。能够在一部作品中如此鲜明地概括民族性格的几个重要类型，确实令人钦佩。

最突出的形象自然是孙悟空。《西游记》彻底改变了孙悟空在以前取经题材作品中作为宗教信徒和神怪形象的性质，使之成为一个体现着社会愿望的真正的英雄。他的“治国祛邪”的救世热忱与本领，顺应了明中叶亟盼英雄的时代召唤。不过，孙悟空的卓然不群不仅在于他具有非凡的英雄品格，还在于他具有强烈的自我意识。这种自我意识就是他对自由、自尊、自娱的追求。孙悟空天生地养，一开始就在精神上超越了宗法制社会对人的种种限制和约束。以后，也不断地反抗神佛对他的羁縻，渴望保持“天不收、地不管、自由自在”的天

《西游记》孙悟空像

性。与此相关，他还心高气盛，傲不为礼，有一种“强者为尊该让我，英雄只此敢争先”的气魄。同时，他总是以降妖伏魔为游戏，必要时连神圣的取经也要让位于他的这种“耍耍”。因此，他虽然打的也是“诳上欺君”之徒，却不甘愿以臣仆自居，还要维护自己高傲的人格独立性。他也像《水浒传》中的英雄一样，以极大的热情投入到“专救人间灾害”的斗争中去，也带有除暴安良、见义勇为的江湖好汉特点，但与其说是为了“替天行道”或“建功立业”，毋宁说是出于一种朴素的正义感和他特有的在斗争中开拓人生，获得无穷乐趣的心理特征。他既肩负着匡世济民的伟大责任，又不断追求着自我的价值，两者在他身上得到了完善的结合。比较起来，后者更引人注目。而这与明中叶以后的个性解放思潮有着内在的联系。

如果说作者在孙悟空身上更多地凝聚了民族性格的优秀品质，展示了新的时代精神与追求，那么，在猪八戒、唐僧身上，作者就努力发现和表现了民族性格中的消极因素。把人物塑造由单纯的道德层面引向精神品格的层面，这就是《西游记》的真正价值所在。它表现了作者对民族素质的深刻反省，表现了作者希望人的精神境界臻于完美的高度热忱。

在艺术风格上，《西游记》也很有特色。中国古代文论一向强调文学的道德劝诫作用和历史纪实功能，以温柔敦厚、凝重质实为尚。而《西游记》有意突破了传统的功利观念，有意摆脱冬烘俗儒的迂拘固陋，更主动地追求文学的审美愉悦性。作者对当时社会上的种种弊端和丑恶现象的揭露，不是纯客观的再现，而是用旁敲侧击的讽刺手法，在貌似随意的点染中，揭示其荒谬而又不失其真的丑态，让人们尽情地嘲笑。在人物塑造中，作品也多用诙谐之笔。唐僧心诚志坚，又怯弱迂腐，这样一个人却要率领三个顽劣不堪的“妖徒”进行神圣的取经，本身就极富喜剧性。然而，作者并不满足于表面的滑稽可笑，而是着意挖掘人物不同的性格。孙悟空和猪八戒是小说中最令人感兴趣的形象，但他们带给读者的笑声却不相同。孙悟空是以乐观善谑的天性感染读者的，而猪八戒是被嘲笑的。他虽入空门，却处处贪恋尘缘；虽生性愚笨，却常常要小聪明、弄巧成拙，等等，这种种不协调和矛盾构成了他喜剧性格的基本特征。

《西游记》猪八戒像

作为一部宗教题材的神魔小说，《西游记》还体现了一种世俗化的倾向。在处理历史继承下来的宗教文学及叙事模式时，作者显示出更为灵活的态度。书中有不少讥佛讽道的描写，对宗教表现了一定程度上的批判。尤其重要的是，作者对现世社会的关注和对人的力量的热情肯定，这使它完全没有早期取经故事的那种宗教的神秘感和迷狂，整个作品充满了理性的光辉，它以幻想的形式对人的孜孜不息的追求和奋斗精神亦即对人的力量和价值，作了热情洋溢的肯定，坚忍不拔的执著追求不再奉献给虚幻的宗教信仰，却成了英雄人物斩妖除邪、匡危扶倾的伟大实践和实现自我价值的战斗历程。

与《西游记》大体同时，还有一部神魔小说广为流传，这就是《封神演义》。它的构思大体以宋元讲史话本《武王伐纣平话》为基础，同时吸收大量民间神话传说，益以虚构、演绎而成。其中心内容是描写商周之争的曲折过程。以仁慈爱民的武王和他的丞相姜子牙为代表的周，同以暴虐无道的纣王为代表的商，构成了矛盾的双方，其间神怪迭出，各有匡助。助周者为代表神教正统的阐教，助纣者为代表左道旁门的截教。双方各逞法术，为历史赋予了神奇怪诞的色彩。在内容上，作品继承了传统的民本思想和仁政思想，肯

定了武王伐纣这样的“以臣伐君”的合理性。但也有不少描写体现了庸腐落后的“女祸”思想和宿命观念。这部小说最吸引人的地方还是那些神奇的幻想，杨任剜目后手掌内生出眼睛，雷震子胁下有可以飞翔的肉翅，哪吒则能化为三头六臂以及土行孙等的土遁、水遁之法，都给读者以较深的印象。

在这以后，神魔小说虽多矜奇尚怪之作，但即使在幻想方面，也并没有超过《西游记》和《封神演义》的。只是在利用神魔形象表现人生哲理方面出现了一些颇有特色的作品，其中《西游补》、《后西游记》、《斩鬼传》是写得较好的。

世情小说

严格地说，所有的小说、包括神魔小说都不同程度地反映着一定的社会生活。但在中国小说史上，世情小说往往特指那些描写世俗生活风情的小说，它们不同于以往历史演义、英雄传奇所注重描写的非凡人物，更不同于神魔小说展现的超自然世界，而是取材于日常生活，以现实社会众所熟悉的人物、事件为小说的主要内容。即使作品假借前朝名姓，实际反映的社会生活依然是作家所处时代的风貌。这一点，在最早的、也是最杰出的世情小说《金瓶梅》中体现得极为明显。这部小说是由《水浒传》中的人物和故事进一步展开的，但作者却不再关注梁山英雄的可歌可泣的壮举，而是突出表现了一个市井商人的纵情声色的生活及其家庭复杂尖锐的矛盾，从而与人们的日常生活贴得更紧密了。

明万历（1573～1619）刻本《金瓶梅词话》

《金瓶梅》凡100回，约100万字，明代隆庆至万历年间成书，作者署名兰陵笑笑生，真实姓名不可考，有人推测是王世贞、李开先等，但都缺乏确凿的证据。小说集中刻画了西门庆这个兼有富商、恶霸、官僚三种身份的封建社会市侩的典型。他与潘金莲勾搭成奸，一同害死其夫武大。又先后奸娶孟玉楼、李瓶儿等。同时，还经常玩弄妓女和仆妇，生活淫荡，终于纵欲身亡。

由于《金瓶梅》以较多的篇幅细致描写了西门庆等人的性生活，因此，它一向被认为是一部“古今第一淫书”，长期被禁止刊刻、出版。但实际上，《金瓶梅》的性描写，仅就这部小说来说，并非完全不必要的。至少它在表现某些人物的性格方面有一定的作用。例如女主角潘金莲之所以成为“淫妇”，很大程度上是由于生活境遇造成的。早期的被玩弄与不幸婚姻，使她渴望真正的爱怜和性满足。嫁给西门庆后，妻妾之争使她在精神上、生理上都只能通过性生活求得幸福、巩固地位。当然，过分露骨的性描写是不足取的。事实上，作者对于所谓“淫”也是持否定态度的。因此，他在总体设计上，把那些贪淫的主角都置于批判的位置，让他们都遭到报应，不得好死。不仅西门庆如此，潘金莲因淫作孽，终成刀下之鬼，李瓶儿、春梅等也为此付出生命的代价。如果联系明中叶的社会生活与文化思潮来看，《金瓶梅》的性描写也不是孤立的。伴随城市商品经济发展而来的追金逐利、纵情声色的风尚以及个性解放的要求，冲击了传统的道德观念和价值体系，不少文学作品从人的本性的角度，肯定人对男欢女爱的追求。《金瓶梅》虽然没有描写高尚的爱情，但它赤裸裸的性描写却也是对传统礼法压抑人性的反对。

值得注意的是，《金瓶梅》的丰富内容远不是性描写所能代替的。它描写的虽是北方一个中等城市的普通商人，但由此生发开去，上至皇家相府，下至勾栏茶肆，一大批达官贵人、商贾小贩、荡妇娼妓、帮闲俳优、婢仆地痞、三姑六婆等，在这里扮演着各自的角色，构成了一幅背景广阔而又关系复杂的明代社会生活长卷。以西门庆而论，他原是个破落户财主，却善于夤缘钻营，巴结权贵。他一面巧取豪夺，聚敛财富，一面又贿赂官场，步步高升。有财有势，

《金瓶梅》插图“偷潘娘帘下勾情”

财势结合，他才肆无忌惮地淫人妻女，贪赃枉法无恶不作。第五十七回叙述西门庆在捐款助修永福寺后对吴月娘说：“咱闻那佛祖西天，也只不过要黄金铺地；阴司十殿，也要些楮镪营求，咱只消尽这家私，广为善事，就使强奸了嫦娥、和奸了织女，拐了许飞琼，盗了西王母的女儿，也不减我泼天富贵。”这充分暴露了西门庆的丑恶灵魂和明代社会的黑暗。

《金瓶梅》以其现实主义的笔触为人们展示了一个真实而广阔的世界。但占据整部小说中心的，无疑还是西门庆一家的家庭生活描写。小说以细腻的笔法，生动而又淋漓尽致地描写了这个家庭内妻妾之间的争宠斗强、迎奸卖俏。在这里，无论是妻与妾之间，还是妾与妾之间，几乎在任何细小的问题上都进行着明争暗斗。它从多方面剖析了那个社会的婚姻制度、嫡庶制度、奴婢制度所造成的种种罪恶和不幸。而这一豪绅家庭的兴衰，又深刻地展示了世态炎凉、人情冷暖，暴露了那个社会的虚伪和冷酷。在西门庆死后，作者又提到一个与西门庆相仿的张二官，使读者能从西门庆一家的故事中跳出来，看到它的普遍性。

在人物描写上，《金瓶梅》打破了传统意义上的“忠”、“奸”、“善”、“恶”观念，写出了人物性格的复杂性与发展变化。西门庆就是一个复杂的人物。他本是“打老婆的班头，坑妇女的领袖”，却也有一往情深、不能自已的时候。他追金逐利，有时又显得重义轻财；他贪赃枉法，巴结钻营，似乎又没有什么更大的野心或凶残地去迫害别人。正是这些矛盾现象构成了有血有肉、真实可信的形象。

其他不少人物也都性格鲜明。同是西门庆的妻妾，潘金莲的尖刻嫉妒，李瓶儿的隐忍内向，吴月娘的胸有城府，春梅的恣肆骄纵，写来各不相同；其他如无能无才却又惯于偷鸡摸狗的浪荡子弟陈经济，帮闲抹嘴却又故作正经的篾片应伯爵，以财势取人面孔多变的妓女李桂姐，善于察言观色深知西门庆性格的小厮玳安和灵魂扭曲又不失良善的仆妇宋惠莲等，都不乏精彩描写。这些普通的市井人物，已大不同于传奇英雄的神魔灵怪，标志着小说创作的新动向。

作为第一部家庭题材的长篇小说，《金瓶梅》的结构也有了许多新的特点。以前的小说如《三国演义》、《西游记》大多以时间为线索单线发展，《水浒传》也可以抽出“武十回”、“鲁七回”等独立的情节。《金瓶梅》则不然，全书充满了日常生活琐事和细节，却几乎没有什么一以贯之的完整故事。作者依靠对生活的提炼，使千头万绪，蹊径相通，互为因果，形成有机联系，因而，情节、人物虽姿态纷繁，但结构紧凑严密，浑然一体。

《金瓶梅》的作者，还是一位语言大师，全书百万余言，采用活生生的俚言俗语写成，较之《水浒传》有明显的进步，给整个作品带来了浓郁的生活气息和时代特点。

《金瓶梅》在中国小说发展史上具有重要意义。它不仅是长篇小说题材由历史传奇转向日常社会生活的创始之作，也是创作方式由群众集体编创转向文人个人写作的创始之作。它在人物塑造、艺术手法等方面，对以前小说创作的模式有所突破，对以后小说创作的发展有所启示。

《金瓶梅》之后，世情小说仍有所发展。比较重要的有署名西周生的《醒世姻缘传》、李绿园的《歧路灯》等，但总的来说没有出现能与《金瓶梅》相媲美的作品。不过，在一些篇幅较短的作品以及其他题材流派的作品中，仍不乏对世情精彩的描绘。而到《红楼梦》问世，世情小说才出现了质的飞跃。

讽刺小说

讽刺是一种常见的艺术手法，在任何题材的小说中都可以运用。然而，在清代，却出现了一些以讽刺为基本特色的章回小说。《儒林外史》就是其中最杰出的代表。

《儒林外史》的作者吴敬梓（1701～1754），字敏轩，一字粒民，号文木老人，安徽全椒人。他出身于官僚地主家庭，祖上不少人在科举考试中曾取得显赫的功名。但至吴敬梓时，家境日渐衰微。他性耽挥霍，放荡不羁。既不善治理家业，又喜资助别人，日夜与朋友豪饮欢呼，坐吃山空，加上科场失利，功名无望，引起族人不满，而他也从族人侵夺祖产的行径中，看出宗法家庭的矛盾、封建道德的沦丧、人情世态的炎凉，乃愤然离开故乡，移家南京，卖文度日。36岁那年，曾被荐应博学鸿词之试，但只参加了省里的预试，就托病辞去了征辟，甘愿过素约贫困的生活，一直到最后客死在扬州旅次。《儒林外史》的写作年代难以确定，但可以肯定，生活的剧变和在人文荟萃的南京的广泛交游，丰富了他的社会阅历，增强了他对丑恶现实的感受，这是他振笔讥弹时弊的动因。《儒林外史》凡56回，30多万字，以封建士大夫的生活和精神状态为中心，但没有贯串全书的主人公和主干情节。作品一开始就把批判的锋芒指向了八股取士制度，通过理想人物王冕之口指责八股取士“这个法却定的不好，将来读书人既有此一条荣身之路，把那文行出处都看得轻了。”在这样的思想指导下，作者从揭露科举制度以及在这个制度奴役下的士人丑恶卑微的灵魂入手，进而讽刺了封建官吏的昏聩无能，地主豪绅的贪吝刻薄，附

清卧闲草堂刻本《儒林外史》

庸风雅的名士的虚伪恶劣，乃至社会风气的败坏和道德人生的堕落。首先出场并写得最成功的，是一批全无才智的八股腐儒。如周进、范进、马二先生，他们出身清寒，本来具有淳良的天性，但却深受功名富贵的诱惑，成了神魂颠倒、丧失理智的人。周进因久试不中，饱受欺侮，曾伤心地一头撞在贡院的号板上，不省人事；“范进中举”更是书中精彩的片断。他也屡考不举，生活艰窘。一旦得中，喜出望外，竟至疯癫。像周进、范进那样，由于长期对命运的期待、恐惧、担忧而产生的反常的精神状态，在当时的读书人中是很普遍的，因此这两个形象是具有代表性的。而他们老年中举，毕竟是幸运的，实际上在科举场中能爬上去的是极少数，可悲的是一些人老死科场而不知悔。作品中的马二先生就是这方面的典型。他笃厚老实、诚恳认真，虽补廪 24 年，始终没爬上去，对此他不但毫无怨言，还死心塌地去搞八股时文选本，苦口婆心地劝告别人搞举业，成了一个迂阔糊涂之人。小说描写最多的是各种各样的无聊名士，这些人貌似风雅，其实不过是一些闲得发腻的纨袴子弟、搔首弄姿的斗方诗人、名落孙山的科场士子、骗吃骗喝的帮闲篾片。他们装腔作势、欺世盗名，用高雅的外表包裹猥琐，用无聊的忙碌点缀空虚，把封建士大夫那种游手好闲而又自鸣风雅的传统作风发展到极点。通过他们，作者使自己对士大夫命运的反省由对社会制度的批判，深化为对他们的文化心理的检讨。围绕这些士子、名士，作者还写了一批无耻的官绅。他们处则为土豪劣绅，出则为贪官佞臣。前者如张静斋、严贡生、王德、王仁等，后者如王惠、汤奉等。这些人依仗权势为非作歹，道德良心完全沦丧，是儒林中最腐朽的一部分。对他们，作者给予了无情的批判。作者还描写了一些正直的人在世风影响下的堕落。在这当中，匡超人最典型。他的故事在《儒林外史》中从第十五回起至第二十回止，占了大约五回的篇幅，是小说中写得比较集中的人物。他原本是一个淳朴勤谨、心地善良的农家子弟，经马二先生劝导，醉心举业，走上追求功名富贵的道

路。以后知县提拔他，一帮假名士引诱他，衙役潘三教唆他，学会了靠吹牛撒谎、附庸风雅来攀高结贵、抬高身价的本领，又赌场抽头，考场当枪手，假造文书，包揽词讼，骗婚再娶，逐步蜕化变质，成了一个卑劣的小人。当然，吴敬梓不是一味愤世嫉俗的冷漠的作家。他在揭露封建社会制度与精神文化的缺陷及其危害的同时，也描写了一些体现着他理想愿望的人物，其中有虞博士、庄绍光、迟衡山等看轻功名富贵、注重文行出处的贤人，也有像杜少卿那样洒脱飘逸、违世抗俗的奇人。此外，作者还用酣畅饱满的抒情诗的笔调，歌颂了一些淳朴善良的下层人民。这种对下层人民优良品德的深情描绘，在中国古代小说中是不多见的。凡此，无不表明了作者善善恶恶、爱憎分明的态度，为这部讽刺小说添上一种温润的人情美。不过，作者企图建构健康的民族灵魂的努力，显然由于时代的局限，比不上他对丑恶东西的讽刺更有力。从小说艺术上说，《儒林外史》也是很有特点的。作者不像以前的章回小说那样刻意追求尖锐紧张的矛盾冲突以形成戏剧性的情节，他只是淡淡地描写日常生活，没有忠奸、善恶的正面交锋，却在不同人物的互相映衬中，着力揭示人物内心的隐秘。王玉辉支持女儿绝食殉夫的描写以其深刻性常为人称道。对于一个长期接受举业和义理毒害的迂儒来说，做出这种违反人性常情的事并不奇怪，而使人感慨的是，他终于无法掩饰内心的矛盾和痛苦，泪水漫上强装的笑脸。作者把这些事实用三言两语勾勒出来，却让人体会到“情”与“理”的激烈冲突，体会到他要求突破精神罗网、恢复合理人情的深沉意愿。类似这样触及人物情感世界的描写，在书中并不少见。作为讽刺小说，《儒林外史》的讽刺艺术也有独到的成就。讽刺的生命是真实。吴敬梓描写的种种丑恶现象，正是对现实生活的概括和集中。由于他对现实有较清醒的认识并有用世、救世的热忱，他在讽刺时，就不是从个人恩怨出发，逞恶言，泄私愤，更不是轻浮地单纯追求笑料，或制造廉价的喜剧效果，而是以为公之心，实事求是地揭露当时社会的弊病，以引起疗救的注意。因此，在他的嘲笑中，隐藏着压抑已久的郁闷和悲愤。就具体描写来看，他根据讽刺对象的不同，采取不同的态度，或轻蔑、或惋惜，不一而足。有时，他并不直接表露自己的看法，而主要通过情节的提炼，使丑恶现象本身的荒谬集中地显现出来。为此，他运用了各种各样的对比：有正面人物与反面人物的对比、人物言行不一的对比、人物前后变化的对比、人物所处环境的对比等，这些对比不但加强了讽刺效果，又具有一种含蓄、委婉的审美深度。《儒林外史》的语言，是在南方民间口语的基础上提炼加工而成的。为了适应书中人物的身份，也融合了不少文言成分和不同职业的行话。作者的叙述语言很少夸饰、形容，朴素而又不失雅正幽默，对构成它特有的讽刺风格，有很大作用。《儒林外史》的艺术结构，在章回小说中也很特殊，它没有贯串始终的主要人物和情节，而是由许多分散的人物和自成段落的故事前后衔接而成，虽然不够集中，却便于自由灵活地展开广阔的生活面，使各个阶层的众多人物与形形色色的社会现象纷至沓来，如波翻浪涌，层层推进。那些相对独立的段落，虽只是生活片断，但经作者精雕细刻，也很容易显示人物的思想性格，并激发读者丰富的联想，收到略小存大、举重明轻的艺术效果。而且，书中许多人物和故事之间，尽管缺乏紧密的联系，却也不是杂乱无章地拼凑起来的，而是根据一个明确的主题思想（清人说“其书以功名富贵为一篇之骨”），做了精心的选择和恰当的安排，体现着严密的思想逻辑。作者综合短篇小说和长篇小说的某些特点，创造出一种崭新的结构形式，很适合表现本书特定内容的需要。《儒林外史》以后，比较著名的讽刺小说有李汝珍的《镜花缘》。这是一部充满幻想色彩的长篇小说，内容广泛而驳杂，但给人印象深刻的还是那些对丑恶现实的讽刺。作者以幻化和夸张的形式，凸现荒谬与丑恶世态的本质。如“白民国”的八股先生装腔作势，念书时却白字连篇；“淑士国”的各色人等都儒巾素服，举止斯文，却又斤斤计较，十分吝啬，充满酸腐气；“两面

国”的人有两副面孔，是对势利和奸诈者的揭露；“长臂国”的人贪得无厌，到处“伸手”，久而久之，徒然把臂弄得很长；“翼民国”的人“爱戴高帽子”，天天满头尽是高帽子，所以渐渐把头弄长，竟至身长五尺，头长也是五尺；还有“豕喙国”、“毛民国”、“穿胸国”、“犬封国”等等，无不极尽讽刺挖苦之能事。这些幻想，大都出自《山海经》等古籍，但《山海经》等书对这些国度的记载，极其简略，有的甚至只有一两句话。《镜花缘》以此为由头，生发出去，铺排开来，表现了作者巧妙的构思和惊人的想像力。而这种漫画化的描写，也是《镜花缘》对讽刺文学手法的丰富和发展。此外，张南生的《何典》也是一部很别致的讽刺性章回小说。

言情小说

言情小说就是以爱情婚姻为主要题材的小说。虽然这样的内容在以前的小说中也有，但真正形成流派却是在明末清初。当时，出现了一大批才子佳人小说。这些小说大多以青年男女私相悦慕，小人拨乱其间，终于奉旨完婚为基本故事构架。留传至今并为研究者经常提起的有《玉娇梨》、《平山冷燕》、《两交婚小传》、《金云翘传》、《定情人》、《好逑传》等。从总体上说，才子佳人小说是明末清初“情理合一”的折中主义的产物，在艺术上不乏精巧之作，而脱离生活的编造却是其致命的弱点。不过，若以题材的演变而论，它们又在《金瓶梅》和《红楼梦》之间起到一定程度的桥梁作用。《红楼梦》是百科全书式的巨著，无论归入小说类别的哪一种，都难免有削足适履之虞。就其中心意蕴而言，可以放在言情小说中。作者曹雪芹也自称“大旨写情”。他全面继承了前代爱情文学中一切可取的思想艺术成果，又一洗一般言情之作的幼稚、浮浅之态，把对爱情理想的探索与对整个封建社会及其文化传统的反省、批判结合起来，彻底打破了传统的写法，是言情小说，也是整个中国古代小说的艺术高峰。

曹雪芹（约1715～1763），名霑，雪芹是他的号。康熙登基后，其曾祖曹玺因妻孙氏曾为康熙乳母，得任江宁织造。自此，历经祖父曹寅，父辈曹颐、曹霜，凡3代4人占据这一要职达60年之久，康熙一生6次南巡，就有5次以曹家的江宁织造署为行宫，堪称“鲜花着锦之盛”。雍正五年（1727），江宁织造曹霜以“行为不端，织造款项亏空甚多”的罪名被籍没家产，遣返北京。曹家由此败落。曹雪芹的一生正经历了家族由盛而衰的历程。家境的急剧变化，使镜花水月的梦幻意识深深地渗透到他的人生观和世界观中，成为他写作《红楼梦》的潜在情调。根据通常的说法，他先撰写了一部名为《风月宝鉴》的书，以后在此基础上增删数次，完成了《红楼梦》的主体部分。由于现在尚未清楚的原因，他的《红楼梦》只留存了前80回，后40回是由高鹗增补的。高鹗的续书大体符合原著的精神和风格，200多年来，人们已把它们视为一体。

《红楼梦》以贾宝玉和林黛玉、薛宝钗的爱情纠葛为情节主线，描写了以贾府为代表的封建大家族内部与外部的各种各样的矛盾冲突，从而深刻地揭示和批判了封建社会的腐朽、黑暗，指出它已经到了“运终权尽”的末世及其无可挽回的衰败趋势。同时，也热情歌颂了被旧势力扼杀的美好感情与尚处于萌芽状态的新的人生理想。

贾宝玉是小说中最重要的人物，他生长在珠围翠绕、鲜衣美食的环境中，却感到有一种难以忍受的压迫和令人窒息的苦闷，他渴望着无拘无束的生活，迷恋青春的欢乐，而不肯走家庭为他安排好的读书应举、出仕做官、光宗耀祖的道路。他鄙视功名利禄，厌闻“仕途经济”的学问，喜欢像封建时代的高人雅士们那样流连风月、纵情诗酒，借以逃避世俗社会

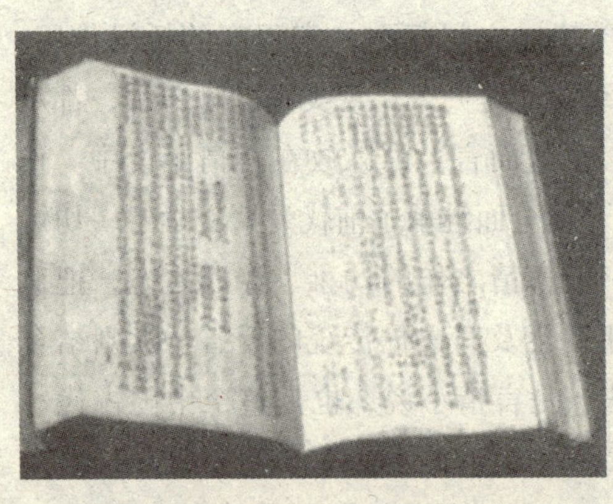
庚辰本《脂砚斋重评石头记》

中丑恶的东西。对封建主义的精神枷锁和道德信条，表现出轻视与反抗。在长幼嫡庶关系方面，不十分重视等级和名分。在主奴关系方面，他对待奴婢的态度比较宽厚，甚至能体贴和同情他们。在男女关系上，他大胆否定“男尊女卑”的传统观念，格外尊重女性，常说：“女儿是水做的骨肉，男子是泥做的骨肉。我见了女儿便清爽，见了男子，便觉浊臭逼人。”还说：“原来天生人为万物之灵，凡山川日月之精秀只钟于女儿，须眉男子不过是些渣滓浊沫而已。”这些话似乎很偏激，但其精神实质，乃是表示厌恶那些蝇营狗苟以求官禄的世俗男子，而赞美纯洁、善良、有才能的女性。因此，女性在这里多少也是一种理想的象征。实际上，随着生活经历的丰富，他对女性的态度也发生了微妙的变化。他更倾向于林黛玉那样有着高洁灵魂的少女。他与林黛玉的爱情基础，远远超出了前代文学作品所描写的“郎才女貌”的范围，而主要是性格情趣的相投、生活道路的一致。林黛玉从来不曾劝贾宝玉去“立身扬名”，所以，贾宝玉深深地敬重她，把她引为知己。然而，也正是由于他们的爱情是建筑在这种共同的叛逆思想基础之上的，在封建社会里，注定不可能得到幸福的结局。这不仅因为它与宗法制度和家族利益相冲突，还因为他们所受的教育和所处的环境，都把自由恋爱看成非礼的事，不敢更大胆地追求，只能在痛苦的折磨中等待着它的被摧残、被毁灭。这是一幕感人的悲剧。

《红楼梦》林黛玉像

悲剧的女主人公是林黛玉和

薛宝钗。她们分别是贾宝玉姑家的表妹和姨家的表姐，一前一后来到贾家，都有美丽的容貌、出众的才华和广博的知识，很快成了两个旗鼓相当的竞争对手。林黛玉自幼失去父母，悲观感伤，清高孤傲，多疑任性，说话尖刻。薛宝钗则温厚贤淑，端庄稳重，罕言寡语，安分随时，善于处世。以贾宝玉的心性，很自然地亲近坚守高尚情操、不肯屈服于周围丑恶和庸俗的林黛玉，而与努力适应贵族官僚家庭环境，过于冷静、理智的薛宝钗则在心灵深处存有隔膜。作者通过薛宝钗这个形象不仅更鲜明地反衬出宝黛的叛逆性格和他们的真挚爱情的可贵，而且也具体、深刻地揭示了宝黛爱情悲剧的社会根源。贾府的封建家长们从维护自己的家族利益出发，要求贾宝玉将来能支撑这个摇摇欲坠的世家门户。因此，他们考虑宝玉的配偶时，出身于皇商之家、受封建闺范教育很深，而又身体健康、聪明能干的薛宝钗，当然就成了他们最理想的人选。令人感叹的是，就连薛宝钗这样一个恪守闺范的少女，最后得到的也是一个凄凉的结局。她出嫁不久，宝玉就出走了。当宝黛为新的理想献身时，她也成了旧观念的殉葬品。

《红楼梦》在展开爱情悲剧的同时，还描写了贾府内部的腐朽不堪。这个大家族的主子们生活穷奢极侈，荒淫无耻，“儿孙一代不如一代”。在虚伪的礼法掩饰下，尔虞我诈、勾心斗角。即便没有抄家这样特殊的事件发生，贾府也将一步步走向没落。在众多的主子中，王熙凤是一个塑造得最成功的典型。她出于“金陵一霸”的王家。到了贾府，又成了贾母最宠爱的孙媳妇。她凭借优越条件和她的聪明才干，掌管了荣府的家政权柄。她贪图权势，媚上压下，狠毒狡诈，机关算尽，嘴甜心苦，两面三刀。在她身上，艺术地概括了封建市侩的性格特征。

在这个封建贵族家庭的底层，生活着一群丫环。这些丫环多半善良、纯洁，作者以同情赞美的态度，描写了她们不幸的命运和反抗的性格。晴雯是最富有光彩的典型。她性格倔强，敢笑敢骂，真

率热情。虽为奴隶，却不屑于博得主子的赏识和欢心；她鄙视袭人对主子的低眉顺目、阿谀逢迎，更痛恨王善保家的狗仗人势、作威作福；就是高贵的主子在她眼里也不是至高无上、不可侵犯的。作品歌颂了这个“心比天高、身为下贱”的少女。她的高贵品质，在贾宝玉心里引起强烈共鸣。她的悲惨结局，预示了宝黛爱情不可避免的悲剧命运。

《红楼梦》的艺术成就也是巨大的。这首先表现在作者求“真”的艺术观上，他称自己的作品“其间离合悲欢，兴衰际遇，俱是按迹循踪，不敢稍加穿凿，至失其真”。当然，曹雪芹并不反对虚构，他追求的是一种艺术的真实，所谓“将真事隐去”、“用假语村言”，就是自觉的艺术提炼、加工过程。在《红楼梦》以前，很少有小说家从自己的生活经历撷取素材的。而曹雪芹声明他之所写是自己“身前身后事”，为小说创作开辟了一个新的领域。由于题材切近作者的亲身经历，加强了小说现实性的深度和情感浓度。曹雪芹比以前的小说家们更重视对人物心理的刻画，努力表现人物多侧面、多层次的心理活动特征。再就是他善于通过那些看来十分平凡的日常生活细节的精心描写，揭示出它所蕴藏的不寻常的审美意义。

从风格上看，《红楼梦》虽是叙事文学，却创造性地吸收和运用了中国古代诗歌、绘画等的艺术手法，使小说充满了诗情画意。这既表现在一些优美动人的场景构思中，如宝黛共读《西厢》、黛玉葬花、宝钗扑蝶、晴雯补裘、湘云醉卧芍药裀、宝琴立雪、黛玉焚稿等等；还表现在人物塑造上。作者对他所钟爱的人物，往往赋予其诗的气质。如林黛玉俏瘦的身影、幽怨的眉眼、深意的微笑、哀婉的低泣、脱俗的情趣、飘逸的文思以及她所住的那个宁静幽雅的潇湘馆，使她在十二钗的群芳中独具一种韵味。《红楼梦》在艺术结构上也是匠心独运的。它把如此众多的人物和纷繁、琐碎的生活细节组织在一起，既纵横交错，筋络连接，又线索清楚，有条不紊。小说的语言也很富于表现力。它全面总结了汉语语言文学的优良传统，把文言、白话及韵文、散文、骈文等等熔于一炉，典型地体现了18世纪中叶汉语的面貌。

《红楼梦》在思想内容和艺术技巧方面的卓越成就，使它被公认为中国古代小说的顶峰。200年来研究这部小说的著作不可胜数，成为一门独特的学问即“红学”。当然，以今天的观点来看，《红楼梦》也有其局限性。小说中浓重的人生变幻无常的虚无主义思想和感伤情调，使作者对现实的批判和对人生的反省笼罩在神秘的气氛下，失去了应有的力度和深度。而后40回虽然根据原书的线索写了贾府被抄、黛玉病死、宝玉出走等悲剧情节，但又添写了宝玉“中乡魁”，贾府“延世泽”的结局，甚至歪曲了贾宝玉、林黛玉的思想性格，削弱了原书的反封建意义，是违背曹雪芹精神的。

《红楼梦》之后，虽然仅《红楼梦》的续书就出现了十余种，但思想境界、艺术水平都远逊于原书，言情小说也趋于衰落，而回光返照，尚见于近代的“鸳鸯蝴蝶派”中。

武侠公案小说

武侠与公案小说，在中国小说史上是独立发展而关系密切的两个流派。清中叶以后，逐渐合流，成为武侠公案小说。

武侠小说以豪侠仗义行侠为主要内容，歌颂重义尚武、扶困济危的侠客。汉代《史记》中的《刺客列传》、《游侠列传》可视为武侠小说之滥觞。唐代，武侠题材的传奇很多，如《虬髯客传》、《红线》、《昆仑奴》、《聂隐娘》等都属此类。宋元话本中的“朴刀”、“杆棒”和部分“说公案”类的作品也属于武侠小说的范畴，如《宋四公大闹禁魂张》、《杨温拦路虎传》等。章回小说成熟的明代，武侠小说并不发达，仅在《水浒传》等英雄传奇中含有武侠成分。比较典型的武侠小说都在清代中叶以后出现，如二如亭主人的《绿牡丹》就是其中比较优秀的一部。它以江湖侠女花碧莲和将门之后骆宏勋的婚姻为线索，描写了鲍自安、花振芳等一群有胆有识、正气凛然的绿林好汉形象。贯穿他们行动的信条是为友尽义，为民解

危，对贪官污吏实行了正义的审判和制裁。他们具有浓厚的民间色彩，深受普通群众喜爱。虽然此书成书不久便屡遭禁毁，但其故事仍广泛流传，并被编成多种剧本上演，经久不衰。

公案小说主要描写清官断案折狱的故事，歌颂刚正不阿、清明廉洁、执法如山、为民申冤的清官。先秦诸子书中就有一些司法寓言故事，两汉史传文学中有关“循吏”和“酷吏”的记载，也包含公案小说的因素。魏晋志怪和唐代传奇中，已有公案小说。宋元时期，是公案小说的转折期。当时的说话艺术中，就包括“说公案”一类。如《错斩崔宁》、《简帖和尚》等都是公案小说，这些作品通常以叙述冤案的发生经过为主，对含冤受屈者的不幸命运寄予深厚的同情。作品中的清官判案，往往有一个使案情大白的结尾。作品的视角集中在受害者身上，而不在于歌颂清官的明断。五代以来，还有一类公案书很流行，如《疑狱集》、《折狱龟鉴》、《名公书判清明集》等，它们主要目的是收录一些著名官吏明敏断案、平反冤狱的记载和有关判词，供为官判案时参考。宋元公案小说也有承袭这种形式，专述官吏断案及判词巧妙、诙谐的，如《醉翁谈录》所载《私情公案》和《花判公案》即属此类。明代万历年间至明末出现了一大批公案小说，如《百家公案》、《廉明公案》、《诸司公案》、《新民公案》、《龙图公案》、《海刚峰先生居官公案》等，也是沿着这条线索发展下来的。它们大多先叙案情，再记诉状，后录判词。案件内容大多是民间民事案件，如奸淫盗窃等。结构上虽有以章回小说形式出现的，实际上多为短篇故事集。

公案小说中影响最大的是《龙图公案》，现存清初刊本，叙述宋朝龙图阁直学士、开封府知府包拯断案的故事。共有百则，两则为一组，而其实互不相关，它们从不同角度塑造了正直无私、断狱如神的包公形象。情节往往比较曲折，语言文白相间，通俗浅近。清代著名说书艺人石玉昆在《龙图公案》基础上，讲说包公断案故事，极受欢迎，所述内容被整理为120回的《龙图耳录》。以后，又有人对此重行编订，改题为《三侠五义》。此书前半部以众侠义辅佐包公办案为主要内容，后半部以众侠义辅佐颜查散巡按襄阳为主要内容，是公案小说与武侠小说合流的代表作。书中包拯被塑造成一个铁面无私、廉洁公正的“青天大老爷”。他不辞辛劳，不畏权贵，秉正除奸，深得万民感仰、圣上信赖。小说还描写了一群武艺奇绝、神出鬼没的侠客的形象。最突出的是南侠展昭和锦毛鼠白玉堂，两人都身负绝世惊人之技，具有行侠尚义之心，但性格迥然不同。展昭宽厚精细，白玉堂则促狭阴狠。全书以展、白二人贯穿首尾，在对比之中刻画人物，将二人形象栩栩如生地勾勒出来。其他人物形象，如欧阳春的深沉、卢方的忠厚、蒋平的机敏，无不纤毫毕露，鲜明生动。因《三侠五义》由说唱底本整理而来，在艺术风格上保留了平话特点。情节安排既错落有致、枝节横生，又清晰连贯、首尾完整。作品以第三人称铺叙为主，又时时以说书人的口吻点拨几句，或状物叙事，或剖情析理，直接与读者交流，使读者恍在书场听讲，印象格外深刻。当时，小说创作充斥着妖异、脂粉气息，而此书以粗豪洒脱见长，故颇受人们喜欢，流传很广。

清代中叶以后，公案小说与武侠小说合流已成趋势。除《三侠五义》以外，影响较大的还有《施公案》、《彭公案》等，这些作品规模都很大，而且一续再续，渐至于滥。此后，公案方面的内容逐渐减弱，而武侠小说则至今层出不穷，蔚为大观。

晚清谴责小说

晚清是章回小说发展过程中又一个、也是最后一个高潮。这一时期的小说，不仅数量极多，而且随着小说观念的变化，反映的社会面也极广阔。最为人称道的是所谓“谴责小说”。谴责小说紧密联系时政，揭露官场丑态，抨击社会黑暗，讽刺手法的运用比《儒林外史》更尖刻。比较有名的作品有李伯元的《官场现形记》、吴趼人的《二十年目睹之怪现状》、刘鹗的《老残游记》和曾朴的《孽海花》。

李伯元（1867~1906），字宝嘉，号南亭亭长，江苏武进人，毕生从事小说创作和报刊编辑工作，在晚清报界文坛颇负盛名。《官场现形记》是他的代表作。全书凡60回，约78万字，由许多相对独立的短篇蝉联而成，抨击了封建社会末期的官僚制度，着力描写他们贪污腐败和媚外卖国的丑态。小说中形形色色的官僚，地位有高低、权势有大小、手段有不同，但都是“见钱眼开，视钱如命”之徒。对洋人，又多奴颜婢膝、丧权辱国。李伯元惯用讽刺手法，嬉笑怒骂，皆成文章，只是有些描写过于渲染夸张，辞气浮露，缺少冷静、细致的观察和提炼，众官员虽丑态百出，笑柄连篇，但大同小异，难免杂沓重复之感。

吴趼人（1866~1910），名沃尧，广东南海人，因居佛山镇，故笔名我佛山人。是晚清最多产的小说家，著有小说30余种，其中影响最大的是《二十年目睹之怪现状》。全书共108回，约63万字，叙述年轻幕僚九死一生（是作者的影子）在20年中耳闻目见的社会腐败、丑恶现象，描绘了一幅行将崩溃的清帝国的社会图卷，内容比《官场现形记》更广泛，不仅写了官场人物、洋场才子，而且旁及医卜星相、三教九流。但重点还是暴露官场的黑暗。小说中描写的官吏都是卑鄙无耻之徒，他们贪赃枉法，营私舞弊，卖官鬻爵，惧怕洋人，卖国求荣。作品还揭露和批判了封建道德的虚伪和社会风尚的败坏。全书以九死一生为主线，将各色人物和近百年事串联在一起，使其中重要人物都有交代，比起《官场现形记》显得集中些，但事件与事件之间仍缺乏内在的联系，也缺乏必要的剪裁、提炼，讽刺也比较浅露。

刘鹗（1857~1909），字铁云，江苏丹徒人。他的《老残游记》共20回，写一个摇串铃的江湖医生老残在游历途中的所见、所闻、所为，反映了晚清的某些社会现实，表达了作者对时局的见解和政治主张。在第一回中，刘鹗以隐喻方式把国家比作在惊涛骇浪中颠簸的一只帆船，船上的四种人代表了当时中国社会不同阶层和倾向的人。他的态度是倾向于统治者的，只是希望他们能把握正确的方向。但实际上，小说中体现其政治理想的庄宫保、白子寿的形象缺乏动人的力量。比较深刻的还是对玉贤、刚弼这两个酷吏的暴政的描写。此书在艺术上有一定成就，对事物的描写比较细腻，文笔生动。作品中还出现了大段的心理描写，这在以往的章回小说中是不多见的。但它的情节缺少提炼，结构也很松散。

曾朴（1872～1935），字孟朴，江苏常熟人，早年受西方思想文化影响，在同文馆学法文，翻译过雨果等人的作品，后来参加康、梁的维新运动。1904 年创办小说林书社，开始《孽海花》的创作。此书与别的谴责小说不同，所写人物，无不有所影射。作品以金雯青和傅彩云的故事为主要线索，通过当时京城内外官僚名士、封建文人的思想生活和社会风气，展现了清末的政治、经济、外交和社会生活的情况，对封建统治阶级的腐朽和帝国主义的侵略野心，作了一定程度的揭露和批判，比起其他谴责小说来，思想水平要高一些。艺术上也颇有特色，尤其擅长刻画作态的名士。傅彩云作为中国小说中最早出现的一个带有资产阶级特点的妇女典型，也塑造得很成功。

晚清以后，中国文学进入了一个新的发展阶段，章回小说也不再是小说创作的主要形式了。

第二节　短篇小说

《燕丹子》

《燕丹子》，作者无考，旧题燕太子撰，当是望文生义。最早见于《隋志》，著录一卷，《旧唐志》，著录三卷。明胡应麟评为“古今小说杂传之祖”。现代学者考订为汉人小说。其书传本极少，《四库全书》从《永乐大典》辑出，列入小说家存目。孙星衍从纪昀处传得抄本，先后刻入《岱南阁丛书》、《问经堂丛书》、《平津馆丛书》。

卷上

燕太子丹质于秦，秦王遇之无礼，不得意，欲求归。秦王不听，谬言：令乌白头，马生角，乃可许耳。丹仰天叹，乌即白头，马生角。秦王不得已而遣之。为机发之桥，欲陷丹。丹过之，桥为不发。夜到关，关门未开，丹为鸡鸣，众鸡皆鸣，遂得逃归。深怨于秦，求欲复之，奉养勇士，无所不至。

丹与其傅鞠武书曰："丹不肖，生于僻陋之国，长于不毛之地，未尝得睹君子雅训、达人之道也。然鄙意欲有所陈，幸傅垂览之！丹闻丈夫所耻，耻受辱以生于世也；贞女所羞，羞见劫以亏其节也。故有刎喉不顾，据鼎不避者。斯岂乐死而忘生哉！其心有所守也。今秦王反戾无常，虎狼其行，遇丹无礼，为诸侯最。丹每念之，痛入骨髓。计燕国之众，不能敌之，旷年相守，力固不足。欲收天下之勇士，集海内之英雄，破国空藏，以奉养之。重币甘辞，以市于秦，秦贪我赂，而信我辞，则一剑之任，可当百万之师，须臾之间，可解丹万世之耻。若其不然，令丹生无面目于天下，死怀恨于九泉，必令诸侯无以为叹，易水之北，未知谁有，此盖亦子大夫之耻也。谨遣书，愿熟思之。"鞠武报书曰："臣闻快于意者亏于行，甘于心者伤于性。今太子欲灭悁悁之耻，除久久之恨，此实臣所当糜躯碎首而不避也。私以为智者不冀侥幸以邀功，明者不苟从志以顺心；事必成，然后举，身必安，而后行，故发无失举之尤，动无蹉跌之愧也。太子贵匹夫之勇，信一剑之任，而欲望功，臣以为疏。臣愿合纵于楚，并势于赵，连衡于韩、魏，然后图秦，秦可破也。且韩、魏与秦外亲内疏，若有倡兵，楚乃来应，韩、魏必从，其势可见。今臣计从，太子之耻除，愚鄙之累解矣。太子虑之。"太子得书不说，召鞠武而问之。武曰："臣以为：太子行臣言，则易水之北，永无秦忧，四邻诸侯必有求我者矣。"太子曰："此引日缦缦，心不能须也。"掬武曰："臣为太子计熟矣。夫有秦，疾不如徐，走不如坐。

今合楚、赵，并韩、魏，虽引岁月，其事必成，臣以为良。”太子睡卧不听。鞠武曰：“臣不能为太子计，臣所知田光，其人深中有谋，愿令见太子。”太子曰：“敬诺。”

卷中

田光见太子，太子侧阶而迎，迎而再拜。坐定，太子丹曰：“傅不以蛮域而丹不肖，乃使先生来降敝邑。今燕国僻在北陲，比于蛮域，而先生不羞之，丹得侍左右，睹见玉颜，斯乃上世神灵保佑燕国，令先生设降辱焉。”田光曰：“结发立身，以至于今，徒慕太子之高行，美太子之令名耳。太子将何以教之?”太子膝行而前，涕泪横流曰：“丹尝质于秦，秦遇丹无礼，日夜焦心，思欲复之。论众则秦多，计强则燕弱，欲曰合纵，心复不能。常食不识味，寝不安席。纵令燕、秦同日而亡，则为死灰复燃，白骨更生。愿先生图之。”田光曰：此国事也，请得思之。”于是舍光上馆，太子三时进食，存问不绝。

如是三月，太子怪其无说，就光，辟左右问曰：“先生既垂哀恤，许惠嘉谋，侧身倾听，三月于斯。先生岂有意欤?”田光曰：“微太子言，固将竭之。臣闻骐骥之少，力轻千里，及其罢朽，不能取道。太子闻臣时，已老矣。欲为太子良谋，则太子不能；欲奋筋力，则臣不能。然窃观太子客，无可用者。夏扶，血勇之人，怒而面赤；宋意，脉勇之人，怒而面青；武阳，骨勇之人，怒而面白。光所知荆轲，神勇之人，怒而色不变。为人博闻强记，体烈骨壮，不拘小节，欲立大功。尝家于卫，脱贤大夫之急十有余人。其余庸庸不可称，太子欲图事，非此人莫可。”太子下席再拜曰：“若因先生之灵，得交于荆君，则燕国社稷，长为不灭。唯先生成之。”田光遂行，太子自送，执光手曰：“此国事，愿勿泄之!”光笑曰：“诺。”

遂见荆轲，曰：“光不自度不肖，达足下于太子。夫燕太子，真

天下之士也，倾心于足下，愿足下勿疑焉。”荆轲曰：“有鄙志，尝谓心向意，投身不顾；情有异，一毛不拔。今先生令交于太子，敬诺不违。”

田光谓荆轲曰：“盖闻士不为人所疑。太子送光之时，言：‘此国事，愿勿泄。’此疑光也。是疑而生于世，光所羞也。”向轲吞舌而死。轲遂之燕。

卷下

荆轲之燕。太子自御虚左，轲援绥不让。至坐定，宾客满座。轲言曰：“田光褒扬太子仁爱之风，说太子不世之器，高行厉天，美声盈耳。轲出卫都，望燕路，历险不以为勤，望远不以为遐。今太子礼以旧故之恩，接之以新人之敬，所以不复让者，士信于知己也。”太子曰：“田先生今无恙乎?”轲曰：“光临送轲之时，言太子戒以国事，耻以丈夫而不见信，向轲吞舌而死矣。”太子惊愕失色，歔欷饮泪曰：“丹所以戒先生，岂疑先生哉！今先生自杀，亦令丹自弃于世矣。”茫然良久，不怡，后日太子置酒请轲。

酒酣，太子起为寿，夏扶前曰：“闻士无乡曲之誉，则未可与论行；马无服舆之技，则未可与决良。今荆君远至，将何以教太子?”欲微感之。轲曰：“士有超世之行者，不必合于乡曲。马有千里之相者，何必出于服舆?昔吕望当屠钓之时，天下之贱丈夫也，其遇文王，则为周师。骐骥之在盐车，驽之下也，及遇伯乐，则有千里之功。如此，在乡曲而后发善，服舆而后别良哉！”夏扶问荆轲，何以教太子。轲曰：“将令燕继召公之迹，追甘棠之化，高欲令四三王，下欲令六五霸，于君何如也?”坐皆称善，竟酒无能屈。太子甚喜，自以得轲，永无秦忧。

后日，与轲之东宫，临池而观。轲拾瓦投龟，太子令人奉盘金，轲用投，投尽复进。轲曰：“非为太子爱金也，但臂痛耳。”后复共乘千里马。轲曰：“闻千里马肝美。”太子即杀马进肝。暨樊将军得罪于秦，秦求之急，及来归太子，太子为置酒华阳之台。酒中，太子出美人能琴者。轲曰："好手琴者!"太子即进之。轲曰："但爱其手耳。"太子即断其手，盛以玉盘奉之。太子常与轲同案而食，同床而寝。

后日，轲从容曰："轲侍太子，三年于斯矣。而太子遇轲甚厚：黄金投龟，千里马肝，姬人好手，盛以玉盘，凡庸人当之，犹尚乐出尺寸之长，当犬马之用，今轲常侍君子之侧，闻烈士之节，死有重于泰山，有轻于鸿毛者，但问用之所在耳，太子幸教之!"太子敛袂正色而言曰："丹尝游秦，秦遇丹不道，丹耻与俱生。今荆君不以丹不肖，降辱小国，今丹以社稷干长者，不知所谓。"轲曰："今天下强国，莫强于秦。今太子力不能威诸侯，诸侯未肯为太子用也。太子率燕国之众而当之，犹使羊将狼，使狼追虎耳。"太子曰："丹之忧计久，不知安出。"轲曰："樊於期得罪于秦，秦求之急。又督亢之地，秦所贪也。今得樊於期首，督亢地图，则事可成也。"太子曰："若事可成，举燕国而献之，丹甘心焉。樊将军以穷归我，而丹卖之，心不忍也。"轲默然不应。

居五月，太子恐轲悔，见轲曰："今秦已破赵国，兵临燕迫急，虽欲足下计，安施之？今欲先遣武阳，何如?"轲怒曰：子所遣往而不返者，竖子也！轲所以未行者，待吾客耳。"

于是轲潜见樊於期曰："闻将军得罪于秦，父母妻子皆见焚烧，求将军，邑万户，金千斤。轲为将军痛之。今有一言，除将军之辱解燕国之耻，将军岂有意乎?"於期曰："常念之，日夜饮泪，不知所出，荆君幸教，愿闻命矣。"轲曰："今愿得将军之首，与燕督亢地图，进之，秦王必喜，喜必见轲，轲因左手把其袖，右手揕其胸，数以负燕之罪，责以将军之仇，而燕国见陵雪，将军积忿之怒除矣。"於期起，扼腕执刀曰："是於期日夜所欲，而今闻命矣。"于是自刭。头坠背后，两目不瞑。太子闻之，自驾驰往，伏於期尸而哭，悲不自胜。良久，无奈何，遂函盛於期首与燕督亢地图以献秦。

武阳为副。

荆轲入秦，不择日而发。太子与知谋者，皆素衣冠，送之于易水之上。荆轲起为寿，歌曰："风萧萧兮易水寒，壮士一去兮不复还！"高渐离击筑，宋意和之。为哀声则怒发冲冠，为哀声则士皆流涕。二人皆升车，终已不顾也。二子行过，夏扶当车前刎颈以送。

二子行过阳翟，轲买肉，争轻重，屠者辱之，武阳欲击，轲止之。

西入秦，至咸阳，因中庶子蒙白曰："燕太子丹畏大王之威，今奉樊於期首与督亢地图，愿为北蕃臣妾。"秦王喜，百官陪位，陛戟数百，见燕使者。轲奉於期首，武阳奉地图。钟鼓并发，群臣皆呼万岁。武阳大恐，两足不能相过，面如死灰色。秦王怪之，轲顾武阳前谢曰："北蕃蛮夷之鄙人，未见天子，愿陛下少假借之，使得毕事于前。"秦王曰："轲起督亢图进之。"秦王发图，图穷而匕首出。轲左手把秦王袖，右乎揕其胸，数之曰："足下负燕日久，贪暴海内，不知厌足。於期无罪而夷其族。轲将海内报仇。今燕王母病，与轲促期。从吾计则生，不从则死。"秦王曰："今日桩事，从子计耳，乞听琴声而死。"召姬人鼓琴。琴声曰："罗縠单衣，可掣而绝。八尺屏风，可超而越。鹿卢之剑，可负而拔。"轲不解音，秦王从琴声，负剑拔之，于是奋袖超屏风而走，轲拔匕首掷之，决秦王耳，入铜柱，火出。然秦王还，断轲两手。轲因倚柱而笑，箕踞而骂曰："吾坐轻易，为竖子所欺，燕国之不报，我事之不立哉！"

这篇小说的题材取自历史资料，其基本情节在《战国策》、《史记》等书中均有记载。但小说不等于历史传记，它可以而且也应该进行艺术加工。与《战国策》中的“荆轲刺秦王”相比，它的艺术加工表现在以下几方面。

第一，提炼了情节，运用了多种陪衬的手法来突出主要人物形象。

第二，渲染了悲壮的气氛。

第三，增加了一些细节描写。

这个故事发生在秦灭六国的历史时期。统一中国，是当时的历史趋势，但由谁来统一和怎样统一，只能是一种历史的选择。因而当时的一切斗争也只能根据具体情况作出评价，未可以成败来论英雄。实际上，鞠武和田光的态度已经包含着对刺杀手段的否定。个人的刺杀行动并不能解决社会的根本问题，但它反映出的社会矛盾和悲壮精神，却是值得深思的，它往往是社会面临重大变动的一种信号。

《东方朔》

郭宪，东汉初人，字子横，汝南宋（今安徽太和县北）人。少师事王仲子，王莽朝授郎中，赐以衣服，不受，逃于海滨。光武即位，拜为博士，建武七年迁为光禄勋。刚直敢言，有“关东觥觥郭子横”语。所著《汉武洞冥记》、《隋书·经籍志》始见著录，题东汉郭宪作。《旧唐书·经籍志》不录，《新唐书·艺文志》作四卷。此书围绕汉武帝求仙，皆记神仙道术与远方怪异故事。

东方朔，小名曼倩。父张氏，名夷，字少平。母田氏。夷年二百岁，颜如童子。朔生三日而田氏死。死时汉景帝三年也。邻母拾朔养之，时东方始明，因以姓焉。年三岁，天下秘识，一览暗诵于口，恒指挥天上空中独语。邻母忽失朔，累月暂归。母笞之。后复去，一年乃归。母见之大惊曰：“汝行经年一归，何以慰吾?”朔曰：

"儿暂之紫泥之海，有紫水污衣，乃过虞泉湔浣，朝发中还，何言经年乎?"母又问曰："汝悉经何国?"朔曰："儿湔衣竟，暂息冥都崇台；一寤眠，王公啖儿以丹栗霞浆，儿食之既多，饱闷几死，乃饮玄天黄露半合，即醒。还遇一苍虎，息于路。初儿骑虎而还，打捶过重，虎啮儿脚伤。"母便悲嗟，乃裂青布裳裹之。朔复去家万里，见一枯树，脱布挂树，布化为龙，因名其地为布龙泽。朔以元封中，游鸿蒙之泽，忽遇母采桑于白海之滨。俄而有黄眉翁，指母以语朔曰："昔为我妻，托形为太白之精，今汝亦此星之精也。吾却食吞气，已九千余年，目中童子，皆有青光，能见幽隐之物。三千年一返骨洗髓，二千年一剥皮伐毛，吾生来已三洗髓，五伐毛矣。"

朔既长，仕汉武帝为大中大夫。武帝暮年好仙术，与朔狎昵。一日谓朔曰："朕欲使爱幸者不老，可乎?"朔曰："臣能之。"帝曰："服何药?"曰："东北地有芝草，西南有春生之鱼。"帝曰："何知之?"曰："三足乌欲下地食此草，羲和以手掩乌目，不许下，畏其食此草也。鸟兽食此，即美闷不能动。"问曰："子何知之?"朔曰："小儿时掘井，陷落井下，数十年无所托。有人引臣往取此草，乃隔红泉不得渡。其人与臣一只履，臣乃乘履泛泉，得而食之。其国人皆织珠玉为箪，要臣入云韨之幕，设玄珉雕枕，刻镂为日月雷云之状，亦曰镂空枕，亦曰玄雕枕，又荐岷毫之珍褥，以百岷之毫织为褥。此毫褥而冷，常以夏日舒之，因名柔毫水藻之褥。臣举手拭之，恐水湿席，定视乃光也。"其后武帝寝于灵光殿，召朔于青绮窗绨纨幕下，问朔曰："汉年运火德统，以何精何瑞为祥?"朔对曰："臣尝游昊然之墟，在长安之东，过扶桑七万里，有云山。山顶有井，云从井中出，若土德则黄云，火德则赤云，金德则白云，水德则黑云。"帝深信之。太初二年，朔从西那邪国还，得声风木十枝，以献帝。长九尺，大如指。此木出因桓之水，则《禹贡》所谓"因桓是来"，即其源也。出甜波，上有紫燕黄鹄集其间，实如细珠，风吹株如玉声，因以为名。帝以枝遍赐群臣，年百岁者颁赐　此人有疾，枝则有汗，将死者枝则折。昔老聃在周二千七百年，此枝未汗；洪崖先生，尧时年已三千岁，此枝亦未一折。帝乃赐朔。朔曰："臣见此木三遍枯死，死而复生，何翅汗折而已。语曰：'年未年，枝忽汗。'此木五千岁一湿，万岁一枯也。"帝以为然。又天汉二年，帝升苍龙馆，思仙术，召诸方士，言远国遐乡之事。唯朔下席操笔疏曰："臣游北极，至镜火山，日月所不照，有龙衔火以照山四极。亦有园圃池苑，皆植异草木，有明茎草，如金灯，折为烛，照见鬼物形。仙人宁封，尝以此草然为夜，朝见腹内外有光，亦名洞腹草。"帝剉此草为苏，以涂明云之观，夜坐此观，即不加烛，亦名照魅草；采以藉足，则入水不沉。朔又尝东游吉云之地，得神马一匹，高九尺。帝问朔何兽，曰："王母乘云光辇，以适东王公之舍，税此马于芝田。东王公怒，弃此马于清津天岸。臣至王公坛，因骑而返，绕日三匝，此马入汉关，关门犹未掩，臣于马上睡，不觉还至。"帝曰："其名云何?"朔曰："因事为名，名步景驹。"朔曰："自驭之，如驽马蹇驴耳。"朔曰："臣有吉云草千顷，种于九景山东，二千年一花，明年应生。臣走往刈之，以秣马，马立不饥。"朔曰："臣至东极，过吉云之泽。"帝曰："何谓吉云?"曰："其国常以云气占凶吉。若有喜庆之事，则满室云起，五色照人，着于草树，皆成五色露，露味皆甘。"帝曰："吉云甘露可得否?"曰："臣负吉云草以备马，此立可得，日可二三往。"乃东走，至夕而还，得玄白清黄露，盛以青琉璃，各受五合，授帝。帝遍赐群臣。其得之者，老者皆少，疾者皆除也。又武帝尝见彗星，朔折指星木以授帝。帝指彗星，应时星没，时人莫之测也。

朔又善啸，每曼声长啸，辄尘落漫飞。朔未死时，谓同舍郎曰："天下人无能知朔，知朔者唯大王公耳。"朔卒后，武帝得此语，即召大王公问之曰："尔知东方朔乎?"公对曰："不知。""公何所能?"曰："颇善星历。"帝问："诸星皆具在否?"曰："诸星具在，独不见岁星十八年，今复见耳。"帝仰天叹曰："东方朔生在朕傍十

八年，而不知是岁星哉！”惨然不乐。其余事迹，多散在别卷，此不备载。

小说以东方朔的出生、成长为线索，将诸多奇奇怪怪、神神异异的见闻与传说连缀起来，构成一个迷离恍惚的仙灵世界。这个仙灵世界正是汉武帝所梦寐以求的，不过这只是汉武帝求仙的外在追求，其内心则在于求仙得道、长生不老。所谓“洞冥”，即洞察幽深奥妙，也就是如何长生的问题。小说明写东方朔，实际上是突出汉武帝的求仙活动，东方朔只是作为一个中间环节，使人们更方便地把真实存在着的汉武帝的求仙活动蒙上一层浓厚的神异色彩，把汉武帝仙化，以完成汉武帝传说系列故事。小说中又多述远国遐方传说，东方朔正是借此显示其神奇的。

《白猿》

赵晔，生卒无考，字长君，会稽山阴（今浙江绍兴市）人。年轻时做过县小吏。东汉经学家。

所著《吴越春秋》十卷，元徐天祜注。记吴越兴亡始末，间以小说故事。此书《隋志》著录十二卷，佚二卷。有《汉魏丛书》、《四部备要》诸本传世。

《白猿》选自《吴越春秋》卷九，亦见《太平广记》卷四百四十四，较原书详，据此校补。

越王问范蠡手战之术。范蠡答曰：“臣闻越有处女，国人称之。愿王请问手战之道也。”于是王乃请女。女将北见王，道逢老人，自称袁公。问女曰：“闻子善为剑，得一观之乎？”处女曰：“妾不敢有所隐也，唯公所试。”公即挽林杪之竹，似桔槔，末折堕地。女接取末，袁公操其本而刺处女。处女应节入之三，女因举杖击之，袁公飞上树，化为白猿。

这个故事题为白猿，实际上主要人物是越国少女，着重表现她的高超剑术。作者处理这一题材，手法很高明，他没有写少女持剑杀敌，奔赴疆场，而只写拿着竹竿试了一试，这一试已将她的精湛技艺，作了充分的表现。

故事开头写越王向范蠡请教剑术，范蠡推荐了这位少女。这一推荐，自然就抬高了她的身价。这是从侧面来烘托。接着写她路上遇到一位老人，老人也知道她擅长剑术，可见她名不虚传。老人显然不太相信这位少女的本领，要比试一下。老人拿的是粗干，少女拿的是竹梢，性别不同，年龄不同，“武器”也不同，优势在老人方面。一开始老人取攻势，少女取守势，少女趁机反击，终于取胜。这是用先抑后扬来反衬。结果是老人飞跳上树，变为白猿。这一结局虽然怪异，却颇有表现力。猿是很敏捷的，居然成了少女手下败将，更反衬出少女剑术超群卓绝。

这不是一个简单的志怪故事，它有明确的时代背景。越王勾践为了灭吴报仇，曾卧薪尝胆。长期的复仇准备，造就了一大批勇士。这个故事就发生在这个时期，这位少女也是勇士之一。这就加大了小说的容量，它不限于赞扬剑术，而且从侧面反映了卧薪尝胆的精神。

《三王墓》

《三王墓》选自干宝《搜神记》卷十一。

楚干将、莫邪为楚王作剑，三年乃成。王怒，欲杀之。剑有雌雄。其妻重身当产。夫语妻曰：“吾为王作剑，三年乃成，王怒，往必杀我。汝若生子是男，大，告之曰：‘出户望南山，松生石上，剑在其背。’”于是即将雌剑往见楚王。王大怒，使相之：“剑有二，一雄一雌。雌来雄不来。”王怒，即杀之。

莫邪子名赤，比后壮，乃问其母曰：“吾父所在？”母曰：“汝父为楚王作剑，三年乃成，王怒，杀之。去时嘱我：‘语汝子：出户

望南山，松生石上，剑在其背。'”于是子出户南望，不见有山，但睹堂前松柱下石低之上。即以斧破其背，得剑，日夜思欲报楚王。

王梦见一儿眉间广尺，言欲报仇。王即购之千金。儿闻之亡去，入山行歌。客有逢者，谓：“子年少，何哭之甚悲耶？”曰：“吾干将、莫邪子也，楚王杀吾父，吾欲报之。”客曰：“闻王购子头千金，将子头与剑来，为子报之。”儿曰：“幸甚！”即自刎，两手捧头及剑奉之，立僵。客曰：“不负子也。”于是尸乃仆。

客持头往见楚王，王大喜。客曰：“此乃勇士头也，当于汤镬煮之。”王如其言煮头，三日三夕不烂。头踔出汤中，踬目大怒。客曰：“此儿头不烂，愿王自往临视之，是必烂也。”王即临之。客以剑拟王，王头随堕汤中，客亦自拟己头，头复堕汤中。三首俱烂，不可识别，乃分其汤肉葬之，故通名“三王墓”。今在汝南北宜春县界。

这则故事又见于《列异传》等书，而以此文记述最详，它揭露了楚王的残暴，表现了被压迫人民反抗残暴统治的坚强意志与英雄气概。鲁迅的历史小说《铸剑》，就是以此篇为素材而写成的。

小说不仅突出了赤的复仇的强烈愿望，同时也突出了客观的形象。他既敢于索要别人的宝物甚至生命来为别人报仇，又勇于牺牲自己的生命来实现诺言，其大智大勇非常人所有。

《晏婴》

侯白，生平无考，字君素，魏郡临漳（今属河北）人。性好诙谐，《隋书》有传。著有《启颜录》。

齐晏婴短小，使楚。楚为小门于大门侧，乃延晏子。婴不入，曰：“使狗国，狗门入；今臣使楚，不当从狗门入。”

王曰：“齐无人耶？”对曰：“齐使贤者使贤王，不肖者使不肖王；婴不肖，故使王耳。”

王谓左右曰："晏婴辞辩，吾欲伤之。"坐定，缚一人来。王问："何谓者?"左右曰："齐人坐盗。"王视晏曰："齐人善盗乎?"对曰："婴闻桔生于江南，至江北为枳，枝叶相似，其实味且不同，水土异也。今此人生于齐，不解为盗，入楚则为盗，其实不同，水土使之然也。"王笑曰："寡人反取病焉。"

晏子能言善辩，此篇也以他的对答为题材，表现他的机智和口才。

全篇没有什么描写，只有三段对话。作者突出人物语言的机智锋利，来表现人物性格，写得极为精彩。

《柳毅传》

李朝威，生平不详。所著《柳毅传》篇末作者自称"陇西李朝威"，可知他是今日甘肃一带人。文中文言柳毅表弟薛嘏开元末谪官东南，"殆四纪，嘏亦不知所在"。据此推测，李朝威当是唐德宗、宪宗时人。

仪凤中，有儒生柳毅者，应举下第，将还湘滨。念乡人有客于泾阳者，遂往告别。至六七里，鸟起马惊，疾逸道左。又六七里，乃止。见有妇人，牧羊于道畔。毅怪视之，乃殊色也。然而蛾脸不舒，巾袖无光，凝听翔立，若有所伺。毅诘之曰："子何苦而自辱如是?"妇始楚而谢，终泣而对曰："贱妾不幸，今日见辱问于长者。然而恨贯肌骨，亦何能愧避，幸一闻焉。妾，洞庭龙君小女也。父母配嫁泾川次子，而夫婿乐逸，为婢仆所惑，日以厌薄。既而将诉于舅姑，舅姑爱其子，不能御。迨诉频切，又得罪舅姑，舅姑毁黜以至此。"言讫，歔欷流涕，悲不自胜。又曰："洞庭于兹，相远不知其几多也? 长天茫茫，信耗莫通。心目断尽，无所知哀。闻君将还吴，密通洞庭。或以尺书，寄托侍者，未卜将以为可乎?"毅曰："吾义夫也。闻子之说，气血俱动，恨无毛羽，不能奋飞。是何可否

之谓乎！然而洞庭，深水也。吾行尘间，宁可致意邪？唯恐道途显晦，不相通达，致负诚托，又乖恳愿。子有何术，可导我邪？”女悲泣且谢，曰：“负载珍重，不复言矣。脱获回耗，虽死必谢。君不许，何敢言。既许而问，则洞庭之与京邑，不足为异也。”毅请闻之。女曰：“洞庭之阴，有大橘树焉，乡人谓之社橘。君当解去兹带，束以他物。然后叩树三发，当有应者。因而随之，无有碍矣。幸君子书叙之外，悉以心诚之话倚托，千万无渝。”毅曰：“敬闻命矣。”女遂于襦间解书，再拜以进，东望愁泣，若不自胜。毅深为之戚。乃置书囊中，因复问曰：“吾不知子之牧羊，何所用哉？神祇岂宰杀乎？”女曰：“非羊也，雨工也。”“何为雨工？”曰：“雷霆之类也。”毅顾视之，则皆矫顾怒步，饮龁甚异。而大小毛角，则无别羊焉。毅又曰：“吾为使者，他日归洞庭，幸勿相避。”女曰：“宁止不避，当如亲戚耳。”语竟，引别东去。不数十步，回望女与羊，俱亡所见矣。其夕，至邑而别其友。

月余，到乡还家，乃访于洞庭。洞庭之阴，果有社橘。遂易带向树，三击而止。俄有武夫出于波间，再拜请曰：“贵客将自何所至也？”毅不告其实，曰：“走谒大王耳。”武夫揭水指路，引毅以进。谓毅曰：“当闭目数息，可达矣。”毅如其言，遂至其宫。始见台阁相向，门户千万，奇草珍木，无所不有。夫乃止毅，停于大室之隅，曰：“客当居此以伺焉。”毅曰：“此何所也？”夫曰：“此灵虚殿也。”谛视之，则人间珍宝，毕尽于此。柱以白璧，砌以青玉，床以珊瑚，帘以水精，雕琉璃于翠楣，饰琥珀于虹栋。奇秀深杳，不可殚言。然而王久不至。毅谓夫曰：“洞庭君安在哉？”曰：“吾君方幸玄珠阁，与太阳道士讲《火经》，少选当毕。”毅曰：“何谓《火经》？”夫曰：“吾君，龙也。龙以水为神，举一滴可包陵谷。道士，乃人也。人以火为神圣，发一灯可燎阿房。然而灵用不同，玄化各异。太阳道士精于人理，吾君邀以听言。”语毕而宫门辟。景从云合，而见一人，披紫衣，执青玉。夫跃曰：“此吾君也！”乃至前以告之。君望毅而问曰："岂非人间之人乎?"毅对曰："然。"毅趋而拜，君亦拜，命坐于灵虚之下。谓毅曰："水府幽深，寡人暗昧，夫子不远千里，将有为乎?"毅曰："毅，大王之乡人也。长于楚，游学于秦。昨下第，闲驱泾水右涘，见大王爱女牧羊于野，风鬟雨鬓，所不忍视。毅因诘之。谓毅曰：'为夫婿所薄，舅姑不念，以至于此。'悲泗淋漓，诚怛人心。遂托书于毅。毅许之，今以至此。"因取书进之。洞庭君览毕，以袖掩面而泣曰："老父之罪，不能鉴听，坐贻聋瞽，使闺窗孺弱，远罹构害。公，乃陌上人也，而能急之。幸被齿发，何敢负德!"词毕，又哀咤良久。左右皆流涕。

时有宦人密侍君者，君以书授之，令达宫中。须臾，宫中皆恸哭。君惊，谓左右曰："疾告宫中，无使有声。恐钱塘所知。"毅曰："钱塘，何人也?"曰："寡人之爱弟，昔为钱塘长，今则致政矣。"毅曰："何故不使知?"曰："以其勇过人耳。昔尧遭洪水九年者，乃此子一怒也。近与天将失意，塞其五山。上帝以寡人有薄德于古今，遂宽其同气之罪。然犹縻系于此，故钱塘之人，日日候焉。"语未毕，而大声忽发，天拆地裂，宫殿摆簸，云烟沸涌。俄有赤龙长千余尺，电目血舌，朱鳞火鬣，项掣金锁，锁牵玉柱，千雷万霆，激绕其身，霰雪雨雹，一时皆下。乃擘青天而飞去。毅恐蹶仆地。君亲起持之曰："无惧。固无害。"毅良久稍安，乃获自定。因告辞曰："愿得生归，以避复来。"君曰："必不如此。其去则然，其来则不然。幸为少尽缱绻。"因命酌互举，以款人事。俄而祥风庆云，融融怡怡，幢节玲珑，箫韶以随。红妆千万，笑语熙熙，后有一人，自然蛾眉，明挡满身，绡縠参差。迫而视之，乃前寄辞者。然若喜若悲，零泪如丝。须臾红烟蔽其左，紫气舒其右，香气环旋，入于宫中。君笑谓毅曰："泾水之囚人至矣。"君乃辞归宫中。须臾，又闻怨苦，久而不已。

有顷，君复出，与毅饮食。又有一人，披紫裳，执青玉，貌耸神溢，立于君左。君谓毅曰："此钱塘也。"毅起，趋拜之。钱塘亦

尽礼相接，谓毅曰："女侄不幸，为顽童所辱。赖明君子信义昭彰，致达远冤。不然者，是为泾陵之土矣。飨德怀恩，词不悉心。"毅撝退辞谢，俯仰唯唯。然后回告兄曰："向者辰发灵虚，至泾阳，午战于彼，未还于此。中间驰至九天，以告上帝。帝知其冤，而宥其失。前所谴责，因而获免。然而刚肠激发，不遑辞候。惊扰宫中，复忤宾客。愧惕惭惧，不知所失。"因退而再拜。君曰："所杀几何?"曰："六十万。""伤稼乎?"曰："八百里。""无情郎安在?"曰："食之矣。"君怃然曰："顽童之为是心也，诚不可忍。然汝亦太草草。赖上帝显圣，谅其至冤。不然者，吾何辞焉。从此已去，勿复如是。"钱塘复再拜。是夕，遂宿毅于凝光殿。

明日，又宴毅于凝碧宫。会友戚，张广乐，具以醪醴，罗以甘洁。初，笳角鼙鼓，旌旗剑戟，舞万夫于其右。中有一夫前曰："此《钱塘破阵乐》。"旌鈚杰气，顾骤悍栗，坐客视之，毛发皆竖。复有金石丝竹，罗绮珠翠，舞千女于其左。中有一女前进曰："此《贵主还宫乐》。"清音宛转，如诉如慕，坐客听之，不觉泪下。二舞既毕，龙君大悦，锡以纨绮，颁于舞人。然后密席贯坐，纵酒极娱。酒酣，洞庭君乃击席而歌曰："大天苍苍兮，大地茫茫。人各有志兮，何可思量。狐神鼠圣兮，薄社依墙。雷霆一发兮，其孰敢当。荷贞人兮信义长，令骨肉兮还故乡。齐言惭愧兮何时忘!"洞庭君歌罢，钱塘君再拜而歌曰："上天配合兮，生死有途。此不当妇兮，彼不当夫。腹心辛苦兮，泾水之隅。风霜满鬓兮，雨雪罗襦。赖明公兮引素书，令骨肉兮家如初。永言珍重兮无时无。"钱塘君歌阕，洞庭君俱起，奉觞于毅。毅而受爵，饮讫，复以二觞奉二君。乃歌曰："碧云悠悠兮，泾水东流。伤美人兮，雨泣花愁。尺书远达兮，以解君忧。哀冤果雪兮，还处其休。荷和雅兮感甘馐，山家寂寞兮难久留。欲将辞去兮悲绸缪。"歌罢，皆呼万岁。洞庭君因出碧玉箱，贮以开水犀；钱塘君复出红珀盘，贮以照夜玑，皆起进毅。毅辞谢而受。然后宫中之人，咸以绡珠璧，投于毅侧。重叠焕赫，须臾埋没前后。毅笑语四顾，愧揖不暇。洎酒阑欢极，毅辞起，复宿于凝光殿。

翌日，又宴毅于清光阁。钱塘因酒作色，踞谓毅曰："不闻猛石可裂不可卷，义士可杀不可羞耶？愚有衷曲，欲一陈于公。如可，则俱在云霄；如不可，则皆夷粪壤。足下以为何如哉?"毅曰："请闻之。"钱塘曰："泾阳之妻，则洞庭君之爱女也。淑性茂质，为九姻所重。不幸见辱于匪人，今则绝矣。将欲求托高义，世为亲戚。使受恩者知其所归，怀爱者知其所付，岂不为君子始终之道者?"毅肃然而作，欻然而笑曰："诚不知钱塘君孱困如是！毅始闻跨九州，怀五岳，泄其愤怒；复见断锁金，掣玉柱，赴其急难。毅以为刚决明直，无如君者。盖犯之者不避其死，感之者不爱其生，此真丈夫之志。奈何箫管方洽，亲宾正和，不顾其道，以威加人？岂仆之素望哉！若遇公于洪波之中，玄山之间，鼓以鳞须，被以云雨，将迫毅以死，毅则以禽兽视之，亦何恨哉。今体被衣冠，座谈礼义，尽五常之志性，负百行之微旨，虽人世贤杰，有不如者。况江河灵类乎？而欲以蠢然之躯，悍然之性，乘酒假气，将迫于人，岂近直战！且毅之质，不足以藏王一甲之间。然而敢以不伏之心，胜王不道之气。惟王筹之！"钱塘乃逡巡致谢曰："寡人生长宫房，不闻正论。向者词述疏狂，妄突高明。退自循顾，戾不容责。幸君子不为此乖间可也。"其夕，复欢宴，其乐如旧。毅与钱塘，遂为知心友。

明日，毅辞归。洞庭君夫人别宴毅于潜景殿。男女仆妾等，悉出预会。夫人泣谓毅曰："骨肉受君子深恩，恨不得展愧戴，遂至睽别。"使前泾阳女当席拜毅以致谢。夫人又曰："此别岂有复相遇之日乎?"毅其始虽不诺钱塘之请，然当此席，殊有叹恨之色。宴罢，辞别，满宫凄然。赠遗珍宝，怪不可述。毅于是复循途出江岸，见从者十余人，担囊以随，至其家而辞去。

毅因适广陵宝肆，鬻其所得。百未发一，财已盈兆。故淮右富族，咸以为莫如。遂娶于张氏，亡。又娶韩氏，数月，韩氏又亡。

徙家金陵。常以鳏旷多感，或谋新匹。有媒氏告之曰：“有卢氏女，范阳人也。父名曰浩，尝为清流宰。晚岁好道，独游云泉，今则不知所在矣。母曰郑氏。前年适清河张氏，不幸而张夫早亡。母怜其少，惜其慧美，欲择德以配焉。不识何如？”毅乃卜日就礼。既而男女二姓，俱为豪族，法用礼物，尽其丰盛。金陵之士，莫不健仰。居月余，毅因晚入户，视其妻，深觉类于龙女，而逸艳丰厚，则又过之。因与话昔事。妻谓毅曰：“人世岂有如是之理乎？”经岁馀，有一子，毅益重之。既产，逾月，乃饰换服，召亲戚。相会之间，笑谓毅曰：“君不忆余之于昔也？”毅曰：“夙为洞庭君女传书，至今为忆。”妻曰：“余即洞庭君之女也。泾川之冤，君使得白。衔君之恩，誓心求报。洎钱塘季父论亲不从，遂至睽违，天各一方，不能相问。父母欲配嫁于濯锦小儿某。惟以心誓难移，亲命难背，既为君子弃绝，分无见期。而当初之冤，虽得以告诸父母，而誓报不得其志，复欲驰白于君子。值君子累娶，当娶于张，已而又娶于韩。迨张韩继卒，君卜居于兹，故余之父母乃喜余得遂报君之意，今日获奉君子，咸善终世，死无恨矣。”因呜咽，泣涕交下。对毅曰：“始不言者，知君无重色之心。今乃言者，知君有感余之意。妇人匪薄，不足以确厚永心，故因君爱子，以托相生。未知君意如何？愁惧兼心，不能自解。君附书之日，笑谓妾曰：‘他日归洞庭，慎无相避。’诚不知当此之际，君岂有意于今日之事乎？其后季父请于君，君固不许。君乃诚将不可邪，抑忿然邪？君其话之！”毅曰：“似有命者。仆始见君子长泾之隅，枉抑憔悴，诚有不平之志。然自约其心者，达君之冤，余无及也。以言慎勿相避者，偶然耳，岂有意哉。洎钱塘逼迫之际，唯理有不可直，乃激人之怒耳。夫始以义行为之志，宁有杀其婿而纳其妻者邪？一不可也。某素以操真为志尚，宁有屈于己而伏于心者乎？二不可也。且以率肆胸臆，酬酢纷纶，唯直是图，不遑避害。然而将别之日，见君有依然之容，心甚恨之。终以人事扼束，无由报谢。吁，今日，君，卢氏也，又家于人间，则吾始心未为惑矣。从此以往，永奉欢好，心无纤虑也。”妻因深感娇泣，良久不已。有顷，谓毅曰：“勿以他类，遂为无心，固当知报耳！夫龙寿万岁，今与君同之，水陆五往不适。君不以为妄也。”毅嘉之曰：“吾不知国容乃复为神仙之饵。”乃相与觐洞庭。既至，而宾主盛礼，不可具纪。

后居南海，仅四十年，其邸第舆马珍鲜服玩，虽侯伯之室，无以加也。毅之族咸遂濡泽。以其春秋积序，容状不衰，南海之人，靡不惊异。洎开元中，上方属意于神仙之事，精索道术。毅不得安，遂相与归洞庭。凡十余岁，莫知其迹。

至开元末，毅之表弟薛嘏为京畿令，谪官东南。经洞庭，晴昼长望，俄见碧山出于远波。舟人皆侧立，曰：“此本无山，恐水怪耳。”指顾之际，山与舟相逼，乃有彩船自山驰来，迎问于嘏。其中有一人呼之曰：“柳公来候耳。”嘏省然记之，乃促至山下，摄衣疾上。山有宫阙如人世，见毅立于宫室之中，前列丝竹，后罗珠翠，物玩之盛，殊倍人间。毅词理益玄，容颜益少。初迎嘏于砌，持嘏手曰：“别来瞬息，而发毛已黄。”嘏笑曰：“兄为神仙，弟为枯骨，命也。”毅因出药五十丸遗嘏，曰：“此药一丸，可增一岁耳。岁满复来，无久居人世，以自苦也。”欢宴毕，嘏乃辞行。自是已后，遂绝影响。嘏常以是事告于人世。殆四纪，嘏亦不知所在。

陇西李朝威叙而叹曰：五虫之长，必以灵著，别斯见矣。人，裸也，移信鳞虫。洞庭含纳大直，钱塘迅疾磊落，宜有承焉。嘏咏而不载，独可邻其境。愚义之，为斯文。

这是一篇将灵怪、侠义和爱情三方面内容结合在一起的描写人与神恋爱的浪漫主义作品，但所反映的却是人世间的婚姻、爱情问题，在一定程度上表露出对包办婚姻制度的不满和争取男女婚姻自主的思想。篇中对龙女的温柔婉顺而多情，柳毅的见义勇为、威武不屈以及钱塘君的暴烈刚强都描写得十分出色。

小说结构严谨，虽情节曲折，但不枝不蔓，非常集中。

《霍小玉传》

蒋防，字子微（一作子徵），义兴（今江苏省宜兴县）人。唐宪宗元和年间，因李绅的赏识与推荐，以司封郎知制诰，进翰林院士。唐穆宗长庆年间，被贬为汀州刺史，后又任连州刺史。《全唐文》中收蒋防文一卷，《全唐诗》中收诗十二首，其著作以《霍小玉传》最为著名，作者也因此成为公认的唐代一流小说家。

大历中，陇西李生名益，年二十，以进士擢第。其明年，拔萃，俟试于天官。夏六月，至长安，舍于新昌里。生门族清华，少有才思，丽词佳句，时谓无双；先达丈人，翕然推伏。每自矜风调，思得佳偶，博求名妓，久而未谐。

长安有媒鲍十一娘者，故薛驸马家青衣也；折券从良，十余年矣。性便辟，巧言语，豪家戚里，无不经过，追风挟策，推为渠帅。常受生诚托厚赂，意颇德之。经数月，李方闲居舍之南亭。申未间，忽闻扣门甚急，云是鲍十一娘至。摄衣从之，迎问曰："鲍卿今日何故忽然而来？"鲍笑曰："苏姑子作好梦也未？有一仙人，谪在下界，不邀财货，但慕风流。如此色目，共十郎相当矣。"生闻之惊跃，神飞体轻，引鲍手且拜且谢曰："一生作奴，死亦不惮。"因问其名居。鲍具说曰："故霍王小女，字小玉，王甚爱之。母曰净持。净持，即王之宠婢也。王之初薨，诸弟兄以其出自贱庶，不甚收录。因分与资财，遣居于外，易姓为郑氏，人亦不知其王女。资质艳，一生未见，高情逸态，事事过人，音乐诗书，无不通解。昨遣某求一好儿郎格调相称者。某具说十郎。他亦知有李十郎名字，非常欢惬。住在胜业坊古寺曲，甫上车门宅是也。已与他作期约。明日午时，但至曲头觅桂子，即得矣。"鲍既去，生便备行计。遂令家僮秋鸿，于从兄京兆参军尚公处假青骊驹，黄金勒。其夕，生浣衣沐浴，修饰容仪，喜跃交并，通夕不寐。迟明，巾帻，引镜自照，惟惧不谐也。

徘徊之间，至于亭午。遂命驾疾驱，直抵胜业。

至约之所，果见青衣立候，迎问曰：“莫是李十郎否?”即下马，令牵入屋底，急急锁门。见鲍果从内出来，遥笑曰：“何等儿郎，造次入此?”生调诮未毕，引入中门。庭间有四樱桃树；西北悬一鹦鹉笼，见生人来，即语曰：“有人入来，急下帘者!”生本性雅淡，心犹疑惧，忽见鸟语，愕然不敢进。逡巡，鲍引净持下阶相迎，延入对坐。年可四十余，绰约多姿，谈笑甚媚。因谓生曰：“素闻十郎才调风流，今又见容仪雅秀，名下固无虚士。某有一女子，虽拙教训，颜色不至丑陋，得配君子，颇为相宜。频见鲍十一娘说意旨，今亦便令永奉箕帚。”生谢曰：“鄙拙庸愚，不意顾盼，倘垂采录，生死为荣。”遂命酒馔，即令小玉自堂东阁子中而出。生即拜迎。但觉一室之中，若琼林玉树，互相照耀，转盼精彩射人。既而遂坐母侧。母谓曰：“汝尝爱念‘开帘风动竹，疑是故人来’。即此十郎诗也。尔终日吟想，何如一见。”玉乃低鬟微笑，细语曰：“见面不如闻名。才子岂能无貌?”生遂连起拜曰：“小娘子爱才，鄙夫重色。两好相映，才貌相兼。”母女相顾而笑。遂举酒数巡。生起，请玉唱歌。初不肯，母固强之。发声清亮，曲度精奇。

酒阑，及暝，鲍引生就西院憩息。闲庭邃宇，帘幕甚华。鲍令侍儿桂子、浣沙与生脱靴解带。须臾，玉至，言叙温和，辞气宛媚。解罗衣之际，态有余妍，低帏昵枕，极其欢爱。生自以为巫山洛浦不过也。中宵之夜，玉忽流涕谓生曰：“妾本倡家，自知非匹。今以色爱，托其仁贤。但虑一旦色衰，恩移情替，使女萝无托，秋扇见捐。极欢之际，不觉悲至。”生闻之，不胜感叹。乃引臂替枕，徐谓玉曰：“平生志愿，今日获从，粉骨碎身，誓不相舍。夫人何发此言!请以素缣，著之盟约。”玉因收泪，命侍儿樱桃褰幄执烛，授生笔砚。玉管弦之暇，雅好诗书，筐箱笔砚，皆王家之旧物。遂取绣囊，出越姬乌丝栏素缣三尺以授生。生素多才思，援笔成章，引谕山河，指诚日月，句句恳切，闻之动人。誓毕，命藏于宝箧之内。

自尔婉娈相得，若翡翠之在云路也。如此二岁，日夜相从。

其后年春，生以书判拔萃登科，授郑县主簿。至四月，将之官，便拜庆于东洛。长安亲戚，多就筵饯。时春物尚余，夏景初丽，酒阑宾散，离思萦怀。玉谓生曰："以君才地名声，人多景慕，愿结婚媾，固亦众矣。况堂有严亲，室无冢妇，君之此去，必就佳姻。盟约之言，徒虚语耳。然妾有短愿，欲辄指陈。永委君心，复能听否？"生惊怪曰："有何罪过，忽发此辞？试说所言，必当敬奉。"玉曰："妾年始十八，君才二十有二，迨君壮室之秋，犹有八岁。一生欢爱，愿毕此期。然后妙选高门，以谐秦晋，亦未为晚。妾便舍弃人事，剪发披缁，夙昔之愿，于此足矣。"生且愧且感，不觉涕流。因谓玉曰："皎日之誓，死生以之，与卿偕老，犹恐未惬素志，岂敢辄有二三。固请不疑，但端居相待。至八月，必当却到华州，寻使奉迎，相见非远。"更数日，生遂诀别东去。

到任旬日，求假往东都觐亲。未至家日，太夫人已与商量表妹卢氏，言约已定。太夫人素严毅，生逡巡不敢辞让，遂就礼谢，便有近期。卢亦甲族也，嫁女于他门，聘财必以百万为约，不满此数，义在不行。生家素贫，事须求贷，便托假故，远投亲知，涉历江淮，自秋及夏。生自以辜负盟约，大愆回期。寂不知闻，欲断其望。遥托亲故，不遗漏言。玉自生逾期，数访音信。虚词诡说，日日不同。博求师巫，遍询卜筮，怀忧抱恨，周岁有余，羸卧空闺，遂成沉疾。虽生之书题竟绝，而玉之想望不移，赂遗亲知，使通消息。寻求既切，资用屡空，往往私令侍婢潜卖箧中服玩之物，多托于西市寄附铺侯景先家货卖。曾令侍婢浣沙将紫玉钗一只，诣景先家货之。路逢内作老玉工，见浣沙所执，前来认之曰："此钗，吾所作也。昔岁霍王小女将欲上鬟，令我作此，酬我万钱。我尝不忘。汝是何人，从何而得？"浣沙曰："我小娘子，即霍王女也。家事破散，失身于人。夫婿昨向东都，更无消息。悒怏成疾，今欲二年。令我卖此，赂遗于人，使求音信。"玉工凄然下泣曰："贵人男女，失机落节，一至于此。我残年向尽，见此盛衰，不胜伤感。”遂引至延先公主宅，具言前事。公主亦为之悲叹良久，给钱十二万焉。时生所定卢氏女在长安，生既毕于聘财，还归郑县。其年腊月，又请假入城就亲。潜卜静居，不令人知。有明经崔允明者，生之中表弟也。性甚长厚，昔岁常与生同欢于郑氏之室，杯盘笑语，曾不相间。每得生信，必诚告于玉。玉常以薪刍衣服，资给于崔。崔颇感之。生既至，崔具以诚告玉。玉恨叹曰：“天下岂有是事乎！”遍请亲朋，多方召致。生自以愆期负约，又知玉疾候沉绵，惭耻忍割，终不肯往。晨出暮归，欲以回避。玉日夜涕泣，都忘寝食，期一相见，竟无因由。冤愤益深，委顿床枕。自是长安中稍有知者。风流之士，共感玉之多情；豪侠之伦，皆怒生之薄行。

时已三月，人多春游。生与同辈五六人诣崇敬寺玩牡丹花，步于西廊，递吟诗句。有京兆韦夏卿者，生之密友，时亦同行。谓生曰：“风光甚丽，草木荣华。伤哉郑卿，衔冤空室！足下终能弃置，实是忍人。丈夫之心，不宜如此。足下宜为思之！”叹让之际，忽有一豪士，衣轻黄纻衫，挟弓弹，丰神隽美，衣服轻华，唯有一剪头胡雏从后，潜行而听之。俄而前揖生曰：“公非李十郎者乎？某族本山东，姻连外戚。虽乏文藻，心尝乐贤。仰公声华，常思觏止。今日幸会，得睹清扬。某之敝居，去此不远，亦有声乐，足以娱情。妖姬八九人，骏马十数匹，唯公所欲。但愿一过。”生之侪辈，共聆斯语，更相叹美。因与豪士策马同行，疾转数坊，遂至胜业。生以近郑之所止，意不欲过，便托事故，欲回马首。豪士曰：“敝居咫尺，忍相弃乎？”乃挽挟其马，牵引而行。迁延之间，已及郑曲。生神情恍惚，鞭马欲回。豪士遽命奴仆数人，抱持而进。疾走推入车门，便令锁却，报云：“李十郎至也！”一家惊喜，声闻于外。

先此一夕，玉梦黄衫丈夫抱生来，至席，使玉脱鞋。惊寤而告母。因自解曰：“鞋者，谐也。夫妇再合。脱者，解也。既合而解，亦当永诀。由此征之，必遂相见，相见之后，当死矣。”凌晨，请母

梳妆。母以其久病，心意惑乱，不甚信之。僶勉之间，强为妆梳。妆梳才毕，而生果至。玉沉绵日久，转侧须人。忽闻生来，欻然自起，更衣而出，恍若有神。遂与生相见，含怒凝视，不复有言。羸质娇姿，如不胜致，时复掩袂，返顾李生。感物伤人，坐皆欷。顷之，有酒肴数十盘，自外而来。一座惊视，遽问其故，悉是豪士之所致也。因遂陈设，相就而坐。玉乃侧身转面，斜视生良久，遂举杯酒，酬地曰："我为女子，薄命如斯。君是丈夫，负心若此。韶颜稚齿，饮恨而终。慈母在堂，不能供养。绮罗弦管，从此永休。征痛黄泉，皆君所致。李君李君，今当永诀！我死之后，必为厉鬼，使君妻妾，终日不安！"乃引左手握生臂，掷杯于地，长恸号哭数声而绝。母乃举尸，置于生怀，令唤之，遂不复苏矣。生为之缟素，旦夕哭泣甚哀。

将葬之夕，生忽见玉穗帷之中，容貌妍丽，宛若平生。著石榴裙，紫□裆，红绿帔子。斜身倚帷，手引绣带，顾谓生曰："愧君相送，尚有余情。幽冥之中，能不感叹。"言毕，遂不复见。明日，葬于长安御宿原。生至墓所，尽哀而返。

后月余，就礼于卢氏。伤情感物，郁郁不乐。夏五月，与卢氏偕行，归于郑县。至县旬日，生方与卢氏寝，忽帐外叱叱作声。生惊视之，则见一男子，年可二十余，姿状温美，藏身映幔，连招卢氏。生遑遽走起，绕幔数匝，倏然不见。生自此心怀疑恶，猜忌万端，夫妻之间，无聊生矣。或有亲情，曲相劝喻，生意稍解。后旬日，生复自外归，卢氏方鼓琴于床，忽见自门抛一斑犀钿花合子，方圆一寸余，中有轻绢，作同心结，坠于卢氏怀中。生开而视之，见相思子二，叩头虫一，发杀觜一，驴驹媚少许。生当时愤怒叫吼，声如豺虎，引琴撞击其妻，诘令实告。卢氏亦终不自明。尔后往往暴加捶楚，备诸毒虐，竟讼于公庭而遣之。

卢氏既出，生或侍婢媵妾之属，暂同枕席，便加妒忌。或有因而杀之者。生尝游广陵，得名姬曰营十一娘者，容态润媚，生甚悦之。每相对坐，尝谓营曰："我尝于某处得某姬，犯某事，我以某法杀之。"日日陈说，欲令惧己，以肃清闺门。出则以浴斛覆营于床，周回封署，归必详视，然后乃开。又畜一短剑，甚利，顾谓侍婢曰："此信州葛溪铁，唯断作罪过头！"大凡生所见妇人，辄加猜忌，至于三娶，率皆如初焉。

本篇是唐传奇中最精彩感人的篇章之一，它细腻地描写了霍小玉与李益恋爱悲剧的全过程，对被侮辱、被损害但又具有反抗性的霍小玉怀有深切的同情，对在门第观念与家族利益支配下抛弃霍小玉的李益则作了有力的揭露、鞭挞，从而批判了封建的门阀制度。作品对霍小玉多情而刚烈的性格刻画得生动感人，特别是她与李益最后会面时所表现出的爱与恨，更被描绘得淋漓尽致，对李益"惭耻忍割"的心理状态表现也相当充分。此外，作品中的配角人物如鲍十一娘、老玉工与黄衫豪士等，也都写得神情毕现，跃然纸上。

此篇在艺术上最突出的特色，是从生活出发，写出了人物性格与社会的关系；另一大特色是以情节的曲折取胜，而以叙事的委曲和描写的细致见长。

《南柯太守传》

李公佐，陇西人，大约生于唐代大历十年（775）前后。德宗朝举进士，后为钟陵（今江西南昌）从事，元和八年罢去，在建业（今南京）淹留一个时期，元和十二年夏回到京师。

李公佐在唐代小说家中赫赫有名，他的四篇传奇小说《南柯太守传》、《庐江冯媪传》、《谢小娥传》和《古岳渎经》全部收入唐人陈翰《异闻集》中。鲁迅《中国小说史略》论其地位时，把他和元稹并列，称为唐传奇中两大家。

李公佐为人好奇，且喜遨游，所以虽然科举道路上不顺利，但怀才不遇使他对现实有着清醒的认识，漂泊四海又使他逐渐熟悉了世态人情，为其创作奠定了生活基础。李公佐的传奇具有题材的多

样性和写法多变的特点。他的作品通过神话世界、人世生活和梦境的描写，展现了人类征服大自然的斗争和纷繁复杂的社会矛盾。

唐代文人相聚，除饮酒、歌舞之外，还有说话、讲故事的传统。李公佐常常和朋友们一起“宵话征异，各尽见闻”，为其传奇创作收集了大量素材。其传奇《庐江冯媪传》《谢小娥传》《古岳渎经》等，都是据与朋友“说话”或游览途中之见闻而写成的。

东平淳于棼，吴、楚游侠之士。嗜酒使气，不守细行。累巨产，养豪客。曾以武艺补淮南军裨将，因使酒忤帅，斥逐落魄，纵诞饮酒为事。家住广陵郡东十里。所居宅南有大古槐一株，枝干修密，清阴数亩。淳于生日与群豪大饮其下。

贞元七年九月，因沉醉致疾。时二友人于坐扶生归家，卧于堂东庑之下。二友谓生曰：“子其寝矣！余将秣马濯足，俟子小愈而去。”生解巾就枕，昏然忽忽，仿佛若梦。见二紫衣使者，跪拜生曰：“槐安国王遣小臣致命奉邀。”生不觉下榻整衣，随二使至门。见青油小车，驾以四牡，左右从者七八，扶生上车，出大户，指古槐穴而去。使者即驱入穴中。生意颇甚异之，不敢致问。忽见山川、风候、草木、道路，与人世甚殊。前行数十里，有郛郭城堞。车舆人物，不绝于路。生左右传车者传呼甚严，行者亦争辟于左右。又入大城，朱门重楼，楼上有金书，题曰：“大槐安国”。执门者趋拜奔走。旋有一骑传呼曰：“王以驸马远降，令且息东华馆。”因前导而去。俄见一门洞开，生降车而入。彩槛雕楹，华木珍果，列植于庭下；几案、茵褥、帘帏、肴膳，陈设于庭上。生心甚自悦。复有呼曰：“右相且至。”生降阶祗奉。有一人紫衣象简前趋，宾主之仪敬尽焉。右相曰：“寡君不以弊国远僻，奉迎君子，托以姻亲。”生曰：“某以贱劣之躯，岂敢是望。”右相因请生同诣其所。行可百步，入朱门。矛戟斧钺，布列左右，军吏数百，辟易道侧。生有平生酒徒周弁者，亦趋其中。生私心悦之，不敢前问。右相引生升广殿，御卫严肃，若至尊之所。见一人长大端严，居王位，衣素练服，簪朱华冠。生战栗，不敢仰视。左右侍者令生拜。王曰："前奉贤尊命，不弃小国，许令次女瑶芳，奉事君子。"生但俯伏而已，不敢致词。王曰："且就宾宇，续造仪式。"有旨，右相亦与生偕还馆舍。生思念之，意以为父在边将，因没虏中，不知存亡。将谓父北蕃交通，而致兹事。心甚迷惑，不知其由。

是夕。羔雁币帛，威容仪度，妓乐丝竹，肴膳灯烛，车骑礼物之用，无不咸备。有群女，或称华阳姑，或称青溪姑，或称上仙子，或称下仙子，若是者数辈。皆侍从数十，冠翠凤冠，衣金霞帔，彩碧金钿，目不可视。遨游戏乐，往来其门，争以淳于郎为戏弄。风态妖丽，言词巧艳，生莫能对。复有一女谓生曰："昨上巳日，吾从灵芝夫人过禅智寺，于天竺院观石延舞'婆罗门'。吾与诸女坐北牖石榻上，时君少年，亦解骑来看。君独强来亲洽，言调笑谑。吾与穷英妹结绛巾，挂于竹枝上，君独不忆念之乎？又七月十六日，吾于孝感寺侍上真子，听契玄法师讲《观音经》。吾于讲下舍金凤钗两只，上真子舍水犀合子一枚。时君亦讲筵中于师处请钗合视之。赏叹再三，嗟异良久。顾余辈曰：'人之与物，皆非世间所有。'或问吾氏，或访吾里。吾亦不答。情意恋恋，瞩盼不舍。君岂不思念之乎？"生曰："中心藏之，何日忘之。"群女曰："不意今日与君为眷属。"复有三人，冠带甚伟，前拜生曰："奉命为驸马相者。"中一人与生且故。生指曰："子非冯翊田子华乎？"田曰："然。"生前，执手叙旧久之。生谓曰："子何以居此？"子华曰："吾放游，获受知于右相武成侯段公，因以栖托。"生复问曰："周弁在此，知之乎？"子华曰："周生，贵人也。职为司隶，权势甚盛。吾数蒙庇护。"言笑甚欢。俄传声曰："驸马可进矣。"三子取剑佩冕服，更衣之。子华曰："不意今日获睹盛礼，无以相忘也。"有仙姬数十，奏诸异乐，婉转清亮，曲调凄悲，非人间之所闻听。有执烛引导者，亦数十。左右见金翠步障，彩碧玲珑，不断数里。生端坐车中，心

意恍惚，甚不自安。田子华数言笑以解之。向者群女姑娣，各乘凤翼辇，亦往来其间。至一门，号“修仪宫”。群仙姑娣亦纷然在侧，令生降车辇拜，揖让升降，一如人间。彻障去扇，见一女子，云号“金枝公主”。年可十四五，俨若神仙。交欢之礼，颇亦明显。生自尔情义日洽，荣曜日盛。出入车服，游宴宾御，次于王者。

王命生与群寮备武卫，大猎于国西灵龟山。山阜峻秀，川泽广远，林树丰茂，飞禽走兽，无不蓄之。师徒大获，竟夕而还。生因他日，启王曰：“臣顷结好之日，大王云奉臣父之命。臣父顷佐边将，用兵失利，陷没胡中，尔来绝书信十七八岁矣。王既知所在，臣请一往拜观。”王遽谓曰：“亲家翁职守北土，信问不绝。卿但具书状知闻，未用便去。”遂命妻致馈贺之礼，一以遣之。数夕还答。生验书本意，皆父平生之迹。书中忆念教诲，情意委曲，皆如昔年。复问生亲戚存亡，闾里兴废。复言路道乖远，风烟阻绝。词意悲苦，言语哀伤，又不令生来觐，云：“岁在丁丑，当与汝相见。”生捧书悲咽，情不自堪。他日，妻谓生曰：“子岂不思为政乎？”生曰：“我放荡不习政事。”妻曰：“卿但为之，余当奉赞。”妻遂白于王。累日，谓生曰：“吾南柯政事不理，太守黜废。欲借卿才，可曲屈之。便与小女同行。”生敦授教命。王遂敕有司备太守行李。因出金玉、锦绣、箱奁、仆妾、车马，列于广衢，以饯公主之行。生少游侠，曾不敢有望，至是甚悦。因上表曰：“臣将门余子，素无艺术，猥当大任，必败朝章。自悲负乘，坐致覆餗。今欲广求贤哲，以赞不逮。伏见司隶颍川周弁，忠亮刚直，守法不回，有毗佐之器。处士冯翊田子华，清慎通变，达政化之源。二人与臣有十年之旧，备知才用，可托政事。周请署南柯司宪，田请署司农。庶使臣政绩有闻，宪章不紊也。”王并依表以遣之。其夕，王与夫人饯于国南。王谓生曰：“南柯国之大郡，土地丰壤，人物豪盛，非惠政不能以治之。况有周、田二赞，卿其勉之，以副国念。”夫人戒公主曰：“淳于郎性刚好酒，加之少年；为妇之道，贵乎柔顺。尔善事之，吾无忧矣。南柯虽封境不遥，晨昏有间。今日睽别，宁不沾巾。”

生与妻拜首南去，登车拥骑，言笑甚欢。累夕达郡。郡有官吏、僧道、耆老、音乐、车舆、武卫、銮铃，争来迎奉。人物阗咽，钟鼓喧哗，不绝十数里。见雉堞台观，佳气郁郁。入大城门，门亦有大榜，题以金字，曰“南柯郡城”。见朱轩汙户，森然深邃。生下车，省风俗，疗病苦，政事委以周、田，郡中大理。自守郡二十载，风化广被，百姓歌谣，建功德碑，立生祠宇。王甚重之。赐爵位，居台辅。周、田皆以政治著闻，递迁大位。生有五男二女，男以门荫授官，女亦娉于王族。荣耀显赫，一时之盛，代莫比之。

是岁，有檀萝国者，来伐是郡。王命生练将训师以征之。乃表周弁将兵三万，以拒贼之众于瑶台城。弁刚勇轻敌，师徒败绩。弁单骑裸身潜遁，夜归城。贼亦收辎重铠甲而还。生因囚弁以请罪，王并舍之。是月，司宪周弁疽发背，卒。生妻公主遘疾，旬日又薨。生因请罢郡，护丧赴国，王许之。便以司农田子华行南柯太守事。生哀恸发引，威仪在途，男女叫号，人吏奠馔，攀辕遮道者不可胜数。遂达于国。王与夫人素衣哭于郊，候灵舆之至。谥公主曰“顺仪公主”，备仪仗羽葆鼓吹，葬于国东十里盘龙冈。是月，故司宪子荣信，亦护丧赴国。

生久镇外藩，结好中国，贵门豪族，靡不是洽。自罢郡还国，出入无恒，交游宾从，威福日盛。王意疑惮之。时有国人上表云：“玄象谪见，国有大恐。都邑迁徙，宗庙崩坏。衅起他族，事在萧墙。时议以生侈僭之应也。”遂夺生侍卫，禁生游从，处之私第。生自恃守郡多年，曾无败政，流言怨悖，郁郁不乐。王亦知之，因命生曰：“姻亲二十余年，不幸小女夭枉，不得与君子偕老，良用痛伤。”夫人因留孙自鞠育之。又谓生曰：“卿离家多时，可暂归本里，一见亲族。诸孙留此，无以为念。后三年，当令迎卿。”生曰：“此乃家矣，何更归焉？”王笑曰：“卿本人间，家非在此。”生忽若惛睡，瞢然久之，方乃发悟前事，遂流涕请还。王顾左右以送生。生

再拜而去，复见前二紫衣使者从焉。到大户外，见所乘车甚劣，左右亲使御仆，遂无一人，心甚叹异。

生上车，行可数里，复出大城。宛是昔年东来之途，山川原野，依然如旧。所送二使者，甚无威势。生逾怏怏。生问使者曰："广陵郡何时可到?"二使讴歌自若，久乃答曰："少顷即至。"俄出一穴，见本里闾巷，不改往日，潸然自悲，不觉流涕。二使者引生下车，入其门，升自阶，己身卧于堂东庑之下。生甚惊畏，不敢前近。二使因大呼生之姓名数声，生遂发寤如初，见家之僮仆拥汍于庭，二客濯足于榻，斜日未隐于西垣，余樽尚湛于东牖。梦中倏忽，若度一世矣。

生感念嗟叹，遂呼二客而语之。惊骇，因与生出处，寻槐下穴。生指曰："此即梦中所经入处。"二客将谓狐狸木媚之所为祟。遂命仆夫荷斤斧，断臃肿，折查枿，寻穴究源。旁可袤丈，有大穴，根洞然明朗，可容一榻。上有积土壤，以为城郭台殿之状。有蚁数斛，隐聚其中。中有小台，其色若丹。二大蚁处之，素翼朱首，长可三寸；左右大蚁数十辅之，诸蚁不敢近：此其王矣。即槐安国都也。又穷一穴，直上南枝，可四丈，宛转方中，亦有土城小楼，群蚁亦处其中，即生所领南柯郡也。又一穴，西去二丈，磅礴空圬，嵌岵异状。中有一腐龟壳，大如斗。积雨浸润，小草丛生，繁茂翳荟，掩映振壳。即生所猎灵龟山也。又穷一穴，东去丈余，古根盘屈，若龙虺之状。中有小土壤，高尺余，即生所葬妻盘龙冈之基地。追想前事，感叹于怀，披阅穷迹，皆符所梦。不欲二客坏之，遽令掩塞如旧。是夕，风雨暴发。旦视其穴，遂失群蚁，莫知所去。故先言"国有大恐，都邑迁徙"，此其验矣。复念檀萝征伐之事，又请二客访迹于外。宅东一里有一古涸涧，侧有大檀树一株，藤萝拥织，上不见日。旁有小穴，亦有群蚁隐聚其间。檀萝之国，岂非此耶?嗟乎！蚁之灵异，犹不可穷，况山藏木伏之大者所变化乎?

时生酒徒周弁、田子华并居六合县，不与生过从旬日矣。生遽遣家僮疾往候之。周生暴疾已逝，田子华亦寝疾于床。生感南柯之浮虚，悟人世之倏忽，遂栖心道门，绝弃酒色。后三年，岁在丁丑，亦终于家。时年四十七，将符宿契之限矣。

公佐贞元十八年秋八月，自吴之洛，暂泊淮浦，偶觌淳于生儿楚，询访遗迹，翻覆再三，事皆摭实，辄编录成传，以资好事。虽稽神语怪，事涉非经，而窃位著生，冀将为戒。后之君子，幸以南柯为偶然，无以名位骄于天壤间云。

前华州参军李肇赞曰："贵极禄位，权倾国都，达人视此，蚁聚何殊！"

《南柯太守传》以梦的形式，把欲入仕途官场的人，让他做官，去亲历一场官宦生活，从中体验仕途冷暖，世态炎凉。让他们都去享受常人享不到的福。前呼后拥，出则连舆，入则接席，美女如云，妻妾成群，一派皇家气派，富庶之极，一时无比，然而风云突起，妻死国倾，君臣欺凌，谮语丛生，人迹飘零，一片萧条冷落。几十年的大起大落，宦海沉浮，使《南柯太守传》的主人公淳于棼终于觉悟到人生无常，繁华富庶如过眼云烟，终要破灭。于是"栖心道门"，大道归真。这是顿悟，非经历一番波折不足以敛其心。

小说在写法上采用时空切割法，把人物推至与现实隔绝的特殊空间，让他们在自己梦寐以求的官位上串演人生戏剧，再把他们的体悟，告诉世人，从而增加了故事的感染性、深刻性。这种超越现实的手法，使读者有着惊奇、神秘的感觉。产生一种审美距离，亦真亦幻，虚实难辨。然而那双眼开合之间，瞬息而逝的一切，却给人一种哲理的、宗教的超凡感，一种神悟。

《李娃传》

白行简（776～826），字知退，乳名阿怜，其先太原人，后迁居下邽（今陕西渭南东北），诗人白居易之弟。贞元末进士及第。曾随兄白居易于江州多年。元和十五年，授左拾遗，累迁司门员外郎、

主客郎中，宝历二年（826）病卒，享年51岁。有《白郎中集》二十卷，今佚。

白行简自幼有着良好的文化教养，母亲是一位贤淑慈爱而有文化的妇女，她对子女“亲执诗书，昼夜教导，恂恂善诱，未尝有一呵一杖加之”（白居易《襄州别驾府君事状》），因此对白氏兄弟的成长有着良好的作用。白行简敏捷多才，善文辞，与其兄一起同元稹、李绅等有深交，互为诗友。《全唐诗》存白行简诗七首，诗风平易，近似白居易。其赋著名于唐代。《旧唐书·白居易传》附《白行简传》说他：“文笔有兄风，辞赋尤称精密，文士皆师法之。”《全唐文》存其赋十八篇，从中可以窥见其思想文化修养。政治上主张以德仁治天下，乐府诗理论与白居易有相通之处，主张继承古代“采诗”之风，以观风俗，知得失，希望统治者从善如流，通过文学作品沟通上下，达到政治改良，朝野清平的目的。白行简主要成就在传奇。

白行简传奇今有两篇，分别为《李娃传》及《三梦记》。

国夫人李娃，长安之倡女也。节行瑰奇，有足称者，故监察御史白行简为传述。

天宝中，有常州刺史荥阳公者，略其名氏，不书。时望甚崇，家徒其殷。知命之年，有一子，始弱冠矣；隽朗有词藻，迥然不群，深为时辈推伏。其父爱而器之，曰：“吾家千里驹也。”应乡赋秀才举，将行，乃盛其服玩车马之饰，计其京师薪储之费，谓之曰：“吾观尔之才，当一战而霸。今备二载之用，且丰尔之给，将为其志也。”生亦自负，视上第如指掌。自毗陵发，月余抵长安，居于布政里。

尝游东市还，自平康东门入，将访友于西南。至鸣珂曲，见一宅，门庭不甚广，而室宇严邃。阖一扉，有娃方凭一双鬟青衣立，妖姿要妙，绝代未有。生忽见之，不觉停骖久之，徘徊不能去。乃诈坠鞭于地，候其从者，敕取之。累眄于娃。娃回眸凝睇，情甚相慕。竟不敢措辞而去。

生自尔意若有失，乃密征其友游长安之熟者，以讯之。友曰："此狭邪女李氏宅也。"曰："娃可求乎？"对曰："李氏颇赡，前与通之者多贵戚豪族，所得甚广。非累百万，不能动其志也。"生曰："苟患其不谐，虽百万，何惜。"他日，乃洁其衣服，盛宾从而往。扣其门，俄有侍儿启扃。生曰："此谁之第耶？"侍儿不答，驰走大呼曰："前时遗策郎也！"娃大悦曰："尔姑止之。吾当整妆易服而出。"生闻之私喜。乃引至萧墙间，见一姥垂白上偻，即娃母也。生跪拜前致词曰："闻兹地有隙院，愿税以居，信乎？"姥曰："惧其浅陋湫隘，不足以辱长者所处。安敢言值耶。"延生于迟宾之馆，馆宇甚丽。与生偶坐，因曰："某有女娇小，技艺薄劣，欣见宾客，愿将见之。"乃命娃出。明眸皓腕，举步艳冶。生遽惊起，莫敢仰视。与之拜毕，叙寒燠，触类妍媚，目所未睹。复坐，烹茶斟酒，器用甚洁。久之，日暮，鼓声四动。姥访其居远近。生绐之曰："在延平门外数里。"——冀其远而见留也。姥曰："鼓已发矣。当速归，无犯禁。"生曰："幸接欢笑，不知日之云夕。道里辽阔，城内又无亲戚，将若之何？"娃曰："不见责僻陋，方将居之，宿何害焉。"生数目姥。姥曰："唯唯。"生乃召其家僮，持双缣，请以备一宵之馔。娃笑而止之曰："宾主之仪，且不然也。今夕之费，愿以贫窭之家，随其粗粝以进之。其余以俟他辰。"固辞，终不许。俄徙坐西堂，帷幕帘榻，焕然夺目；妆奁衾枕，亦皆侈丽。乃张烛进馔，品味甚盛。撤馔，姥起。生、娃谈话方切，诙谐调笑，无所不至。生曰："前偶过卿门，遇卿适在屏间。厥后心常勤念，虽寝与食，未尝或舍。"娃答曰："我心亦如之。"生曰："今之来，非直求居而已，愿偿平生之志。但未知命也若何？"言未终，姥至，询其故，具以告。姥笑曰："男女之际，大欲存焉。情苟相得，虽父母之命，不能制也。女子固陋，曷足以荐君子之枕席？"生遂下阶，拜而谢之曰："愿以己

为厮养。"姥遂目之为郎，饮酣而散。及旦，尽徙其囊橐，因家于李之第。自是生屏迹戢身，不复与亲知相闻。日会倡优侪类，狎戏游宴。囊中尽空，乃鬻骏乘，乃其家童。岁余，资财仆马荡然。迩来姥意渐怠，娃情弥笃。

他日，娃谓生曰："与郎相知一年，尚无孕嗣。常闻竹林神者，报应如响，将致荐酹求之，可乎？"生不知其计，大喜。乃质衣于肆，以备牢醴，与娃同谒祠宇而祷祝焉，信宿而返。策驴而后，至里北门，娃谓生曰："此东转小曲中，某之姨宅也。将憩而觐之，可乎？"生如其言。前行不逾百步，果见一车门。窥其际，甚弘敞。其青衣自车后止之曰："至矣。"生下，适有一人出访曰："谁？"曰："李娃也。"乃入告。俄有一妪至，年可四十余，与生相迎，曰："吾甥来否？"娃下车，妪迎访之曰："何久疏绝？"相视而笑。娃引生拜之。既见，遂偕入西戟门偏院，中有山亭，竹树葱茜，池榭幽绝。生谓娃曰："此姨之私第耶？"笑而不答，以他语对。俄献茶果，甚珍奇。食顷，有一人控大宛，汗流驰至，曰："姥遇暴疾颇甚，殆不识人。宜速归。"娃谓姨曰："方寸乱矣！某骑而前去，当令返乘，便与郎偕来。"生拟随之。其姨与侍儿偶语，以手挥之，令生止于户外，曰："姥且殁矣，当与某议丧事以济其急，奈何遽相随而去？"乃止，共计其凶仪斋祭之用。日晚，乘不至。姨言曰："无复命，何也？郎骤往视之，某当继至。"生遂往。至旧宅，门扃钥甚密，以泥缄之。生大骇，诘其邻人。邻人曰："李本税此而居，约已周矣，第主自收。姥徙居，而且再宿矣。"征徙何处，曰："不得其所。"生将弛赴宣阳，以诘其姨，日已晚矣，计程不能达。乃弛其装服，质馔而食，赁榻而寝。生恚怒方甚，自昏达旦，目不交睫。质明，乃策蹇而去。既至，连扣其扉，食顷无人应。生大呼数四，有宦者徐出。生遽访之："姨氏在乎？"曰："无之。"生曰："昨暮在此，何故匿之？"访其谁氏之第。曰："此崔尚书宅，昨者有一人税此院，云迟中表之远至者，未暮去矣。"生惶惑发狂，罔知所措，因返访布政旧邸。邸主哀而进膳。生怨懑，绝食三日，遘疾甚笃，旬余愈甚。邸主惧其不起，徙之于凶肆之中。绵缀移时，合肆之人共伤叹而互饲之。后稍愈，杖而能起。由是凶肆日假之，令执穗帷，获其值以自给。累月，渐复壮，每听其哀歌，自叹不及逝者，辄呜咽流涕，不能自止。归则效之。生，聪敏者也。无何，曲尽其妙，虽长安无有伦比。

初，二肆之佣凶器者，互争胜负。其东肆车舆皆奇丽，殆不敌，唯哀挽劣焉。其东肆长知生妙绝，乃醵钱二万索顾焉。其党耆旧，共较其所能者，阴教生新声，而相赞和。累旬，人莫知之。其二肆长相谓曰："我欲各阅所佣之器于天门街，以较优劣。不胜者罚直五万，以备酒馔之用，可乎？"二肆许诺，乃邀立符契，署以保证，然后阅之。士女大和会，聚至数万。于是里胥告于贼曹，贼曹闻于京尹。四方之士，尽赴趋焉，巷无居人。自旦阅之，及亭午，历举辇舆威仪之具，西肆皆不胜，师有惭色。乃置层榻于南隅，有长髯者，拥铎而进，翊卫数人。于是奋髯扬眉，扼腕顿颡而登，乃歌《白马》之词；恃其夙胜，顾眄左右，旁若无人，齐声赞扬之；自以为独步一时，不可得而屈也。有顷，东肆长于北隅上设连榻；有乌巾少年，左右五六人，秉翣而至，即生也。整衣服，俯仰甚徐，申喉发调，容若不胜。乃歌《薤露》之章，举声清越，响振林木。曲度未终，闻者歔欷掩泣。西肆长为众所诮，益惭耻。密置所输之直于前，乃潜遁焉。四坐愕眙，莫之测也。

先是，天子方下诏，俾外方之牧，岁一至阙下，谓之"入计"。时也适遇生之父在京师，与同列者易服章窃往观焉。有老竖，即生乳母婿也，见生之举措辞气，将认之而未敢，乃泫然流涕。生父惊而诘之。因告曰："歌者之貌，酷似郎之亡子。"父曰："吾子以多财为盗所害，奚至是耶？"言讫，亦泣。及归，竖间驰往，访于同党曰："向歌者谁？若斯之妙欤？"皆曰："某氏之子。"征其名，且易之矣。竖凛然大惊；徐往，迫而察之。生见竖色动，回翔将匿于众

中。竖遂持其袂曰："岂非某乎？"相持而泣。遂载以归。至其室，父责曰："志行若此，污辱吾门！何施面目，复相见也？"乃徒行出，至曲江西杏园东，去其衣服，以马鞭鞭之数百。生不胜其苦而毙。父弃之而去。其师命相狎昵者阴随之，归告同党，共加伤叹，令二人赍苇席瘗焉。至，则心下微温，举之良久，气稍通。因共荷而归，以苇筒灌勺饮，经宿乃活。月余，手足不能自举。其楚挞之处皆溃烂，秽甚。同辈患之，一夕，弃于道周。行路咸伤之，往往投其余食，得以充肠。十旬，方杖策而起。被布裘，裘有百结，褴褛如悬鹑。持一破瓯，巡于闾里，以乞食为事。自秋徂冬，夜入于粪壤窟室，昼则周游廛肆。

一旦大雪，生为冻馁所驱，冒雪而出，乞食之声甚苦，闻见者莫不凄恻。时雪方甚，人家外户多不发。至安邑东门，循里垣北转第七八，有一门独启左扉，即娃之第也。生不知之，遂连声疾呼："饥冻之甚！"音响凄切，所不忍听。娃自阁中闻之，谓侍儿曰："此必生也，我辨其音矣。"连步而出。见生枯瘠疥厉，殆非人状。娃意感焉，乃谓曰："岂非某郎也？"生愤懑绝倒，口不能言，颔颐而已。娃前抱其颈，以绣襦拥而归于西厢。失声长恸曰："令子一朝及此，我之罪也！"绝而复苏。姥大骇，奔至，曰："何也？"娃曰："某郎。"姥遽曰："当逐之。奈何令至此？"娃敛容却睇曰："不然。此良家子也。当昔驱高车，持金装，至某之室，不逾期而荡尽。且互设诡计，舍逐之，殆非人。令某失志，不得齿于人伦。父子之道，天性也。其情绝，杀而弃之。又困踬若此。天下文人尽知为某也。生亲满朝，一旦当权者熟察其本末，祸将及矣。况欺天负人，鬼神不祐，无自贻其殃也。某为姥子，迨今有二十岁矣。计其资，不啻直千金。今姥年六十余，愿计二十年衣食之用以赎身，当与此子别卜所诣。所诣非遥，晨昏得以温凊，某愿足矣。"姥度其志不可夺，因许之。给姥之余，有百金。北隅因五家税一隙院。乃与生沐浴，易其衣服；为汤粥，通其肠；次以酥乳润其脏；旬余，方荐水陆之馔。头巾履袜，皆取珍异者衣之。未数月，肌肤稍腴。卒岁，平愈如初。异时，娃谓生曰："体已康矣，志已壮矣。渊思寂虑，默想曩昔之艺业，可温习乎?"生思之，曰："十得二三耳。"娃命车出游，生骑而从。至旗亭甫偏门鬻坟典之肆，令生拣而市之，计费百金，尽载以归。因令生斥弃百虑以志学，俾夜作昼，孜孜矻矻。娃常偶坐，宵分乃寐。伺其疲倦，即谕之缀诗赋。二岁而业大就，海内文籍，莫不该览。生谓娃曰："可策名试艺矣。"娃曰："未也。且令精熟，以俟百战。"更一年，曰："可行矣。"于是遂一上登甲科，声振礼闱。虽前辈见其文，罔不敛衽敬羡，愿友之而不可得。娃曰："未也。今秀士苟获擢一科第。则自谓可以取中朝之显职，擅天下之美名。子行秽迹鄙，不侔于他士。当砻淬利器，以求再捷，方可以连衡多士，争霸群英。"生由是益自勤苦，声价弥甚。其年，遇大比，诏征四方之隽，生应直言极谏科，策名第一，授成都府参军。三事以降，皆其友也。将之官，娃谓生曰："今之复子本躯，某不相负也。愿以残年，归养老姥。君当结媛鼎族，以奉蒸尝。中外婚媾，无自黩也。勉思自爱。某从此去矣。"生泣曰："子若弃我，当自到以就死!"娃固辞不从，生勤请弥恳。娃曰："送子涉江，至于剑门，当令我回。"生许诺。月余，至剑门。未及发而除书至，生父由常州诏人，拜成都尹，兼剑南采访使。浃辰，父到。生因投刺，谒于邮亭。父不敢认，见其祖父官讳，方大惊，命登阶，抚背恸哭移时，曰："吾与尔父子如初。"因诘其由，具陈其本末。大奇之，诘娃安在。曰："送某至此，当令复还。"父曰："不可。"翌日，命驾与生先之成都，留娃于剑门，筑别馆以处之。明日，命媒氏通二姓之好，备六礼以迎之，遂如秦晋之偶。娃既备礼，岁时伏腊，妇道甚修，治家严整，极为亲所眷。向后数岁，生父母偕殁，持孝甚至。有灵芝产于倚庐，一穗三秀。本道上闻。又有白燕数十，巢其层甍。天子异之，宠锡加等。终制，累迁清显之任。十年间，至数郡。娃封国夫人。有四子，皆为大官；其卑者犹为太原尹。弟兄姻媾皆甲门，

内处隆盛，莫之与京。

嗟乎！倡荡之姬，节行如是，虽古先烈女，不能逾也。焉得不为之叹息哉！于伯祖尝牧晋州，转户部，为水陆运使，三任皆与生为代，故谙详其事。贞元中，予与陇西李公佐话妇人操烈之品格，因遂述国之事。公佐拊掌竦听，命予为传。乃握管濡翰，疏而存之。时乙亥岁秋八月，太原白行简云。

《李娃传》为唐传奇的第一流作品之一，是白行简的代表作品，也奠定了作者在文学史上的地位。

李娃之行奇矣！行其所当行，止其所当止，是个有情有义而又充满理性色彩的女子。一方面身为名妓，游戏人间，玩弄世俗，以其特有的方式——用她的妩媚、聪明、智慧与柔情，荡尽了那些纨绔子弟的钱财，然后抛掷一边。这是社会环境使然，是其特有的职业使然，是人的社会性的表现。然而，另一方面她又有着她的成熟性、复杂性。当她发现人间还有真情的时候，发现自己所愚弄欺骗的荥阳公子，竟因对她的痴情而“沦落为乞”，“枯瘠疥厉，殆非人状”时，失声长恸。其蕴藏在心中的强大的情感力量，便喷薄而出，人性中最美好的东西——良知与真情，使她要回报荥阳公子的一片痴情。于是，她以自己惊人的魄力，帮助荥阳公子恢复往日生活，重入上层社会，并直取功名利禄。然后不贪富贵，毅然决定离开荥阳生，回到老姥身边，大有老子“功遂身退”之味道，表现了她的睿智、明达及对社会人生的清醒认识。所以她始终能主宰自己命运，知进知退，人情练达，令人佩服。

在白描手法的运用上，作者达到了炉火纯青的境界。小说通篇构思奇巧，布局缜密，情节曲折而连贯，环环相扣，令读者有一种欲罢不能的感受，充分表现了作者深厚的文学功底和驾驭文字的高超技能。

鲁迅先生赞云：“行间本善文笔，李娃事又近情而耸听，故缠绵可观。”

《莺莺传》

元稹（779～831），字微之，别字威明，洛阳（今河南省洛阳市）人。唐德宗贞元十八年（802）进士，任校书郎、左拾遗、监察御史等职。因与宦官及守旧官僚斗争，几遭贬斥。后依附宦官势力，起任工部侍郎、同中书门下平章事。后又遭贬，出任同州刺史，最后卒于鄂岳节度使任所。元稹文学见解、诗风均与白居易相近，同为新乐府运动创始人，世称“元白”。主要著作有《元氏长庆集》。

无稹最著名于后世的是他的传奇《莺莺传》，对后世影响很大。鲁迅先生曾说：“其事之震撼文林为力甚大。”

贞元中，有张生者，性温茂，美风容，内秉坚孤，非礼不可入。或朋从游宴，扰杂其间，他人皆汹汹拳拳，若将不及，张生容顺而已，终不能乱。以是年二十三，未尝近女色。知者诘之，谢而言曰：“登徒子非好色者，是有淫行。余真好色者，而适不我值。何以言之？大凡物之尤者，未尝不留连于心，是知其非忘情者也。”诘者哂之。

无几何，张生游于蒲。蒲之东十余里，有僧舍曰普救寺，张生寓焉。适有崔氏孀妇，将归长安，路出于蒲，亦止兹寺。崔氏妇，郑女也。张出于郑，绪其亲，乃异派之从母。是岁，浑瑊薨于蒲。有中人丁文雅，不善于军，军人因丧而扰，大掠蒲人。崔氏之家，财产甚厚，多奴仆。旅寓惶骇，不知所托。先是，张与蒲将之党有善，请吏护之，遂不及于难。十余日，廉使杜确将天子命以总戎节，令于军，军由是戢。

郑厚张之德甚，因饰馔以命张，中堂宴之。复谓张曰：“姨之孤嫠未亡，提携幼稚。不幸属师徒大溃，实不保其身。弱子幼女，犹君之生。岂可比常恩哉！今俾以仁兄礼奉见，冀所以报恩也。”命其子曰欢郎，可十余岁，容甚温美。次命女：“出拜尔兄，尔兄活尔。”

久之，辞疾。郑怒曰："张兄保尔之命。不然，尔且掳矣。能复远嫌乎?"久之，乃至。常服睟容，不加新饰，垂鬟接黛，双脸销红而已。颜色艳异，光辉动人。张惊，为之礼。因坐郑旁，以郑之抑而见也，凝睇怨绝，若不胜其体者。问其年纪。郑曰："今天子甲子岁之七月，终于贞元庚辰，生年十七矣。"张生稍以词导之，不对。终席而罢。

张自是惑之，愿致其情，无由得也。崔之婢曰红娘。生私为之礼者数四，乘间遂道其衷。婢果惊沮，腆然而奔。张生悔之。翼日，婢复至。张生乃羞而谢之，不复云所求矣。婢因谓张曰："郎之言，所不敢言，亦不敢泄。然而崔之姻族，君所详也。何不因其德而求娶焉?"张曰："余始自孩提，性不苟合。或时纨绮间居，曾莫流盼。不为当年，终有所蔽。昨日一席间，几不自持。数日来，行忘止，食忘饱，恐不能逾旦暮，若因媒氏而娶，纳采问名，则三数月间，索我于枯鱼之肆矣。尔其谓我何?"婢曰："崔之贞慎自保，虽所尊不可以非语犯之。下人之谋，固难入矣。然而善属文，往往沉吟章句，怨慕者久之。君试为喻情诗以乱之。不然，则无由也。"张大喜，立缀《春词》二首以授之。是夕，红娘复至，持彩笺以授张，曰："崔所命也。"题其篇曰《明月三五夜》。其词曰："待月西厢下，迎风户半开。拂墙花影动，疑是玉人来。"张亦微喻其旨。是夕，岁二月旬有四日矣。崔之东有杏花一株，攀援可逾。既望之夕，张因梯其树而逾焉。达于西厢，则户半开矣。红娘寝于床。生因惊之，红娘骇曰："郎何以至?"张因绐之曰："崔氏之笺召我也。尔为我告之。"无几，红娘复来，连曰："至矣！至矣！"张生且喜且骇，必谓获济。及崔至，则端服严容，大数张曰："兄之恩，活我之家，厚矣。是以慈母以弱子幼女见托。奈何因不令之婢，致淫逸之词。始以护人之乱为义，而终掠乱以求之。是以乱易乱，其去几何?诚欲寝其词，则保人之奸，不义；明之于母，则背人之惠，不祥；将寄于婢仆，又惧不得发其真诚。是用托短章，愿自陈启，犹惧兄之见难；是用鄙靡之词，以求其必至。非礼之动，能不愧心？特愿以礼自持，毋及于乱！”言毕，翻然而逝。张自失者久之。复逾而出，于是绝望。

数夕，张生临轩独寝，忽有人觉之。惊骇而起，则红娘敛衾携枕而至，抚张曰：“至矣！至矣！睡何为哉！”并枕重衾而去。张生拭目危坐久之，犹疑梦寐。然而修谨以俟。俄而红娘捧崔氏而至。至，则娇羞融冶，力不能运支体，曩时端庄，不复同矣。是夕，旬有八日也。斜月晶莹，幽辉半床。张生飘飘然，且疑神仙之徒，不谓从人间至矣。有顷，寺钟鸣，天将晓。红娘促去。崔氏娇啼宛转，红娘又捧之而去，终夕无一言。张生辨色而兴，自疑曰：“岂其梦邪？”及明，睹妆在臂，香在衣，泪光荧荧然，犹莹于茵席而已。

是后又十余日，杳不复知。张生赋《会真诗》三十韵，未毕，而红娘适至，因授之，以贻崔氏。自是复容之。朝隐而出，暮隐而入，同安于曩所谓西厢者，几一月矣。张生常诘郑氏之情。则曰：“知不可奈何矣。”因欲就成之。

无何，张生将之长安，先以情谕之。崔氏宛无难词，然而愁怨之容动人矣。将行之再夕，不复可见，而张生遂西。

不数月，复游于蒲，会于崔氏者又累月。崔氏甚工刀札，善属文。求索再三，终不可见。往往张生自以文挑，亦不甚睹览。大略崔之出入者，艺必穷极，而貌若不知；言则敏辩，而寡于酬对。待张之意甚厚，然未尝以词继之。时愁艳幽邃，恒若不识，喜愠之容，亦罕形见。异时独夜操琴，愁弄凄恻。张窃听之。求之，则终不复鼓矣。以是愈惑之。

张生俄以文调及期，又当西去。当去之夕，不复自言其情，愁叹于崔氏之侧。崔已阴知将诀矣，恭貌怡声，徐谓张曰：“始乱之，终弃之，固其宜矣。愚不敢恨。必也君乱之，君终之，君之惠也。则没身之誓，其有终矣。又何必深感于此行？然而君既不怿，无以奉宁。君常谓我善鼓琴，向时羞颜，所不能及。今且往矣，既君此

诚。”因命拂琴，鼓《霓裳羽衣》序，不数声，哀音怨乱，不复知其是曲也。左右皆欷。崔亦遽止之，投琴，泣下流连，趋归郑所，遂不复至。明旦而张行。

明年，文战不胜，张遂止于京。因贻书于崔，以广其意。崔氏缄报之词，粗载于此，曰：“捧览来问，抚爱过深。儿女之情，悲喜交集。兼惠花胜一合，口脂五寸，致耀首膏唇之饰。虽荷殊恩，谁复为容？睹物增怀，但积悲叹耳。伏承使于京中就业，进修之道，固在便安。但恨僻陋之人，永以遐弃。命也如此，知复何言！自去秋已来，常忽忽如有所失。于喧哗之下，或勉为语笑，闲宵自处，无不泪零。乃至梦寐之间，亦多感咽，离忧之思，绸缪缱绻，暂若寻常，幽会未终，惊魂已断。虽半衾如暖，而思之甚遥。一昨拜辞，倏逾旧岁。长安行乐之地，触绪牵情。何幸不忘幽微，眷念无斁。鄙薄之志，无以奉酬。至于终始之盟，则固不忒。鄙昔中表相因，或同宴处。婢仆见诱，遂致私诚。儿女之心，不能自固。君子有援琴之挑，鄙人无投梭之拒。及荐寝席，义盛意深。愚陋之情，永谓终托。岂期既见君子，而不能定情。致有自献之羞，不复明侍巾帻。没身永恨，含叹何言！倘仁人用心，俯遂幽眇，虽死之日，犹生之年。如或达士略情，舍小从大，以先配为丑行，以要盟为可欺。则当骨化形销，丹诚不泯，因风委露，犹托清尘。存没之诚，言尽于此。临纸呜咽，情不能申。千万珍重，珍重千万！玉环一枚，是儿婴年所弄，寄充君子下体所佩。玉取其坚润不渝，环取其终始不绝。并乱丝一絇，文竹茶碾子一枚。此数物不足见珍，意者欲君子如玉之真，俾志如环不解。泪痕在竹，愁绪萦丝。因物达情，永以为好耳。心迩身遐，拜会无期。幽愤所钟，千里神合。千万珍重！春风多厉，强饭为嘉。慎言自保，无以鄙为深念。”

张生发其书于所知，由是时人多闻之。所善杨巨源好属词，因为赋《崔娘诗》一绝云：

清润潘郎玉不如，中庭蕙草雪销初。

风流才子多春思，肠断萧娘一纸书。

河南元稹亦续生《会真诗》三十韵，诗曰：

微月透帘栊，萤光度碧空。
遥天初缥缈，低树渐葱茏。
龙吹过庭竹，鸾歌拂井桐。
罗绡垂薄雾，环响轻风。
绛节随金母，云心捧玉童。
更深人悄悄，晨会雨濛濛
珠莹光文履，花明隐绣龙。
瑶钗行彩凤，罗帔掩丹虹。
言自瑶华浦，将朝碧玉宫。
因游洛城北，偶向宋家东。
戏调初微拒，柔情已暗通。
低鬟蝉影动，回步玉尘蒙。
转面流花雪，登床抱绮丛。
鸳鸯交颈舞，翡翠合欢笼。
眉黛羞偏聚，唇朱暖更融。
气清兰蕊馥，肤润玉肌丰。
无力慵移腕，多娇爱敛躬。
汗流珠点点，发乱绿葱葱。
方喜千年会，俄闻五夜穷。
留连时有恨，缱绻意难终。
慢脸含愁态，芳词誓素衷。
赠环明运合，留结表心同。
啼粉流清镜，残灯远暗虫。
华光犹苒苒，旭日渐曈曈。
乘鹜还归洛，吹箫亦上嵩。
衣香犹染麝，枕腻尚残红。

幂幂临塘草，飘飘思渚蓬。

素琴鸣怨鹤，清汉望归鸿。

海阔诚难渡，天高不易冲。

行云无处所，萧史在楼中。

张之友闻之者，莫不耸异之，然而张志亦绝矣。稹特与张厚，因征其词。张曰："大凡天之所命尤物也，不妖其身，必妖于人。使崔氏子遇合富贵，秉宠娇，不为云为雨，则为蛟为螭，吾不知其所变化矣。昔殷之辛，周之幽，据百万之国，其势甚厚。然而一女子败之，溃其众，屠其身，至今为天下谬笑。予之德不足以胜妖孽，是用忍情。"于时坐者皆为深叹。

后岁余，崔已委身于人，张亦有所娶。适经所居，乃因其夫言于崔，求以外兄见。夫语之，而崔终不为出。张怨念之诚，动于颜色。崔知之，潜赋一章，词曰：

自从消瘦减容光，万转千回懒下床。

不为旁人羞不起，为郎憔悴却羞郎。

竟不之见。后数日，张生将行，又赋一章以谢绝云：

弃置今何道，当时且自亲。

还将旧时意，怜取眼前人。

自是，绝不复知矣。时人多许张为善补过者。予尝于朋会之中，往往及此意者，夫使知者不为，为之者不惑。贞元岁九月，执事李公垂宿于予靖安里第，语及于是。公垂卓然称异，遂为《莺莺歌》以传之。崔氏小名莺莺，公垂以命篇。

本篇是唐传奇中的名作，篇中崔莺莺的形象塑造得尤为成功。莺莺聪明美丽，温柔多情，内心热烈地向往真挚的爱情，但在外表上言行却遵循着淑女的仪礼。后来她冲破了礼教习俗的束缚，与张生私下欢聚，但思想上仍受着封建的闺训懿范的约束，认为自己"有自献之羞"，私自结合为不合法的行为。最后当张生抛弃她时，莺莺也只是自怨自艾，听任命运的摆布。篇中张生的形象较为逊色，作者将张生的薄幸负心肯定为“善补过者”，严重地损害了作品的思想性与艺术性，同时也反映出作者浓重的封建意识。

小说细腻而准确地描写了内心冲突在人物的神态、语言、行动等各方面的表现，通过这些表现的描写，真实而形象地表现出一个贵族小姐在爱情和礼教的冲突中复杂的心态，并以此矛盾冲突推动着人物性格的发展。这样，不仅使情节委婉曲折，而且使人物性格得以丰富。

《莺莺传》在当时和后世都产生了深广的影响，宋代时崔、张故事已是说唱文学与文人创作的热门题材。后来诸多改编、移植该故事的作品将爱情悲剧改成了大团圆的喜剧，其中以金代董解元的《西厢记诸宫调》与元代王实甫的《西厢记》最为著名，特别是后者提出“愿普天下有情的都成了眷属”，具有鲜明的反封建礼教的色彩，而崔、张恋爱由于这些作品的传播而成为家喻户晓的故事。

《红线》

袁郊，生卒无考，字之乾，蔡州朗山（今河南汝南）人。曾任翰林学士，咸通时为祠部郎中，官至虢州刺史。著有传奇小说集《甘泽谣》。

《甘泽谣》，谓“咸通中，久雨卧疾所著”，“以春雨泽应，故有甘泽成谣主语”。内容题材多样，大抵赞美任侠，渲染音乐，宣扬隐居乐道与宿命思想。作者精心构筑故事情节，曲折变幻，善于用怪诞离奇来表现生活。

红线，潞州节度使薛嵩青衣，善弹阮咸，又通经史，嵩遣掌笺表，号曰“内记室”。时军中大宴，红线谓嵩曰：“羯鼓之音调颇悲，其击者必有事也。”嵩亦明晓音律，曰：“如汝所言。”乃召而问之，云：“某妻昨夜亡，不敢乞假。”嵩遽遣放归。

时至德之后，两河未宁，初置昭义军，以釜阳为镇，命嵩固守，

控压山东。杀伤之余，军府草创。朝廷复遣嵩女嫁魏博节度使田承嗣男，又遣嵩男娶滑滑节度使令狐彰女；三镇互为姻娅，人使日浃往来。而田承嗣常患热毒风，遇夏增剧。每曰："我若移镇山东，纳其凉冷，可缓数年之命。"乃募军中武勇十倍者得三千人，号"外宅男"，而厚恤养之。常令三百人夜直州宅。卜选良日，将迁潞州。

嵩闻之，日夜忧闷，咄咄自语，计无所出。时夜漏将传，辕门已闭，杖策庭除，唯红线从行。红线曰："主自一月，不遑寝食，意有所属，岂非邻境乎？"嵩曰："事系安危，非汝能料。"红线曰："某虽贱品，亦有解主忧者。"嵩乃具告其事，曰："我承祖父遗业，受国家重恩，一旦失其疆土，即数百年勋业尽矣。"红线曰："易尔，不足劳主忧，乞放某一到魏郡，看其形势，觇其有无。今一更首途，三更可以复命。请先定一走马兼具寒暄书，其他即俟某却回也。"嵩大惊曰："不知汝是异人，我之暗也。然事若不济，反速其祸，奈何？"红线曰："某之行，无不济者。"

乃入闺房，饰其行具。梳乌蛮髻，攒金凤钗，衣紫绣短袍，系青丝轻履。胸前佩龙文匕首，额上书太乙神名。再拜而行，倏忽不见。

嵩乃返身闭户，背烛危坐。常时饮酒，不过数合，是夕举觞十余不醉。忽闻晓角吟风，一叶坠露，惊而试问，即红线回矣。嵩喜而慰问曰："事谐否？"曰："不敢辱命。"又问曰："无伤杀否？"曰："不至是。但取床头金合为信耳。"

红线曰："某子夜前三刻，即到魏郡，凡历数门，遂及寝所。闻外宅男止于房廊，睡声雷动。见中军士卒，步于庭庑，传呼风生。某发其左扉，抵其寝帐。见田亲家翁正于帐内，鼓趺酣眠，头枕文犀，髻包黄縠，枕前露一七星剑。剑前仰开一金合，合内书生身甲子与北斗神名；复有名香美珍，散覆其上。扬威玉帐，但期心豁于生前；同梦兰堂，不觉命悬于手下。宁劳擒纵，只益伤嗟。时则蜡炬光凝，炉香烬煨，侍人四布，兵器森罗。或头触屏风，鼾而亸者；

或手持巾拂，寝而伸者。某拔其簪珥，縻其襦裳，如病如昏，皆不能寤；遂持金合以归。既出魏城西门，将行二百里，见铜台高揭，而漳水东注；晨飚动野，斜月在林。忧往喜还，顿忘于行役；感知酬德，聊副于心期。所以夜漏三时，往返七百里；入危邦，经五六城；冀减主忧，敢言其苦。”

嵩乃发使遗承嗣书曰：“昨夜有客从魏中来，云：自元帅头边获一金合。不敢留驻，谨却封纳。”专使星驰，夜半方到。见搜捕金合，一军犹疑。使者以马棰挝门，非时请见。承嗣遽出，以金合授之。捧承之时，惊怛绝倒。遂驻使者止于宅中，狎以宴私，多其赐赍。明日遣使赍缯帛三万匹、名马二百匹，他物称是，以献于嵩曰：“某之首领，系在恩私。便宜知过自新，不复更贻伊戚。专膺指使，敢议姻亲。役当奉毂后车，来则挥鞭前马。所置纪纲仆号为外宅男者，本防它盗，亦非异图。今并脱其甲裳，放归田亩矣。”

由是一两月内，河北河南，人使交至。而红线辞去。嵩曰：“汝生我家，而今欲安往？又方赖汝，岂可议行？”红线曰：“某前世本男子，历江湖间，读神农药书，救世人灾患。时里有孕妇，忽患蛊症。某以芫花酒下之，妇人与腹中二子俱毙。是某一举杀三人。阴司见诛，降为女子，使身居贱隶，而气禀贼星。所幸生于公家，今十九年矣。身厌罗绮，口穷甘鲜，宠待有加，荣亦至矣。况国家建极，庆且无疆。此辈背违天理，当尽弭患。昨往魏郡，以示报恩。两地保其城池，万人全其性命，使乱臣知惧，烈士安谋。某一妇人，功亦不小，固可赎其前罪，还其本身。便当遁迹尘中，栖心物外，澄清一气，生死长存。”嵩曰：“不然，遗尔千金为居山之所给。”红线曰：“事关来世，安可预谋。”

嵩知不可驻，乃广为饯别；悉集宾客，夜宴中堂。嵩以歌送红线，请座客冷朝阳为词曰：“《采菱》歌怨木兰舟，送别魂消百尺楼。还似洛妃乘雾去，碧天无际水长流。”歌毕，嵩不胜悲。红线拜且泣，因伪醉离席，遂亡其所在。

此篇选自《甘泽谣》，见明钞本《说郛》，亦见《太平广记》卷一百九十五，文字略异。

这是反映中、晚唐藩镇割据的豪侠传奇的名篇。小说描写技艺超人的侠女红线一夜往返七百余里，路经五六座城池，神不知鬼不觉地盗走了魏博节度使田承嗣身边的金合，化干戈为玉帛，使潞州节度使薛嵩和田承嗣间的一触即发的矛盾冲突得以缓解。红线的这种义举，在一定程度上反映了藩镇割据造成祸乱频仍、民不聊生给百姓带来的不幸，和他们对安定的渴求。千百年来，红线盗合的故事一直流传于民间，也反映了人民对这位女英雄的爱戴和钦敬。

红线这一形象之所以能够流传千古，是同作品的成功塑造分不开的。采用多种色彩，多侧面地塑造人物形象，是这篇小说最突出的特点。红线这一形象才一登场，便先声夺人，显现出非凡的才智。

盗合是小说的主要情节，也是塑造人物形象的关键，写得波澜迭起，悬念丛生，颇具魅力。先以重笔交代潞州与魏博之间山雨欲来的形势，以渲染衬托盗合的意义。主仆定计一段重点描写红线的艺高胆大、成竹在胸。当红线身着奇异装束瞬息不见之后，作品把笔锋转向薛嵩，写其焦急等待，不仅强化了悬念，也从其感受中衬托了红线的高超武艺，这就是所谓的烘云托月笔法。至此，一个身怀绝技的侠女形象便栩栩如生地凸现于纸上了。

第三节　长篇小说

《三国演义》

《三国演义》全称《三国志演义》，又有《三国志》、《三国志传》、《三国志传通俗演义》、《三国黄雄志传》、《三国全传》等多种名称。简称为《三国演义》。他的作者是元末明初的小说家、戏曲家罗贯中。

关于作者罗贯中的身世，历史上历来众说纷纭。可以确定的是罗贯中名本，字贯中，别号湖海散人，罗贯中长期居住在杭州，生活年代在14世纪30年代到14世纪末之间，罗贯中生活的元朝末年，统治者内部争权夺位。变乱不断，对外压榨百姓，施行苦役，使得民不聊生、怨声载道，元朝的统治者开始摇摇欲坠。终于在至正十一年（1351）爆发了红巾军起义，随后全国许多地方的农民纷纷揭竿而起，农民起义的浪潮铺天盖地。“遭时多故”的罗贯中有自己的政治理想，他东奔西走，投身到了反元的起义斗争当中。明朝建立以后，罗贯中便结束了政治生涯，转而从事文学创作。罗贯中一生的小说、戏曲创作非常丰富，除了《三国演义》之外，还有《隋唐两朝志传》、《残唐五代史演义传》、《三遂平妖传》，但都经过了后人的改编和修改。他创作的杂剧有《风云会》、《蜚虎子》、《连环谏》三部，后两部都已经失传，流传下来的只有《风云会》。在众多的作品当中，《三国演义》代表了罗贯中创作的最高成就。

罗贯中的创作素材一方面来源于史书，更重要的则是来源于民间。三国故事长期在群众中流传，又经过民间艺人、下层文人作家再度创作、不断补充和反复加工，所反映的内容和思想历久而弥新。从这个意义上来讲。《三国演义》不单是罗贯中一人的成果，它更是人民群众集体智慧的结晶。

全书描写东汉末年魏、蜀、吴三国从时局动乱、军阀纷争中崛起，一直到最后被西晋所灭的历史故事。

汉末，爆发了声势浩大的黄巾农民起义，不久，起义被统治阶级的联合军事力量所扑灭，而在镇压起义过程中出现了许多军阀豪强，彼此间又重新混战，为的是争夺地盘。不久，汉灵帝死去，少帝刘辨即位，外戚何进掌权，被挤出权力中枢的宦官不甘失败，设法杀死何进，袁绍起兵诛杀了宦官，又被董卓赶走，董卓废刘辨而立献帝刘协。

其时，司徒王允忧国心切，想出了一个“连环计”，用绝色女子

貂蝉离间董卓与其义子吕布的关系，然后与各路豪强联络，设计杀死董卓。董卓部将拥兵自重，又大杀王允及其同僚。随之，以袁绍为首的十七镇诸侯以讨伐董卓为名，先后割据混战。

在连年混战过程中，曹操、刘备、孙坚渐次崛起。先是曹操以“勤王”名义救援了溃败中的汉献帝，并强迫献帝迁都许昌，从此他就“挟天子以令诸侯”。经过十一年的长期争战，他先后歼灭了袁绍、袁术等军阀，统一了黄河流域，占据了中原地带。

孙坚早在十七镇共讨董卓之时，便乘机移军长江中下游，攻取了江东六郡八十一州的地盘。孙坚死后，其子孙策、孙权先后接管一切，实力日益增强。

刘备则先因兵败依附曹操，后又辗转依附荆州刺史刘表。在此期间，他三顾茅庐，礼请诸葛亮出山辅佐，得到了一条有力的臂膀。其后，连续击败曹操部将的进攻，军事上有了起色，但局处一隅，没有可靠的根据地，整个形势还是不妙。

不久曹操挟战胜袁绍的余威，亲率大军南下，想要一举消灭刘表、刘备、孙权等人，进而一统天下。恰逢刘表病死，其子刘琮献荆州降操，战局急转直下，大大有利于曹操。曹操在这种形势面前，滋生了骄傲轻敌情绪。经过诸葛亮的反复游说，孙权、刘备决定联合，双方共同发动了一场奠定三国鼎立局面的关键性的大战役——赤壁之战。赤壁一战，曹军几乎全军覆没，曹操只得统兵北还。大战过后，刘备又统兵攻占四川全境，取得了比较广阔的根据地。曹、刘、孙三足鼎立的局面从此形成。

此后若干年，三国展开了角逐争夺。当时据有荆襄九郡并两川之地的刘备，正发展壮大。但是，由于镇守荆州的关羽破坏了孙、刘联盟，孙权乘关羽忙于和曹兵交战之机，派兵袭占了关羽后方——荆州全境，关羽由此败死。未几，曹操病死，其子曹丕废汉自立，建国号为“魏”。刘备闻讯，亦“继汉统”，正式建立蜀汉政权。为了报关羽被害之仇，刘备不听诸葛亮的劝阻，亲自统兵与孙权交战，结果为孙权手下大将陆逊所败，火烧连营七百里，全军丧亡殆尽，他自己也病死白帝城。

刘备死后，其子刘禅即位，一切依赖诸葛亮。诸葛亮内外操劳，常常疲于奔命。不久孙权也正式称帝，建立了吴国。魏、蜀、吴三国仍连年争战。这期间，诸葛亮坚持联吴讨曹；先出兵七擒孟获，收服了南部边境的少数民族，巩固了后方，又先后“六出祁山”，对魏作战。其间也有几次联合东吴共同伐魏，但因种种原因，终于未能消灭魏国。诸葛亮后来积劳成疾，病死于五丈原军中。他死后，姜维继其军事统帅之职，也曾“九伐中原”，同样没有取得成功；而后主刘禅庸懦无能，朝政日益腐败，蜀汉国力日衰。吴魏之间的争战也各有胜败。

后来，司马氏篡夺曹魏，建立了晋国。晋武帝司马炎派兵攻占四川，姜维假降策反钟会不成而被杀，刘禅出降，蜀汉灭亡。孙权死后，即位的孙皓施政残暴，民心日背，晋派大军顺流东下，终于灭了东吴。至此，天下重新归于统一。

《三国演义》是中国文学史上第一部成熟的长篇小说。它艺术地再现了从东汉末年天下大乱到西晋重新统一的历史进程，在广阔的历史背景中，形象而深刻地描写了当时各个政治集团之间错综复杂的政治军事矛盾和冲突。

三国故事早就流传民间，为民间艺人所青睐，成为民间艺术常见的表现题材。宋代话本《三国志平话》里的故事已初具《三国演义》规模，但民间传说色彩较浓。罗贯中在民间文学的基础上，参阅史书，注意文辞，了解社会好尚，创作出杰出的《三国志通俗演义》。这部小说是文人素养和民间文学的结合。

《三国演义》继承了《三国志平话》“拥刘贬曹”的思想倾向，把蜀刘集团作为全书的中心，把刘蜀与曹魏两大政治集团作为情节发展的主线，肯定了刘备“上报国家，下安黎庶”的政治理想，颂扬了他宽人爱民从而深得人心的政治品质，赞美了他礼贤下士、知

人善任的政治风度。反之，对曹操，作者着力批评他“宁教我负天下人，休教天下人负我”的极端利己主义，揭露了他狡诈、忌刻和专横。这种“拥刘贬曹”的倾向，寄托了宋元时代在民族压迫下对历史上汉族政权的依恋、对明君的期盼和对暴君的憎恶，具有进步意义。在小说中，作者也没有全盘否定曹操，有时也突出了他非凡的胆识和智谋；对他的贬斥，主要是道德的批判。

《三国演义》歌颂了一大批“忠义”英雄，主要集中于刘备集团。对于刘备、关羽、张飞之间名为君臣，情同骨肉，生死不渝的义气，作者极力加以颂扬。尤其是关羽，更被塑造为威武不能屈、富贵不能淫的义的化身。

作者倾注了极大的心力，把诸葛亮塑造成智慧的化身。诸葛亮高瞻远瞩，深谋远虑，妙计无穷，善于随机应变，化险为夷，不断地夺取胜利。他的神机妙算连其对手也赞叹不已。《三国演义》里的诸葛亮已大大高于历史人物，他不仅成为《三国演义》的真正主角，而且成为中国文学史上最为光彩照人的智慧人物。

《三国演义》中涉及重要历史的地方与史实相符，但在细节处又多有虚构，从而形成了小说“七分实事，三分虚假”的面貌。正是这“实”与“虚”的有机结合，才使《三国演义》既保持了历史的基本真实，又使情节具有丰富性，人物形象的塑造也异常生动。

《三国演义》描写战争成就之高，堪称独步。小说共描写了大大小小战争上百次，在作者的大手笔下，可谓惊心动魄，千变万化，各具特色。作者善于集中笔墨，着重描写战争双方决战前的力量对比、形势分析和战略战术的运用，从而揭示出战争胜负的原因。

全书所叙时间漫长，人物众多，事件复杂，头绪纷繁，但作者围绕主线，全局在胸，精心安排，从而使整部小说前后连贯，脉络分明，布局严谨，构成了一个相当完美的艺术整体。对于一个没有现成经验可资借鉴的早期长篇小说而言，这实在是了不起的成就。

《三国演义》不仅代表了古代历史演义小说的最高成就，而且与

《水浒传》一起，形成了中国小说史上的第一座艺术高峰。六百年来，《三国演义》在我国人民中广泛流传，家喻户晓，对中华民族的精神文化生活产生了深远的影响，并当之无愧地进入世界文学名著之列。

《水浒传》

众所周知，《水浒》是我国一部著名的长篇小说，它与罗贯中的《三国演义》同时出现于元朝和明朝之间。关于这部小说的作者，从明清两朝开始，争议颇多，根据文献资料的记载，大体上有三种说法：一种观点认为《水浒》是由施耐庵编写的；一种观点认为是由罗贯中编撰的；还有一种观点认为《水浒》一书，是由施耐庵和罗贯中二人合作而成的（或者是施耐庵集撰，罗贯中纂修；或者是施耐庵编撰，由罗贯中续定）。现在学术界的研究人员大多赞成第一种说法，即《水浒》是由施耐庵所做。

对于作者施耐庵的生平，历史上也存在着许多的争议。关于他的生卒年份、祖籍、作品及门人等都说法不一。如果根据明朝王道生的《施耐庵墓志》我们大致可以肯定施耐庵是元末明初的小说家，生卒年大约是1299年至1370年。施耐庵原名耳，名子安，祖籍江苏苏州，迁居江苏兴化。他自幼聪敏，擅长写作文章，是元朝至顺年间的进士。施耐庵曾经在浙江杭州做官，但因为与当时的时局不合，看不惯权贵们的所作所为。因为不愿意同流合污，最终辞去官职，回到家乡，开始闭门写书。

全书描写北宋末年以宋江为首的一百零八人在山东梁山泊聚义的故事。

九纹龙史进结识了少华山头领神机军师朱武等三人，被官府鹰犬告发，当地官府派兵捕捉。出于无奈，史进焚毁了自己的庄园，投奔外乡，得遇一个下级军官鲁达。两人共在酒楼饮酒，听得有卖唱女子啼哭之声，问知父女系受当地恶霸镇关西郑屠的欺凌。鲁达仗义赠银，发送父女回乡，并主动找上门去，三拳打死了镇关西。

事后弃职逃亡，巧遇已有安身之所的卖唱女之父，将他接回家中藏匿；以后辗转去五台山出家，起法名为“智深”。鲁智深耐不得佛门清规，屡次酗酒，又打坏山门、金刚，寺中长老无可奈何，只得介绍他去东京大相国寺当名职事僧，职司看管菜园。在此期间，他收服了一群泼皮。

鲁智深偶然结识东京八十万禁军教头林冲，两人甚为投机。当朝权臣高太尉之子高衙内，觊觎林妻貌美，设计陷害林冲，诬其“带刀”进入白虎堂，将他发配沧州，并企图在途中杀掉林冲。幸得鲁智深一路暗中护送，得以化险为夷。林冲发配沧州后，在忍无可忍的情况下手刃仇人，上了梁山。

梁山附近有个当保正的晁盖，得悉权臣蔡京女婿、大名府知府梁中书派杨志押送“生辰纲”上京，便由吴用设计，约集了三阮兄弟等共计七人，在黄泥岗劫了生辰纲，投奔梁山。杨志丢了生辰纲，不能回去交差，就与鲁智深会合，占了二龙山。

山东郓城有个呼保义宋江。他有一外室，名叫阎婆惜。此人有外遇，探知宋江与“强人”有来往，百般要挟。宋江一怒之下，杀了阎婆惜，逃奔小旋风柴进庄上，得以结识武松。后武松于景阳冈上打死猛虎，一时名声大噪，被聘为阳谷县都头，碰巧遇见失散多年的胞兄武大。其嫂潘金莲羡武松英伟，欲求苟合，为武松拒绝。后趁武松外出公干，金莲私通西门庆，毒死武大。武松归后察知其情，杀了西门庆和潘金莲，给兄长报仇。事后他主动去县衙自首，被发配孟州，结识施恩，醉打蒋门神，怒杀张都监全家，亦辗转投二龙山安身。宋江至清风寨寨主花荣处盘桓，因故被人陷害，发配江州，一日酒醉偶题“反诗”，又被判处死刑，得梁山弟兄劫法场救出，宋执意要回家探父，又迭遭危险，终于上了梁山。

随后，经过三打祝家庄，出兵救柴进，梁山声势甚大。接着又连续打退高太尉三路进剿，桃花山、二龙山和梁山三山会合，同归水泊。而后，晁盖不幸中箭身亡，卢俊义经历诸多曲折也上了梁山，义军大破曾头市，又打退了朝廷几次进攻，其中好些统兵将领亦参加梁山聚义。最后，总共拥有一百零八个头领，排定了“三十六天罡，七十二地煞”的座次。

面对梁山义军越战越勇的形势，朝廷改变策略，派人招抚。于是，在宋江等人妥协思想的指导下，梁山全体接受招安，改编为赵宋王朝的军队。统治者还采用“借刀杀人”的策略，命令梁山好汉前去征辽，几经征战，始得凯旋；接着又奉命至江南征讨方腊。结果，方腊被打败了，义军也伤亡惨重，弄得一百零八条好汉死的死、残的残、溜的溜、隐的隐，稀稀落落，只剩下了二十七个人。然而，就是这些幸存者也未能逃脱接踵而至的厄运。统治者眼见梁山义军势孤力单，便在封官赏爵后不久，对宋江等人下了毒手：宋江、卢俊义被分别用药酒、水银毒死，李逵又被宋江临死时拉去陪葬，吴用、花荣也在蓼儿洼自缢身亡……一场轰轰烈烈的农民起义，就这样被扼杀了。

《水浒传》的语言非常有特色，它是以口语为基础，经过艺术加炼而成的文学语言。特点是通俗明快、洗炼准确，富有浓郁的生活气息。人物的语言符合自身的生活经历、思想水平及修养，准确到位地把握住了性格特征。例如李逵讲宋江：“吟了反诗，打什么鸟紧？万千谋反的倒做了大官!”仅此一句。便将李逵憨直兼又粗野的性格特征表露无遗，而且也反映出他的思想较为简单。在征讨田虎，攻下盖州城的时候，萧让看到天降白雪，于是对众头领说：“这雪有数般名色：一片是蜂儿，二片是鹅毛，三片是攒三，四片是聚四，五片唤作梅花。六片唤作六出。”语言文雅中透着学识，和《水浒传》中大多数的粗犷豪放的英雄们的性格迥然有别，文气同野气泾渭分明。书中描写人物动作和表情的语言同样生动传神。例如描写豹子头林冲“生的豹头环眼，燕颔虎须，八尺长短身材”，这里把林冲的高大威猛充分地展现了出来。再看张顺：“只要诱得李逵上船，便把竹篙望江边一点，双脚一蹬，那只船一似狂风飘败叶，箭也似

投江心里去了。”寥寥数笔，但用词精炼准确，显示出了浪里白条张顺的轻巧快捷。

此外，《水浒传》在对事物的叙述、景物的描写等各个方面也都达到了有声有色的境界。

《西游记》

《西游记》的作者吴承恩是明代的小说家，大约生于1500年，死于1582年。吴承恩字汝忠，号射阳山人，家住江苏淮安。吴家原本是个世代书香，后来败落为小商家庭。吴承恩的父亲吴锐，因为家境窘困，没有条件继续学业，改做了商人，以经营绸布店为生。虽然是商人，但对书籍热情未减。吴承恩自幼便以文章出色而闻名江淮，成年后“英敏博洽，为世所推”，然而却在科举的考场上屡考不中。郁郁不得志，因而一度“迂疏漫浪”。直到中年时，吴承恩才被补为岁贡生。后来因为生活贫苦，加之母亲年事已高，不得已才去做了长兴县丞及荆府纪善。晚年时回归故里，放浪诗酒，贫老而终。

吴承恩在青年时代就具备了深厚的创作神话故事功底。而且幼年时便喜好野言稗史、奇闻异事，从青年时开始就已留意收集这方面的资料，到了壮年时期，吴承恩已经积累了大量丰富的资料，并完成了《西游记》的创作。

现存最早的《西游记》刊本，是明朝万历二十年（1592）金陵唐氏世德堂《新刻出像官板大字西游记》。

东胜神州傲来国有一花果山，山顶一石，产下一猴。石猴求师学艺，得名孙悟空，学会七十二般变化，一个筋斗去可行十万八千里，自称“美猴王”。他盗得定海神针，化作如意金箍棒，可大可小，重一万三千五百斤。又去阴曹地府，把猴属名字从生死簿上勾销。五帝欲遣兵捉拿，太白金星建议，把孙悟空召人上界，做弼马温。当猴王得知弼马温只是个管马的小官后，便打出天门，返回花果山，自称“齐天大圣”。玉帝派天兵天将捉拿孙悟空，美猴王连败巨灵神、哪吒二将。孙悟空又被请上天管理蟠桃园。他偷吃了蟠桃，搅闹了王母娘娘的蟠桃宴，盗食了太上老君的金丹，逃离天宫。玉帝又派天兵捉拿。孙悟空与二郎神赌法斗战，不分胜负。太上老君用暗器击中孙悟空，猴王被擒。经刀砍斧剁，火烧雷击，丹炉锻炼，孙悟空毫发无伤。玉帝请来佛祖如来，才把孙悟空压在五行山下。

如来派观音菩萨去东土寻一取经人，来西天取经，劝化众生。观音点化陈玄奘去西天求取真经。唐太宗认玄奘做御弟，赐号三藏。唐三藏西行，在五行山，救出孙悟空。孙悟空被带上观世音的紧箍，唐僧一念紧箍咒，悟空就头疼难忍。师徒二人西行，在鹰愁涧收服白龙，白龙化作唐僧的坐骑。在高老庄，收服猪悟能八戒，猪八戒做了唐僧的第二个徒弟；在流沙河，又收服了沙悟净，沙和尚成了唐僧的第三个徒弟。师徒四人跋山涉水，西去求经。

观音菩萨欲试唐僧师徒道心，和黎山老母、普贤、文殊化成美女，招四人为婿，唐僧等三人不为所动，只有八戒迷恋女色，被菩萨吊在树上。在万寿山五庄观，孙悟空等偷吃人参果，推倒仙树。为了赔偿，孙悟空请来观音，用甘露救活了仙树。白骨精三次变化，欲取唐僧，都被悟空识破。唐僧不辨真伪，又听信八戒谗言，逐走悟空，自己却被黄袍怪拿住。八戒、沙僧斗不过黄袍怪，沙僧被擒，唐僧被变成老虎。八戒在白龙马的苦劝下，到花果山请转孙悟空，降伏妖魔，师徒四人继续西行。乌鸡国国王被狮精推入井内淹死，狮精变作国王。国王鬼魂求告唐僧搭救，八戒从井中背出尸身，悟空又从太上老君处要来金丹，救活国王。牛魔王的儿子红孩儿据守火云洞，欲食唐僧肉。悟空抵不住红孩儿的三昧真火，请来菩萨降妖。菩萨降伏红孩儿，让他做了善财童子。西梁女国国王欲招唐僧做夫婿，悟空等智赚关文，坚意西行，唐僧却被毒敌山琵琶洞蝎子精摄去。悟空请来昴日星官，昴日星官化作双冠子大公鸡，才使妖怪现了原形。不久，唐僧因悟空又打死拦路强盗，再次把他撵走。六耳猕猴精趁机变作悟空模样，抢走行李关文，又把小妖变作唐僧、

八戒、沙僧模样，欲上西天骗取真经。真假二悟空从天上杀到地下，菩萨、玉帝、地藏王等均不能辨认真假，直到雷音寺如来佛处，才被佛祖说出本相，猕猴精被悟空打死。

师徒四人和好如初，同心协力，赶奔西天。在火焰山欲求铁扇公主芭蕉扇扇灭火焰。铁扇公主恼恨悟空把她的孩子红孩儿送往洛伽山做童子，不肯借。悟空与铁扇公主、牛魔王几次斗智斗法，借天兵神力，降伏三怪，扑灭了大火。比丘国王受白鹿变化的国丈迷惑，欲用一千一百一十一个小儿的心肝做药引，悟空解救了婴儿，打退妖邪。寿星赶来把白鹿收回。灭法国王发愿杀一万僧人，孙悟空施法术，把国王后妃及文武大臣头发尽行剃去，使国王回心向善，改灭法国为钦法国。在天竺本国，唐僧被月宫玉兔变化的假公主抛彩球打中，欲招为驸马，悟空识破真相，会合太阴星君擒伏了玉兔，救回流落城外弧布寺的真公主。

师徒四人历尽千辛万苦终于来到灵山圣地，拜见佛祖，却因不曾送人事给阿傩、伽叶二尊者，只取得无字经。唐僧师徒又返回雷音寺，奉送唐王所赠紫金钵做人事，才求得真经，返回本土。不想九九八十一难还缺一难未满，在通天河又被老鼋把四人翻落河中，湿了经卷，至今《佛本行经》不全。

唐三藏等把佛经送还大唐首都长安，真身又返回灵山。三藏被封为旃檀功德佛，悟空被封为斗战胜佛，八戒受封净坛使者，沙僧受封金身罗汉，白龙马加升为八部天龙，各归本位，共享极乐。

《西游记》虽是神活，但并非是作者凭空捏造出来的。这本书扑朔迷离的内容下，隐藏着对深刻的社会问题的抨击。吴承恩生活的明代，统治阶级政治腐败，生活糜烂，百姓深受其害，苦不堪言。整个社会的秩序处于混乱状态。《西游记》是作者的思想与现实撞击而成的产物。书中至高无上的玉皇大帝，和人世间贪图享乐、昏庸无能的封建统治者在本质上是如出一辙的，只是同样的草包套用了不同的皮囊。替玉皇大帝擒拿孙悟空的如来佛之流，也不过是封建帝王镇压人民反抗斗争的一群帮凶。作者特意塑造了孙悟空这样一个正义勇敢的形象，意在和这群神仙魔怪形成强烈的反差。孙悟空是一个藐视权威、敢于造反的斗士，是一位能上天入地、降龙伏虎的英雄。而且不乏人情味。作者赋予孙悟空无穷的胆量和本领，使其对这些神魔构成极大威胁。在孙悟空的眼中，统治者的宝座并不是铜浇铁铸，千年不倒的。在他看来，“灵霄宝殿非他久，历代人王有分传”。他遵从的不是君臣之礼，尊卑有别。而是正义当头，勇者为王。因此敢于无所畏忌地挑衅高高在上的玉皇大帝，提出“皇帝轮流做，明年到我家”的“反动”口号；敢于揭穿众神庄严外表下掩藏的懦弱无能的本质。孙悟空生在景色优美，处处莺歌燕舞、瓜果飘香的花果山。在这里，充满了平等和友爱，可以“狼虫为伴，虎豹为群，獐鹿为友，猕猿为亲”。这里是人间的福地，是孙悟空眼中避开剥削、没有压迫，可以自由自在生活的乐土，是惟一能够远离一切污浊和喧嚣的净土。神仙佛祖居住的天宫，是一个以玉皇大帝为首的等级森严的统治机构。唐僧师徒西行途中所经过的国度，虽地域风情各不相同，但都妖魔横行，弱肉强食，祸国殃民的罪恶行径随处可见。有的国王为了从妖道那里求得长生不老，不惜残害僧侣。比丘国的国王竟然残忍到要吃掉1111个幼童的心肝。甚至唐僧心驰神往的西天“极乐世界”，也并非如他想象的那样一派宁静祥和，至善至美。而惟有孙悟空居住的花果山水帘洞天，“不伏麒麟辖，不服凤凰管，又不伏人间王位所拘束”。孙悟空在取经途中亲身经历，耳闻目睹了天界、人间乃至西天也存在的种种丑恶黑暗的现象，更觉花果山的可爱与可贵，对花果山的同类许诺：“功成之后，仍回来与你们共乐天真。”同样，猪八戒虽然从威风凛凛的天蓬元帅，降为一个丑陋不堪的猪身，但是细想起来，猪八戒并不朝思暮想地怀念在天上做天神的逍遥时光，他最留恋的却是在凡间高老庄快乐幸福的生活。

可见那个所谓的天国和人间相比，实际上是一个冷冰冰、毫无

人情可言的名利场。

《西游记》在艺术上的另一大成就，是展开丰富的想象力，冲破时间和空间的阻碍，让读者领略到了一个色彩纷呈、绚丽奇幻的神话世界。书中的浪漫色彩主要表现为“人奇”、“事奇”和“景奇”。书中描写的孙悟空、猪八戒以及神仙妖怪，大多形态奇异。孙悟空尖嘴猴腮、一双罗圈腿走起路来扭扭歪歪。

猪八戒长嘴巨耳，大腹便便。妖魔鬼怪们面目狰狞、凶神恶煞；吴承恩写了如来佛的手掌可以无限伸展，就连孙悟空十万八千里一个的筋斗云也翻不出他的掌心。写了孙悟空拔根毫毛，随口一吹，便可以化为成千上万个救兵。翻开书页，读者可以领略到仙家的云雾缭绕、魔界的黑暗幽深以及世间百态、各样风情。作者用生动传神的笔触，描绘出形形色色，光怪陆离的神话奇景，这个充满幻想、超出自然的神话世界使读者应接不暇。

《金瓶梅》

宋徽宗政和年间，打虎英雄武松来到山东清河县，遇上了哥哥武大和嫂嫂潘金莲。潘金莲长得非常美丽，自幼在王招宣府里学习读书写字、弹唱女工，后来被卖到张大户家；张大户想要长期占有她，便将她嫁给了既丑陋又窝囊的武大。遇到武松之后，潘金莲对他萌生爱意，但武松严辞拒绝，搬离了清河。

一天，金莲遇到了本地一个财主，叫西门庆。他原来是个生药铺老板，从小是个浮浪子弟，拳棒赌博一类的事情无不精通，因为头脑灵活、善于经营，渐渐发了财；又在县衙里管些公事，交通官吏，很有势力，人称“西门大官人”。

西门庆贪淫好色，他死了娘子以后，娶吴月娘为继室，收了一个名妓李娇儿为妾，还和他一群狐朋狗友，所谓“结义十兄弟”一起整日流连妓院，寻欢作乐。与潘金莲一遇，两人都有了偷情的心思，在金莲邻居王婆的撮合下，开始私会偷欢。由于被武大发现，两人索性合谋毒死了武大，并买通验尸的人将罪行遮掩过去。从此，西门庆和潘金莲更加放肆起来。这期间，西门庆又相继娶了富孀孟玉楼、丫头孙雪娥为第三、第四房小妾，并将女儿嫁给了与朝廷权臣有亲的陈敬济。

不久，听说武松即将回来，西门庆等人为防罪行暴露，匆忙将潘金莲娶进家门，做了第五妾。但武松仍然查出了真相，要找西门庆报仇，却被西门庆贿赂官府，刺配孟州。

新婚不久，西门庆便移情别恋，先收用了金莲的丫环春梅，又在妓院包了个妓女。潘金莲耐不住寂寞，与琴童私通。这时，西门庆又遇上了结义兄弟、隔壁花子虚家的夫人李瓶儿。李瓶儿不仅白净漂亮，而且有不少财产，西门庆有心要图谋她，不久便与她约会，并设计害死了花子虚，纳李瓶儿为第六房小妾。

财产越来越多的西门庆并不满足于此，他上下打点，巴结权贵，做了宰相蔡京的干儿子，以官府为靠山，从此更加有权有势，升任山东理刑千户。

尽管西门庆妻妾成群，但李瓶儿嫁来以后生下一子，取名官哥，很受西门庆宠幸。潘金莲心怀不满，处心积虑要加害她们母子，她用一只驯好的狮子猫将官哥吓死，李瓶儿也因悲气交集引发旧病，与世长辞。悲伤了一段时间的西门庆很快故态复萌，为霸占家人来旺媳妇宋蕙莲，他设圈套冤枉来旺偷盗；看上伙计韩道国的老婆六儿，与她通奸；在妓女郑爱月儿的怂恿下，又和王招宣家的林太太打得火热；甚至在为瓶儿守灵时，他还占有了官哥的奶妈如意儿………

在朝中权贵的庇护下，西门庆仗着自己财大气粗，多行不义。一次，西门庆向一名梵僧求得房术之药。有一晚他从王六儿家回来，到潘金莲房中睡觉，欲火熏心的潘金莲趁他昏睡时给他服用了过量的梵僧药，致使他流血不止，暴病身亡。恰在他临死时，吴月娘产下了一个遗腹子，取名叫孝哥。

西门庆一死，整个家里树倒猢狲散。家奴纷纷拐财背主不说，

妻妾们也各寻去路。李娇儿重回妓院；孟玉楼嫁给李衙内；孙雪娥因与来旺私奔被抓，辗转沦人酒家为娼。潘金莲与女婿陈敬济早有私情，西门庆死后，两个更加肆无忌惮，又拉上了春梅，经常三个人狼狈为奸。直到金莲怀孕打胎，吴月娘才发觉此事，她将春梅卖出去，又让王婆带走了潘金莲。

在王婆家，潘金莲又勾搭上了王婆的儿子王潮。陈敬济不忘旧情，到王婆家与她议价。就在他回京筹银两的时候，武松遇赦，回到了清河。为了给哥哥报仇，武松假装要娶金莲为妻，借机逼金莲和王婆交代了杀害武大的实情，将她二人杀死祭了兄长。

陈敬济回来以后不见潘金莲，又想打孟玉楼的主意，被孟玉楼和李衙内设计捉拿入狱。出狱之后，家中钱财挥霍殆尽，他逼死了妻子，自己也沦为乞丐。尽管有父亲的老朋友接济，但他没有能力自立，只好出家当了道士；做道士他也不安分守己，因为嫖妓被告官。

没想到，审问他的周守备正是春梅的丈夫。春梅被卖给周守备以后，生下一子金哥，被扶为正室，备受宠爱。见到陈敬济，春梅旧情难忘，谎称敬济是她表弟，将他招入周府，还替他取了妻子。

周守备升官出征。陈敬济一面与春梅重续旧欢，一面又与王六儿的女儿韩爱姐幽会，终于有一次与春梅苟且之后被人杀死。韩爱姐对敬济却情有独钟，自愿为他守寡，最后割发毁目，出家为尼。周守备作战时阵亡，春梅在家与一名家人的儿子勾搭成奸，日夜纵欲无度，终因痨症而死。

西门庆一家只剩下吴月娘带着孝哥，她想去济南投奔西门庆从前的结义兄弟之一云离守。途经永福寺，吴月娘当年曾许下老僧普静，将孝哥化给他做徒弟，这次果然遇到了。月娘本不愿实践诺言，当夜却梦见孝哥被云离守砍死。由普静和尚点化，才知道孝哥正是西门庆托生的，要做和尚以赎前愆而修后果。月娘痛哭一场，与孝哥告别，普静和尚给他取法号“明悟”。

吴月娘回到家中，将西门庆生前的心腹小厮玳安改名为西门安，继承了这份破败的家业，人称“西门小员外”，供养月娘以70高龄善终。

《金瓶梅》对中国小说发展的重大贡献应给予充分估计。郑振铎在《插图本中国文学史》中说：“《金瓶梅》的出现，可谓中国小说发展的一个高峰。在文学的成就上说来，《金瓶梅》实较《水浒传》、《西游记》、《封神传》尤为伟大。《西游记》、《封神榜》，只是中世纪的遗物，机构事实，全是中世纪的，不过思想及描写较为新颖些而已。《水浒传》也不是严格的近代的作品，其中的英雄们也多半不是近代式（也简直可以说是超人式）。只有《金瓶梅》却彻头彻尾是一部近代期的产品。不论其思想、其事实，以及描写方法，全都是近代的。在始终未尽超脱过古旧的中世传奇式的许多小说中，《金瓶梅》实在是一部可诧异的伟大的写实小说。它不是一部传奇，实是一部名不愧实的最合乎现代意义的小说。它不写神与魔的争斗，不写英雄的历险，也不写武士的出身，像《西游记》、《水浒传》、《封神榜》诸作。它写的乃是在宋、元话本里曾经略略的昙花一现过的真实民间社会的日常的故事。宋、元话本像《错斩崔宁》、《冯玉梅团圆》等等尚带有不少传奇的成分在内。《金瓶梅》则将这些‘传奇’成分完全驱出书本之外，她是一部纯粹写实主义的小说。”

从中国古典小说的发展史看，《金瓶梅》的诞生有着重要的意义。在它以前出现的著名长篇小说，如《三国演义》、《水浒传》、《西游记》等，其中涉及的人物和故事，都经过长期的民间流传阶段；都是作家在民间传说故事的基础上，进行加工和提炼的产物。而《金瓶梅》在中国文学史上，则是第一部完全由文人独立创作的长篇小说。从此以后，中国小说创作逐渐摆脱了宋元以来根据民间说唱加工整理成话本的老路，走上了文人独立创作的新途。

《金瓶梅》以前的长篇小说，一般都取材于历史故事和神话传说，作品中的主人公，不是历史中的帝王将相，就是神话传说中的

英雄；所写的故事，也总是政治集团之间的重大斗争或传说中的神魔战争。而《金瓶梅》则完全开辟了一条新的写作路子，即以现实社会状况和家庭日常生活为创作题材，着重描写普通人的平凡生活和世俗情态，用鲁迅的话说，就是开了“人情小说”的先河。这是小说作者兰陵笑笑生对中国小说发展的一个重大贡献。

《儒林外史》

《儒林外史》是我国古代最杰出的讽刺小说。吴敬梓（1701～1754），字敏轩，安徽全椒县人。出身于世代书香的名门望族。曾祖和叔祖分别中过探花、榜眼，到父亲吴霖起一代，家道开始衰微。吴敬梓少时刻苦读书，热衷科举，23岁中秀才，久困科场。父亲死后，他继承了家产，因挥霍无度，又仗义疏财，几年就把家产散尽，到了时常无米下锅的地步，不得不卖书换米，勉强度日。在与那些官僚、名流的长期周旋中，吴敬梓看透了这些人的卑污灵魂。特别是由富至贫的生活变故，使他尝尽世态炎凉，对现实有了清醒认识，从而弃绝功名。这部书完成在四十九岁。乾隆十九年（1754）十月二十八日，他在与友人畅谈后，回到家中无疾而终。

王冕天性聪颖，不足二十岁就贯通了天文、地理、经史上的各种学问。他生性高蹈，不求仕进，自制了一顶极高的帽子、一件极肥的衣服，每逢花明柳媚之时，便以牛车载了母亲到处玩耍，尽享天伦之乐。知县派人请他出山，他辞别母亲，离乡背井而去；朝廷遣官来召，他就连夜逃往会稽山下。全书借王冕引出一大批儒生来。

周进屡试不第，在山东兖州府汶上县薛家集一所蒙馆教课糊口。新中的年轻秀才梅玖当面嘲弄他，举人王惠轻慢他，荐馆的夏总甲嫌他不常去奉承，村人也嫌他呆头呆脑，他因而连这只破“饭碗”也端不住了，只能跟着姐夫金有余去买货。一次，偶去省城“贡院”观光，那是专门举行乡试的场所，他触景生情，只觉无限辛酸，委屈得“一头撞在号板，直僵僵不省人事”。众人不忍，凑钱帮他捐了个监生入场应考，不想居然中了，旁人阿谀拍马且不说，他居然自此官运亨通，三年内升了御史，钦点广东学道。他吃足科举之苦，当了权后觉得要细细看卷，不致屈了真才才好。

老童生范进，应考二十余次，总是进不了学。此番应试，适逢周学道主考，出于同病相怜，填了他第一名。范进求官心切，不顾岳父胡屠户的臭骂，继续又去城里参加乡试，谁知中了举人。范进得知中举消息，欣喜若狂，两手一拍，不省人事，被他岳父一记巴掌，方始打得醒过神来。这范进中举以后，有送田地的，有送店房的，有投身为仆以图荫庇的，趋炎附势，不一而足。三两个月光景，家奴、丫鬟都有了，钱、米更不消说，乐极生悲，却把个老母活脱脱喜死，而“七七之期”一过，他便急着和张举人一起奔赴各地去打秋风了。

马二先生真心相信八股科举，认为是极好的法则，苦口婆心地向别人宣传举业做官、扬名显亲，才是大孝。他把毕生精力奉献给时文选政，严格按照官定的举业读本和朱熹的言论下批语，凡是有碍于圣贤口气的东西都绝对排斥，连自己的视、听、言、动都不敢越礼。他游西湖，对大自然的湖光山色，全无会心，敬重的是御书，关切的是功名，眼馋的是吃食，向往的是发财，结果遇上骗子还以为遇上了神仙。

严贡生是个品德恶劣的儒生。他霸占穷人的猪，赖掉船家的工钱，还欺负守寡的弟媳，强送儿子“过继”给弟媳，夺得其弟严监生遗产的十分之七左右。他的德行还比不上一个唱戏的优伶。鲍文卿和倪廷玺两人虽是戏子，但廷玺过继给鲍文卿倒是出于真心。倪廷玺改名鲍廷玺后，甚是聪明伶俐。他乘杜慎卿做胜会之机，请求赐些银两，让他拉扯一个戏班子起来。杜慎卿将他介绍给堂弟杜少卿，从少卿那里得了一百两银子，他便自去搭班营生了。

杜少卿为人善良、正直而慷慨。他家的娄太爷有病其实不过是他家先尊的一个门客，少卿却把他养在家里当祖宗看待，亲自侍奉汤药。他得知杨裁缝丧母缺钱，又把衣服当了予以接济。后来娄太

爷因病回家，杜少卿越发放着胆子用钱，甚至跟随他的王胡子拐了他二十两银子走了，他也只是付之一笑。结果把田产卖光，只得卖文为活，他却“布衣食，心里澹然”。住在南京的时候，他居然一手携着妻子，一手拿着金酒杯，不拘形迹地去游清凉山，使一路游人不敢仰视。他崇敬具有反抗性格的女子。有一个叫沈琼枝的，视富贵如土芥，宁肯刺绣卖字为生，就是不肯给盐商做妾。少卿获悉以后，极为赞赏，后来便以朋友身份与之交往。杜少卿鄙视功名利禄，但他虔诚地信奉儒家的礼乐教化，曾与迟衡山、虞育德、庄绍光等人一起，用古礼古乐祭祀“先贤”吴泰伯。

《儒林外史》产生于封建社会末期，时代的特殊性赋予了吴敬梓独特的写作视角。在此之前。中国的小说，大多反映的是正统的礼教伦常、封建社会的宗法观念以及迷信鬼神的思想等，而《儒林外史》不同，它所描写的内容和反映的思想是嘲讽封建制度的。《儒林外史》所描写的时代虽然是明朝，但它实际所要揭露和批判的就是清朝政府统治之下的现实社会。中国古代文学史上，有许多反映当代社会现实，针砭时弊的现实作品。为了免受文化专政的迫害，巧妙地采取了借古喻今的方法来撰写，故而这些作品才具有存活的可能，得以在历代群众中广泛流传。到了吴敬梓生活的时代，清王朝实行的文字狱更是残酷之极，为了避免不必要的灾祸，吴敬梓便假托明朝故事，借喻当今社会。

《儒林外史》在艺术上所取得的重要突破在于将喜剧因素熔为一炉，用喜剧的形式反衬悲剧的本质。作者是饱含着泪水尖刻书写喜剧性的情节，通过笑声引发读者痛苦的沉思。将滑稽笑闹与悲凉凄惨在同。时间推到读者的面前，从而对比撞击出耀眼的思想火花。

《儒林外史》在语言上追求平实，没有华彩的艺术手法，没有离奇的故事情节，但却在平淡中凸现了严谨的写实风格，给人以思想和精神的启迪。《儒林外史》的艺术特点鲜明独特，它的写作手法对后来的小说发展有一定的影响，晚清的谴责小说如《官场现形记》、

《二十年目睹之怪现状》等，就明显受到了《儒林外史》一书的影响，它对当代和现代的文学发展也有不可低估的作用力，如中国新文化运动的先驱鲁迅先生和著名的学者钱钟书的作品，都在一定程度上受到了这部著作的影响。

《红楼梦》

《红楼梦》是我国古代最为杰出的长篇小说。曹雪芹（约1715～1763），名岵，字梦阮，号雪芹。祖籍辽阳，先世原是汉人，明末人满洲籍，属满洲正白旗，后来他的祖先随清兵入关，得到宠幸，曹家三世袭江宁织造，康熙皇帝六次南巡，有四次住在曹府。雍正皇帝即位后，曹家开始失势。雍正五年（1727）被革职抄家。曹雪芹生长在南京，少年时代经历过一段富贵荣华的贵族生活，在他十三四岁时，随全家迁回北京。回京后境遇潦倒，生活艰难。晚年移居北京西郊，生活更加贫穷，但他以顽强的毅力，专心致志地从事《红楼梦》的创作和修订。乾隆二十七年（1762），幼子夭亡，他陷于过度的忧伤和悲痛之中，卧病不起。这年除夕，终因贫病交加，离开人世，仅留下一部未完成的旷世奇书。《红楼梦》最初以八十回抄本形式在社会上流传，本名《石头记》。现行《红楼梦》全书一百二十回，后四十回，为高鹗所补。高鹗（1738～1815），字兰墅，祖籍辽东，属汉军镶黄旗，乾隆六十年（1795）进士，官至翰林院侍读。乾隆五十六年（1791）和五十七年（1792），他将《红楼梦》前八十回和后四十回合为一个完整的故事，结束了《红楼梦》的传抄时代，使《红楼梦》得到广泛的传播。

女娲补天之时，留下一块石头没用，弃于大荒山无稽崖青埂峰下。石头已通灵性，借一僧一道之力，化作一块宝玉，在人世间经历了一番故事。后经空空道人将故事抄传问世，叫做《石头记》。

巡盐御史林如海在淮扬任职，因为夫人病故，惟一的女儿黛玉无人照管，便托家庭教师贾雨村将她送往外祖母家寄养。外祖母史氏贾母是荣国府的当家人。荣宁二府是贵族世家，贾母有贾赦、贾

政两个儿子，孙辈有元春、迎春、探春、惜春4个女孩；贾政和夫人王氏生的儿子最为奇异，因为衔玉而生，取名叫宝玉，从小不爱读书，只喜欢脂粉钗环一类的东西，喜欢和姐妹、丫环们打交道，因为深受贾母疼爱，在家里最受重视。

黛玉来到贾府以后，和宝玉十分投缘。不久，王夫人的妹妹薛姨妈带着一对儿女到贾府借住。薛家也是世家望族，薛宝钗比宝、黛二人年龄略长，端庄美丽、温柔大方，不像黛玉那样心高气傲，因此很快就得到上上下下的喜爱。宝玉天性淳朴，对钗黛二女都很喜爱，宝钗也不觉异样，只有黛玉时常感怀身世，垂泪自怜。

一天，贾府众人在宁国府花园赏梅。宝玉困乏了，被安置在宁国府管理家事、按辈份比宝玉等人矮一辈的秦可卿房中休息。恍惚之中，宝玉梦入太虚幻境，见到警幻仙子，在她的指引下，看了“金陵十二钗正册、副册、又副册”，有诗有画，正是荣宁二府中各女子的一生预言；又有新制《红楼梦》歌舞12支，也是预示各人命运。但宝玉并不懂其中奥妙。

荣国府中管事理财的是贾赦的儿子贾琏与他的妻子王熙凤，王熙凤是王夫人的侄女，她美丽泼辣，机巧善变，心眼儿很多。因为贾琏不思上进，专好拈花惹草，凤姐又异常能干，所以荣国府上下实际都由凤姐做主。

过了几年，黛玉的父亲林如海也染病身亡，黛玉从此在贾家长住下去。此时，秦可卿去世，临死前给王熙凤托了个梦，告诉她不久将有一件喜事，但这“不过是瞬息的繁华，一时的欢乐”，要防止乐极生悲，必须早作准备，以图后路。

果然，很快有消息传来，在宫中的贾家大小姐元春晋封为凤藻宫尚书，加封贤德妃，将要回家省亲。为接待元妃，贾府兴修了一座大观园，亭台楼阁各自取名、题匾。元宵节时，元妃回家省亲，命众人题联赋诗；回宫之后，又让大家搬进大观园居住，宝玉住了怡红院，黛玉住了潇湘馆，宝钗住了蘅芜苑。

宝玉等人住在大观园中，终日赋诗玩赏，逍遥自在，只是宝玉时常担心被父亲考问学业。天长日久，宝玉与众姐妹感情更加深厚，与丫环袭人、晴雯等人也非常亲密，其中，尤其是和林黛玉趣味相投，情深意重。以前他曾与秦可卿的弟弟秦钟十分要好，后来秦钟早逝，经薛蟠等人介绍，他又结识了唱小旦的名戏子蒋玉函，两人互生倾慕之心。

正因为与蒋玉函结交，得罪了忠顺王府；贾政又恼恨他不求上进、不读诗书；加之王夫人的丫环金钏儿因宝玉亲近被王夫人训了一顿，跳井身亡。几件事凑到一块儿，贾政气急败坏，把宝玉打了一顿，惊动了贾母，贾府上下乱成一团；王夫人在袭人的提醒之下，起了防范宝玉与众女孩儿的心思。而宝玉和黛玉却因心意相通，情感更深了一层。

荣宁二府表面上虽然显赫光耀，但实际上只是一个空架子；家中各人又只为自己打算，没有几个人能替家族运筹谋划，却还要讲排场，摆架势，渐渐地已走了下坡路。宝玉对家中财务虽不关注，对身边姐妹们的变故却很敏感，继秦氏姐弟、金钏儿等人死后，贾琏新娶的妾尤二姐被凤姐逼死；其妹尤三姐耻于不能嫁给意中人而自刎；大观园中连续出了几起出格的事，王夫人一怒之下带人抄检大观园，赶走了司棋、入画等丫环，宝玉最宠爱的丫环之一晴雯也被赶走，随即含恨而死。宝玉悲痛至极，做了一篇《芙蓉女儿诔》祭她，被黛玉听见，两人讨论词句之时，又勾起一番心事。

大观园中众人渐自散去：迎春被父亲许配给孙家，丈夫毫不怜惜，终于染病身亡；探春远嫁海外；惜春出家当了尼姑。贾政将赴外任，怕宝玉在家无人管教，想为他娶妻，希望以此约束他走上正道；在王熙凤等人的策划下，决定秘密为他迎娶宝钗，只瞒着宝玉、黛玉二人，宝钗得知这个消息，预感到事情不妙，但她什么意见也不说。宝玉无意中丢失了通灵宝玉，变得痴痴癫癫，人事不清，家里人急得四处寻找，却一无所获；这时元春又暴病而亡，更是雪上

加霜。大家商议尽快为宝玉、宝钗举办婚事，又怕宝玉神智不清，闹出事来，便哄他说新娘是黛玉，宝玉十分高兴；黛玉却无意中听说了婚事的消息，急气攻心，吐出血来，将以前的诗稿全都烧了，只求速死。就在宝、钗二人成亲之时，黛玉只叫了声“宝玉，宝玉，你好……”便香消玉殒。宝玉发现新娘是宝钗而不是黛玉，又变得神思恍惚。

贾赦因“交通外官，依势凌弱”被革职治罪。抄家之时，凤姐私放的债也被查了出来。贾政虽因为官不失检点，又是元妃的生父而没被牵连，但贾母深明大义，为照顾宁国府一边，将自己的积蓄全拿了出来，分给众人。不久，贾母撒手人寰，享年83岁。

王熙凤因私债揭穿，又惭愧又心痛，身体本就不好；操办贾母丧事时，又累又不讨好，更是火上浇油。将死之时，她找来以前接济过的村妇刘姥姥，将独生女儿巧姐儿托付给她，自己也随贾母而去。

宝玉有一天忽然见到一个僧人持玉而来，经历一番噩梦之后他改头换面，发愤要重振家声，第二年考了个乡试第七名；宝钗也怀了孕，但他又忽然不知去向。贾政送母亲灵柩回金陵，返回京城途中，路遇大雪，停船时他见到一个光头赤足、披大红猩猩毡斗篷的僧人向他下拜，仔细一看，发现是宝玉。贾政正想和他说话，一僧一道却带着宝玉走了。真是“好一似食尽鸟投林，落了片白茫茫大地真干净”。

《红楼梦》以贾宝玉、林黛玉和薛宝钗的爱情悲剧为线索，从对他们三人的描写，扩展到描写他们生活的主要场所——大观园，并展示出大观园中诸多女性的不同命运；再由大观园推广到整个荣宁二府，女性世界、家庭生活中的矛盾推广到家族冲突、两性对立；以荣宁二府为中心的贾史王薛4大家族，又代表着整个贵族阶层，它们上与皇室宫廷、下与市井乡野相联系，这就使得《红楼梦》的笔触伸展到整个封建社会的方方面面，成为一部“中国封建社会的百科全书”。在这个现实世界之外，还有一个始终笼罩其上的神话空间，隐隐约约地指示着整个故事的发展。全书的结构庞大而精巧，将众多的人物、繁杂的情节有条不紊地组织在一个纵横交错的纲目之中，前呼后应，左右贯通。

最令人称道的是人物形象的塑造。《红楼梦》改变了以往古典小说中人物神化或单一的传统，全书有近400个人物出场，个个生动鲜明，呼之欲出，但又不是三言两语概括得尽。例如薛宝钗，她一方面满脑子正统的教条，一心规劝宝玉走仕途，而且乖巧精明，善于逢迎家中的人；但另一方面，她的魅力十足，因为她个性温和、大方豁达，外貌、才智更与林黛玉不相上下……还有贾宝玉、林黛玉、王熙凤、花袭人等人物，都不是简单的“好坏”二字可以概括。作者塑造人物的手法极为丰富，最值得注意的是作者善于同中见异，表现出有相似点的人物身上的不同特征。如同为贾府之女，迎春懦弱、探春刚强、惜春冷漠；同是温顺的丫环，袭人老成世故，紫娟则清高纯洁，描写十分传神。

对于典型事件和细节的描写也很有特色。作者善于抓住最能反映人物或家庭特征、最能体现故事矛盾发展关键的情节，以细腻的笔触进行叙述，使读者从中获得大量的信息。例如：秦可卿出丧、元妃省亲、宝玉挨打、刘姥姥几进荣国府等。一部《红楼梦》，张弛有致，动静相生，形势时松时紧，人物或喜或悲，令人读来兴味无穷。

《红楼梦》又被人称为一部“语言辞典”。书中的语言既有古典书面语言的典雅华美，又有当时口头语汇的生动活泼，表现力极强。还有大量的诗词歌赋，灯谜酒令等，不仅有助于叙述事件、表现人物，本身就是文学佳品，很有审美情趣。

正是由于这些艺术上的巨大成就，《红楼梦》成为一座难以逾越的高峰。鲁迅先生说：“自有《红楼梦》出来以后，传统的思想和写法都被打败了。”即使到现在，也很少有作品像《红楼梦》这样，雅俗共赏，百读不厌。

中国文学知识漫谈⑤

中国寓言与小品名作欣赏

中国文学有着数千年的悠久历史，它以特殊的内容、形式和风格构成了自己的特色，它以优秀的历史、多样的形式、众多的作家、丰富的作品、鲜明的个性成为世界文学宝库中光彩夺目的瑰宝。

箫枫◎主编

辽海出版社

责任编辑:陈晓玉　于文海　孙德军

图书在版编目(CIP)数据

中国文学知识漫谈/萧枫主编. —沈阳:辽海出版社,2008.6(2015.5 重印)

ISBN 978-7-80711-711-7

Ⅰ.①中…　Ⅱ.①萧…　Ⅲ.①中国文学—基本知识　Ⅳ.①I2

中国版本图书馆 CIP 数据核字(2011)第 140257 号

中国文学知识漫谈

中国寓言与小品名作欣赏

萧枫/主编

出　版:辽海出版社　　地　址:沈阳市和平区十一纬路 25 号

印　刷:北京一鑫印务有限责任公司　　字　数:700 千字

开　本:700mm×1000mm　1/16　　印　张:40

版　次:2011 年 9 月第 2 版　　印　次:2015 年 5 月第 2 次印刷

书　号:ISBN 978-7-80711-711-7　　定　价:149.00 元(全 5 册)

《中国文学知识漫谈》编委会

前　言

我们中国文学是以汉民族文学为主干部分的各民族文学的共同体，作为一个统一的多民族国家，各民族文学都有各自发生、繁衍、发展的历史，也有各自的价值与成就。少数民族文学与汉族文学互相补充，使中国文学表现出极大的丰富性和多层次性。

我们中国文学有着数千年的悠久历史，并以特殊的内容、形式和风格构成了自己的特色，具有自己的审美理想，有自己的起支配作用的思想文化传统和理论批判体系。它以优秀的历史、多样的形式、众多的作家、丰富的作品、独特的风格、鲜明的个性、诱人的魅力而成为世界文学宝库中光彩夺目的瑰宝。

诗歌是中国文学中产生最早的艺术形式之一，《诗经》是最早的一部诗歌总集。其中最早的诗篇产生于西周初年，最晚的产生于春秋中叶。紧接着又兴起了一种新的诗体，那就是楚辞，楚辞的光辉代表，就是伟大的诗人屈原。《诗经》中的《国风》和以《离骚》为代表的楚辞，是中国古代诗歌的两个典范。就创作方法而言，《国风》和《离骚》分别开创了中国文学现实主义和浪漫主义的诗歌传统。

在汉魏六朝出现了带有民间文学刚健清新风格的新诗体，即乐府，强烈的现实感，是乐府的重要标志。《陌上桑》、《孔雀东南飞》、《木兰诗》等，都是中国古代长篇叙事诗中的瑰宝。在乐府诗的发展过程中，五言、七言的句式日渐引人注目，到汉末出现了《古诗十九首》，五言诗这种诗体便基本成熟了。七言诗的产生要晚于五言诗，它的广泛流行，大约在晋宋之际，到了唐代，近体诗进

入鼎盛时期。在这个时期，古体诗和近体诗全面发展，出现了李白、杜甫、白居易等世界闻名的伟大诗人。

在中国传统文学观念中，与诗词并列为文学正宗的是散文 。中国文学史上第一部记叙文和议论文的集子是《尚书》，它是上古历史文件和部分追述古代事迹著作的汇编，初具了文学的特质。战国时代形成了百家争鸣的局面，散文得到了迅速发展，其中主要是历史散文和诸子散文。这时期散文、有感情激越 、论辩性强、辞藻华美、结构严谨、多用寓言、善使比喻等特点，散文的基本形式已经确定。汉代散文更讲究文采，对偶句增多，有辞赋化倾向。

骈文兴盛之后，散文式微，到唐代韩愈、柳宗元元大力提倡古文，反对过于矫饰、渐趋空洞的骈文，散文才恢复了它的生机与地位。唐宋古文，直承秦汉传统，尤以游记散文清新隽逸，生动活泼。后世纯文学散文一直沿着这条轨道前进。明清小品文是纯文学散文的一种重要样式，它吸收唐代散文的精髓，融入魏晋南北朝笔记文的谐趣和隽永，具有独特的艺术魅力。

在中国传统文学观念中，小说常被当作街谈巷议之言，戏曲被认为是不能登大雅之堂的作品。因此，小说和戏曲起步较晚，直至元、明、清才迅速发展起来，一些伟大的作家与作品相继出现。在戏曲方面，如元代关汉卿的《窦娥冤》、王实甫的《西厢记》、明代汤显祖的《牡丹亭》、清代孔尚任的《桃花扇》等，都是不朽之作。小说《三国演义》、《水浒传》、《西游记》、《聊斋志异》、《儒林外史》等，也均为文学珍品。《红楼梦》更是纪念碑式作品，它把中国文学推向了新的高峰，并足以和世界许多知名的小说媲美 。

为了让广大读者全面了解中国文学，我们特别编辑了《中国文学知识漫谈》，主要包括中国文学发展历史、民族与民间文学、香港与台湾文学、神话与传说、诗歌与文赋、散曲与曲词、小说与散文、寓言与小品、笔记与游记、楹联与碑铭等内容，具有很强的文学性、可读性和知识性，是我们广大读者了解中国文学作品、增长文学素质的良好读物，也是各级图书馆珍藏的最佳版本。

目录

第一章 历代寓言

第一节 修身明镜

第二节 察情法门

第三节　宦海怪状

第四节　人情冷暖

第五节　智者风采

第六节　举贤学问

第七节　哲理采撷

第一章　历代寓言

第一节　修身明镜

弈秋诲弈

【原文】

弈之为数，小数也，不专心致志，则不得也。弈秋，通国之善弈者也。使弈秋诲二人弈，其一人专心致志，惟弈秋之为听；一人虽听之，一心以为有鸿鹄将至，思援弓缴而射之。虽与之俱学，弗若之矣。为是其智弗若与？曰：非然也。

《孟子·告子上》

【译文】

下棋在众技艺中，只是一种小技巧，但不专心致志，就没法学会。弈秋，是全国最善于下棋的人。让弈秋教两个人下棋，其中一个人专心致志地向弈秋学习，全神贯注地听弈秋的讲授；另一个人虽然也坐在弈秋面前，但心里老想着会有天鹅飞来，想着张弓搭箭去射它。这个人虽说是和前一个人一起学习，但远不及前一个人学得好。是因为这个人赶不上前一个人聪明吗？实际上不是这样的。

豚子食于死母

【原文】

仲尼曰："丘也尝游于楚矣，适见豚子食于其死母者，少焉眴若，皆弃之而走。不见己焉尔，不得类焉尔。所爱其母者，非爱其形也，爱使其形者也。"

《庄子·德充符》

【译文】

孔子说："我曾在去楚国的时候，在路上正巧遇见一群小猪在一头死母猪身上吃奶，一会儿便都惊慌失措地逃跑了。因为它们看到母猪不再用眼睛看它们了，不像一头活猪的样子了。小猪们爱它们的母亲，不仅是爱母猪的形体，更主要的是爱充实于形体的精神。

巫马其买鸩

【原文】

巫马其为荆王使于巴。见担鸩者，问之："是何以?"曰："所以鸩人也。"于是，请买之，金不足，又益之车马。已得之，尽注之于江。

《尸子》

【译文】

巫马其作为荆王的使者出访巴国。在途中，他遇见一个肩挑毒酒的人，于是问道："这是做什么用的?"那人答道："是用来毒害人的。"于是，巫马其就向他买那毒酒，带的钱不够，又押上随行的车马。买来后，全部都倾倒到江里去了。

黄公好谦卑

【原文】

齐有黄公者，好谦卑，有二女皆国色，以其美也，常谦辞毁之，以为丑恶。丑恶之名远布，年过而一国无聘者。

卫有鳏夫，失时，冒娶之，果国色。然后曰：“黄公好谦，故毁其子，妹必美。”于是争礼之，亦国色也。

《尹文子·大道上》

【译文】

齐国有位黄公，喜好自谦自卑，他的两个女儿都是国内最美丽的女子，然而黄公却因此常常谦逊地称她们长得很丑陋。这样一来，他女儿貌丑的恶名就传得很远，以致两个女儿过了结婚的年龄却没有一个国人来聘婚。

这时，卫国的一个老光棍冒冒失失地迎娶了黄公的大女儿；才知道是国色佳人。此后他逢人就说：“黄公喜好谦卑，故意贬毁他女儿美丽的容貌。因此，我妻子的妹妹也一定长得很美。”于是，人们争着向黄公的小女儿求婚，果然也是位国色佳人。

心不在马

【原文】

赵襄主学御于王子期，俄而与於期逐，三易马而三后。

襄主曰：“子之教我御术未尽也。”

对曰：“术已尽，用之则过也。凡御之所贵，马体安于车，人心调于马？而后可以进速致远。今君后则欲逮臣，先则恐逮于臣。夫诱道争远，非先则后也。而先后心在于臣，上何以调于马，此君之所以后也。”

《韩非子·喻老》

【译文】

赵襄子向王子期学习驭马驾车，不久就和王子期驾车竞赛，赵襄子换了三匹马，三次都比输了。

赵襄子说：“你没有把驾车的技巧全教给我，所以我三次都落后于你。”

王子期回答说：“我的技巧已全教给您了，您运用却不恰当。大凡驾车最重要的，是要让马的身体安于驾车，人的注意力集中在马身上，此后才能加速快跑，到达远方。现在您驾车，落后一点就一心想赶上我，跑在我前面又怕我追上来。但驾车在一条路上赛跑，不是跑在前面就是落在后头，但您却把心思全用在了是否能比赢我上了，还有什么心思去驭马呢？这就是您为什么三次都输掉的原因。”

子罕之宝

【原文】

宋之鄙人得璞玉而献之子罕，子罕不受。鄙人曰：“此宝也，宜为君子器，不宜为细人用。”子罕曰：“尔以玉为宝，我以不受子玉为宝。”

《韩非子·喻老》

【译文】

宋国有个边城小民得到一块璞玉而献给大夫子罕，子罕不肯接受。这位小民说：“这是块宝玉，应是君子所用之器，而不该让小百姓使用。”

子罕说：“我们的看法不同。你以为璞玉是宝贝，我认为不接受你的璞玉才是宝贝。”

海上沤鸟

【原文】

海上之人有好沤鸟者，每旦之海上，从沤鸟游。沤鸟之至者，百往而不止。

其父曰：“吾闻沤鸟皆从汝游，汝取来吾玩之。”

明日之海上，沤鸟舞而不下也。

《列子·黄帝》

【译文】

海边有个喜欢海鸥的人，每天早晨他都去海上，和海鸥一起游玩。向他飞来的海鸥成群结队，源源不断。

这个人的父亲说：“我听说海鸥都不断飞到你的身边和你一起游玩，你捉几只来给我玩玩。”

第二天这个人来到海上，海鸥在天空飞舞，但并不落下来和他一起游玩。

杞人忧天

【原文】

杞国有人忧天地崩坠，身亡所寄，废寝食者。

又有忧彼之所忧者，因往晓之，曰："天，积气耳，亡处亡气。若屈伸呼吸，终日在天中行止，奈何忧崩坠乎？"

其人曰："天果积气，日、月、星宿，不当坠邪？"

晓之者曰："日、月、星宿，亦积气中之有光耀者：只使坠，亦不能有所中伤。"

其人曰："奈地坏何？"

晓者曰："地，积块耳，充塞四虚，亡处亡块。若躇步跐踏，终日在地上行止，奈何忧其坏？"

其人舍然大喜，晓之者亦舍然大喜。

《列子·天瑞》

【译文】

杞国有个人担心天崩地塌，自己没有容身之处了，因此吃不香睡不着，忧心忡忡。又有一个人为那个忧天的杞人担心，便前去开导他说："天，不过是气的积聚罢了，没有一个地方没有，你起坐呼吸，整天在天空中生活，怎么还担心天会崩塌掉下来呢？"

那个忧天的杞人说："如果天真的是气积聚而成，那么太阳、月亮和星辰不会掉下来吗？"

开导者又说："太阳、月亮和星辰，也都是会发光的气积聚而成的，即使它们掉下来，也不会打伤人的。"

那个忧天的杞人问："那么地陷了怎么办呢？"

开导者又说："地是土块积聚而成，它充塞四野，无处不有，你迈步行走，整天在它上面生活，为什么还担心它会塌陷呢？"

那个忧天的杞人听了后，如释重负，非常高兴，开导者也因此消除了忧虑，高兴起来。

关尹子教射

【原文】

列子学射，中矣，请于关尹子。尹子曰：“子知子之所以中者乎？”

对曰：“弗知也。”

关尹子曰：“未可。”退而习之，三年，又以报关尹子。

尹子曰：“子知子之所以中乎？”

列子曰：“知之矣。”

关尹子曰：“可矣，守而勿失也。非独射也，为国与身亦皆如之。”

《列子·说符》

【译文】

列子学习射箭，射中了箭靶，去向关尹子请教，关尹子问列子说：“你知道你为什么会射中靶子吗？”

列子回答说：“不知道。”

关尹子说：“那还不行。”列子回去再进一步练习，练习了三年，又返回关尹子那里向关尹子回报自己练习的情况。

关尹子说：“你知道你为什么能射中的原因了吧？”

列子说：“现在我知道了。”

关尹子说：“那就行了，你要把它牢记在心，千万别忘记了。不但射箭是如此，治理国家和修养自身也都是同样的道理。”

薛谭学讴

【原文】

薛谭学讴于秦青，未穷青之技，自谓尽之，遂辞归。秦青弗止饯于郊衢，抚节悲歌，声振林木，响遏行云。薛谭乃谢，求反。终身不敢言归。

《列子·汤问》

【译文】

薛谭向秦青学唱歌，还没有学完秦青唱歌的本领，却自以为都学好了，便向秦青告辞回家。秦青也不阻止他，还在城外的大道边为薛谭饯行。秦青在席上按着节拍动情地歌唱，歌声振动了路边的树木，留住了天空飘荡的云彩。薛谭意识到自己还没有学到老师的本领，便向老师道歉，请求回去再学。一辈子再也不敢说学成回家的话了。

卫人迎新妇

【原文】

卫人迎新妇，妇上车，问：“骖马，谁马也？”御曰：“借之。”

新妇谓仆曰：“拊骖，无笞服！”

车至门，扶教送母：“灭灶，将失火。”

入室见臼，曰：“徙之牖下，妨往来者。”

主人笑之。

此三言者，皆要言也。然而不免为笑者，蚤晚之时失也。

《战国策·宋卫策》

【译文】

有个卫国人迎娶新嫁娘，新娘上车后，问：“这骖马是谁家的？”驾车人答：“借的。”

新娘对仆人说：“要轻轻地拍赶骖马，也不要用鞭子抽打自家的服马！”

车刚到家门口，新娘就侧身凑近伴娘指使她说：“去把灶膛里的火灭了，不然怕失火。”

进到房里，新娘看到一个石臼，说：“把它移到窗户下面去，不然妨碍往来走路。”

婆家人都笑她。

新娘子说的这三句话，其实本身都很在理，但却被人耻笑，这是因为刚过门就说这些，未免为时过早了一点。

嗟来之食

【原文】

齐大饥。黔敖为食于路，以待饥者而食之。

有饿者，蒙袂、辑履，贸贸然来。黔敖左奉食，右执饮，曰：“嗟，来食!”

扬其目而视之，曰：“予唯不食嗟来之食，以至于斯也!”从而谢焉。终不食而死。

《礼记·檀弓下》

【译文】

齐国闹起了大饥荒，富人黔敖在路旁煮了粥，等待饥民来后给他们吃。

有个饿得非常狠的人，用衣袖蒙着脸面，拖着破鞋子，踉踉跄跄地走了来。黔敖见了，左手捧着饭菜，右手端着汤水，喊道：“喂！快来吃吧!”

那饥民睁着双眼盯着黔敖，说：“我只是因为不吃这种吆喝着施舍的饭食，才饿到这种地步。”黔敖便向他道歉，但他始终不肯吃，便活活饿死了。

齐庄公出猎

【原文】

齐庄公出猎，有螳螂举足将搏其轮，问其御曰：“此何虫也?”御曰：“此是螳螂也。其为虫，知进而不知退，不量力而轻就敌。”庄公曰：“此为人，必为天下勇士矣。”于是回车避之，而勇士归之。

韩婴《韩诗外传》卷八

【译文】

齐庄公外出打猎，有一只螳螂抬起前腿，准备与庄公车上的轮子拼搏。庄公便问驾车的人说："这是什么虫呀?"车夫回答说："这是螳螂。这种虫，只知道往前进，而不知往后退，从不估量自己的力量有多大，就轻易地与对手交锋。"庄公说："这只螳螂如果是人，就一定成为天下的勇士了!"于是，庄公让车夫绕开螳螂而行。天下的勇士闻知此事后，都纷纷归顺了他。

公仪休嗜鱼

【原文】

公仪休相鲁而嗜鱼，一国献鱼，公仪子弗受，其弟子谏曰："夫子嗜鱼，弗受何也?"

答曰："夫唯嗜鱼，故弗受。夫受鱼而免于相，虽嗜鱼，不能自给鱼，毋受鱼而不免于相，则能长自给鱼。"

《淮南子·道应训》

【译文】

公仪休任鲁国的宰相，很喜欢吃鱼。国内不断有人给公仪休送鱼，公仪休不受，他的学生劝说道："老师爱吃鱼，却又不受鱼，这是为什么?"

公仪休答道："正是因为我爱吃鱼，才不要这鱼。如果接受了这鱼，那么，就会因受贿而被罢免宰相之职，到那时，我虽然还爱吃鱼，却再也不能满足这一嗜好了。现在不接受这鱼，就不致于被罢免宰相职务，就能永远地、经常地吃到鱼了。"

师旷劝学

【原文】

晋平公问于师旷曰："吾年七十欲学，恐已暮矣!"

师旷曰："何不炳烛乎?"

平公曰："安有为人臣而戏其君乎?"

师旷曰："盲臣安敢戏其君乎?臣闻之：少而好学，如日出之阳；壮而好学，如日中之光；老而好学，如炳烛之明。炳烛之明，孰与昧行乎？”

平公曰：“善哉！”

刘向《说苑·建本》

【译文】

晋平公问师旷说：“我现年七十岁了，还想学习，恐怕就是晚了点！”

师旷说：“您为什么不点燃蜡烛照明呢？”

晋平公说：“哪有做人臣的随便与国君开玩笑的呢？”

师旷说：“我这个瞎子大臣怎么敢与国君开玩笑呢？我听说，年少时而好学习，就如早晨初出的朝阳；壮年而好学，就像升入中天的阳光；老年而好学，又有如点燃蜡烛的光亮。点燃蜡烛照明，不是比在黑暗中行走要好得多吗？”

晋平公说：“很对！”

周处改过

【原文】

周处年少时，凶强侠气，为乡里所患。又义兴水中有蛟，山中有邅迹虎，并皆暴犯百姓。义兴人谓为“三横”，而处尤剧。或说处杀虎斩蛟，实冀“三横”唯余其一。处即刺杀虎，又入水击蛟。蛟或浮或没，行数十里；处与之俱。经三日三夜，乡里皆谓已死，更相庆。竟杀蛟而出，闻里人相庆，始知为人情所患，有自改意。乃自吴寻二陆。平原不在，正见清河，具以情告，并云欲自修改而年已蹉跎，终无所

成。清河曰："古人贵朝闻夕死，况君前途尚可。且人患志之不立，何忧令名不彰邪?"处遂改励，终为忠臣孝子。

刘义庆《世说新语·自新》

【译文】

周处年轻时，粗暴好斗，被乡里人看作祸害。义兴县河里有两条蛟龙，山中有只猛虎，都一同侵害老百姓。于是，义兴县里的人把周处连同这蛟、虎一齐称作"三害"，而其中又以周处之害最大。有人劝说周处去杀死猛虎，斩掉蛟龙，其实是希望"三害"之中只留下一个。周处就去山中杀了老虎，又去河中斩那蛟龙。蛟龙忽而浮出水面，忽而沉入水底，游了几十里，周处一直跟着它走。经过三天三夜，乡里的人都以为周处死了，便互相庆贺。谁知他竟杀死了蛟龙而游出水面。他听说乡里人都互相庆贺，才知道大家都把他当作祸害，于是产生了改过自新的念头。接着，又到吴郡去寻找陆氏兄弟。陆机不在家，却正碰见了陆云。他就把义兴人以他为患的情况全说了，还说自己想改正错误，而年纪已大，终究不能有所成就。陆云说："古人认为早晨懂得真理，即使晚上死了也值得。何况你的前途还远大！而且人怕的就是没志向，有了志向，又何愁美名不能远扬呢?"周处听了这番话，就改过自励，终于成了忠臣孝子。

伤仲永

【原文】

金溪民方仲永，世隶耕。仲永生五年，未尝识书具，忽啼求之。父异焉，借旁近与之，即书诗四句，并自为其名。其诗以养父母、收族为意，传一乡秀才观之。自是指物作诗立就，其文理皆有可观者。邑人奇之，稍稍宾客其父，或以钱币乞之。父利其然也，日扳仲永环谒于邑人，不使学。予闻之也久，明道中，从先人还家，于舅家见之，十二、三矣。令作诗，不能称前时之闻。又七年，还自扬州，复到舅家，问焉，曰："泯然众人矣。"

王子曰："仲永之通悟，受之天地。其受之天也，贤于材人远矣。卒之为众人，则其受于人者不至也。彼其受之天也，如此其贤也，不受之人，且为众人矣；今夫不受之天，固众人，又不受之人，得为众人而已耶?

王安石《临川先生文集》

【译文】

江西金溪县有个叫方仲永的人，家里世世代代都是种田的。方仲永五岁时，还未尝见到纸墨笔砚之类的文具。有一天，他突然哭着要这些东西，他的父亲感到很奇怪，便从邻居家借来给了他。他马上书写了一首四言诗，并且自己还定了个题目。这首诗是以奉养父母、家庭和睦为主题，并很快被同乡的读书人传阅了一遍。自此以后，指定事物要他写首诗，他可立刻写成，而且那文采、立意都是相当不错的。同县的人都把他看作奇才，渐渐地，人们也把他的父亲当作宾客来招待，有的人还拿出钱币来接济他们。他父亲觉得这样有利可图，便每天牵着方仲永遍访同县之人，不再让他学习。我听说方仲永的事已经很久了。明道年间，我随父亲回到家乡，在舅父的家中见到了方仲永，他已经十二、三岁了。再叫他做诗，但做出的诗与以前的名声很不相称。又过了七年，我从扬州回家，又到舅父家中，问起此事，众人都说：“方仲永的才智已经消失了，与众人已差不多了。”

我认为：方仲永的才智、悟性，是先天就有的。他从先天获得的东西，比起那些有才能的人要多些。他最终变成了一个普通人，则是因为他后来得到的东西太少了。像仲永这种人，从先天获得的东西如此之多，也如此之聪慧，但后天缺乏应有的培养，尚且成了

一个普通人，那么，现在那些天赋差，本就是普通智力的人，如果不注重后天的学习，难道能赶得上一般人的才能吗？

铁棒磨成针

【原文】

李白读书未成，弃去，道逢老妪磨杵，白问故，曰："欲作针"。白笑其拙，老妇曰："功到自成耳。"白感其言，遂还读卒业，卒成名士。

虞韶《日记故事》

【译文】

李白读书，还没完成学业就跑了。路上遇见一位老妇在磨一根铁棒。李白问她为何磨这铁棒，老妇说："想作根针。"李白笑他愚蠢，老妇说："功夫到家了就自然可成功。"李白听后，大为感动，于是马上回去继续学习，完成了学业，终于成了名士。

蜀鄙二僧

【原文】

蜀之鄙有二僧，其一贫，其一富。贫者语于富者曰："吾欲之南海，何如？"

富者曰："子何恃而往？"

曰："吾一瓶一钵足矣。"

富者曰："吾数年来欲买舟而下，犹未能也。子何恃而往！"

越明年，贫者自南海还，以告富者。富者有惭色。

西蜀之去南海，不知几千里也，僧富者不能至而贫者至焉。

彭端淑《白鹤堂诗文集·为学一首示子侄》

【译文】

在四川的偏僻地方，住着两个和尚，一个贫穷，一个富有。有一天，穷和尚找到富和尚说："我想到南海去，你觉得怎么样？"

富和尚问穷和尚："你依靠什么到那么遥远的地方去呢？"

穷和尚回答："我有一个盛水的瓶子和一只吃饭的碗就足够了。"

富和尚又说：“我好多年来，想租一条船到南海去，可至今仍没能实现。你这样贫穷，依靠什么去呢？”

过了一年后，那个穷和尚从南海回来了，并将去南海的经历告诉了富和尚。富和尚听了，感到很羞惭。

西蜀与南海之间的距离，有好几千里，富和尚不能去，而穷和尚却去了。

第二节　察情法门

鲁侯养鸟

【原文】

昔者海鸟止于鲁郊，鲁侯御而觞之于庙，奏《九韶》以为乐，具太牢以为膳。鸟乃眩视忧悲，不敢食一脔，不敢饮一杯，三日而死。

此以己养养鸟也，非以鸟养养鸟也。

《庄子·至乐》

【译文】

从前有只海鸟栖息在鲁国都城的郊外，鲁侯亲自把它迎接到祖庙，并设宴款待，给海鸟演奏《九韶》古乐来取乐，准备了牛、羊、猪三牲来作为它的膳食。结果海鸟晕头转向，忧惧悲伤，不敢吃一块肉，不敢喝一杯酒，三天就死了。

鲁侯是在用他自己享乐的方法来养鸟，不是用鸟的生活方式来养鸟。

望洋兴叹

【原文】

秋水时至，百川灌河，泾流之大，两涘渚崖之间，不辩牛马。于是焉河伯欣然自喜，以天下之美为尽在己。顺流而东行，至于北海，东面而视，不见水端，于是焉河伯始旋其面目，望洋向若而叹

曰："野语有之曰，'闻道百以为莫己若者'，我之谓也。且夫我尝闻少仲尼之闻而轻伯夷之义者，始吾弗信，今我睹子之难穷也，吾非至于子之门则殆矣。吾长见笑于大方之家。"

《庄子·秋水》

【译文】

秋汛季节如期到来了，各条小溪都奔流着汇集到了黄河，河流猛地涨大，两岸的岸堤和岸边的小洲之间，都宽阔得看不清对面的牛马。河伯因此而自我陶醉了，认为世界上只有自己是最为壮观的了。他顺着河流往东走，一直走到了北海边，朝东一望，只见茫茫然一片，看不见海的边际。河伯于是乎脸上不再有喜色，仰望海洋，向海神若感慨说："民间有句俗语说，'听到了百分之一的道理就以为天下没有人赶得上自己了，'说的就是我呀。况且我曾听说过有人认为孔子的学问少，并瞧不起伯夷的仁义，我开始还不相信，现在我看到您这样辽阔浩瀚，我才知道那是完全可能的。我如果不到你门前来领教这番道理那就危险了，我将要永远被那些深明大道的人所耻笑！"

山雉与凤凰

【原文】

楚人有担山雉者，路人问："何鸟也？"担雉者欺之曰："凤凰也。"路人曰："我闻有凤凰，今直见之。汝贩之乎？"曰："然。"则十金，弗与；请加倍，乃与之。将欲献楚王，经宿而鸟死。路人不遑惜金，惟恨不得以献楚王。国人传之，咸以为真凤凰，贵，欲以献之。遂闻楚王。楚王感其欲献于己，召而厚赐之，过于买鸟之金十倍。

《尹文子·大道上》

【译文】

有个楚国人挑着野鸡赶路，路上，有个过路人问道："这是什么鸟？"挑山鸡的人骗他说："这是凤凰。"过路人说："我听说有凤凰，今天竟亲眼见到了。你卖不卖?”挑野鸡的人说：“卖!”过路人给他十金，他不肯卖；过路人又请加倍付钱，他才卖给了过路人。过路人想把它献给楚王，不料过了一夜，野鸡死了。他无暇心疼他的金子，只是遗憾不能把凤凰献给楚王。楚国人纷纷传说着这件事，都认为那是只真凤凰，很珍贵，所以过路人想把它献给楚王。终于这件事传到了楚王的耳中，楚王很受感动，召见了过路人并重赏了他，赏金超过买野鸡钱的十倍。

目不见睫

【原文】

楚庄王欲伐越，杜子谏曰：“王之伐越何也?”曰：“政乱兵弱。”

杜子曰：“臣患。智如目也：能见百步之外而不能自见其睫。王之兵自败于秦、晋，丧地数百里，此兵之弱也。庄蹻为盗于境内而吏不能禁，此政之乱也。王之弱乱非越之下也，而欲伐越，此智之如目也。”王乃止。

故知之难，不在见人，在自见。故曰：“自见之谓明。”

《韩非子·喻老》

【译文】

楚庄王准备进攻越国，杜子进谏说：“大王您为什么要去攻打越国呢?”楚庄王说：“越国政治退乱，军队弱小。”

杜子说：“我担心人的智慧好比是眼睛：能看到百步之外的东西，但却看不见自己跟前的睫毛。大王您的军队自从被秦国和晋国打败之后，丧失了好几百里的土地，这就说明您的军队很弱小。庄蹻在楚国境内东偷西抢，但官吏禁止不了他，这又说明大王您的国攻非常混乱。大王您国内的兵弱政乱的局面不在越国之下、但还想去攻打越国，这就说明您的智慧像眼睛一样。”楚庄王因此便打消了当初的念头。

所以认识事物的困难之处，不在于知彼，而在于知己。故曰：”

能清楚地认识自己就叫做聪明。”

詹何猜牛

【原文】

詹何坐，弟子侍，有牛鸣于门外，弟子曰：“是黑牛也而白在其题。”

詹何曰：“然，是黑牛也，而白在其角。”使人视之，果黑牛而以布裹其角。

以詹子之术，婴众人之心，华焉殆矣……

《韩非子·解老》

【译文】

詹何坐在屋子里，弟子们在旁侍候他，门外传来了牛的叫声，弟子说：“这是一头白色额头的黑牛在叫。”

詹何说：“是的，这是一头黑牛，但白色是在它的角上。”派人一看，果然是黑牛而角上裹着白布。

用詹何这种猜谜的办法，来打动众人之心，是虚浮有害的啊……

美与丑

【原文】

杨子过于宋，东之逆旅，有妾二人，其恶者贵，美者贱。杨子问其故，逆旅之父答曰：“美者自美，吾不知其美也；恶者自恶，吾不知其恶也。”

杨子谓弟子曰：“行贤而去自贤之心，焉往而不美。”

《韩非子·说林上》

【译文】

杨朱经过宋国往东去，住在一家旅店里；店主有两个小老婆，其中长得丑的那个受宠尊贵，长得美的那个被轻视和冷落。杨朱问店主这是什么原因，旅店的老板回答说：“长得漂亮的，自己认为她漂亮，我不知道她美在哪里，长得丑的知道自己丑，我也就不觉得她丑了。”

杨朱对身边的弟子说：“行为高尚而又不自以为了不起，这样的人无论到哪儿，都会被人认为美的。”

所长无用

【原文】

鲁人身善织屦，妻善织缟，而欲徙于越。或谓之曰：“子必穷矣。”

鲁人曰：“何也？”

曰：“屦为履之也，而越人跣行；缟为冠之也，而越人被发。以子之所长，游于不用之国，欲使无穷，其可得乎？”

《韩非子·说林上》

【译文】

有个鲁国人自己会编织草鞋，妻子则很会织一种白色丝绸，却想搬到越国去居住。有人对他说：“你到了越国一定无法谋生。”

这个鲁国人说：“为什么呢？”

那个人回答说：“草鞋编出来是为了穿在脚上，但越国人个个打赤脚；白丝绸是做帽子用的，但越国人全都披散着头发。以你的长处，跑到用不着你的国家去，要想不穷困，那可能吗？”

远水不救近火

【原文】

鲁穆公使众公子或宦于晋，或宦于荆。犁鉏曰：“假人于越而救溺子，越人虽善游，子必不生矣。失火而取水于晦，海水虽多，火必不灭矣，远水不救近火也。今晋与荆虽强，而齐近，鲁患其不救乎？”

《韩非子·说林上》

【译文】

鲁穆公派他的众公子有的到楚国去做官，有的到晋国去任职。犁鉏说：“向越国去求人来救鲁国人落水的孩子，越国人虽然很会游

泳，但鲁国人的孩子也一定活不了。住内陆地方的人家里失火了，而到海边去取水来救火，海水即使再多，也一定浇不灭火，因为远处的水没法解救近处的火情。现在楚国和晋国虽然很强大，但齐国离我们很近，一旦它来侵犯，我恐怕晋楚两国大概救不了鲁国吧！”

黎丘丈人

【原文】

梁北有黎丘部，有奇鬼焉，喜效人之子侄昆弟之状。邑丈人有之市而醉归者，黎丘之鬼效其子之状，扶而道苦之。丈人归，酒醒而诮其子曰：“吾为汝父也，岂谓不慈哉？我醉，汝道苦我，何故？”其子泣而触地曰：“孽矣！无此事也。昔也往责于东邑，人可问也。”其父信之，曰：“譆！是必夫奇鬼也！我固尝闻之矣。”明日端复饮于市，欲遇而刺杀之。明旦之市而醉，其真子恐其父之不能反也，遂逝迎之。丈人望其真子，拔剑而刺之。丈人智惑于似其子者，而杀其真子。

侣氏春秋·慎行论·疑似》

【译文】

梁国的北部有个黎丘部，那里有个奇鬼，善于模仿人的子侄兄弟的模样。乡里有位老者去赶集，喝醉了酒回来，路上，遇见了奇鬼。黎丘奇鬼装成他儿子的模样，扶着他回家，在路上苦苦地折磨他。老者回到家，酒醒后责问他的儿子说：“我是你的父亲，难道可以说不慈爱吗？我喝醉了，你在路上苦苦地折磨我，这是为什么？”他的儿子哭着磕头说：“冤枉啊！没有这回事呀！昨天我到邑东讨债去了，别人可以作证。”老者信了他儿子的话，说：“唉！这一定是那个奇鬼干的，我早就听说过它了。”第二天老者特地又去集市上喝酒，希望再遇到那个奇鬼，杀死它。第二天一大早，老者就上了集市，喝醉了酒，他的儿子担心自己的父亲回不了家，就去接他。老者看见他的儿子，以为又是奇鬼来了，就拔出剑刺死了他。老者的理智被装成他儿子的奇鬼所迷惑，而杀死了真正的儿子。

大鹏与焦冥

【原文】

景公问晏子曰："天下有极大物乎?"

晏子对曰："有。鹏足游浮云，背凌苍天，尾偃天间，跃啄北海，颈尾咳于天地，然而谬谬不知六翮之所在。"

公曰："天下有极细者乎?"

晏子对曰："有。东海有虫，巢于蟁文睫，再乳再飞，而蟁不为惊。臣婴不知其名，而东海渔者命曰焦冥。"

《晏子春秋·外篇第八》

【译文】

齐景公问晏子道："天下有最大的东西吗?"

晏子回答说："有。大鹏的脚在浮云上游动，背上升到青天，尾巴倒伏在天空里，跳起来嘴到北海啄食，脖子和尾巴横隔在天地之间，可是还不知道它那有六根翎管的翅膀在什么地方。"

齐景公说："天下有最小的东西吗?"

晏子回答说："有。东海有种虫，在蚊子的睫毛上筑巢，不停地产子，不停地飞动，而蚊子却若无其事，不因此而惊慌。我晏婴不知道它叫什么名字，东海的渔夫却把它叫做焦冥。"

九方皋相马

【原文】

秦穆公谓伯乐曰："子之年长矣，子姓有可使求马者乎?"

伯乐对曰："良马可形容筋骨相也。天下之马者，若灭若没，若亡若失。若此者绝尘弭辙。臣之子皆下才也，可告以良马，不可告以天下之马也。臣有所与共担缠薪菜者有九方皋，此其于马非臣之下也。请见之。"

穆公见之，使行求马。三月而反报曰："已得之矣，在沙丘。"

穆公曰："何马也?"

对曰："牝而黄。"

使人往取之，牡而骊。穆公不说。召伯乐而谓之曰："败矣，子所使求马者，色物牝牡尚弗能知，又何马之能知也？"

伯乐喟然太息曰："一至于此乎！是乃其所以千万臣而无数者也。若皋之所观，天机也。得其精而忘其粗，在其内而忘其外。见其所见，不见其所不见；视其所视，而遗其所不视。若皋之相马，乃有贵乎马者也。"

马至，果天下之马也。

《列子·说符》

【译文】

秦穆公对伯乐说："你的年纪大了，你的儿孙辈中有没有可以派去帮我寻求千里马的？"

伯乐回答说："良马可以从它的形貌和筋骨上加以考察，但天下最好的马，评判的方法却似有似无，很难直观地把握。这种马奔跑不扬起灰尘，跑过后不留下足迹。我的儿孙们都是些凡庸之辈，他们可以找到一般的好马，却识别不了天下的最优良的马。我有一位共同打过柴挑过菜的伙伴，叫九方皋，这个人相马的本领不在我之下。我请求您召见他。"

秦穆公便召见了九方皋，让九方皋去寻找天下最优良的马。九方皋去了三个月，然后回来报告说："已经找到了，在沙丘那儿。"

秦穆公问："是匹什么样的马呢？"

九方皋说："是匹母马，黄色的。"

秦穆公派人去取马，却是一匹黑色的公马。秦穆公不高兴，把伯乐找来，而对伯乐说："差劲啊，你让我派去找天下无双的名马的九方皋，连马的毛色公母都分辨不清，还能识别马的好坏吗?”

伯乐长叹一声说：“难道他真的达到了这样的地步了吗？这就是他胜过我千万倍的地方，没有人能抵得上他，像九方皋这样的相马圣手所看到的，是马的天生的秘密。他抓住了马的根本，而忽视了马的皮毛粗迹，看到马的内在品质，而忽略了马的外表。他看到他认为应该注意的地方，而没看到他认为不需要看到的地方；观察了他认为必须观察的，而遗漏了他认为不必观察的。像九方皋这样的相马方法，有着比相马本身更重大的意义。”

等到把马取回来一看，果然是匹天下无双的优秀马。

杨布打狗

【原文】

杨朱之弟曰布，衣素衣而出。天雨，解素衣，衣缁衣而反。其狗不知，迎而吠之。杨布怒，将扑之。

杨朱曰：“子无扑矣，子亦犹是也。向者使汝狗白而往黑而来。岂能无怪哉?”

《列子·说符》

【译文】

杨朱的弟弟叫杨布，穿着白色的衣服出去，遇上天下雨，便脱掉了白色的衣服，穿着黑色的衣服回家。他家里的狗认不出他了，便冲上去对他乱叫乱吼。杨布非常生气，准备上去将狗痛打一顿。

杨朱说：“你不要去打狗了，其实你也是这样的。如前让你的狗在你出门时是白色的，而你回来时变成了黑色，你难道能不感到奇怪吗?”

枯梧不祥

【原文】

人有枯梧树者，其邻父言枯梧之树不祥，其邻人遽而伐之。

邻人之父因请以为薪。

其人乃不悦曰：“邻人之父徒欲为薪，而教吾伐之也。与我邻若

此，其险岂可哉？”

《列子·说符》

【译文】

有一个人家里的梧桐树枯死了，他邻居家的一位老头对他说让枯死的梧桐留在门前将不吉祥。他听了，马上把这棵枯梧桐砍了。

邻居家的老头便趁机请求把枯梧桐给他作柴禾。

这个人听了很不高兴，说：“邻居的老头只是因为想要拿梧桐树当柴禾，才叫我把梧桐砍了。与我做邻居的人竟是这种人，这难道不是太危险了吗！”

两小儿辩日

【原文】

孔子东游，见两小儿辩斗，问其故，

一儿曰：“我以日始出时去人近，而日中时远也。”一儿以日初出远，而日中时近也。

一儿曰；“日初出大如车盖，及日中，则如盘盂，此不为远者小而近者大乎？”

一儿曰：“日初出沧沧凉凉，及其日中，如探汤，此不为近者热而远者凉乎？”

孔子不能决也。两小儿笑曰：“孰为汝多知乎？”

《列子·汤问》

【译文】

孔子到东方去游说，路上碰到两个小孩在争论什么，孔子便问他们争论的原因。

一个小孩说：“我认为太阳升起的时候离人近些，而中午的时候离人远些。”

又说：“太阳刚出来的时候象车盖那样大，等到中午，只有盘钵那么大了，这不是因为离人远就看上去小，离人近就看上去大吗？”

另一个小孩说：“不对。太阳刚出来时，我们还觉得冷冷清清的，等到了中午，我们就觉得滚烫滚烫的，这难道不是因为离人近时才感到热，离人远时我们就觉得凉吗？”

孔子听了之后，也说不清谁对谁错。两个小孩笑着说：“谁说你知识丰富呢？连这个问题都说不清。”

疑邻窃斧

【原文】

人有亡斧者，意其邻之子。视其行步，窃斧也；颜色，窃斧也；言语，窃斧也，动作态度无为而不窃斧也。

俄而抇其谷而得其斧，他日复见其邻人之子，动作态度无似窃斧者。

《列子·说符》

【译文】

有个丢了斧头的人，心中怀疑是邻居家的儿子偷去了。他看到邻居家这个儿子走路的样子，像是偷了斧头的；再看看他的脸色，也像是偷斧头的；讲话的姿态、动作、神态，样样都像是偷了斧头的。

不久，这个丢了斧头的人在山谷里挖土，找到了他的斧头。隔日再看他邻居家的儿子，动作神情没有一点像偷了斧头的。

歧路亡羊

【原文】

杨子之邻人亡羊，既率共党，又请杨子之竖追之，

杨子曰：“嘻！亡一羊何追者之众？”

邻人曰：“多歧路。”

既反，问：“获羊乎？”

曰：“亡之矣。”

曰：“奚亡之？”

曰：“歧路之中又有歧焉，吾不知所之，所以反也。”

杨子戚然变容，不言者移时，不笑者竟日。

门人怪之，请曰："羊，贱畜，又非夫子之有，而损言笑者何哉？"

杨子不答，门人不获所命。

弟子孟孙阳出，以告心都子。心都子他日与孟孙阳偕入而问曰："昔有昆弟三人，游齐鲁之间，同师而学，进仁义之道而归。其父曰：'仁义之道若何？'伯曰：'仁义使我爱身而后名。'仲曰：'仁义使我杀身以成名。'叔曰'仁义使我身名并全。'彼三术相反，而同出于儒。孰是孰非邪？"

杨子曰："人有滨河而居者，习于水，勇于泅，操舟鬻渡，利供百口。裹粮就学者成徒，而溺死者几半。本学泅，不学溺，而利害如此。若以为孰是孰非？"

心都子嘿然而出。孟孙阳让之曰："何吾子问之迂，夫子答之僻？吾惑愈甚。"

心都子曰："大道以多歧亡羊，学者以多方丧生。学非本不同，非本不一，而末异若是。唯归同反一，为亡得丧。子长先生之门，习先生之道，而不达先生之况也，哀哉！"

《列子·说符》

【译文】

杨子的邻居丢失了一只羊，已带领全家去寻找，又跑来请杨子的僮仆去帮助追寻。

杨子说："嗬！丢了一只羊，为什么要派那么多人去寻找呢？"

邻居回答说："岔路太多了。"

等到找羊的人回来后，杨子问："找到羊了吗？"

邻居回答说："没有找回来。"

杨子又问："为什么没有找回呢？"

邻居说："岔路中又有岔路，我不知该往哪条路上去找，所以只好回来了。"

杨子脸色有些不高兴，半晌没有讲话，整天都没有笑容。杨子的门人们觉得很奇怪，向杨子问原因道："羊，不过是不值钱的牲口，况且又不是您的，但您却整天不说不笑，愁眉苦脸的，这又是为什么呢？"

杨子不予回答，门人们得不到答案。

杨子的学生孟孙阳出门，把这件事告诉了心都子。心都子和孟孙阳一起去见杨子，问道："从前有这样三兄弟，在齐鲁之间游学，跟随同一个老师学习，学得了仁义之道后回家。他们的父亲说：'你们已学完回来，请给我说说什么是仁义之道，行吗？'老大说：'仁义之道就是先要爱护自己的身体，然后才谈得上名誉。'老二说：'仁义之道就是要不惜生命地保护名誉。'老三说：'仁义之道就是既要保全生命，也要保全名誉。'他们兄弟三人的仁义之道完全不同，但却出于同一个儒士的教导。谁对谁不对呢？"

杨子说："有个居住在河边的人，熟悉水性，敢于游水，驾船摆渡来赚钱，供养百口之家。背着粮食来向他学习游水的人成群结队，结果淹死的人差不多达到半数。这些人本来是来学游水的，而不是来学淹水的，却得到了这样的结果。你认为谁对谁不对呢？"

心都子无声地退了出来。孟孙阳责备他说："你提问为什么那么拐弯抹角的，而我们老师的回答又那么古里古怪？我更加困惑不解了。"

心都子说："大路因为岔道多而丢失了羊，求学的人因为对一种学术的理解不同而丧失这种学术的本义。学术的本源是一致约，相同的，但到后来却像现在这样互相分歧。唯有回归到本源上来，才能不丧失这种学术的本义。你长期在先生的门下求教，学习先生的学说，而竟不懂你先生说的什么意思，太可悲了！"

惊弓之鸟

【原文】

异日者，更羸与魏王处京台之下，仰见飞鸟。更羸谓魏王曰："臣为王引弓虚发而下鸟。"魏王曰："然则射可至此乎？"更羸曰：

“可。”

有间，雁从东方来。更羸以虚发而下之。魏王曰：“然则射可至此乎?”更羸曰：“此孽也。”王曰：“先生何以知之?”对曰：“其飞徐而鸣悲。飞徐者，故疮痛也；鸣悲者，久失群也。故疮未息而惊心未至也。闻弦音，引而高飞，故疮陨也。”

《战国策·楚策四》

【译文】

从前有一天，更羸和魏王站在高台之下，仰头看见有飞鸟。更羸对魏王说：“我可以为您用拉弓而不发射箭矢的方法射下鸟来。”魏王说：“难道射术可以达到这样高的水平吗?”更羸说：“可以”。

停了一会儿，一只雁从东方飞来。更羸虚拉了一下弓弦就把它射下来了。魏王说：“射术怎么可以达到这样高的水平啊?”更羸说：“这是因为这雁有伤病”。魏王说：“你怎么知道的?”更羸回答说：“它飞得很慢而且叫声很凄惨。飞得慢，是因伤口痛；叫声凄惨，是因离群很久了。所以它伤口没有好而又惊魂未定，这时它听到弓弦发出的声音，用劲振翅往高处飞，导致伤口撕裂而坠落地上。”

螳螂捕蝉

【原文】

园中有榆，其上有蝉。蝉方奋翼悲鸣，欲饮清露，不知螳螂之在后，曲其颈，欲攫而食之也。螳螂方欲食蝉，而不知黄雀在后，欲啄而食之也。黄雀方欲食螳螂，不知童子挟弹丸在榆下，迎而欲弹之。童子方欲弹黄雀，不知前有深坑，后有掘株也。

此皆贪前之利，而不顾后害者也。

韩婴《韩诗外传》

【译文】

园中有一棵榆树，树上有一只知了。知了鼓动翅膀悲切地鸣叫，正准备吮吸些清凉的露水时，却不知道有只螳螂正在它的背后。螳螂弯起颈脖，打算把知了逮住吃掉。螳螂正要吃知了的时候，却不知道黄雀就在它的后面，黄雀是想啄死螳螂吃掉它。黄雀正想啄食螳螂时，却不知道榆树之下有个拿着弹丸的小孩，那小孩拉开弹弓正准备射黄雀。孩子正要射时，却不知脚前有个深坑，后面还有个树桩子。

这些鸟虫和这孩子都是贪图眼前的利益，而不顾身后隐藏着的祸害。

宓子论过

【原文】

宾有见人于宓子者。宾出，宓子曰："子之宾独有三过：望我而笑，是攓也；谈语而不称师，是返也：交浅而言深，是乱也。"

宾曰："望君而笑，是公也；谈语而不称师，是通也；交浅而言深，是忠也。"

故宾主容，一体也；或以为君子，或以为小人，所自视之异也。

《淮南子·齐俗训》

【译文】

宓子的一个朋友带一位客人来拜访宓子。客人走后，宓子对这个朋友说："你带来的这位客人别的都好，就是有三个错误：一见我就笑，是轻慢和不懂规矩的表现；言谈中从不提起自己的老师，是一种对师门的叛逆行为；刚见面，交情还不深，就推心置腹地说一大堆，这是稀里糊涂的表现。"

那客人对这番批评辩驳道："我一见你就笑，说明我坦荡无私，谈话中不提及我的老师，是为了打通师门之间的隔阂，以便交往；交情不深而敢说心里话，是对朋友忠诚和信任的表现。"

因此，这客人的言行本来就是一个样，但却可以被看作君子，也可以被看作小人，这完全是由于各人自己的看法不同。

辨伏神文

【原文】

余病痞且悸，谒医视之，曰："惟伏神为宜。"明日，买诸市，烹而

饵之，病加甚。召医而尤其故，医求观其滓，曰："吁！尽老芋也，彼鬻药者欺子而获售。子之懵也，而反尤于余，不以过乎？"

余戍然惭，忾然忧，推是类也以往，则世之以芋自售而病乎人者众矣，又谁辨焉！

柳宗元《柳河东集》

【译文】

我得了痞病，经常心悸，到医生那里求诊，医生说："只有服食伏神最妥当。"第二天，我从市场上买来伏神，煎煮后服了，哪知病情更加严重。请来医生，责问其中的原故，医生要求观看一下药渣子，说："唉，这全是一些老芋头啊。那卖药的欺骗了你，让你买了假药。你也太无知了，却反而来责怪我，你难道不感到错了吗？"

我听后，感到紧张而惭愧，又恼又忧。将这件事推而言之，世上像以芋头充当伏神卖而坑害人的事是很多的了，但又有谁能明辨是非呢？

宥蝮蛇文

【原文】

家有僮，善执蛇，晨持一蛇来谒曰："是谓蝮蛇，犯于人，死不治。又善伺人，闻人咳喘步骤，辄不胜其毒，捷取巧噬肆其害，然或慊不得于人，则愈怒；反啮草木，草木立死。后人来触死茎，犹堕指挛腕肿足，为废病。必杀之，是不可留。"

余曰："汝恶得之？"曰："得之榛中。"曰："榛中若是者可既乎？"曰："不可，其类甚博。"余谓僮曰："彼居榛中，汝居宫内，彼不汝即，而汝即彼，犯而斗死以执而谒者，汝实健且险，以轻近是物，然而杀之，汝益暴矣。彼耕获者，求薪苏者，皆土其乡，知防而入焉，执耒操鞭持芟朴以免其害。今汝非有求于榛者也，密汝居，易汝庭，不凌奥，不步闇，是恶能得而害汝？且彼非乐为此态也，造物者赋之形，阴与阳命之气，形甚怪僻，气甚祸贼，虽欲不为是不可得也。是独可悲怜者，又孰能罪而加怒焉，汝勿杀也。"

柳宗元《柳河东集》

[译文]

家里有一僮仆，擅长捉蛇。早上，他拿着一条蛇来拜见我，说：“这是一条蝮蛇，咬人后，人只有死路一条。这蛇还善于观察人，听到有人咳嗽、喘息以及迈步急走的声音，就可判断出他们抵挡不住自己的毒性，于是就敏捷地攻取，巧妙地咬食、肆意地加害他们。然而，有时它不能加害于人，就大发起脾气来，转过来咬噬草木。草木被它咬后就立刻死掉。以后的人只要触及到了这已死草木的茎部，也会烂掉手指、手腕挛曲、脚部浮肿，成为残废人。所以，对这种蛇，一定要杀死它，不可留下它。”

我说：“你是怎么抓住它的？”僮仆回答说：“在树丛中捉来的。”我说：“树丛中的这类蛇可以捉完吗？”他说：“不可，这类蛇非常多。”我告诉僮仆说：“蛇住在树丛中，你住在屋子里，它不靠近你，你却接近它，触犯并杀死它后来进见我，你确实需要强健和冒险才能接近这东西，然而，你还是杀死了它，这说明你更残暴啊。那些耕田种地的人，砍柴割草的人，都是与土地为伍，不得不提防蛇的侵入，他们拿着农具，端着鞭子，握着镰刀以免受其害。而你现在并不是一定要涉足于树丛之中，你只要把屋子密封好，把庭院整修好，不去水边深曲之地，不在阴暗处行走，这蛇又怎么会加害于你呢？况且蛇也不是自己乐意成为现在这种模样，而是造物主赋予了它那种形体，自然的阴阳之气赋予了它那种品性，形体非常怪异，品性十分阴毒。它即使不愿这样也不可能啊。它也够可怜的，又怎么能怪罪它，加怒于它呢？你再不要去杀它们了。”

蠹 化

【原文】

桔之蠹，大如小指，首负特角，身蹙蹙然，类蝤蛴而青，翳叶仰啮，如饥蚕之速，不相上下。人或枨触之，辄奋角而怒，气色桀骜。一旦视之，凝然弗食弗动，明日复往，则蜕为蝴蝶矣。力力拘拘，其翎未舒，襜黑遘苍，分朱间黄，腹填而椭，緌纤且长，如醉

方瘠，羸枝不扬。又明日往，则倚薄风露，攀援草树，耸空翅轻，瞥然而去，或隐蕙隙，或留篁端，翩旋轩虚，风曳纷拂，甚可爱也。须臾，犯蝥网而胶之，引丝环缠，牢若辈梏，人虽甚怜，不可解而纵矣。

噫！秀其外，类有文也；嘿其中，类有德也；不朋而游，类洁也；无嗜而食，类廉也。向使前不知为桔之蠹，后不见触蝥之网，人谓之钧天帝居而来，今复还矣。天下，大桔也；名位，大羽化也；封略，大蕙篁也。苟灭德忘公，崇浮饰傲，荣其外而枯其内，害其本而窒其源，得不为大蝥网而胶之乎？观吾之《蠹化》者，可以惕惕。

陆龟蒙《笠泽丛书》

【译文】

桔树的蛀虫只有小指那么大，头上长有一只长长的角，身子一伸一缩地动着，很像天牛的幼虫，身子只不过是青色。它隐藏在树叶下面，仰面吃食，与饥饿的蚕儿吃桑叶速度不相上下。如果有人拿东西碰它一下，它就竖起角来发怒，气鼓鼓的，显出一副桀骜不驯的架势。一天，人们发现它呆在树上，不吃树叶，也不动弹。第二天再看它时，这蛀虫则蜕变成了蝴蝶。它的身子动动停停，翅膀还没舒展开来，身子却像披上了黑裙白衫一样，其中还点缀着红、黄两色，椭圆形的肚子也是各色相间，头上还长了一对又细又长的绫缨般的触须。那模样就像酒醉刚醒，瘦弱的四肢还不能张扬。又过了一天再去看，它已经能凭借微风和露水，沿着小草树木攀登爬行，翅膀轻轻地展开，飞向高空，眨眼之间就飞不见了。它有时也隐藏在蕙草之间，有时停栖在竹子枝头，有时或在广阔的天空中盘旋飞舞，飘飘扬扬的，非常可爱。没过多久，它撞到了蜘蛛网上，被粘上了。蜘蛛吐出丝来，将它缠了个结实，如同戴上镣铐一样。人们虽然同情它，但不可帮它解脱，使它自由飞去。

哎，美丽的外表、好像有文彩；内心默默，好像有德性；没有伴侣，孤独地飞翔，像是很高洁；吃食也没有什么特别的爱好，像是很清廉，从前如果不知道它是桔树的蛀虫，后来又没看见它触上蛛网被困住，人们还可能会认为它是住在中央上帝那儿，现在又回来了。天下，就像一棵大桔树；名位，有如大的蜕化；封疆，有如大的蕙草竹林。如果失去德性，忘记大众，崇尚浮华，骄妄自大，表面华美，内心空虚，损害本性，堵塞源流，怎么可能不落得那种触网受粘的下场呢！阅读我的《蠹化》的人，可以此为鉴戒。

雁 奴

【原文】

雁奴，雁之最小者，性尤机警。每群雁夜宿，雁奴独不瞑，为之伺察。或微闻人声，必先号鸣，群雁则杂然相呼引去。

后乡人益巧设诡计，以中雁奴之欲。于是先视陂薮雁所常处者，阴布大网，多穿土穴于其傍。

日未入，人各持束缊并匿穴中，须其夜艾，则燎火穴外，雁奴先警，急灭其火。群雁惊视无见，复就栖焉。

于是三燎三灭，雁奴三叫，众雁三惊；已而无所见，则众雁谓奴之无验也，互唼迭击之，又就栖然。

少选，火复举，雁奴畏众击，不敢鸣。

乡人闻其无声，乃举网张之，率十获五。

宋祁《宋景文集》

【译文】

雁奴，是雁群中最小的雁，性情尤其机警。每当群雁夜晚停宿时，唯独雁奴不睡觉，为雁群观察放哨。有时稍微听见人的声音，它一定要先鸣叫起来，群雁便杂然而动，相互呼唤着飞离而去。

后来乡里人便巧妙地设下诡计，使雁奴上圈套而捕捉群雁。于是，乡里人先观察好堤岸、湖边这些为群雁所常栖的地方，在那里暗中布下大网，又在大网旁边挖上许多洞穴。

太阳还没落山，人们各自拿着绳索躲在洞穴中，等到夜尽天明时，就在洞外点起火来，雁奴先发出警叫声，人们连忙扑灭火。群雁惊醒后，没有发现什么异样，便又接着睡起觉来。

这样三次点火又三次扑灭，雁奴三次警鸣，众雁三次惊醒，最后都没有发现什么动静，众雁就责怪雁奴报警不灵验，都用嘴去啄它，并轮番攻击它，然后又都安然休息。

过了一会儿，火又点燃起来，雁奴害怕众雁的攻击，不敢再鸣叫。

乡里的人们见雁奴不再鸣叫，便张开大网捕捉，众雁大概十有五只被捉。

祷钟辨盗

【原文】

陈述古密直知建州浦城县日，有人失物，捕得莫知的为盗者。述古乃绐之曰："某庙有一钟，能辨盗，至灵。"使人迎置后阁祠之，引群囚立钟前，自陈："不为盗者，摸之则无声，为盗者摸之则有声。"述古自率同职，祷钟甚肃。祭讫，以帷围之，乃阴使人以墨涂钟。良久，引囚逐一令引手入帷摸之，出乃验其手，皆有墨，唯有一囚无墨，讯之，遂承为盗。盖恐钟有声，不敢摸也。

沈括《梦溪笔谈·权智》

【译文】

枢密院直学士陈述古任建州浦城知县时，有人丢失了东西，抓得了一些嫌疑分子，但不知谁是真盗。陈述古便哄这些涉嫌分子说："某某庙里有一口钟，能辨认盗贼，十分灵验。"于是派人将那口钟抬到官署后阁祭祀起来，又把那一群囚禁的人领到钟前，对他们说："没有偷东西的人，摸这钟是不会响的，而偷了东西的人一摸它，它就会发出响声。"陈述古亲自率领同事，在钟前很严肃地祷告了一番。祭祀完毕，便以帷帐将钟罩了起来，又秘密地派人把墨汁涂在钟上。过了一些时，他便领着被囚的犯人，让他们一个接一个地把手伸进帷帐里去摸钟，然后又分别检验他们的手，发现唯独一个人手上没有墨汁，其余的都有。陈述古对那个手上无墨汁的人进行了审讯，那人便承认了自己做盗贼的事。原来，那人是怕钟发出响声，所以没敢去摸它。

日　喻

【原文】

生而眇者不识日，问之有目者。或告之曰："日之状如铜盘。"扣盘而得其声。他日闻钟，以为日也。或告之曰："日之光如烛。"扪烛而得其形。他日揣籥，以为日也。

日之与钟籥亦远矣，而眇者不知其异，以其未尝见而求之人也。

苏轼《经进东坡文集事略·日喻》

【译文】

有个生下来就瞎了眼的人，不知道太阳是什么样子，就去问眼睛好的人。有人告诉他说："太阳的形状像个大铜盘。"盲人回到家中就敲起了铜盘，盘子发出了声响，后来他听到了钟声，认为这就是太阳了。又有人告诉他说："太阳发光，就像蜡烛一样。"于是，盲人又去摸蜡烛，知道了蜡烛的形状。后来有一天，他摸到了竹笛，以为这就是太阳了。

太阳与钟、与竹笛相差太远了，但是盲人不知道它们之间的区别，这是因为他根本未见过太阳，只是向别人打听的缘故。

观捕鱼记

【原文】

松江产鱼非一，取鱼者，或以罩，或用叉，或以笱，或以罾。巨家则斫大树置水中，为鱼藂，鱼大小毕赴之。纵横盘亘，人亦无敢辄捕者，故萃而不去。天始寒，大合。渔者编竹断东西津口，以防其佚。乃彻树，两涯鼓而殴之。鱼失所依，或骇而跃，或怒而突，戢戢然已在釜中矣。于是驾百斛之舟，沉九囊之网，掩其左右，遮其前后，而盈车之族，如针之属，脱此挂彼，损鳞折尾，无一纵者。

贝琼《清江贝先生文集》

【译文】

松江出产的鱼类有多种，捕鱼的人们，有的用网，有的用叉，有的用笱，有的用罾。大户人家则砍些大树放在水中，形成个鱼类聚集的场所，各种鱼不分大小都赶到了。大树在水中盘根错节，鱼儿在水中自由自在地游动，人们也没有敢来这里捕鱼的，所以鱼儿汇集到这里都不愿离去。天气开始寒冷了，鱼儿都汇集一堆。这时大户人家用编制的竹网阻断东西水流的两边，防止鱼儿逃走。于是撤去大树，在两岸击鼓轰赶鱼群。鱼群失去依赖的大树，有的惊骇得跳起来，有的愤怒地左冲右突，可不一会就泄了气，好像已在锅中了。于是人们驾起能装百斛的大船，往水里沉下有许多口袋的鱼网，把前后左右的水面统统都遮蔽起来，于是那些大至能装满一车的鱼，小至只有铁针那么大的鱼，即使从这里逃脱，却又在那里被挂住，碰掉了鳞，折断了尾，没有一条能够逃掉。

季子投师

【原文】

商季子笃好玄，挟资游四方，但遇黄冠士，辄下拜求焉。偶一猾觊取其资，绐曰："吾得道者，若第从吾游，吾当授若。"季子诚从之游，猾伺便未得，而季子趣授道。一日，至江浒，猾度可乘，因绐曰："道在是矣。"曰："何在?"曰："在舟樯杪，若自升求之。"其人置资囊樯下，遽援樯而升，猾自下抵掌连呼趣之曰："升。"季子升无可升，忽大悟，抱樯欢叫曰："得矣！得矣!"猾挈资疾走。季子既下，犹欢跃不已。观者曰："咄，痴哉！彼猾也，挈若资走矣。"季子曰："吾师乎！吾师乎！此亦以教我也。"

耿定向《权子》

【译文】

商季子特别喜欢玄学，带着钱财云游四方，只要遇见戴黄帽子的道士，就跪下来请求人家赐教。碰巧一个骗子想骗他的钱财，欺哄他说："我是得道的人，你如果跟随我云游，我会传道给你。"季子听信他的话，跟随他四处游玩，骗子想寻找机会，但没找到，而季子却不断催促他传道。一天，他们来到江边，骗子估计有机可乘，于是欺骗他说："道在这里啊！"季子问："在哪里？"骗子说："在船樯桅顶端，你自己爬上找罢！"季子于是把钱袋放在桅杆下，急忙顺着杆子往上爬，骗子在下面拍手连连催促他说："快上！快上！"季子爬上顶端没法再上，忽然恍然大悟抱着桅樯欢呼道："得道了！得道了！"骗子抓起钱袋赶忙逃走了。季子已经从桅杆上下来，却还欢呼不止。旁观者说："唉，愚蠢啊！那是个骗子，拿了你的钱财逃走了。"季子说："他是我师傅啊！他是我师傅啊，这也是在教我啊！"

第三节 宦海怪状

楚王好细腰

【原文】

昔者，楚灵王好士细腰。故灵王之臣，皆以一饭为节，胁息然后带，扶墙然后起。比期年，朝有黧黑之色。

《墨子·兼爱中》

【译文】

从前，楚灵王喜欢腰细的官吏，所以楚灵王手下的大臣，都纷纷节食，每天只吃一顿饭，蹲在地上屏住呼吸，然后才勒住腰带，扶着墙慢慢站起来。到了一年之后，宫中的官吏个个变得面黄肌瘦了。

越王好士勇

【原文】

昔越王勾践，好士之勇，教驯其臣。和合之，焚舟失火，试其士曰："越国之宝尽在此。"越王亲自鼓其士而进之。士闻鼓音，破碎乱行，蹈火而死者，左右百人有余，越王击金而退之。

《墨子·兼爱中》

【译文】

从前越王勾践，喜爱英勇无畏的官吏，教导训练朝臣们要勇往直前。他暗中派了人焚烧内官房屋，然后说是宫中失火了，考验他手下的官吏们说："越国的宝藏全在这里面。"勾践亲自击鼓督促官吏们赴火中救宝。官吏们听到鼓声，争先恐后地朝火中跑去，掉在火海中被烧死的，仅勾践身边的大臣就有一百多人，越王这才鸣金把官吏们召唤回来。

五十步笑百步

【原文】

梁惠王曰："寡人之于国也，尽心焉耳矣。河内凶，则移其民于河东，移其粟于河内。河东凶亦然。察邻国之政，无如寡人之用心者。邻国之民不加少，寡人之民不加多，何也？"

孟子对曰："王好战，请以战喻。填然鼓之，兵刃既接，弃甲曳兵而走。或百步而后止，或五十步而后止。以五十步笑百步，则何如？"

曰："不可，直不百步耳，是亦走也。"

曰："王如知此，则无望民之多于邻国也。"

《孟子·梁惠王上》

【译文】

梁惠王说："我对于治理国家，可以说是非常尽心了。黄河北部收成不好，我就把老百姓迁往黄河南面就食，并向灾区运送粮食；黄河南部闹饥荒我也是采取这种方法。我看邻国的执政者治国，没有人像我这样尽心尽意的，但邻国的百姓并没减少，我的国家的百姓也并没增加，是何缘故？"

孟子回答说："梁王您喜欢打仗，我请求用打仗来打比方。战鼓咚咚地敲起来了，一场短兵相接的战斗开始了，可有些士兵丢了武器向后逃。其中有的跑了百步远停下来，有的跑了五十步远停下来。跑了五十步远的嘲笑跑了一百步远的，那怎么样呢？"

梁惠王说："不行，跑了五十步的虽说还不到一百步的那么远，可他们也同样是逃跑。"

孟子说："梁王您既是明白了这个道理，那也就无怪乎您的老百姓并不比邻国的多了。"

弥子瑕失宠

【原文】

昔弥子瑕有宠于卫君。卫国之法：窃驾君车者罪刖。弥子瑕母病，人闻有夜告弥子，弥子矫驾君车以出，君闻而贤之曰："孝哉！为母之故，忘其犯刖罪。"异日，与君游于果园，食桃而甘，不尽，以其半啖君，君曰："爱我哉！忘其口味，以啖寡人。"

及弥子瑕色衰爱驰，得罪于君。君曰："是固尝矫驾吾车，又尝啖我以余桃。"

故弥子之行未变于初也，而以前之所以见贤而后获罪者，爱憎之变也。

《韩非子·说难》

【译文】

弥子瑕很受卫君的宠幸。卫国的法令规定，私下驾驶国君的乘车出去的人，要受刑砍掉腿脚。弥子瑕的母亲生病了，有人得知这一消息，夜间去告诉了弥子瑕，弥子瑕假托卫君的命令，驾驭着国君的车子赶回家去，卫君听说此事后赞扬弥子瑕说："真是位孝子啊！因为母亲生病的缘故，连砍脚的刑法都忘记了。"另有一天，弥子瑕陪同卫君在果园里游玩，弥子瑕摘了一个桃子吃，觉得很甜，就没有吃完，把剩下的一半留给卫君吃，卫君吃着桃子，说："弥子瑕太热爱我了！忘记他吃过会在桃子上留有余味，而拿来给我吃。"

等到弥子瑕人老珠黄，不再受宠，得罪了卫君。卫君就说："弥子瑕这个人曾假传我的命令驾走了我的车，又曾让我吃他啃过的桃子。"

所以说弥子瑕的行为并没有什么改变，但以前因此受宠爱，而后来又因此而被指责，原因是卫君的爱憎感情发生了变化。

卫人教女

【原文】

卫人嫁其子而教之曰：“必私积聚。为人妇而出，常也；成其居，幸也。”

其子因私积聚，其姑以为多私而出之，其子所以反者倍其所以嫁。其父不自罪于教子非也，而自知其益富。

今人臣之处官者皆是类也。

《韩非子·说林上》

【译文】

有个卫国人嫁女儿时教导女儿说：“一定要私下多攒点私房钱。给人家做媳妇而被休回家，是常事；不被休回娘家，那是侥聿的事。”

他的女儿出嫁以后，就按照父亲的教导想方设法攒私房钱。她的公婆认为她积攒私房太多，便将她赶了回去。这个卫人的女儿带回的钱财是带去的嫁妆的两倍。她的父亲不责怪自己教女的错误，反而自以为得计于捞回了成倍的财富。

如今那些做官为吏的人为官处世，都很像那个卫人。

和氏献璧

【原文】

楚人和氏得玉璞楚山中，奉而献之厉王。厉王使玉人相之，玉人曰：“石也。”王以和为诳，而刖其左足。

及厉王薨，武王即位，和又奉其璞而献之武王。武王使玉人相之，又曰：“石也。”王又以和为诳，而刖其右足。

武王薨，文王即位，和乃抱其璞而哭于楚山之下，三日三夜，泣尽而继之以血。王闻之，使人问其故，曰：“天下之刖者多矣，子奚哭之悲也?”

和曰："吾非悲刖也，悲夫宝玉而题之以石，贞士而名之以诳，此吾所以悲也。"

王乃使玉人理其璞而得宝焉，遂命曰"和氏之璧"。

《韩非子·和氏》

【译文】

楚国的和氏在荆山中得到一块璞玉，恭恭敬敬地捧着它献给了楚厉王。楚厉王让玉工对这块璞玉进行鉴定，玉工鉴定后说："这是一块石头。"楚厉王认为和氏是欺骗自己，便治罪砍掉了和氏的左脚。

等到楚厉王死后，楚武王继位为君。和氏又捧着他的璞玉来献给武王。楚武王派玉工来作鉴定，玉工又说："这是块石头。"楚武王也认为和氏在欺骗自己，便又治罪砍掉了和氏的右脚。

楚武王死后，楚文王即位了，和氏就抱着他的璞玉在荆山下伤心地痛哭，哭了三天三夜，眼泪哭干了，哭出血来。楚文王听说此事，派人去荆山问和氏为什么这样，说："天下被砍掉双脚的人多得很，你何必哭得这样伤心呢?"

和氏说："我不是因为自己被砍了双脚而伤心，我伤心的是这块宝玉而总被人说成是石头，忠心耿耿的人但却被当成了骗子，这些才是使我真正感到伤心的。"

楚文王便命玉工琢磨加工这块璞玉，真的是一块宝玉，便给它取名叫"和氏之璧"。

兰子进技

【原文】

宋有兰子者，以技干宋元。宋元召而使见其技。以双枝长倍其身，属其胫，并趋并驰。弄七剑，迭而跃之，五剑常在空中。元君大惊，立赐金帛。

又有兰子又能燕戏者，闻之，复以干元君。元君大怒曰："昔有异技干寡人者，技无庸，适值寡人有欢心，故赐金帛。彼必闻此而进，复望吾赏。"拘而拟戮之，经月乃放。

《列子·说符》

【译文】

宋国有个流浪艺人，用技艺去为宋元君表演，以求赏赐。宋元君召见了他，让他表演技艺。这个艺人用两根比他身体长一倍的木棍，绑在小腿上，边走边跑。舞弄着七把剑，并把七把剑交替抛起来，总有五把剑抛在空中，只有两把留在手里。宋元君看了觉得非常惊异，立即赏赐了这位艺人钱和布帛。

另有一位流浪艺人会演戏，听说有人以技艺获赏，也想凭自己的演出去求得宋元君的赏赐。宋元君勃然大怒，说："先前有个艺人用他不同一般的技艺来求得赏赐，技艺本无用之事，当时正碰到我心情愉快，所以赐给了他钱和布帛。这次的这一位艺人一定是听说了那件事来效仿的，又希望我来赏赐他。"于是宋元君派人把他抓起来，并准备杀掉他，关了一个多月才放走。

挂牛头卖马肉

【原文】

灵公好妇女而丈夫饰者，国人尽服之。公使吏禁之，曰："女子而男子饰者，裂其衣，断其带！"裂衣断带相望，而不止。晏子见，公问曰："寡人使吏禁女子而男子饰者，裂断其衣带，相望而不止者，何也？"晏子对曰："君使服之于内而禁之于外，犹悬牛首于门而卖马肉于内也。公何以不使内勿服，则外莫敢为也。"公曰："善。"使内勿服。不逾月，而国人莫之服。

《晏子春秋·内篇·杂下》

【译文】

齐灵公喜欢女人穿得像男人一样，于是齐国的女人都穿上了男装。这样一来，齐灵公又不高兴了，就派官吏去禁止女人们穿男装，说："凡穿男装的女人，就撕破她的衣服，割断她的衣带！"可虽然受到裂衣断带处罚的人很多，但女人们却照旧穿男装。这天，晏子朝见齐灵公，齐灵公问他道："我派官吏去禁止女人穿男装，凡穿男装者就撕破她的衣服、割断她的衣带，可虽然受到处罚的人很多，但女人们却依然穿男装，这是为什么？”晏子回答说：“您让宫内的女人穿男装却禁止外边的女人穿男装，这就如同在门上挂牛头却在门内卖马肉一样。您为什么不命令宫内的女人也不得穿男装，这样，外边的女人就不敢穿男装了。”齐灵公说：“对啊。”于是下令宫内的女人不得穿男装。没过一个月，齐国的女人就不再穿男装了。

扁鹊见秦武王

【原文】

医扁鹊见秦武王，武王示之病，扁鹊请除。

左右曰：“君之病，在耳之前，目之下，除之未必已也，将使耳不聪，目不明。”

君以告扁鹊。

扁鹊怒而投其石，曰：“君与知之者谋之，而与不知者败之。使此知秦国之政也，则君一举而亡国矣！”

《战国策·秦策二》

【译文】

扁鹊曾有一次去见秦武王，武王把自己的病情让他察看了，扁鹊请给武王治病。

武王身边的臣子们说：“君王您的病生在耳之前，目之下，要治未必能彻底治好，恐怕还会弄得耳聋、眼瞎。”

武王将这些话告诉了扁鹊。

扁鹊气得扔下石针，说：“君王您同懂医道的人商议治病的事，却又同不懂医道的人坏了这件事。倘若用这样的态度和方法来管理秦国的政事，那么君王您必然会一下子导致秦国灭亡！”

指鹿为马

【原文】

秦二世之时，赵高驾鹿而从行。王曰：“丞相何为驾鹿？”高曰：

"马也。"王曰："丞相误也，以鹿为马。"高曰："陛下以臣言不然，愿问群臣。"臣半言鹿，半言马。当此之时，秦王不能自信其自，而从邪臣之说。

陆贾《新语·辨惑》

【译文】

秦二世胡亥当政的时候，丞相赵高有一次骑着一只鹿陪同秦二世出游。秦王问："丞相为什么骑鹿？"赵高说："这是马呀。"秦王说："丞相弄错了，把鹿当成了马。"赵高说："陛下如果不相信为臣的话是对的，那就请陛下问问其他大臣们。"大臣们有的惧怕赵高，有的不愿"欺君"，结果一半人说是鹿，一半人说是马。这时，秦二世也没有把握坚持己见了，便听从了赵高是马而非鹿的说法。

苛政猛于虎

【原文】

孔子过泰山侧，有妇人哭于墓者而哀。夫子式而听之。

使子路问之，曰："子之哭也，一似重有忧者。"而曰："然。昔者吾舅死于虎，吾夫又死焉，今吾子又死焉！"

夫子曰："何为不去也？"

曰："无苛政。"

夫子曰："小子识之，苛政猛于虎也！"

《礼记·檀弓下》

【译文】

孔子路过泰山旁边时，看见一个妇人在坟前哭得十分伤心。孔子扶着车轼仔细地听着。

孔子让子路去问她，说："你哭得这样伤心，必定是有深重的苦难吧？"那妇人说："是的。从前我公公死在老虎口里，我的丈夫后又被老虎吃了，现在我的儿子也被老虎咬死了！"

孔子说："你为什么不离开这里呢？"

妇人说："这里没有繁重的赋税。"

孔子说："年轻人要记住：苛政要比吃人的老虎还凶猛呀！"

惠子家穷

【原文】

惠子家穷，饿数日不举火，乃见梁王。王曰："夏麦方熟，请以割子可乎？"惠子曰："施方来，遇群川之水涨，有一人溺流而下，呼施救之。施应曰：'我不善游，方将为子告急于东越之王，简其善游者以救子，可乎？'溺者曰：'我得一瓢之力则活矣。子方告急于东越之王，简其善游者以救我，是不如救我于重渊之下，鱼龙之腹矣！'"

符朗《苻子》

【译文】

惠子家里很贫穷，饿了很多天都无法烧火弄饭，惠子便去找梁王帮忙。梁王说："夏季的麦子快熟了，到时割了给你行吗？"惠子说："我来这里的时候，在路上正遇上大小河流涨水，有一个人掉进河里去了，顺流直下，喊我救他。我说：'我不会游泳，让我为你向东越王求救，让他选择善于游水的人来救你，你看可以吗？'那掉进水里的人说：'我现在只要抓住一只瓢就可活命了。等你向东越王告急求援，再让他选人来救我时，我恐怕早就淹死在深渊之下，葬身鱼腹了。'"

人云亦云

【原文】

汉司徒崔烈辟上党鲍坚为掾，将谒见，自虑不过，问先到者仪，适有答曰："随典仪口倡。"

既谒，赞曰："可拜。"

坚亦曰："可拜。"

赞者曰："就位。"

坚亦曰："就位。"因复著履上座。将离席，不知履所在，赞者曰："履著脚。"

坚亦曰："履著脚也。"

邯郸淳《笑林》

【译文】

汉朝的司徒崔烈征召上党的鲍坚为自己的部下。鲍坚在崔烈要接见他时，十分忧虑，不知该怎么过这一关。就问先来的人有些什么仪式。刚好有一个人告诉他："跟着司仪的人唱和就行了。"

到了拜见司徒的时候，司仪说："可拜。"

鲍坚也跟着说："可拜。"

司仪又说："就位。"

鲍坚又跟着说："就位。"于是，他又穿上鞋子入席而座。将要离开席位时，他不知道自己的鞋子放在哪儿。这时，司仪又说："鞋子穿在脚上。"

鲍坚也跟着说："鞋子穿在脚上。"

请君入瓮

【原文】

或告文昌右丞周兴与丘神勣通谋。太后命来俊臣鞫之。俊臣与兴方推事对食，谓兴曰："囚多不承，当为何法？"兴曰："此甚易耳！取大瓮，以炭四周炙之，令囚入中，何事不承？"俊臣乃索大瓮，火围如兴法。因起谓兴曰："有内状推兄，请兄入此瓮。"兴惶恐叩头伏罪。

《资治通鉴·唐纪·则天皇后天授二年》

【译文】

有人告发文昌右丞周兴与左大将军丘神勣相互勾结谋反。武则天命令来俊臣审查这件事。接到命令时，采俊臣正与周兴过讨论案子，过吃饭。于是，来俊臣对周兴说道："囚犯大多不肯承认罪行，你觉得应读使用什么办法让他们招认呢？"周兴说："这岂不是太简单了！拿来一只大瓮，用炭火在大瓮四周烧起来，再命令囚犯进入到大瓮里面，这样，囚犯还有什么事情不肯招认的呢？"于是，来俊臣找来一只大瓮，按照周兴的说法在大瓮周围烧起炭火来。然后，站起来对周兴说：“内宫传来命令，要我审问老兄，现在就请你到大瓮里去吧。”周兴听后，十分恐惧，连忙跪下来磕头，承认了自己的罪行。

州官放火

【原文】

田登作郡，自讳其名。触者必怒，吏卒多被榜笞。于是举州皆谓“灯”为“火”。上元放灯，吏人书榜揭于市曰：“本州依例放火三日。”

陆游《老学庵笔记》

【译文】

田登做太守，忌讳别人直称其名。有人冒犯，他一定大发雷霆。他手下的小吏、兵士大多因此遭受鞭打。“灯”与“登”同音，于是全州的人都把“灯”，说成是“火”。元宵节要放花灯，他手下的小吏不敢写“放灯”，便在悬挂于街头的公告榜上写上：“本州按照惯例放火三天。”

权贵辨鼎

【原文】

洛阳布衣申屠敦，有汉鼎一，得于长安深川之下，云螭斜错，其文烂如也。

西邻鲁生见而悦焉，呼金工象而铸之，淬以奇药，穴地藏之者三年。土与药交蚀，铜质已化，与敦所有者略类。

一旦，持献权贵人。贵人宝之，飨宾而玩之。敦偶在坐，心知为鲁生物也，乃曰：“敦亦有鼎，其形酷肖是，第不知孰为真耳？”

权贵人请观之，良久曰：“非真也！”

众宾次第咸曰：“是，诚非真也！”

敦不平，辨数不已，众共折辱之。敦噤不敢言，归而叹曰：“吾今然后知势之足以变易是非也！”

宋濂《龙门子凝道记·司马微》

【译文】

洛阳城有个平民叫申屠敦，他有一只贵重的汉鼎，是从长安附近的河底捞到的。鼎上雕饰有精美交错光彩灿烂的云龙花纹。

他家西边住着个姓鲁的读书人，见到这只汉鼎非常喜爱，请来工匠按照这只汉鼎的样子仿铸了一只，把它放在特制的药水里浸泡，又把它放在地窖里埋藏三年。泥土和药水的侵蚀、腐化，鼎的质地发生变化，同申屠敦的那只有些相似。

一天，姓鲁的人把他的假鼎献给一个有权有势的显贵。那位显贵把它看作珍宝，专门为它宴请宾客请人观赏。申屠敦恰好也在座，心里明知这是姓鲁的读书人的那只假汉鼎，便说："我也有一只汉鼎，它的外形同这只十分相似，但不知哪一只是真的？"

那位显贵请求看看那只鼎，看了很久说："这只不是真的！"

其他宾客依次看过这只鼎，都说："是的，它确实不是真的！"

申屠敦不服气，用很多事实同他们辩论，但是他们一起对他进行攻击和辱骂。申屠敦闭口不敢再说什么，回到家里长叹说："我从今天开始算明白了权势能够颠倒是非呀！"

大言者缚

【原文】

昔李元平初从关播，喜为大言，常论兵，鄙天下无可者。

一日，将兵汝州，李希烈一笑而缚之。

噫！世之高谈孙吴惊动四筵者，其能免希烈之缚者，几希！

宋濂《龙门子凝道记·大学微》

【译文】

从前，李元平刚刚跟随宰相关播的时候，喜欢吹牛说大话，平时经常与同僚谈论兵法，鄙视天下的将领，说他们都是无能之辈。

一天，李元平带兵据守汝州，同李希烈的军队交战，结果，在李希烈谈笑之间，就被活捉了。

唉！这世上能高谈孙吴兵法而博得四座惊叹的，有几人能不被李希烈之流活捉呢！

玄石好酒

【原文】

黔中仕于齐，以好贿黜而困。谓豢龙先生曰：“小人今而痛惩于贿矣，惟先生怜而进之。”又黜。

豢龙先生曰：“昔者玄石好酒，为酒困，五脏熏灼，肌骨蒸煮如裂，百药不能救，三日而后释。谓其人曰：‘吾今而后知酒可以丧人也。吾不敢复饮矣！’居不能阅月，同饮至，曰：‘试尝之。’始而三爵止，明日而五之，又明日十之，又明日而大釂，忘其欲死矣。故猫不能无食鱼，鸡不能无食虫，犬不能无食臭，性之所耽，不能绝也。”

刘基《郁离子·玄石好酒》

【译文】

黔中在齐国做官，因为贪污受贿而被罢了官，陷入困境，于是对豢龙先生说：“我现在对自己贪污受贿的过错感到后悔，希望先生可怜我，替我进一言，帮我官复原职吧！”可是他复职不久，又因同样的罪名被撤职了。

豢龙先生说：“从前，玄石嗜酒，受酒的祸害，五脏六腑像被熏烤一样难受，肌肤骨骼发热像要裂开似的，什么药都治不了他，三天后才慢慢好了。他对别人说：‘我从今往后知道酒可以要人性命啊。我再也不喝酒了！’戒酒不到一月，他的酒友来到，说：‘试着尝尝这种酒吧！’开始喝三杯就不再喝，第二天喝五杯，第三天喝十杯，第四天就开始狂饮大醉，完全忘记了先前差点醉死的事。所以说猫不能不吃鱼，鸡不能不吃虫，狗改不了吃屎。本性决定了，坏习惯不可能根除啊！”

工之侨为琴

【原文】

工之侨得良桐焉，斫而为琴，弦而鼓之，金声而玉应，自以为天下之美也。献之太常。使国工视之，曰：“弗古！”还之。

工之侨以归，谋诸漆工，作断纹焉；又谋诸篆工，作古款焉；匣而埋诸土。期年出之，抱以适市。贵人过而见之，易之以百金，献诸朝。乐官传视，皆曰："稀世之珍也！"

刘基《郁离子，良桐》

【译文】

工之侨得到了一棵优质梧桐树，把它砍削成了一张琴，这琴弹起来，声音就像金钟、玉磬的声音一样和谐、悦耳，他自以为这琴是天下最好的了，便把它献给了朝中掌管礼乐的太常。太常请国内最优秀的乐工察看了一下，说："这琴不古。"就把琴退给了工之侨。

工之侨把琴拿回家后，商请漆工在琴上画了一些裂纹；又商请刻字工人在琴上刻了一些古代钟鼎上所刻的文字，然后用匣子把它装起来，埋进土里。一年以后，挖出匣子，把琴抱到集市上，一个达官贵人见后，便拿出一百两金子把琴买了去，并献到了朝廷。乐官们一个一个地传递着观看，都说："这真是一件稀世之宝！"

献马贾祸

【原文】

周厉王使芮伯帅师伐戎，得良马焉，将以献于王。芮季曰："不如捐之。王欲无厌，而多信人之言，今以师归而献马焉，王之左右必以子获为不止一马而皆求于子，子无以应之，则将哓于王，王必信之。是贾祸也。"弗听，卒献之。荣夷公果使有求焉，弗得，遂谮诸王曰："伯也隐。"王怒，逐芮伯。

君子谓芮伯亦有罪焉，尔知王之渎货而启之，芮伯之罪也。

刘基《郁离子·献马》

【译文】

周厉王派芮伯率领军队讨伐西戎，缴获了一匹良马。芮伯准备把马献给厉王。芮伯的弟弟芮季说："不如把这匹马丢弃了吧。厉王贪得无厌又喜欢听信他人谗言，你现在班师凯旋回朝又献马给厉王，他的左右一定以为你缴获的马不只一匹，都来向你索取，你没有马应付他们，他们就会纷纷向厉王进谗言，厉王一定会相信他们。这会招致祸患啊！”芮伯不听，还是把马献给了厉王。荣夷公果然派人来索取良马，没得到，于是向厉王进谗言道：“芮伯窝藏了缴获的马匹。”厉王大怒，把芮伯赶走了。

有见识的人认为芮伯也是有罪的：他明知厉王贪财，却还要诱发他的贪欲，这是芮伯的过错啊！

第四节　人情冷暖

代邻击子

【原文】

有人于此，其子强梁不材，故其父笞之。其邻家之父，举木而击之，曰：“吾击之也，顺于其父之志。”则岂不悖哉！

《墨子·鲁问》

【译文】

有这样的一个人，儿子横行无道但又没有本事，所以父亲就用竹板来打儿子。这个人邻居家的一位长者见了，也举起一根木棍来打那人的儿子，说：“我来用棍子打他，是顺从他父亲的意愿。”这样做，不是太荒唐了吗！

冯妇搏虎

【原文】

晋人有冯妇者，善搏虎，卒为善士。则之野，有众逐虎，虎负嵎，莫之敢撄，望见冯妇，趋而迎之。冯妇攘臂下车，众皆悦之。其为士者笑之。

《孟子·尽心下》

【译文】

晋国有个叫冯妇的人，很会和老虎搏斗，因此而被称为善士。碰巧有一次他去野外，看见很多人在赶一只老虎，老虎背靠一处山

石和人们相持着，没有一个人敢上前去碰老虎一下，人们远远地望见冯妇，便跑去把冯妇叫来。冯妇挽起袖子跳下车来，人们都为他欢呼。但他的行为却遭到了士人的耻笑。

相濡以沫

【原文】

泉涸，鱼相与处于陆，相呴以湿，相濡以沫，不如相忘于江湖。

《庄子·大宗师》

【译文】

泉水干涸了，鱼儿们互相挤在一块低洼的泥地里，用湿润的水气互相吹吸，用唾沫滋润对方，这种做法，倒不如在江湖中各得其所，互相忘记的好。

山木与雁

【原文】

庄子行于山中，见大木，枝叶茂盛，伐木者止其旁而不取也。问其故，曰："无所可用。"庄子曰："此木以不材得终其天年。"

夫子出于山，舍于故人之家。故人喜，命竖子杀雁而烹之。竖子请曰："其一能鸣，其一不能鸣，请奚杀？"主人曰："杀不能鸣者。"

《庄子·山木》

【译文】

庄子在山中行走，看见一棵大树，枝叶茂盛，伐木人站在它的旁边却并不想砍它。问其中的原因，伐木人回答说："它虽然高大茂盛，但并没有什么用。"庄子感慨说："这棵树因为没有什么用处而得以享尽它的自然寿命。"

庄子从山上下来，住宿在一位老朋友的家里。老朋友非常高兴，让他的小儿子去杀鹅款待庄子。老朋友的小儿子问："有一只鹅会叫，另一只鹅不会叫，请问杀哪一只呢？"这位老朋友说："杀不会叫的那一只。"

触蛮之战

【原文】

戴晋人曰："有所谓蜗者，君知之乎？"

曰："然。"

"有国于蜗之左角者曰触氏，有国于蜗之右角者曰蛮氏，时相与争地而战，伏尸数万，逐北旬有五日而后反。"

君曰："噫！其虚言与？"

曰："臣请为君实之。君以意在四方上下有穷乎？"

君曰："无穷。"

曰："知游心于无穷，而反在通达之国，若存若忘乎？"

君曰："然。"

曰："通达之中有魏，于魏中有梁，于梁中有王。王与蛮氏，有辩乎？"

君曰："无辩。"

客出而君惝然若有亡也。

《庄子·则阳》

【译文】

戴晋人对梁惠王说："有一种叫做蜗牛的小动物，您听说过吗？"

梁惠王说："听说过。"

戴晋人说："在蜗牛的左角上有个部族国家叫触氏，在蜗牛的右角有个部族国家叫蛮氏，它们两国不时为了争夺地盘而开战，每次战争都要死伤百万，尸横遍野，追击者往往要半个多月才肯收兵。"

梁惠王说："嘿，你这大概是不实之辞吧？"

戴晋人说："我请求为您证实这些话。您以为天地之外整个宇宙有穷尽吗？"

梁惠王说："没有穷尽。"

戴晋人说："让你的想象力在无穷无尽的宇宙间遨游一番，然后

再返回地上的诸侯国家，这些诸侯国和茫茫宇宙比起来是不是似有似无、非常渺小呢？”

梁惠王说：“是的。”

戴晋人又说：“在地上的这些诸侯国中有魏国，在魏国中有大梁械，在大梁城中有您梁惠王。大王您和蛮氏又有什么区别呢？”

梁惠王说：“是没有区别。”

戴晋人走后，梁惠王怅然若失。

田夫得玉

【原文】

魏田父有耕于野者，得宝玉径尺，弗知其玉也，以告邻人。邻人阴欲图之，谓之曰：“此怪石也，畜之弗利其家，弗如复之。”田父虽疑，犹录以归，置于庑下，其夜玉明，光照一室。田父称家大怖，复以告邻人。曰：“此怪之征，遄弃殃可销。”于是遽而弃于远野。邻人无何盗之，以献魏王。魏王召玉工相之，玉工望之再拜却立曰：“敢贺王得此天下之宝，臣未尝见。”王问其价，玉工曰：“此无价以当之，五城之都，仅可一观。”魏王立赐献玉者千金，长食上大夫禄。

《尹文子·大道上》

【译文】

魏国有个农夫在野外耕田，挖到一块一尺见方的宝玉，他不知道这是块玉，就告诉了邻居。邻居暗想占有这块玉，就对他说：“这是一块怪石，谁保存它就对谁家不利，你不如把它扔回去。”农夫听后，虽然不太相信，但还是记在了心里，回到家，把那块玉放在廊下。当天夜里，玉石大放光明，满屋生辉。农夫全家都非常害怕，他又去告诉邻居。邻居说：“这就是怪异的征兆啊！赶紧把它扔掉，灾祸便可消除。”于是，农夫马上把玉石扔到很远的野外去了。没过多久，他的邻居把玉石偷了回来，献给了魏王。魏王召来玉匠鉴定这块玉石，玉匠一见玉石，就先拜了两下，再站起来说：“斗胆恭贺大王得到了这块天下珍宝，我还从来没见过这样的宝玉呢。”魏王问这块宝玉价值多少，玉匠回答说：“这是无价之宝，无法估量它的价值，即使用五个城市的地方作代价，也只能看上一眼。”魏王马上赐给献玉者一千金子，并永远享受上大夫的俸禄。

孔子马逸

【原文】

孔子行道而息，马逸，食人之稼，野人取其马。子贡请往说之。毕辞，野人不听。有鄙人始事孔子者曰请往说之，因谓野人曰：“子不耕于东海，吾不耕于西海也。吾马何得不食子之禾？”其野人大说，相谓曰：“说亦皆如此其辩也，独如向之人？”解马而与之。

《吕氏春秋·孝行览·必己》

【译文】

孔子行路休息时，马跑了，吃了人家的庄稼，有个种田人牵走了他的马。子贡请求前去劝说那个人还马，费尽口舌，那个种田人就是不听。有个刚侍奉孔子的从边远地方来的人请求前去劝说，于是他对那个种田人说：“你不在东海耕田，我不在西海耕田，我们相隔不算远，我的马怎么能不吃你的庄稼呢？”那个种田人听了非常高兴，对他说：“都像这样说话不是挺明白的吗，哪像刚才那个人？”解开马交还了他。

宋人御马

【原文】

宋人有取道者，其马不进，倒而投之溪水。又复取道，其马不进，又倒而投之溪水。如此者三。

《吕氏春秋·离俗览·用民》

【译文】

有个宋国人赶路，他的马不肯往前走，他就杀了马把它扔到溪水中。然后，化又换了匹马重新赶路，可马还是不肯往前走，他又杀了这匹马把它扔到溪水中。像这样反复杀了三匹马。

岂辱马医

【原文】

齐有贫者，常乞于城市。城市患其亟也，众莫之与，遂适田氏之厩，从马医作役，而假食郭中。

人戏之曰："从马医而食，不以辱乎？"

乞儿曰："天下之辱莫过于乞，乞犹不辱，岂辱马医哉？"

《列子·说符》

【译文】

齐国有个穷人，成年累月地在城市里沿街乞讨。城市里的人嫌他来的次数太多，因而大家都不肯给他施舍食物，这个人便跑到齐氏的马栏里去，跟马医做杂活，在马棚附近混口饭吃。

有人取笑他说："你跟随着下贱的马医混口饭吃，你不感到耻辱吗？"

这个穷人回答说："天下最耻辱的事，莫过于乞求要饭，乞讨我尚且都不觉得耻辱，难道还会以跟着马医混饭吃为耻辱吗？"

邹忌窥镜

【原文】

邹忌修八尺有余，身体昳丽。朝服衣冠窥镜，谓其妻曰："我孰与城北徐公美？"其妻曰："君美甚，徐公何能及君也！"城北徐公，齐国之美丽者也。忌不自信，而复问其妾曰："吾孰与徐公美？"

妾曰："徐公何能及君也！"

旦日，客从外来，与坐谈，问之客曰："吾与徐公孰美？"

客曰："徐公不若君之美也！"

明日，徐公来。孰视之，自以为不如；窥镜而自视，又弗如远甚。暮，寝而思之曰："吾妻之美我者，私我也；妾之美我者，畏我也；客之美我者，欲有求于我也。"

《战国策·齐策一》

【译文】

邹忌身高八尺多，而且容貌秀丽。一天清晨，他穿戴好衣帽，照了照镜子，对他妻子说："我与城北的徐公相比，哪个更美?"他妻子说："您非常美，徐公哪能比得上您呀!"城北的徐公是齐国的美男子。邹忌不敢相信妻子的话，便又去问他的小老婆："我与徐公谁美?"

小老婆说："徐公哪能比得上您呀!"

早上，有客人从外地来访，邹忌与客人坐在一起交谈时，问客人道："我与徐公比，谁美?"

客人说："徐公不如您美!"

第二天，徐公来到邹忌家。邹忌长久地审视后，自以为不如徐公；又自己对着镜子一看，更觉得差得远了。夜晚，他躺在床上想道："我妻子夸我美，是因为爱我；小老婆夸我美，是因为怕我；客人夸我美，是因为有求于我。"

狐假虎威

【原文】

虎求百兽而食之，得狐。

狐曰："子无敢食我也！天帝使我长百兽。今子食我，是逆天帝命也！子以我为不信，吾为子先行，子随我后，观百兽之见我而敢不走乎?"

虎以为然，故遂与之行。兽见之皆走。虎不知兽畏己而走也，以为畏狐也。

《战国策·楚策一》

【译文】

老虎寻找各种野兽作食物，一次抓到一只狐狸。

狐狸说："你可不敢吃我呀！天帝派我做百兽的首领。今天如果你吃了我，那就是违背了天帝的命令！你如果不信我的话，我在你前面走，你跟在我后面，看看野兽们是否敢于见了我而不

逃跑?”

老虎听了，觉得有道理，于是就跟着狐狸一道走。野兽们见了纷纷逃跑。老虎不知道野兽们是因为害怕自己才逃走的，还以为是害怕狐狸呢。

曾参杀人

【原文】

昔者曾子处费。

费人有与曾子同名族者而杀人。人告曾子母曰:“曾参杀人!”

曾子之母曰:“吾子不杀人!”织自若。

有顷焉，人又曰:“曾参杀人。”其母尚织自若也。

顷之，一人又告之曰:“曾参杀人!”其母惧，投杼踰墙而走。

《战国策·秦策二》

【译文】

从前曾参住在费这个地方。

费地有一个与曾参同宗族又同名的人杀了人。有人告诉曾参的母亲说:“曾参杀人了，”

曾参的母亲说:“我儿子不会杀人!”神态自若地继续织布。

过了一会儿，又有人来说:“曹参杀人了。”曾参的母亲还能照样地织布。

不一会儿，一人又来告诉说:“曾参杀人了!”曾参的母亲害怕了，扔下梭子翻墙跑走。

曲高和寡

【原文】

客有歌于郢中者，其始曰《下里巴人》，国中属而和者数千人；其为《阳阿》、《薤露》，国中属而和者数百人；其为《阳春白雪》，国中属而和者不过数十人：引商刻羽，杂以流徵，国中属而和者不过数人而已。是其曲弥高，其和弥寡。

宋玉《对楚王问》

【译文】

有个人来到楚国的郢都唱歌，开始演唱的曲目是《下里巴人》，城里能跟着唱的有数千人；接着唱《阳阿》、《薤露》，城里能跟着唱的还有数百人；再接着是《阳春白雪》，能跟着唱的就只有几十人了；最后，他唱出高亢的商调和低宛的羽调，其间还穿插吟唱行云流水般的徵调，城中能跟着唱的就剩几个人了。这样看来，歌曲越高雅，能跟着唱的人就越少。

曲突徙薪

【原文】

客有过主人者，见灶直突，傍有积薪，客谓主人曰："曲其突，远其积薪；不者，将有火患。"主人嘿然不应。

居无几何，家果失火。聚里中人哀而救之，火幸息。

于是杀牛置酒，燔发灼烂者在上行，余各用功次坐，而反不录言曲突者。

向使主人听客之言，不费牛酒，终无火患。

刘向《说苑·权谋》

【译文】

有一位客人去拜访朋友，看见他家的炉灶的烟囱是笔直的，旁边还堆放着柴禾。这客人便对主人说："要把烟囱改装成弯曲的，再把柴禾搬远点堆放。不然的话，就会发生火灾。"主人听了默不作声。

不久，主人家果然起了火，邻居们纷纷跑来救火，大火终于被扑灭了。

于是，主人宰牛摆酒感谢救火的邻居。那些被烧得焦头烂额的人被邀请坐了上席，其余的人则按功劳的大小依次坐席，但那个事先建议改装烟囱的客人，却没有被邀请来。

假如主人听从了客人的劝告，也就不会有这场火灾，也不用花钱办酒。

东野丈人

【原文】

东野丈人观时以居，隐耕汗腴之墟。有冰氏之子者，出自沍寒之谷，过而问涂。丈人曰：“子奚自?”曰：“自涸阴之乡。”“奚适?”曰：“欲适煌煌之堂。”丈人曰：“入煌煌之堂者，必有赫赫之光，今子困于寒而欲求诸热，无得热之方。”冰子瞿然曰：“胡为其然也?”丈人曰：“融融者皆趣热之士，其得炉冶之门者，惟挟炭之子。苟非斯人，不如其已。”

王沈《释时论》

【译文】

东野丈人审时度势，选择了隐居之地，并耕耘在肥沃的土地上。有位姓冰的年轻人，来自寒冷的山谷，路过这儿时向东野丈人问路。丈人说：“你从哪儿来?”姓冰的年轻人说：“来自干枯阴冷的地方。”“到哪儿去呢?”姓冰的年轻人说：“想去火光辉煌的大堂。”丈人说：“想进入火光辉煌的大堂，自己必须有明亮的火。现在你被寒冷所困而想寻求光和热，你却还没有得到光和热的方法。”姓冰的年轻人惊讶地问：“为什么这样呢?”丈人答道：“那些过得和乐融融的人都是些趋炎附势之徒，而那些获得既有利益者，都是些挟有资财的人。你如果不是这类人，还不如打消你的念头。”

黔之驴

【原文】

黔无驴，有好事者船载以入。至则无可用，放之山下。虎见之，庞然大物也，以为神。蔽林间窥之，稍出近之，慭慭然莫相知。

他日，驴一鸣，虎大骇，远遁，以为且噬己也，甚恐。然往来视之，觉无异能者，益习其声，又近出前后，终不敢搏。稍近益狎，荡倚冲冒，驴不胜怒，蹄之。虎因喜，计之曰：“技止此耳!”因跳踉大㘎，断其喉，尽其肉，乃去。

噫！形之庞也类有德，声之宏也类有能，向不出其技，虎虽猛，疑畏卒不敢取；今若是焉，悲夫！

柳宗元《柳河东集·三戒》

【译文】

贵州一带没有驴子，有个喜欢多事的人用船运来了一头。驴子运到后没有什么用处，就被放到了山下。老虎看到驴子后，见它又高又大，以为是神灵。老虎便躲进树林里偷看，等了会儿才出来靠近它，一副小心谨慎的样子，半天摸不清驴子是什么东西。

一天，驴子大叫了一声，老虎吓了一跳，连忙跑得远远的，以为驴子将吃掉自己，十分害怕。于是，老虎又来回观察驴子，觉得它没有特殊的能耐，慢慢也习惯了它的吼叫，便在它前后走来走去，但始终不敢上前去抓捕它。最后，老虎渐渐靠近驴子，进一步戏弄它，碰闯它，挨擦它，冲击它，顶撞它。驴子十分恼怒，就用蹄子踢老虎。老虎因此十分高兴，心想："它的本领不过如此罢了！"于是，老虎猛地跳起来，大声吼叫，咬断了驴子的喉管，吃光了它的肉，然后才离去。

唉！驴子身材高大，似乎很有德性；声音洪亮，好像很有本领。起初如果不显露它那点本领，老虎虽然凶猛，但因心存疑虑、恐惧，终究是不敢吃掉它的。现在落得这个下场，实在是可悲啊！

痴人说梦

【原文】

僧伽，龙朔中游江淮间，其迹甚异。有问之曰："汝何姓？"答曰："姓何。"又问"何国人？"答曰："何国人。"唐李邕作碑，不晓其言，乃书传曰："大师姓何，何国人。"此正所谓对痴人说梦耳。

惠洪《冷斋夜话》

【译文】

唐高宗龙朔年间，有个叫伽的僧人，在长江、淮河一带漂泊，行迹非常奇特。有人问他说："你何姓？"他便回答说："姓何。"人

又问他："你是何国人？"他又回答说："何国人。"后来，唐朝李邕给他写碑文，因为不知他的话的含义，就在传记中写道："大师姓何，何国人。"这正是所谓对傻子讲梦话呵！

一蟹不如一蟹

【原文】

艾子行于海上，见一物圆而褊，且多足，问居人曰："此何物也？"曰："蝤蛑也。"既又见一物圆褊多足，问居人曰："此何物也？"曰："螃蟹也。"又于后得一物，状貌皆若前所见而极小，问居人曰："此何物也？"曰："彭越也。"

艾子喟然叹曰："何一蟹不如一蟹也！"

《艾子杂说》

【译文】

艾子在海滩上行走，看见一种形体圆而扁的动物，长着很多脚，艾子便问住在此地的人说："这是什么动物呀？"别人回答说："这是蝤蛑。"接着，又看见一种动物，体形圆而扁，而且也长着很多脚，再问居住那里的人说："这是什么东西？"回答说："这是螃蟹。"后来，又看见一种动物，形体、模样都和先前所见到的是一个样，只是显得更小了，艾子便问当地人说："这又是什么东西呀？"回答说："这是彭越。"

艾子听后，叹了口气："怎么一蟹不如一蟹呀！"

食菌得仙

【原文】

粤人有采山而得菌，其大盈箱，其叶九成，其色如金，其光四照。以归，谓其妻子曰："此所谓神芝者也，食之者仙。吾闻仙必有分，无不妄与也。人求弗能得，而吾得之，吾其仙矣。"乃沐浴，斋三日而烹食之，入咽而死。其子视之曰："吾闻得仙者必蜕其骸，人为骸所累，故不得仙。今吾父蜕其骸矣，非死也。"乃食其余，又死。于是同室之人皆食之而死。

刘基《郁离子·采山得菌》

【译文】

广东有个人在山上采集到一个蘑菇，那蘑菇大得能够装满箱子，它的叶子有九层，它的颜色像金子，光芒四射。带着蘑菇回到家里，他对妻子说："这就是人们所说的灵芝，吃了它可以成仙。我听说成仙要有缘分，老天爷从来不随便把灵芝赐给一般人的。人家求都得不到，我却得到了，我就要成仙了。"于是那人沐浴更衣，斋戒三天把蘑菇煮熟了吃，刚吞下去就死了。他儿子见到父亲的尸体说："我听说成了仙的人一定要蜕去自己的躯体。人们被自己的血肉之躯所拖累，所以不能成仙。现在我父亲蜕除了躯体成了仙，这不是死。"于是吃剩下来的蘑菇，又死了。就这样这一家人都因吃所谓的"灵芝"死掉了。

翠鸟移巢

【原文】

翠鸟先高作巢以避患。及生子，爱之，恐坠，稍下作巢。子长羽毛，复益爱之，又更下巢，而人遂得而取之矣。

冯梦龙《古今谭概》

【译文】

翠鸟开始将窝筑得高高的，以避免灾祸。等到孵出了小鸟，因为很喜欢它们，生怕它们从上面掉下来，便将鸟窝往下移了一些。小鸟长出羽毛了，翠鸟更加喜欢它们，又把鸟窝往下移低了，于是人们便轻而易举地将小鸟捉走了。

妄语误人

【原文】

里人张某，深险诡谲，虽至亲骨肉不能得其一实语。而口舌巧捷，多为所欺。人号曰"秃项马"。马秃项，为无鬃，鬃、踪同音，言其恍惚闪烁无踪可觅也。

一日，与其父夜行，迷路。隔陇见数人团坐，呼问："当何向？"

数人皆应曰："向北。"因陷深淖中。又遥呼问之，皆应曰："转东！"乃几至灭顶，蹩壁泥涂，困不能出。闻数人拊掌笑曰："秃项马，尔今知妄语之误人否？"近在耳畔，而不睹其形，方知为鬼所绐也。

纪昀《阅微堂笔记·滦阳消夏录》

【译文】

有个乡里人张某，为人十分阴险狡诈，即使是父母兄弟也不能从他嘴里听到一句实话。而且这人的口齿伶俐，极善花言巧语，很多人都受过他的欺骗。因此，人们给他取了一个绰号，叫做"秃项马"。马的项颈秃了，就是没有鬃毛。"鬃"与"踪"同音，是讥讽他说话迷离闪烁、虚幻不实，让人无法相信。

有一天，张某和他父亲夜晚赶路，迷失了方向。他们隔着田垄看见几个人正围坐在一起，便大声呼喊问道："应该向哪个方向走呀？"有好几个人都回答说："向北。"结果，没走上几步便陷到泥沼中去了。又远远地问那些人，那些人又都回答说："向东转。"他们向东一转，几乎遭到灭顶之灾，父子二人在泥沼中翻滚挣扎，怎么也出不来了。这时，只听见那几个人拍掌笑着说："秃项马，你今天可知道说假话的后果了吧！"那声音就近在耳边，但却看不到人影，这时才知道是鬼在捉弄他。

第五节　智者风采

庖丁解牛

【原文】

庖丁为文惠君解牛，手之所触，肩之所倚，足之所履，膝之所踦，砉然响然，奏刀騞砉然，莫不中音。合于《桑林》之舞，乃中《经首》之会。

文惠君曰："嘻，善哉！技盖至此乎？"

庖丁释刀对曰："臣之所好者道也，进乎技矣。始臣之解牛之时，所见无非牛者。三年之后，未尝见全牛也。方今之时，臣以神遇而不以目视，官知止而神欲行。依乎天理，批大郤，导大窾，因其固然。技经肯綮之未尝，而况大軱乎！良庖岁更刀，割也：族庖月更刀，折也。今臣之刀十九年矣，所解数千牛矣，而刀刃若新发于硎。彼节者有间，而刀刃者无厚；以无厚入有间，恢恢乎其于游刃必有余地矣，是以十九年而刀刃若新发于硎。虽然，每至于族，吾见其难为，怵然为戒，视为止，行为迟。动刀甚微，謋然已解，如土委地。提刀而立，为之四顾，为之踌躇满志，善刀而藏之。"

文惠君曰："善哉！吾闻庖丁之言，得养生焉。"

《庄子·养生主》

【译文】

庖丁给梁惠王屠宰牛，手所触接的地方，肩所倚靠的地方，脚所踩着的地方，膝盖所抵着的地方，皮肉沙沙作响；进刀时哗哗有声，这些声响像音乐一样悦耳，和《桑林》舞曲的旋律相符，又合于《经首》乐曲的节拍。

梁惠王说："嗬，好啊！你解牛的技巧怎么精熟到这种地步呢？"

庖丁放下刀回答说："我所追求的是解牛之道，已超出了操作技巧的范围。我刚开始宰牛的时候，看到的也是整个的牛。三年以后，我便不曾看见过完整的牛了。到现在，我解牛只用精神去感遇牛而不需用眼睛去看牛了，我的感觉器官都停止了活动，但精神却极为活跃。我依照牛天然的肌理，劈开牛骨骼间的缝隙，沿着筋骨间窍穴进刀，按照牛本来的生理结构解牛。牛身上的脉络软骨我都不曾碰到过，更何况是大骨头呢！好厨师每年换一把宰牛刀，是因为他只用刀割肉；一般的厨师每月换一把刀，因为他把刀砍折了。观在我的这把刀已用了十九年了，所屠解的牛已有数千头了，但我的刀

刃还好像是刚从磨刀石上磨过一样锋利。那些牛的骨节间有空隙，而刀刃却非常之薄；用很薄的刀刃插进那有空隙的骨节，宽宽绰绰的，对于游动的刀刃来说肯定会有余地，所以十九年了我的刀刃还像刚刚从磨刀石上磨出的那样。尽管如此，每当碰到筋骨交错聚集的地方，我见到难办，便小心谨慎，目不转睛，动作也因之放慢。运刀非常轻微，哗的一声牛的骨肉已分解开来，像土块一样堆在地上。此时我提着刀站着，四下打量，因此而心满意足，把它擦干净收藏起来。”

文惠君说：“妙极了！我听了庖丁的这番话、从中学会了养生之道。”

运斤成风

【原文】

郢人垩漫其鼻端若蝇冀，使匠石斫之。

匠石运斤成风，听而斫之，尽垩而鼻不伤，郢人立不失容。

宋元君闻之，召匠石曰：“尝试为寡人为之。”

匠石曰：“臣则尝能斫之。虽然，臣之质死久矣。”

《庄子·徐无鬼》

【译文】

楚国郢都有个人，鼻尖上沾了点像苍蝇翅膀那样薄的白泥巴，让一名叫石的工匠用斧头削掉它。

工匠石挥动斧头，带来一阵旋风，这个郢都人一动不动地听任工匠石用斧头去削白泥巴，白泥巴削干净了，郢都人的鼻子却一点也没有伤着，郢都入神色泰然。

宋元君听说了此事，召来工匠石说：“你能不能试着为我削一削鼻子上的泥巴？”

工匠石回答说：“我以前确实是能用斧头削鼻子上的泥巴。但是现在，让我削鼻子上泥巴的人已经死了很久了。”

任公子钓大鱼

【原文】

任公子为大钩巨缁，五十犗以为饵，蹲乎会稽，投竿东海，旦旦而钓，期年不得鱼。已而大鱼食之，牵巨钩，錎没而下，骛扬而奋鬐，白波若山，海水震荡，声侔鬼神，惮赫千里。任公子得若鱼，离而腊之，自制河以东，苍梧已北，莫不厌若鱼者。已而后世辁才讽说之徒，皆惊而相告也。夫揭竿累，趣灌渎，守鲵鲋，其于得大鱼难矣，饰小说以干县令，其于大达亦远矣。是以未尝闻任氏之风俗，其不可与经于世亦远矣。

《庄子·外物》

【译文】

任公子做了一个巨大的鱼钩，系上很粗的黑丝绳子，用五十头阉过的公牛做钓饵，蹲在会稽山上，把鱼竿伸在东海中，天天垂竿而钓，等鱼上钩，整整一周年也没有钓到鱼。后来有条大鱼吞食下鱼饵，它牵动着那只巨大的鱼钩，沉没到海底，又拚命挣扎着跃出海面，掀起的白色波浪奔涌如山，海水翻腾，如鬼神怒吼，千里闻之，心惊胆战。任公子钓到这条大鱼后，把它剖开而晾制成鱼干，从浙江以东，到苍梧山以北的广大地区，人人都吃腻了这条大鱼。事过之后，那些才智浅薄、评头品足的人都惊讶地转告此事。实际上举根小竹竿，跑到沟渠边，整天守着泥鳅小鱼的人，他们要想钓到大鱼是不可能的，修饰一些街谈巷议的内容去打动听众，博取美誉，这样的人根本谈不上深明大理。因此，不曾听说过任公子钓大鱼的气魄的人，跟他们没法谈治理天下的大事，是绝对无疑了。

佝偻承蜩

【原文】

仲尼适楚，出于林中，见痀偻者承蜩，犹掇之也。

仲尼曰："子巧乎！有道邪？"

曰："我有道也。五六月累丸二而不坠，则失者锱铢；累三而不

坠，则失者十一；累五而不坠，犹掇之也。吾处身也，若撅株拘；吾执臂也，若槁木之枝；虽天地之大，万物之多，而唯蜩翼之知。吾不反不侧，不以万物易蜩之翼，何为而不得！”

孔子顾谓弟子曰：“志不分，乃凝于神，其痀偻丈人之谓乎！”

《庄子·达生》

【译文】

孔子去楚国，从一片树林中走过，看见一位驼背的老人用竿子粘取蝉，像在拾东西一样，很轻松地粘住了蝉。

孔子说：“你的手真巧啊！你粘蝉有诀窍吗?”

驼背老人说：“我有诀窍。五、六月间我在竹竿头上累加粘蝉的丸子，如果加放两颗丸子能不掉下来，粘蝉时蝉就很少能跑掉；如果加至三颗粘丸能不掉下来，那粘蝉时能逃走的就不过十分之一；如果加到五颗粘丸而能不掉下来，那粘蝉时能逃掉的就一个也没有了，我粘蝉就像拾东西一样简单。粘蝉时，我站在那里就像一根树桩；我伸出的手臂，就像一根枯树枝那样一动不动。天地虽然广大，万物虽然纷繁，但我心中只有蝉的翅膀。我不回头也不转身，不因周围的一切而分散我的注意力，这样，怎么会粘不住树上的蝉呢?”

孔子回头对身后的弟子说：“用心专一，以至于全神贯注，说的就是这位驼背老人吧!”

津人操舟

【原文】

颜渊问仲尼曰：“吾尝济乎觞深之渊，津人操舟若神。吾问焉，曰：‘操舟可学邪?’曰：‘可。善游者数能，若乃夫没人，则未尝见舟而便操之也。’吾问焉而不吾告，敢问何谓也?”仲尼曰：“善游者数能，忘水也。若乃夫没人之未尝见舟而便操之也，彼视渊若陵，视舟之覆犹其车却也。覆却万方陈乎前而不得入其舍，恶往而不暇！以瓦注者巧，以钩注者惮，以黄金注者殆。其巧一也，而有所矜，则重外也。凡外重者内拙。”

《庄子·达生》

【译文】

颜回问孔子说：“我曾乘船渡过一个名叫觞深的深水潭，摆渡船的人驾船的技术达到了出神入化的地步。我询问他驾船的事，说：‘驾船的技巧我们可以学会吗？’他回答说：‘能学会。会游水的人多驾几次船就会了。至于说那些能潜水的人，就是他从没见过船是什么模样，他也能一见到船便会操作。’我再问他为什么会这样，驾船人却不告诉我所以然，请问夫子您这是什么意思呢？”

孔子说：“善于游水的人多练习几次操船就会驾驶，是因为熟习水性，没有在水上的恐惧。至于那些潜水者之所以从不曾见过船，也能一见就会，是因为他们的眼睛看待深渊就像平常人眼中的山陵，把翻车看得就像是车子在山坡上倒退几步那样平常。在他面前形形色色的翻船倒车的危险太平常了，他从不放在心上，往哪儿驾船他会紧张而不感到轻松自如呢？用瓦片作为赌注的人赌博特别轻巧，用衣带钩作赌注的人赌博时有些害怕，用黄金作赌注的赌起来吓得要命。赌博的技巧是一样的，而后者却担心受怕，说明他们所重视的是赌博时的外物。凡是重视外物的人内心一定笨拙。”

孟贲不易勇

【原文】

人谓孟贲：“生乎，勇乎？”曰：“勇。”“贵乎，勇乎？”曰：“勇。”“富乎，勇乎？”曰：“勇。”三者，人之所难能，而皆不足以易勇。此其所以能慑三军、服猛兽故也。

《尸子》

【译文】

有人问孟贲：“生命可贵，还是勇气可贵？”孟贲答：“勇气。”“你是要显贵，还是要勇气？”答：“勇气。”“你是宁要富裕发财，还是宁要勇气？”答：“勇气。”生命、显达、富裕这三者是人们难以得到的，但都没有能够使孟贲舍弃勇气去换取它们。这就是孟贲能够威震三军、降服猛兽的原因。

曾子食鱼

【原文】

曾子食鱼，有余，曰："泔之。"门人曰："泔之伤人，不若奥之。"曾子泣涕曰："有异心乎哉？"伤其闻之晚也。

《荀子·大略》

[译文]

曾子吃鱼，一次吃不完，还剩下一些，他便吩咐学生："把剩下的鱼做成鱼汤。"学生说："做成鱼汤容易变质，吃了人会生病，不如将它腌起来。"曾子听后哭泣流涕地说："我哪里是有不好的念头想去害人呢？只是不知道做成鱼汤会变质啊。"他痛心的是自已懂得这种常识太晚了啊。

养由基射猿

【原文】

荆廷尝有神白猿，荆之善射者莫之能中，荆王请养由基射之。养由基矫弓操矢而往，未之射而括中之矣，发之则猿应矢而下，则养由基有先中中之者矣。

《吕氏春秋·不苟论·博志》

【译文】

楚国的朝廷中曾有一只白色的神猿，楚国善于射箭的人没有谁能射中它。楚王就请养由基来射它。养由基矫正弓、拿着箭就去了，他还没有射箭就感觉箭头已经射中了白猿，等到箭一射出去，白猿便应箭而倒下，原来养由基在射中目标之前就已经在意念上射中了目标。

尹儒学御

【原文】

尹儒学御，三年而不得焉，苦痛之，夜梦受秋驾于其师。明日往朝其师，望而谓之曰："吾非爱道也，恐子之未可与也。今日将教子以秋驾。"尹儒反走，北面再拜曰："今昔臣梦受之。"先为其师言所梦，所梦固秋驾已。

《侣氏春秋·不苟论·博志》

【译文】

尹儒学驾车，学了三年，还没有掌握驾车的技术，为此感到很痛苦，有天夜里做梦，梦见从老师那里学到了秋驾的精湛技艺。第二天他去拜见老师，老师看见他，对他说："我从前并不是吝惜我的技术而不愿教你，是怕你不可教导啊。现在我将教给你秋驾之技。"尹儒往回跑了几步，脸朝北拜了两次说："昨天晚上我在梦中已经学到了秋驾之术。"于是他先向老师讲述了他所做的梦，果然就是老师要教给他的秋驾之术。

好猎者

【原文】

齐人有好猎者，旷日持久而不得兽，入则愧其家室，出则愧其知友州里。惟其所以不得之故，则狗恶也。欲得良狗，则家贫无以。于是还疾耕。疾耕则家富，家富则有以求良狗，狗良则数得兽矣，田猎之获常过人矣。

《侣氏春秋·不苟论·贵当》

【译文】

有个齐国人喜欢打猎，耽误荒废了很长的时间去打猎却一无所获，回到家里愧对家人，出外又愧对朋友乡亲。他寻思自己打不到猎物的原因，原来仅仅是猎狗不好。他想得到一条好猎狗，可家里穷，没有钱买狗。于是就停止打猎，回家努力耕作。努力耕作就家境富足，家境富足就有钱买好猎狗，猎狗好就多次打到野兽，打猎的收获就经常超过别人了。

郑师文学琴

【原文】

瓠巴鼓琴而鸟舞鱼跃，郑师文闻之，弃家从师襄游。柱指钩弦，三年不成章。

师襄曰："子可以归矣。"

师文舍其琴，叹曰："文非弦之不能钩，非章之不能成。文所存者不在弦，所志者不在声。内不得于心，外不应于器，故不敢发手而动弦。且小假之，以观其后。"

无几何，复见师襄。师襄曰："子之琴何如？"

师文曰："得之矣。请尝试之。"

于是当春而叩商弦以召南吕，凉风忽至，草木成实。及秋而叩角弦以激夹钟，温风徐回，草木发荣。当夏而叩羽弦以召黄钟，霜雪交下，川池暴沍。及冬而叩徵弦以激蕤宾，阳光炽烈，坚冰立散。将终，命宫而总四弦，则景风翔，庆云浮，甘露降，澧泉涌。

师襄乃抚心高蹈曰："微矣，子之弹也！虽师旷之清角，邹衍之吹律，亡以加之。彼将挟琴执管而从子之后耳。"

《列子·汤问》

【译文】

瓠巴弹琴，鸟听到琴声会应节起舞，鱼儿会跃出水面，郑师文听说后，便离开家跟随师襄学习弹琴。师襄按住他的手指调理琴弦，但郑师文学了三年也没学会弹曲。

师襄说:"你可以回家去了。"

郑师文放下他手中的琴，叹声说："我不是不能自己调琴弦，自己弹曲子。是我的心思没在弦上，意念不在琴声上。这样内不能得之于心，外也就不能相应地调好琴弦，以致于不敢放开手脚去弹琴。请稍缓几天，给我几天练习的日子，再看我弹得怎样。"

没过几天，郑师文又去见师襄。师襄说："你的琴弹得如何了？"

郑师文说："已得心应手了。我请求试弹一曲。"

于是，郑师文展琴弹奏起来，能在春天时拨动商弦而奏出南吕之音，凉风忽然吹来，草木成熟结果。又能在秋天时拨动羽弦而奏出夹钟之音，暖风慢吹，草长花开。又能在夏天时而奏出黄钟之音，霜雪纷纷飘下，河流结冰，顿成雪原。还能在冬天时拨动徵弦而奏出蕤宾之音，立刻赤日炎炎，坚冰顿消。一曲弹终，他让宫音总括商、角、羽、徽四弦，便有南风轻拂，卿云飘过，甘露从天而降，醴泉喷涌而出。

师襄听完一曲，抚着胸口，高兴得手舞足蹈，说："太妙了，你弹得太妙了！即使是师旷吹起清角，邹衍奏出旋律，也是望尘莫及。他们都应带了琴拿上乐管跟在你的后面当学生。"

扁鹊换心

【原文】

鲁公扈、赵齐婴二人有疾，同请扁鹊求治。扁鹊治之，既同愈，谓公扈、齐婴曰："汝曩之所疾，自外而干府脏者，固药石之所已。今有偕生之疾，与体偕长，今为汝攻之何如?"

二人曰："愿先闻其验。"

扁鹊谓公扈曰："汝志强而气弱，故足于谋而寡于断；齐婴志弱而气强，故少于虑而伤于专。若换汝之心，则均于善矣。"

扁鹊遂饮二人毒酒，迷死三日，剖胸探心，易而置之，投以神药；既悟，如初。二人辞归。

于是，公扈反齐婴之室，而有其妻子，妻子弗识；齐婴亦反公扈之室，有其妻子，妻亦弗识，二室因相与讼，求辨于扁鹊，扁鹊辨其所由，讼乃已。

《列子·汤问》

【译文】

鲁国的公扈和赵国的齐婴两人都生了病，一同去请扁鹊给他们治病。扁鹊给他们医治，不久两人同时治愈，扁鹊对公扈和齐婴说："你们以前所得的病，都是邪气从外影响腑脏的结果，那本是药物、

针石能够治愈的，所以很快就给你们治好了。现在你们身上有种与生俱来的疾病，它随你们的生长而生长，我如今为你们施以治疗，怎么样？”

两个人都说：“希望先听您说说这病的症状。”

扁鹊就对公扈说：“你志强而气弱，所以长于谋划但少决断；齐婴志弱而气强，所以少谋划而多独断专行。如果把你们的心交换一下，那么，两个人都会很完美的。”

扁鹊便让他们俩喝下麻醉药酒，昏迷三天，剖开他们的胸部，取出心脏，交换了安放上去，敷上神药；等他们醒来时，已同原来一模一样。两人便辞别扁鹊回家。

公扈、齐婴两人回去，结果公扈回到了齐婴的家里，同齐婴的妻小同居，齐婴的老婆孩子不认识他。齐婴回到了公扈的家里，与公扈的老婆孩子同居，公扈的妻小也不认识他。两家人打起了官司，到扁鹊那里去辩论，扁鹊给他们讲清事情的原由，官司才平息。

列子射箭

【原文】

列御寇为伯昏瞀人射，引之盈贯，措杯水其肘上，发之，镝矢复沓，方矢复寓。当是时也，犹像人也。

伯昏瞀人曰：“是射之射，非不射之射也。当与汝登高山，履危石，临百仞之渊，若能射乎？”

于是瞀人遂登高山，履危石，临百仞之渊，背逡巡，足二分垂在外，揖御寇而进之。御寇伏地，汗流至踵。

伯昏瞀人曰：“夫至人者，上窥青天，下潜黄泉，挥斥八极，神气不变，今汝怵然有恂目之志，尔于中也殆矣夫！”

《列子·黄帝》

【译文】

列御寇给伯昏瞀人演示射箭，他把弓弦拉成满月，放一杯水在自己的手肘上，将箭发射出去，箭头在箭靶上重叠起来，一支箭刚射出去，另一支箭已经上弦。在这时候，列御寇站在那里就像木头人一样，一动不动的。

伯昏瞀人说："你的这种射术只不过是靶场上射箭时那种一般的射法，并不是那种在不射箭的时候就能显现高超射术的射法。假如我要你和我一同登上高山，攀上悬崖，面对万丈深渊，那时你还能射吗？"

于是，伯昏瞀人便登上高山，攀上悬崖，在靠近万丈深渊的地方，倒退着向悬崖的边缘走去，脚有二分悬在万丈深渊上面，长揖招呼列御寇往前走。列御寇匍伏在地，汗水流到了脚跟。

伯昏瞀人说："那些至人，向上仰视青天，向下能潜入黄泉，遨游宇宙，神色也不为之变化。现在你只到悬崖边就惊吓得心惊肉跳，可见你内心太虚弱了！"

愚公移山

【原文】

太形、王屋二山，方七百里，高万仞。本在冀州之南，河阳之北。

北山愚公者，年且九十，面山而居。惩山北之塞，出入之迂也，聚室而谋曰："吾与汝毕力平险，指通豫南，达于汉阴，可乎？"杂然相许。

其妻献疑曰："以君之力，曾不能损魁父之丘，如太形、王屋何？且焉置土石？"

杂曰："投诸渤海之尾，隐土之北。"

遂率子孙荷担者三夫，叩石垦壤，箕畚运于渤海之尾。邻人京城氏之孀妻有遗男，始龀，跳往助之。寒暑易节，始一反焉。

河曲智叟笑而止之，曰："甚矣，汝之不惠！以残年余力，曾不能毁山之一毛，其如土石何？"

北山愚公长息曰："汝心之固，固不可彻，曾不若孀妻弱子！虽我之死，有子存焉；子又生孙，孙又生子；子又有子，子又有孙。

子子孙孙，无穷匮也，而山不加增，何苦而不平？”河曲智叟亡以应。

操蛇之神闻之，惧其不已也，告之于帝。帝感其诚，命夸娥氏二子负二山，一厝朔东，一厝雍南。自此冀之南，汉之阴，无陇断焉。

《列子·汤问》

【译文】

太行、王屋这两座山，方圆有七百里，高达万丈，本来在冀州的南面，河阳的北面。

山的北面有位叫做愚公的老人，年纪已将近九十，他的家面对着大山居住，他苦于大山的阻隔，进出总要绕道而行，很不方便，便召集全家人商量说：“我要和你们竭尽全力来平定险阻，开通一条直达豫南，通往汉水南面的路，可以吗？”全家人纷纷表示同意。

只有他的妻子提出疑问说：“凭你的力量，就连魁父那样的小山也没法挖平，还能把太行、王屋这两座大山怎么样吗？况且挖下来的土石往哪里放呢？”

家里人都说：“把土石堆放到渤海的边上，隐土的北面去。”

于是愚公便带领能挑担子的子孙三人，开始撬石头挖土块，用箕畚把土石运到渤海边上去。邻居京城氏的寡妻有个遗腹子，才七八岁，也蹦蹦跳跳跑去帮忙。从冬到夏，他们才往返一次。

河曲有位智叟笑着制止愚公说：“哎呀，你实在太不聪明了！凭你偌大的年纪所剩下的力气，恐怕就连大山的一根毫毛也拔不动，又怎么能搬得动那些土石呢？”

北山的愚公长叹了一口气说：“你的思想怎么这样僵化，简直到了顽固不化的程度，就连寡妇家的小孩都不如！虽然我死了，还有儿子在嘛；儿子又会生孙子，孙子又会生儿子；儿子又有儿子，儿子又有孙子。子子孙孙，是没有穷尽的，但大山是不会再增高的了，又担心什么挖不平呢?”河曲的智叟无话可答了。

手握大蛇的山神听说了此事，害怕愚公不停地挖下去，便将此事报告了天帝。天帝被愚公的诚意所感动，便命令夸娥氏的两个儿子背起这两座山，一座放在朔州的东部，一座放在雍州的南部。从此，冀州的南部，汉水的南部，就没有大山阻隔了。

韩娥善歌

【原文】

昔韩娥东之齐，匮粮，过雍门，鬻歌假食。既去，而余音绕梁欐，三日不绝，左右以其人弗去。

过逆旅，逆旅人辱之，韩娥因曼声哀哭，一里老幼，悲愁垂涕相对，三日不食。遽而追之。娥还，复为曼声长歌，一里老幼，善跃抃舞，弗能自禁，忘向之悲也。乃厚赂发之。

《列子·汤问》

【译文】

从前韩娥往东到齐国去，路上没有粮食吃，经过齐国都城的西门，她便卖唱换粮。她离开齐国都城都已很久，但她的歌声的余音绕着屋梁，几天都不消失，周围的人还认为她没有离开这里。

韩娥路过一家旅店，旅店里的人侮辱她，韩娥因此长声哀哭，当地全村的老老小小，听到哭声都悲愁得直落眼泪，三天吃不下饭。人们立刻去追赶韩娥。韩娥回村后，又改用长声欢歌，全村的老老少少不停地跳跃鼓掌，情不自禁，把先前的悲愁全忘光了。于是，大家赠给韩娥很多财物，把她送回家去。

束蕴请火

【原文】

里母相善妇，见疑盗肉，其姑去之，恨而告于里母。里母曰：“安行，今令姑呼汝。”即束蕴请火去妇之家，曰：“吾犬争肉相杀，请火治之。”姑乃直使人追去妇还之。

韩婴《韩诗外传》卷七

【译文】

乡里一位媳妇和老妈妈们关系很不错。一天，这个媳妇被怀疑偷了肉，她的婆婆把她撵走了。这媳妇便满怀怨恨地去向老妈妈诉说。一个老妈妈说："你先走好了，我可让你的婆婆把你叫回来。"于是，老妈妈立即捆了一把乱麻，到那被撵走媳妇的家中借火，她说："我家的狗为争抢不知哪来的肉，互相撕咬，我借个火去把它们惩罚一下。"那婆婆听后，便马上派人去追那被赶的媳妇，把她请了回来。

大贤杀鬼

【原文】

南阳西郊有一亭，人不可止，止则有祸。

邑人宋大贤以正道自处，尝宿亭楼，夜坐鼓琴，不设兵仗。至夜半时，忽有鬼来登梯，与大贤语，磋目磋齿，形貌可恶。大贤鼓琴如故。鬼乃去，于市中取死人头来，还语大贤曰："宁可少睡耶?"因以死人头投大贤前。大贤曰："甚佳！我暮卧无枕，正欲得此。"鬼复去，良久乃还，曰："宁可共手搏耶?"大贤曰："善!"语未竟，鬼在前，大贤便逆捉其腰，鬼但急言死。大贤遂杀之。

明日视之，乃老狐也，自是亭舍更无妖怪。

干宝《搜神记》

【译文】

南阳西郊有座亭楼，人们不敢在里面休息，否则就要遭灾。

当地有个叫宋大贤的人，信守正道，不信鬼神。一天晚上他独自住进了亭楼里，坐在那儿弹琴，也不带兵器。等到半夜的时候，忽然见一鬼登楼上来，与大贤说话，怒目圆睁，咬牙切齿，形象十分可憎。大贤不予理睬，仍是照旧弹琴。鬼便转身走了。不久，鬼又从街上提来一颗死人头，对大贤说："你愿意稍微睡一下吗?"说着，便把死人的头扔到大贤面前。大贤说："太好了，我今晚睡觉正愁没枕头，正想得到这个东西。"那鬼没法，只得走了。过了很久，那鬼又回了来，说："你敢用手与我搏斗吗?"大贤说："好!"话还没说完，鬼正站在前面，大贤便突然将它拦腰抱住，然后倒提起来。鬼受不了，一个劲儿请求快让它死。大贤便杀死了鬼。

第二天一太早再看，原来是只老狐狸。从这以后，亭楼里再也不闹鬼了。

种树郭橐驼传

【原文】

郭橐驼，不知始何名。病瘘，隆然伏行，有类橐驼者，故乡人号之"驼"。驼闻之曰："甚善，名我固当。"因舍其名，亦自谓橐驼云。其乡曰丰乐乡，在长安西。

驼业种树，凡长安豪富人为观游及卖果者，皆争迎取养。视驼所种树，或移徙，无不活，且硕茂早实以蕃。他植者虽窥视效慕，莫能如也。

有问之，对曰："橐驼非能使木寿且孳也，能顺木之天，以致其性焉尔。凡植木之性，其本欲舒，其培欲平，其土欲故，其筑欲密。既然已，勿动勿虑，却不复顾。其莳也若子，其置也若弃，则其天者全，而其性得矣。故吾不害其长而已，非有能硕茂之也；不抑耗其实而已，非有能早而蕃之也。他植者则不然。根拳而土易，其培之也，若不过焉则不及。苟有能反是者，则又爱之太恩，忧之太勤，旦视而暮抚，已去而复顾。甚者爪其肤以验其生枯，摇其本以观其疏密，而木之性日以离矣。虽曰爱之，其实害之；虽曰忧之，其实雠之，故不我若也。吾又何能为哉!"

问者曰："以子之道，移之官理，可乎?"驼曰："我知种树而已，理，非吾业也。然吾居乡，见长人者好烦其令，若甚怜焉，而卒以祸。旦暮吏来而呼曰：'官命促尔耕，徐而植，督尔获；早缫而绪，早织而缕；字而幼孩，遂而鸡豚。'鸣鼓而聚之，击木而召之。吾小人辍飧饔以劳吏者且不得暇，又何以蕃吾生而安吾性耶?故病且怠。若是，则与吾业者其亦有类乎?"

问者曰："嘻，不亦善夫！吾问养树，得养人术。"传其事以为官戒也。

柳宗元《柳河东集》

【译文】

郭橐驼，不知道原来叫什么名字。得了驼背病，脊背隆起，弯着腰走路，好像骆驼的样子，因此同乡人都喊他"骆驼"。驼子听了，说："好得很，用这个名字来称呼我十分恰当。'于是就舍弃了本名，他又自称"橐驼"了。他的家乡叫丰乐乡，在长安的西郊。

驼子以种树为业，凡是长安有钱有势的人家修建观赏游览的园子，以及那些卖水果的人，都争着迎请供养他。看驼子所种的树木或移栽的树木，没有不成活的。而且高大茂盛，果实结得又早又多。其他种树人虽然暗地里观察、仿效他，但都赶不上他。

有人请教他，他说："我并不能使树木长寿并且使它不断繁殖，只不过是顺着树木的生长规律而使它按照自己的习性生成罢了。一般说来，种树的方法是：根要舒展，培土要平，还要用一些原土，树周围的土最后要筑结实。做到这些，就不要再去动它、想它，离开它也不必再去看管它了。移栽的时候要像抚育亲生子女一样，种好后要像扔弃东西一样。这样，树的生长规律就可得以保全，生长习性就可获得。因此，我只不过是不妨害树木的成长罢了，并没有使树木高大茂盛的其他什么本事；我只不过是不抑制、损伤它们的果实而已，并没有使它们早结多结果实的其他什么能耐。别的种树人则不是这样，树根拳曲而换用新土，所培之土不是多了就是少了。即使有人不是这样做，但却又过于爱惜，过于担忧，早上看看，晚上摸摸，刚刚离开又马上回来照管，甚至还用指甲掐破树皮来查验它是枯死还是活着，用手摇动树根观看培土是松了还是紧了。这样，树木的本性一天天地受到损害。虽说是爱护它，其实是摧残它；虽说是关心它，其实是伤害它，所以他们种的树都比不上我。其实，我哪有什么特殊的本事呢？"

有人问驼子说："把你种树的这些道理，用到当官治民上，可以吗？"驼子说："我只知道种树罢了，当官治民不是我的本职。但是我住在乡下，看到长官们喜欢颁布烦杂的政令，看起来像是惜爱百姓，结果给百姓造成了灾祸。从早到晚，地方官吏都来叫嚷：'长官有令，催促你们耕耘，鼓励你们种植，督促你们收获；你们赶快抽好丝，快点织好布；抚养好你们的孩子，喂养好你们的鸡和狗！'不一会，又敲鼓叫人们集合，又击梆子召唤大家。我们这些平头百姓常常顾不上吃饭，要去应酬官吏；忙这些都忙不过来，我们又怎么能发展生产，安居乐业呢？所以，只有被弄得痛苦、疲惫。这样看来，当官治民与种树似乎也有相同之处啊，"

请教他的人说："哟！这不也很好吗？我请教养树的问题，却获得了使百姓休养生息的道理。"于是我记下了这事，以给当官的作鉴戒。

小儿不畏虎

【原文】

忠、万、云安多虎。有妇人昼日置二小儿沙上而浣衣于水者。虎自山上驰来，妇人仓皇沉水避之，二小儿戏沙上自若。虎熟视久之，至以首抵触，庶几其一惧；而儿痴，竟不知怪，虎亦卒去。

意虎之食人，必先被之以威，而不惧之人，威无所从施欤！

苏轼《东坡全集·书孟德传后》

【译文】

四川的忠、万、云安等地有很多老虎。有一个妇人，白天将两个孩子放在沙滩上玩耍，而自己则去水边洗衣裳。老虎突然从山上跑了下来，妇人慌慌张张地跳进水里去躲避，但两个小孩仍然在沙滩上戏玩，像没事一样。老虎在小孩跟前仔细观察了很长时间，甚至还用头去接触他们，大概是想使他们惧怕，哪知小孩不懂事，竟也不知惊怪，老虎最后也就只好走开了。

想那老虎吃人，一定要对人施以威风，但如果碰上不害怕它的

人，它的威风也就无从施加了。

解铃系铃

【原文】

金陵清凉寺泰钦法灯禅师在众日，性豪逸，不事事。众易之，法眼独器重。眼一日问众："虎项金铃，是谁解得？"众无对。师适至，眼举前语问，师曰："系者解得。"眼曰："汝辈轻渠不得！"

瞿汝稷《指月录》

【译文】

金陵清凉寺泰钦法灯禅师还是个普通和尚时，性情豪爽飘逸，一副无所事事的样子。众人都看不起他，只有法眼禅师器重他。一天，法眼考问大家："老虎脖子上系了个金铃铛，有谁能把它解下来？"大家都回答不上来。法灯刚好这时走过来，法眼于是又用刚才的问题问他，法灯回答说："系铃者可以解开！"法眼于是对大家说："你们这些人决不可轻视他！"

屠夫毙狼

【原文】

一屠晚归，担中肉尽，止有剩骨。途中两狼，缀行甚远。屠惧，投以骨。一狼得骨止，一狼仍从。复投之，后狼止而前狼又至；骨已尽矣，而两狼之并驱如故。屠大窘，恐前后受其敌。顾野有麦场，场主积薪其中，苫蔽成丘。屠乃奔倚其下，弛担持刀。狼不敢前，眈眈相向。

少时，一狼径去；其一犬坐于前，久之，目似瞑，意暇甚。屠暴起，以刀劈狼首，又数刀毙之。方欲行，转视积薪后，一狼洞其中，意将隧入以攻其后也。身已半入，止露尻尾。屠自后断其股，亦毙之。乃悟前狼假寐，盖以诱敌。

狼亦黠矣，而顷刻两毙，禽兽之变诈几何哉，止增笑耳。

蒲松龄《聊斋志异·狼》

【译文】

一个屠夫晚上回家，担中的肉已经卖完，只剩一些骨头。路上有两只狼尾随在他的身后走了很长一段路程。屠夫非常害怕，便给后面的狼扔骨头。一只狼得到骨头就停住了，另一只狼却仍然跟着他。屠夫又扔下一根骨头，后面那只狼停住了，而先前那只狼啃完骨头又跟上来了。骨头都扔完了，然而两只狼依旧追随着他往前跑。屠夫害怕极了，耽心受到狼的前后攻击。回头观看，发现田野上有一个打麦场，场主将柴草堆积在场上，像一座小土山。他便跑到柴草堆旁，紧靠柴草堆，放下担子，手持屠刀。两只狼不敢向前走，只是用眼睛紧紧地盯着他。

过了一会儿，一只狼径自走了；另一只狼则像狗一样坐在那里，依旧盯着他。又过了很久，这只狼的眼睛好像闭上了，显得很安闲、若无其事。屠夫乘机猛然跳起身来，用刀向狼的头劈去，接连几刀将狼劈死。刚准备离开这里赶路，回头看柴草堆的后面，见先走了的那只狼正在柴草堆那边打洞，想从后面钻过来袭击他。身子已经钻进去一半，只是屁股和尾巴还露在外面。屠夫从后面去砍断了狼的腿，最后也将它砍死了。他这时才明白，原来前面那只狼假装睡觉，是想以此来麻痹他。

狼确实是够狡猾的了，然而顷刻之间两只狼都被杀死了；禽兽的诡计再多，变化再巧，又有什么用呢，只不过给人们增添一些笑料罢了。

老翁捕虎

【原文】

近城有虎暴，伤猎户数人，不能捕。邑人请曰："非聘徽州唐打猎，不能除此患也。"

乃遣吏持币往。归报唐氏选艺至精者二人，行且至。至则一老翁，须发皓然，时咯咯作嗽；一童子十六七耳。大失望，姑命具食。

老翁察中涵意不满，半跪启曰："闻此虎距城不五里，先往捕之，赐食未晚也。"

遂命役导往。役谷口不敢行。老翁哂曰："我在，尔尚畏耶？"

入谷将半，老翁顾童子曰："此畜似尚睡，汝呼之醒。"

童子作虎啸声，果自林中出，径搏老翁。老翁手一短柄斧，纵八九寸，横半之，奋臂屹立。虎扑至，侧首让之，虎自顶上跃过，已血流仆地。视之，自颔下至尾闾，皆触斧裂矣。乃厚赠遣之。

老翁自言炼臂十年，炼目十年。其目以毛帚扫之不瞬，其臂使壮夫攀之，悬身下缒不能动。

纪昀《阅微草堂笔记·槐西杂志》

【译文】

靠近城边的地方出现了凶猛的老虎，已经咬伤了几个猎人，还没人能将老虎捉住。城里的人请求说："不请来徽州府的唐打猎，就不能除此祸患。"

于是，县府派官员带着钱财去请唐打猎。这个官员回来禀告说：唐打猎挑选了两名技艺最精通的猎人，马上就要到了。等两位猎人到时，人们一看，一个是头发胡子都白得像雪一样的老头儿，还不停地咯咯咳嗽着；一个是才十六七岁的少年。人们见了都大失所望，只好先为他们安排饭食。

那个老头儿感觉到县令纪中涵对他们有不满和失望的情绪，便半跪在地上禀告道："听说这只老虎出入的地方离城不过五里路，我们先去捕捉它，等捕到后再回来吃饭也不晚。"

老头儿便叫役夫带路。役夫走到谷口时，便不敢再往前走了。老头儿讥笑他们说："有我在这里，你们还怕什么呢？"

到半山谷时，老头儿对少年说："这个畜牲好像还在睡觉，你把它叫醒吧！"

少年学着虎啸的声音，老虎果然从树林中猛地窜出来，径直向老头儿站立的地方扑去。老头儿手中握着一把短把斧头，长八九寸，宽四五寸，伸直手臂，巍然屹立。老虎扑了上来，老头儿偏过头躲开，老虎从他头顶上跃过去后便扑倒在地，只见血流满地。大家过去一看，老虎从下巴到尾骨，都被老头儿的利斧割开了。大家便用很丰厚的礼物酬谢老头儿，送他们回家。

老头儿自我介绍说，他练习臂力练了十年，练习眼力练了十年。现在已经达到用扫帚来扫眼睛可以不眨一下，使身强力壮的人攀吊在手臂上用力往下扳都扳不动。

蜘蛛杀蛇

【原文】

尝见一蜘蛛，布网壁间，离地约二三尺。一大蛇过其下，昂首欲吞蜘蛛，而势稍不及。久之，蛇将行矣。蜘蛛忽悬丝而下，蛇复昂首待之。蜘蛛仍还守其网。如是者三四次。蛇意稍倦，以首俛地。蜘蛛乘其不备，奋身飙下，踞蛇之首，抵死不动。蛇狂跳颠掷，以至于死。蜘蛛乃股其脑，果腹而去。

薛福成《庸庵笔记》

【译文】

我曾经见到一只蜘蛛，在墙壁间结了一张网，离地面大约二三尺高。有一条大蛇从它的下面经过，挺起头来想吃掉蜘蛛，但还稍微差一点，够不着。这样过了好一会儿，蛇就打算走了。这时，蜘蛛忽然悬丝而下，蛇也重新挺起头等待。于是，蜘蛛仍旧回到网间。像这样反复搞了三四次。蛇显出有些疲倦的样子，将头伏在地面上。此时，蜘蛛乘蛇不备，突然奋身直下，落在蛇的头部，死咬住不放。蛇狂跳乱蹦，左扑右摆。一直到死。于是，蜘蛛开始吸食蛇脑，直到吃饱了肚子才离去。

第六节　举贤学问

王良与嬖奚

【原文】

昔者赵简子使王良与嬖奚乘，终日而不获一禽。嬖奚反命曰：

"天下之贱工也!"

或以告王良。良曰:"请复之!"强而后可,一朝而获十禽。嬖奚反命曰:"天下之良工也!"

简子曰:"我使掌与女乘。"谓王良,良不可,曰:"吾为之范我驰驱,终日不获一;为之诡遇,一朝而获十。诗云:'不失其驰,舍矢如破。'我不贯与小人乘,请辞!"

《孟子·滕文公下》

【译文】

从前,赵简子派王良给嬖奚驾车去打猎,打了一整天,但一只鸟兽也没打到。嬖奚回来后说:"王良是天下最无能的车夫!"

有人将嬖奚的话告诉了王良,王良对嬖奚说:"请再去试猎一次。"几番勉强,嬖奚这才同意,结果一早晨就打到十只鸟兽。嬖奚回来后又说:"王良是天下最优秀的车夫!"

赵简子对嬖奚说:"我让王良专门来负责给你驾车。"又去对王良讲了这个意思,王良不同意,说:"我按规矩给嬖奚赶车,整天都打不到一只鸟兽;相反,不按规矩给他赶车,这样,他略施巧技,一个早晨就打到十只鸟兽。《诗经》中说:'不违规则地朝前赶车,发射箭矢百发百中。'我不习惯与不懂规矩的小人驾车,我不能接受这件差事。"

东野稷败马

【原文】

东野稷以御见庄公,进退中绳,左右旋中规。庄公以为文弗过也,使之钩百而反。

颜阖遇之,入见曰:"稷之马将败。"公密而不应。

少焉,果败而反。

公曰:"子何以知之?"

曰:"其马力竭矣,而犹求焉,故曰败。"

《庄子·达生》

【译文】

东野稷因他驾车的绝技而被鲁庄公召见，他驾车前进和后退，走得和墨线一样直；向左右两边旋转，又走得和圆规划的那样圆。鲁庄公认为东野稷的驾车技术太高了，即使是花纹也无法同他的车辙印痕媲美，就让东野稷驾车在地上同一点上来回绕了一百圈。

颜阖看到鲁庄公在不停地让东野稷驾车绕圈，便上前去谒见鲁庄公，说："东野稷的马将要累倒了。"鲁庄公默不作声，没有理颜阖。

过了一会儿，东野稷的马果然累倒了，被拉了回来。

鲁庄公问颜阖说："你怎么知道东野稷的马不行了呢?"

颜阖回答说："他的马的力气已经耗尽了，但还要赶着它跑，所以我说它会累倒在地。"

张子委制

【原文】

有医竘者，秦之良医也。为宣王割痤，为惠王治痔，皆愈。张子之背肿，命竘治之，谓竘曰："背非吾背也，任子制焉。"治之遂愈。竘诚善治疾也，张子委制焉。夫身与国，亦犹此也。必有所委制，然后治矣。

《尸子》

【译文】

有个名叫竘的医生，是秦国医术高超的名医。他为齐宣王割痤疮，为秦惠王治痔疮，都治好了他们的病。张子的背部生疔发肿，也让竘来医治。张子对竘说："这背你只当不是我的背，任凭你怎么治疗都行。"经过治疗，背肿消失了。竘固然是治病的高手，但张子放心地让他大胆施治，也是使治疗成功的一个重要因素。其实治身和治国是同样的道理。必须十分地相信别人，把某些权力放心地交给别人，才能把国家治理好。

亡戟得矛

【原文】

齐、晋相与战，平阿之余子亡戟得矛，却而去，不自快，谓路之人曰："亡戟得矛，可以归乎？"路之人曰："戟亦兵也，矛亦兵也，亡兵得兵，何为不可以归？"去行，心犹不自快，遇高唐之孤叔无孙，当其马前曰："今者战，亡戟得矛，可以归乎？"叔无孙曰："矛非戟也，戟非矛也，亡戟得矛，岂亢责也哉？"平阿之余子曰："嘻！还反战，趋尚及之。"遂战而死。叔无孙曰："吾闻之：君子济人于患，必离其难。"疾驱而从之，亦死而不反。

《侣氏春秋·离俗览·离俗》

【译文】

齐、晋两国交战，平阿邑的一名预备役士兵在作战时丢失了戟却拣到了一支矛，撤退时他很不痛快，对路边的人说："我丢了支戟，拣到支矛，可以回去吗？"那人说："戟也是兵器，矛也是兵器，丢了兵器又拣到兵器，为什么不能回去？"士兵继续往回走，心里还是不痛快，路上，又碰到高唐邑的一个孤儿叔无孙，他就拦在叔无孙的马前说："今天打仗，我丢了支戟，拣到支矛，可以回去吗？"叔无孙说："矛不是戟，戟不是矛，虽然你丢失了戟，拣到支矛，但两者不能相抵，你回去后难道能够当得住上司的责问吗？"听了此话，那个士兵说："噫！回去打仗，现在赶快回去还来得及。"他终于战死在疆场。叔无孙知道后，说："我听说：君子使人遭受祸患，就一定要和他共患难。"说完，快速策马奔赴战场，结果也死在战场上没能活着回来。

求千里马首

【原文】

古之君人，有以千金求千里马者，三年不能得。

涓人言于君曰："请求之。"

君遣之。三月得千里马，马已死，买其首五百金，反以报君。

君大怒曰："所求者生马，安事死马而捐五百金！"

涓人对曰："死马且买之五百金，况生马乎？天下必以王为能市马。马今至矣。"

于是不能期年，千里之马至者三。

《战国策·燕策一》

【译文】

古时有个国君想以千金买千里马，却三年都没有得到一匹。

宫中有一个打扫清洁的人对这个国君说："请让我为你去买吧。"

国君就派他去了。这人去了三个月才找到一匹千里马，但马已经死了，于是他用五百金买下了马头，回来给国君。

国君大为恼火，说："我要买的是活马，你怎么为一匹死马而白费了五百金！"

这人答道："买匹死马尚且肯花五百金，而况活马呢？天下的人必然认为君王您真能够买马。千里马就要来了。"

自此还不到一年的时间，就先后三次有人送千里马上门。

伯乐遇骥

【原文】

君亦闻骥乎？夫骥之齿至矣，服盐车而上太行，蹄申膝折，尾湛胕溃，漉汁洒地，白汗交流，中阪迁延，负辕不能上。

伯乐遭之，下车攀而哭之，解贮衣以幂之。骥于是俛而喷，仰而鸣，声达于天，若出金石声者。何也？彼见伯乐之知己也。

《战国策·楚策四》

【译文】

你听说过千里马的故事吗？一匹千里马很老了，还拉着盐车去爬太行山，累得蹄子变直，膝盖弯曲，马尾巴下垂，皮肤如溃烂一样，周身汗水交流，在山坡上挣扎，拉着盐车无论怎样也上不去。

这时，正巧遇上伯乐来了，伯乐下车牵着千里马，哭了起来，并把自己的衣服脱下来给它盖上。

于是，千里马低着头，喷吐了一口气，然后仰起头高声长鸣，那声音直冲云霄，就像金破石裂一样。这是什么原因呢？因为它遇见了伯乐这样的知己。

齐景公出猎

【原文】

齐景公出猎，上山见虎，下泽见蛇。归，召晏子而问之曰：“今日寡人出猎，上山则见虎，下泽则见蛇，殆所谓之不祥也？”

晏子曰：“国有三不祥，是不与焉。夫有贤而不知，一不祥；知而不用，二不祥；用而不任，三不祥也。所谓不祥，乃若此者也。今上山见虎，虎之室也；下泽见蛇，蛇之穴也。如虎之室，如蛇之穴，而见之，曷为不祥也？”

刘向《说苑·君道》

【译文】

齐景公外出打猎时，上山见到了老虎，下湖泽见到了蛇。回来后把晏子找来问道：“今天我出去打猎，在山上看见老虎，在湖泽地看见了蛇，这恐怕就是人们所说的不吉利吧？”

晏子说：“国家有三种不吉利的事，但您刚才所说的事不在其中。有贤能的人而不知道发现，是第一件不吉利的事；发现了而不去任用；是第二件不吉利的事；任用人才而不信任人才，是第三件不吉利的事。所谓不吉利，就是指这些事情。今天在山上见到了老虎，因为山上本是老虎之窝；在湖泽见到蛇，因为湖泽本是蛇的洞穴。您看见这些，为什么要感到不吉利呢？”

说天鸡

【原文】

狙氏子不得父术，而得鸡之性焉。其畜养者，冠距不举，毛羽不彰，兀然若无饮啄意。洎见敌，则他鸡之雄也。伺晨，则他鸡之先也，故谓之天鸡。狙氏死，传其术于子焉。乃反先人之道，非毛羽彩错嘴距铦利者，不与其栖。无复向时伺晨之俦，见敌之勇，峨冠高步，饮啄而已。

吁，道之坏也，有是夫。

罗隐《谗书》

【译文】

有个养猴人的儿子，没有学到父亲养猴的技术，倒掌握了鸡的习性。他畜养的公鸡，鸡冠和脚爪都不出色，羽毛也不耀眼。没有神采，好像啄食、饮水的意念都没有。可是，遇见了敌手，它就变成了鸡中的英雄了；让它打鸣报晓，它总比别的鸡叫得早，所以人们都称它为“天鸡”。这位养鸡人死之前曾把养鸡的方法传授给了儿子，但儿子背弃了他老子的方法，公鸡如果羽毛不漂亮，嘴爪不锋利，他一概不喂养。因此，他养的公鸡再也不像父亲先前的那些公鸡那样天亮先报硗，斗敌很勇猛，只是会耸着鸡冠、迈着大步、吃吃喝喝罢了。

唉，治国之道的败坏，也就像这一样啊！

天下无马

【原文】

马之千里者，一食或尽粟一石，食马者不知其能千里而食也。是马也，虽有千里之能，食不饱，力不足，才美不外见，且欲与常马等不可得，安求其能千里也，策之不以其道，食之不能尽其材，鸣之而不能通其意，执策而临之曰：“天下无马！”呜呼！其真无马邪！其真不知马也！

韩愈《昌黎先生集·马说》

【译文】

日行千里的马，吃一顿就要吃完一石粮食。喂马的人不知道它日行千里要吃这么多粮食，不将它喂饱，那么，这种马，虽然具有日行千里的能力，但吃不饱，力气不足，它的才能就表现不出来，就是与普通的马相比也比不上，哪还能要求它日行千里呢！赶它奔跑，又不得法；喂它，又不让它尽量吃饱；吆喝它，又不懂得它的

脾气，还拿着马鞭子走到马跟前说："世界上没有好马！"唉！真的没有好马吗？其实，只是他们不识好马啊！

画图买马

【原文】

齐景公好马，命画工图而访之。殚百乘之价，期年而不得，像过实也。

今使爱贤之君，考古籍以求其人，虽期百年，不可得也。

《太平御览》

【译文】

宋景公喜欢马，他叫画工画了一幅马，又叫他照这图画到市场上买马。结果花费了几百匹的钱，用了一年的时间，还没买到一匹马。因为那画的马太脱离实际，市场上根本寻不着。

今天，假如有一个爱惜人才的国君，查遍历史资料，按照前人的标准去寻求贤人，那么，即使是寻找一百年，也是找不到的。

延师教子

【原文】

有延师教其子者，师至，主人曰："家贫多失礼于先生，奈何？"

先生曰："何言之谦？仆固无不可者。"

主人曰："蔬食可乎？"

曰："可。"

主人曰："家无臧获，凡洒扫庭除，启闭门户，劳先生为之，可乎？"

曰："可。"

主人曰："或家人妇子欲买零星什物，屈先生一行，可乎？"

曰："可。"

主人曰："如此幸甚。"

先生曰："仆亦有一言，愿主人勿讶焉。"

主人问："何言？"

先生曰："自愧幼时不学耳！"

主人曰："何言之谦？"

先生曰："不敢欺，仆实不识一字。"

俞樾《一笑》

【译文】

有个人请老师来教他儿子识字，老师来了，他对老师说："我家里很穷，有照顾不周的地方，请多原谅。"

老师说："你说话太客气了，我本来就不计较这些。"

主人问："用粗茶淡饭招待你可以吗？"

老师说："可以。"

主人问："我家没有奴婢，请老师打扫庭院，开门关窗可以吗？"

老师说："可以。"

主人又问："家里的老婆孩子有时要买一些杂七杂八的东西，委屈先生跑跑腿，可以吗？"

老师说："可以。"

主人说："能这样，太好了！"

老师说："我也有一句话要说，请你不要感到惊讶。"

主人问："什么话？"

老师说："非常惭愧，我从小就没有念过书。"

主人说："先生说话何必要这么谦虚呢？"

老师说："并不是骗你，我确实是一个字也不认识。"

缚虎与缚猫

【原文】

沂州山峻险，故多猛虎。邑宰时令猎户捕之，往往反为所噬。

有焦奇者，陕人，投亲不值，流寓于沂。素神勇，曾挟千佛寺前石鼎，飞腾大雄殿左脊，故人呼为"焦石鼎"。知沂岭多虎，日徒步入山，遇虎辄手格毙之，负以归，如是为常。一日，入山遇两虎，

帅一小虎至。焦性起连毙两虎，左右肩负之，而以小虎生擒而返。众皆辟易，焦笑语自若。

富家某，钦其勇，设筵款之。焦于座上自述其平昔缚虎状，听者俱变色。而焦益张大其词，口讲指画，意气自豪。倏有一猫登筵攫食，腥汁淋漓满座上。焦以为主人之猫也，听其大嚼而去。

主人曰："邻家孽猫，可厌乃尔！"

亡何，猫又来，焦急起奋拳击之。座上肴核尽倾碎，而猫已跃伏窗隅。焦怒，又逐击之，窗棂尽裂。猫一跃登屋角、目眈眈视焦。焦愈怒，张臂作搏缚状。而猫嗥然一声，曳尾徐步，过邻墙而去。焦计无所施，面墙呆望而已。主人抚掌笑，焦大惭而退。

夫能缚虎而不能缚猫，岂真大敌勇小敌怯哉？亦分量不相当耳！函牛之鼎，不可以烹小鲜；千金之弩，不可以中鼷鼠。怀材者宜用，用材者益宜知也。

沈起凤《谐铎》

【译文】

沂州的山势险峻，所以有不少猛虎出没。地方的官员常常下令让猎户去捕捉老虎，而猎户往往反被老虎吃掉。

有个陕西人名叫焦奇，投亲不通，便留住在沂州。此人平素神勇，曾经挟着千佛寺前的石鼎，跃到大雄宝殿的左边屋脊上，因此，人们都称他为"焦石鼎"。他知道沂州的山岭中藏有不少老虎，便每天来到山里，遇到老虎就徒手与之搏斗，将它打死，再将它背回来，这样做已经成为常事。有一天，他进山后遇到两只大老虎带着一只小老虎来了，焦奇杀性顿起，接连杀死了两只大老虎，左右肩上各背一只，而将小老虎捉住活着带回来。众人见状皆很惊讶，赶忙躲避一旁，焦奇却仍然谈笑自若。

有一个富户家的人，很钦佩焦奇的勇猛，设宴款待他。席间，焦奇向大家讲述以前自己捕虎的情状，听的人都大惊失色。于是焦奇更加夸大其辞，边说边比划，样子显得很自豪。忽然一只猫跳到筵席桌上抓取食物，将汤汁弄得满座皆是。焦奇以为是主人家的猫，便随它大吃一顿离去。

主人骂道："这只邻居家的孽猫，真是讨厌得很！"

过了一会儿，这只猫又来了，焦奇急忙站起来用拳头去打它。桌上的菜盘都掉到地上摔碎了，而猫却已经跳到窗户角落里趴着。焦奇很气愤，又追上去打它，窗棂都被打坏了。那只猫又一下跳到了屋角，睁大眼睛注视着他。焦奇更加气愤，张开双臂摆出要捕捉猫的样子。那只猫见状，大叫一声，拖着尾巴，慢慢越过邻墙溜走了。焦奇无计可施，只有对着墙壁发呆。主人拍手大笑，焦奇羞愧地离去了。

能捕捉到老虎的人却捕捉不住猫，难道真是对大敌勇敢而对小敌胆怯吗？只是力量用得不当罢了。容纳得下一头牛的大鼎，不能烹煮小鱼；价值千金的弓箭，不一定能射中一只鼷鼠。身怀绝技的人应该明白这一点，使用人才的人也应该明白这个道理。

第七节　哲理采撷

公输削鹊

【原文】

公输子削竹木以为鹊，成而飞之，三日不下，公输子自以为至巧。子墨子谓公输子曰："子之为鹊也，不如匠之为车辖，须臾刘三寸之木，而任五十石之重。故所为功，利于人谓之巧，不利于人谓之拙。"

《墨子·鲁问》

【译文】

公输班用竹子和木头雕成一只喜鹊，雕成以后让这只喜鹊凌空高飞，飞了三天也不落下来，公输班自己认为他雕成的喜鹊应该是天下最巧妙的东西。墨子对公输班说："你雕成这只能飞的喜鹊，还不如木匠做个车轴头上的插销，木匠一会儿就削成个三寸大小的插销，还

能使车轮承受五十石重的压力，可以搬运货物。所以我们所做的东西，对人有利的才叫做巧，对人没有好处那就谈不上什么巧。”

楚人学齐语

【原文】

有楚大夫于此，欲其子之齐语也。……一齐人傅之，众楚人咻之，虽日挞而求其齐也，不可得矣。引而置之庄岳之间数年，虽日挞而求其楚，亦不可得矣！

《孟子·滕文公下》

【译文】

有这样一位楚国的大夫，他想让他的儿子学会齐国语。……一个齐国人教他，周围到处却是楚国人用楚语吵闹喧哗，这样，即使每天用鞭子抽打他，要求他向那位齐国人学齐语，是不可能学会的。相反，把他的儿子带到齐国的村镇去生活几年，即使每天用鞭子抽打他，让他讲楚国话，也同样是不可能的。

不龟手之药

【原文】

宋人有善为不龟手之药者，世世以洴澼统为事。客闻之，请买其方百金。聚族而谋曰：“我世世为洴澼统，不过数金；今一朝而鬻技百金，请与之。”

客得之，以说吴王。越有难，吴王使之将。冬，与越人水战，大败越人，裂地而封之。

能不龟手，一也；或以封，或不免于洴澼统，则所用之异也。

《庄子·逍遥游》

【译文】

宋国有个善于制作防手冻裂药物的人，世世代代靠在水中漂洗丝絮为生。有位外地人听到这个消息，请求用百金的高价买下这个宋国人的药方。这个宋国人召集了自己家族中的所有成员来商议此事说：“我们世世代代靠漂洗丝絮为职业，得到的也不过几金，现在一下子就可以因卖药方而获得百金，我请求把这个药方卖给他。”

那个外地人买到这个宋国人的药方，便拿了它去游说吴王。正好越国此时发生了灾难，吴王便派那位外地人去领兵攻打越国。冬天，吴军与越国人在水上交战，因为使用了防冻药，结果手脚没有一点冻裂，因而大败越军，吴王因而分封给那位外地人一大片封地。

能防手冻裂的药方，始终是不变的；而有的人靠它得到了封地，有的人虽然拥有它却仍然得世世代代漂洗丝絮，这乃是因为使用的不同。

浑沌之死

【原文】

南海之帝为儵，北海之帝为忽，中央之帝为浑沌。

儵与忽时相与遇于浑沌之地，浑沌待之甚善。

儵与忽谋报浑沌之德，曰：“人皆有七窍以视听食息，此独无有，尝试凿之。”

日凿一窍，七日而浑沌死。

《庄子·应帝王》

【译文】

南海的帝王名儵，北海的帝王名忽，中央的帝王名叫浑沌。

儵和忽经常在浑沌的属地内相聚，浑沌特他们非常友好。

儵和忽过意不去，商量设法报答浑沌的恩情，说：“人人都有七窍，用来看、听、吃和呼吸，唯独浑沌没有，我们试着为他凿出七窍巴。”

于是儵和忽便给浑沌开始凿七窃，一天凿一窍，七天过去而浑沌也死了。

树难去易

【原文】

夫杨横树之即生，倒树之即生，折而树之又生。然使十人树之而一人拔之，则毋生杨矣。至以十人之众，树易生之物，而不胜一人者何也？树之难而去之易也。

《韩非子·说林上》

【译文】

杨树栽下就可以成活，倒插着也可以生长，折断了再插下还是不会死。但如果让十个人来栽杨树，一个人来拔它，那么决不可能有成活的杨树。用以十数的众人，去栽很容易成活的杨树，还经不起一个人拔它，这是什么原因呢？是因为种树难而毁树容易。

画鬼最易

【原文】

客有为齐王画者，齐王问曰："画孰最难者？"

曰："犬马最难。"

"孰易者？"

曰："鬼魅最易。夫犬马，人所知也，旦暮罄于前，不可类之，故难。鬼魅无形者，不罄于前，故易之也。"

《韩非子·外储说左上》

【译文】

有个给齐王画画的人，齐王问他说："绘画画什么最难呢？"

这个人回答说："狗和马最难画。"

"那什么最容易画呢？"

这个人又回答说："画鬼怪最容易。因为狗和马是人们所熟知的，早晚都在你的眼前，不容易画得完全相似，所以说难画。而鬼怪是没有固定的形体的，不会出现在你面前，你弄不准到底它像什么样子，所以说容易画。"

三年成一叶

【原文】

宋人有为其君以象为楮叶者，三年而成。丰杀茎柯，毫芒繁泽，乱之楮叶之中而不可别也。此人遂以功食禄于宋邦。

列子闻之曰："使天地三年而成一叶，则物之有叶者寡矣"。

《韩非子·喻老》

【译文】

宋国有个人为宋国的国君用象牙雕成一片楮树叶子，花了三年时间才雕成。这片象牙楮叶的主次脉络粗细恰当，叶片上的细毛繁多而有光泽，把它夹别在真的楮树叶中，你无法分辨真伪。这个宋国人也因雕成楮叶的功绩而在宋国获得了封赏和俸禄。

列子听说此事后说："如果让大自然三年才长成一片树叶，那么能长成叶子的树就很少了。"

弓矢相济

【原文】

一人曰："吾弓良，无所用矢。"一人曰："吾矢善，无所用弓。"羿闻之曰："非弓何以往矢？非矢何以中的？"令合弓矢而教之射。

《韩非子》

【译文】

一个人说："我的弓太好了，简直没有配用的箭。"另一个人说："我的箭太好了，根本没有合适的弓来发射它。"后羿听了对他们说："没有弓，用什么把箭射出去？没有箭，怎么能击中目标？"于是，后羿叫他俩把弓和箭配合在一起，而后教他们射箭。

金钩桂饵

【原文】

鲁人有好钓者，以桂为饵，锻黄金之钩，错以银碧，垂翡翠之纶。其持竿处位则是，然其得鱼不几矣。故曰："钓之务不在芳饰；事之急不在辩言。"

《阙子》

【译文】

鲁国有个喜爱钓鱼的人，用香桂作鱼饵，用黄金锻造鱼钩，钩上还镶嵌有白银和绿色的玉石，而钓丝是用翡翠的羽毛搓制的。他的钓姿和选择的垂钓的方位、地点虽然都正确无误，但他钓上来的鱼却没有几条。所以说："钓鱼能钓得多并不在于华丽的钓具；办成

一件事情并不在于出色的口才。”

道见桑妇

【原文】

晋文公出，会欲伐卫。公子锄仰天而笑，公问何笑。

曰：“臣笑邻之人有送其妻适私家者，道见桑妇，悦而与言，然顾视其妻，亦有招之者矣。臣窃笑此也。”

公悟其言，乃止，引师而还。未至而有伐其北鄙者矣。

《列子·说符》

【译文】

晋文公退朝出来，正准备出兵攻打卫国。他的儿子锄对天大笑，晋文公便问他为什么要发笑。

他的儿子说：“我笑我的邻居，有一天他送他的妻子去大姨家，在路上遇到一位采桑的妇人，觉得她长得很动人，便嬉笑着去与她调笑，但当他回头看他的妻子时，发现也有人在勾引她。我私下对这件事感到可笑。”

晋文公领悟到这番话的含义，便放弃了进攻卫国的念头，领着晋国的军队返回。还没有回到原地，就碰上了有敌国来侵犯晋国北方的边境。

羊蒙虎皮

【原文】

羊质而虎皮，见草而说，见豺而战，忘其皮之虎矣。

扬雄《法言·吾子》

【译文】

有一只披着虎皮的羊，见了青草十分高兴，见了豺狼就战战兢兢，而忘记了自己身上披着虎皮。

画蛇添足

【原文】

楚有祠者，赐其舍人卮酒，舍人相谓曰：“数人饮之不足，一人饮之有余。请画地为蛇，先成者饮酒。”一人蛇先成，引酒且饮之，乃左手持卮，右手画蛇曰：“吾能为之足。”未成，一人之蛇成，夺其卮曰：“蛇固无足，子安能为之足？”遂饮其酒。为蛇足者，终亡其酒。

《战国策·齐策二》

【译文】

楚国有个人在祭祀之后，赏给他的门人们一壶酒。众门人相互约定说：“这壶酒几个人喝不够，一个人喝才足足有多余。我们可以一起在地上画蛇，先画好的喝酒。”有个人的蛇先画好了，端起酒壶准备喝，他左手端着壶，右手却仍在画，并说：“我还能为它添几只脚。”脚还没有画完，另有一人的蛇画好了，他夺过那画蛇脚的人的酒壶说：“蛇本来没有脚，你怎么能给它画脚？”随后把酒喝了。给蛇画脚的人，最终失掉了本应属于他的那壶酒。

西家之子

【原文】

东家母死，其子哭之不哀。西家子见之，归谓其母曰：“社何爱速死？吾必悲哭社。”

夫欲其母之死者，虽死亦不能悲哭矣。

谓学不暇者，虽暇亦不能学矣。

《淮南子·说山训》

【译文】

东边一家人的母亲死了，她的儿子哭得并不很伤心。西边这家人的儿子见了，跑回家去对他母亲说：“母亲何必吝惜生命而不快点去死呢？你如果死了，我肯定会很悲痛地哭你。”

实际上那想要他母亲快点死的小子，即使他母亲日后死了，他也必定不会很悲痛地哭的。

那些说没有空闲读书学习的人，即使有空闲也不会去读书学习。